KB177660

찰스 디킨스(1812~1870)

디킨스 생가 디킨스는 곳곳에 집을 가지고 있었으나 지금까지 남아 있는 곳은 이곳뿐이다. 오늘날은 디킨스 하우스 박물관

〈텅빈 의자〉 사무엘 루크 필즈, 1870. 디킨스가 세상을 떠난 직후 그려진 수채화이다. 반 고흐는 이 그림을 보고 깊은 감명을 받았다.

슈발리에 드 라 바레 동상 프랑스 귀족으로 법원 아브 빌의 신성 모독으로 참수당했다.

《두 도시 이야기》삽화 단두대에 오르는 칼튼. 랄프 브루스

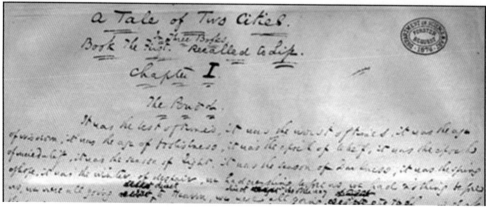

《두 도시 이야기》친필 원고의 제1장 라인 팩스 빅토리아 앨버트 박물관

《두 도시 이야기》 삽화 다네이와 마네트 박사. 루시, 찰스 에드먼드 브록

영화 〈두 도시 이야기〉 잭 콘웨이 감독, 로널드 콜먼·엘리자베스 앨런·레지날드 오웬 주연. 1935.

세계문학전집068
Charles John Huffam Dickens
A TALE OF TWO CITIES

두 도시 이야기

찰스 디킨스/정태륭 옮김

동서문화사

디자인 : 동서랑 미술팀

두 도시 이야기

차례

머리글

　윌키 콜린스의 연극 〈얼어붙은 바다〉에서 내 아이들 그리고 친구들과 함께 공연할 때 처음 이 이야기에 대한 영감을 얻었다. 그때에는 내가 주인공을 맡아 이 이야기를 연기하고 싶다는 마음이 무척 강했다. 그래서 언젠가는 날카로운 눈을 가진 관객 앞에서 연기해보리라 생각한 그 심리상태를 특히 주의 깊게, 강한 관심을 가지고 이런저런 공상을 하면서 추구해왔다.

　그리하여 이 구상이 마침내 틀을 잡아가며 점차 지금과 같은 형태로 만들어졌다. 작품을 쓰는 동안에도 그러한 생각들이 언제나 내 마음을 가득 사로잡았다. 따라서 이 이야기에 나오는 모든 행동과 고뇌는 마치 나 자신이 직접 체험한 것처럼 확증된 셈이다.

　혁명 전과 혁명 소용돌이에서 프랑스 국민이 어떤 상황에 있었는지 언급한 대목은 모두(아무리 사소한 내용이라도) 믿을 만한 증언을 바탕으로 썼다. 칼라일의 《프랑스 혁명》이 제시하는 철학에 새삼스럽게 무엇인가를 덧붙이기란 바랄 수 없지만, 그 끔찍한 시대에 대한 일반적인 이해를 돕는 데 무언가를 추가하게 되기를 바라는 것이 작가의 소망이리라.

제1부
부활

제1장 시대

　최고의 시간이자 최악의 시간이요, 지혜의 시기이자 어리석음의 시기요, 신념의 시대이자 불신의 시대요, 광명의 계절이자 암흑의 계절이요, 희망의 봄이자 절망의 겨울이었다. 우리 앞에 무한한 희망이 넘치면서도 무엇 하나도 없었고, 모두가 곧장 천국으로 향하면서도 그 반대 방향으로 가는 것 같았다. 요컨대 모든 것이 시대와 너무 닮아 있었다. 가장 말 많은 몇몇 권위자 말에 따르면, 선(善)이든 악(惡)이든 모두 극단적인 형용사가 아니면 설명할 수 없는 시대였다고 한다.

　영국 왕좌에는 턱이 큰 왕*¹과 못생긴 왕비*²가 앉아 있고, 프랑스 왕좌에는 역시 턱이 큰 왕*³과 아름다운 왕비*⁴가 앉아 있었다. 어느 나라에서나 국가적으로 빵과 물고기를 보장받은 귀족들에게는 이 세상 모든 문제가 영원히 해결된 태평성대였다.

　1775년에 이르러 오늘날과 마찬가지로 축복 받은 그 시대에도 영국은 이미 여러 영적인 계시를 받았다. 사우스콧 부인*⁵이 이제 막 스물다섯 번째 생일을 맞이할 즈음, 앞날을 내다볼 줄 아는 근위기병연대의 병사가 가장 먼저 이 영험한 여인의 출현을 예언했는데, 그녀가 런던과 웨스트민스터 지역을 모조리 장악할 것이며 구체적인 방법까지 이미 정해져 있다고 말했다. 게다가 콕레인의 망령*⁶(망령들은 영적인 독창성은 그다지 없지만, 작년에도 변함없이 책상 위를 똑똑 두드리며 신탁을 전했다)들도 끊임없이 신탁을 전

해 왔는데 그것이 불과 열두 해 전이었다. 그런데 공교롭게도 최근에 아메리카 식민지의 영국국민의회에서 영적인 것과는 다른 세속적인 신탁을 영국 국왕과 국민들에게 보내왔다. *7 이상하게도 인류에게는 이제까지 콕레인의 병아리들이 전한 계시보다도 이 소식이 훨씬 더 중요했다. *8

방패와 삼지창을 든 형제의 나라*9만큼 심령 현상의 혜택을 받지 못한 프랑스는 지폐를 마구 찍어내고 낭비하여 내리막길로 거침없이 굴러 떨어지고 있었다. 또한 그리스도교 주교들의 비호를 받으며, 한 젊은이가 빗속에서 5, 60야드 앞에 가는 구지레한 수도사들의 행렬을 보고 엎드려 절하지 않았다는 이유만으로 두 손을 자르고 혀를 뽑고 산 채로 화형에 처하는 자비로운 선행을 즐겼다. 그 젊은이가 처형된 날, 프랑스와 노르웨이의 숲속에는 '운명'이라는 나무꾼이 언젠가 벌목하고 판자로 가공하여 '자루와 칼날이 달린 역사상 가장 끔찍한 형틀'*10을 만들기 위한 재료로서 점찍어둔 나무가 이미 울창하게 자라 있었을 것이다. 어쩌면 또 바로 그날, 파리 근교에 있는 어느 농가의 지저분한 헛간 안쪽에는 일찌감치 '죽음'이라는 농부가 대혁명 때 사형수 호송마차로 쓰기 위해 일부러 남겨 둔 허름한 마차들이 진흙을 뒤집어쓰고 돼지들에게 둘러싸인 채 가금(家禽)들의 둥지 역할을 하며 비바람을 피하고 있었을지도 모른다. 하지만 그 나무꾼과 농부는 쉬지 않고 일하면서도 작은 소리 한 번 내지 않았고, 그들의 조용한 발소리를 들은 사람은 아무도 없었다. 그들이 움직이고 있다고 의심만 해도 당장 무신론자요 반역자로 몰리는 형편이었으니 그럴 수밖에 없었다.

영국에도 국민으로서 자랑거리로 삼을 만한 치안과 질서는 거의 없었다. 피비린내 나는 강도와 날치기 행위가 수도인 런던에서도 밤마다 벌어졌다. 시민들은 시외로 나갈 때 반드시 가구상 창고에 살림살이를 맡겨 놓고 가라는 경고가 공공연히 나돌았다. 밤을 주름잡는 노상강도가 낮에는 어엿한 시티(구시가지)의 상인이었다. 게다가 도적단 두목 노릇을 하던 한 장사치는

---

*7 1775년 7월 아메리카의 영국령 식민지는 본국이 부과한 과세에 반발하며 거세게 항의했다.

*8 이 사건은 결국 미국의 독립으로 이어졌다.

*9 영국을 말한다. 바다의 신 넵튠의 상징인 방패와 삼지창은 영국의 문장으로 사용되었으며 해상권을 나타낸다.

*10 기요틴을 말한다. 자루는 잘려진 머리가 굴러 떨어지도록 하기 위한 것이다.

동료 장사꾼에게 정체를 들키고 궁지에 몰리자 오히려 대담하게 상대의 머리통에 총알을 박아 넣고는 말을 타고 그대로 달아나 버렸다. 하루는 우편 배달차가 일곱 명쯤 되는 강도들에게 포위당했다. 호송관이 세 놈을 쏴 죽이긴 했지만 나머지 네 놈에게 사살당하자 우편 배달차는 손쉽게 약탈당했다. 위대하신 런던 시장께서도 턴햄그린*11에서 강도를 만났다. 그 고귀한 신사는 딱하게도 수행원들이 보는 앞에서 가진 것을 모조리 빼앗겼다. 런던 감옥에 수감된 죄수들이 간수들을 상대로 폭동을 일으키자 법의 수호자들은 나팔총으로 수십 발을 죄수들에게 쏘아 댔다. 궁전 알현실에서는 도둑들이 귀족들의 목에 걸린 다이아몬드 십자가를 훔치기도 했다. 총사대가 밀수품을 조사하기 위해 세인트자일스*12로 파견되었을 때는 폭도들이 먼저 발포하고 총사대도 그에 맞서 총격전을 벌였다. 그러나 이러한 사건이 유별나다고 놀라워하는 사람은 아무도 없었다. 상황이 이렇다보니 백해무익하지만 언제나 바쁜 교수형 집행관들은 늘 산더미 같은 일에 파묻혀 있었다. 오늘도 한 줄로 길게 늘어선 온갖 죄수들의 목을 착착 졸라매는가 하면, 화요일에 투옥된 강도를 토요일에 잽싸게 교수형에 처했다. 뉴게이트*13로 가서 죄인 열두 명의 손에 낙인을 찍는가 하면, 곧바로 웨스트민스터 홀*14 입구에서 선전물을 불살랐다. 오늘은 잔혹한 살인귀의 목숨을 빼앗고, 내일은 농부의 자식한테서 겨우 6펜스를 훔친 좀도둑의 목을 매달았다.

이러한 모든 사건들, 그리고 이와 비슷한 수많은 사건들이 이 1775년을 전후로 꼬리에 꼬리를 물고 일어났다. 그 나무꾼과 농부의 움직임은 아직 몇 사람밖에 눈치 채지 못했다. 그리고 이러한 여러 사건에 둘러싸인 채 턱이 큰 두 사내와 아름답고 못생긴 두 여인은 여전히 찬란한 위엄을 빛내며 이른바 하늘이 내린 왕권을 버젓이 휘두르고 있었다. 이처럼 1775년이라는 해는 위대한 왕후들과 이름 없는 몇 백만 민중—그 중에는 물론 이 이야기에 나오는 인물들도 포함되어 있다—을 오로지 미래를 향해 나아가도록 다그치고 있었다.

---

*11 런던의 서쪽 교외.
*12 런던의 빈민가로 악명 높은 곳.
*13 13세기 무렵부터 런던의 구시가에 있던 감옥. 1902년에 헐렸다.
*14 웨스트민스터 궁전의 일부로 이곳에서 국사범을 재판했다.

제2장 역마차

11월 끝무렵 어느 금요일 밤, 이 이야기에 등장하는 인물 가운데 가장 처음 나오는 인물 앞에 도버 대로가 길게 뻗어 있었다. 대로는 그의 앞에 길게 이어져 있는 것처럼 지금 슈터스힐을 덜컹거리며 올라가는 한 도버행 역마차 앞에도 길게 뻗어 있었다. 그는 다른 승객들과 마찬가지로 역마차 옆에 붙어서 진흙길을 열심히 올라가고 있었다. 물론 지금 그들 가운데 걷고 싶어서 걷는 사람은 아무도 없었다. 그들이 걸어 올라가는 것은 언덕과 마구와 진흙과 역마차가 너무나도 힘에 겨운 나머지 말들이 벌써 세 차례나 멈춰 서서 꼼짝도 안 했을 뿐 아니라, 한 번은 블랙히스로 되돌아갈 생각이었는지 성을 내며 마차를 길가로 끌어내기까지 했기 때문이었다.

그냥 내버려두었다면 짐승에게도 이성이 있다는 주장을 증명할 수 있었겠지만, 말고삐와 채찍과 마부와 경비원이 연합하여 곧장 군령을 읊고 기강을 바로잡자 말들도 항복하고 다시 각자의 임무로 되돌아갔다.

말들은 고개를 푹 숙이고 꼬리를 부르르 떨면서 질척거리는 진흙탕 속에서 헐떡이며 버둥거리고 비틀거렸다. 때로는 어깨와 허리 관절이 부러져서 금방이라도 산산조각이 날 것 같았다. 마부가 "워, 워, 워!" 하고 소리를 지르며 말들을 쉬게 해 주면 그때마다 왼쪽에 있는 대장 말이 머리를 사납게 흔들어댔다. 자못 기가 세 보이는 그 말은 어째서 마차를 끌고 가파른 언덕을 올라야 하느냐며 항의하는 듯했다. 말이 고개를 푸르르 떨 때마다 그 승객은 신경질적인 여느 승객들처럼 깜짝깜짝 놀라며 마음을 가다듬지 못했다.

안개가 자욱이 드리워져 있었다. 그 안개는 마치 쉴 곳을 찾아 헤매다가 끝내 찾지 못한 악령들처럼 소리 없이 고개턱으로 기어오른다. 끈적끈적하고 차디찬 안개가 끝도 없이 밀려와 서로 모이고 흩어지는 거친 바다의 물마루처럼 잔물결을 그리며 천천히 올라온다. 안개가 너무나도 짙어 마차 등불을 밝혀도 그 주위와 몇 야드 앞의 길을 비출 뿐, 주위에는 아무것도 보이지 않았다. 헐떡이며 언덕을 올라가는 말들의 입김이 안개 속에 세찬 바람을 일으키자 안개 전체가 말들이 토하는 입김처럼 보였다.

다른 두 승객도 역마차와 나란히 서서 언덕을 뚜벅뚜벅 올라갔다. 세 사람 모두 광대뼈와 귀 위까지 단단히 감싸고 큰 장화를 신고 있어, 겉모습만으로는 상대가 어떤 사람인지 서로 알아볼 수가 없었다. 승객들은 저마다 외투를 겹겹이 두르고 있어서 육안은 물론 마음의 눈으로도 서로를 꿰뚫어볼 수 없었다. 그 시절의 여행자들은 간단히 인사 정도만 나누는 사람에게는 쉽게 마음을 터놓지 않았다. 길에서 만나는 사람 가운데 누가 강도인지, 또는 강도와 한패인지 알 수 없었기 때문이다. 한패 이야기가 나왔으니 말인데, 모든 역전 여관 및 선술집에는 그 주인장부터 가장 천한 마구간 허드레꾼에 이르기까지 누군가 한 사람은 반드시 두목에게서 수당을 받는 놈이 있었으므로 여행객 중에도 도둑놈 패가 충분히 끼어있을 수 있었다. 1775년 11월의 어느 금요일 밤, 도버행 역마차의 경비원은 슈터스힐을 올라가면서 문득 그렇게 생각했다. 그는 마차 뒤쪽에 있는 자기 지정석에 버티고 서서 발을 구르며, 앞에 있는 무기 상자에서 눈과 손을 한시도 떼지 않았다. 무기 상자 맨 밑창에는 단검이 한 자루 들어 있고, 그 위에 장전한 대형 권총 예닐곱 자루가 있으며 맨 위에는 마찬가지로 장전한 나팔총 한 자루가 들어 있었다.

도버로 가는 역마차는 늘 그렇듯이 정감이 넘쳐서, 경비원은 승객을 의심하고 승객은 다른 승객과 경비원을 의심했으며, 마부도 믿을 수 있는 상대는 말들밖에 없다고 생각했다. 게다가 말들은 이러한 여행에는 맞지 않는다고 신·구약성서에 대고 맹세할 수 있을 정도였다.

"워워! 조금만 더 가면 고개턱에 다다르는데, 제기랄, 빌어먹을 놈들! 이렇게 힘들어서야 원. 이봐, 조!"

마부가 말했다.

"무슨 일이야?"

"지금 몇 시지, 조?"

"어디 보자, 열한 시 십 분이네."

"뭐라고!" 마부가 벌컥 화를 냈다. "그런데 아직 꼭대기까지도 못 갔단 말이야! 빌어먹을! 이랴! 어서 달려!"

대장 말은 꼼짝도 하지 않겠다고 버티다가 느닷없이 채찍을 한 차례 철썩 맞고는 과감하게 기어오르기 시작했다. 그러자 나머지 세 필도 이에 따르는 수밖에 없었다. 덕분에 역마차가 다시 앞으로 나아갔고, 승객들도 다시 발맞추어 걸음을 내딛었다. 마차가 멈추면 승객들도 멈춰가며 서로 사이좋게 언덕을 올랐다. 세 승객 가운데 어느 누구든 그 안개와 어둠 속으로 조금만 앞서 가자고 말이라도 꺼냈다가는 강도가 틀림없다며 그 자리에서 총에 맞아 죽는 신세가 되었으리라.

이윽고 마지막 힘을 짜내어 역마차는 고개턱에 다다랐다. 말들은 걸음을 멈추고 숨을 돌렸고, 경비원은 마차에서 내려와 내리막에 대비하여 바퀴에 미끄럼막이를 끼운 뒤 문을 열어 손님들을 마차 안으로 안내했다.

"이봐! 조!" 마부가 마부석에서 내려다보며 긴장한 목소리로 외쳤다.

"왜 그러나, 톰?"

두 사람은 귀를 기울였다.

"조, 말이 천천히 달려오는 소리가 나네."

"아니, 빠르게 달려오고 있어." 경비원은 잡고 있던 문을 놓고 잽싸게 자기 자리로 뛰어올랐다. "여러분! 조심하십시오!"

경비원은 황급히 말하고는 나팔총의 노리쇠를 당기어 사격 태세를 갖추었다.

앞에서 소개한 그 승객은 마차 발판에 발을 디디고 올라타는 중이었고 나머지 두 승객도 그를 뒤따라 차 안으로 들어가려는 참이었다. 첫 번째 승객은 몸의 반은 차 안으로 밀어 넣고 반은 밖으로 뺀 채 발판 위에 서 있었고, 다른 두 사람도 그의 바로 밑에 그대로 서 있었다. 승객들은 모두 마부와 경비원의 얼굴을 번갈아 보며 귀를 기울였다. 마부와 경비원이 뒤를 돌아보았다. 사나운 대장 말까지도 얌전히 귀를 쫑긋 세우고 뒤를 돌아다보았다.

안 그래도 고요한 밤에 마차가 달리는 소리까지 완전히 멈추자 주위는 점점 더 적막해졌고 바람소리조차 들리지 않았다. 말들이 헐떡거리는 소리가 마차에까지 전해지자 마차 전체가 불안에 사로잡혀 벌벌 떠는 것 같았다. 승객들의 심장 소리가 귀에 들릴 만큼 크게 고동치고 있었다. 아무튼 이처럼 고요한 침묵의 순간은 숨가빠하면서도 숨을 죽이고 불안한 마음으로 가슴 설레며 무언가를 기다리는 사람의 심정을 너무나도 뚜렷이 나타낸다.

달음질치는 말발굽 소리가 사나운 기세로 언덕을 올라왔다.

"이봐, 거기 누구야? 멈춰! 쏜다!" 경비원이 목소리가 갈라지도록 크게 소리 질렀다.

말발굽 소리가 딱 그쳤다. 얼마 동안 진흙이 튀는 소리와 발굽으로 땅을 긁는 소리가 들리더니 안개 속에서 사내의 목소리가 들려왔다. "도버로 가는 역마차요?"

"어디로 가든 무슨 상관이야? 그보다 네놈은 누구냐?" 경비원이 대꾸했다.

"도버로 가는 마차가 맞소?"

"그걸 왜 묻지?"

"도버행 역마차가 맞다면 승객에게 볼일이 있소."

"누구 말이냐?"

"자비스 로리 씨요."

앞에서 말한 승객이 자기가 자비스 로리라고 말하며 앞으로 나섰다. 경비원과 마부와 두 승객은 의혹에 찬 눈초리로 일제히 그를 바라보았다.

"꼼짝 마!" 경비원이 안개 속의 목소리를 향해 또다시 외쳤다. "내가 잘못해서 쏘기라도 했다간 네놈의 몸뚱이는 평생 되돌릴 수 없을 테니까. 로리라는 손님, 직접 대답해 주시오."

"무슨 일이오? 누가 날 찾는 거요? 혹시 제리 자넨가?" 승객은 떨리는 목소리로 물었다.

("제린지 뭔지 모르지만 목소리가 영 불쾌하군. 무엇보다 저 쉰 목소리가 거슬려." 경비원이 중얼거렸다.)

"그렇습니다, 로리 씨."

"무슨 일인가?"

"은행에서 급하게 서류를 전해달라고 해서요."

"경비원, 저 심부름꾼은 아는 사람이오." 로리가 길로 내려서며 말했다. 다른 두 승객은 도와준다기보다는 다그치듯 그를 뒤에서 부축해 내려주고는 재빨리 마차 안으로 뛰어 들어가 문을 닫고 창문까지 닫아 버렸다. "가까이 불러도 괜찮소. 그는 아무 짓도 안 할 겁니다."

"그럼 오죽이나 좋겠소만 그걸 누가 장담한단 말이오?" 경비원이 투덜거리며 중얼거렸다. "이봐, 이봐!"

"네! 여보시오!" 제리는 한층 더 쉰 목소리로 외쳤다.

"천천히 다가와! 허리춤에 권총집을 차고 있다면 그쪽으로는 손을 뻗지 않는 게 좋을 거야. 나는 속단하는 버릇이 있거든. 그리고 내가 실수할 때는 늘 총알이 날아가기 마련이지. 자, 이제 그만 모습을 드러내시오."

소용돌이치며 흐르는 안개 속에서 말과 기수의 모습이 천천히 떠오르더니 그 승객이 서 있는 마차 옆까지 다가왔다. 기수는 몸을 굽히고 경비원의 얼굴을 올려다보며 작게 접은 종이쪽지를 승객에게 재빨리 건네주었다. 말은 숨을 헐떡이고 있었고 말이나 사람이나 발굽부터 모자까지 완전히 진흙투성이가 되어 있었다.

"경비원!" 승객은 사무적인 태도로 조용하고 스스럼없이 말했다.

그래도 조심성 많은 경비원은 오른손으로 나팔총 개머리판을 잡고 왼손으로 총신을 잡은 채 기수에게서 눈을 떼지 않고 무뚝뚝하게 대꾸했다. "네, 선생님."

"염려할 것 없소. 나는 텔슨 은행에서 일하는 사람이오. 런던의 텔슨 은행이라면 당신도 알 거요. 난 지금 은행 일을 보러 파리로 출장 가는 길이오. 여기 1크라운*1 줄 테니 술값으로 쓰시오. 이제 편지를 읽어 봐도 되겠소?"

"시간이 많이 걸리지만 않으면 상관없습니다."

승객은 마차 앞쪽의 불빛 아래에서 쪽지를 펼쳐들고 처음에는 속으로, 그 다음엔 소리 내어 읽었다. "'도버에서 아가씨를 기다리시오.' 어떻소, 경비원, 금방 끝났잖소? 제리, 내 대답은 '부활했다'라고 전해 주게."

제리는 말 위에서 깜짝 놀라며 걸걸한 목소리로 말했다. "거 참 희한한 대답이군요."

"가서 그렇게만 전하면 내가 이 쪽지를 틀림없이 받았다는 걸 알 걸세. 직접 답장을 쓰는 것과 다름없이 말이야. 그럼 되도록 서둘러 돌아가게. 잘 가게나."

그 말을 남기고 승객은 차문을 열고 안으로 들어갔다. 이번에는 승객들 가운데 어느 누구도 그를 부축해 주지 않았다. 그들은 시계와 돈지갑을 재빨리 장화 속에 감추고 자는 체하고 있었다. 물론 별다른 뜻이 있어서가 아니라

---

*1 6실링.

단지 공연한 일에 말려드는 위험을 피하기 위해서였다.

마차가 다시 덜거덕거리며 움직이기 시작했다. 내리막으로 접어들자 안개가 사방에서 더욱 짙게 몰려들었다. 이윽고 경비원은 나팔총을 무기 상자에 집어넣고는, 그 상자에 있는 다른 무기들과 허리에 찬 보조용 권총까지 점검한 뒤 자리 위에 있는 작은 상자까지 점검했다. 그 안에는 대장장이 연장 두어 자루와 횃불대 두 개와 부시통 하나가 들어 있었다. 이따금 일어나는 일이지만, 마차의 등불이 바람에 꺼질 때 이것만 있으면 마차 안으로 들어가 부싯돌로 불꽃을 일으켜(운이 좋으면) 불과 5분 만에 안전하고 쉽게 등불을 다시 붙일 수 있기 때문이다.

"톰." 마차 지붕 너머에서 작게 부르는 목소리가 들렸다.

"왜 그러나, 조"

"자네, 그 대답 들었나?"

"그래 들었네."

"무슨 말인지 알겠나?"

"도무지 모르겠네."

"피차 마찬가지로군. 나도 전혀 모르겠으니." 경비원이 생각에 잠기며 말했다.

한편 안개와 어둠 속에 홀로 남은 제리는 말에서 내렸다. 지금까지 고생한 말을 쉬게 해주고, 무엇보다 자기 얼굴에 묻은 진흙을 닦아내고 반 갤런 가량은 괴어 있음직한 커다란 모자 차양의 물을 털어내기 위해서였다. 그는 구정물을 뒤집어 쓴 팔에 고삐를 천천히 감고 우두커니 서 있다가, 마침내 역마차 소리도 멀리 사라지고 다시금 밤의 정적이 찾아오자 다시 발길을 돌려 고개를 걸어서 내려가기 시작했다.

"템플 바*²에서부터 쉬지 않고 달려 왔으니 평지에 다다를 때까지 할멈 앞다리가 버틸 수 있을지 어떻게 알겠어." 심부름꾼은 쉰 목소리로 자기 암말을 흘긋 보며 중얼거렸다. "'부활했다'라니, 참 희한한 답장이야. 제리, 너한텐 좋을 게 하나도 없어. 부활이 유행하기라도 하면 넌 신세 망치는 거라고, 제리!"

---

*2 스트란드 거리에서 구시가 서쪽 끝으로 들어가는 입구에 만들어진 문으로, 현재는 철거되었다. 그 문 옆에 텔슨 은행이 있었다.

제3장 밤 그림자

모든 사람이 저마다 신비롭고 비밀스러운 존재라는 사실은 생각할수록 참으로 놀랍다. 밤중에 대도시에 도착해 보면 새카만 어둠 속에 옹기종기 붙어 있는 집들이 저마다 비밀을 품고 있고, 그 집들의 방들도 저마다 비밀을 감추고 있다. 그리고 그곳에 사는 수십 만 명의 가슴에서 고동치는 심장은 그 안에 가장 친한 사람도 결코 알아챌 수 없는 비밀을 그려 낸다. 생각해 보면 참으로 무서운 일이 아닌가! 죽음의 공포라는 것도 그 두려움의 얼마간은 바로 이러한 점 때문이 아닐까. 이제 나는 애지중지하는 이 책을 펼쳐 들고 (어차피 바랄 수 없는 희망이라고는 해도) 끝까지 읽지도 못한다. 또한 깊이를 헤아릴 수 없는 물속도 더는 들여다보지 못한다. 한때는 쏟아지는 햇빛을 통해 바닥에 가라앉은 보물이나 다른 그림자들을 엿볼 수 있었지만 이제는 그 심연을 들여다 볼 방법이 없다. 결국 이 책도 한 페이지만 읽고 그대로 영원히 덮어둘 운명이었던 것이다. 그 심연도, 햇빛이 수면을 어루만지고 내가 아무것도 모른 채 그저 기슭에 서서 바라보는 사이에 문득 영원한 얼음 속에 갇힐 운명이었다. 친구도 죽고, 이웃도 죽고, 내 사랑, 내 영혼의 애인도 죽는다. 사람들이 가슴속에 늘 품고 있는 비밀, 내 안에도 있으며 내 삶이 끝날 때까지 품고 갈 비밀이 가혹하게도 영원히 굳어져 버리는 것이다. 그렇다면 바쁘게 움직이는 사람들보다 내가 지나다니는 대도시의 수많은 묘지에 잠든 사람들이 더 수수께끼 같은 존재가 아닐까?

수수께끼와도 같은 이 마음의 성소(聖所)는 모든 사람이 태어날 때부터 가지고 있으며 그 누구도 빼앗을 수 없는 자산이라고 할 수 있으므로, 그 점에서는 말을 탄 심부름꾼이나 국왕, 재상, 또는 런던 제일의 부자도 전혀 다르지 않다. 지금 낡고 좁은 역마차 안에 갇혀 덜컹덜컹 흔들리고 있는 세 승객도 예외가 아니었다. 그들은 저마다 말 6필 또는 60필이 이끄는 마차를 타고 마을 하나 정도의 거리를 사이에 두고 여행하는 것처럼 서로 완전한 신비에 싸여 있었다.

심부름꾼은 말을 천천히 몰면서 왔던 길을 되돌아갔다. 가다가 술집이 나
오면 말을 멈추고 목을 축였지만 말은 거의 하지 않고 모자도 눈 위까지 푹
눌러쓰고 있었다. 게다가 그의 눈은 그러한 차림에 썩 잘 어울렸다. 흐릿하
게 검은 빛이 도는 그 눈은 색깔이나 형태에서 깊이를 조금도 찾아볼 수 없
었다. 두 눈은 서로 바싹 달라붙어 있는데, 마치 멀리 떨어져 있다간 언제
뿔뿔이 흩어질지 몰라 두려워하는 것 같았다. 게다가 표정이 무척 음험했다.
그러한 눈이 세모꼴 타구(唾具)처럼 생긴 삼각모자와 무릎까지 내려오는 긴
목도리 사이에서 날카롭게 번뜩였다. 말을 세우고 술을 마실 때에도 오른손
으로 술을 입에 털어 넣을 때마다 왼손으로 목도리를 살짝 걷어낼 뿐, 다 마
시고 나면 다시 재빨리 얼굴을 감싸 버렸다.

"아니야, 제리." 심부름꾼은 말을 달릴 때에도 끊임없이 같은 말만 되풀이
했다. "너한테는 좋을 게 하나 없어, 제리. 너 같이 정직한 장사꾼한테는 좋
지 않아. 부활이라니! 그래, 그 나리는 술에 취했던 게 틀림없어!"

어쨌든 그 답장 때문에 무척 골치가 아팠던지, 제리는 몇 번이나 모자를
벗고 머리를 긁적였다. 듬성듬성 벗겨진 정수리를 빼놓고는 바늘을 심어 놓
은 듯한 새카맣고 뻣뻣한 머리칼이 주먹코 근처까지 자라 있었다. 마치 대장
장이가 솜씨를 부린 것처럼, 사람의 머리라기보다는 튼튼한 쇠못을 잔뜩 박
아 놓은 담벼락 꼭대기 같았다.

돌아가서 템플 바 옆에 있는 텔슨 은행의 수위실 경비에게 이 답장을 전하
면 경비가 안에 있는 높은 양반에게 그대로 전할 것이다. 심부름꾼은 이런
생각을 하며 말을 몰았지만, 그 사이에도 그를 에워싼 밤 그림자는 답장으로
인해 생기는 온갖 환각을 그의 눈앞에 그려보였다. 그의 암말까지도 혼자만
이 아는 불안의 씨앗을 느끼고 그로 인해 생긴 환영에 괴로워했다. 환영이
차례로 떠오르는 모양인지 말은 길 위에 나타나는 온갖 환상의 그림자에 질
겁했다.

그 무렵 역마차는 서로 속마음을 드러내지 않는 세 승객을 싣고 덜거덕거
리며 천천히 지루하게 달리고 있었다. 밤 그림자는 그들의 졸린 눈과 걷잡을
수 없는 공상이 만들어내는 온갖 환상의 형태로 그들 앞에도 나타났다.

갑자기 역마차 안에서 텔슨 은행이 영업을 시작했다. 은행원이라는 그 승

객은 마차가 심하게 흔들릴 때마다 옆 사람에게 부딪혀 그를 구석으로 밀어내는 일이 없도록 가죽 끈 손잡이에 한 팔을 끼운 채 눈을 반쯤 감고 꾸벅꾸벅 졸고 있었는데, 조그만 차창과 창밖에서 흘러들어오는 희미한 마차 등불과 맞은편에서 자고 있는 승객의 커다란 덩치가 순식간에 은행 건물로 바뀌더니 활기차게 거래를 하고 있는 게 아닌가. 쩔그럭거리는 마구 소리는 이내 동전 소리로 바뀌었다. 그는 그 짧은 5분 사이에, 국내외 고객과 두루 거래하는 텔슨 은행이 지급하는 어음의 세 배를 순식간에 지급해 버렸다. 다음은 그도 잘 아는 거액의 준비금을 은밀히 보관하고 있는 은행의 지하금고가 나타났다(그 금고에 대해서는 그도 잘 알고 있었다). 눈앞에서 문이 조용히 열리자 그는 커다란 열쇠 꾸러미와 흐릿한 촛불을 손에 들고 안으로 들어간다. 아무 일도 일어나지 않았다. 지난번에 보았을 때와 조금도 변함없이 무사하고 안전해 보였다.

은행의 환상은 쉴 새 없이 눈앞에 나타났고 마차의 존재도(아편에 취해 고통 받을 때처럼 의식이 매우 혼란스럽기는 했지만) 의심할 여지가 없었다. 그러나 그와 더불어 거의 밤새도록 들러붙어 떨어지지 않은 환상이 있었다. 그는 한 사내를 무덤에서 파내러 가는 중이었다.

그런데 눈앞에 떠오르는 수많은 얼굴 가운데 어느 것이 무덤에 묻힌 사내의 진짜 얼굴인지는 밤 그림자도 가르쳐주지 않았다. 나타나는 얼굴들은 모두 45세 정도의 사내들로, 서로 크게 다른 점이 있다면 얼굴에 나타난 감정과 지독하게 쇠약해지고 수척해진 표정뿐이었다. 자존심, 경멸, 반항, 고집, 인내, 비탄의 표정이 순서대로 나타나고, 앙상한 볼, 창백한 낯빛, 여윈 손과 손가락 등 여러 모습이 차례로 나타났다가 사라졌다. 하지만 결국 모두 같은 얼굴이었고, 머리는 언제나 새치로 덮여 있었다. 승객은 꾸벅꾸벅 졸면서도 수도 없이 이 환상에게 물었다.

"얼마나 묻혀 있었습니까?"

대답은 늘 한결같았다. "한 18년쯤 되오."

"누군가가 무덤에서 꺼내줄 거라는 희망은 이미 버리셨군요?"

"그렇소. 오래전에 버렸소."

"하지만 지금은 다시 살아나신 걸 아시지요?"

"다들 그렇게 말하더군요."

"다시 한 번 살고 싶으세요?"

"글쎄요."

"따님에게 데려가 드릴까요? 만나러 가시겠습니까?"

하지만 그 물음에 대한 대답은 늘 달랐고 때로는 정반대인 경우도 있었다. 더듬거리며 "기, 기다리시오! 지금 갑자기 만나면 난 죽고 말거요"라고 말할 때도 있고 갑자기 눈물을 흘리며 "그래요, 데려가 주시오" 하고 말할 때도 있었다. 그런가 하면 갑자기 깜짝 놀란 얼굴로 의심스럽게 바라보며 "나는 그런 사람 모르오. 모른단 말이오"라고 말하기도 했다.

이러한 상상의 대화가 이어진 뒤 언제나 그는 땅을 파고 또 판다. 때로는 삽으로, 때로는 커다란 열쇠로, 때로는 두 손으로 이 불쌍한 사내를 파내려 했다. 그러나 얼굴과 머리칼이 진흙투성이가 되어 가며 간신히 파내면 사내는 이내 흙가루가 되어 후두두 떨어진다. 그럴 때마다 승객은 화들짝 놀라며 깨어나 창문을 열고 현실의 안개와 비를 뺨으로 느꼈다.

그러나 그가 눈을 뜨고 안개와 비, 끊임없이 흔들리는 등불 그림자와 빠르게 뒤로 물러나는 길가의 산울타리 따위를 바라보는 사이에도 창밖의 어둠이 어느새 숨어 들어와 차 안의 어둠과 뒤엉켜 하나가 된다. 템플 바 옆에 있는 텔슨 은행, 어제 처리하고 온 은행 업무, 지하 금고, 그리고 은행에서 보낸 쪽지와 전해달라고 부탁한 말도 모두 현실에 그대로 있었다. 그리고 그 안에서 다시금 창백한 얼굴이 나타난다. 그는 또다시 말을 건다.

"얼마나 묻혀 있었습니까?"

"한 18년쯤 되오."

"다시 한 번 살고 싶으세요?"

"글쎄요."

또다시 열심히 땅을 판다. 그때 옆에 있는 승객이 신경질적으로 몸을 뒤척이는 바람에 그도 깜짝 놀라 창문을 닫고 가죽끈 손잡이에 팔을 단단히 끼우고 두 사람이 자는 모습을 물끄러미 바라보면서 생각에 잠겼다. 그러나 그러한 생각은 어느새 사라지고 잠든 그들의 모습은 은행과 무덤 속으로 다시 사라져 버렸다.

"얼마나 묻혀 있었습니까?"

"한 18년쯤 되오."

“누군가가 무덤에서 꺼내줄 거라는 희망은 이미 버리셨군요?”

“그렇소. 오래 전에 버렸소.”

이러한 말들은 마치 방금 들은 것처럼, 아니, 태어나서 들은 어떠한 말보다도 생생하게 그의 귓가에 남아 있었다. 그러나 퍼뜩 정신이 들었을 때는 이미 날이 환하게 밝아 밤의 어둠은 흔적도 없이 사라진 뒤였다.

그는 창문을 열고 아침 해를 바라보았다. 잘 갈아놓은 밭두둑이 있고, 그 위에는 어젯밤 말의 멍에를 벗길 때 두고 간 가래가 덩그러니 놓여 있었다. 그 맞은편에는 타는 듯이 붉은 단풍이 아직도 많이 남아 있는 잡목 숲이 보였다. 땅은 차고 축축했지만 하늘은 맑고 화창했다. 그리고 눈부신 태양이 조용히 떠올라 있었다.

“18년!” 승객이 태양을 바라보며 중얼거렸다. “얼마나 끔찍한가! 18년 동안이나 산 채로 땅속에 묻혀 있다니!”

제4장 준비

오전 중에 역마차가 도버에 무사히 도착하자 평소와 다름없이 로열 조지 호텔의 수석 사환이 달려와 마차 문을 열었다. 그는 평소보다 더욱 정중하게 문을 열었다. 겨울에 런던에서 역마차를 타고 오기란 보통 일이 아니었으므로 이를 완수한 여행자들은 충분히 축복을 받을 자격이 있었기 때문이다.

이때 축복 받을 여행자는 한 사람밖에 없었다. 다른 두 사람은 도중에 자기 목적지에서 저마다 내려버렸기 때문이다. 곰팡내와 지독한 악취가 나고 실내가 어둑한 마차는 사실 개집을 크게 키워 놓은 것과 별반 다를 바가 없었다. 그리고 그 안에서 볏짚 부스러기를 달고, 부스스한 망토를 두르고 챙이 넓은 모자를 쓰고, 다리는 진흙투성이인 채로 나타난 승객 로리 씨도 덩치 큰 개와 마찬가지였다.

"이보게, 내일 칼레로 가는 정기선이 있는가?"

"네, 손님. 오늘처럼 날씨가 좋고 순풍이 분다면 예정대로 출항할 겁니다. 오후 두 시 무렵부터는 물때도 좋아진다고 하니까요. 침실을 준비할까요, 손님?"

"밤이 되기 전까진 자지 않겠지만 그래도 침실을 부탁하네. 이발사도 불러주게."

"아침식사는 어떻게 하시겠습니까? 네, 분부대로 하겠습니다. 이쪽으로 오시지요. 이봐, 손님을 콩코드 방으로 모시게! 손님의 가방과 따뜻한 물을 콩코드 방으로 가져다 드리고, 손님의 구두는 콩코드 방에서 벗으시라고 말씀드리게. (방은 고급 석탄으로 따뜻하게 데워 두었답니다, 손님.) 그리고 이발사도 방으로 보내고. 자, 어서 콩코드 방으로 안내하게."

콩코드 방은 언제나 역마차를 타고 오는 손님이 묵었다. 역마차를 타고 오는 손님은 누구나 머리끝에서 발끝까지 옷을 푹 뒤집어쓰고 있으므로 방으로 들어갈 때에는 다 똑같은 사람처럼 보이지만 나올 때는 전혀 다른 사람이 되어 나온다. 그렇다 보니 로열 조지 호텔 사람들에게 이 방은 일종의 특별한 흥밋거리였다. 따라서 이날 아침에 조금 피곤해 보이지만 줄이 잘 서 있는 커다란 커프스와 큰 주머니 덮개가 달린 잘 손질된 갈색 정장을 말끔하게 차려 입은 예순 즈음의 노신사가 콩코드 방에서 나와 아침을 먹기 위해 커피숍으로 향했을 때에도 사환 하나와 짐꾼 둘, 하녀 몇몇과 심지어 여주인까지도 우연을 가장하여 복도 여기저기에서 어슬렁거리고 있었다.

그날 아침 식당에 손님은 갈색 정장을 입은 그 신사밖에 없었다. 난로 앞에 차려진 식탁에 앉아 난롯불을 쬐며 조용히 식사를 기다리는 그의 모습은 마치 초상화 모델 같았다.

두 손을 무릎 위에 가지런히 올려놓은 품이 아주 절도 있고 단정해 보였다. 조끼 밑에서 재깍거리는 회중시계는 난롯불의 경쾌하고 속절없는 특성과 대조되는 장중함과 수명의 길이를 자랑하며 낭랑한 설교를 이어가고 있었다. 신사는 다리가 매끈하게 뻗어 있었고, 그 점에 적잖이 자부심을 느끼는 듯했다. 매끄러운 갈색 스타킹은 살에 딱 달라붙어 있었고 재질도 상당히 고급이었다. 버클이 달린 구두도 단순하기는 했으나 아주 맵시 있는 물건임에 틀림없었다. 야릇한 형태의 작고 반드르르한 황갈색 곱슬머리 가발도 머리에 꼭 맞았으며, 분명히 머리카락으로 만들어졌을 텐데 마치 명주나 유리 섬유로 짠 것처럼 보드라워 보였다. 리넨 셔츠는 스타킹만큼 고급은 아니었지만 근처 모래톱에 부딪치는 파도나, 먼 앞바다에서 햇빛을 받으며 반짝이는 하얀 돛대처럼 새하얀 색이었다. 평소에는 조용히 감정을 억제하고 있는 얼굴은 촉촉하고 아름다운 눈동자 덕분에 그 이상한 가발 밑에서 환하게 빛났다. 이러한 텔슨 은행의 침착하고 겸손한 표정을 얻기까지는 아마도 오랜 세월 동안 상당히 많은 노력을 해야 했을 것이다. 볼은 혈색이 돌아 건강해 보였고 얼굴에는 주름이 많긴 했지만 근심의 흔적을 거의 찾아볼 수 없었다. 텔슨 은행의 기밀을 다루는 독신 행원이란 모름지기 다른 사람들의 고민을 해결하느라 바쁜 처지인데, 다른 사람의 근심은 남이 입던 헌옷처럼 입고 벗기가 쉬운 모양이다. 초상화 모델의 완성도를 더욱 높이려는 것처럼, 로리는 그대로 잠이 들어 버렸다. 아침 식사가 나오자 잠을 깬 그는 의자를 당겨 앉으며 종업원에게 말했다.

"오늘 젊은 숙녀 한 분이 도착할 테니 방을 하나 준비해 주게. 자비스 로리를 찾거나 그냥 텔슨 은행에서 온 사람을 찾을 테니 오면 내게 알려 주고."

"알겠습니다, 손님. 런던에 있는 텔슨 은행 말씀이지요?"

"그렇네."

"알겠습니다. 텔슨 은행에서 오신 분들은 런던과 파리를 오갈 때 자주 이곳에 묵으신답니다. 손님의 은행 직원 분들은 여행을 많이 다니시나 봐요."

"그렇네. 우리 은행은 영국 은행이면서 프랑스 은행이라고 할 수도 있으니까 말이야."

"그렇군요. 그런데 손님께선 이런 여행에 그다지 익숙지 않으신 것 같습니다만."

"맞아, 지난 몇 년 동안 길을 나선 일이 없다네. 마지막으로 우리, 아니 내가 프랑스에서 돌아온 게 15년 전일세."

"그러십니까? 제가 이 호텔에 오기 전이군요. 아니, 지금 주인이 호텔을 인수하기도 전이네요. 그때는 이곳을 다른 사람이 경영하고 있었지요."

"그럴 걸세."

"하지만 텔슨 은행 같은 곳은 15년은 말할 것도 없고 50년 전에도 번창했겠지요?"

"어림잡아 그 세 배쯤 될 걸세. 150년 전부터라고 해도 틀리지 않을 거야."

"그렇습니까, 손님?"

종업원은 입을 모으고 두 눈을 동그랗게 뜨면서 식탁에서 물러서더니 오른팔에 걸고 있던 냅킨을 왼팔로 옮기고 훨씬 편안한 자세를 취했다. 그리고 손님이 먹고 마시는 모습을 전망대나 감시탑에서 내려다보듯 가만히 서서 지켜보았다. 오랜 옛날부터 내려오는 종업원들의 습관이었다.

로리는 아침 식사를 마치고 바닷가를 산책했다. 좁고 구불구불한 도버 시는 해변에서 점차 멀어지면서 하얀 절벽을 향해 타조처럼 머리를 박고 있는 형상이었다. 모래톱에서는 산더미 같은 파도와 주변에 굴러다니는 돌멩이들이 엎치락뒤치락했고, 바다는 내키는 대로 위세를 부렸다. 바다의 위세는 곧 파괴이다. 바다는 마을을 향해 호령하고 절벽을 덮치고 미친 듯이 해안을 찔러댔다. 주택가의 공기는 생선 비린내가 진동했는데, 마치 병든 사람이 바다에 몸을 담그러 가듯 병든 물고기가 공기에 몸을 담그러 뭍으로 올라온 것 같았다. 항구에는 낚시를 하는 사람도 몇몇 있었지만, 그보다는 밤에 해안을 어슬렁거리며 눈이 빠지도록 바다만 바라보는 사람이 훨씬 많았다. *1 딱히 장사를 하는 것 같지도 않던 소상인이 이따금 이해할 수 없는 막대한 돈을 벌기도 했다. 게다가 재미있게도, 이 근처에 사는 사람들은 너나 할 것 없이 누구나 가로등 점등원이 세상에서 가장 싫다고 말했다.

오후가 되어 이따금 프랑스 해안까지 보일 만큼 맑던 공기가 다시 안개와 수증기로 뒤덮이자 로리의 마음에도 어두운 구름이 끼는 듯했다. 날이 저물고, 아침 식사를 기다리던 때처럼 저녁 식사를 기다리며 또다시 커피숍 난롯가에 앉아 있노라니, 로리의 마음은 시뻘겋게 타오르는 석탄 속을 허둥지둥 파내고 또 파내었다.

식사를 마치고 고급 포도주를 한 병 마셨지만, 포도주는 석탄을 파내는 사람의 일손을 멈추게 했을 뿐 다른 해는 전혀 입히지 않았다. 로리는 한참을 느긋하게 앉아 있었다. 혈색 좋은 중년 신사가 기분 좋게 한 병을 다 비웠을 때 보이는 그 최고의 만족감을 보이며 마지막 잔에 술을 따랐을 때, 좁은 길을 따라 달려오는 마차 소리가 그대로 호텔 안마당으로 들어왔다.

로리는 술잔에 입도 대지 않고 내려놓았다. "아가씨가 왔나 보군!"

얼마 뒤 종업원이 들어와 런던에서 온 마네트 양이 텔슨 은행에서 오신 신사를 만나고 싶어 한다고 전했다.

"지금 당장 말인가?"

마네트 양은 오면서 가볍게 식사를 마쳤기 때문에 지금은 아무것도 필요 없으며, 이쪽만 괜찮다면 되도록 빨리 텔슨 은행에서 온 신사를 만나고 싶다는 것이었다.

로리는 어쩔 수 없다는 듯이 술잔을 단숨에 비우고 그 이상하게 생긴 가발을 귀까지 눌러쓰고는 종업원을 따라 마네트 양의 방으로 갔다. 검정 말총장식이 달린 커튼이 장례식장처럼 드리워져 있고, 육중하고 거무스름한 탁자가 두세 개쯤 놓여 있는 크고 어둠침침한 방이었다, 탁자에는 모두 기름칠이 되어 있었으며, 방 한가운데에 있는 탁자 위에 놓인 촛불 두 개가 탁자들에

---

*1 도버 항을 통해 밀수가 많이 이루어졌다.

희미한 반사광을 던지고 있었다. 마치 검은 마호가니의 무덤에 깊이 파묻혀 있어서 일단 파내야만 방을 밝힐 불빛을 얻을 수 있을 것 같았다.

　너무 어두워 앞이 잘 보이지 않자 로리는 낡은 터키산 양탄자 위로 조심스럽게 걸음을 옮기며 마네트 양이 어딘가 다른 방에 있는 것이 아닐까 하고 잠깐 생각했다. 하지만 두 자루의 촛대 옆을 지나자 촛불과 난로 사이에 있는 탁자 옆에 열일곱 살쯤 되어 보이는 어린 아가씨가 승마복 차림에 여행용 밀짚모자의 리본을 손에 쥔 채 서 있는 것이 보였다. 가냘프고 아담한 몸집과 풍성한 금발, 캐묻는 듯 이쪽을 바라보는 푸른 눈동자, 아직 젊어 주름 하나 없는 이마가 문득 그의 눈에 들어왔다. 그녀의 이마는 눈썹이 치켜 올라가거나 내려갈 때마다 당혹스러움과 놀라움과 두려움과 단순한 날카로운 응시를 모두 담아내면서도 어느 것 하나도 쉽게 잡아내기 어려운 복잡한 표정을 짓는 놀라운 능력이 있었다. 그러한 특징이 그의 눈에 비친 순간 갑자기 어떤 얼굴이 생생하게 떠올랐다. 추운 겨울 어느 날 우박이 마구 쏟아지고 파도가 거칠게 일렁이는 영국 해협을 건널 때 그가 품에 단단히 안고 있던 아이의 얼굴이었다. 그러나 환상은 그녀 뒤에 걸려 있는 으스스한 벽거울 표면에 서린 김처럼 한순간에 사라졌다. 그리고 그 뒤에는 거울 가장자리에 새겨진, 머리가 떨어져 나가거나 다리가 잘려 나간 흑인 큐피드들이 외과병원의 환자들 같은 모습으로 흑인 여신에게 사해(死海)의 과일이 담긴 바구니를 바치러 줄지어 가는 모습의 조각상만이 남았다. 로리는 마네트 양에게 정중하게 인사를 했다.

　"이쪽으로 앉으세요." 맑고 상냥하고 앳된 목소리였다. 외국 억양이 조금 섞여 있었지만 티가 날 정도는 아니었다.

　"손등에 키스해도 좋겠습니까?" 로리는 다시 한 번 고개를 숙이며 고풍스럽게 인사를 하고 자리에 앉았다.

　"어제 은행에서 보낸 편지를 받았는데, 새로운 정보, 아니, 새로운 것을 발견했다고 하셔서……."

　"단어에는 신경 쓰지 않으셔도 됩니다, 아가씨. 편하게 말씀하세요."

　"아버지는 오래 전에 돌아가셔서 얼굴도 뵙지 못했지만, 얼마 안 되는 아버지의 유산이 있다고 하셨어요."

　로리는 의자에 앉은 채 자세를 바꾸며 난처한 표정으로 흑인 큐피드들의 행렬을 바라보았다. 마치 그들의 그 괴상한 과일바구니 안에 도움이 될 무언가가 들어있기라도 한 것처럼!

"그래서 일단 파리로 가야 한다며, 파리에 도착하면 은행에서도 그 일을 위해 사람을 보내줄 테니까 그분과 연락을 취하라고 하셨어요."

"그 사람이 바로 접니다."

"그러신 줄 알았어요."

그녀는 자신보다 연륜도 많고 지혜도 풍부한 신사에게 존경을 표시하고 싶어서 한쪽 다리를 뒤로 빼고 무릎을 굽혀 인사했다(그 시절 젊은 숙녀들의 인사법이었다). 그도 다시 한 번 고개를 숙였다.

"그래서 은행에 답장을 보냈어요. 제 사정을 잘 아시고 친절하게 조언해주시는 분들께서 제가 꼭 프랑스로 가야 한다고 말씀하시니 그렇게 하겠지만, 저는 고아라 동행해줄 친척도 없으니 차라리 그 신사분과 함께 갈 수 있도록 해주신다면 매우 감사하겠다고 말이에요. 그런데 그때는 그분께서 이미 출발하셨다고 하시더군요. 하지만 곧바로 심부름꾼을 보내 여기서 저를 기다리라고 부탁해 주셨지요."

"저로서는 더없는 영광이지요. 기꺼이 도와드리겠습니다."

"감사합니다. 정말 감사드려요. 은행 쪽에서는 선생님께서 자세한 내용을 설명해주실 텐데 아주 놀랄 만한 일이니 각오를 단단히 하라고 말씀하셨어요. 그래서 제 나름대로 마음의 준비를 단단히 하고 왔으니, 한시라도 빨리 그 이야기를 듣고 싶습니다."

"물론 그러시겠지요. 알겠습니다. 저는……."

로리는 말을 하려다 잠시 멈추고 귀 주변의 곱슬머리 가발을 매만지며 말했다.

"말을 꺼내기가 쉽지 않군요."

그러고는 결국 입을 다물어 버렸는데 머뭇거리다가 문득 마네트 양과 눈이 마주쳤다. 마네트 양의 이마가 불쑥 밀려올라가는 순간 그 독특한 표정이 감돌았다. 독특할 뿐 아니라 아주 매력적인 표정이었다. 그녀는 마치 지나가는 환영을 붙잡아 세우려는 듯 무심결에 한 손을 들어올렸다.

"저, 우리가 전에 만난 적이 있나요?"

"그럴 리가요." 로리는 따지고 들듯 두 팔을 크게 벌렸다.

지금까지 계속 서 있던 마네트 양이 생각에 잠기며 옆에 있는 의자에 조용히 앉았는데, 양미간 사이와 참하고 자그마한 코 바로 위에 섬세하고 아름다운 주름이 잡히며 그 독특한 표정이 더욱 깊어졌다. 생각에 잠긴 그녀를 가만히 바라보던 로리는 마침내 그녀가 다시 고개를 들자 말을 이어갔다.

"아가씨는 이 나라에 귀화하셨으니 영국의 젊은 숙녀들처럼 마네트 양이라고 부르는 것이 좋겠지요?"

"좋으실 대로 하세요."

"마네트 양, 나는 평범한 은행원입니다. 단지 주어진 일을 처리할 뿐이지요. 그러니 아가씨도 내 이야기를 들으실 때는 나를 말하는 기계에 지나지 않는다고 생각해주십시오. 사실이 그러니까요. 그럼 아가씨, 실례가 안 된다면 우리 은행과 거래하는 어떤 고객의 사연을 들려드리지요."

"사연이요?"

그는 그녀가 기계적으로 되풀이한 말을 일부러 잘못 들은 척 얼버무리며 서둘러 덧붙였다. "그렇습니다. 한 고객의 이야기예요. 우리는 은행과 거래하는 손님을 보통 고객이라고 부르죠. 그 고객은 프랑스 분인데 과학자였습니다. 학식이 아주 뛰어나신 박사셨지요."

"보베 출신이셨나요?"

"맞아요, 보베 분이셨어요. 아가씨의 아버님인 마네트 씨처럼 보베에서 오신 분이었어요. 그리고 역시 아가씨 아버님처럼 파리에서 명성이 자자하던 분이었습니다. 나도 파리에서 그분을 알게 되었는데, 물론 사무적인 관계였지만 그분과는 아주 친하게 지냈지요. 그 무렵 나는 파리 지점에서 일하고 있었습니다. 아, 벌써 20년 전이군요."

"그 무렵이라고 하셨는데, 그게 언제쯤인가요?"

"말씀드린 대로 20년 전입니다, 아가씨. 그분은 어느 영국 숙녀와 결혼하셨고, 나는 그분의 재산 관리인이었습니다. 다른 많은 프랑스 신사나 프랑스 가정과 마찬가지로 그분도 재산을 모두 텔슨 은행에 맡기셨어요. 그와 같은 방식으로 나는 옛날이나 지금이나 수많은 고객들의 재산을 관리하고 있지요. 단 이는 모두 사무적인 관계일 뿐, 그들과 우정이나 특별한 이해관계나 감정 따위를 나누는 일은 결코 없습니다. 은행에서 하루하루 업무를 보면서 여러 손님과 만나듯 오로지 은행원으로서 관계를 맺었을 뿐입니다. 즉 내게는 아무 감정도 없습니다. 정말로 기계나 다름없지요. 다시 앞서 하던 이야기로 돌아가자면……."

"저희 아버지 이야기지요?" 마네트 양이 묘하게 일그러진 표정으로 그를 뚫어지게 바라보았다. "그래서 말인데, 아버지가 돌아가신 지 불과 이태 만에 어머니마저 돌아가셔서 제가 고아가 되었을 때 저를 영국으로 데려다 주신 분이 선생님이시죠? 선생님이 틀림없어요."

로리는 그의 손을 잡으려고 머뭇거리며 내민 마네트 양의 손을 잡고 예의 바르게 입을 맞추었다. 그리고 이 어린 숙녀를 다시 의자로 데려가 앉히고는 왼손으로는 의자 등받이를 잡고 오른손으로는 턱을 만지작거리거나 가발을 당겨쓰거나 자신이 한 말을 강조하기도 하면서 의자에 앉아 그를 올려다보는 그녀의 얼굴을 내려다보았다.

"그렇소, 마네트 양, 그 사람이 바로 납니다. 하지만 그 뒤로 한 번도 만난 적이 없으니 그 사실만으로도 아까 나에 대해 말씀드린 내용, 내게는 감정이 없으며 다른 사람과의 관계는 모두 사업상의 관계에 지나지 않다는 말이 결코 거짓이 아님을 잘 아셨을 겁니다. 하기야, 그 이후 아가씨는 텔슨은행의 후견을 받게 되셨지만 나는 같은 은행에 있으면서도 다른 업무로 바빴지요. 감정이라는 것에 관여할 시간은 물론 기회도 없었어요. 요컨대 나는 커다란 돈 세는 기계를 돌리느라 평생을 보냈습니다."

로리는 평범한 일상 업무를 별나게 설명하고는 금색 가발 정수리를 두 손으로 매만진(표면이 반들반들 윤이 날 만큼 매끄러워 더 이상 매만질 필요도 없었지만) 다음 다시 원래 자세로 돌아갔다.

"아가씨도 말씀하셨듯이, 지금까지 한 이야기는 딱하신 아버님의 이야기입니다. 하지만 여기부터는 이야기가 달라집니다. 그러니까 만약 그때 아버님이 돌아가시지 않았다면…… 아니, 놀라지 마십시오. 놀라시는 것도 이해는 합니다만."

마네트 양은 기절할 듯이 놀랐다. 그녀는 두 손으로 신사의 손목을 잡았다.

"너무 흥분하지 마세요." 로리는 의자 등받이를 잡고 있던 왼손을 들어, 애원하듯 부들부들 떨며 그의 손을 잡고 있는 마네트 양의 손가락을 가볍게 감싸며 다독이듯 말했다. "정말로 사무적인 이야기이니까요. 말씀드린 바와 같이……."

하지만 로리는 그녀의 모습을 보자 불안해져서 말을 멈추고 조금 망설이다가 다시 이야기를 이어갔다.

"말씀드린 바와 같이 몇 가지 가정을 해 봅시다. 만약에 마네트 씨가 돌아가신 게 아니라 어느 날 아무도 모르게 종적을 감추었거나 소리 소문 없이 누군가에게 끌려갔다면, 물론 행방을 찾을 수는 없지만 그곳이 얼마나 무시무시한 곳인지 대체로 짐작할 수 있다면, 다시 말해 그분의 동포 중에 그분을 적대시하는 사람이 있는데 그가 바다 건너에서는 아무리 용감한 사내도 감히 수군대지 못할 어마어마한 특권을 갖고 있어서, 예컨대 백지 서식에 누구든 원하는 사람의 이름을 적어 넣기만 하면 곧바로 그를 평생 감옥에 가둬 둘 수 있다면, 그리고 하다못해 소식이라도 알고 싶어서 박사의 부인이 왕과 왕비와 신하와 주교들에게 아무리 탄원을 해도 아무 소용이 없다면, 만약 그렇다면 이 불행한 보베 출신 박사의 운명이 바로 아버님의 운명이었을지도 모르지요."

"제발 더 자세히 말씀해 주세요."

"해드리지요. 해드리고말고요. 하지만 괜찮으시겠습니까?"

"그럼요, 이도 저도 아닌 상태로 있으니 어떤 이야기라도 듣겠어요."

"말씀하시는 게 많이 침착해지셨군요. 아니 확실히 침착해지셨어요. 좋습니다!" (하지만 말처럼 안심한 듯이 보이지는 않았다.) "아주 사무적인 이야기예요. 싫어도 어쩔 수 없이 해야 하는 업무상의 이야기일 뿐이라고 생각해 주십시오. 다시 조금 전의 이야기로 돌아가서, 그 박사의 부인은 심지가 아주 굳은 분이셨지만 아이까지 밴 상태에서 그 사건으로 극심한 정신적 고통을 겪었다면……."

"그 아기는 딸이었겠지요?"

"그래요, 딸이었습니다. 아, 하지만 업무상의 문제일 뿐이니 너무 슬퍼 마십시오. 그런데 아가씨, 이것 역시 가정이지만, 그 가엾은 부인이 출산을 앞두고 너무도 큰 고통을 겪으신 나머지 아기에게만큼은 부인이 겪은 아픔을 절대로 물려주지 않겠다고 결심하고 아버지가 돌아가셨다고 믿게끔 키우셨다면…… 아니, 그렇게 무릎 꿇지 마십시오. 아가씨가 내 앞에서 무릎 꿇을 이유가 무엇입니까?"

"사실을 말씀해주세요! 선량하고 자비로우신 선생님, 제발 사실을 말씀해주세요!"

"업무상의 문제라고 말씀드리지 않았습니까. 당황스럽군요. 그렇게 나를 곤란하게 만들면 어떻게 사무를 제대로 처리할 수 있겠어요? 일단 머리를 좀 식힙시다! 9펜스의 아홉 배는 얼마지요? 20기니는 몇 실링인지 대답해보세요. 대답하신다면 나도 마음이 좀 놓일 겁니다. 아가씨가 진정해야 나도 안심이 되니까요."

마네트 양은 물음에 직접 대답하지는 않았지만 로리가 다정하게 부축해주자 조용히 의자에 앉았다. 그리고 아까부터 그의 손목을 잡고 있는 두 손에도 한층 힘이 들어갔으므로 로리도 조금은 안심할 수 있었다.

"그래요, 잘했어요. 기운을 내세요! 이건 일입니다. 아가씨에게는 앞으로 해야 할 일이 있어요. 아주 중요한 일이에요. 마네트 양, 어쨌든 어머님은 그렇게 하기로 결심했어요. 어머님은 돌아가시기 전까지 무척 애통해하시면서 아버지의 행방을 찾아 헤매셨지만 돌아가실 때에는 두 살배기 딸이 성인이 될 때까지 탐스럽고 어여쁘고 행복하게 자라도록 손을 쓰셨습니다. 아버님이 옥중에서 고생하시다 돌아가셨는지, 아니면 오랜 세월동안 고초를 겪으시며 아직 살아 계신지조차 알지 못해 불안에 떨지 않아도 되도록 말입니다."

로리는 감탄과 동정이 뒤섞인 마음으로 눈앞의 탐스러운 금발을 내려다보며 말했다. 잘못했다간 지금쯤 이 금발이 백발로 변해 버렸을지도 모른다고 혼자 상상이라도 하는 것 같았다.

"아시다시피 부모님의 재산이 그리 많지는 않았습니다. 하지만 남은 재산은 틀림없이 어머님과 아가씨 명의로 되어 있었어요. 그 뒤에 새로 발견된 현금이나 재산은 없습니다. 다만……."

로리는 그의 손목을 잡고 있는 마네트 양의 손에 점점 더 힘이 들어가는 것을 느끼고 말을 멈추었다. 유난히 눈길을 사로잡았던 이마의 표정은 그대로 굳은 채 깊은 고통과 두려움에 잠겼다.

"그런데 이번에 아버님을 찾았습니다. 살아 계세요. 하지만 아마도 많이 변하셨을 겁니다. 그런 일이 없기를 간절히 바라지만 어쩌면 폐인이 되셨는지도 몰라요. 하지만 어쨌든 살아는 계십니다. 아버님은 지금 파리에 사는 옛 하인의 집에 계십니다. 우리가 지금 가려는 곳이 바로 그곳입니다. 나는 그분이 맞는지 아닌지 확인하기 위해서, 그리고 아가씨는 아버님에게 다시 생명과 사랑과 의무와 안식을 되돌려드리기 위해 가는 겁니다."

그녀는 온몸을 부르르 떨었다. 그 전율이 그의 몸에도 전해졌다. 마네트 양은 두려움에 사로잡힌 낮지만 분명한 목소리로 잠꼬대하듯 대답했다.

"그럼 아버지의 유령을 보게 되겠군요. 아버지가 아니라 아버지의 유령일 거예요!"

로리는 그의 팔을 잡고 있는 그녀의 두 손을 조용히 쓰다듬었다. "자, 보세요! 이제 좋은 소식과 나쁜 소식을 모조리 말씀드렸습니다. 지금 당신은 그 불쌍한 분을 만나러 가기 위해 여기까지 오셨어요. 육로와 해로를 무사히 지나면 사랑하는 그분에게 갈 수 있습니다."

마네트 양은 아까와 똑같은 목소리로 이번에는 속삭이듯 말했다. "저는 이제까지 자유롭고 행복하게 살았어요. 하지만 꿈에 아버지의 유령이 나타난 적은 한 번도 없었어요!"

"마지막으로 한 마디만 더 할게요." 로리는 그것이 그녀의 주의를 끄는 가장 온건한 방법이라고 생각하고 특히 힘주어 말했다. "아가씨의 아버님을 찾았을 때는 다른 이름을 쓰고 계셨습니다. 진짜 이름은 오래전에 잊으셨거나 숨기셨겠지요. 이제 와서 그 이유를 캐물어 봐야 좋을 건 하나도 없습니다. 또한 아버님을 일부러 오랜 세월 동안 감금한 것인지 아니면 가두어 놓고 깜빡 잊은 것인지도 알아내려 해봐야 전혀 도움이 되지 않습니다. 어쨌든 지금은 아무것도 밝히려 하면 안 됩니다. 위험하니까요. 이 문제에 대해서는 철저히 침묵하고, 일단 아버님을 잠깐이라도 프랑스 밖으로 모시는 것이 좋을 겁니다. 영국인이라 안전한 나나 프랑스의 두터운 신임을 받는 텔슨 은행조차도 이 문제만큼은 공공연히 언급하지 않는답니다. 지금도 나는 이 문제와 관련된 서류는 한 장도 가지고 있지 않습니다. 이 일은 완전한 비밀 임무예요. 내 자격증이나 입국허가증, 보고서 모두 '부활했다'라는 한 마디로 통하고, 그 말에 모든 의미가 담겨 있습니다. 그런데 왜 그러세요? 내 말은 한 마디도 듣지 않으셨군요! 마네트 양!"

마네트 양은 말 한 마디 없이 로리에게 손을 잡힌 채 의자에 꼿꼿이 앉아 그대로 넋이 나가 있었다. 눈은 그를 뚫어지게 바라보고 있었고, 이마에는 그 마지막 표정이 칼로 새기거나 낙인을 찍은 것처럼 선명하게 떠올라 있었다. 그의 팔을 어찌나 세게 잡고 있는지 잘못 움직였다간 그녀가 다칠 수도 있었다. 하는 수 없이 로리는 그 자세 그대로 서서 큰 소리로 도움을 청했다.

그러자 곧바로 우락부락한 여장부가 종업원들보다도 먼저 달려왔다. 그녀는 당황한 로리의 눈에도 무척 인상적이었는데, 얼굴과 머리카락은 온통 새빨갛고 몸에 꽉 끼는 옷을 입고 있었으며 머리에는 각진 근위병 모자나 스틸턴 치즈*² 같이 생긴 이상한 보닛을 쓰고 있었다. 그녀는 로리에게서 가엾은 숙녀를 떼어놓는 문제를 단번에 해결해 주었다. 통나무 같은 손으로 로리의 멱살을 잡고는 가까운 벽으로 내동댕이쳐버린 것이다.

('남자가 틀림없어!' 로리는 벽에 부딪혀 숨이 막힌 와중에도 이렇게 생각했다.)

"왜 다들 보고만 있어!" 여인이 종업원들을 둘러보며 말했다. "멀뚱히 서서 나만 쳐다보지 말고 가서 약이라도 가져와야 할 거 아냐! 내 얼굴에 무슨 구경거리라도 있나? 가서 약을 가져와. 각성제랑 냉수랑 식초도 냉큼 가져오고, 꾸물거렸다간 혼날 줄 알아."

종업원들이 약을 가지러 황급히 흩어지자 여인은 환자를 소파에 살며시 눕히고는 아주 부드럽고 능숙하게 간호를 했다. "착하지"라든가 "우리 아가"라고 다정하게 부르며 그녀의 금발을 어깨 위로 가지런히 펼쳤다.

"보시오, 거기 갈색 양복 입은 양반!" 그녀는 로리를 돌아보며 퉁명스럽게 말했다. "무슨 얘길 하고 있었는지는 모르지만 죽을 만큼 겁먹게 만들지 않고는 말을 못하시오? 새하얗게 질린 얼굴이랑 얼음장 같은 손을 좀 보시오. 이게 은행가라는 양반이 할 짓이오?"

로리는 난감한 질문에 대답할 말이 없어 그저 멀찌감치 떨어져 측은한 눈빛으로 힘없이 바라보고만 있었다. "혼날 줄 알아"라며 딱히 어떻게 하겠다는 것도 아닌 의미 없는 말로 종업원들을 쫓아낸 여인은 올바른 처치 순서를 지키며 환자를 돌보고 그녀가 정신을 차리자 머리를 자기 어깨에 기대게 했다.

---

*² 영국 특산 치즈.

"이제 괜찮겠지요?" 로리가 말했다.

"양복쟁이 양반, 이제 괜찮아졌다고 해도 당신한테 맡겨 두진 않을 겁니다. 어떻게 이렇게 예쁜 아가씨를!"

로리는 또다시 위축되어 딱한 표정으로 마네트 양을 바라보다가 다시 입을 열었다. "그럼 부인께서 이 아가씨와 함께 프랑스로 가주시겠습니까?"

"내가 왜 그래야 합니까?" 여장부는 대꾸했다. "내가 바다를 건너야 할 운명이라면 하느님께서 나를 섬나라에서 태어나게 하셨겠수?"

이 역시 어려운 질문이었다. 로리는 서둘러 물러나며 다시 생각해 보기로 했다.

제5장 술집

커다란 술통이 길 위로 굴러 떨어지며 박살이 났다. 수레에서 술통을 내리다 일어난 사고였다. 술통은 데굴데굴 구르다가 테두리가 벗겨지는 바람에 술집 문 앞에서 호두껍데기처럼 산산조각이 났다.

근처에 있던 사람들은 너나할것없이 하던 일을 내던지고 흐르는 술을 마시러 쏜살같이 달려들었다. 사방팔방으로 뻗어 있으며 지나가는 생물을 모조리 요절내기 위해 일부러 그렇게 만든 것처럼 울퉁불퉁한 도로의 포석을 따라 순식간에 술 웅덩이가 여럿 생겼다. 그리고 웅덩이 크기에 따라 크고 작은 무리의 다양한 사람들이 몰려들었다. 사람들은 쭈그려 앉아 재빨리 두 손을 모아 술을 퍼서 마시거나, 어깨 너머로 기웃거리는 여자들에게 먹여주거나, 깨진 사기 조각으로 퍼서 마시기도 하고, 여자들이 머리에 두르는 수건을 적셔 어린 아이의 입에 짜 넣어 주기도 했다. 어떤 사람은 진흙으로 재빨리 작은 둑을 쌓아 웅덩이를 새로 만들었고, 또 어떤 사람은 2층 창문에서 구경하는 사람들이 시키는 대로 이리저리 뛰어다니며 새로운 방향으로 흐르는 작은 술 줄기를 황급히 막았다. 하물며 술 찌꺼기가 잔뜩 들러붙은 술통 조각을 열심히 핥거나 술 때문에 썩어 부드러워진 통 조각을 질겅질겅 씹는 사람도 있었다. 어쨌든 하수구로 흘러 들어가는 술은 한 방울도 없었다. 사람들은 술을 한 방울도 남기지 않고 모조리 마셔 버렸을 뿐만 아니라 상당량의 흙까지 함께 먹어치웠다. 물론 조금이라도 이 지역을 알고 있는 사람이라면 그런 기적이 일어나리라고는 꿈에도 생각지 않겠지만 마치 청소부가 와서 거리를 말끔히 치우고 갔다는 생각이 들 정도였다.

술이 아직 남아 있는 동안에는 남자, 여자, 어린 아이들의 즐거운 웃음소리가 온 거리에 울려 퍼졌다. 끊임없이 웃고 장난쳤지만 난폭한 소동은 거의 일어나지 않았다. 오히려 일종의 특별한 친근감이 생겨 모두들 함께 어울리고 싶어 했으므로 특히 술복이 터진 사람과 성격이 털털한 사람들은 이내 즐겁게 얼싸안고 건배하거나 악수를 하고, 열 명이 넘는 사람들이 손을 잡고 춤을 추기도 했다. 그러나 머지않아 술이 떨어지고 가장 많이 흐르던 곳까지 그물망처럼 손가락으로 긁어낸 자국만 남자 이러한 소동은 시작되었을 때와 똑같이 갑자기 가라앉았다. 장작을 패다가 말고 장작에 도끼를 찍어둔 채로 달려 나온 사내도 다시 일을 시작하고, 비쩍 마른 손가락과 발가락을 녹이는 데 쓸 뜨거운 모래를 담은 항아리를 현관 계단에 놓아둔 채 잊고 있던 여자들도 다시 항아리를 가지러 돌아갔다. 지하실에서 추운 겨울의 태양 아래로 달려 나온 부스스한 머리에 맨팔을 드러낸 송장처럼 파리한 사내들도 다시 슬금슬금 내려갔다. 그리고 햇빛보다 이 동네와 더 잘 어울리는 어두운 공기가 다시 소리 없이 짙어졌다.

술은 붉은 포도주였고 그것이 붉게 물들인 곳은 파리의 생앙투안*¹이었다. 붉은 포도주는 많은 사람들의 손과 얼굴과 맨발과 나막신을 물들였다. 장작을 패던 사내의 손은 장작개비에 붉은 얼룩을 남기고, 아기를 보던 여자의 이마는 머리에 다시 두른 누더기 같은 수건 때문에 붉게 물들었다. 술통 조각을 질겅질겅 씹던 사내들의 입가도 맹수처럼 붉게 물들었다. 꾀죄죄하고 자루 같이 길쭉한 나이트캡을 대충 뒤집어 쓴 키 큰 익살꾼 하나가 갑자기 진흙이 섞인 술 찌꺼기에 손가락을 찍더니 벽에 커다랗게 '피'라고 썼다.

그리고 피라는 포도주가 다시 이 거리를 적시며 많은 시민들을 붉게 물들일 날이 바야흐로 다가오고 있었다.

아련한 빛이 잠깐이나마 생앙투안의 성스러운 얼굴*²에서 먹구름을 몰아냈지만 이윽고 다시 먹구름으로 뒤덮이자 어둠이 더욱 짙게 깔렸다. 추위와 질병과 무지와 가난이 그 성자를 모시는 강대한 왕후였으며, 특히 가난의 위세가 대단했다. 늙은이를 넣고 갈면 젊은이가 되어 나온다는 옛날이야기에 나오는 맷돌과는 전혀 다른 무시무시한 맷돌에 갈리고 뭉개진 사람들의 본보기가 마을 곳곳에서 부들부들 떨고 있고 창문마다 고개를 내밀고 있으며 문간마다 드나들고 있었다. 누더기 같은 옷을 바람에 펄럭거리며 어슬렁거리는 이들도 그들과 같은 처지였다. 그들을 갈아서 짓이긴 맷돌은 젊은이도 순식간에 노인으로 만들어버린다. 어린아이들까지도 얼굴이 삭았고 목소리는

*1 파리의 동쪽 외곽에 있으며, 바스티유 감옥과 센 강 사이에 있던 빈민가.
*2 생앙투안이라는 지명은 성 안토니의 이름을 따서 지은 것이다.

찌들었다. 어른 아이 할 것 없이 모두의 얼굴에 '굶주림'이라는 낙인이 주름진 세월의 고랑에서 쓸쓸이 싹을 틔우고 있었다. 굶주림은 모든 곳에 만연해 있었다. 높은 건물에 툭 튀어나온 빨랫줄에 걸려 있는 초라한 옷 속에도 있고, 지푸라기와 누더기, 나무, 종이를 닥치는 대로 그러모아 덧댄 집안에도 새겨져 있었다. 굶주림은 아까 그 사내가 패던 작은 장작개비마다 깊숙이 스며있고, 연기가 나지 않는 굴뚝 위에서 가만히 내려다보고 있고, 먹을 만한 것이라고는 하나도 없는 지저분한 거리에서도 자욱이 피어오르고 있었다. 빵집 선반에 진열된 싸구려 빵 덩어리에도, 소시지 가게에 걸린 죽은 개고기로 만든 소시지에도 모두 굶주림이라는 글자가 새겨져 있었다. 굶주림은 빙글빙글 돌아가는 원통 속에서 익어가는 군밤 사이에서 마른 뼈가 덜그럭거리는 소리를 냈고, 마지못해 기름을 약간 부어 튀긴 싸구려 감자칩은 잘게 썬 굶주림 자체라고 할 수 있었다.

굶주림은 자기와 어울리는 곳이면 어디에서나 살았다. 지독한 악취가 풍기는 좁고 구불구불한 골목과 여러 갈래로 갈라진 좁고 구불구불한 샛길에는 악취 나는 넝마와 나이트캡을 쓴 사람들이 살았다. 그리고 그들은 모두 험상궂은 표정으로 불경기 때문에 고민하고 있었다. 그곳 사람들에게는 궁지에 몰리면 역습할 것 같은 야수와도 같은 면이 있었다. 풀이 죽어 살금살금 걷고는 있지만 이글거리는 눈빛과 속마음을 숨기느라 굳게 다문 핏기 없는 입술, 교수대 밧줄(자기 목에 걸든 남의 목에 걸든 줄곧 그들의 머릿속에 있었을)처럼 깊게 주름진 이마가 여전히 선명하게 남아 있었다. 가게 간판은 가게 수만큼 다양했지만 그 간판에는 모두 암담한 가난의 그림이 그려져 있었다. 정육점 간판에는 힘줄 밖에 없는 말라비틀어진 고깃덩이가, 빵집 간판에는 싸구려 빵 덩어리가 그려져 있었다. 술집의 조잡한 그림 간판에 그려진 사내들은 물을 탄 데다 양까지 교묘하게 줄인 포도주와 맥주를 마시며 험악한 얼굴로 비밀스러운 이야기를 수군거리고 있다. 어쨌든 연장과 무기 외에는 번듯하게 그려진 것이 하나도 없었다. 칼장수의 단도와 도끼는 유난히 반짝거렸으며, 대장장이의 쇠망치는 묵직해 보였고, 총포점의 개머리판도 흉악해 보였다. 곳곳에 흙탕물이 고인 작은 웅덩이가 있고, 금방이라도 발이 걸려 넘어질 것처럼 울퉁불퉁하게 포석을 깐 도로에는 당연히 인도가 없었다. (있어도 문 앞에서 갑자기 뚝 끊어졌다.) 대신 하수가 길 한가운데로 흘렀으며, 큰비가 내리기라도 하면 갑자기 미친 듯이 집안으로 흘러 들어왔다. 길 맞은편에는 잊을 만하면 하나씩 듬성듬성 나타나는 흉물스러운 가로등이 밧줄과 도르래에 덩그러니 매달려 있었다. 날이 저물어 점등인이 등을 내려 불을 밝히고 다시 달아 올리면 흐릿하게 타오르는 등불이 마치 바다에 떠 있는 것처럼 머리 위에서 힘없이 흔들렸다. 아닌 게 아니라 등불은 정말로 바다 위를 표류하고 있었고, 배와 선원들은 폭풍우를 눈앞에 두고 있었다.

마침내 때가 다가오고 있어서일까. 지루함과 굶주림 속에서 멍하니 점등인만 바라보던 그 지역의 가난뱅이들도 마침내 점등 방법을 개선하여 대신 사람을 그 밧줄과 도르래로 끌어 올려 그들의 생활을 집어삼킨 어둠에 불을 밝혀 보면 어떨까 하고 생각했다. 하지만 아직은 때가 아니었다. 프랑스에 부는 바람은 가난뱅이들의 누더기를 펄럭이기만 하고 그냥 스쳐지나갔다. 정작 중요한 노래와 깃털이 아름다운 새들*3이 이 경고에 조금도 귀를 기울이지 않았기 때문이다.

그 술집은 길모퉁이에 있었는데, 외관이나 격식이 다른 가게들보다는 나아 보였다. 주인은 노란 조끼와 녹색 바지를 입고 가게 밖에 서서 사람들이 앞 다투어 술을 받아 마시려고 벌이는 소동을 가만히 바라보았다. "내 알 바 아니지." 그는 마침내 어깨를 으쓱하며 말했다. "배달꾼이 저지른 짓이니 새로 가져오라고 하면 그만이야."

그때 마침 길 건너편에서 그 멀대 같이 큰 익살꾼이 벽에 글씨를 쓰는 중이었다. 그 모습을 본 술집 주인이 큰 소리로 물었다.

"이봐, 가스파르, 거기서 뭐 하고 있어?"

그는 익살꾼들이 대개 그렇듯 자못 거드럭거리며 낙서를 가리켜보였다. 하지만 역시 익살꾼들의 숙명이 그렇듯 그의 의도는 상대에게 통하지 않았다.

"그게 뭐 어쨌다는 거야? 정신병원에 갇히고 싶어?" 술집 주인은 길을 성큼성큼 건너가 진흙을 한 줌 집어 들더니 다짜고짜 낙서를 뭉개 버렸다. "왜 큰길에다가 낙서를 하는 거야? 이 자식, 말해 봐. 다른 데는 할 데가 없어서 그래?"

그는 깨끗한 손으로(우연인지 일부러 그런 것인지는 모르지만) 익살꾼의

---

*3 귀족들을 말한다.

가슴을 치며 그를 몰아세웠다. 익살꾼은 그의 손을 툭 쳐 내리고 훌쩍 뛰어오르더니 춤이라도 추는 것처럼 익살스럽게 땅에 내려섰다. 그러고는 포도주 물이 든 한쪽 신발을 휙 차 올려서 손으로 받아 술집 주인에게 내밀었다. 이러한 동작으로 미루어 그는 욕심 많고 사나운 성격은 아니지만 장난을 어지간히 좋아하는 친구 같았다.

"뭐 해. 어서 신어. 술을 마시고 싶으면 그냥 그렇다고 말을 하란 말이야. 알았어?" 술집 주인은 익살꾼을 타이르며 더러워진 손을 익살꾼의 옷(옷이라고 부를 수 있다면 말이지만)에 문질러 닦았다. 마치 너 때문에 손에 흙을 묻혔다고 말하기라도 하는 것처럼. 그러고는 왔던 길을 되돌아가 그대로 가게 안으로 들어가 버렸다.

술집 주인은 황소처럼 목이 굵고 싸움꾼처럼 생긴 30대 사내였다. 혈기가 왕성하여 이 추운 날에도 웃옷을 벗어 어깨에 아무렇게나 걸치고 있었다. 셔츠 소매는 걷어 올려 구릿빛 팔뚝이 팔꿈치까지 드러나 있었고, 짧게 자른 검은 고수머리 위에는 아무것도 쓰지 않았다. 피부가 까무잡잡하고, 서글서글한 눈매에 미간이 넓었다. 전체적으로 아주 재미있어 보이는 사내였지만 아주 고집스러운 면도 있었다. 의지가 강하고 한번 정한 일은 끝까지 밀어붙일 성격임을 한눈에 알 수 있었다. 어쨌든 양쪽으로 깊은 골짜기가 펼쳐져 있는 좁은 고갯길에서는 절대로 마주치고 싶지 않은 인물이었다. 무슨 일이 있어도 왔던 길을 되돌아갈 사내는 아니었기 때문이다.

그가 술집 안으로 들어섰을 때 아내인 드파르주 부인은 계산대 뒤에 앉아 있었다. 나이는 남편과 비슷했고 마찬가지로 건장한 여인이었다. 그녀의 매서운 눈빛은 딱히 눈여겨보지 않는 것 같으면서도 무엇 하나 놓치는 법이 없었다. 커다란 손에는 반지를 잔뜩 끼고 있으며, 표정이 야무지고 이목구비는 날카로우며 태도가 매우 침착했다. 한눈에 봐도 이 부인이 도맡아하는 계산은 어지간해서는 틀리는 일이 없을 것이라고 단언할 수 있을 정도였다. 하지만 추위에는 약한지 털외투를 입고 있었으며, 커다란 귀걸이를 가릴 정도는 아니지만 화려한 숄로 목을 감싸고 있었다. 부인은 뜨개질감을 앞에 내려놓고 이쑤시개로 끊임없이 이를 쑤시고 있었다. 남편이 들어왔을 때에도 그녀는 왼손으로 오른쪽 팔꿈치를 괸 채 여전히 이를 쑤시며 짙고 검은 눈썹을 살짝 들어 올려 남편이 가게를 비우고 길 건너까지 갔다 온 사이에 새로운 손님이 왔으니 가게 안을 둘러보라는 신호를 보냈다.

술집 주인이 두리번거리며 가게 안을 바라보니 한 노신사와 젊은 아가씨가 구석에 앉아 있었다. 물론 다른 손님들도 있었다. 두 사람은 카드놀이를 하고 있고 두 사람은 도미노 놀이를 하고 있었으며, 계산대 옆에 서 있는 세 사람은 얼마 안 되는 술을 홀짝거리며 시간을 보내고 있었다. 주인은 계산대 안으로 들어가면서 노신사가 아가씨에게 '저 사람이 바로 그 사람이에요'라고 눈짓하는 것을 알아챘다.

'제기랄, 그런 구석에서 뭘 하는 거야? 난 당신들이 누군지도 모르는데.'

주인은 속으로 이렇게 말한 뒤 일부러 그 두 사람을 모른 척하고, 계산대 옆에서 마시고 있는 세 손님과 이야기를 시작했다.

"어떻게 되었나, 자크?" 한 손님이 말했다. "쏟아진 술은 다 마셔 버렸나?"

"한 방울도 안 남기고 다 마셨더군, 자크." 술집 주인인 드파르주가 대답했다.

이처럼 서로 같은 세례명*4을 부르며 이야기를 나누고 있는데 드파르주 부인이 여전히 이쑤시개로 이를 쑤시며 가볍게 잔기침을 하고는 눈썹을 살짝 치켜 올렸다.

"그 불쌍한 놈들이 포도주를, 아니 흑빵과 죽음 말고 다른 것을 맛보는 일은 거의 없지. 안 그런가, 자크?" 다른 손님이 말했다.

"그렇다마다, 자크." 주인이 대답했다.

이처럼 또다시 세례명으로 서로를 부르자 아내가 이번에도 여전히 태연하게 이를 쑤시며 잔기침을 하고 눈썹을 찡긋거렸다.

그러자 세 번째 손님이 빈 술잔을 내려놓고 입맛을 다시더니 천천히 입을 열었다.

"아, 그러니까 더 나쁘지! 그 불쌍한 놈들은 평생을 쓰디쓴 고통만 핥으며 살아 왔잖나. 아주 비참한 삶이라고, 이봐, 자크, 내 말이 틀렸나, 자크?"

"자네가 말한 대로야, 자크." 주인 드파르주가 대답했다.

---

*4 비밀결사 동지들이 암호로 사용하던 이름.

세례명을 부르는 것은 이 세 번의 대화로 끝이 났다. 그 순간 드파르주 부인이 이쑤시개를 내려놓고 눈썹을 찡긋 올리더니 부스럭거리며 의자에서 몸을 뒤척였기 때문이다.

"잠깐 기다리게! 잠깐!" 주인이 중얼거렸다. "여보게들, 우리 마누라일세!"

세 손님은 저마다 모자를 벗어 크게 휘두르며 드파르주 부인에게 인사를 했다. 부인도 가볍게 고개를 숙여 인사를 받으며 재빠르게 그들을 훑어보았다. 그리고 무심한 눈초리로 가게를 둘러보더니 조용하고 차분하게 뜨개질 감을 집어 올려 열심히 바늘을 움직였다.

"그럼 잘들 가게." 주인이 눈을 빛내며 아내를 바라보고 말했다. "전에 자네들이 보고 싶다고 한 그 독신자용 셋방 말인데, 이번에도 내가 외출했을 때 물어본 모양이더군. 그 방은 5층일세. 가게 창문이 있는 왼쪽으로 가면 작은 뜰이 있고 올라가는 계단 입구가 있을 거야. 아참, 그러고 보니 자네들 가운데 누군가가 이미 보고 갔었지? 그럼 길은 알겠구먼. 잘들 가게."

세 사람은 술값을 치르고 가게를 나섰다. 주인은 여전히 뜨개질을 하고 있는 아내를 바라보고 있었는데, 그 때 노신사가 구석 자리에서 나오더니 한 가지 물어봐도 되겠느냐고 말했다.

"물론이죠, 손님." 주인은 신사와 함께 조용히 문 쪽으로 자리를 옮겼다.

이야기는 금방 끝났지만 내용은 아주 중요한 것이었다. 노신사가 입을 열자마자 드파르주는 흠칫 놀라며 더욱 열심히 귀를 기울였다. 그러더니 일 분도 채 되기 전에 고개를 끄덕이고는 밖으로 나갔다. 신사도 젊은 아가씨를 손짓하여 부르고는 같이 밖으로 나갔다. 드파르주 부인은 뜨개질에 열중하느라 눈썹도 찡긋거리지 않고 다른 것은 쳐다보지도 않았다.

술집을 빠져나온 자비스 로리와 마네트 양은 방금 주인이 세 손님에게 가르쳐준 계단 입구에서 그를 따라잡았다. 고약한 냄새를 풍기는 좁고 컴컴한 안뜰로 나 있는 그 입구는 계단 위에 사는 수많은 사람들이 드나드는 공동 출입구였다. 낮인데도 더욱 어두워 보이는 타일이 깔린 입구를 지나 역시 칙칙한 타일이 깔린 계단에 이르자 드파르주가 한쪽 무릎을 꿇고 옛 주인의 딸에게 인사를 하고는 그녀의 손에 입을 맞추었다. 아주 정중한 인사이기는 했으나 태도는 전혀 정중하지 않았다. 몇 초도 지나지 않아 그의 모습이 완전히 달라졌다. 유쾌하고 서글서글한 면은 흔적도 없이 사라지고 무슨 비밀이라도 감추고 있는 듯이 화가 난 사람처럼 다가가기 어려운 분위기를 풍겼다.

"꽤 높습니다. 좀 힘들 테니 서두르지 않는 게 좋을 겁니다."

"그분은 혼자 계신가요?" 로리가 작은 소리로 물었다.

"당연하지요! 누구랑 같이 있겠어요?" 드파르주 역시 낮은 목소리로 대꾸했다.

"그럼 늘 혼자신가요?"

"그렇습니다."

"그분께서 원하신 일인가요?"

"달리 방법이 없었습니다. 그들이 나를 찾아내서는 그분을 모시고 갈 생각이 있느냐고, 위험한 일이니 잘 생각해보라고 하더군요. 그래서 처음 그분을 뵈었을 때도 역시 혼자 계셨습니다. 그때부터 지금까지 줄곧 혼자 계세요."

"많이 변하셨겠지요?"

"변했느냐고요!"

술집 주인이 걸음을 멈추더니 느닷없이 주먹으로 벽을 때리며 욕설을 중얼거렸다. 아무리 기를 쓰고 덤벼도 그 절반도 되받아치지 못할 지독한 욕설이었다. 로리는 두 사람과 함께 계단을 올라갈수록 마음이 점점 더 무거워졌다.

파리의 구시가 중에서도 특히 주택 밀집 지역에 있는 이러한 계단은 그 여러 가지 부속물을 포함하여 지금도 충분히 견디기 힘들지만, 그 시절, 특히 이런 곳에 익숙지 않고 비위가 약한 사람들에게는 정말로 끔찍한 곳이었다. 이 지저분하고 높은 건물 안에 다닥다닥 붙은 방들 바깥으로는 층계참에까지 쓰레기가 산더미처럼 쌓여 있었다. 이 같은 쓰레기산은 빈곤과 결핍이 눈에 보이지 않는 그 악취를 퍼뜨리지 않더라도 공기를 오염시키기에는 충분했다. 하지만 이곳에는 그 두 가지가 함께 작용하여 도저히 견디기 힘들 지경이었다. 어쨌든 오물과 독소가 가득한 공기 속에 어둡고 가파른 계단통로가 위로 이어져 있었다. 자비스 로리는 갈수록 마음이 혼란스러워지는 데다 젊은 동행인의 초조한 심경에 짓눌려 두 번이나 걸음을 멈추고 쉬었다. 두 번 모두 어두운 창살 앞에서 쉬었는데, 그 창살 사이로 얼마 남지 않은 깨끗한 공기가 더는 참을 수 없다는 듯이 빠져나가고 대신 온갖 더럽고 병적인 공기가 스멀스멀 기어들어오는 것 같았다. 녹슨 창살 너머의 어수선한 이웃집 풍경이, 보인다기보다는 마치 혀에 직접 닿는 맛처럼 느껴졌다. 사방을 둘러보아도 노트르담 대성당의 높다란 두 탑 꼭대기 외에 그보다 가까운 곳이나 그 아래쪽에는 건강한 생활과 고상한 의지를 나타내는 것이 아무것도 없었다.

마침내 꼭대기 층에 도착하여 그들은 다시 숨을 돌렸다. 하지만 다락방까지 가려면 계단을 하나 더 올라야 하는데, 그 계단은 지금까지 올라온 계단보다 훨씬 좁고 가팔랐다. 젊은 아가씨가 무언가를 물을까봐 두려운 듯이 줄곧 로리의 곁에 붙어서 한 발 앞서 걷던 술집 주인이 몸을 휙 돌리더니 어깨에 걸치고 있던 윗옷 주머니를 열심히 뒤적거려 열쇠를 하나 꺼냈다.

"문이 잠겨 있습니까?" 로리가 놀라며 물었다.

"그렇소." 드파르주가 언짢아하며 대답했다.

"그 노인을 이렇게 꽁꽁 숨겨둘 필요가 있습니까?"

"그렇소, 열쇠로 단단히 잠가 둘 필요가 있소." 드파르주는 로리의 귀에 대고 속삭이며 얼굴을 찌푸렸다.

"왜지요?"

"왜냐고요? 그야 그분이 너무 오래 갇혀 사셨기 때문이오. 잘은 몰라도, 문을 열어 두면 그분은 겁에 질려 미쳐 날뛰며 자기 몸을 갈기갈기 찢어발겨서 돌아가시고 말 겁니다."

"그게 정말이오?" 로리가 무심코 소리쳤다.

"정말이냐고요?" 드파르주가 내뱉듯이 대꾸했다. "아무렴요. 우리가 살고 있는 이 아름다운 세상에선 그런 일이 얼마든지 일어날 뿐더러 그보다 더한 일도 일어날 수 있습니다. 아니, 일어날 수 있다기보다 실제로 일어나고 있어요. 저 하늘 아래에서 하루도 거르지 않고 말입니다. 악마여, 영원할지어다! 자, 그럼 가시죠."

두 사람은 아주 작은 소리로 속삭이며 말을 주고받았으므로 젊은 아가씨의 귀에는 한 마디도 들리지 않았다. 그러나 이 무렵 마네트 양은 이미 감정이 격해져 온몸이 부들부들 떨렸고 얼굴에는 짙은 불안과 두려움이 떠올라 있었다. 로리는 이쯤에서 그녀가 기운을 차릴 수 있도록 한두 마디 위로의 말을 건네야 할 것 같았다.

"기운을 내십시오, 마네트 양! 용기를 내요! 어디까지나 일일 뿐이에요. 괴로운 일은 곧 끝날 겁니다. 문턱만 넘으면 다 끝나요. 그러면 당신이 기다리던 좋은 결과가, 위로와 행복이 시작될 겁니다. 이 친절하신 분이 도와주실 겁니다. 그래요, 바로 그거예요, 드파르주 씨. 자, 이건 업무일 뿐이에요, 업무!"

그들은 조용히 그리고 천천히 올라갔다. 계단이 짧아서 금방 올라갔는데, 계단을 따라 방향을 틀자 세 사내가 문 옆에 쭈그리고 앉아 벽의 갈라진 틈새나 구멍 사이로 방안을 열심히 들여다보고 있는 모습이 눈에 들어왔다. 그들의 발소리를 듣고 세 사람은 뒤를 돌아보며 일어났다. 자세히 보니 아까 술집에서 술을 마시던 이름이 같은 그 손님들이었다.

"두 분이 찾아오시는 바람에 깜짝 놀라 저들을 잊고 있었군요." 드파르주가 말했다. "여보게들, 자리를 좀 비켜 주게. 이곳에 볼일이 있네."

세 사내는 곁을 지나 말없이 내려가 버렸다.

그 층에는 다른 문이 있는 것 같지는 않았다. 그들만 남자 술집 주인은 곧장 문을 향해 걸음을 옮겼다. 로리는 조금 화가 난 목소리로 속삭이며 물었다.

"마네트 씨를 구경거리로 만들고 있는 거요?"

"보시다시피 몇몇 특별한 사람에게만 보여주고 있소."

"그래도 된다고 생각하십니까?"

"내 생각으로는 문제가 없소."

"그 몇몇 특별한 사람이란 누굽니까? 어떻게 뽑는단 말이오?"

"나와 이름이 같은 자크라는 사람만을 진실한 사람으로 여기고 뽑소. 그들에게는 이 광경이 좋은 자극이 될 테니까요. 이 이야기는 그만 합시다. 선생께선 영국인이라 우리와 사정이 다르오. 여기서 잠깐 기다리시오."

두 사람에게 다가오지 말라는 신호를 보내고 드파르주는 몸을 굽혀 벽에 난 구멍으로 안을 들여다보더니, 곧 머리를 다시 들고 두세 번 문을 세게 두드렸다. 노크라기보다는 단지 큰 소리를 내는 것이 목적인 듯했다. 그러고는 역시 같은 의도로 서너 번 열쇠로 문을 긁은 뒤 열쇠를 열쇠구멍에 대충 밀어 넣고는 되도록 큰 소리가 나게 돌렸다.

그는 문을 천천히 밀어서 열고 방안을 들여다보며 뭐라고 말했다. 안에서 기어들어가는 목소리로 뭐라고 대답했다. 그들이 주고받은 말은 고작해야 한두 마디뿐이었다.

술집 주인은 어깨너머로 돌아보며 두 사람에게 들어오라고 손짓했다. 로리는 금방이라도 기절할 것만 같은 마네트 양의 허리를 한쪽 팔로 단단히 부축해주었다.

"어, 어, 업무일 뿐이에요." 로리가 재촉하듯 말했지만 그의 뺨 위에서는 단순히 업무 때문이라고만은 생각할 수 없는 눈물이 반짝 하고 빛났다. "자, 들어갑시다, 들어가요."

"전 무서워요." 마네트 양은 와들와들 떨며 말했다.

"무엇이 말입니까?"

"이 안에 계시는, 제 아버님 말이에요."

마네트 양이 흥분한데다 안내자인 드파르주마저 자꾸 재촉하자 로리는 될 대로 되라는 심정으로 품 안에서 떨고 있는 마네트 양의 팔을 자기 목에 두르고 그녀를 조심스레 안아 올려 방으로 데려갔다. 문턱을 넘자 곧바로 그녀를 내려놓고 그에게 매달리는 그녀를 부축했다.

드파르주는 열쇠를 빼더니 문을 닫고 안에서 다시 잠근 다음 열쇠를 빼어 손에 쥐었다. 이러한 동작을 그는 꼼꼼하게 규칙적으로 하며 되도록 큰 소리가 나도록 했다. 그러고는 자로 잰 듯한 걸음걸이로 방안을 가로질러 창가로 가서 멈춰서더니 몸을 빙글 돌렸다.

장작을 보관하기 위해 지은 이 다락방은 빛이 들지 않아 매우 어두침침했다. 지붕창 모양의 창문은 실제로는 지붕에 낸 문이나 마찬가지였는데, 창틀에는 거리에서 장작 따위를 끌어올리기 위한 작은 갈고리가 달려 있었다. 프랑스의 창문이 대개 그렇듯 유리는 끼우지 않았고, 문짝 두 쪽을 한가운데에서 닫도록 되어 있었다. 추위를 막기 위해 한쪽 문은 굳게 닫혀 있고 다른 쪽 문은 빠끔히 열려 있었다. 그 틈으로 햇빛이 간신히 들어오는 정도이다 보니 처음 방 안에 들어선 순간에는 아무것도 보이지 않았다. 이처럼 어두운 곳에서 정교한 작업을 하려면 오랜 시간에 걸쳐 익숙해져야만 비로소 할 수 있을 것이다. 그런데 그 다락방에서는 머리칼이 새하얀 노인이 문 쪽으로 등을 돌리고 얼굴은 지금 드파르주가 서서 바라보고 있는 창 쪽으로 향한 채 나지막한 의자에 웅크리고 앉아 쉬지 않고 구두를 만들고 있었다.

제6장 구두장이

"안녕하십니까!"

드파르주는 웅크리고 앉아 구두를 만들고 있는 머리칼이 하얀 사내를 내려다보며 말했다.

순간 흰머리가 고개를 살짝 들더니 멀리서 들려오는 듯한 꺼져가는 목소리로 인사했다.

"안녕하시오!"

"여전히 열심이시네요!"

얼마 동안 침묵한 뒤 또다시 고개를 살짝 들고 여전히 같은 목소리로 대답했다. "그렇소, 일하는 중이오." 이번에는 퀭한 두 눈으로 상대를 흘긋 올려다보고는 다시 고개를 푹 숙였다.

기어들어가는 목소리는 애처롭기도 하고 두렵기도 했다. 당연히 오랜 세월 동안 갇혀 지내며 제대로 먹지 못한 탓이겠지만, 오로지 몸이 쇠약해져서 그런 것만은 아니었다. 애처롭게도 혼자 격리되어 지내다보니 목소리를 전혀 쓰지 않아서 약해진 것이다. 말하자면 먼 옛날 들은 목소리의 마지막 남은 희미한 메아리 같았다. 사람의 목소리에 깃든 생기와 울림이 완전히 사라져서 한때 아름다웠던 색채가 지금은 빛바래 흐릿한 얼룩만 남은 듯한 인상을 주었다. 짓눌린 음울한 목소리는 마치 땅속 깊은 곳에서 울리는 것 같았다. 누구든 그 목소리를 들으면 모든 희망을 잃은 사람의 목소리라고 단번에 알 수 있을 것이다. 홀로 고독하게 황야를 헤매다가 지친 여행자가 그 목소리를 듣는다면 마지막으로 눈을 감기 전에 다시 한 번 고향에 두고 온 집과 가족들을 떠올리리라.

그는 얼마동안 묵묵히 일만 하다가 이윽고 퀭한 눈으로 흘긋 올려다보았다. 흥미와 호기심이 생겨서가 아니라 단지 그가 알고 있는 유일한 방문자가 여전히 같은 자리에 서 있는 것을 어렴풋이 느꼈기 때문이다.

"방 안을 조금 밝히고 싶은데 괜찮으시겠지요?" 드파르주가 구두장이에게서 눈을 떼지 않고 말했다.

구두장이는 일손을 멈추고 멍하니 바닥을 좌우로 번갈아 바라보다가 문득 고개를 들고 드파르주를 보았다.

"뭐라고 했소?"

"방 안을 좀더 밝게 해도 견딜 수 있으시겠냐고요."

"어쩔 수 없지요. 당신이 그러겠다는데." (마지막 말에는 아주 조금이지만 이상하게 힘이 들어가 있었다.)

드파르주는 열려 있는 창문을 조금 더 열고 닫히지 않도록 고정했다. 눈부신 햇살이 다락방 안으로 왈칵 쏟아져 들어오자 만들던 구두를 무릎에 올려놓은 채 잠시 손을 쉬고 있는 구두장이의 모습이 분명하게 드러났다. 발치와 의자 위에는 평범한 연장 두세 개와 무두질을 한 가죽 조각들이 흩어져 있었다. 아무렇게나 자른 새하얀 턱수염은 그다지 길지 않고, 움푹 꺼진 얼굴에 오로지 눈빛만이 형형하게 빛나고 있었다. 홀쭉하게 야윈 얼굴과 까만 눈썹, 텁수룩한 흰머리가 어우러지면 눈이 작아도 유난히 커 보이기 마련인데, 그는 본디 눈이 크다보니 부자연스러울 만큼 커 보였다. 풀어 헤진 누런 누더기 셔츠 사이로 앙상한 몸이 훤히 드러났다. 당사자는 물론, 낡고 추레한 작업복과 헐렁해진 양말과 그 밖의 온갖 누더기들이 오랫동안 햇빛과 바깥 공기를 쐬지 못한 탓에 하나같이 빛바랜 양피지처럼 누렇게 변하여 뭐가 뭔지 구분이 되지 않을 정도였다.

그는 한손을 들어 눈가에 쏟아지는 햇빛을 가리려고 했지만 앙상한 손이 뼈까지 비쳐 보이는 듯했다. 그는 그렇게, 멍한 눈초리로 한곳을 바라보며 쉬고 있었다. 눈앞에 있는 사람을 볼 때에는 마치 장소와 소리를 연결하는 능력이 없는 사람처럼 먼저 좌우를 둘러보고 나서야 보았고, 말을 할 때에도 그 사이에 할 말을 잊어버리지만 않았다면 역시 두리번거리며 머뭇거린 뒤에야 입을 열었다.

"오늘 그 구두를 다 지으실 생각이세요?" 드파르주가 로리에게 조금 더 가까이 다가오라고 손짓하며 물었다.

"뭐라고 했소?"

"그 구두 말이에요, 오늘 안으로 완성하실 겁니까?"

"글쎄요, 어떻게 될지. 뭐, 그럴 수도 있겠지요. 하지만 모르겠소."

그러나 이 물음으로 다시 일에 생각이 미쳤는지 그는 다시 몸을 숙이듯이 구부리고 일을 시작했다.

로리는 마네트 양을 문 앞에 남겨 두고 말없이 앞으로 나왔다. 드파르주 옆에 일이 분쯤 서 있자 구두장이가 다시 고개를 들었다. 새로운 사람이 나타나도 그다지 놀라는 기색은 없었다. 그러나 로리를 보자 부들부들 떨리는 손가락을 입술 근처까지 올렸다가(그 입술과 손톱 모두 창백한 납빛이었다) 힘없이 털썩 내리고는 다시 일에 열중했다. 올려다 본 것도, 손을 올린 것도 모두 순식간에 일어난 일이었다.

"손님이 오셨어요." 드파르주가 말했다.

"뭐라고 했소?"

"손님이 왔다고요."

구두장이는 일손을 멈추지 않고 다시 한 번 고개를 들었다.

"나리, 구두에 대해 잘 아시는 손님이 오셨어요. 지금 만들고 계신 그 구두를 보여드리세요. 선생, 한번 봐 주시오."

로리는 구두를 손에 받아 들었다.

"손님에게 이 구두에 대해 말씀해 주세요. 나리 이름도요."

앞서보다 훨씬 긴 침묵이 흐른 뒤 노인이 말했다.

"뭐라고 했는지 까먹었구려. 뭐라고 그랬소?"

"그 구두가 어떤 구두인지 이 손님에게 참고삼아 말씀드려 보시라고요."

"이건 숙녀화요. 아가씨들이 산책할 때 신는 구두지. 요즘 유행하는 스타일이오. 그 유행을 직접 본 적은 없지만 나는 그 본(本)을 가지고 있거든요." 그는 살짝 자랑스러워하며 구두를 흘긋 바라보았다.

"그 구두를 만든 나리의 이름은요?" 드파르주가 물었다.

노인은 손이 심심한 듯이 오른손 주먹을 왼손 바닥으로 쓰다듬었다가 다시 왼손 주먹을 오른손 바닥으로 쓰다듬고는 턱수염을 만지작거렸는데, 이런 동작을 잠시도 쉬지 않고 차례로 되풀이했다. 그는 말을 마치고 나면 어김없이 허탈 상태에 빠졌다. 그를 다시 현실로 불러들이는 일은, 말하자면 기력을 잃은 사람을 혼수상태에서 깨우거나 마지막 고백을 듣기 위해 죽어가는 사람의 영혼을 붙잡으려고 애쓰는 것과 마찬가지였다.

"내 이름이 뭐냐고 물었소?"

"그렇습니다."

"북탑(北塔) 105호."

"그게 다예요?"

"북탑 105호."

노인은 한숨도 신음소리도 아닌 희미한 소리를 내고 다시 일을 시작했다. 이윽고 로리가 그 침묵을 깼다.

"본업은 구두 장인이 아니시죠?"

로리가 그를 빤히 바라보며 물었다.

노인은 퀭한 눈으로 드파르주에게 대신 대답해 달라는 듯이 그를 처다보았다. 그러나 드파르주가 도와주지 않을 것을 알고 포기했는지 순간 바닥을 내려다보다가 다시 질문한 사람을 향해 고개를 돌렸다.

"구두공이 본업이 아니냐고요? 그렇소, 본업이 아니오. 여기서, 바로 이곳에서 기술을 배웠다오. 혼자 익혔어요. 내가 허락해 달라고 사정해서……."

그는 말을 하다 말고 다시 몇 분 동안 멍한 표정으로 입을 다물어 버렸다. 그러는 사이에도 아까의 손동작은 규칙적으로 되풀이했다. 마침내 그의 시선이 다시 로리의 얼굴로 향했다. 노인은 로리를 가만히 바라보다가 퍼뜩 정신을 차리더니, 마치 자다가 화들짝 놀라 깨어난 사람이 어젯밤 나누던 이야기를 곱씹어 보듯이 말을 이었다.

"혼자서 기술을 익히고 싶다고 내가 사정했어요. 고생도 많이 했고 시간도 오래 걸렸지. 하지만 그 뒤로는 줄곧 구두를 만들어 왔소."

그리고 아까 건네준 구두를 다시 돌려 달라는 듯이 손을 내밀었다. 로리는 노인의 얼굴을 응시하며 말했다.

"마네트 씨. 제가 누군지 모르시겠습니까?"

구두가 바닥으로 툭 떨어졌고, 노인은 로리를 뚫어지게 바라보았다.

"마네트 씨, 그럼 이 사람은 기억나세요? 이 사람을 잘 보세요. 그리고 저도 다시 보세요. 마네트 씨, 옛날에 알던 은행원도, 사업이나 오래 부리던 하인도, 아무것도 생각나지 않으세요?" 로리가 드파르주의 팔을 잡으며 말했다.

오랜 세월 유폐되어 있던 노인은 로리와 드파르주의 얼굴을 뚫어지게 바라보았는데, 그때 그의 이마 한가운데에서 오랫동안 지워져 있던 날카로운 지성의 빛이 무겁게 드리워진 검은 안개를 뚫고 아주 서서히 나타나기 시작했다. 그것은 이내 다시 안개에 뒤덮여 흐릿해지다가 자취를 감추어 버렸지만 어쨌든 나타난 것만은 분명한 사실이었다. 그리고 거의 동시에 그와 똑같은 표정이 마네트 양의 젊고 아름다운 얼굴에도 나타났다. 그녀는 어느 틈에 벽을 따라 소리 없이 다가와 아버지의 얼굴이 보이는 곳에 서서 가만히 바라보고 있었다. 처음에는 아버지를 밀어내고 두려움과 연민에 휩싸여 그를 보지 않으려고 두 팔을 내밀었으나, 지금은 유령과 같은 그의 얼굴을 뜨겁고 젊은 가슴에 꼭 끌어안고 다시 한 번 생명과 희망을 불어넣기 위해 파르르 떨면서 필사적으로 아버지를 향해 손을 뻗고 있었다. 어쨌든 그녀의 젊고 아름다운 얼굴에 떠오른 그 표정은(더 강렬하고 또렷하긴 했지만) 마치 노인의 얼굴에서 그녀의 얼굴로 순식간에 옮겨간 것만 같았다.

그 대신 노인의 얼굴에는 다시 어둠이 내려앉았다. 두 사람을 보는 표정이 순식간에 흐릿해지고 영혼이 빠져나간 듯한 두 눈으로 마룻바닥을 내려다보며 끊임없이 주변을 두리번거렸다. 마침내 그는 깊은 한숨을 내쉬며 다시 일감을 손에 들었다.

"어떻소, 나리를 알아보시겠소?" 드파르주가 속삭이듯 물었다.

"그렇소, 아주 잠깐이었소만. 처음에는 틀렸다고 생각했는데, 아주 짧은 순간이었지만 옛날에 알던 얼굴을 확실히 보았소. 쉿! 우리는 조금 물러나 있읍시다. 쉿!"

벽에 기대어 있던 마네트 양이 아버지가 앉아 있는 의자 바로 옆까지 다가왔다. 손만 뻗으면 웅크려 앉아 일하고 있는 그에게 닿을 수 있는 거리에 누군가가 들어와 있는데도 눈치 채지 못하는 그의 모습이 어쩐지 섬뜩하기까지 했다.

누구도 말을 꺼내지 않았고 아무 소리도 들리지 않았다. 마네트 양은 유령처럼 노인의 곁에 서 있었고, 노인은 웅크리고 앉아 일손을 움직이고 있었다.

마침내 노인이 들고 있던 도구를 내려놓고 가죽을 자르는 칼을 집으려 했다. 칼은 마네트 양이 서있는 곳 맞은편에 놓여 있었다. 노인이 칼을 집어

들고 다시 일을 하려는 순간 마네트 양의 옷자락이 눈에 들어왔다. 노인은 고개를 들어 그녀를 보았다. 지켜보던 두 사람이 무심코 앞으로 나왔다. 그러나 마네트 양이 재빨리 손을 저어 그들을 저지했다. 그들은 노인이 당장이라도 그 칼로 그녀를 찌를까봐 두려웠지만 그녀는 두려워하지 않았다.

노인은 험악한 얼굴로 마네트 양을 노려보았다. 그러나 조금 뒤 입술을 달싹이며 무슨 말을 하려는 듯했으나 목소리가 나오지 않았다. 그는 가쁜 숨을 몰아쉬며 띄엄띄엄 소리를 냈다.

"아가씬 누구요?"

마네트 양은 하염없이 눈물을 흘리며 두 손을 입술에 대고 그에게 키스를 보냈다. 그러고는 정신이 나간 아버지의 머리를 가슴에 껴안듯 두 손을 꼭 맞잡았다.

"아, 간수의 딸이로군?"

"아니에요." 그녀는 크게 한숨지었다.

"그럼 누구요?"

마네트 양은 분명히 말을 할 자신이 없었으므로 말없이 그의 곁에 나란히 앉았다. 노인이 놀라서 몸을 뺐지만 그녀가 재빨리 그의 팔을 잡았다. 그 순간 이상한 전율이 그의 몸을 꿰뚫었다. 그는 그녀의 얼굴을 가만히 바라보다가 조용히 칼을 내려놓았다.

길고 곱슬곱슬한 그녀의 금발이 흐트러지며 한쪽으로 흘러내렸다. 노인은 흠칫거리며 손을 뻗어 머리칼을 집어 가만히 들여다보았다. 그러나 그러는 와중에도 정신이 멍해지는지 한숨을 크게 내쉬고는 다시 구두 만드는 일에 전념했다.

그러나 그것도 잠시였다. 마네트 양은 아버지의 팔을 놓고 이번에는 어깨에 가볍게 손을 올렸다. 노인은 자기 어깨 위에 있는 것이 정말로 손이 맞는지 확인이라도 하듯 수상하다는 표정으로 재차 그 손을 바라보았다. 그러더니 갑자기 구두를 내려놓고 자기 목덜미를 더듬어 꼬깃꼬깃 접은 헝겊 조각이 매달린 검정 끈을 풀었다. 그 헝겊을 무릎 위에 올리고 정성껏 펼치자 안에서 머리카락이 몇 가닥 나왔다. 여인의 긴 금발 한두 가닥으로, 아마도 오랜 옛날에 그가 손가락에 감고 있다가 빼놓은 것이었다.

노인은 머리카락을 들고 뚫어지게 바라보았다. "똑같다니, 어떻게 이럴 수가! 그게 언제 적 일인데! 어째서!"

그리고 또다시 그 골똘히 생각에 잠긴 표정이 이마에 떠오르더니, 그와 똑같은 표정이 마네트 양의 이마에도 나타나 있는 것을 알아차린 모양이었다. 노인은 마네트 양을 햇빛이 비치는 쪽으로 휙 돌리고 유심히 바라보았다.

"그러고 보니 내가 끌려간 날 밤, 아내가 내 어깨에 머리를 기대고 있었소. 나는 조금도 두렵지 않았지만 아내는 내가 잡혀갈까봐 겁을 먹고 있었지. 내가 북탑으로 끌려갔을 때 소맷자락에 이 머리카락이 붙어 있었어요. '머리칼을 돌려주시오. 이곳에서 탈옥하는 데에는 쓸모가 없겠지만, 마음의 감옥에서 벗어나는 데에는 큰 도움이 될 거요.' 이렇게 말했지요. 지금도 똑똑히 기억한다오."

그가 이만큼 말을 하기까지는 몇 번이나 입술을 달싹이며 말을 만들어보아야 했다. 하지만 입 밖으로 나온 말들은 비록 느리긴 했지만 조리가 서 있었다.

"이게 어찌된 일이야. 아아, 당신이었구려!"

노인이 느닷없이 마네트 양을 와락 붙잡자 보고 있던 두 사람은 깜짝 놀랐다. 그러나 마네트 양은 붙잡힌 채로 조금도 움직이지 않고 나지막한 목소리로 말했다.

"제발 부탁이니 두 분은 이쪽으로 오지 마세요. 그리고 아무 말씀도 마시고 가만히 계셔주세요."

"아, 이 목소리는 누구지?" 노인이 큰 소리로 외쳤다.

그는 소리치며 마네트 양을 잡고 있던 손을 놓고 흰머리를 미친 듯이 쥐어뜯었다. 이윽고 발작이 멎자(언제까지나 멈추지 않고 하는 일은 오로지 구두 만드는 일뿐이었다) 헝겊조각을 정성껏 접어 다시 품안에 고이 집어넣었다. 그러면서도 마네트 양에게서 한시도 눈을 떼지 않으며 서글프게 고개를 가로저었다.

"아냐, 아냐, 아냐. 아가씨는 너무 어려. 너무 젊어. 그럴 리가 없어. 이 죄수의 꼬락서니를 봐. 이 손은 아내가 알던 그 손이 아니야. 이 얼굴도 그렇고. 이 목소리도 아내가 듣던 그 목소리가 아니야. 아니야, 아니라고. 그래, 아내도, 그리고 나도 아직 그 기나긴 북탑에서의 생활을 시작하기 전인 아주 오래 전 일이지. 아, 상냥한 아가씨, 아가씨는 이름이 뭐요?"

갑자기 그의 목소리와 태도가 부드러워진 것을 진심으로 기뻐하며 마네트 양은 아버지 앞에 무릎 꿇고 애원하듯 그의 가슴에 두 손을 대었다.

"아, 제 이름이 무엇이며 제 부모님이 누구신지, 그리고 두 분의 고단한 삶을 제가 전혀 모르고 지낸 이유도 곧 말씀드릴게요. 하지만 지금은 그럴 수 없어요. 지금 이 자리에서는 부디 끌어안고 저를 축복해 달라는 말씀밖에 드릴 수가 없어요. 제게 키스해 주세요. 제발! 아, 내 사랑하는……."

노인의 차디찬 백발이 그녀의 빛나는 금발에 파묻혔다. 그리고 그 금발은 쏟아지는 자유의 빛처럼 그의 머리를 따스하고 눈부시게 감쌌다.

"제 목소리가 그 옛날 들으신 아름다운 음악 같던 그 목소리와 조금이라도 닮았다면, 그럴 리는 없겠지만 혹시나 그렇다면, 마음껏 우셔도 돼요! 제 머리칼을 만지면서 옛날 어르신이 아직 젊고 자유롭던 시절에 품에 안았던 사랑하는 이의 머리가 떠오르신다면 마음껏 우세요! 앞으로 우리가 살 집에서는 제가 성심을 다해 어르신을 모시겠어요. 혹시 이 이야기를 들으시고 기나긴 세월 동안 쓸쓸하게 버려진 옛 집과 가슴 아픈 그 즐거운 옛 생활이 떠오르신다면 마음껏 우셔도 돼요."

마네트 양은 노인의 목을 꼭 끌어안고 어린아이처럼 가슴에 품었다.

"어르신, 이제 어르신의 고통은 끝났어요. 저는 어르신을 모셔 가기 위해 왔답니다. 앞으로는 영국에서 둘이 즐겁고 평화롭게 살아요. 제 말씀을 들으시고 산산조각 난 옛날의 즐거운 생활과 어르신에게 지독한 짓을 한 조국 프랑스가 생각나신다면 마음껏 우세요. 머지않아 제 이름과 아직 살아계신 아버지의 이름과 돌아가신 어머니의 이름을 모두 말씀드릴게요. 그러면 어르신은 제가 왜 아버지 앞에 무릎 꿇고 용서를 빌어야 하는지 알게 되실 거예요. 물론 어머니는 저를 위해 숨기셨지만 저는 아버지의 고통을 조금도 몰랐어요. 아버지를 위해 온종일 발을 구르거나 밤새 눈물 흘리며 잠 못 이룬 적이 한 번도 없어요. 그러니 그 사실을 알아주시고 함께 울어주세요. 어머니를 위해, 그리고 저를 위해서도 울어주세요! 아, 두 분께서도 하느님께 감사의 말씀을 올려 주세요! 아버지의 고귀한 눈물이 제 볼을 타고 흐르고, 아버지의 흐느낌이 제 가슴을 울립니다! 보세요! 부디 우리를 위해 하느님께 감사 인사를 드려주세요! 아, 하느님 감사합니다!"

노인은 딸의 품에 안긴 채 주저앉으며 딸의 가슴에 얼굴을 파묻었다. 아주 감동적인 광경이었지만 지금까지 그가 받아온 끔찍한 박해와 고난을 생각하자 지켜보던 두 사람도 무심코 얼굴을 가렸다.

한동안 다락방에 침묵이 흐르고 고동치는 가슴과 떨리는 몸이 폭풍우 뒤에 오는 고요함('삶'이라는 폭풍도 마지막에는 반드시 인간성의 표상인 휴식과 정적에 이른다) 속에서 안정을 찾자 지켜보던 두 사람은 마네트 부녀를 일으켜 세우기 위해 앞으로 나왔다. 아버지는 조금씩 바닥으로 무너져 내려 기진맥진한 채 정신을 잃고 쓰러져 있었고, 딸은 그의 몸을 뒤덮듯이 웅크리고 앉아 두 팔로 그의 머리를 받치고 있었다. 앞으로 흘러내린 딸의 금발이 노인의 얼굴에 닿는 햇빛을 가리고 있었다.

로리는 연신 코를 훌쩍이며 아버지와 딸을 들여다보려고 몸을 굽혔다. 마네트 양이 갑자기 손을 들며 말했다.

"아버지를 깨우지 않고 이대로 여기서 나갈 수 있도록, 우리 셋이 파리를 떠날 수 있도록 해주신다면……."

"하지만 잘 생각해 보세요. 아버님이 여행을 견디실 수 있을까요?"

"이런 끔찍한 도시에 계시는 것보다 그 편이 아버지에게도 더 낫다고 생각해요."

무릎을 꿇고 앉아서 상태를 살피던 드파르주가 끼어들었다.

"그럴지도 모르겠군요. 게다가 아무리 생각해도 나리께서는 프랑스를 떠나시는 게 나아요. 그럼 역마차를 부를까요?"

"알겠소, 이건 업무요. 업무라면 얼른 해치워야지요." 로리가 곧바로 원래의 사무적인 태도를 보이며 말했다.

"그럼 죄송하지만 한동안 우리 둘만 있게 해주시겠어요? 아버지도 안정을 찾으셨으니 단둘이 있어도 걱정하실 일은 일어나지 않을 거예요. 정말이에요. 다만 아무도 들어오지 못하도록 문은 잠가 주세요. 돌아오셨을 때에도 지금처럼 평화로운 모습을 보실 수 있을 거예요. 어쨌든 돌아오실 때까지 아버지는 제가 잘 보살필 테니, 그 뒤에 곧바로 출발하도록 해요." 마네트 양이 재촉하며 말했다.

로리와 드파르주는 그녀의 제안이 썩 내키지 않았으므로 둘 중 한 사람은 남는 것이 좋겠다고 말했다. 하지만 역마차를 구하는 일뿐만 아니라 여행 서류도 준비해야 했다. 이미 해가 저물고 있어 시간이 촉박했으므로, 결국 필요한 준비를 나누어 하기로 하고 두 사람 모두 서둘러 밖으로 나갔다.

어둠이 점점 짙어질수록 딸은 아버지의 곁으로 바싹 다가가 딱딱한 마룻바닥에 머리를 대고 물끄러미 지켜보았다. 마침내 주위가 캄캄해지자 두 사람 다 죽은 사람처럼 가만히 누워 있었는데, 그때 벽에 난 틈 사이로 한 줄기 빛이 새어 들어왔다.

로리와 드파르주는 떠날 채비를 모두 마친 후 여행용 외투와 숄 외에 빵과 고기는 물론 포도주와 뜨거운 커피까지 준비해 왔다. 드파르주는 음식과 가지고 온 등불을 구두 작업대(이 다락방에는 작업대 말고는 짚으로 만든 침대밖에 없었다) 위에 올려놓았다. 두 사람은 노인을 깨워 일으켜 세웠다.

아무리 현명한 사람이라도 그 순간 두려움과 놀라움으로 얼어붙은 노인의 얼굴을 보고 그때 그가 마음속으로 무슨 생각을 했는지 읽어내기란 도저히 불가능했을 것이다. 과연 지금 이 상황을 이해하고 있는지, 두 사람이 들려준 말을 기억하고 있는지, 자신이 자유의 몸이 되었다는 사실을 알고 있는지, 그것은 아무리 현명한 사람도 풀지 못하는 문제였다. 두 사람은 그에게 말을 걸어 보았지만 그는 혼란에 빠져 제대로 대답하지도 못했다. 너무도 당황해하는 모습에 오히려 그들이 놀라서 한동안 말을 걸지 않기로 했다. 아까까지는 그런 모습을 보이지 않았건만, 노인은 때때로 정신이 나간 사람처럼 두 손으로 머리를 감싸 쥐었다. 하지만 딸의 목소리만은 들으면 매우 기쁜 듯, 그녀가 말을 할 때면 어김없이 그쪽을 바라보았다.

오랫동안 강압에 길들여진 사람들이 그렇듯, 그도 고분고분하게 주는 것만 먹고 마시고, 외투도 입혀주는 대로 얌전히 입었다. 그리고 딸이 팔짱을 낄 때에도 순순히 이끄는 대로 따르며 그녀의 손을 두 손으로 꼭 잡았다.

그들은 계단을 내려가기 시작했다. 드파르주가 등불을 들고 앞장섰으며 로리는 맨 뒤에 따라왔다. 길고 긴 계단을 몇 걸음 내려왔을 때 노인이 문득 걸음을 멈추고 놀란 눈으로 다락방과 주위의 벽을 둘러보았다.

"아버지, 이곳을 기억하세요? 이 계단을 오르시던 생각이 나세요?"

"뭐라고 했소?"

하지만 그녀가 다시 물어보기도 전에 그는 이미 질문을 들은 것처럼 중얼거리며 대답했다.

"기억하느냐고요? 아니, 나는 모르겠소. 아주 오래전 일이라."

감옥에서 이 집으로 옮겨진 일을 그는 정말로 기억하지 못하는 듯했다. "북탑 105호." 노인이 작은 소리로 중얼거렸다. 그리고 주위를 둘러보았는데, 오랜 세월 동안 그를 둘러싸고 있던 견고한 성벽을 찾는 것이 틀림없었다. 안뜰로 내려오자 도개교가 기다리고 있다고 생각했는지 본능적으로 걸음을 재촉했다. 하지만 도개교는 없고, 거리에는 마차까지 세워져 있는 것을 보자 깜짝 놀라며 딸의 손을 놓고 머리를 움켜쥐었다.

입구에는 아무도 없었고, 수많은 창문 밖으로 내다보는 사람도 없었다. 거리에는 지나가는 사람조차 없었다. 인적이 전혀 없는 심상치 않은 적막이 거리를 지배하고 있었다. 사람이라고는 드파르주 부인밖에 없었다. 하지만 그녀도 문설주에 기대어 뜨개질을 하고 있을 뿐 이쪽은 쳐다보지도 않았다.

노인이 마차에 오르고 딸이 그 뒤를 따랐다. 로리는 마차 발판에 발을 올리는 순간 멈칫했다. 노인이 처량한 목소리로 만들다 만 구두와 연장을 가져다 달라고 했기 때문이다. 그 말을 들은 드파르주 부인이 냉큼 자기가 가져오겠다고 말하고 뜨개질을 하며 안뜰을 가로질러 불빛 밖으로 사라졌다. 부인은 재빨리 연장통을 가지고 내려와 마차 안으로 들이민 다음, 또다시 문설주에 기대서서 한눈 한 번 팔지 않고 다시 뜨개질에 열중했다.

드파르주가 마부 자리에 올라타며 외쳤다.

"관문으로 갑시다!"

마부가 채찍을 휘두르자 마차는 높이 매달려 흔들리는 흐릿한 가로등 아래를 지나 덜커덩거리며 달려갔다.

기둥에 높이 매달려 흔들리는 가로등 밑을(가로등은 잘 사는 동네일수록 밝고 못사는 동네일수록 어두웠다) 지나, 마차는 불빛을 밝힌 상점과 떠들썩한 사람들, 휘황한 커피숍, 극장 입구 등을 뒤로 하고 파리 시의 관문을 향해 길을 서둘렀다. 검문소에는 등불을 든 군인들이 서서 소리쳤다.

"여행증명서 좀 봅시다!"

"여기 있습니다." 드파르주가 마차에서 내려 군인들 중 하나를 한쪽 구석으로 데리고 가며 말했다. "이게 저 머리가 하얀 신사의 증명서인데, 그분들께서 제게 저 사람을 데려오라고 하셨습니다. 그러니까⋯⋯." 드파르주가 갑자기 목소리를 낮추었다. 등불을 든 군인들이 잠시 숙덕거리더니 한 사람이 등불을 든 팔을 마차 안으로 쑥 들이밀며 백발 신사의 얼굴을 유심히 살펴보앗다. "좋아, 통과!" 군인이 외쳤다. "안녕히 계십쇼!" 드파르주가 대답했다. 이리하여 마차는 다시 점점 희미해지는 가로등 불빛에서 벗어나 드넓은 별빛 하늘 속으로 사라져갔다.

움직이지 않는 영원한 빛이 알알이 박힌 하늘, 그 빛은 지상에서 너무도 멀리 떨어져 있어 이 지구를 모든 고통과 행위가 이루어지는 한 점으로서 찾을 수 있을지조차 의문이라고 현자들이 말하는 그 하늘 아래, 검은 밤 그림자가 끝없이 펼쳐져 있다. 춥고 불안한 밤이 지나가고 새벽이 밝아올 때까지 자비스 로리는 방금 무덤에서 파낸 노인과 마주앉아 그가 영원히 잃어버린 영묘한 힘이 무엇인지, 그리고 그것을 본디대로 회복시킬 수 있는 힘이 과연 있을지를 곰곰이 생각했다. 그때 밤 그림자가 언젠가 들었던 물음을 또다시 로리의 귓가에 속삭였다.

"다시 한 번 살고 싶으세요?"

그리고 대답도 그때와 똑같았다.

"글쎄요. 잘 모르겠소."

제2부
금실

제1장 5년 뒤

    템플 바 옆에 있는 텔슨 은행은 1780년에도 이미 구식 건물이었다. 그 건물은 매우 좁고 어둡고 누추하고 불편했다. 더욱이 그 좁고 어둡고 누추하고 불편한 것을 자랑으로 여기는 은행 경영자들의 사고방식은 더 구식이었다. 그들은 그러한 점들 때문에 더욱 훌륭하다고 자부심을 느끼며, 그 점을 개선하면 오히려 품위가 떨어진다고 굳게 믿었다. 소극적으로 그렇게 믿기만 한 것이 아니라, 설비가 더 좋은 은행을 공격하는 적극적인 무기로 삼았다. 텔슨 은행에는 팔을 움직일 공간이 필요 없다. 빛도 필요 없다. 장식도 필요 없다(라고 그들은 말했다). 녹스 은행이나 스눅스 형제 은행에는 필요할지 모르지만 다행스럽게도 텔슨 은행에는 필요 없다.

    이곳의 경영자들은 개축 이야기를 꺼내기만 하면 설령 그가 자기 아들이라도 당장 연을 끊어버렸을 것이다. 그 점에서 텔슨 은행은 영국이라는 나라와 매우 비슷했다. 실제로 영국은 케케묵은 무수한 법률과 관습 때문에 오랫동안 골머리를 앓아 왔음에도 단지 그것이 국가의 품위를 높이는 데 유용하다는 이유만으로 그것을 개선하려는 수많은 아들들과 의절한 나라이다.

    이처럼 텔슨 은행은 불편함의 극치를 자랑하고 있었다. 누가 목이라도 조르는 것처럼 애처롭게 삐걱거리는 둔중한 문을 열고 두 계단쯤 내려가면 텔슨 은행이 나온다. 숨을 고르고 주위를 둘러보면 참으로 작고 볼품없는 곳임을 새삼 깨닫게 된다. 두 개 있는 작은 창구에는 늙은 직원이 지저분하게 때가 낀 창가에서 수표의 서명을 살펴보고 있는데, 그때마다 마치 바람이라도 부는 것처럼 수표가 부들부들 떨렸다. 창문은 온종일 플리트 거리에서 날리는 먼지를 고스란히 뒤집어쓰고 있는데다, 창문에 달려 있는 새카만 쇠창살과 템플 바가 드리운 짙은 그림자 때문에 더욱 어두워 보였다. 거래상의 문제로 은행장과 만나야 할 때에는 먼저 안쪽에 있는 유치장 같은 방으로 안내된다. 하는 수 없이 그곳에서 그동안 헛되이 낭비한 지난 삶을 되돌아보고 있으면 마침내 은행장이 주머니에 두 손을 찔러 넣고 나타난다. 그 어둑한 방에서는 아무리 눈을 깜박거려도 소용이 없다. 고객의 돈은 그곳에 있는 벌레 먹은 낡은 나무 서랍에서 나오고 다시 그리로 들어간다. 그리고 서랍을 여닫을 때마다 먼지가 고객의 콧속을 지나 목구멍으로 넘어간다. 지폐 자체에서 이미 금방이라도 썩어 문드러질 것처럼 곰팡내가 풀풀 났다. 동전도 이곳에서는 쓰레기더미 같은 곳에 파묻어 두므로 하루나 이틀만 지나면 이내 광택이 사라졌다. 증서나 땅문서 같은 것은 부엌 개수대를 개조한 금고실에 보관하는데, 그곳에 보관된 양피지의 유분은 은행의 공기 속으로 모두 증발해 버렸다. 개인적인 문서를 보관하는 가벼운 상자는 2층에 있는 바미사이드*1의 만찬실로 옮겨진다. 그 방에는 언제나 커다란 식탁은 마련되어 있으나 그곳에서 식사가 이루어진 적은 한 번도 없었다. 이 방에 보관되어 있던 고객의 옛 애인과 자녀들이 보낸 첫 번째 편지들이, 아비시니아나 아샨티*2 못지않은 야만적인 풍습과 잔인함의 증거로 템플 바에 매달아 놓은 사람 머리와 그 눈빛에서 해방된 것도 아주 최근의 일이었다.

그러나 그 시절에는 사형이라는 처방전이 텔슨 은행뿐 아니라 모든 사업과 직종에서 널리 사용되었다. 죽음은 대자연이 모든 것을 치유하는 방법이다. 그렇다면 법률이라고 해서 다를 것은 없지 않겠는가. 그리하여 문서 위조범은 사형에 처하고 위조지폐를 유포한 자도 사형에 처했다. 편지를 불법으로 뜯어보아도 사형, 40실링 6펜스를 훔친 좀도둑도 사형이었다. 텔슨 은행 입구의 마구간지기는 말을 끌고 달아나는 바람에 사형에 처해졌고, 동전 위조범도 사형을 당했다. 범죄자의 4분의 3이 사형을 선고받았다. 하지만 그것이 범죄를 예방하는 데 도움이 되지는 않았다. 오히려 그 반대였다. 그러나 어쨌든 각 사건만 두고 볼 때는 골치 아픈 문제를 해결해주고 뒤탈도 남지 않는 방법이었다. 따라서 텔슨 은행도 전성기에는 그 시대의 더 큰 은행과 사회와 마찬가지로 수많은 사람의 목숨을 빼앗았다. 만약 시체를 개인적으로 처리하지 않고 템플 바 위에 모두 매달아 놓으면 은행 1층으로 들어오는 빛이 상당히 많이 차단되었을 것이다.

---

*1 《아라비안 나이트》에 나오는 부호의 이름. 그는 빈 접시만 내놓고 연회를 베풀었다.
*2 아비시니아와 아샨티 모두 아프리카에 있는 흑인 왕국으로, 사람들의 목을 아무렇지 않게 치는 야만적인 나라였다.

텔슨 은행의 늙은 은행원들은 어둠침침한 찬장이나 뒤주 같은 속에 처박혀 하나같이 무뚝뚝한 표정으로 일을 했다. 이 은행에서는 젊은이를 채용하더라도 어느 정도 나이가 들 때까지는 다른 곳에 꽁꽁 숨겨 두었다. 치즈처럼 텔슨 특유의 풍미가 생기고 푸른곰팡이가 필 때까지 어둑한 곳에 숨겨두는 것이었다. 그리고 잘 숙성되면 비로소 고객 앞에 내놓는데, 그때에는 커다란 장부를 들여다보는 모습이 더욱 이채로워 보였으며, 그들의 바지와 각반까지도 은행 자체의 위용에 무게를 더했다.

은행 문 앞에는 부르지 않으면 절대 안으로 들어오지 않는 문지기 겸 심부름꾼인 잡역부가 늘 대기하고 있는데, 그 역시 은행의 걸어 다니는 간판이었다. 그는 심부름을 갈 때 말고는 영업시간에 절대 자리를 비우지 않았으며, 심부름을 갈 때에는 반드시 그의 아들을 대신 앉혀 놓았다. 아들은 대책 없는 열두 살짜리 장난꾸러기였는데 생긴 것이 아버지와 꼭 닮았다. 텔슨 은행이 이 잡역부에게 아주 너그럽게 대한다는 사실은 세상 사람들도 다 알았다. 애초에 이 은행에는 끊임없이 이런 잡역부가 필요했으므로, 자연스러운 순서에 따라 지금은 그에게 그 역할이 돌아온 것이다. 그의 성은 크런처로, 젊은 시절에 하운즈디치 동부 교구성당에서 앞으로 절대 나쁜 짓을 하지 않겠다고 대리인을 세워 맹세를 하고 제리라는 이름을 얻었다.

장소는 화이트프라이어 지역 행잉소드 골목에 있는 크런처의 집, 때는 아노 도미니*3 1780년, 바람이 세차게 부는 3월의 어느 날 아침 7시 반이었다 (크런처는 아노 도미니를 언제나 애너 도미노라고 말했다. 아마도 '서기(아노 도미니)'는 누구나 즐기는 도미노 놀이의 발명을 기념하기 위한 것이며, 그 이름도 도미노를 발명한 여자가 자기 이름을 따서 붙인 것이라고 생각하는 모양이었다).

크런처의 집은 꽤나 악명 높은 동네에 있었고, 유리 한 장짜리 창문이 달린 벽장을 방 하나로 친다고 해도 방이 두 개밖에 없었다. 그러나 집안은 그럭저럭 깔끔하게 정리되어 있었다. 바람 부는 3월의 어느 아침, 아직 이른 시간인데도 그의 침실은 이미 말끔히 정돈되어 있고, 커피 잔과 접시가 놓여 있는 식탁에는 하얀 식탁보가 덮여 있었다. 크런처는 집에서 뒹구는 어릿광

---

*3 Anno Domini, '주님의 해'라는 뜻의 라틴어로, 서기(西紀)를 말한다.

대처럼 조각보를 기워 만든 알록달록한 이불을 뒤집어쓰고 기분 좋게 자고 있었다. 처음에는 깊이 잠들어 있었으나 점점 몸을 뒤척이더니 마침내 이불을 갈기갈기 찢을 듯한 삐죽삐죽한 머리를 흔들며 자리에서 일어나 버럭 고함을 질렀다.

"빌어먹을! 저놈의 여편네가 또 시작이야!"

그 순간 구석에서 웅크리고 있던 단정하고 바지런해 보이는 여자가 겁에 질려 허둥지둥 일어나는 것으로 보아 그녀가 '저놈의 여편네'인 모양이었다.

"무슨 짓이야!" 침대 밖으로 몸을 빼고 장화를 찾으며 크런처가 말했다. "대체 왜 그래!"

고함 두 번으로 아침 인사를 대신하고 세 번째 인사로는 아내에게 장화를 냅다 던졌다. 장화에는 진흙이 덕지덕지 붙어 있었다. 그것으로 보아 크런처가 정상적이지 않은 방법으로 집안을 꾸려가고 있음을 알 수 있었다. 즉 은행 일을 마치고 퇴근할 때는 신발이 깨끗했지만 이튿날 아침에는 완전히 진흙범벅이 되어 있는 일이 자주 있었던 것이다.

"이 망할 여편네야, 왜 자꾸 지랄이야!" 장화가 빗나가자 이번에는 독설로 방향을 바꾸었다.

"기도를 하고 있었을 뿐이에요."

"하, 기도를 했다고? 아주 잘 나셨어. 무릎 꿇고 앉아서 나를 저주하겠다고?"

"저주하지 않았어요. 당신을 위해 기도했을 뿐이에요."

"어디서 거짓부렁이야! 설사 그게 사실이라고 해도 멋대로 나대지 말란 말이야. 얘야, 아들아, 남편이 망하기만 빌고 있으니 네 엄마가 얼마나 착한 여자냐. 너도 참 좋은 엄마를 두었어. 믿음이 얼마나 깊은지 몰라. 주저앉아서는 하나밖에 없는 자식새끼 입에 들어갈 음식을 빼앗아달라고 하느님한테 기도나 하고 있으니 말이다."

그 말을 듣자 셔츠만 입고 있는 아들이 화가 나서 어머니를 노려보며 그런 기도는 당장 집어 치우라고 씩씩거렸다.

그러자 아버지까지 합세하여 말이 되건 말건 떠들어댔다. "당신이 얼마나 잘나서 그 따위 기도가 도움이 된다고 생각하는 거야? 응? 어디 한 번 말해 봐! 당신 기도 값이 얼마나 하느냐 말이야!"

"그냥 마음속으로 기도한 것뿐이잖아요. 단지 그뿐이에요."

"그 뿐이라고?" 크런처가 말꼬리를 잡았다. "그럼 아주 거저란 말 아냐. 어쨌든 또 나를 저주했다간 가만 안 둘 줄 알아. 더는 못 참아. 당신이 숨어서 하는 짓 때문에 내가 불행해지다니 그게 말이나 돼? 무슨 일이 있어도 무릎을 꿇어야겠다면 남편이랑 자식이 잘 되도록 기도를 하란 말이야. 어미란 사람이 앞길을 가로막아서야 쓰겠어. 나나 이 녀석이나 당신 같은 매정한 여자만 없었다면 지난주에 돈을 좀 만졌을 텐데 이게 뭐냔 말이야. 하느님한테는 악담만 듣고 계획은 뒤틀어지고 교회 놈들한테는 속아 넘어가다니 재수가 옴 붙어도 정도가 있지, 젠장!" 버럭버럭 소리를 지르며 크런처는 옷을 갈아입었다. "신앙이니 뭐니 하는 쓸데없는 것에 빠져가지고. 내 말이 거짓말 같으면 지난주를 생각해 봐, 나를 보기 좋게 속여먹는 바람에 한 푼도 못 건졌잖아. 정직한 장사꾼이 그런 지독한 꼴을 당하다니. 얘야, 제리, 옷 입어라. 내가 장화를 닦고 있는 동안 엄마 좀 감시해. 또 무릎을 꿇으려고 하면 바로 부르고. 알아들었어?" 그는 다시 아내를 보며 말했다. "또 그딴 식으로 기도했다간 가만 안 돼. 난 지금 낡아빠진 마차처럼 온 몸이 삐걱거리고 머리는 아편이라도 한 것처럼 멍하고 온 몸의 근육이란 근육은 너무 혹사하는 바람에 녹초가 됐다고. 아직 아픔을 느끼니 망정이지 그렇지 않으면 어느 게 내 몸뚱인지도 모를 정도야. 그런데도 주머니 사정은 조금도 좋아지지 않다니 이게 말이 돼? 아무래도 돈이 좀 들어올라치면 당신이 아침부터 밤까지 그딴 기도로 방해해서 그런 것 같단 말이야. 하지만 더는 못 참아, 이 망할 여편네! 뭐야, 할 말 있어?"

그는 계속 지껄였다. "아, 그렇지! 당신은 신앙심이 두터우니까 남편이나 자식에게 손해를 입히는 짓은 안 하겠지. 안 그래? 아무렴, 그렇고말고!" 크런처는 성이 나서 숫돌에서 불꽃이 튀듯 욕설을 있는 대로 퍼부으며 장화를 닦고 출근 준비를 시작했다. 그러는 동안에도, 아버지보다 조금 부드럽긴 하지만 역시 머리칼이 삐죽삐죽하고 눈 사이가 좁은 것도 아버지를 꼭 빼박은 아들 제리는 아버지가 시킨 대로 어머니에게서 눈을 떼지 않았다. 게다가 이따금 옷을 입다 말고 침실에서 튀어 나와 꽥 소리를 질렀다. "엄마, 또 꿇어앉으려고 그랬지? 아빠, 여기 좀 보세요!" 제리는 거짓말로 위협하고는 히죽히죽 웃으며 다시 방으로 후다닥 뛰어 들어갔는데, 불쌍한 어머니는 그

때마다 겁에 질려 움찔거렸다.

식탁 앞에 앉아도 크런처는 기분이 전혀 나아지지 않았다. 아내가 식전 기도를 하려고 하자 그는 눈을 부라리며 노려보았다.

"이 망할 여편네야! 뭐 하는 짓이야? 또 시작이야?"

아내는 그저 축복을 빌었을 뿐이라고 변명했다.

"집어치우라니까!" 크런처는 아내의 기도 때문에 당장이라도 식탁 위의 빵이 사라지기라도 할 듯이 주위를 조심스럽게 둘러보았다. "난 그딴 축복 때문에 집안을 거덜 내지 않을 거야. 내 음식을 축내는 축복 따위는 필요 없어! 그러니까 잠자코 찌그러져 있으란 말이야!"

재미없는 연회에서 밤을 새우고 온 사람처럼 시뻘겋게 충혈된 사나운 눈초리로 제리 크런처는 음식을 먹기보다 동물원의 네발짐승처럼 으르렁거리며 걱정에 잠겼다. 9시가 가까워오자 그는 겨우 험악한 표정을 누그러뜨리고 그럴듯한 직장인의 모습으로 꾸민 뒤 하루 일과를 시작하기 위해 집을 나섰다.

크런처는 늘 스스로를 '정직한 장사꾼'이라고 불렀지만 그가 하는 일은 장사와는 거리가 멀었다. 그의 밑천은 등받이가 부서진 의자를 더 작게 줄여서 만든 의자 하나뿐이었다. 그 의자를 아들 제리가 날마다 들고 따라가 템플 바와 가장 가까운 은행 창문 밑에 갖다 놓았다. 그리고 지나가는 마차에서 떨어지는 지푸라기를 닥치는 대로 주워 와 아버지의 발을 추위와 습기로부터 보호하기 위해 발치에 깐다. 그러면 그날의 일터가 완성되는 것이다. 이 일터에 앉아 있는 크런처의 모습은 템플과 플리트 거리에서는 템플 바 못지 않게 유명했는데, 둘 다 아주 보기 흉하다는 점에서도 그랬다.

바람 부는 3월의 어느 날 아침에도 크런처는 9시 15분 전에 이미 자기 자리를 지키고 있었으며, 은행으로 출근하는 늙은 은행원들이 지나갈 때마다 삼각 모자에 손을 대며 일일이 인사했다. 아들 제리도 이따금 템플 바 안으로 뛰어갈 때 말고는 아버지 옆에 나란히 서 있었으며, 놀려먹을 만한 아이들이 지나가기라도 하면 곧바로 몸과 마음에 상처를 주며 맹렬한 공격을 퍼부었다. 이러한 점까지 꼭 닮은 부자가 그들의 바싹 붙은 두 눈처럼 머리를 맞대고 지나가는 사람들을 말없이 바라보는 모습은 마치 한 쌍의 원숭이 같았다. 아버지 제리는 이따금 지푸라기를 씹어서 퉤 뱉었고, 아들 제리는 눈을 반짝이며 그런 아버지와 플리트 거리 곳곳을 침착하게 두리번거렸는데 그 모습이 더욱 원숭이처럼 보였다.

그때 텔슨 은행에서 정식 직원으로 일하는 심부름꾼 하나가 창밖으로 고개를 내밀고 용건을 전했다.

"여보게, 짐꾼. 부르시네!"

"와아, 아버지! 아침부터 일이 들어오네요!"

아들 제리는 아버지에게 축하 인사를 건넨 뒤 아버지의 의자에 걸터앉아 아버지처럼 지푸라기를 씹으며 생각에 잠겼다.

"늘 녹이 묻어 있단 말야! 아버지 손가락에는 언제나 녹이 묻어 있어!" 제리는 조그맣게 중얼거렸다.

"아버지는 어디서 쇠녹을 묻혀 오는 거지? 은행에는 손에 녹을 묻힐 곳이 없는데!"

제2장 구경거리

"자네, 올드 베일리*¹는 잘 알고 있겠지?"

나이가 가장 많은 은행원이 심부름꾼인 제리에게 물었다.

"그럼요, 나리." 제리가 조금 못마땅하다는 듯이 대꾸했다. "베일리라면 제가 잘 압죠."

"그럴 줄 알았어. 그리고 로리 씨도 잘 알고?"

"암요, 나리. 베일리보다 훨씬 더 잘 알고 있습죠. 저야 정직한 장사꾼이니 베일리에 대해 알고 싶진 않지만 말이에요. 하지만 로리 씨라면 아주 잘 알고 있습니다." 제리는 베일리 재판소에서 마지못해 끌려나온 증인처럼 떨떠름한 표정으로 대답했다.

"좋아. 그럼 증인이 드나드는 출입문 문지기를 찾아서 이 쪽지를 로리 씨에게 전해주라고 하게. 그럼 바로 안으로 들여보내줄 걸세."

"법정 안으로 말입니까, 나리?"

"그래, 법정 안으로."

그 순간 제리 크런처의 두 눈이 갑자기 바싹 붙어서 "이 일을 어떻게 생각해?"라고 서로 묻는 것처럼 보였다.

"그럼 전 법정에서 기다리란 말씀입니까?"

"그건 지금부터 말해주겠네. 문지기가 이 편지를 로리 씨에게 전해주면 자넨 어떻게 해서든 로리 씨의 주의를 끌어서 자네가 어디에 있는지 알리게. 그런 다음에는 로리 씨가 부르실 때까지 기다리면 되네."

"그게 답니까, 나리?"

"그래. 로리 씨가 심부름꾼을 보내달라고 하셨거든. 이 편지는 자네가 왔다는 것을 알려드리기 위한 걸세."

---

*¹ 런던에 있는 중앙형사재판소. 지명을 따서 올드 베일리라 불렸다.

늙은 은행원은 편지를 접고 겉면에 이름을 썼다. 크런처는 은행원이 글씨가 번지지 않도록 압지로 잉크를 찍어 내는 모습을 잠자코 바라보다가 입을 열었다.

"그럼 오늘 아침에 지폐 위조범들의 재판이 열리는가 보군요."

"아니, 반역죄야!"

"능지처참 당하겠군요. 에그, 끔찍해라!"

"그게 법일세." 늙은 은행원이 깜짝 놀라며 안경 너머로 그를 바라보았다. "법은 법이지."

"하지만 사람 몸에 말뚝을 박다니 아무리 법이 그렇대도 너무 잔인하잖아요. 그냥 죽이기만 해도 충분한데 말뚝까지 박다니 너무하지 않습니까, 나리?"

"그렇지 않아. 나라의 법률을 나쁘게 말해선 안 되네. 가슴속에 있는 것과 입 밖에 내는 말은 단속을 잘 해야 해. 법을 거스를 생각 말고. 알겠나? 이 말만은 단단히 새겨듣게."

"나리, 제 목소리와 가슴속은 언제나 습기로 가득 차 있습지요. 우리가 얼마나 축축한 방법으로 하루하루 밥벌이를 하는지 좀 알아주십쇼."

"그건 그렇지. 사람들은 저마다 다른 방법으로 먹고사니까 말일세. 어떤 이는 축축한 일을 하고 어떤 이는 건조한 일을 하고 살지. 자, 편지 여기 있네. 그럼 다녀오게나."

제리는 편지를 받아들었다. 겉으로는 공손히 고개를 숙였지만 속으로는 '흥, 그러는 영감탱이도 그럭저럭 먹고사는 주제에'라고 중얼거리며 가는 길에 아들에게 행선지를 알려주고 올드 베일리로 향했다.

그 시절에는 사형이 타이번에서 집행되었으므로, 이곳 뉴게이트 바깥 거리가 씻을 수 없는 악명을 떨치게 된 것은 그 뒤의 일이었다.*2 그러나 감옥이 흉악한 곳이라는 사실은 변함이 없었으며, 온갖 악덕과 악행과 끔찍한 질병의 온상이었다. 특히 질병은 때로 죄수들과 함께 법정으로 숨어들어와 느닷없이 판사를 공격하여 그를 판사석에서 끌어내리기도 했다. 심하게는, 판사가 죄인에게 사형을 선고했는데 그것이 판사에게도 번복할 수 없는 사형

---

*2 1783년부터 사형 집행장이 타이번에서 뉴게이트 감옥으로 옮겨졌다.

선고가 되어 죄수보다 먼저 죽은 일도 한두 번이 아니었다. 그러나 역시 평범한 사람들에게 올드 베일리는 죽음의 여인숙으로 유명했다. 그곳에서 핏기를 잃은 여행자들이 이륜마차나 사륜마차를 타고 끊임없이 저세상으로 가는 험난한 여행길에 올랐다. 가면서 2마일 반 정도는 공공도로를 달렸지만 그 마차를 보고 수치스러워하는 시민은 아무도 없었다. 습관이란 그토록 무서운 것이라, 처음부터 좋은 습관을 들이는 것이 얼마나 중요한 일인지 이로써 알 수 있다. 또한 이곳은 죄인에게 씌우는 칼이 있는 곳으로도 유명했다. 칼은 예부터 이어져온 매우 훌륭한 도구로, 이를 통해 얼마나 큰 고통을 받게 될지는 아무도 짐작하지 못했다. 태형틀도 아주 오랜 옛날부터 있었는데, 여기서 죄인이 채찍질 당하는 모습을 보면 누구라도 자비심과 연민을 느끼게 된다. 그리고 마지막으로 이른바 '피 묻은 돈'*³이 널리 유통되었다. 이것 역시 옛사람들에게서 물려받은 지혜의 유산으로, 그 덕분에 세상에서 가장 추악한 욕심에서 기인한 범죄가 아주 조직적으로 이루어졌다. 어쨌든 당시의 올드 베일리는 "존재하는 것은 모두 정당하다"*⁴라는 명언의 전형적인 예시였다. 아마도 '존재하지 않았던 것은 모두 나쁘다'라는 그릇된 결론만 포함하지 않는다면 두말할 나위 없는 완벽한 명언이었을 것이다.

제리 크런처는 이 꺼림칙한 장소 곳곳에 모여 있는 지저분한 군중들 사이를 익숙한 솜씨로 헤치고 지나가 이내 목적지인 입구를 찾아내고 재빨리 창구로 편지를 들이밀었다. 그 무렵에는 사람들이 일부러 돈을 내고 베들럼*⁵에서 상연되는 연극을 보듯 올드 베일리의 연극도 역시 돈을 내고 보았는데, 물론 이곳의 입장료가 훨씬 더 비쌌다. 따라서 늘 활짝 열려 있는 죄인들의 출입구를 제외한 올드 베일리의 모든 입구는 엄중히 통제되고 있었다.

얼마동안 실랑이를 벌이다가 이윽고 문지기가 마지못해 문을 빼꼼히 열자 제리 크런처는 그 틈 사이를 비집고 안으로 들어갔다.

"어떻게 됐소?" 그는 바로 옆에 있는 사내에게 속삭이듯 물었다.

"아직 시작하지 않았소."

---

*3 사형을 선고받은 죄인을 관헌에 넘기면 주는 보상금.

*4 영국 시인 알렉산더 포프의 〈인간론〉에 나오는 유명한 구절로, 18세기의 합리주의를 한 마디로 요약했다.

*5 16세기부터 런던에 있던 수도원이나, 18세기 중반부터 정신병원으로 바뀌었다.

"무슨 사건이오?"

"반역사건이래요."

"그럼 능지처참을 당하겠군요, 안 그래요?"

사내는 천천히 즐기듯이 대답했다.

"그럼요. 호송마차로 싣고 가서 죽지 않을 만큼 목을 매달았다가 다시 끌어내려 눈앞에서 배를 가르고 창자를 끄집어내서 역시 눈앞에서 불태울 거요. 그런 다음 목을 치고 사지를 잘라낼 거요. 그것이 반역 죄인에게 내리는 벌이지요."

"유죄판결을 받는다면 말이지요?" 제리가 단서를 달았다.

"유죄일 게 당연하니 그건 걱정 마시우."

그때 크런처가 눈을 돌려 보니 아까 본 문지기가 편지를 들고 로리에게 가고 있었다. 로리는 가발을 쓴 신사들과 함께 탁자 앞에 앉아 있었다. 조금 떨어진 곳에는 피고의 변호사로 보이는 가발을 쓴 한 신사가 커다란 서류 뭉치를 앞에 두고 있었고, 역시 가발을 쓴 한 신사가 두 손을 주머니에 찔러넣은 채 그와 마주 앉듯이 앉아 있었는데, 크런처가 본 바에 따르면 그는 이때 이후로 줄곧 천장에만 주의를 쏟고 있었다. 크런처는 헛기침을 하거나 턱을 쓰다듬거나 손으로 신호를 보내는 식으로 해서 간신히 자신이 있는 곳을 로리에게 알렸다. 로리는 아까부터 일어서서 크런처를 찾고 있었는데 그를 보자 조용히 고개를 끄덕이고 다시 자리에 앉았다.

"저 사람도 재판과 관계가 있소?" 이야기를 나누던 사내가 물었다.

"난들 알겠소." 크런처가 대답했다.

"그럼 실례지만 당신은 이 사건과 무슨 관계가 있소?"

"나도 그게 궁금하오."

그때 판사가 들어오면서 법정이 한 차례 술렁이더니 이내 소음이 가라앉았고, 두 사람의 대화도 중단되었다. 그 다음에는 피고석으로 온 관심이 쏠렸다. 서 있던 두 간수가 나가서 죄수를 데려와 피고석에 앉혔다.

천장만 쳐다보고 있는 가발을 쓴 신사를 제외한 모든 사람들의 눈길이 피고석으로 쏠렸다. 법정 안에 있는 모든 사람들의 숨결이 파도처럼, 바람처럼 또는 불덩이처럼 그를 향해 휘몰아쳤다. 기둥 뒤나 구석에 있는 사람들도 어떻게든 피고를 한 번 보겠다고 호기심 어린 표정으로 고개를 잡아 뺐다. 뒷줄에 있는 구경꾼들은 피고의 머리카락 한 올까지 놓치지 않겠다는 듯이 자리에서 일어섰다. 또한 바닥에 서 있는 사람들도 다른 사람에게 피해가 가든 말든 앞사람의 어깨에 손을 짚고 까치발을 하거나 난간 위로 올라서며 어떻게든 피고를 보려고 난리법석을 떨었다. 그런 사람들 사이에서, 마치 뉴게이트 감옥의 쇠못이 삐죽삐죽하게 박힌 벽이 그대로 살아서 걸어 나온 것처럼 보이는 제리 크런처가 우뚝 서 있었다. 그가 오는 길에 마신 맥주 냄새가 진동하는 숨결이 다른 사람들의 입김에서 뿜어져 나오는 맥주, 진, 홍차, 커피 따위의 냄새와 뒤섞여 죄수를 향하자 비와 안개처럼 불결한 날숨이 되어 죄수의 뒤에 있는 커다란 창문에 부딪쳤다.

이처럼 사람들이 소리 지르며 바라보는 대상은 구릿빛 얼굴에 눈동자가 검은 스물대여섯 살쯤 된 체격 좋고 잘생긴 젊은이였다. 계급은 신사 같았다. 그는 검은색인지 짙은 회색인지 모를 수수한 양복을 입고, 길고 검은 머리를 목 뒤에서 리본으로 묶었는데, 멋을 내기 위해서가 아니라 거치적거리지 않도록 질끈 동여맨 듯이 보였다. 사람의 마음은 어떤 옷을 입더라도 자연스럽게 겉으로 드러나기 마련인데, 그의 경우도 지금의 처지 때문인지 태양보다 더 강렬한 영혼의 소유자임을 보여주는 구릿빛 뺨이 창백하게 질려 있었다. 그러나 다른 점에서는 아주 침착했다. 그는 판사에게 인사를 하고 조용히 서 있었다.

하지만 이 젊은이에게 쏠린 관심은 결코 인간으로서 자랑할 만한 감정이 아니었다. 젊은이가 관대한 판결을 받는다면, 즉 그에게 주어질 형벌의 잔인함이 조금이라도 줄어들 가능성이 있다면 그의 매력도 그만큼 줄어들 터였다. 다시 말해 구경거리는 그 끔찍한 죽음을 맞이할 그의 몸뚱이였다. 불멸의 인간이 잔인하게 살해되고 능지처참되는 것이 지금 재판정을 가득 메운 사람들 사이에 일고 있는 선풍의 근원이었다. 구경꾼들은 겉으로는 어떻게든 구실을 내세우겠지만 결국 그들의 흥미란 그 근본에 있어 '식인귀'와 같은 것이었다.

법정이 조용해졌다. 찰스 다네이는 어제 이미 이번 기소에 대해 무죄를 분명하게 주장했다. 그가 기소된 이유는, (아주 거창한 말로 표현되어 있었지만) 요컨대 그는 프랑스 왕 루이가 인자하고 거룩하고 존엄하신 군주이신 국왕 폐하에 대하여 불법적인 전쟁을 일으켰을 때 수차례에 걸쳐 온갖 수단과 방법을 동원하여 프랑스 국왕을 도왔다는 것이었다. 즉 전술한 인자하고 거룩하고 존엄하신 우리 국왕 폐하의 영토와 역시 전술한 프랑스 국왕 루이의 영토를 숱하게 오가며 전술한 인자하고 거룩하고 존엄하신 우리 국왕 폐하가 캐나다 및 북아메리카에 군대를 파견할 준비를 하고 있다는 기밀을 불의하고 불충하고 간악하고 고약하게도 전술한 프랑스 국왕 루이에게 누설함으로써 전술한 인자하고 거룩하고 존엄하신 우리 국왕 폐하에 대하여 불충한 반역을 꾀했다는 것이었다. 쏟아져 나오는 법률 용어를 듣고 있자니 삐죽삐죽한 머리털이 점점 더 거꾸로 곤두섰지만 어쨌든 제리도 그럭저럭 이해하고 크게 만족했다. 그리하여 전술하고 전술한 찰스 다네이가 지금 재판정에 서 있으며 이미 배심원의 선서가 끝나고 이제 수석검사가 논고를 시작할 참이라는 것도 간신히 이해했다.

그곳에 있는 모든 사람들의 마음속에서 피고는 이미 목 매달리고 목이 잘리고 사지가 찢겨 나갔지만(피고도 그 사실을 알고 있었다) 그러한 상황에서도 피고는 조금도 겁을 먹지 않았을 뿐더러 과장된 태도도 전혀 보이지 않았다. 그는 조용히 서서 가만히 귀를 기울이며 개정 절차가 진행되는 것을 냉정하게 바라보았다. 앞에 있는 나무 난간에 두 손을 올려놓고 서 있는 그 모습이 어찌나 태연한지, 보는 이들로서도 감탄하지 않을 수 없을 정도였다. 그는 뿌려둔 약초 이파리 하나 건드리지 않았다(그 시절 법정에는 감옥에서 옮을 수 있는 전염병을 예방하기 위해 여기저기에 초에 절인 약초를 뿌려두었다.)

피고의 머리 위에 걸려 있는 거울에서 반사된 빛이 그의 몸으로 쏟아졌다. 지금까지 얼마나 많은 악당과 불행한 사람들이 그 거울에 모습을 비춘 뒤 그 표면과 이 세상으로부터 영원히 사라졌을까. 저 큰 바다가 언젠가 죽은 자들을 토해내는 것처럼*6 그 거울에 비친 그림자가 되살아난다면, 이 불길한 법정은 귀기 서린 지옥과 다름없으리라. 문득 부끄러움과 불명예가 피고의 마음을 건드렸는지(그러기 위해 그 거울이 존재한다) 그는 자세를 바꾸다가 얼굴에 비치는 한 줄기 빛을 깨닫고 위를 올려다보았다. 거울을 본 순간 그의 얼굴이 확 붉어지며 오른손으로 약초를 밀쳐냈다.

---

*6 《요한의 묵시록》 20장 13절.

우연한 그 행동과 함께 그는 왼쪽으로 고개를 돌리다가 그의 눈높이에 위치한 판사석 끝에 앉아 있는 두 인물 앞에서 눈길이 딱 멈추었다. 눈길이 너무나 갑자기 멈추면서 그의 표정이 순식간에 바뀌자 지금까지 피고만 바라보던 사람들의 시선도 일제히 두 사람에게로 쏠렸다.

방청인들은 스무 살 남짓의 젊은 아가씨와 그녀의 아버지인 듯한 신사를 보았다. 신사는 머리털이 말 그대로 새하얀 색이었고 설명하기 어려운 날카로운 표정, 활동적이라기보다는 내성적이고 신중한 표정을 짓고 있었다. 그럴 때면 그는 매우 늙어 보였다. 하지만 지금 딸과 이야기를 나누는 순간처럼 그 표정이 순식간에 사라지면 그는 오히려 용모가 단정하고 한창때인 중년 신사로 보였다.

아버지와 나란히 앉아 있는 딸은 한 손은 아버지의 팔짱을 끼고 다른 손으로 그의 팔을 잡고 있었다. 은연중에 드러나는 법정의 두려운 분위기와 피고에 대한 연민에서인지 그녀는 아버지에게 바싹 붙어 있었다. 그녀의 이마에는 숨이 멎을 듯한 두려움과 연민이 강하게 떠올라 있었으며, 피고에게 닥친 위험 외에는 아무것도 눈에 들어오지 않는 것 같았다. 그 표정이 어찌나 자연스럽고 강렬하게 새겨져 있었는지, 피고 본인에게는 아무런 연민도 느끼지 않던 방청인들도 그녀의 모습에는 마음이 술렁거려 "누구지?" 하며 수군거리기 시작했다.

자기 나름대로 관찰하고 집중하느라 무의식적으로 손가락에 묻은 녹을 빨고 있던 심부름꾼 제리도 목을 길게 빼고 "누구요?" 하고 물었다. 주위에 있던 구경꾼들이 차례차례 옆 사람에게 물으며 그 물음을 부녀 곁에 있는 사내에게까지 전달했다. 그리고 그에 대한 대답이 처음 질문을 한 제리에게 천천히 되돌아왔다.

"증인이래요."

"어느 쪽이요?"

"그야 반대쪽이죠."

"누구의 반대쪽이요?"

"당연히 피고의 반대쪽이죠."

그때 검사가 일어나 새끼를 꼬고 도끼날을 갈고 교수대의 못을 박을 준비를 하자, 지금까지 법정을 두루 바라보고 있던 판사가 천천히 시선을 거두고

의자 등받이에 몸을 기대며 지금 자기 손에 목숨이 달려 있는 피고의 얼굴을
가만히 바라보았다.

제3장 실망

수석검사가 배심원 앞에서 주장했다. 지금 여러분 앞에 서 있는 피고는 비록 나이는 어리지만 반역 행위에 오래 가담해 왔으므로 당연히 사형에 처해야 합니다. 그가 우리의 공적인 프랑스와 내통한 것은 결코 어제오늘 일이 아니며, 한 해 두 해 사이의 일도 아닙니다. 그는 아주 오래전부터 비밀 지령을 받고 프랑스와 영국을 수시로 오갔음이 분명하며, 더욱이 피고는 그 지령이 무엇인지에 대한 확실한 변명도 하지 못하고 있습니다. 만약 그의 내통 행위가 성공했다면(다행히 그런 적은 한 번도 없지만) 천인공노할 피고의 반역 행위도 어쩌면 당국의 감시망을 피해갔을지도 모릅니다. 하지만 하느님께서 두려움을 모르고 세상의 비난에도 굴하지 않는 한 사람을 선택하시어 피고가 저지른 악행의 진상을 파헤치고 떨리는 가슴으로 그 전모를 낱낱이 우리 존경하는 수상 각하 및 추밀원에 보고하도록 명령하셨습니다. 곧이어 이 애국자를 여러분에게 소개할 터인데, 전체적으로 보아 그의 입장과 태도는 매우 훌륭했습니다. 본디 그는 피고의 친구였으나, 다행인지 불행인지 피고의 악행을 발견하고는 친구로서 용서할 수 없는 이 반역자를 조국의 신성한 제단에 바치기로 결심한 것입니다. 고대 그리스나 로마처럼 우리나라에도 국가 공로자에게 조각상을 만들어 줌으로써 공로를 치하하는 법이 있다면 이 빛나는 시민의 동상도 마땅히 세워야 할 것입니다. 하지만 그러한 법령이 없어서 그가 조각상을 받을 수 없다는 점이 매우 유감스럽군요. 수많은 시인이 노래했듯이(검사는 배심원들도 그 유명한 시들을 한 자 한 자 욀 수 있을 것이라고 덧붙였지만 그 시구들을 전혀 모르는 배심원들은 부끄러워 얼굴을 붉혔다) 미덕은 전염되며, 특히 애국심이나 조국애라는 눈부신 미덕은 더욱 그렇습니다. 그러므로 제가 그 이름을 입에 올리는 것만으로도 크나큰 영광인 이 충성스럽고 청렴한 폐하의 증인은 마침내 온 국민이 본받아야 할 행위를 본 피고의 하인에게까지 전염시켰고, 하인은 주인의 책상 서

랍과 주머니를 뒤져 몰래 서류를 찾으려는 성스러운 결심을 하게 됩니다. 물론 이 훌륭한 하인이 어느 정도 비난을 받으리라는 것은 저도 알고 있습니다. 하지만 크게 보면, 저는 제 형제자매보다도 그를 더 믿고 제 부모보다 그를 존경합니다. 그리고 배심원 여러분들도 이 하인을 저와 똑같이 여기셔도 좋다고 확신합니다. 이 두 사람의 증언과 이들이 발견한 서류를 같이 검토해 보시면 본 피고가 폐하의 육해군 전력 및 그 배치와 장비에 이르는 매우 상세한 목록을 가지고 있으며 그러한 정보를 상습적으로 적국에 유출한 사실을 분명히 아실 수 있을 것입니다. 물론 이 목록의 필체가 피고의 자필이라고 입증할 수는 없지만 그 점은 아무 문제가 되지 않습니다. 그것은 단지 피고가 아주 용의주도함을 나타내는 유력한 증거가 될 뿐입니다. 또한 증거물을 보면 범죄는 5년 전으로 거슬러 올라가며, 영국군과 아메리카 사이에 처음 무력 충돌이 일어나기 몇 주 전에 이미 피고는 이 끔찍한 범죄 행위에 관여했다는 사실을 증명합니다. 이상의 이유에 따라 우리의 충직하고 정직한 배심원 여러분(이 점, 저는 확고히 믿고 있습니다), 그리고 책임감 강한 배심원 여러분(이 점은 여러분이 가장 잘 아실 것입니다)은 본 피고가 유죄라고 인정하고 좋든 싫든 사형을 요구하실 것이 틀림없습니다. 본 피고의 목을 치지 않으면 여러분이 두 다리 뻗고 잠자리에 들지 못할 뿐더러 여러분의 처자식이 편히 잠든 모습을 지켜볼 수도 없을 것입니다. 다시 말하면 여러분과 여러분의 가족들이 편히 잠들 수 없게 됩니다. 이처럼 검사는 머릿속에 떠오르는 모든 것의 이름으로 간청하고 피고는 이제 죽은 목숨이라고 단언하며 피고의 목을 요구했다.

검사가 논고를 마치자 피고의 주위에서 쉬파리 떼가 윙윙대며 구름처럼 일어나듯 잠시 장내가 웅성거리며 소란스러워졌다. 마치 피고의 운명을 벌써부터 예견하는 것 같았다. 소란이 가라앉자 그 충성스러운 애국자가 증인석에 모습을 드러냈다.

그러자 이번에는 수석검사에 이어 차석검사가 애국자를 심문했다. 애국자는 존 바사드라는 신사였다. 이 청렴한 신사의 진술은 수석검사가 말한 그대로였다. 그래도 흠을 잡자면 아마도 내용이 너무 정확하다는 점일 것이다. 그는 그 고결한 가슴에 지고 있던 부담을 완전히 내려놓고 겸손하게 자리에서 물러나려 했다. 그런데 그 때였다. 로리로부터 멀지 않은 곳에서 서류더미를 앞에 쌓아놓고 앉아 있던 가발을 쓴 신사가 갑자기 몇 가지 묻고 싶은 것이 있다고 말했다. 맞은편에 앉아 있는 가발을 쓴 신사는 여전히 천장만 바라보고 있었다.

증인은 첩자 노릇을 한 적이 있습니까? 없습니다. 존 바사드는 그런 질문을 받는 것 자체가 매우 불쾌하다는 투로 대답했다. 생계는 어떻게 유지합니까? 제 재산으로요. 그 재산은 어디에 있습니까? 글쎄요, 어디 있는지 정확하게 기억나지 않습니다. 어떤 재산입니까? 당신이 상관할 바 아닙니다. 유산입니까? 그렇소. 누구에게서 상속받았습니까? 먼 친척입니다. 아주 먼 친척입니까? 그렇습니다. 당신은 감옥에 들어간 적이 있습니까? 천만에요, 절대 없소. 채무자 감옥에도 간 적이 없습니까? 그게 이번 일과 무슨 관계가 있는지 모르겠군요. 다시 묻겠습니다, 채무자 감옥에 간 적이 한 번도 없습니까? 있소. 몇 번입니까? 두세 번이오. 대여섯 번이 아닙니까? 그럴지도 모르지요. 직업은 무엇입니까? 신사입니다. 남에게 발길질을 당한 적이 있습니까? 있는 것 같군요. 그런 일이 자주 있었습니까? 아닙니다. 그럼 계단에서 떨어진 적이 있습니까? 없소. 누가 계단에서 걷어차서 일부러 구른 적은 있소. 노름판에서 속임수를 쓰다가 그렇게 된 것 아닙니까? 아닙니다. 나를 걷어찬 술 취한 거짓말쟁이가 그렇게 말했나본데 그건 사실이 아닙니다. 사실이 아니라고 맹세할 수 있습니까? 물론이오. 노름판에서 사기를 쳐서 생계를 꾸린 적이 있습니까? 없습니다. 노름으로 생계를 이어간 적은요? 남들이 하는 만큼은 했습니다. 피고에게 돈을 빌린 일이 있습니까? 있습니다. 그 돈은 갚았습니까? 안 갚았소. 피고와는 막역한 사이라고 했는데 사실은 그렇지 않은 것 아닙니까? 마차나 여인숙이나 배 같은 데서 고의로 피고에게 접근한 얄팍한 관계가 아닙니까? 아닙니다. 그럼 피고가 이 목록을 가지고 있는 것을 틀림없이 보셨다는 말씀입니까? 그렇습니다. 이 목록에 대해 아는 점은 그 뿐입니까? 그렇습니다. 혹시 증인이 그것을 직접 손에 넣은 것 아닙니까? 아닙니다. 이 증언으로 대가를 받기로 했습니까? 그렇지 않습니다. 평소에 정부로부터 돈을 받고 다른 사람을 모함하는 일을 하고 있지 않습니까? 말도 안 되는 소리요. 아니면 그와 비슷한 다른 일을 하십니까? 절대 그렇지 않소. 맹세할 수 있습니까? 몇 번이든 할 수 있소. 마음에서 우러나오는 애국심 말고 다른 동기는 없습니까? 전혀 없소.

다음으로 선량한 하인 로저 클라이는 재빨리 선서를 하고 일사천리로 진술을 했다. 그는 4년 전부터 피고의 충직한 하인으로 일해 왔는데, 처음에 칼레 행 정기선에서 피고에게 시중을 들어 줄 사람이 필요하지 않느냐고 제의해서 피고가 그를 고용했다고 한다. 물론 자비를 베풀어 고용해 달라고 애걸한 것은 아니며 그럴 생각은 추호도 없었다. 그런데 얼마 안 가 피고에게서 이상한 점을 발견하고 피고를 감시하기 시작했다. 그는 여행 중에 피고의 옷을 정리하다가 주머니 속에서 이것과 같은 목록을 여러 차례 보았다. 그 목록은 피고의 책상 서랍에서 발견한 것인데, 물론 그가 넣은 것은 아니다. 그는 피고가 그것과 같은 리스트를 칼레와 불로뉴에서 프랑스인들에게 보여 주는 모습을 목격하고, 조국을 사랑하는 마음에 더는 참지 못하고 결국 밀고하기에 이르렀다. 또한 그는 은으로 된 찻주전자를 훔쳤다는 혐의를 받은 적이 한 번도 없다. 겨자 단지를 훔쳤다고 모함을 받은 적은 있지만 그것은 나중에 도금한 그릇으로 밝혀졌다. 그는 앞의 증인과 칠팔 년째 알고 지낸 사이이나 그것은 단지 우연의 일치일 뿐이다. 게다가 그는 그것이 유별나게 이상한 일이라고는 생각지 않는다. 우연의 일치란 대체로 이상하기 마련이기 때문이다. 또한 앞의 증인과 마찬가지로 그의 유일한 동기가 참된 애국심이라는 것 또한 이상한 우연의 일치라고 생각지 않는다. 그는 진정한 영국인이며, 그와 같은 영국인이 많이 있기를 진심으로 바란다고 했다.

쉬파리 떼가 움직이듯 다시 장내가 웅성거렸다. 수석검사가 자비스 로리의 이름을 불렀다.

"자비스 로리 씨, 증인은 텔슨 은행의 직원이시죠?"

"그렇습니다."

"1775년 11월의 어느 금요일 밤에 증인은 은행 업무를 보기 위해 런던에서 도버로 가는 역마차를 탄 일이 있습니까?"

"네, 있습니다."

"그 마차에 다른 승객이 있었습니까?"

"두 사람 있었습니다."

"그들은 날이 밝기 전에 중간에 내렸습니까?"

"그렇습니다."

"로리 씨, 피고를 보십시오. 피고가 그 승객 가운데 한 사람이 아닙니까?”

“확신할 수 없습니다.”

“두 승객 가운데 한 사람과 닮지 않았습니까?”

“두 사람 다 얼굴까지 꽁꽁 싸매고 있었고, 캄캄한 밤이었던지라 그 점은 단언할 수 없습니다.”

“로리 씨, 피고를 다시 잘 보십시오. 피고가 그 승객들처럼 옷으로 몸을 싸매고 있다고 상상해 볼 때, 키나 몸집으로 보아 그들 중 누군가와 닮은 점이 없습니까?”

“없습니다.”

“로리 씨, 그럼 피고가 승객이 아니라고 맹세할 수 있습니까?”

“없습니다.”

“그럼 적어도 그들 중 한 명일 가능성은 있겠군요?”

“그렇습니다. 하지만 그들도 저처럼 노상강도를 만날까봐 벌벌 떨고 있었는데 피고에게서는 두려워하는 기색이 조금도 보이지 않는 점이 다르군요.”

“로리 씨, 증인은 겁쟁이인 척하는 사람을 본 일이 있습니까?”

“물론 있습니다.”

“로리 씨, 다시 한 번 피고를 보십시오. 증인은 피고를 본 적이 있다고 확신하십니까?”

“네, 확신합니다.”

“언제입니까?”

“그로부터 며칠 뒤 제가 프랑스에서 돌아오는 길이었습니다. 제가 탄 정기선에 칼레에서 피고가 탔지요. 그래서 함께 해협을 건넜습니다.”

“피고는 몇 시에 배에 탔습니까?”

“자정이 좀 지나서였습니다.”

“한밤중이군요. 그런 뜬금없는 시간에 배에 탄 사람이 피고 외에 또 있었습니까?”

“공교롭게도 피고뿐이었습니다.”

“로리 씨, ‘공교롭게도’란 말은 하지 않으셔도 됩니다. 한밤중에 배에 탄 사람은 피고뿐이었단 말이지요?”

“그렇습니다.”

"로리 씨, 증인은 혼자 여행하고 있었습니까, 아니면 일행이 있었습니까?"

"일행이 둘 있었습니다. 저기 계신 신사와 아가씨입니다."

"이 자리에 와 계시는군요. 증인은 피고와 무슨 이야기를 나누었습니까?"

"이야기는 거의 하지 않았습니다. 갈 길은 먼데 날씨는 험악하고 바다가 거칠어 저는 항해하는 내내 소파에 누워 있었습니다."

"마네트 양!"

아까도 장내에 있는 사람들의 시선을 사로잡았던 젊은 아가씨가 자리에서 일어서자 또다시 사람들의 눈길이 그리로 쏠렸다. 그녀의 아버지도 딸과 팔짱을 낀 채로 함께 일어났다.

"마네트 양, 피고를 보십시오."

피고는 오직 그에게만 집중되는 방청인들의 눈길도 괴로웠지만, 연민에 가득 찬 이 젊고 아름다운 아가씨의 눈빛을 마주하려니 더욱 힘들었다. 방청인들의 호기심어린 눈빛을 보면 오히려 몸속에서 용기가 솟아나왔지만, 그녀를 보면 단둘이 무덤가에 서있는 듯하여 순간 자신도 모르게 마음이 흔들렸다. 그는 오른손을 쉬지 않고 움직이며 상상 속의 꽃밭을 가꾸듯 앞에 있는 약초를 성급하게 갈라댔다. 거친 호흡을 가다듬으려 한 탓에 입술이 파르르 떨리며 온몸의 핏기가 심장으로 쏠렸다. 또다시 사람들이 파리 떼처럼 웅성거렸다.

"마네트 양, 증인은 전에 피고를 만난 적이 있습니까?"

"네."

"어디서 만났습니까?"

"방금 말씀하신 그때 그 정기선에서 만났습니다."

"그 이야기에 나온 젊은 숙녀가 당신입니까?"

"불행하게도 그렇습니다."

"쓸데없는 감정은 덧붙이지 말고 묻는 말에만 답하시오."

마네트 양의 절절하고 애처로운 목소리는 판사의 거칠고 무뚝뚝한 목소리에 묻혀 버렸다.

"마네트 양, 증인은 해협을 가로지르는 배 안에서 피고와 이야기를 나누었습니까?"

"그렇습니다."

"그 기억을 떠올려 보십시오."

장내가 쥐 죽은 듯이 조용해지자 그녀의 가냘픈 목소리가 들려왔다.

"저 신사께서 배에 오르셨을 때……."

"피고를 말하는 겁니까?"

판사가 눈살을 찌푸리며 물었다.

"그렇습니다."

"그럼 피고라고 말하시오."

"피고가 배에 탔을 때 그분은 제 아버지가 매우 지치고 쇠약해진 상태인 것을 알아보셨습니다." 그녀는 곁에 서 있는 노인을 다정하게 바라보며 말을 이었다. "저도 바깥 공기를 쐬면 안 좋은 줄은 알았지만 너무나도 쇠약해서 쉽게 장소를 옮길 수도 없었습니다. 그래서 선실로 내려가는 계단 근처에 있는 갑판 위에 침대를 마련해 아버지를 눕히고 저도 그 곁에 앉아 시중을 들었습니다. 그날 저녁에 승객은 저희 네 사람밖에 없었습니다. 얼마 뒤 피고가 친절하게도 아버지의 몸에 바람과 찬 기운이 닿지 않도록 하는 방법을 가르쳐 주었습니다. 저는 배가 바다로 나서면 바람이 얼마나 부는지 전혀 몰랐기 때문에 어떻게 해야 하는지도 잘 몰랐습니다. 그러자 피고가 대신 해주셨습니다. 아버지의 상태에 대해서도 매우 상냥하고 친절하게 말씀해주셨어요. 저분은 진심이셨다고 확신합니다. 그래서 자연히 대화를 나누게 된 것입니다."

"말씀 중에 죄송하지만 피고는 배를 타러 혼자 왔습니까?"

"아닙니다."

"같이 온 사람은 몇 명이었습니까?"

"프랑스 신사 두 분이었습니다."

"셋이서 대화를 나누던가요?"

"배가 출발할 시간이 되어 프랑스 신사들이 보트를 타고 돌아갈 때까지 이야기를 나누더군요."

"그자들이 이 목록과 비슷한 서류를 주고받진 않았습니까?"

"무슨 서류를 주고받는 것 같긴 했지만 무슨 서류인지는 모릅니다."

"모양과 크기가 이만하던가요?"

"어쩌면요. 하지만 잘 모르겠습니다. 제가 있던 곳 근처에서 조용히 말씀을 나누시긴 했지만, 그분들은 불빛을 쓰느라 등이 달린 선실 계단 꼭대기에 계셨거든요. 그 불빛이 매우 침침한데다 그분들도 아주 작은 목소리로 속삭이셨기 때문에 저는 한 마디도 듣지 못했고, 세 분이 무슨 서류를 보시는 모습만 보았을 뿐입니다."

"그럼 피고와 나눈 이야기를 해보시오, 마네트 양."

"제가 처한 상황이 그렇다보니 피고는 아버지에게 다정하게 도움을 주신 것처럼 제게도 마음을 열고 대해 주셨습니다. 그런데 제가……." 그녀는 울음을 터뜨리며 말을 이었다. "제가 오늘 그 은혜를 원수로 갚는다고 생각하면……."

쉬파리 떼가 또다시 웅성거렸다.

"마네트 양, 증언하는 것은 당신의 의무입니다. 아무리 싫어도 반드시 해야 합니다. 이 자리에 있는 모든 사람이 다 그 점을 알고 있고, 만약 이해하지 못하는 사람이 있다면 아마 피고뿐일 것입니다. 그러니 계속하시지요."

"피고는 아주 복잡하고 까다로운 일 때문에 여행을 하는 중이라 잘못하면 남에게 피해를 줄 수 있어 가명을 쓰고 있다고 하셨어요. 이번에도 그 일 때문에 며칠 전에 프랑스로 건너간 것이며 앞으로도 당분간은 프랑스와 영국을 오고가야 할지도 모르겠다고 하셨지요."

"아메리카에 대해서도 말했나요? 자세히 말씀해 주십시오."

"전쟁이 일어나게 된 원인을 설명해 주셨어요. 그분은 영국이 잘못했고 어리석었다고 하셨어요. 또 농담으로 하신 말씀이겠지만, 아마도 조지 워싱턴이 조지 3세 폐하만큼이나 역사에 길이 이름을 남길 것이라고 하셨어요. 물론 나쁜 뜻으로 하신 말씀은 아니었습니다. 그저 웃자고, 재미 삼아 하신 말씀이었어요."

모두가 숨을 죽이는 장면에서 관객들의 시선을 사로잡는 주연배우의 얼굴에 강렬한 표정이 떠오르면 관객들도 그때마다 배우의 표정을 따라 하기 마련이다. 판사가 그녀의 진술을 메모하는 동안 잠시 말을 멈추고 그것이 피고와 원고 양측에 어떤 영향을 줄지를 살펴보는 그녀의 이마에 긴장과 불안이 고통스럽게 떠올랐다. 그러자 법정을 가득 채운 방청인들의 얼굴에도 그와 똑같은 표정이 나타났다. 조지 워싱턴에 대한 이단적인 말에 판사가 메모하다 말고 무심코 고개를 들어 노려보았을 때에는 장내에 있는 대부분의 사람들의 이마가 증인의 얼굴을 비추는 거울이나 다름없었다.

그때 수석검사가 단지 형식에 불과하더라도 만일의 경우를 위해 아가씨의 아버지 마네트 박사를 심문할 필요가 있다고 판사에게 말했다. 그리하여 이번에는 박사의 차례가 되었다.

"마네트 박사, 피고를 보시오. 그를 만난 일이 있습니까?"

"한 번 있습니다. 그가 런던에 있는 제 집으로 찾아왔을 때입니다. 삼 년이나 삼 년 반 전의 일입니다."

"증인은 피고가 그 정기선에 함께 탔던 승객이라고 생각하십니까? 그리고 따님과 피고가 무슨 이야기를 나누었는지 증명하실 수 있습니까?"

"나는 아무것도 입증할 수 없습니다."

"입증할 수 없는 특별한 이유라도 있습니까?"

"있습니다." 박사는 낮은 목소리로 대꾸했다.

"증인이 조국인 프랑스에서 재판은커녕 기소 절차도 없이 오랜 세월 동안 감금되었던 그 불행한 사건 때문입니까?"

"참으로 긴 징역살이였소." 박사는 폐부를 찌르는 듯한 목소리로 대꾸했다.

"지금 문제가 되고 있는 시기는 증인이 갓 풀려난 무렵이지요?"

"그렇다고 하더군요."

"그 때의 기억이 전혀 없습니까?"

"그렇습니다. 내 마음은 어느 순간부터, 언제인지는 모르지만 내가 감금되어 구두 만드는 일을 하던 그 시기의 어느 순간부터 이렇게 딸과 둘이 런던에서 살고 있다는 것을 깨달았을 때까지 완전한 공백 상태였소. 하느님 덕분에 정신이 돌아왔을 때에는 이미 딸과 아주 친밀해진 뒤였소만 솔직히 어떻게 가까워졌는지도 나는 알지 못하오. 그 사이의 일은 전혀 기억나지 않습니다."

수석검사가 자리에 앉자 아버지와 딸도 자리에 앉았다.

그때 아주 이상한 일이 일어났다. 오늘 열린 공판의 목적은, 5년 전 11월 어느 금요일 밤, 피고가 아직 잡히지 않은 공범과 함께 도버로 가는 역마차를 타고 가다가 사람들의 눈을 속이기 위해 한밤중에 아무 데서나 내려서 그곳에 머물지 않고 왔던 길을 수십 마일이나 되돌아가 국경 수비대와 항구 시설에서 정보를 수집했다는 사실을 입증하기 위한 것이었다. 한 증인이 불려 나와 그날 밤 그 시각에 국경수비대와 항구 시설이 있는 마을의 호텔 찻집에서 누군가를 기다리고 있던 사내가 바로 피고임에 틀림없다고 증언했다. 피고측 변호사가 반대심문을 했으나 증인이 피고를 본 것은 그때 딱 한 번뿐이라는 사실을 겨우 이끌어냈을 뿐이었다. 그때 줄곧 천장만 보고 있던 가발 쓴 신사가 작은 종잇조각에 몇 자 끼적이더니 종이를 구겨서 변호사에게 휙 던졌다. 잠시 심문을 멈추고 종이를 펼쳐본 변호사는 갑자기 호기심 가득한 눈으로 피고를 뚫어지게 바라보았다.

"증인은 피고가 그때 본 그 사람이 틀림없다고 다시 한 번 확신합니까?"

증인은 확실하다고 말했다.

"피고와 아주 비슷하게 생긴 다른 사람은 아니었을까요?"

증인은 같은 사람으로 볼 정도로 닮은 사람을 본 적은 없다고 대답했다.

"그럼 내 친구이자 동료인 저 신사를 잘 보시오." 변호사는 방금 쪽지를 던진 신사를 가리켰다. "그리고 다시 피고의 얼굴을 자세히 보시오. 어떻습니까? 두 사람이 아주 닮지 않았습니까?"

그 친구이자 동료라는 사람은 아주 형편없는 정도는 아니지만 차림새에 전혀 신경을 쓰지 않는 털털한 점을 빼면 피고와 놀랄 만큼 닮아 있었다. 나란히 비교해 보니 증인은 물론 장내에 있는 모든 사람이 깜짝 놀랄 만큼 비슷했다. 친구가 가발을 벗을 수 있게 허락해 달라고 변호사가 요청하자 판사도 마지못해 허락했는데, 가발을 벗자 두 사람은 더욱 비슷해 보였다. 판사가 스트라이버(변호사)에게 이번에는 카튼(변호사의 친구)을 반역죄로 기소할 생각이냐고 물었다. 변호사는 그럴 필요는 전혀 없으며 단지 증인에게 묻고 싶을 뿐이라고 대답했다. 첫째, 한 번 일어난 일이 두 번 일어날 수도 있지 않은가, 둘째, 이를 통해 증인의 경솔함이 입증되었는데, 그 점을 좀더 일찍 알았더라도 지금처럼 확신을 가지고 증언했겠는가, 셋째, 지금 그 증거를 보고도 역시 그 확신은 변하지 않느냐는 것이었다. 그 심문의 결과 증인은 완전히 묵사발이 되었고 재판에서 그의 역할은 무용지물이 되고 말았다.

제리 크런처는 이러한 증언을 들으면서 아마도 끼니도 때울 수 있을 만큼 손가락에 묻은 녹을 핥아 먹었다. 그리고 이번에는 스트라이버가 피고 측의 주장을 마치 몸에 꼭 맞는 옷이라도 짓듯이 변론하는 것을 얌전히 들었다. 스트라이버는 말했다. '애국자 바사드'는 돈을 받고 동포를 팔아넘기는 첩자이며 염치없고 뒤가 구린 장사치라는 점에서 이스가리옷의 유다 이래 최악의 불한당입니다. 게다가 그는 얼굴도 유다와 꼭 닮지 않았습니까. 또한 '충직한 하인' 클라이는 바사드의 친구이자 동업자이며 바사드 못지않은 악당입니다. 죄를 날조하고 위증을 서슴지 않는 이러한 악당들은 피고를 희생양으로 정하고 끊임없이 감시의 눈길을 빛내왔습니다. 프랑스 가문 출신인 피고는 프랑스에 남아 있는 여러 집안일을 처리하기 위해 자주 해협을 건너야 했기 때문입니다. 그 집안일이 무엇인지는, 여러 친척들을 위해 비록 목숨과 바꾸더라도 공개할 수 없었던 것입니다. 저 젊은 아가씨에게서 억지로 얻어 낸 증언은, 그녀가 얼마나 괴로운 심정으로 증언했는지는 배심원 여러분도 이미 보셨지만, 결국 아무것도 아니었습니다. 처음 만난 남녀 사이에서 얼마든지 일어날 수 있는 아주 작은 호의와 친절에 지나지 않았지요. 조지 워싱턴에 대한 이야기만은 별개이나 그것은 너무나 터무니없고 엉뚱하여 실없는 농담이라고밖에 볼 수 없습니다. 그런데도 검사는 국민적 반감과 공포심을 이용하여 얄팍한 인기를 얻고자 꾸민 이 계획이 실패로 끝나면 정부의 큰 약점이 될 것이라고 판단하여 그토록 필사적으로 노력했을 것입니다. 그러나 이런 재판이 늘 그렇듯 우리의 국사범 재판에 전례가 수두룩한 부끄럽고 비열한 허위 증언을 제외하면 이번 사건은 아무런 근거가 없음이 분명해졌습니다. 그때 갑자기 판사가 변호사의 말을 가로막으며(마치 변호사의 말이 사실이 아니라는 듯 근엄한 표정으로) 판사로서 더는 그러한 발언을 허용할 수 없다고 말했다.

그러자 스트라이버가 증인을 몇 명 불렀다. 제리 크런처는 스트라이버가 배심원에게 꼭 맞춰 입힌 옷을 검사가 훌렁 뒤집어 벗기는 솜씨를 지켜보았다. 바사드와 클라이는 듣던 바보다 백배는 훌륭한 사람들이며, 피고는 백배는 사악한 사람이라고 검사가 말했다. 마지막은 판사의 차례였다. 판사는 옷을 이리 뒤집고 저리 뒤집어 보였지만 결국 피고의 수의를 만들고 있는 게 분명했다.

이윽고 배심원들이 모여서 상의를 하기 시작했다. 쉬파리 떼가 또다시 웅성거렸다.

그러나 이러한 흥분 속에서도 천장만 보고 있던 카튼은 여전히 꿈쩍도 하지 않았다. 스트라이버는 눈앞에 있는 서류를 정리하면서 옆에 있는 사람들과 소곤거리거나 이따금 근심어린 눈으로 배심원들을 흘끗거렸다. 방청인들은 이리저리 몰려다니며 저마다 새로운 무리를 지었다. 판사도 일어나서 단상 위를 천천히 왔다 갔다 했는데, 보는 사람들은 판사가 흥분한 것이 아닌가 하고 불안에 떨었다. 하지만 카튼은 찢어진 법복을 대충 걸치고 한 번 벗었던 부스스한 가발은 다시 머리 위에 대충 얹어 놓은 듯이 쓰고, 두 손을 주머니에 넣고, 아침부터 줄곧 천장만 응시하며 의자에 몸을 깊게 파묻고 기대어 앉은 채 꿈쩍도 하지 않았다. 이상하게 남을 업신여기는 듯한 태도가 보는 사람의 기분을 무척 상하게 했을 뿐만 아니라, 피고와 아주 닮았다는 인상조차(아까 비교할 때 그가 순간 진지한 표정을 짓자 둘은 영락없이 닮은꼴이었다) 흐릿하게 했다. 그래서인지 지금도 대부분의 방청인들이 그를 보며 닮았다는 사실을 눈치 채지 못한 게 당연하다고 숙덕거렸다. 제리 크런처도 옆에 있는 사내에게 그렇게 속삭이며 덧붙였다. "아무도 저 사람에게 변호를 맡기지 않을 거라는 데 10센트 걸겠소. 저게 어디 일하는 사람의 얼굴이오?"

하지만 겉보기와 달리 카튼은 그곳에서 유일하게 법정의 모습을 빠짐없이 살피고 있었다. 마네트 양이 아버지의 가슴에 고개를 숙일 때 그 모습을 가장 먼저 발견하고 소리 지른 사람도 다름 아닌 그였다. "경관! 저 아가씨에게 가 보시오. 저 신사가 아가씨를 부축해서 나갈 수 있게 좀 도와줘요. 기절하는 걸 보고만 있을 거요!"

사람들은 그녀가 나가는 뒷모습을 안쓰러운 눈초리로 바라보았고, 그 아버지도 정말로 딱하게 여겼다. 어쨌든 그 감금생활을 떠올리는 것 자체가 엄청난 고통이었기 때문이다. 심문을 받는 동안에도 박사의 마음이 격렬하게 흔들리는 것이 드러났고, 그 이후로는 생각에 잠긴 어두운 표정 때문에 갑자기 늙어 보였다. 박사가 나가자 돌아서서 잠시 기다리던 배심원을 대표하여 배심원장이 말했다.

"의견이 일치하지 않았으므로 별실에서 다시 한 번 협의를 해야 할 것 같습니다."

판사는 (아마도 조지 워싱턴 이야기를 아직도 마음에 두고 있어서인지)

의견이 일치하지 않았다는 말에 놀랐지만 보호 감독하에 퇴정하면 괜찮다고 말하며 자신도 퇴정했다. 공판은 온종일 계속되었고 법정에는 이미 등불이 켜졌다. 배심원의 회의가 꽤 길어질 것이라는 소문이 퍼지자 방청인들은 저마다 요기를 하러 자리를 떴고, 피고도 피고석 뒤로 돌아가 앉았다.

마네트 부녀와 함께 밖으로 나갔던 로리가 돌아와 손짓하며 제리를 불렀다.

"이보게, 제리, 뭐든 먹고 싶으면 다녀오게. 하지만 멀리 가지는 말게. 배심원들이 돌아오는 시간을 잘 봐두고 그들보다 늦어서는 안 되네. 판결이 나면 곧장 은행으로 달려가야 하니까. 자네는 누구보다도 발이 빠르니 나보다 훨씬 일찍 템플 바에 도착할 걸세."

이러한 지시와 1실링을 받고 제리는 주먹 하나가 겨우 들어갈 만한 이마를 주먹으로 탁 쳐 보였다. 그때 카튼이 다가와 로리의 팔을 툭 건드렸다.

"젊은 숙녀는 좀 어떻습니까?"

"몹시 괴로워했지만 아버지가 돌봐주고 있고, 법정을 벗어나서 많이 좋아졌습니다."

"그럼 피고에게 그렇게 전하겠습니다. 체면을 중시해야 하는 당신 같은 은행원이 사람들 앞에서 피고와 이야기하면 좋을 게 없으니까요."

그렇잖아도 그 점을 염려하던 로리는 속마음을 들키기라도 한 듯 얼굴을 붉혔다. 카튼은 변호인석 밖으로 나갔다. 법정 출입구도 같은 방향에 있었으므로 제리는 온 신경을 눈과 귀에 집중하며 조심스럽게 그의 뒤를 따라갔다.

"다네이 씨."

피고가 곧바로 앞으로 나왔다.

"증인으로 섰던 마네트 양의 소식이 궁금하지요? 이제 괜찮다고 합니다. 당신이 보았을 때가 가장 안 좋은 상태였던 거요."

"나 때문에 그렇게 돼서 정말 미안하게 생각합니다. 진심으로 감사드린다고 선생께서 대신 좀 전해주시겠습니까?"

"그러지요. 당신이 부탁한다면 전해 드리리다."

카튼의 태도는 거만해 보일 만큼 무뚝뚝했다. 그는 상대에게서 몸을 반쯤 돌리고 귀찮다는 듯이 피고석의 난간에 팔꿈치를 대고 기대어 있었다.

"꼭 좀 부탁드립니다. 저의 진심어린 감사를 받아 달라고 전해주십시오."

"그건 그렇고 어떻게 될 것 같습니까, 다네이 씨?" 카튼이 여전히 상대에게서 몸을 반쯤 돌리고 물었다.

"최악이겠지요."

"그렇게 생각하고 있는 게 가장 현명하지요. 십중팔구는 그렇게 될 테니까요. 하지만 별실에서 회의를 하는 것으로 보아 당신에게 유리할 겁니다."

출입구 앞에서 계속 어슬렁거릴 수는 없었으므로 제리도 그 이상은 듣지 못했다. 생김새는 너무나도 꼭 닮았지만 태도는 정반대인 두 사람이 나란히 서 있고, 그 모습이 그들의 머리 위에 매달린 거울에 비치는 것을 보면서 제리 크런처는 밖으로 나왔다.

도둑과 악당들이 우글거리는 아래쪽 복도에서 양고기 파이와 맥주의 도움을 받았음에도 한 시간 반이라는 시간은 더디게 흘러갔다. 끼니를 때운 뒤 좁은 벤치에 앉아서 꾸벅꾸벅 졸던 제리는 사람들이 웅성거리며 법정으로 향하는 계단을 바삐 올라가는 것을 보고 재빨리 그 뒤를 따랐다.

입구까지 가자 이미 로리가 서서 부르고 있었다.

"제리! 제리!"

"여기 있습니다, 나리! 돌아가는 길이 아주 아수라장이군. 여기 있어요, 나리!"

로리가 사람들을 헤치고 다가와 그에게 종이쪽지를 건넸다.

"곧장 달리게! 알겠지?"

"예, 나리!"

쪽지에 갈겨쓴 글자는 '무죄방면'이었다.

"오늘도 '부활했다'라고 했으면 이번에는 나도 알아들었을 텐데." 제리가 몸을 돌리며 중얼거렸다.

올드 베일리를 벗어나기 전까지 제리는 말할 겨를은 고사하고 생각할 틈조차 없었다. 군중들이 다리를 부러뜨릴 기세로 맹렬하게 물밀듯 쏟아져 나오자 실망한 쉬파리 떼가 다른 썩은 고기를 찾아 사방으로 흩어지는 소란한 잡음이 거리를 휩쓸었다.

제4장 축하 인사

온종일 바글바글 끓던 인간 스튜의 마지막 찌꺼기가 등불을 밝힌 어둠침침한 복도에서 마침내 빠져나가자 마네트 박사와 그의 딸 루시, 로리 그리고 피고 측 변호사 스트라이버는 방금 석방된 찰스 다네이를 둘러싸고 사형을 면한 그에게 축하 인사를 건넸다.

불빛이 훨씬 더 밝았다 하더라도 지적인 얼굴에 몸가짐이 반듯한 지금의 마네트 박사를 보면 파리의 다락방에서 만난 구두장이의 흔적은 조금도 찾아볼 수 없으리라. 그런데도 그를 본 사람들은 누구나 깜짝 놀라며 그를 다시 한 번 쳐다보았다. 낮게 가라앉은 울적한 목소리와 이따금 까닭 없이 발작적으로 나타나는 멍한 표정을 접하기 전에도 그랬다. 우울 상태에 빠져드는 이 같은 변화는 오늘 법정에서 그랬던 것처럼 언제나 길었던 그 고통을 언급할 때면 영혼 깊은 곳에서부터 일어나곤 했다. 또한 박사는 아주 갑작스럽게 저절로 침울한 상태에 빠지기도 했는데, 그의 과거를 모르는 사람들은 이를 전혀 이해하지 못했다. 그들에게는 마치 500킬로미터 밖에 있는 바스티유 감옥이 여름 햇빛을 받아 박사의 얼굴 위로 그림자를 드리우고 있는 것 같았다.

박사의 마음속에서 이 검은 그림자를 걷어내는 힘을 가진 사람은 그의 딸 루시뿐이었다. 루시는 불행 앞에 놓인 그와 불행을 뛰어넘은 그를 잇는 금실과 같은 존재였다. 루시의 목소리와 환한 표정과 부드러운 손길에는 거의 언제나 그의 마음을 치유하는 강력한 힘이 있었다. 물론 그 힘이 언제나 절대적이지는 않았다. 루시의 힘으로도 어쩌지 못하는 경우가 몇 번 있었다. 하지만 그런 경우는 아주 드물었으므로 루시는 아버지의 고통이 끝났다고 믿었다.

다네이는 감사의 마음을 담아 루시의 손에 뜨겁게 키스하고 스트라이버에게도 진심으로 고마움을 표시했다. 스트라이버는 서른이 좀 넘었으나 보기에 스무 살은 더 들어 보였다. 혈색 좋은 얼굴에 몸집은 건강한 데다 무뚝뚝하고 목소리가 크며 섬세함과는 거리가 먼 성격이었다. 사람들 틈이건 이야기 속이건 무턱대고 끼어들고 보는(정신적으로든 육체적으로든) 성격이었는데 삶을 살아가는 방법 역시 마찬가지였다.

그가 아직도 가발을 쓰고 법복을 입은 채로 의뢰인인 다네이 쪽으로 무작정 밀고 들어오자 그로 인해 불쌍한 로리가 무리에서 밀려나고 말았다. 스트라이버는 말했다. "다네이 씨, 승소해서 참으로 기쁩니다. 처음부터 아주 악랄하기 짝이 없는 기소였어요. 하지만 그래서 우리에게 유리한 점도 있었지요."

"이 은혜는 평생 잊지 않겠습니다. 두 가지 의미에서요." 다네이가 그의 손을 잡으며 말했다.

"난 그저 최선을 다했을 뿐입니다, 다네이 씨. 그리고 내가 최선을 다하면 누구에게도 지지 않지요."

이쯤 되면 누군가가 옆에서 "지지 않는 정도가 아니라 훨씬 뛰어나시죠"라고 한 마디 거들어줘야 했으므로 로리가 눈치 빠르게 끼어들었다. 물론 사심이 없었던 것은 아니다. 그는 무리에 다시 끼고자 했던 것이다.

"그렇게 생각하십니까? 그렇지! 온종일 지켜보셨으니 당신이라면 잘 아실 겁니다. 게다가 로리 씨는 실무자이시니까요." 스트라이버가 말했다.

변호사는 아까 어깨로 로리를 밀어젖혔듯 이번에도 어깨로 그를 무리 안으로 밀어 넣었다. 로리가 대답했다.

"실무자로서 마네트 박사님께 부탁드립니다. 이제 이 모임을 해산하고 모두 집으로 돌아가도록 지시를 내려주시지요. 마네트 양의 안색이 아직 좋지 않고, 다네이 씨는 끔찍한 하루를 보낸 데다 우리도 모두 녹초가 되었어요."

"로리 씨, 본인의 입장만 말씀하시지요. 나는 아직 밤에 처리할 일이 남아 있습니다. 본인 입장만 말씀하세요." 스트라이버가 끼어들었다.

"저는 제 입장을 말한 겁니다. 동시에 다네이 씨와 루시 양도 염려스러워서 그렇지요. 루시 양, 제가 모두를 대신해서 말해도 괜찮겠지요?" 로리는 루시를 특히 의식하며 물으면서 마네트 박사를 흘깃 쳐다보았다.

마네트 박사는 딱딱하게 굳은 표정으로 다네이의 얼굴을 뚫어지게 보고 있었다. 물끄러미 바라보던 눈이 불신과 혐오로 험악하게 바뀌고 두려움마저 서려 있었다. 그러한 기묘한 표정을 지은 채 박사는 꿈과 같은 환상을 뒤쫓기 시작했다.

"아버지." 박사의 손을 다정하게 잡으며 루시가 말했다.

박사는 천천히 환상을 떨쳐내고 딸에게로 고개를 돌렸다.

"아버지, 그만 집으로 돌아가요."

"그래." 박사는 한숨을 길게 내쉬며 대꾸했다.

피고의 친구들은 그가 무죄 판결을 받아도 오늘 석방될 리는 없다고 생각했으므로—맨 처음 그렇게 말한 사람은 피고 자신이었지만—이미 다들 돌아가고 없었다. 복도의 등불도 거의 꺼지고 철문이 철커덩 소리를 내며 닫혔다. 이 불길한 법정은 내일 아침 또다시 교수대니 칼이니 태형틀이니 낙인찍는 인두니 하는 것들에 열광하는 사람들이 몰려들 때까지 텅 비게 된다. 루시는 아버지와 다네이 사이에 끼어 밖으로 나왔다. 부녀는 마차를 불러 타고 돌아갔다.

스트라이버는 복도에서 일행과 작별하고 평소처럼 성큼성큼 걸어서 탈의실로 돌아갔다. 무리에는 절대 끼지 않을 뿐더러 그들과 말 한마디 나누지 않고 그림자가 짙게 드리워진 벽에 기대어 서 있기만 하던 한 사내가 그들이 나간 뒤 조용히 걸어 나와 멀어져가는 마차를 지켜보다가 로리와 다네이가 서 있는 보도 쪽으로 다가왔다.

"실무자도 이제는 다네이 씨와 얘기해도 되나 보지요, 로리 씨?"

아무도 오늘 공판에서 카튼이 한 역할에 감사 인사를 하지 않았고, 그 공을 아는 사람조차도 없었다. 그는 법복을 벗고 있었지만 그렇다고 해서 차림새가 나아 보이지는 않았다.

"실무자가 인간 본연의 선량함과 업무상의 체면 중 한쪽을 선택해야 할 때 얼마나 고민하는지 아신다면 깜짝 놀라실 겁니다, 다네이 씨."

로리는 얼굴을 붉히며 정색하고 변명했다. "아까도 그런 말씀을 하셨지요? 우리 같은 은행원들은 은행에 매여 있는 몸이라 원하는 대로 움직이지 못합니다. 자신보다 은행을 먼저 생각해야 하지요."

"압니다, 알고말고요." 카튼은 여전히 천연덕스럽게 말했다. "화내지 마십시오, 로리 씨. 당신을 비난하는 게 아닙니다. 오히려 당신은 다른 사람들보다 훨씬 성실한 분이시죠."

로리가 그의 말은 들은 척도 하지 않고 말을 이었다.

"그런데 선생이 이번 일과 무슨 관계가 있는지 도무지 모르겠군요. 실례인 줄은 알지만 이번 일은 선생과 아무 상관도 없지 않소? 내가 나이가 훨씬 많으니 이해해주리라 믿고 하는 말이오만."

"그렇소. 나와는 아무 상관도 없는 일입니다."

"거 참 안됐군요."

"동감입니다."

"당신도 관련이 있었으면 재판에 훨씬 더 집중할 수 있었을 텐데 말이오."

"천만에요! 절대 그러지 않았을 겁니다."

"뭐요!" 로리는 그의 성의 없는 태도에 버럭 화를 내며 말했다. "일이란 아주 좋은 거요. 업무 관계로 행동과 말을 비롯한 여러 가지 구속을 받기도 하지만 다네이 씨와 같은 관대한 분이라면 그 점을 틀림없이 이해해 줄 겁니다. 그럼, 다네이 씨, 안녕히 가세요. 편히 쉬십시오. 오늘의 행운이 앞으로 당신에게 행복과 성공을 약속해 줄 겁니다. 어이, 마부!"

로리는 카튼뿐만 아니라 스스로에게도 화가 난 듯했다. 그는 서둘러 마차를 타고 텔슨 은행으로 돌아갔다. 포도주 냄새가 진동하고 이미 얼큰하게 취한 듯한 카튼이 갑자기 웃음을 터뜨리며 다네이를 돌아보았다.

"당신과 내가 이렇게 만나다니 참으로 기이한 인연이구려. 자신과 꼭 닮은 사람과 단둘이 서 있다니, 당신에게도 아주 특이한 밤이지 않소?"

"글쎄요, 저는 목숨을 건졌다는 사실이 아직 실감이 나지 않아서요." 찰스 다네이가 대답했다.

"그렇겠지요. 조금 전까지만 해도 저승길로 걸어가고 있었으니까요. 그나저나 목소리에 기운이 없군요."

"그런 것 같습니다. 맥이 풀린 모양이에요."

"그럼 왜 좀더 일찍 저녁을 들지 않는 거요? 난 아까 그 바보 녀석들이 당신을 이승에 남겨둘지 저승으로 보낼지 고민하는 사이에 이미 식사를 마쳤지요. 근처에 요리가 맛있는 술집이 있으니 내 그리로 안내하리다."

카튼은 다네이의 팔짱을 끼고 러드게이트 언덕을 내려와 플리트 거리에서 지붕 덮인 골목길을 지나 한 술집으로 들어갔다. 두 사람은 작은 방으로 안내되었다. 포도주를 실컷 마시고 가볍게 끼니를 때우자 다네이는 눈에 띠게 기력을 되찾았다. 카튼은 식탁 맞은편에 앉아 포도주를 홀짝거리며 조금은 거만한 태도를 드러냈다.

"이제 좀 살아 돌아온 것 같소, 다네이 씨?"

"시간과 장소 개념이 뒤죽박죽이라 아직 잘 모르겠지만 확실히 기분은 좀 나아졌습니다."

"거 잘됐군!"

카튼은 무뚝뚝하게 말하고 커다란 유리잔에 포도주를 한 잔 더 따랐다.

"나는 오히려 이 세상 사람이라는 사실을 어떻게든 잊고 싶은 사람이오. 이렇게 술 마실 때 말고는 세상에 좋은 일이라고는 하나도 없거든. 세상도 나 같은 사람한테는 관심도 없지. 그러니 그 점에서 당신과 나는 전혀 다르단 말이야. 아니, 그뿐 아니라 모든 점에서 당신과 나는 전혀 다르오."

온종일 긴장해 있었던 터라 머리가 혼란스러운 데다 지금도 자신과 외모는 똑같이 생겼지만 태도는 무척 거친 사내와 마주앉아 있는 것이 꼭 꿈만 같다 보니 찰스 다네이는 어떻게 대답해야 좋을지 몰라 망설였다. 그는 결국 아무 대꾸도 하지 않았다.

"식사가 끝났으면 건배합시다. 다네이 씨는 왜 축배를 들지 않소?" 얼마 뒤 카튼이 말했다.

"무얼 위해 건배합니까? 무얼 축하하죠?"

"왜, 혀끝에서 맴도는 이름이 있지 않소. 암, 틀림없어. 당신 혀끝에 걸려 있는 이름이 있을 거요."

"그럼 마네트 양을 위하여!"

"마네트 양을 위하여!"

카튼은 다네이의 얼굴을 똑바로 바라보며 술을 마시고 눈 깜짝할 사이에 유리잔을 등 뒤로 휙 던져 버렸다. 유리잔이 벽에 부딪쳐 산산조각이 나자 카튼은 벨을 눌러 다른 잔을 가져오게 했다.

"확실히 미인이긴 해. 그 정도면 충분히 어둠 속에서 마차에 오르도록 손을 잡아줄 만하지. 안 그렇소, 다네이 씨?" 새 잔에 술을 따르며 카튼이 말했다.

다네이는 인상을 찌푸리며 짤막하게 대답했다.

"그렇소."

"아주 미인이야. 그런 미인이 불쌍히 여기며 눈물을 흘려주다니 참으로 호강하셨구려. 기분이 어떻소? 그만한 미인이 동정해준다면 목숨이 걸린 재판도 해볼 만하지 않소, 다네이 씨?"

다네이는 이번에도 대답하지 않았다.

"아까 선생의 말을 전해 주니 마네트 양이 아주 기뻐하더군. 물론 겉으로 내색은 하지 않았지만 어쨌든 내가 보기엔 그랬소."

그 말을 듣고 다네이는 비로소 이 불쾌한 상대가 오늘 절체절명의 위기에서 그를 구하기 위해 자진해서 손을 내밀어 준 사내라는 데 생각이 미쳤다. 다네이는 그 이야기를 하며 다시 한 번 감사한다고 말했다.

"난 인사 같은 건 받고 싶지 않고 은혜를 베풀었다고도 생각지 않소." 카튼은 여전히 무뚝뚝하게 대꾸했다. "대단한 일도 아닌 데다 내가 왜 그랬는지도 모르니 말이오. 그보다 묻고 싶은 게 있소, 다네이 씨."

"기꺼이 대답해 드리겠습니다. 베푸신 은혜를 조금이라도 갚을 수만 있다면요."

"내가 당신을 특별히 좋아한다고 생각하시오?"

"카튼 씨, 솔직히 말씀드리면 그 점은 생각해 보지 않았습니다." 다네이는 당황하여 허둥지둥 대답했다.

"그럼 지금 생각해 보시오."

"제게 해 주신 일을 생각하면 그렇게 보이기도 하지만 그런 것 같지는 않습니다."

"그렇지, 나도 동감이오. 선생은 머리가 꽤 잘 돌아가는군."

다네이가 종을 울리려고 일어서며 말했다.

"하지만 제가 술값을 치른다고 해서 서로 기분 좋게 헤어지지 못할 이유는 없겠지요?"

"그럼, 절대 없지!" 카튼이 대답하자 다네이가 종을 울렸다. "그럼 선생이 다 계산하겠다는 거지?" 카튼의 말에 다네이가 고개를 끄덕였다. "좋아, 이봐 웨이터, 이것과 같은 술을 한 병 더 가져오고 열 시에 와서 날 좀 깨워주게."

계산을 마치고 찰스 다네이는 일어서며 카튼에게 인사를 했다. 카튼도 따라 일어섰으나 인사는 받지 않고 거만한 태도로 위협하듯 말했다. "마지막으로 하나 더 묻겠소. 내가 취했다고 생각하시오?"

"이미 술을 많이 드신 것 같군요."

"뭐? 같다고? 내가 술을 마신 건 선생도 알지 않소!"

"꼭 그렇게 말해야 한다면 정정하지요. 네, 그렇게 생각합니다."

"그럼 내가 왜 술을 마셨는지도 말해 드리지. 나는 실의에 빠진 불쌍한 인간이오. 나는 세상 그 누구도 좋아하지 않고, 나를 좋아하는 사람도 아무도 없소."

"안타깝군요. 선생님의 재능을 좀더 잘 활용하셨더라면 좋았을 텐데요."

"그럴지도 모르고 아닐지도 모르지. 하지만 선생이 술에 취하지 않았다고 해서 너무 으쓱거리지 마시오. 사람 일이란 모르는 거요. 잘 가쇼!"

이 이상한 사나이는 혼자 남자 갑자기 촛불을 들고 벽거울 앞으로 다가가 거울에 비친 자신의 모습을 꼼꼼히 들여다보았다.

"저 친구에게 특별히 호감이라도 있는 거야?" 그는 자기 모습을 들여다보며 중얼거렸다.

"너랑 닮았다고 해서 좋아해야 할 이유라도 있나? 남을 좋아하는 건 너답지 않아. 잘 알잖아. 젠장, 빌어먹을 놈! 사람이 달라진 거야? 그야 저 사내를 보면 지금의 너로 추락하기 전인 과거의 네가 떠오르는지도 모르지! 아니면 만약 타락하지 않았으면 너도 저런 모습일지 모른다고 생각했겠지! 그래서 좋아진 건가? 아주 그럴듯한 이유로군! 하지만 입장을 바꿔 생각해 보라고. 네가 그 사내였다면 과연 그에게 했던 것처럼 그 파란 눈동자가 너를 가만히 바라봐줬을까? 그토록 아름다운 여인이 새파랗게 질려서 불안에 떨며 네 운명을 불쌍히 여겨 주었을까? 똑바로 말해 보라고! 넌 그자를 미워하는 거야!"

카튼은 위안을 얻기 위해 포도주 병을 들어 단숨에 들이켜고는 두 팔에 얼굴을 파묻고 그대로 식탁에 엎드려 잠이 들었다. 머리칼이 식탁 위로 흐트러져 내리고 길게 흘러내린 촛농이 그의 위로 방울방울 떨어졌다.

제5장 자칼

그때는 술을 즐기던 시대였고 대부분의 사내들이 술을 아주 잘 마셨다. 그 뒤 시대가 변하면서 음주습관도 달라지다보니, 그 무렵 한 사내가 번듯한 신사의 체면에 먹칠을 하지 않으면서도 밤새도록 마신 포도주와 펀치 술의 양을 아무리 줄여서 말해도 요즘 사람들은 터무니없는 과장이라며 믿지 않을 것이다. 법률가라는 지적인 직업에 종사하는 사람도 말술을 퍼마시기로는 다른 전문가들에게 절대 뒤지지 않았다. 지금은 동료들을 제치고 여러 모로 수지맞는 일거리를 향해 거침없이 돌진하고 있는 스트라이버 역시 법률 활동과 마찬가지로 술에서도 동료들에게 절대 뒤처지는 법이 없었다.

올드 베일리와 하급 형사 법원에서 총아로 떠오른 스트라이버는 그가 한 칸 한 칸 밟고 올라온 사다리의 아래 칸을 용의주도하게 잘라내 버리는 사람이었다. 이제 올드 베일리나 하급 형사 법원에서 그를 불러내리려면 두 팔로 받들어 모셔 와야 했다. 스트라이버는 그 혈색 좋은 얼굴을 고등법원 재판장 앞에 거의 매일같이 들이밀었는데, 마치 커다란 해바라기가 뜰을 가득 채운 잡초 사이를 뚫고 해를 향해 눈부시게 피어 있는 것처럼 무리지어 있는 가발들의 꽃밭에서 동료들을 제치고 혼자 불쑥 튀어나와 있는 격이었다.

스트라이버는 한때 법조계에서 입심 좋으며 뱃심 좋고 교묘하고 대범하지만 산더미 같은 진술들 가운데에서 요점만 콕콕 추려내는, 변호사로서 반드시 필요한 가장 중요한 능력이 부족하다는 평판을 받았다. 하지만 최근에 그는 눈부시게 발전했다. 일이 많아질수록 사건의 핵심을 짚어내는 능력이 점점 더 월등해지는 것 같았다. 그리고 아무리 밤늦도록 시드니 카튼과 술을 마셔도 이튿날 아침이면 어김없이 사건의 요점을 완벽하게 파악하고 나타났다.

게으르고 앞날도 캄캄한 시드니 카튼은 스트라이버의 가장 훌륭한 협력자였다. 두 사람이 힐러리 기간부터 미클머스 기간*¹까지 마신 술을 한곳에 모으면 군함을 띄우고도 남을 정도였다. 스트라이버가 변호를 맡은 법정에 가보면 언제나 카튼이 두 손을 주머니에 찔러 넣은 채 천장을 바라보며 앉아 있었다. 그들은 순회 재판도 함께 다녔으며 그때에도 어김없이 밤새 술을 마셨다. 사람들은 카튼이 이튿날 해가 중천에 떠서야 갈지자로 걸으며 도둑고양이처럼 슬그머니 숙소로 돌아가더라고 숙덕거렸다. 나중에는 호사가들 사이에서 카튼이 결코 사자는 못 되어도 아주 훌륭한 자칼임에는 틀림없으며,*2 그런 초라한 역할에 만족하여 스트라이버를 받들어 모시고 있다는 소문까지 돌았다.

"열 시입니다, 손님." 카튼이 깨워달라고 부탁했던 술집 종업원이 말했다. "열 시예요, 손님."

"뭐라고?"

"열 시라고요."

"그래서 어쨌다고? 밤 열 시?"

"네, 손님. 손님께서 열 시에 깨워 달라고 하셨잖아요."

"아! 그래, 그랬지. 그래, 알았어."

그 후로도 몇 번 더 꾸벅거리며 잠에 빠졌지만 종업원이 그럴 줄 알았다는 듯이 5분이나 덜그럭거리며 난롯불을 쑤셔대는 바람에 카튼도 마침내 자리에서 일어나 모자를 쓰고 밖으로 나왔다. 그는 템플*3 쪽으로 발길을 돌리며 정신을 차리기 위해 고등법원 산책로와 신문사 건물들이 있는 보도를 두어 번 왔다 갔다 한 다음 스트라이버의 사무실로 향했다.

이런 모임에 전혀 도움이 되지 않는 서기는 오늘도 이미 퇴근했으므로 스트라이버가 직접 나와 문을 열어주었다. 슬리퍼와 헐렁한 잠옷 차림에 좀더 편안하게 쉬기 위해 목에도 아무것도 두르지 않았다. 눈가에는 거칠고 생기 없는 거뭇한 기미가 짙게 끼어 있었다. 그 기미는 제프리스*4의 초상화 이래

---

*1 고등법원의 개정기는 일 년에 네 번 있는데 힐러리 기간은 그 첫 번째인 1월 21일부터 31일까지를 말하고, 미클머스는 네 번째 기간인 11월 2일부터 25일까지를 말한다. 즉 일 년 내내라는 뜻이다.

*2 자칼은 사자에게 먹이를 구해 바치고 사자가 먹고 남은 것을 받아먹는다는 이야기가 있다. 부하 또는 하인이라는 뜻이다.

*3 이곳에 유명한 법학회 중 하나가 있으며, 그 건물 안에 변호사 사무실이 있다.

*4 조지 제프리스. 가혹한 심판을 내리기로 유명했던 17세기 영국의 재판관.

로 동종업계의 술꾼들 얼굴에 반드시 나타나며, 아무리 화가가 기교로 가리려 해도 주정뱅이 시대의 초상화에는 공통적으로 보이는 특징이었다.

"좀 늦었군, 친구." 스트라이버가 말했다.

"늘 오던 시간이야. 한 15분 늦었나."

그들은 사방이 책으로 둘러싸여 있고 여기저기에 서류가 흩어져 있는 어두컴컴한 방으로 들어갔다. 난롯불이 활활 타오르고 있는 벽난로 시렁에는 물주전자가 바글바글 끓고 있고, 어지럽게 흩어져 있는 서류들 한가운데에 놓인 탁자 위에는 포도주와 브랜디, 럼과 설탕, 레몬 따위가 불빛을 받아 반짝이고 있었다.

"벌써 한 잔 걸쳤군, 시드니."

"오늘 밤엔 두 병 마셨네. 오늘의 의뢰인과 저녁을 함께 했거든. 아니지, 난 그 친구가 먹는 걸 구경만 했다고 해야겠군. 결국 같은 이야기지만!"

"시드니, 자네와 그의 얼굴이 닮은 점을 내세운 건 아주 절묘했어. 그걸 어떻게 알았나? 언제부터 알고 있었던 거야?"

"뭐, 처음에는 그냥 잘생긴 친구라고 생각했지. 나도 운만 따랐으면 그 친구만큼은 되었을 거란 생각이 들더군."

스트라이버는 나이와 어울리지 않게 불룩 튀어나온 배를 흔들며 웃어댔다.

"자네가 운 타령을 하다니, 시드니! 이제 그만 일이나 하세."

카튼은 떨떠름한 표정으로 옷을 느슨히 풀고 옆방으로 가서 커다란 물주전자와 대야와 수건을 한두 장 들고 나왔다. 그러고는 수건을 물에 적셔 대충 짜더니 괴상한 꼴로 머리에 두르고 책상 앞에 앉았다.

"자, 준비 됐네!"

"오늘 밤은 별로 힘들지 않을 걸세."

"몇 건인가?"

"두 건 뿐이야."

"그럼 골치 아픈 것부터 하지."

"여기 있네. 단숨에 해치워버리게."

사자는 술병이 놓인 탁자 옆 소파에 벌렁 드러누웠고 자칼은 반대쪽에 있는 서류가 잔뜩 쌓인 그의 책상 앞에 앉았다. 술병과 술잔은 손만 뻗으면 닿는 곳에 있었다. 두 사람은 쉬지 않고 술병이 놓인 탁자 위로 손을 뻗었으나 이용 방법은 서로 매우 달랐다. 사자는 주로 두 손을 허리 고무줄 안에 찔러 넣고 난롯불을 바라보다가 이따금 문득 생각난 듯이 근처에 있는 서류를 뒤적였다. 하지만 자칼은 미간을 찌푸리고 진지한 표정으로 일에 몰두하고 있었으므로 술잔으로 손을 뻗을 때에도 시선은 돌리지 않고 술잔을 더듬어 찾아 입까지 가져오는 데에만 1분이 넘게 걸리기도 했다. 검토하고 있는 문제가 지나치게 까다로운지 그는 자리에서 일어나 두세 번 정도 수건을 새로 적셔왔는데, 물주전자와 대야가 있는 곳으로 갈 때마다 아주 요상한 모양으로 수건을 뒤집어쓰고 자리로 돌아왔다. 그의 표정이 진지하게 굳어갈수록 그 모습은 한층 우스꽝스럽게 보였다.

이윽고 자칼은 사자를 위한 요리를 완성하여 공손히 그의 앞에 바쳤다. 사자가 그것을 주의 깊게 살펴보고 필요한 것을 추려 두세 가지 논평을 덧붙일 때에도 자칼은 충직하게 사자를 도왔다. 요리 품평이 한 차례 끝나자 사자는 또다시 두 손을 허리 고무줄에 집어넣고 벌렁 드러누워 생각에 잠겼다. 자칼은 술잔을 가득 채워 목을 축이고 머리에 수건을 새로 감아 기운을 차린 다음 두 번째 먹잇감을 모으기 시작했다. 그 먹이를 또다시 사자 앞에 대령하여 평가를 받았을 때는 이미 새벽 세 시가 넘은 뒤였다.

"자, 이제 다 끝났군. 시드니, 펀치라도 한 잔 들게." 스트라이버가 말했다.

자칼은 또다시 김이 모락모락 나는 수건을 머리에서 풀고 입이 찢어지게 하품을 하며 몸을 부르르 떨고는 사자가 시키는 대로 했다.

"시드니, 오늘 검사 측 증인을 심문했을 때 자네가 아주 잘해 줬어. 질문 하나 하나가 정말 효과적이었지."

"무슨 소리야, 나야 언제나 훌륭하지."

"그건 그래. 그런데 왜 그렇게 심통이 났나? 자, 술이라도 들고 기분 풀게."

자칼은 투덜거리면서도 얌전히 사자의 말에 따랐다.

"슈루즈버리*5 시절의 시드니 카튼과 달라진 게 없군." 스트라이버는 지금

_____

＊5 잉글랜드 서부의 웨일스 근처에 있는 마을. 이곳에 16세기에 창립된 유명한 학교가 있다.

의 카튼과 과거의 카튼을 비교하며 고개를 끄덕였다. "옛날과 다름없이 시소를 타는 시드니야. 기분이 좋다가도 금세 침울해지지. 활기가 넘치다가도 순식간에 풀이 죽는다니까."

"하아, 그렇지!" 한숨을 푹 내쉬면서 카튼이 대답했다. "예나 지금이나 남의 뒤치다꺼리나 하는 시드니일세. 그때도 다른 녀석들 숙제해주느라 내 숙제는 안 했지."

"왜 안 했나?"

"글쎄. 아마 그게 내가 살아가는 방식인 게지."

그는 언제나처럼 두 손을 주머니에 찔러 넣은 채 두 다리를 앞으로 쭉 뻗고 앉아 난롯불을 물끄러미 바라보았다.

"이보게, 카튼!" 사자가 갑자기 위압적으로 말했다. 마치 눈앞에 있는 난로의 쇠살이 불굴의 정신을 단련하는 용광로이며, 그를 그 쇠살 안으로 걷어차 넣는 것이야말로 옛날과 변함없는 슈루즈버리 시절의 시드니 카튼에게 오랜 친구로서 해줄 수 있는 유일한 배려라는 태도였다. "자네 방식은 예나 지금이나 불완전해. 열정도 없고 목표도 없지. 날 좀 보라고."

"또 시작이군! 설교라면 집어치우게!" 시드니가 가볍게 웃어넘기며 대꾸했다.

"내가 지금껏 이 일을 어떻게 꾸려온 줄 아나? 지금도 어떻게 일하고 있는지 알아?"

"그야 자네 일을 돕는 대가로 나한테 돈을 주고 있지. 나를 다그쳐봐야 쇠귀에 경 읽기라 시간만 버리는 꼴일세. 자네도 자네가 하고 싶은 대로 하고 있지 않나. 처음부터 자네 같은 사람은 맨 앞줄에 서고 나는 맨 뒷줄에 서게 되어 있어."

"나 역시 맨 앞줄로 나가기 위해 그만큼 노력해야 했네. 난들 처음부터 앞줄에서 태어났겠나?"

"자네가 태어나는 걸 지켜본 건 아니지만 내가 볼 때 자네는 역시 거기서 태어났어." 카튼이 또다시 껄껄 웃자 이번에는 스트라이버도 따라 웃었다.

카튼이 말을 이었다.

"슈루즈버리 이전은 물론 슈루즈버리 시절과 그 이후에도 자네는 자네 자리에 있었고 난 내 자리에 있었어. 우리가 파리의 학생 거리에서 프랑스어와 프랑스 법률과 그 밖에 프랑스에 관한 이것저것을 배우던 시절부터 자네는 항상 존재감이 뚜렷했지만 난 그렇지 않았지."

"그게 누구 탓이겠나?"

"솔직히 말해 자네에게 책임이 없다곤 할 수 없지. 언제나 자네가 무작정 달려 나가 들이밀고 설쳐대는 통에 난 잠자코 앉아 녹슬어가는 수밖에 없었으니 말일세. 어쨌든 새벽녘에 케케묵은 옛날이야기를 꺼내봐야 우울하기만 하니 집에 가기 전에 다른 애기나 하세."

"좋아! 그럼 그 예쁜 증인을 위해 건배하지." 스트라이버가 술잔을 들며 말했다. "그럼 자네도 기분이 좀 풀리려나?"

하지만 카튼의 표정이 다시 어두워지는 것으로 보아 그렇지 않은 모양이었다.

"예쁜 증인이라고?" 카튼이 술잔을 들여다보며 중얼거렸다. "오늘 낮부터 밤까지 증인을 수없이 만났더니 자네가 말하는 예쁜 증인이 누군지 모르겠군."

"그야 당연이 박사의 꽃같이 예쁜 딸 마네트 양이지."

"그 아가씨가 미인이라고?"

"아닌가?"

"전혀."

"왜 이러나, 이 사람아. 그 아가씨를 보고 법정에 온 사람들이 다들 감탄하더구먼."

"사람들이 다 감탄했다고? 올드 베일리가 미인 선발장이라도 된단 말인가? 그녀는 금발 인형일 뿐이야."

"그런가, 시드니?" 스트라이버는 날카로운 눈초리로 카튼을 바라보며 자신의 불그레한 얼굴을 쓰다듬었다. "내가 볼 때 자네는 아까 틀림없이 그 금발 인형에게 연민을 느꼈어. 금발 인형에게 일어난 일을 가장 먼저 알아챈 것도 자네 아닌가?"

"가장 먼저 알아챘다고? 인형이건 뭐건 간에 아가씨가 코앞에서 기절하면 망원경이 없어도 누구나 알아챌 걸세. 자네를 위해 건배는 하겠네만 그 아가씨가 미인이라고는 인정할 수 없네. 술은 이제 됐으니 난 자러 가야겠네."

스트라이버가 촛대를 들고 계단까지 따라 나가 카튼의 발밑을 비춰주었다. 우중충한 창문을 통해 아침 햇빛이 싸늘하게 스며들었다. 카튼이 밖으로 나오니 차갑고 구슬픈 공기가 밀려왔다. 먹구름이 짙게 드리워진 하늘 아래 템스 강이 흐릿하게 빛나고 있을 뿐, 사방은 생명 없는 사막처럼 고요했다. 바람이 불 때마다 흙먼지가 소용돌이쳤다. 머나먼 사막에서 일어난 모래폭풍의 전조인 모래먼지가 벌써부터 도시를 집어삼키려 하는 것 같았다.

그는 기진맥진한 채 사막을 가로지르다가 문득 멈춰 섰는데, 그 순간 황야에 자랑스러운 야심과 극기와 꺾이지 않는 인내라는 아름다운 신기루가 펼쳐졌다. 이 아름다운 환상의 도시에 있는 수많은 꿈과 같은 회랑에서 사랑의 여신과 미의 여신들이 그를 가만히 내려다보고 있고, 끝없이 펼쳐진 정원에서는 생명의 나무 가지마다 열매들이 주렁주렁 매달려 있으며 '희망'이라는 호수가 햇빛에 반짝반짝 빛났다. 그러나 그것은 아주 짧은 순간에 지나지 않았고 신기루는 순식간에 사라져버렸다. 우물 밑에서 올려다보는 것처럼 다닥다닥 붙은 집들의 꼭대기에 있는 방까지 올라가 카튼은 옷도 갈아입지 않고 아무렇게나 놓여 있는 침대에 그대로 몸을 던졌다. 그리고 까닭 없는 눈물로 베개를 적셨다.

슬프고도 슬픈 해가 떠올랐다. 그러나 그보다 더 슬픈 것은 그 아침 해가 비추고 있는 광경, 탁월한 능력과 착한 심성을 갖추고도 제대로 활용하지 못하는 사내, 성장과 행복을 얻지 못하고 스스로를 좀먹는 세균임을 알면서도 그 세균의 밥이 되어 버린 사내의 모습이었다.

제6장 수백 명의 사람들

마네트 박사의 조용한 거처는 소호 광장[*1]에서 그리 멀지 않은 조용한 거리 모퉁이에 있었다. 그 반역 사건 재판도 넉 달이라는 세월의 파도에 씻겨 나가고 여기에 대한 대중의 관심과 기억도 이미 머나먼 바다 저편으로 쓸려 나간 뒤의 어느 화창한 일요일 오후, 자비스 로리는 그의 집이 있는 클러큰 웰[*2]에서 햇볕이 잘 드는 거리를 천천히 걸어 박사의 집으로 식사를 하러 가는 길이었다. 이따금 일이 바빠 소원해질 때도 있었지만 지금은 박사와 친구가 되었고, 이 조용한 길모퉁이는 그의 삶에 따스한 양지가 되어 주었다.

화창한 일요일 오후, 로리는 일찌감치 집에서 나와 소호 광장을 향해 걸었는데, 여기에는 습관이라고 할 수 있는 세 가지 이유가 있었다. 첫째, 화창한 일요일이면 로리는 식사 전에 마네트 박사 부녀와 산책을 했다. 둘째, 날씨가 궂은 일요일에도 박사 가족과 친구로서 온종일 함께 담소를 나누거나 책을 읽거나 창밖을 내다보며 지내곤 했다. 셋째, 때마침 사소한 문제가 생겨서 그 기회에 해결해두고 싶었기 때문이다. 게다가 박사 일가의 사정을 고려할 때 지금이 그 문제를 해결할 적기인 듯했다.

지금 박사가 살고 있는 길모퉁이는 런던 시내에서 가장 이상한 곳이었다. 먼저 그 집 앞으로 이어진 길이 없었으므로 박사의 집 정면에 난 창문으로는 속세에서 벗어난 호젓하고 정겨운 풍경이 펼쳐졌다. 그 무렵 옥스퍼드 거리의 북쪽에는 아직 집이 거의 없었다. 지금은 이미 사라진 그 주변의 들판에는 나무가 무성하고 들꽃이 일대를 뒤덮고 산사나무 꽃이 아름답게 피어 있었다. 그래서인지 소호 광장에 부는 바람은 정처 없이 떠도는 빈민들처럼 맥없이 교구로 찾아들지 않고 매우 자유롭고 시원시원했다. 게다가 그 근처에는 남향의 아담한 담장이 길게 이어져 있고 담장 위로 복숭아가 탐스럽게 영

[*1] 런던 옥스퍼드 거리의 남쪽. 당시에는 시장 외곽에 가까웠다.
[*2] 런던 구시가지 북쪽에 있는 지역. 당시에는 시외였다.

글었다.

이른 아침에는 강렬한 여름 햇빛이 길모퉁이에 눈부시게 내리쬐었으나, 거리가 뜨겁게 달아오를 무렵이면 이 모퉁이에만 그늘이 졌다. 게다가 햇볕을 완전히 가로막는 그늘이 아니라 그늘 너머로 눈부신 햇빛이 여전히 내리쬐고 있었다. 말하자면 한적하면서도 어둡지 않고 서늘한 곳, 온갖 음향이 신비롭게 울려 퍼지면서도 거리의 잡음은 들리지 않는 항구와 같은 곳이었다.

그러한 항구에는 으레 조용한 돛단배가 닻을 내리고 있게 마련인데 이곳도 그랬다. 박사는 크고 휑뎅그렁한 건물 2, 3층에 살고 있었다. 이 건물에서 낮에는 다양한 가게가 장사를 했지만 그 소리는 거의 들리지 않았고 밤이면 쥐죽은 듯 고요해졌다. 플라타너스 나무의 푸르른 잎사귀가 바스락거리는 안뜰을 지나 건물 뒤로 가면 교회 오르간 제조업자와 은세공사의 작업장이 있으며, 현관 벽에서 황금 팔을 쑥 내밀고 있는 전설의 거인*3은 마치 황금을 두드려 자기 팔을 만든 것처럼 여기 오는 모든 자들을 자기와 같은 금으로 바꿔버리겠다고 위협하는 것처럼 보였다. 그러나 이러한 작업장의 직공들과 위층에 살고 있는 독신 세입자와 계단 아래에 사무실을 차리고 있다는 마차 장식 제작자 역시 아무 소리도 내지 않았고 모습을 보이는 일도 거의 없었다. 이따금 한 노동자가 옷을 갈아입기 위해 홀을 가로지르거나 낯선 사내가 기웃거리거나 금속을 두드리는 소리가 안뜰을 가로질러 어렴풋하게 들리거나 금색 거인의 일터에서 망치를 탕탕 내려치는 소리가 들리곤 했다. 그러나 그러한 소리는 아주 가끔씩 들렸으므로, 오히려 일요일 아침부터 토요일 저녁까지 집 뒤편에 있는 플라타너스 가지에서 무리지어 지저귀는 참새 울음소리와 길모퉁이에 울려 퍼지는 메아리 소리를 더욱 도드라지게 해줄 뿐이었다.

마네트 박사는 옛날의 평판을 알고 있거나 그가 겪은 일에 대한 소문을 듣고 찾아오는 환자를 진료했다. 그의 의학적 지식과 정교한 수술을 할 때의 조심성과 뛰어난 실력 덕분에 환자가 제법 있어서 수입이 부족하지는 않았다.

---

*3 금세공사의 간판을 재미있게 묘사했다.

그 화창한 일요일 오후, 자비스 로리가 그 조용한 길모퉁이 집의 초인종을 눌렀을 때 그 역시 집 주변의 상황이 어떠한지는 잘 알고 있었다.

"마네트 박사님은 계신가?"

곧 돌아올 것이라고 하녀가 대답했다.

"루시 양은?"

역시 곧 돌아올 것이라는 대답이 돌아왔다.

"그럼 프로스 양은 있는가?"

아마 있을 것으로 짐작되지만 하녀는 그 이상 대답할 수 없었다. 프로스 양이 집에 있음을 긍정할지 부정할지 짐작할 수 없었기 때문이다.

"난 이집 식구나 마찬가지니 위층에서 기다리겠네." 로리가 말했다.

루시 마네트는 태어난 조국 프랑스에 대해서는 아무것도 몰랐지만 그래도 가장 유용하고 훌륭한 프랑스 국민성의 하나인, 사소한 것들을 잘 이용하는 선천적인 재주를 조국으로부터 물려받았다. 예를 들어 방안의 가구들은 값이 나가는 물건이 아님에도 저렴하면서도 세련된 여러 가지 장식을 추가한 것만으로도 매우 돋보였으며 효과가 아주 뛰어났다. 작은 것부터 큰 것까지 방안에 있는 모든 물건들이 조화롭게 배치되어 있었으며, 섬세한 안목과 고상한 취향이 반영된 훌륭한 색채의 조화가 보는 이의 눈을 즐겁게 하고 만든 이의 우아한 마음씨를 잘 나타내고 있었다. 로리가 서서 방 안을 둘러보고 있으니 기분 탓인지, 의자와 탁자들이 지금은 로리에게도 매우 익숙해진 그 독특한 표정*4을 지으며 '마음에 드셨나요?' 하고 묻는 것만 같았다.

각 층마다 방이 세 개 있고 방에서 방으로 통하는 문들은 바람이 잘 통하도록 활짝 열려 있었다. 자비스 로리는 모든 것에 나타난 일관된 유사성을 보고 빙그레 미소 지으며 이 방 저 방으로 발걸음을 옮겼다. 입구에서 가까운 방이 가장 좋은 방이었는데 루시가 기르는 새와 꽃, 책이라든가 책상, 재봉틀, 수채화도구 상자 따위가 놓여 있었다. 두 번째 방은 박사의 진찰실 겸 식당이었다. 세 번째 방은 안뜰의 플라타너스 가지가 바람을 타고 살랑대며 그늘을 드리우고 있는 박사의 침실이었다. 방 한구석에는 지금은 사용하지 않는 구두장이의 의자와 연장통이 파리의 생앙투안 외곽의 술집 옆에 있는

---

*4 루시 마네트가 잘 짓는 매력적인 표정.

음침한 건물 6층 방에 있던 그대로 놓여 있었다.

"알 수 없단 말이야." 로리는 방안을 둘러보다가 말고 중얼거렸다. "고통스러운 날들을 떠올리게 하는 물건들을 일부러 곁에 두다니!"

"뭐가 이상해요?" 갑자기 질문이 날아오는 바람에 로리는 깜짝 놀랐다.

언젠가 도버의 로열 조지 호텔에서 처음 만난 뒤로 친해진 힘이 장사 같고 얼굴이 붉은 프로스 양이었다.

"아니, 좀, 그렇잖습니까……." 로리가 가까스로 입을 열었다.

"풋, 뭐가 그런데요?" 프로스 양의 말에 로리는 말문이 막혀 버렸다.

"그간 안녕하셨수?" 프로스 양은 퉁명스러우면서도 악의는 없음을 드러내는 투로 말했다.

"덕택에 여전하오." 로리는 유순하게 대꾸했다. "당신도 안녕하시오?"

"늘 그렇지요, 뭐." 프로스 양이 대답했다.

"정말입니까?"

"암, 정말이다마다요! 우리 아가씨 때문에 괴롭기는 하지만."

"정말입니까?"

"이봐요, 그 '정말입니까'란 소리 좀 그만 하구려. 거슬려 죽겠수." 그녀는 몸집은 우람하지만 성미는 아주 급한 모양이었다.

"그럼, 그렇군요." 로리는 고쳐 말했다.

"'그렇군요'도 별로이긴 하지만 그래도 좀 낫구려. 맞아요, 정말 두 손 다 들었다니까요."

"왜 그렇습니까?"

"우리 아가씨하고는 상대도 되지 않는 놈팡이들이 수십 명씩 아가씨를 보겠다고 찾아오는데 아주 지긋지긋해요."

"수십 명씩 찾아온다고요?"

"수백 명이죠."

예나 지금이나 세상에는 과장해서 말하기를 좋아하는 사람들이 많은데, 프로스 양도 상대가 자신의 말을 믿지 못하면 그것을 더욱 과장해서 말하는 버릇이 있었다.

"세상에!" 로리는 가장 안전하다고 생각되는 말을 골라 대답했다.

"난 아가씨가 열 살 때부터 같이 살았수. 아니지, 아가씨가 나를 데리고 사신 거지. 나한테 급여까지 주셨으니까. 맹세컨대 보수를 받지 않아도 나한테 아가씨랑 둘이 충분히 먹고 살 만한 여유가 있었으면 아가씨한테서 땡전 한 푼 받지 않았을 거유. 하지만 어쩔 수 없지 않소. 암튼 참 괴로웠다우."

무엇이 괴로운지 전혀 모르면서도 로리는 고개를 주억거려 보였다. 신체의 가장 중요한 부분을 언제 어디에나 잘 들어맞는 마법의 망토로 활용한 것이다.

"아가씨 발끝에도 못 미치는 작자들이 시도 때도 없이 몰려온다우. 당신이 그 일을 시작한 뒤로……."

"내가 그 일을 시작했다니요?"

"내 말이 틀렸수? 그럼 아가씨 아버지를 살려내신 게 누구란 말이우?"

"아, 그게 시작이라면……."

"아무렴. 그게 끝은 아니었잖수? 로리 씨가 그런 일을 시작하는 바람에 내가 얼마나 힘들었다고요. 물론 박사님을 흉보는 건 아니에요. 그런 훌륭한 아가씨를 딸로 둘 만한 위인이 못 된다는 게 박사님 잘못은 아니니까요. 어차피 그 아가씨한테 어울리는 아버지는 세상 어디에도 없어요. 아가씨의 사랑을 내게서 빼앗아 가려고 박사님(박사님은 참을 만하지만) 뒤를 따라 수많은 놈팡이들이 찾아오는 건 정말이지 말할 수 없이 괴로운 일이라우."

프로스 양이 질투심이 많다는 점은 로리도 익히 알고 있었지만 이 말을 듣고 나니 결국 그녀도 겉으로 보기에는 이상해 보일지언정 속으로는 (여자들에게서만 찾아볼 수 있는) 순수한 사랑과 존경 때문에 일말의 사심도 없이 전적으로 주인에게 헌신하는 여자임을 알게 되었다. 그들은 이미 잃어버린 젊음과 한 번도 가져본 적 없는 아름다움을 위해, 그리고 안타깝게도 끝내 익힐 수 없었던 교양과 그들의 어두운 삶에는 한 번도 비치지 않았던 밝은 희망을 위해 기꺼이 스스로 노예가 된다. 자비스 로리도 세상 경험이 충분하므로 성실한 봉사보다 아름다운 것은 이 세상 어디에도 없음을 잘 알고 있었다. 로리는 금전적인 보상을 바라지 않는 순수한 봉사의 정신을 매우 높이 샀으며, 마음속에서 남몰래 재고 있는 내세의 인과응보의 서열(정도의 차이는 있지만 사람은 누구나 그러한 것을 셈한다)상에서는, 텔슨 은행에 계좌를 가지고 있고 타고난 아름다움을 더욱 돋보이도록 치장한 수많은 숙녀들보다도 프로스 양을 훨씬 더 천사와 가까운 자리에 앉혔다.

"아가씨에게 어울리는 사내는 지금까지도 그랬고 앞으로도 그렇겠지만 내 동생 솔로몬뿐이에요. 사소한 실수를 저질러서 신세를 망치지만 않았어도."

또 시작이었다. 로리가 알아낸 바에 따르면 프로스 양의 동생 솔로몬은 지독한 불한당으로, 노름판에 쏟아 붓기 위해 프로스 양의 재산을 홀랑 털어갔을 뿐만 아니라 누이를 영영 알거지로 만들고도 양심의 가책조차 느끼지 않는 작자였다. 그럼에도 여전히 동생을 믿는 프로스 양의 한결같은 마음에 로리는 크게 감명을 받고 그녀에게 더욱 호감을 느끼게 되었다.

두 사람이 응접실로 돌아와 다정하게 자리를 잡자 로리가 말했다.

"마침 우리끼리만 있고 우리는 둘 다 실무가이니 한 가지 묻겠소만, 박사님이 루시 양과 말씀을 나눌 때 구두 짓던 시절의 이야기를 꺼내시진 않습니까?"

"전혀요."

"그런데도 저 의자와 연장통을 곁에 놔두신단 말이오?"

"아, 그거요! 속으로는 생각하고 계실지 누가 알겠수?" 프로스 양이 고개를 저으며 대답했다.

"많이 생각하시는 것 같습니까?"

"아마 그럴 거유."

"그럼 프로스 양이 상상하기에……." 로리가 입을 열려는데 프로스 양이 말허리를 잘랐다.

"난 상상 같은 건 안 해요. 난 상상이 뭔지도 모르는 사람이우."

"그럼 고쳐 말하지요. 프로스 양이 생각하기에, 생각은 가끔 하시지요?"

"가끔은요."

로리는 다정하게 웃음을 머금고 눈을 반짝이며 말했다.

"그럼 당신이 생각하기에, 박사께서 끔찍한 탄압을 받으셨던 원인이나 탄압을 가한 자들의 이름을 오랜 세월 동안 마음속으로만 간직하고 계신 데에는 무슨 이유가 있다고 보십니까?"

"생각도, 나는 아가씨가 말씀해 주신 것 말고는 생각하지 않아요."

"아가씨는 뭐라던가요?"

"아가씨는 이유가 있는 것 같다고 하시더군요."

"이런 걸 묻는다고 화내지 마시오. 나는 실무 처리에 둔한 사람이고 프로스 양은 능한 사람이라 그럽니다."

"실무 처리에 둔하다고요?" 프로스 양이 침착하게 되물었다.

로리는 괜한 겸손을 떨었다고 생각하며 말했다.

"아니, 아니, 딱히 둔하다는 건 아니고요, 다시 하던 이야기로 돌아갑시다. 그런데 참 이상하지 않습니까? 박사께서 결백하다는 사실을 우리 모두가 확신하는데도 박사께서는 이 문제를 절대 언급하지 않으시니 말이에요. 옛날에 박사와 업무 관계로 만났고 지금은 아주 친밀한 사이가 되었다고 딱히 내게 얘기해주길 바라는 게 아니에요. 문제는 왜 따님에게조차 털어놓지 않느냐는 거죠. 박사가 따님을 그토록 아끼시고 따님도 진심으로 아버지를 사랑하는데 그런 따님에게조차 한 마디도 하지 않는 까닭이 무어냐 말입니다. 프로스 양, 당신에게 이런 걸 묻는 건 단순히 궁금해서가 아니라 진심으로 걱정스럽기 때문이에요."

이번에는 미안한 마음이 들었는지 프로스 양이 조금 부드럽게 말했다.

"알아요! 내가 아는 바로는, 안다고 해봐야 대단할 것도 없지만, 박사님은 그 이야기 자체가 무서우신 거예요."

"박사가 무서워하신다고요?"

"암요. 참으로 끔찍한 기억이니 겁낼 만도 하지 않겠어요? 게다가 기억을 잃은 것도 다 그 일 때문이잖아요. 어쩌다 제정신을 잃게 되었는지도 모르고 또 어쩌다 다시 원래대로 돌아왔는지도 모르는 형편이니까요. 그리고 또다시 정신을 놓지 않으리란 확신도 없으니 그것만으로도 아주 심기가 불편하시지 않겠수?"

로리가 생각했던 것보다 문제는 훨씬 더 심각했다.

"그렇군요. 기억을 떠올리기만 해도 끔찍하시겠지요. 그래도 한 가지 미심쩍은 점이 있어요, 프로스 양. 그런 압박감을 마네트 박사가 마음속으로만 품고 있는 것이 과연 박사에게 바람직한가라는 점이에요. 내가 지금 이렇게 털어놓고 이야기하는 까닭도 실은 그런 생각 때문에 불안해서 그래요."

"하지만 어쩔 수 없어요." 프로스 양은 고개를 저으며 말했다. "그 문제를 조금만 건드려도 상태가 순식간에 나빠지시거든요. 그냥 가만히 놔두는 게 나아요. 좋든 싫든 그냥 내버려둬야 한다 그 말씀이에요. 가끔 박사님께서 한밤중에 일어나셔서 방안을 이리저리 걸어 다니시는 소리가 위층에 있는 우리한테까지 들려요. 박사님의 마음이 옛날 감옥 속을 아직도 방황하고 있기 때문이란 것을 지금은 아가씨께서도 잘 아세요. 그럴 때면 아가씨께선 박사님 곁으로 달려가 박사님이 진정하실 때까지 곁에서 함께 이리저리 왔다 갔다 하신다우. 그러면 박사님도 겨우 안정을 찾으시죠. 하지만 박사님은 그 불안의 진짜 원인에 대해서는 아가씨에게 한 마디도 말씀하지 않으시고, 아가씨도 박사님이 그 말씀을 하지 않으시는 게 최선이라고 생각하세요. 그저 말없이 함께 이쪽 저쪽으로 왔다 갔다 하시다보면 결국에는 아가씨와 함께 있다는 사실만으로 제정신을 찾으시지요."

프로스 양은 자기에게는 상상력이 없다고 부정했지만 '이리저리 왔다 갔다'라는 말을 여러 차례나 되풀이한 점으로 보아 슬픔에 시달리는 사람의 고통을 틀림없이 느끼고 있었으며 동시에 그녀가 상상력을 가지고 있음을 훌륭하게 증명했다.

이 길모퉁이에는 이상하게도 메아리가 잘 울린다는 점은 앞에서도 말했는데, 바로 그때 기력 없는 발소리에 대한 이야기를 한 순간 마치 그 때문이기라도 한 것처럼 누군가가 다가오는 발소리가 높이 울려 퍼지기 시작했다.

"돌아오셨네요." 하던 이야기를 멈추고 프로스 양이 자리에서 일어섰다. "곧 수백 명이나 되는 사람들이 몰려들 거유."

이 모퉁이는 음성학적으로 보아도 참으로 이상하고 독특한 곳이었다. 자비스 로리가 창문을 열고 마네트 박사 부녀가 나타나기를 기다렸지만 아무리 기다려도 그들이 나타나지 않을 것 같다는 생각이 들었다. 발소리 자체가 멀리 사라져버린 것처럼 메아리도 사라지고 그 대신 결코 오지 않는 다른 발소리가 느닷없이 울려 퍼지기 시작했다. 하지만 그때 마침내 부녀가 모습을 나타냈다. 프로스 양은 현관에서 두 사람을 맞았다.

프로스 양은 얼굴이 붉고 우락부락한 여인이었지만 그녀가 아가씨를 보살피는 광경은 참으로 흐뭇했다. 마네트 양이 올라오자 프로스 양은 아가씨의 모자를 벗겨 자기 손수건 모서리로 먼지를 털어내고 외투를 반듯하게 개키고 아가씨의 탐스러운 머리칼을 아주 자랑스럽게 빗겨 주었는데, 만약 그녀도 천하제일의 미녀였다면 틀림없이 자기 머리도 그렇게 빗었을 것이다. 또한 프로스 양을 안고 고맙다고 인사하며 너무 그러지 않아도 된다고 말하는 마네트 양의 모습도 아름다웠다. 물론 그 말은 농담이었으며, 그렇지 않다면 프로스 양은 상심하여 자기 방으로 들어가 엉엉 울었을 것이다. 그리고 박사의 모습도 보기 좋았다. 박사는 그 두 사람을 바라보며 루시를 응석받이로 만들면 곤란하다고 말했는데, 그 말투나 눈빛이 프로스 양 못지않게 다정하여 할 수만 있다면 더 응석을 받아줘도 된다고 말하는 듯했다. 조그마한 가발을 쓰고 환한 얼굴로 홀아비인 자기를 늘그막에 '가정'으로 이끌어 준 독신자들의 별에게 감사하는 자비스 로리 역시 아름다웠다. 하지만 수백 명의 사람들은 나타나지 않았다. 로리는 프로스 양의 예언이 실현되기를 기다렸지만 허사였다.

식사 때에도 수백 명의 사람들은 나타나지 않았다. 이 조촐한 살림살이에서 프로스 양은 부엌을 책임지고 있었으며, 그녀는 자기 임무를 훌륭하게 완수했다. 식사는 아주 소박했지만 영국식과 프랑스식을 절충한 요리는 아주 맛이 좋고 접대 방식도 극진하여 그보다 맛있는 요리는 어디에도 없을 것만 같았다. 프로스 양은 오로지 실리를 따져 사람을 사귀었으므로, 소호와 그 주변 지역을 샅샅이 훑으며 돈이 필요한 프랑스인을 찾아내어 1실링이나 은화 반 닢에 요리 비법을 전수받곤 했다. 이리하여 프로스 양은 몰락한 갈리아인의 자손에게서 놀라운 마술을 배운지라 주방에서 일하는 아낙네들은 그녀를 마술사나 신데렐라의 대모라도 되는 것처럼 우러러보았다. 닭이나 토끼 한 마리, 그리고 밭에서 따온 채소 한두 가지만 있으면 순식간에 근사한 요리를 뚝딱 만들어냈기 때문이다.

프로스 양은 일요일에는 언제나 박사 가족과 한 상에서 식사를 했지만 다른 날엔 아래층 부엌이나 3층에 있는 자기 방에서(그녀는 자신의 파란 방에 루시 외에는 아무도 들이지 않았다) 아무 때나 한 술 뜨면 된다고 고집을 부렸다. 하지만 오늘은 루시의 즐거워 보이는 얼굴과 그녀를 즐겁게 해주려 애쓰는 갸륵한 마음씨에 보답하여 아주 편안한 모습으로 즐겁게 식사를 했다.

숨이 턱턱 막히는 무더운 날씨여서 식사가 끝나자 루시는 플라타너스 그늘 밑에서 포도주를 마시자고 제의했다. 모든 일이 루시에게 달려 있고 루시를 중심으로 움직였기 때문에 다 같이 플라타너스 나무 밑으로 나갔다. 오늘은 특별히 로리를 위해 루시가 직접 술을 가지고 나왔다. 얼마 전부터 루시는 로리의 술잔을 책임지겠다고 말해왔으므로, 플라타너스 나무 밑에서 담소를 나누고 있는 지금도 그녀는 로리의 잔을 계속해서 가득 채워주었다. 이야기를 나누는 동안에도 신비로 가득찬 집 뒤꼍이 그들을 훔쳐보고 있는 듯했고, 플라타너스도 자기 방식대로 머리 위에서 속삭이고 있었다.

하지만 여전히 수백 명의 사람들은 나타나지 않았다. 플라타너스 그늘에 앉아 있을 때 다네이가 나타나긴 했지만 그는 혼자였다.

마네트 박사와 루시는 그를 반갑게 맞이했지만 프로스 양은 갑자기 머리와 온몸이 욱신거린다며 집안으로 들어가 버렸다. 그녀는 자주 이런 증상을 겪었으며, 이를 '끔찍한 발작'이라고 불렀다.

박사는 몸 상태도 아주 좋은 듯했고 유난히 젊어 보였다. 그럴 때면 박사와 루시가 무척 닮아 보였는데, 이처럼 나란히 앉아 딸은 아버지의 어깨에 기대고 아버지는 딸의 의자 등받이에 팔을 두르고 있으면 닮은 점이 더욱 두드러져 무척 보기 좋았다.

박사는 온종일 여러 가지 주제에 관해 이야기를 나누었는데도 평소와 달리 활기가 넘쳤다. 플라타너스 나무 그늘에 앉으며 다네이가 말했다.

"마네트 박사님, 박사님은 런던탑을 자세히 보신 일이 있습니까?"

때마침 런던의 유서 깊은 건물에 대한 이야기를 하고 있었으므로 다네이도 자연스럽게 화제와 관련된 이야기를 꺼낸 것이다.

"루시와 같이 가보긴 했네만 그게 다였네. 흥미로운 게 많은 곳인 줄은 알았지만 그뿐이었어."

"아시다시피 저도 그곳에 있었지만" 다네이는 약간 화가 난 듯 얼굴을 붉혔지만 가볍게 웃으며 말했다. "다른 이유로 간 것이기 때문에 편하게 구경을 할 순 없었죠. 그런데 그때 거기서 아주 이상한 이야기를 들었습니다."

"무슨 이야긴데요?" 루시가 물었다.

"어딘가를 보수하다가 일꾼들이 오래된 지하 감옥을 하나 발견했대요. 그 감옥은 오랫동안 사람들의 기억에서 잊힌 채 방치되어 있었는데 감옥 벽돌 하나하나에 죄수들이 새긴 글씨로 빽빽이 뒤덮여 있었대요. 날짜와 이름, 원망과 기도문까지. 그런데 벽 모퉁이에 있는 돌에, 형장으로 끌려간 듯한 죄수가 마지막으로 새긴 글자 세 개가 있다럽니다. 변변한 도구도 없이 손을 벌벌 떨며 다급하게 삐뚤빼뚤 새긴 글자였대요. 처음에는 D, I, C라는 글자인 줄 알았지만 좀더 자세히 살펴보니 마지막 글자는 C가 아니라 G였대요. 그런 이니셜을 가진 죄수가 있었다는 기록은 물론 전해 내려오는 이야기도 없어서 대체 무슨 이름일까 하고 모두들 생각해 봤지만 결국 아무것도 나오지 않았대요. 마지막에 이 글자는 이니셜이 아니라 DIG이라는 낱말일지도 모른다고 추측하고 그 글자가 새겨진 벽돌 아래쪽을 잘 살펴보니 돌인지 타일인지 보도블록 조각인지 모르지만 아무튼 그 아래에 낡은 가죽주머니와 함께 너덜너덜해진 종이가 한 장 묻혀 있었대요. 그 이름 모를 죄수가 뭐라고 썼는지는 영원히 알 방법이 없지만 어쨌든 그 사내는 무엇인가를 적어서 간수의 눈에 띄지 않도록 숨겨 두었던 거죠."

"아버지, 괜찮으세요?" 루시가 소리쳤다.

박사는 별안간 머리를 움켜쥐며 벌떡 일어섰다. 그 모습과 표정에 모두가 깜짝 놀랐다.

"아니다, 얘야, 괜찮다. 굵은 빗방울이 떨어져서 놀랐을 뿐이야. 그만 안으로 들어가는 게 좋겠구나."

박사는 곧바로 평정을 되찾았다. 정말로 굵은 빗방울이 떨어지고 있었고, 그는 빗방울이 떨어진 손등을 내밀어 보였다. 그러나 방금 다네이가 말한 발견에 대해서는 한 마디도 하지 않았다. 다 함께 집안으로 들어갈 때, 다네이를 보는 박사의 표정이 예전에 올드 베일리 법정 복도에서 다네이를 보았을 때의 이상한 표정과 똑같다는 것을, 로리는 실무가의 예리한 눈으로 놓치지 않고 보았다. 아니, 틀림없이 보았다고 생각했다.

그러나 박사가 어찌나 빨리 정신을 차렸던지 로리는 자신의 실무적 혜안을 의심해 보기까지 했다. 박사는 거인의 금색 팔뚝 아래에서 발을 멈추고, 언젠가는 나아지겠지만 아직도 사소한 일에 놀라는 버릇이 남아 있다 보니 빗방울 같은 것에도 놀란다고 변명을 했다. 그때 박사의 모습은 거인의 팔뚝보다도 굳건해 보였다.

차 마시는 시간이 되자 프로스 양이 차를 내오면서 또다시 그 '끔찍한 발작'을 일으켰다. 그러나 수백 명의 사람은 아직도 나타나지 않았다. 그때 카튼이 불쑥 나타났지만 그래봐야 아직 두 명뿐이었다.

밤이 되자 푹푹 찌기 시작했다. 문과 창문을 모두 열어 놓았지만 그래도 못 견딜 지경이었다. 차를 다 마시자 모두들 창가로 자리를 옮겨 묵직하게 가라앉는 땅거미를 바라보았다. 루시는 아버지 곁에 앉고 다네이는 루시 곁에 앉았다. 카튼은 창가에 기대어 서 있었다. 천둥을 몰고 온 세찬 바람이 길모퉁이 안으로 회오리치자 길고 새하얀 커튼이 천장까지 휘날리며 유령의 날개처럼 펄럭였다.

"아직도 굵은 빗방울이 드문드문 떨어지는군. 폭풍우가 천천히 다가오는 모양이야." 마네트 박사가 말했다.

"하지만 틀림없이 오겠지요." 카튼이 대답했다.

무엇인가를 기다리는 사람들, 아니, 어두운 방안에서 번개가 치기를 기다리는 사람들이 늘 그렇듯이 두 사람도 목소리를 낮추어 이야기했다.

거리는 비가 쏟아지기 전에 집으로 돌아가려고 서두르는 사람들로 몹시 분주해졌다. 메아리가 울리는 신기한 길모퉁이에 오가는 사람들의 발소리가 울려 퍼졌지만 그리로 들어오는 발소리는 끝내 들리지 않았다.

"사람들이 저렇게 많은데도 적막하군요!" 다 같이 거리의 소음에 귀 기울이고 있을 때 다네이가 말했다.

"참 인상적이죠? 전 가끔 해질 무렵이면 여기 앉아서 공상에 잠긴답니다. 하지만 오늘 밤처럼 캄캄하고 조용한 밤에는 제아무리 보잘것없는 공상이라고 해도 오싹한 기분이 들어요." 루시가 말했다.

"우리도 그 오싹한 기분을 한번 느껴 봅시다. 그게 어떤 기분인지."

"여러분은 아무렇지 않으실 거예요. 그런 변덕스러운 망상은 당사자에게만 강렬하게 다가오기 때문에 남에게 얘기할 수 있는 성질의 것이 아니라고 생각해요. 이따금 해질 무렵에 여기 앉아서 귀를 기울이고 있으면 들려오는 모든 메아리들이 점점 우리의 삶 속으로 들어오는 사람들의 발소리로 들려요."

"그렇다면 언젠가는 엄청나게 많은 사람들이 우리 삶 속으로 밀려들어오겠군요." 시드니 카튼이 평소와 다름없는 무뚝뚝한 말투로 참견했다.

거리의 발소리는 끊임없이 들려왔고 그 발걸음은 점점 더 조급해졌다. 길모퉁이에 발소리가 울리고 또 울렸다. 어떤 소리는 창문 아래에서, 어떤 소리는 방 안에서 들려오는 것 같았다. 멀어지기도 하고 다가오기도 하고, 갑자기 사라지는가 하면 그 자리에 우뚝 멈춰 서는 소리도 있었다. 하지만 그 모든 것이 멀리 떨어져 있는 길거리에서 들려오는 소리라 눈앞에는 한 사람도 나타나지 않았다.

"루시 양, 저 발소리들은 모두 우리에게 다가오나요, 아니면 우리 사이를 뚫고 지나가나요?"

"모르겠어요, 다네이 씨. 그래서 제가 어리석은 망상이라고 말씀드렸는데
도 굳이 물으셨잖아요. 그런 공상을 하는 건 혼자 있을 때인데, 그럴 때면
저 모든 발소리가 나와 아버지의 생활 속으로 파고 들어오는 사람들의 발소
리처럼 들려요."

"내가 그 친구들을 내 삶 속으로 받아들이지요." 카튼이 말했다. "난 묻지
도 따지지도 않거든요. 마네트 양, 우리를 향해 엄청난 군중이 몰려오고 있
어요. 저 번갯불이 번쩍할 때마다 내 눈에는 그들이 보여요." 그가 마지막
말을 덧붙이는 순간 번갯불이 하늘을 가로지르며 창가에 기대 있는 카튼의
모습을 선명하게 비추었다.

"소리도 들리고요!" 그는 천둥소리가 한바탕 울릴 때 또다시 덧붙였다.
"봐요, 순식간에 맹렬하게 몰려오잖아요!"

카튼의 말대로 세찬 빗줄기가 쏟아져 내리자 그도 입을 다물어 버렸다. 빗
소리에 묻혀 도저히 말소리가 들리지 않았기 때문이다. 좀처럼 잊지 못할 광
경이었다. 가공할 만한 폭우가 세차게 쏟아지고 번개와 천둥이 쉬지 않고 온
세상을 뒤흔들었다. 결국 자정이 되어서야 달이 떠올랐다.

세인트폴 시계탑이 새벽 한 시를 알리는 소리가 맑게 갠 하늘에 울릴 때에
야 로리는 장화를 신고 등불을 든 제리와 함께 클러큰웰에 있는 집으로 돌아
갔다. 소호에서 클러큰웰로 가는 길은 한적했기 때문에 로리는 노상강도에
대비해 항상 제리에게 경호를 부탁했다. 평소에는 오늘보다 두 시간 일찍 나
서는데도 말이다.

"엄청난 밤이었어! 죽은 사람들도 무덤 밖으로 튀어나올 것 같은 밤이
지." 로리가 말했다.

"어휴, 그런 끔찍한 밤은 본 적이 없지만 보고 싶지도 않네요, 나리." 제
리가 대답했다.

"그럼 잘 가시오, 카튼 씨. 다네이 씨도요. 오늘 같은 밤을 언제 또 다 같
이 볼 수 있겠소!" 로리는 말했다.

아니, 틀림없이 다시 볼 것이다. 수만 명의 군중이 고함을 지르며 그들을
향해 거칠게 몰려오는 날을 반드시 다시 보게 될 것이다.

제7장 파리의 귀족

어느 날 아침, 궁정에서 큰 권세를 떨치는 한 대공 귀족이 파리에 있는 대저택에서 격주로 이루어지는 이른바 접견을 하고 있었다. 대공은 가장 안쪽에 있는 방에 있다. 그곳은 접견실에 몰려와 있는 숭배자들에게는 거룩하고도 거룩하며, 성스럽고도 성스러운 곳이었다. 대공은 지금 막 초콜릿을 드시려는 참이었다. 대공은 초콜릿뿐 아니라 무엇이든 마음대로 집어삼킬 수 있는 분이므로, 몇몇 사람들은 그가 머지않아 프랑스까지 집어삼킬 것이라고 수군거렸다. 그러나 아침마다 마시는 초콜릿은 요리사 말고도 장정 넷이 달라붙어 시중을 들어주지 않으면 목구멍으로 밀어넣지 못했다.

그렇다. 이 달콤한 초콜릿을 대공의 입술에 넣어 드리려면 번쩍거리는 호화찬란한 장신구를 두른 장정이 무려 넷이나 필요했다. 그 가운데 우두머리는 대공께서 정하신 고상하고 우아한 양식에 따라 주머니에 금시계를 두 개이상 넣고 다니지 않으면 살아가지 못하는 자였다. 첫 번째 시종이 초콜릿단지를 공손히 받들어 대공 앞으로 가지고 온다. 그러면 다음 시종이 숟가락으로 초콜릿을 저어 거품을 만든다. 세 번째 시종은 영광스럽게도 냅킨을 받쳐드린다. 그러면 마지막 시종이(금시계를 두 개나 찬) 초콜릿을 따라드린다. 따라서 이 귀족은 초콜릿 시중을 드는 네 명 가운데 하나만 빠져도 하늘아래에 있는 가장 드높고 고귀한 자리를 유지하지 못했다. 시종을 세 명만세워 놓고 초콜릿을 마시는 것은 가문의 이름에 먹칠을 하는 짓이었고, 시종이 둘로 줄어들면 차라리 죽음을 택했을 것이다.

대공은 어젯밤에도 간단한 만찬에 초대받았는데, 그날 저녁에는 아주 훌륭한 희극과 오페라가 상연되었다. 그는 거의 매일 저녁 간단한 만찬을 즐기러 나갔고, 언제나 세련되고 아름다운 사람들에게 둘러싸여 있었다. 대공은교양 수준이 아주 높고 감수성이 매우 풍부한 분이라, 지루한 국정을 돌보고국가 기밀을 처리하는 데 있어서 프랑스의 궁핍한 사정보다 희극이나 오페라에 더 큰 영향을 받았다. 이처럼 행복한 프랑스의 상황은 어느 시대에나 있었던 축복 받은 나라들의 사정과 크게 다르지 않았으며, 영국도 나라를 팔아먹은 명랑한 스튜어트 시대*1에는 항상 이랬다.

그런데 이 귀족은 사회 전반의 움직임에 대해서는 아주 훌륭한 생각을 가지고 있었다. 모든 것은 스스로 제 갈 길을 가도록 내버려두면 된다는 생각이었다. 하지만 개별적인 사회적 활동에 대해서는 그와는 전혀 다르지만 역시 고귀한 이념을 갖고 있었으니, 즉 모든 일이 그의 뜻대로, 다시 말하면 모든 일이 그의 권력을 강화하고 그의 재산을 불리기 위해 존재해야 한다는 것이었다. 또한 그의 전반적 또는 개별적인 쾌락에 대해서도 고매한 이념을 갖고 있었다. 바로 이 세상은 그의 쾌락을 위해 존재한다는 것이다. 그의 경전의 주제는 "땅도 대공의 것이요, 그 안에 가득히 있는 것도 다 그의 것이로다"로, 성경 원문과는 대명사 하나 다를 뿐*2이었다.

그러나 공과 사 모든 면에서 재정부족이라는 상스러운 문제가 슬슬 고개를 들기 시작했다는 것을 대공도 마침내 깨달았다. 대공은 어쩔 수 없이 공사 양쪽으로 징세 청부업자와 결탁해야 했다. 국가의 재정 문제에 대해서는 어차피 아무것도 모르므로 자연히 능력 있는 자에게 전적으로 맡기는 수밖에 없었고, 개인 재정도 징세 청부업자에게 기대야 했다. 징세 청부업자는 부자이지만 귀족은 대대로 사치와 낭비를 일삼느라 가난했으므로 대공은 수도원에 있는 여동생을 베일을 쓰기(그녀가 머리에 쓸 수 있는 것 중에 베일이 가장 쌌다) 직전에 다시 데려와*3 신분은 천하지만 부자인 징세 청부업자에게 선물로 줘 버렸다. 그런데 이 징세 청부업자도 오늘은 끄트머리에 황금 사과가 달린 지팡이를 휘두르며 아까부터 대기실에서 대공을 기다리고 있었으며, 사람들은 끊임없이 그의 앞으로 나와 무릎 꿇고 인사를 했다. 물론 대공의 혈통인 상류층 인사들은 예외였다. 징세 청부업자의 아내를 포함한 상류층 인사들은 모두 이 징세 청부업자를 경멸하는 눈빛으로 바라보았다.

---

*1 찰스 2세(1630~1685)는 가톨릭 신자인 프랑스 왕 루이 14세를 도와 신교도의 나라인 네덜란드 침략을 원조하여 국민들의 비난을 받는다. 찰스 2세는 향락을 좋아하여 '명랑한'이라는 별명이 붙었다.

*2 "땅도 주님의 것이요, 그 안에 가득히 있는 것도 다 주님의 것입니다"〈고린토 인들에게 보낸 첫 번째 편지〉 10장 26절.

*3 베일을 쓴다는 것은 출가하여 수녀가 된다는 뜻한다.

이 징세 청부업자는 사치스럽기로 둘째가라면 서러운 사람이었다. 마구간에는 말이 서른 필 있고, 방에는 그를 모시는 하인이 스물넷에 그의 아내를 시중드는 몸종이 여섯이나 있었다. 징세 청부업자는 닥치는 대로 수탈하고 징발하는 것이 일이라고 공언하고 다녔는데, 생각해보면 오늘 이 저택에 모인 귀족과 신사 가운데에서 적어도 가장 솔직하게 살아가는 사람일 것이다.

저택의 방들은 보기에 아름답고 당대 최고의 세련미와 기술들을 발휘하여 꾸며져 있었지만 결코 건전한 곳은 못 되었다. 다른 한쪽에 엄연히 존재하는 넝마를 두르고 나이트캡을 쓴 허수아비와 같은 사람들(그들은 결코 멀리 있지 않았다. 노트르담 성당의 탑에서 보면 양쪽으로 거의 같은 거리에서 이 빈부의 극명한 차이를 볼 수 있었다)을 더불어 생각하는 사람이 오늘 이 저택에 한 사람이라도 있다면 마음이 아주 불편했을 것이다. 군사지식이 전혀 없는 육군, 군함에 대해 아무것도 모르는 해군, 정무 따위는 생각해 본 적도 없는 공직자들, 눈빛은 음탕하고 혀는 문란하며 생활은 난잡한 속물 중의 속물인 파렴치한 성직자 등 누구 하나 맡은 직무에 적합한 사람은 없었지만 그들 모두 버젓이 그 자리에 앉아 거짓말을 늘어놓았다. 그들은 멀든 가깝든 대공과 같은 계급에 속한 사람들로, 그 덕에 저마다 유용한 공직을 하나씩 꿰차고 있는 것이다. 그런 사람들이 몇 십, 몇 백이나 되었다. 그밖에도 대공이나 국무와는 아무 관계도 없고 현실적인 것들과는 담을 쌓은 사람들도 그 못지않게 많았다. 있지도 않은 병을 멋대로 만들어 내어 비싼 치료를 해주고 돈을 버는 의사들은 대기실에서 귀족 환자들에게 끊임없이 아첨을 했다. 또한 나라와 관련된 악습은 일일이 고치고 대책을 마련하면서 정작 중요한 죄악을 근본적으로 뿌리 뽑는 일에는 아무 공헌도 하지 않는 이론가들도 접견실에서 사람들을 닥치는 대로 붙잡고 열심히 떠들어댔다. 그리고 말로 세상을 개조하고 카드로 만든 것처럼 덧없는 바벨탑을 하늘에 닿도록 쌓아 올리는 무신론자 철학자들도 대공의 접견실에서 연금술이라는 비밀에만 혈안이 된 역시 신을 믿지 않는 화학자들과 대화를 나눴다. 저택에 모인 최고의 교의 교육을 받은 우아하고 교양 넘치는 신사들은 사람들의 일반적인 관심사에 무관심한 듯한 초연한 태도를 취하고 있다. 오늘 모인 대공의 숭배자들 가운데에는 첩자도 있었는데(사실 이 예절 바른 사람들의 절반이 첩자라고 해도 좋았다), 그들이 보기에도 천사와 같은 상류층 귀부인들 가운데 그

태도와 용모에서 스스로 어머니임을 드러내는 부인은 아무도 없었다. 아이라는 성가신 생물을 세상에 내놓는 행위만으로 어머니라는 이름을 얻을 수는 없는 노릇이지만 그런 행위 말고는 어머니가 무엇인지 모르는 곳이 상류사회였다. 농부 아낙들만이 아기라는 촌스러운 유물을 품에 안고 길렀으며, 그 아름답고 매력적인 세계에서는 예순 먹은 노파도 스무 살 처녀처럼 입고 먹었다.

비현실이라는 이름의 문둥병이 대공의 접견에 참석한 모든 인간들의 낯을 추하게 일그러뜨렸다. 가장 바깥방에 모여 있는 사람들 가운데에는 몇 년 전부터 상황이 대체로 안 좋게 흘러가고 있음을 막연하게나마 느끼고 있는 예외적인 인물이 여섯 있었다. 그중 절반은 상황을 바로잡기 위해 경련파*⁴라 불리는 광신도 무리에 가담했으며 심지어 지금도 이 자리에서 거품을 물고 발작을 일으키고 울부짖으며 몸을 마비시킴으로써 미래를 위해 가장 알기 쉬운 지표를 제시하는 것이 대공에게 좋은 지침이 될지도 모른다고 남몰래 생각했다. 나머지 셋은 다른 교파에 몸을 담았다. 그들은 '진리의 중심' 운운하며 세상을 바꾸고자 했다. 그들의 주장에 따르면 인류는 진리의 중심에서 벗어났지만(그것은 이미 증명할 필요도 없는 사실이다) 아직 경계 바깥으로 나가지는 않았으므로 인간은 단식을 하고 성령을 접함으로써 그 원주에서 튕겨나가지 않도록 힘쓰는 한편 되도록 그 중심부로 돌아가야 한다. 따라서 그들은 자연히 성령과의 소통을 중시하였으며, 그럼으로써 세상에 많은 복을 가져오기도 했지만 그 효과가 겉으로 드러나는 경우는 한 번도 없었다.

그나마 위안이 되는 것은 지금 이 대공의 대저택에 모인 사람들은 모두 복장만큼은 제대로 갖췄다는 점이었다. 마지막 심판의 날이 옷을 잘 차려입었는지를 심판하는 날이라면 여기 모인 사람들은 모두 영원히 올바른 사람들일 것이다. 머리칼은 곱슬곱슬 말아서 머릿가루를 뿌리고 철사처럼 빳빳하게 세웠으며, 아름다운 얼굴은 피부가 윤이 나도록 공들여 가꾸었다. 허리에 찬 눈부신 검과 온몸에서 풍기는 코를 찌르는 향기로 볼 때 그 모든 것들이 영원히 지속될 것이 틀림없었다. 교양 넘치는 완벽한 신사들은 그들이 느릿

---

*4 17세기 프랑스에서 일어난 광신적인 그리스도교도 일파. 장세니즘의 일파였다.

느릿 움직일 때마다 울리는 작은 장신구들을 몸에 잔뜩 걸치고 있었다. 황금으로 만든 장신구들이 작은 방울처럼 딸랑거리는 소리와 비단과 양단과 고급 리넨으로 지은 옷들이 바스락거리는 소리에, 생앙투안에서 굶주려 죽어가는 사람들은 순식간에 멀리 날아가 버렸다.

모든 것이 제자리를 지키게 해주는 옷차림은 가장 확실한 부적이고 주문이었다. 그래서 모든 사람이 영원히 끝나지 않는 가장무도회 복장을 갖추어 입었다. 위로는 튈르리 궁전*5부터 모든 귀족과 정부 관료와 법관 및 다른 모든 사회계층(다만 그 허수아비들은 제외한)을 지나 아래로는 사형집행인에 이르는 모두가 가장무도회를 벌였다. 심지어 사형집행인조차 이 부적의 원리에 따라 직무를 수행할 때에는 '머리를 지지고 머릿가루를 뿌리고 금몰이 달린 외투를 입고 에나멜 구두를 신고 하얀 비단 스타킹을 착용하라는' 지시를 받았다. 따라서 교수형이나 거열형(車裂刑)을 할 때(참수형은 드물었다) 파리 씨(오를레앙 씨와 같은 다른 지방의 동종 업계 사람들은 파리의 사형집행인을 파리 씨라고 불렀다)는 반드시 앞에서 말한 우아한 차림으로 형을 집행하여 모범을 보였다. 그러나 서기 1780년의 이 날, 대공의 저택에 접견을 하러 온 사람들 가운데, 머리를 지지고 머릿가루를 뿌리고 금몰 외투를 입고 에나멜 구두를 신고 하얀 비단 스타킹을 신은 사형집행인에게 기대어 간신히 유지되고 있는 이 사회제도가 새로운 운명을 맞이하리라고 그 누가 상상할 수 있었으랴!

대공 전하께서 초콜릿을 다 드시어 네 시종이 어깨의 짐을 내려놓자 성스러운 방의 문이 활짝 열리면서 전하의 모습이 드러났다. 그러자 굽실거리고 아첨하는 사람들의 비굴한 꼴이라니! 어찌나 몸과 마음을 다 바쳐 굽실거리고 코가 땅에 닿도록 넙죽 엎드려 쩔쩔매는지 하느님께 바칠 것이 하나도 남지 않을 지경이었다. 그리고 이것이 전하의 숭배자들이 하느님에 대해서는 조금도 관심을 두지 않았던 한 가지 이유였다.

이쪽에서 약속 한 가지, 저쪽에는 미소 한 번 하사하시고 한 행복한 노예에게 말씀을 건네고 다른 노예에게는 가볍게 손을 흔들어 주시며 대공께서는 황송하게도 접견실들을 죽 지나 가장 먼 '진리의 경계'에까지 납셨다. 그

---

*5 파리 중앙에 있던 궁전으로, 대대로 루이 왕이 살았다.

리고 그곳에서 몸을 돌려 지나온 길을 되돌아가며 적당히 시간을 보내고 다시 초콜릿 요정이 기다리고 있는 거룩한 방으로 드셨다. 문이 닫히고 전하는 그 뒤로 모습을 나타내지 않았다.

쇼가 끝나자 방 안의 웅성거림이 작은 폭풍으로 바뀌고 작은 방울이 딸랑거리는 소리가 줄지어 계단을 내려갔다. 군중이 모두 떠나고 한 사람만 남았다. 그는 모자를 옆구리에 끼고 코담뱃갑을 손에 든 채 줄줄이 늘어선 거울 앞을 지나 현관으로 향했다.

"내 너를 악마에게 바치겠다!" 그는 마지막 문 앞에서 발을 멈추고 신성한 방을 돌아보며 중얼거렸다.

그러고는 발에 묻은 흙먼지를 털듯 손가락 끝에 묻은 코담배 가루를 조용히 털어버리고 소리 없이 계단을 내려갔다.

그는 예순 즈음으로 보이는 사내로, 옷차림이 훌륭하고 태도가 거만하며 얼굴은 정교한 가면 같았다. 피부는 투명하고 창백하지만 이목구비가 뚜렷하고 표정은 날카로웠다. 코는 전체적으로 아름답고 날렵했지만 양쪽 콧구멍 위쪽이 조금 찌그러진 것이 흠이었다. 살짝 눌린 그 콧구멍은 그의 얼굴에서 유일하게 작게나마 변화를 만들어냈다. 이따금 색깔이 바뀌고 맥박이라도 뛰는 것처럼 벌름거렸는데, 그럴 때면 얼굴 전체가 음험하고 잔인하게 보였다. 어쩌면 입매와 눈가가 가늘고 옆으로 길게 찢어져 있어서인지도 모른다. 그래도 역시 이목을 끄는 잘생긴 얼굴이었다.

그 얼굴의 주인은 계단을 내려가 안뜰로 나오자 그대로 마차를 타고 돌아가 버렸다. 그는 접견실에서도 사람들과 거의 이야기를 나누지 않고 혼자 따로 떨어져 서 있었다. 그러고 보니 대공께서 그를 좀더 따뜻하게 맞아주셨어야 했다. 이런 때에는 평민들이 그의 말을 피해 허둥지둥 도망가고 때로 치어죽을 뻔하는 광경을 보는 것이 통쾌한 모양이었다. 마부는 적진을 돌파하는 기세로 마차를 몰았다. 그러나 마부가 미친 듯이 마차를 모는데도 주인은 아무 말도 하지 않았고 눈살 한 번 찌푸리지 않았다. 인도가 따로 없는 좁디좁은 거리를 무작정 달리는 귀족들의 난폭한 습관이 시민들의 목숨을 위협하고 불구로 만든다는 불평이 벙어리의 시대, 장님의 도시에서도 이따금 터져 나왔다. 그러나 그러한 불만을 듣고 반성을 하는 귀족은 아무도 없었으므로, 다른 모든 문제와 마찬가지로 이 문제에서도 불쌍한 평민들이 알아서 위험을 피하는 수밖에 별 도리가 없었다.

마차는 요란한 소리를 내며 오늘날에는 도저히 용납되지 않을 만큼 냉혹하고 비정하게 거리를 질주했다. 모퉁이를 휩쓸듯이 꺾자 아낙네들이 놀라 비명을 지르며 달아났고 남자들은 허둥거리며 서로 와락 끌어안거나 아이들을 길가로 잡아끌면서 일대 소동이 벌어졌다. 결국 샘 옆에 있는 모퉁이를 맹렬한 기세로 돌았을 때 갑자기 한쪽 바퀴가 구역질나는 소리를 내며 덜커덕거렸다. 사람들의 비명 소리가 터져 나오고 말들이 앞발을 하늘 높이 쳐들고 울부짖었다.

그렇지만 않았으면 마차는 멈추지 않았을 것이다. 마차가 치어서 다친 사람을 남겨놓고 줄행랑을 쳐도 으레 있는 당연한 일로 여겼기 때문이다. 하지만 이 경우는 놀란 마부가 곧바로 뛰어 내려왔고 많은 사람들이 말고삐를 잡으러 달려들었다.

"무슨 일이야?"

주인이 조용히 밖을 내다보며 말했다.

나이트캡을 쓴 키 큰 사내 하나가 말들의 다리 사이에서 보따리 같은 것을 안고 나와 샘터에 내려놓고는 진흙탕 속에 주저앉아 야수처럼 울부짖었다.

"용서하십시오, 후작 나리. 어린애가 치였습니다." 누더기를 입은 얌전해 보이는 사내가 대답했다.

"그런데 저 사내는 왜 저렇게 기분 나쁘게 울부짖는 건가? 저 사내의 자식인가?"

"죄송합니다만, 후작 나리, 가엾게도 그렇습니다."

샘은 조금 떨어져 있었다. 샘터로부터 도로까지는 가로세로 약 10미터쯤 되는 빈터가 있었다. 키 큰 사내가 갑자기 벌떡 일어나 마차를 향해 달려오자 후작은 순간 옆구리에 찬 칼자루를 잡았다.

"죽었소!" 사내가 두 팔을 머리 위로 높이 뻗고 후작을 매섭게 쏘아보며 절규했다. "죽었단 말이오!"

이내 구경꾼들이 몰려들어 후작을 바라보았다. 그들은 그저 눈을 동그랗게 뜨고 후작을 바라볼 뿐, 그 눈에 분노하거나 위협하는 기색은 없었다. 입을 여는 사람도 없었다. 처음에는 비명을 질렀지만 그 뒤로는 입을 꾹 다물고 조용히 쳐다보고만 있었다. 아까 후작의 질문에 대답한 얌전해 보이는 사내의 목소리도 더 없이 고분고분했다. 후작은 쥐구멍에서 튀어나온 쥐 떼 보듯 사람들을 훑어보았다.

그는 지갑을 꺼냈다.

"네놈들은 제 몸은 물론 자식들도 제대로 돌보지 못하나. 한심하군. 네놈들 중에 누군가가 길을 방해해서 내 말이 얼마나 많이 다쳤는지 헤아릴 수도 없을 지경이란 말이야. 이봐, 이걸 저놈에게 줘라."

후작은 시종에게 금화 한 닢을 던졌다. 금화가 떨어지자 사람들의 고개가 일제히 그리로 쏠렸다. 키 큰 사내가 또다시 저승에서 들려오는 듯한 비통한 목소리로 소리쳤다. "죽었단 말입니다!"

그 순간 군중이 길을 터 준 틈으로 한 사내가 나타나자 키 큰 사내는 입을 다물었다. 그는 새로 나타난 사내의 어깨에 얼굴을 파묻고 흐느끼며 샘 쪽을 가리켰다. 샘터에서는 아낙네들이 꼼짝도 하지 않는 보따리를 흘긋거리며 조용히 움직이고 있었다. 하지만 그들도 사내들처럼 한 마디도 하지 않았다.

"그래, 자네 마음은 잘 아네. 잘 알고말고." 나중에 온 사내가 말했다. "기운 내게, 가스파르! 그 불쌍한 꼬마도 이런 세상에서 사느니 차라리 죽는 게 더 나을 걸세. 고통 없이 한 번에 죽었잖아. 그 어린것이 한 시간이라도 행복하게 살아본 적이 있었나?"

"철학자가 나셨군. 자네, 이름이 뭐지?" 후작이 싱글거리며 물었다.

"드파르주라 합니다."

"무슨 일을 하지?"

"술장사를 합니다, 후작 나리."

"이걸 갖게. 술장사 하는 철학자 양반." 후작이 금화를 한 닢 더 던졌다. "자네 마음대로 쓰게. 이봐, 말들은 괜찮으냐?"

후작은 군중한테는 눈길도 주지 않고 자리에 몸을 푹 파묻고 기대 앉아, 실수로 어떤 보잘것없는 물건을 깨뜨리긴 했지만 값을 치렀으니 되었고 그 정도 여유는 늘 있다는 듯이 무관심한 태도로 자리를 뜨려던 참이었다. 그 순간 동전 한 닢이 마차 안으로 날아 들어와 땡그랑 소리를 내며 바닥에 떨어졌다. 침착하던 후작의 태도가 단숨에 굳었다.

"멈춰! 말을 세워라! 어떤 놈이 던졌느냐?" 후작이 소리쳤다.

후작은 술장수 드파르주가 서 있던 곳을 보았으나 그곳에는 불쌍한 아비가 여전히 길바닥에 얼굴을 처박고 엎드려 있었고, 그 바로 옆에는 뜨개질을 하고 있는 시커멓고 건장한 여인이 서 있었다.

"개자식들!" 후작이 소리쳤지만 말투는 의외로 차분했고, 그 코 부분 말고는 표정도 달라지지 않았다. "내 기꺼이 네놈들을 모조리 치어죽여서 이 세상에서 쓸어 버리겠다. 방금 마차 안으로 동전을 던진 범인이 누군지 알아내기만 하면 마차바퀴로 단숨에 깔아뭉개 버리겠어."

사람들은 두려워 떨고만 있었다. 그런 나리들은 합법적으로든 불법적으로든 무슨 짓이든 저지를 수 있다는 것을 너무도 길고 괴로운 경험을 통해 진저리나도록 잘 알고 있는 터라 아무도 손을 들고 목소리를 내기는커녕 눈도 제대로 맞추지 못했다. 적어도 사내들 중에는 아무도 없었다. 그러나 뜨개질하는 여인은 눈을 들어 후작의 얼굴을 똑바로 쳐다보았다. 그런 태도 자체가 후작으로서는 위신상 허용할 수 없는 일이었다. 그는 경멸하는 눈초리로 그 여인과 다른 모든 쥐새끼들을 한 차례 노려보고는 다시금 의자에 몸을 기대고 명령했다.

"가자!"

후작의 마차가 멀리 사라지자, 이어서 다른 마차들이 연달아 달려왔다. 장관, 정부 관리, 징세 청부업자, 법률가, 성직자, 오페라 배우, 희극 배우 등 가장무도회 패들이 눈부신 행렬을 이루며 지나갔다. 쥐 떼는 구멍에서 기어나와 그 광경을 몇 시간이나 서서 구경했다. 이따금 군인과 경찰들이 그들과 구경거리 사이를 지나며 벽을 쌓자 그들은 그 뒤에 숨거나 틈 사이로 힐끔힐끔 쳐다보았다. 아들을 잃은 아버지는 어느새 보따리를 안고 자취를 감추어 버렸지만, 보따리가 샘터 바닥에 놓여 있는 동안 다정하게 돌보아 준 아낙네들은 여전히 그 자리에 앉아 흐르는 샘물과 가장무도회 패들의 행렬을 물끄러미 바라보고 있었다. 아까부터 눈에 띄던 뜨개질하는 여인은 '운명'처럼 한시도 쉬지 않고 뜨개질을 계속했다. 샘물이 흘러갔고 강물도 흘러갔다. 날이 흘러 밤이 되었고, 이곳 파리에서도 수많은 생명이 신의 섭리에 따라 죽음의 나라로 흘러갔다. 세월은 사람을 기다려주지 않는다. 쥐 떼는 다시 캄캄한 굴속으로 기어들어가 서로 몸을 맞대고 잠들고, 무도회 패들은 휘황한 불빛 아래에서 만찬을 즐겼다. 모든 것이 저마다의 길로 흘러갔다.

제8장 시골 귀족

아름다운 풍경. 곡식이 눈부시게 영글어 있지만 이삭은 홀쭉하다. 당연히 옥수수가 영글어 있어야 할 곳에는 보잘것없는 호밀밭이 펼쳐져 있다. 밀 대신 완두콩과 누에콩을 기르는 푸성귀밭의 생기 없는 작물들은 그곳에서 일하는 농민들처럼 마지못해 자라는 느낌이 역력하여, 모든 것을 포기하고 그대로 시들어버리고 싶어 하는 것 같았다.

후작 나리를 태운, 말 네 마리와 마부 두 명이 이끄는 여행 마차(평소라면 훨씬 가벼웠을)가 가파른 고갯길을 간신히 올라갔다. 그때 후작의 얼굴이 벌겋게 물들었지만, 그것은 그의 고귀한 혈통에 조금도 흠집을 내지 못했다. 그의 얼굴이 붉어진 데에는 심적 변화가 아니라 석양이라는, 그의 의지로 어찌하지 못하는 외부 조건이 작용했기 때문이다.

고개 꼭대기에 다다랐을 때는 저녁 해가 마차 안으로 사정없이 파고들며 승객을 주홍빛으로 물들였다.

"해는 곧 지기 마련이지."

후작은 두 손을 힐끗 내려다보면서 중얼거렸다.

아니나 다를까, 이미 낮게 기울어 있는 석양은 금방이라도 지평선 너머로 가라앉으려 하고 있었다. 마차가 바퀴에 묵직한 갈고리를 걸고 타는 냄새와 함께 부연 먼지를 일으키며 고갯길을 내려가자 붉은 저녁놀은 순식간에 사라졌다. 석양도 후작도 함께 내려가, 마차 바퀴의 갈고리를 풀 무렵에는 이미 저녁놀이 흔적도 없이 사라진 뒤였다.

이제 남은 것은 눈앞에 펼쳐진 시골의 험준한 풍경, 언덕 아래에 자리 잡은 아담한 마을과 마을 뒤로 펼쳐진 들판과 구릉, 교회 탑, 풍차, 사냥을 하는 숲과 감옥 대신 사용하는 요새가 있는 바위산뿐이었다. 밤이 깊어질수록 점점 어둠 속에 깊이 묻히는 이러한 풍경을 후작은 새삼스럽게 고향으로 돌아온 사람처럼 감상에 젖어 바라보았다.

마을에 있는 유일하고 궁색한 거리에는 허름한 양조장과 피혁 공장, 옹색한 술집, 초라한 역참 마구간 등 흔해빠지고 궁상맞은 시설들이 있다. 마을 사람들도 가난하기는 마찬가지였다. 모두 찢어지게 가난했다. 어떤 이들은 문간에 앉아 저녁 식사에 쓸 조그만 양파를 자르고 있고, 어떤 이들은 샘터에 모여 잎이고 풀이고 간에 먹을 수 있는 푸성귀는 모조리 뜯어 와서 물에 씻고 있었다. 그들이 이렇게 가난하게 살아야 하는 이유는 많았다. 국세, 교회세, 영주세, 지방세를 비롯한 온갖 세금을 여기저기에 내야 했기 때문이다. 오히려 마을이 송두리째 뽑히지 않고 아직도 남아 있는 것이 신기할 지경이었다.

아이들의 모습은 거의 보이지 않았고 개는 한 마리도 없었다. 결국 마을사람이 이 땅에서 선택할 수 있는 삶은 두 가지 뿐이었다. 방앗간 아래에 있는 이 작은 마을에서 목숨만 연명하며 근근이 살아가든가 아니면 절벽 위에 우뚝 솟은 감옥에 갇혀 죽어가든가.

시종이 후작 나리 납신다고 외치러 달려 나가고, 복수의 세 여신*1의 가호를 받는 것처럼 마부가 휘두르는 채찍이 머리 위로 뱀처럼 구불거리며 밤하늘을 가르자 후작의 마차가 역참 문 앞에 멈췄다. 역참은 샘터 바로 옆에 있었으므로 농부들은 일손을 멈추고 후작을 쳐다보았다. 후작도 그들을 내려다보았다. 후작은 눈치 채지 못했지만 가난에 찌든 그들의 얼굴과 몸은 확실히 점점 쪼그라들고 있었다. 그래서인지, 프랑스인은 말라깽이라는 편견은 사실과 다름에도 그 뒤로 백 년이나 영국인의 마음속에 자리 잡았다.

후작은 그와 같은 귀족들이 궁정의 대공 앞에서 그랬던 것처럼 자기 앞에서 머리를 조아리고 있는 유순한 얼굴들을 바라보았다. 한 가지 다른 점이 있다면 여기 있는 농부들은 아부하기 위해서가 아니라 단지 괴로움을 견디기 위해 고개를 숙이고 있다는 것뿐이다. 그때 백발이 성성한 한 도로 인부가 군중들 틈에 보였다.

"저자를 데려오너라!" 후작이 시종에게 말했다.

사내는 모자를 손에 쥔 채 곧바로 끌려 나왔다. 다른 사람들은 파리의 샘터에 있던 사람들처럼 둥글게 모여들어 귀를 기울였다.

---

*1 그리스 신화에 나오는 세 여신으로 머리카락이 뱀으로 되어 있다.

"내가 오는 길에 자네 곁을 지나쳤지?"

"그렇습니다, 나리. 나리의 마차가 틀림없이 제 옆을 지나갔습죠."

"고개를 올라갈 때와 고개 꼭대기에서, 이렇게 두 번이었지?"

"그렇습니다요, 나리."

"그런데 왜 그렇게 빤히 노려보았느냐?"

"나리, 전 사람을 본 겁니다요."

그는 몸을 살짝 구부리고 너덜너덜한 푸른색 모자로 마차 밑을 가리켰다. 구경하는 사람들도 일제히 마차 밑을 들여다보았다.

"사람이라니, 이놈! 마차 밑은 왜 들여다보는 거냐?"

"송구합니다만, 나리, 갈고리 쇠사슬에 남자가 매달려 있었습니다요."

"누가 말이냐?"

"제가 본 그 사람 말씀입니다요."

"귀신은 이런 머저리 같은 놈을 안 잡아가고 뭐하는 거야! 그놈의 이름이 뭐냐? 넌 이 동네 사람이라면 다 알겠지. 누구냐고 묻지 않느냐!"

"인자하신 나리! 그 남자는 이 고장 사람이 아니었습니다. 생전 처음 보는 사람이었습니다요."

"갈고리 쇠사슬에 매달려 있었다고? 죽고 싶어서 그따위 짓을 한단 말이냐?"

"송구스럽지만 그게 참 이상했습니다요, 나리. 머리를 요렇게 빼고 있었거든요!"

그는 마차 쪽으로 몸을 기울였다가 휙 뒤집어서 얼굴을 하늘 쪽으로 치켜들며 고개를 젖혔다. 그리고 다시 원래 자세로 돌아와 모자를 만지작거리며 절을 꾸벅 했다.

"그놈이 어떻게 생겼더냐?"

"나리, 그놈은 방앗간 주인보다도 더 하얀 데다 온통 먼지를 뒤집어써서 꼭 유령처럼 새하얗고 키가 훤칠하니 컸습니다요!"

그의 묘사를 듣자마자 마을사람들이 크게 술렁거렸다. 사람들은 서로 눈길을 주고받을 것도 없이 일제히 후작을 바라보았다. 위대하신 후작 나리께도 양심의 가책을 느낄 만큼 원한을 산 일이 있는지 알고 싶어 하는 눈치였다.

"과연 장하구나. 네놈은 내 마차에 도둑놈이 매달려 있는 것을 보고도 그 잘난 입을 꾹 다물고 있었단 말이지! 빌어먹을 놈! 가벨, 이놈을 저리 치워!" 후작은 이런 벌레만도 못한 놈을 상대로 화를 내 봐야 얻을 게 없다고 생각한 모양이어다.

가벨은 마을의 역장이며 세금 걷는 일도 겸하고 있었다. 지금도 허리를 굽실거리며 앞으로 나와 후작의 심문을 거들고 있었는데, 후작의 명령이 떨어지자 경찰이라도 되는 듯이 으스대며 인부의 팔을 잡았다.

"뭐 하고 있어! 따라 와!"

"가벨, 그 부랑자가 오늘 밤 마을에서 여인숙을 잡으려 하거든 당장 붙잡아서 도둑질 같은 건 꿈도 못 꾸게 해."

"여부가 있겠습니까요. 분부대로 따르겠습니다요, 나리."

"그런데 조금 전의 그 인부는 도망쳤느냐? 망할 놈이 어디로 간 게야!"

그 망할 놈은 이미 절친한 친구 대여섯 명과 마차 밑으로 기어들어가 그 푸른 모자로 쇠사슬을 가리키고 있었다. 그때 또 다른 각별한 친구 몇 명이 번개같이 그를 끌어내어 숨을 헐떡이는 채로 후작 앞으로 끌고 갔다.

"그 남자가 갈고리를 채우려고 마차를 세웠을 때 잽싸게 도망갔다는 거냐?"

"그렇습니다요. 개울로 뛰어드는 녀석처럼 머리를 쑥 빼고 고꾸라지듯이 언덕 중턱을 줄달음질쳐 내려갔습지요."

"가벨, 근처를 샅샅이 뒤지게. 자, 가자!"

쇠사슬을 들여다보고 있던 사람들이 아직도 마차 밑으로 고개를 집어넣고 보고 있는데 별안간 마차가 움직이기 시작했다. 그들이 다치지 않은 것은 참으로 운이 좋았다고 할 수 있다. 물론 몸뚱이밖에 구할 것이 없긴 했지만 운이 나빴다면 그나마도 구하지 못했을 것이다.

마차는 기세 좋게 마을을 빠져나갔지만 가파른 고갯길에 이르자 이내 기운을 잃었다. 점점 속도가 떨어지더니 사람이 걷는 속도로 여름밤의 향기로운 공기를 헤치며 기를 쓰고 고갯길을 올라갔다. 마부들은 분노의 세 여신 대신 수천 마리의 각다귀와 거미줄 때문에 고생하며 조용히 채찍을 휘둘렀다. 시종은 말과 나란히 걸었고 급사 녀석은 저 멀리 어둠 속을 앞장서서 달리며 목청껏 외치고 있었다.

고갯길이 가장 가파른 지점에 조그마한 무덤과 함께 커다란 그리스도 상이 새겨져 있는 십자가가 있었다. 이름 없는 시골의 풋내기 조각가가 만든 볼품없는 나무 조각상이었는데, 자신의 모습을 본떠 조각했는지 모양새가 몹시도 앙상했다.

세상은 점점 더 살기 어려워지는데도 여전히 추락할 여지가 있는 암담한 상황을 상징하는 듯한 이 그리스도 조각상 앞에 한 여인이 무릎 꿇고 있다. 마차가 다가가자 여인이 고개를 돌려 쳐다보더니 벌떡 일어나 마차 문 앞으로 달려왔다.

"후작 나리시군요, 나리! 나리, 탄원드릴 것이 있습니다."

후작은 시끄럽다고 버럭 소리를 지르며 무표정한 얼굴로 고개를 내밀었다.

"무슨 일이냐! 너희는 밤낮으로 탄원만 하는구나!"

"나리, 자비를 베풀어 주십시오. 산지기인 제 남편이……."

"남편이 어쨌다고? 산지기가 어쨌단 말이냐? 네놈들이 하는 말은 늘 똑같지. 또 세금을 못 내겠단 소리렷다?"

"아닙니다. 남편은 다 냈습니다. 나리, 그게 아니라 남편이 죽었습니다."

"영원히 눈을 감았단 말이냐? 나는 죽은 사람을 살려내지는 못한다."

"아아, 그런 게 아닙니다, 나리! 남편은 저기 풀포기가 듬성듬성 돋아 있는 곳에 누워 있습니다."

"그래서?"

"나리, 그런데 풀이 듬성듬성 돋은 곳이 너무도 많습니다."

"그래서 어쨌다는 게야?"

그녀는 노파처럼 보였으나 사실은 젊은 여자였다. 너무 슬픈 나머지 이성을 잃고 핏줄이 선 두 손을 번갈아 힘껏 쥐어짜더니 한 손을 마차 문짝에 대고, 그 문짝이 간청하는 이의 손길을 느낄 수 있는 심장이라도 되는 것처럼 다정하게 어루만졌다.

"나리, 제 청을 들어주십시오. 나리, 제발 좀 들어주세요! 제 남편은 가난 때문에 죽었습니다. 남편 말고도 많은 사람들이 가난에 허덕이다 죽었고 앞으로도 계속 죽을 겁니다."

"그래서 어쩌라는 게냐? 나한테 그자들을 먹여 살리란 게야?"

"나리, 그것은 거룩하신 하느님이 하실 일입니다. 제가 바라는 것은 그런 게 아니에요. 남편이 누운 자리를 알아볼 수 있도록 그곳에 이름을 새긴 돌이나 나무 팻말을 세워 주십사 하는 것입니다. 그렇지 않으면 어딘지 곧 잊어버리고 말 겁니다. 언젠가 제가 같은 병으로 죽어도 어딘지 몰라 아무 풀더미 밑에나 파묻히게 될 겁니다. 나리. 죽어가는 사람은 너무나 많고 앞으로도 빠르게 늘어나겠지요. 지독한 가난 때문이에요. 나리! 나리!"

시종이 다가와 여인을 문짝에서 떼어 내자 마차는 기운차게 달려 나갔다. 마부가 더욱 속도를 올리자 여인은 순식간에 뒤에 남겨졌고, 후작은 다시 복수의 여신의 호위를 받으며 저택까지 남은 4, 5킬로미터의 거리를 빠르게 줄여나갔다.

여름밤의 달콤한 향기가 사방에서 피어올랐고, 그 향기는 자비로운 비처럼 멀지 않은 샘터에 모인 누더기를 걸치고 노동에 찌든 사람들의 머리 위까지 공평하게 뒤덮었다. 아까의 그 도로 인부는 샘터에 모인 사람들 앞에서 그의 분신이나 다름없는 푸른 모자를 휘둘러대며 그 유령 같은 남자에 대한 이야기를 끝도 없이 떠들어댔다. 사람들은 더 이상 참지 못하겠다는 듯 하나 둘씩 집으로 돌아갔고 조그만 창가에 환한 불빛이 깜빡거리기 시작했다. 이윽고 창가의 불빛이 꺼지고 하늘에 무수한 별들이 얼굴을 내밀자 등불은 꺼진 것이 아니라 밤하늘로 올라가 박힌 것 같았다.

그 무렵 마침내 지붕이 높은 큰 저택과 울창한 나무숲이 후작의 머리 위로 그늘을 드리우기 시작했다. 그 그림자는 마차가 도착한 순간 밝은 횃불로 변했고 으리으리한 저택의 대문이 느릿느릿 열렸다.

"영국에서 샤를이 오기로 했는데 도착했느냐?"

"아직 안 오셨습니다, 나리."

제9장 고르곤의 머리

 후작의 으리으리한 저택 앞에는 돌을 깐 드넓은 안뜰이 있고, 좌우 양쪽의 돌계단은 현관 앞 석조 테라스에서 만난다. 건물 전체가 돌로 되어 있으며, 육중한 돌난간과 돌항아리, 돌로 만든 꽃뿐 아니라 사방에 돌로 만든 사람의 얼굴과 사자의 머리가 새겨져 있었다. 마치 이백 년 전 저택을 지을 때 고르곤*1의 머리가 저택을 한바탕 휘둘러 본 듯한 전경이었다.

 마차에서 내린 후작은 횃불을 앞세우고 널찍하고 야트막한 돌계단을 올라갔다. 난데없는 불빛에 어둠이 흐트러지자 멀찍이 떨어진 숲 속에 있는 커다란 마구간 지붕에 앉아 있던 올빼미가 항의하듯 소리 높여 울어댔다. 하지만 올빼미 울음소리만 빼면 사방이 쥐죽은 듯 고요했으므로 하인의 손에 들린 횃불과 대문 앞에 켜져 있는 횃불은 탁 트인 밤하늘 아래가 아니라 장엄하고 아늑한 실내에서 타오르고 있는 듯이 보였다. 올빼미 울음소리와 이따금 돌로 만들어진 분수에 떨어지는 물소리밖에 들리지 않았다. 새카만 어둠이 오랫동안 숨을 죽이고 있다가 기나긴 한숨을 내쉬고는 또다시 숨을 죽이는 밤이었다.

 대문이 등 뒤에서 철커덩 소리를 내며 닫혔다. 후작은 낡은 멧돼지 사냥용 창과 도검과 수렵용 단도가 전시되어 있고, 이제는 '죽음'이라는 은인 곁에서 안식을 얻은 농민들이 영주의 분노를 사는 바람에 매질을 당할 때 사용하던 승마용 채찍과 회초리가 더욱 오싹한 분위기를 자아내는 어둡고 음침한 홀을 가로질렀다.

 문이 단단히 잠겨 있는 시커멓고 큰 방들을 지나 후작은 여전히 횃불을 든 하인을 앞세운 채 계단을 올라가 어떤 문 앞으로 갔다. 문이 활짝 열리자 침실에 곁방이 두 개 딸린, 방 세 개로 된 그의 전용 거처가 나왔다. 높은 천

---

*1 그리스 신화에 나오는 괴물 세 자매로, 그 모습을 보면 돌로 변한다고 한다. 메두사가 세 자매 중 한 명이다.

장과 양탄자를 깔지 않아 서늘한 바닥, 겨울철이면 장작불이 이글이글 타오르는 벽난로 위의 큼직한 쇠 선반 등 모든 것이 사치스러운 시대와 나라의 귀족 신분에 어울리는 호화로운 것들이었다. 이 호화로운 가구들에는 역대 왕들 가운데 영원히 계속될 것 같던 루이 14세 시대의 양식이 두드러졌지만, 프랑스의 역사를 설명하는 삽화와도 같은 다양한 시대의 물건들 또한 고루 뒤섞여 있었다.

가장 안쪽에 있는 방에는 두 사람 분의 저녁상이 차려져 있었다. 촛불 끄는 도구*2처럼 생긴 네 탑 가운데 하나에 위치한 둥근 방이었다. 천장이 높직하고 아담한 방의 창문이 활짝 열려 있고 그 위에 나무로 만든 블라인드가 처져 있어서 깊은 밤의 어둠은 검은색과 폭이 넓은 블라인드의 돌 색깔이 번갈아 나타나는 가로선으로만 보였다.

"조카가 아직 도착하지 않은 모양이군." 후작은 저녁상을 힐끗 바라보며 말했다.

"그렇습니다. 나리와 함께 오시는 줄로만 알고 있었습니다요."

"흠! 오늘 밤에는 오지 않겠군. 식탁은 이대로 둬라. 15분 뒤에 먹을 테니."

정확히 15분 뒤에 후작은 옷을 갈아입고 나타나 진수성찬이 차려진 식탁에 혼자 앉았다. 후작의 의자는 창문 맞은편에 있었다. 후작은 수프를 들고 보르도 포도주를 잔에 따라 입술에 갖다 대다가 잔을 내려놓고는 검은색과 돌색이 번갈아 나타나는 가로선을 바라보며 조용히 물었다.

"저건 뭔가?"

"나리, 저것이라니요?"

"블라인드 바깥쪽에 말이다. 블라인드를 걷어 보아라."

하인이 블라인드를 걷었다.

"보이느냐?"

"아무것도 없습니다요, 나리. 나무와 어둠에 싸인 밤뿐입니다요."

하인은 블라인드를 걷어 올리고 텅 빈 어둠을 내다보았다. 그러고는 어둠을 등지고 돌아서서 다음 명령을 기다렸다.

---

*2 기다란 막대기 끝에 뾰족한 원통형으로 생긴 것이 달려 있으며, 그것으로 촛불을 끄고 다녔다.

"됐다. 다시 닫아라." 후작은 침착하게 말했다.

하인이 블라인드를 내리자 후작은 식사를 계속했다. 반쯤 먹고서 후작은 다시 술잔을 들고 식사를 멈추었다. 마차 소리가 들렸기 때문이다. 마차는 기세 좋게 달려와 후작의 저택 앞에서 멈추었다.

"누가 왔는지 보고 오너라."

후작의 조카가 도착했다. 그는 이른 오후엔 후작보다 5, 6킬로미터 뒤떨어진 지점을 달리고 있었다. 조카는 전속력으로 달리며 거리를 좁혔으나 중간에 후작을 따라잡지는 못했다. 후작의 마차가 앞서 지나갔다는 이야기는 오는 길에 역참에서 들었다.

후작은 식사 준비가 되어 있으니 바로 오라고 전하라고 말했다. 잠시 후에 조카가 나타났다. 영국에서 찰스 다네이라 불리던 바로 그 사람이었다.

후작은 아주 품위 있게 조카를 맞이했지만 악수는 하지 않았다.

"파리에서 어제 출발하셨습니까?" 식탁 앞에 앉으며 조카가 물었다.

"그래. 너는?"

"저는 곧바로 왔습니다."

"런던에서 말이냐?"

"네."

"오래 걸렸겠구나." 후작이 웃으며 말했다.

"아닙니다. 곧장 왔다니까요."

"아니, 내 말은 여행이 오래 걸렸다는 뜻이 아니라 떠나려고 결심하기까지가 오래 걸렸단 뜻이야."

"일이 좀 있었어요……." 조카가 말끝을 흐렸다.

"아무렴, 그랬겠지." 숙부가 대답했다.

하인이 자리를 지키고 있어서 그들은 그 이상 이야기를 나누지 않았다. 커피가 나오고 둘만 남자 조카는 멋진 가면 같은 숙부의 얼굴을 똑바로 바라보며 입을 열었다.

"숙부님께서 짐작하시듯이 저는 이 나라를 떠날 때부터 생각했던 목적을 계속 수행하기 위해 돌아왔습니다. 그 일 때문에 뜻하지 않은 큰 위험에 빠지기도 했지요. 그러나 그것은 어디까지나 신성한 목적입니다. 그 때문에 죽는 한이 있어도 절대 그만두지 않을 겁니다."

"죽다니, 목숨까지 들먹일 필요는 없다." 숙부는 말했다.

"전 제가 죽음의 문턱까지 갔을 때 숙부님께서 어떻게 나오실지 의심스러운데요." 조카가 대답했다.

순식간에 콧방울 위에 팬 자국이 더욱 깊어지고 냉혹해 보이는 얼굴에 갑자기 잔주름이 늘어난 것처럼 보이는 그 표정으로 볼 때 그 불길한 예감이 아주 헛짚은 것 같지는 않았다. 물론 숙부는 빈틈없이 부정하는 몸짓을 해 보였지만 그것은 좋은 환경에서 자란 사람들이 예의상 으레 하는 행동에 지나지 않아 믿음이 가지 않았다.

"사실을 말씀드리지요. 제가 알기로 숙부님께서는 제가 혐의를 받았을 때 일부러 더 수상해 보이도록 소문을 퍼뜨리셨더군요." 조카가 말했다.

"천만에." 숙부는 호쾌하게 말했다.

"글쎄요." 조카는 깊이 의심하는 눈초리로 숙부를 흘끗 바라보며 말을 이었다. "어쨌든, 숙부님은 무슨 수를 써서라도 저를 말리실 생각이시지요. 그러기 위해선 수단과 방법을 가리지 않으실 겁니다."

"그 얘긴 전에도 했지 않느냐." 숙부는 콧구멍을 벌름거리며 말했다. "옛날에 네게 했던 말을 떠올려주면 좋겠구나."

"기억하고 있습니다."

"고맙구나."

후작은 아주 다정하게 말했다.

말의 여운이 악기 소리처럼 허공으로 잦아들었다.

"결국 제가 이곳 프랑스에서 감옥에 가지 않은 것은 숙부님에게는 불행이요, 제게는 행운이라고 생각합니다."

"무슨 말인지 모르겠으니 설명 좀 해 주겠느냐?" 숙부는 커피를 한 모금 마시며 대꾸했다.

"숙부님께서 왕실의 눈 밖에 나서서 지난 몇 년 동안 지금처럼 은둔해 계시지만 않았다면 저는 벌써 구속영장을 받고 어느 요새 감옥에 기한도 없이 갇혀 있었겠지요."

"그랬을 수도 있지." 숙부는 싸늘하게 말했다. "가문의 명예를 지키기 위해서라면 그 정도 고통은 안겨줄 수 있지. 아니, 이건 내가 말이 좀 심했구나."

"다행스럽게도 그제 접견실에서는 여전히 푸대접을 받으셨다지요."

"다행이라는 말은 좀 듣기 그렇구나." 숙부는 여전히 품위 있는 태도와 말투로 대꾸했다. "반드시 그렇다고는 할 수 없으니까 말이다. 혼자 조용히 생각할 기회를 갖는 게 반드시 나쁜 일은 아니지. 하지만 이제 와서 그 문제를 따져 봤자 무슨 의미가 있겠니. 네 말마따나 나는 지금 불리한 처지에 있단다. 너를 훈계하기 위한 조치를 취하는 것도, 가문의 권력과 명예를 지키는 것도 이제는 쉽지가 않아. 지금은 도와 달라고 끈질기게 부탁하지 않으면 아무것도 할 수 없는 형편이다. 부탁할 것은 수없이 많지만 들어주는 것은 얼마 없지! 전에는 이런 일이 없었는데…… 그런 점에서 프랑스는 이미 끝장났다고 봐야지. 그리 오래지 않은 과거에 우리 조상들은 이 근처에 사는 평민들의 목숨을 쥐락펴락 할 수 있었어. 이 방에서도 그런 개들이 수없이 끌려 나가 교수형을 당했으니까. 그리고 저 옆방 침실에서는 무례하게도 한 놈이 자기 딸에 관해 자랑을 늘어놓았다는 이유로 그 자리에서 단도에 찔려 죽기도 했단다. 그 시절에 비하면 우리는 많은 특권을 잃고 말았어. 새로운 철학 따위가 유행하는 바람에 이제는 우리 지위를 주장했다간 큰 봉변을 당할 수도 있단 말이다. (꼭 그렇게 된다는 게 아니라 그렇게 될지도 모른다는 거다.) 아, 모든 게 다 형편없어졌어. 엉망진창이 되었다고!"

후작은 코담배를 한 줌 집어 들이마시고는 고개를 저었다. 자신이라는 조국을 부흥시킬 위대한 인재가 버젓이 있는데 어쩌다 나라꼴이 이 지경이 되었는지 모르겠다는 투로, 어디까지나 귀족답고 우아하게 낙담해 보였다.

"예나 지금이나 우리가 특권적 지위를 주장해 온 것은 변함이 없지 않습니까." 조카는 침울한 표정으로 말했다. "그래서 우리 가문이 프랑스에서 더없이 미움을 받고 있는 겁니다."

"그건 오히려 좋은 일이란다." 숙부는 말했다. "고귀한 사람을 미워하는 것은 천민들이 무의식적으로 그들을 존경하고 있다는 뜻이거든."

"하지만 숙부님, 이 일대에서 제 얼굴을 보고 진심으로 존경을 나타내는 사람은 한 사람도 없었어요. 단지 두려움과 종속 관계의 무게에 짓눌린 음침하고 우울한 존경심을 드러낼 뿐이었어요." 조카는 한결같은 말투로 계속했다.

"그것이 바로 가문의 위엄에 대한 경의란다. 우리 가문이 오늘날까지 지켜온 위대함에 대한 당연한 경의지. 하하하!"

후작은 또다시 코담배를 한 줌 쥐어 들이마시고 다리를 가볍게 꼬았다.

그러나 조카는 식탁에 팔꿈치를 괸 채 어떤 생각이 떠오른 듯 맥없이 다른 손으로 눈을 가렸다. 후작의 잘생긴 가면 같은 얼굴은 무관심한 척하는 태도와는 전혀 어울리지 않는 날카롭고 미움에 찬 눈초리로 조카를 곁눈질했다.

"탄압만이 영원히 불변하는 철학이란다. 잘 들어라. 너는 두려움과 종속 관계의 무게에 짓눌린 경의라고 했지만, 오직 그것만이 저 개들을 채찍 앞에 무릎 꿇게 할 수 있단다. 이 집 지붕이 하늘을 가리고 있는 한 말이다." 후작은 천장을 올려다보며 말했다.

그러나 그러한 시대는 후작이 상상하는 만큼 오래 계속되지 않을지도 모른다. 앞으로 몇 년 뒤에 이 저택뿐 아니라 이와 같은 수십 채의 저택이 그리고 있는 광경을 그날 밤 후작에게 보여준다면 그는 새카맣게 불타고 약탈로 폐허가 된 수십 채의 건물 잔해 속에서 어느 것이 자기 저택인지 알아보지 못하고 당황할 것이다. 또한 그가 자랑스러워하는 지붕이 전혀 다른 방식으로 하늘을 가리는 모습도, 즉 지붕에서 벗겨낸 납덩어리*3가 수만 자루의 소총에서 발사되고 그 탄환에 쓰러진 사람들의 눈꺼풀이 하늘을 영원히 가로막는 모습도 보게 될 것이다.

"네가 뭐라고 하건 나는 가문의 명예와 안녕을 지킬 생각이다. 아무튼 너도 피곤할 테니 오늘밤은 이쯤에서 토론을 끝내는 게 좋겠지?"

"아직은 괜찮습니다."

"그럼 너만 좋다면 한 시간쯤 더 있기로 하지."

"숙부님, 우리는 그동안 잘못을 저질러왔고 지금 그 잘못의 열매를 거둬들이고 있는 겁니다."

"우리가 잘못을 저질러왔다고?" 후작은 알 수 없는 미소를 머금은 채 조카와 자신을 손가락으로 가리키며 조카의 말을 되풀이했다.

"그래요, 명예로운 우리 가문 말입니다. 가문의 명예는 숙부님과 저 두 사람 모두에게 매우 중대한 문제지만 서로 관점의 차이가 너무도 큽니다. 제 아버지 대에만 해도 우리는 수많은 잘못을 저질렀습니다. 우리의 쾌락을 방

---

*3 프랑스혁명 때 시민군은 지붕에서 벗겨낸 납을 녹여 총알을 만들었다.

해하는 사람은 누구든 상관없이 닥치는 대로 짓밟았지요. 굳이 아버지 대라고 말할 필요도 없지요. 그 시대는 곧 숙부님의 시대였으니까요. 아버지의 쌍둥이 형제이자 공동 상속인이며 아버지의 직계 후계자인 숙부님을 어떻게 아버지와 갈라놓고 생각할 수 있겠어요?"

"죽음이 우리를 갈라놓았느니라."

"그 뒤로 저는 이 끔찍한 조직과 제도에 얽매여 책임만 막중하고 실권은 하나도 없는 존재가 되고 말았습니다. 어머니의 마지막 소망을 이루어 드리기 위해, 자비를 베풀고 잘못을 바로잡으라고 애원하시는 어머니의 눈빛에 부응하기 위해 도움과 힘을 구하려 애써 봤지만 고통스럽기만 할 뿐 모두 허사였습니다."

"내가 그 도움과 힘을 주리라 기대한다면 영원히 헛수고일 게다. 내 장담하지." 후작은 검지로 조카의 가슴을 찔러대며 말했다. 두 사람은 난롯가에 나란히 서 있었다.

한 손에 코담뱃갑을 들고 가만히 조카를 바라보고 서 있는 후작의 하얀 얼굴에 새겨져 있는 잔주름이 갑자기 잔인하고 교활하게 비틀어졌다.

후작은 날카로운 단검의 칼끝을 아주 우아하고 신속하게 조카의 몸에 찔러 넣듯 손가락으로 조카의 가슴을 한 번 더 찔렀다.

"나는 내가 지금까지 살아온 제도가 영원히 유지되기를 바라며 저세상으로 갈 것이다."

후작은 이렇게 말하고 마지막으로 코담배를 한 줌 더 집어 들이마시고는 담뱃갑을 주머니에 넣었다.

"넌 세상 물정을 좀더 배워라. 타고난 운명은 받아들여야 해. 하지만 넌 이미 그른 모양이구나, 샤를." 후작은 탁자 위에 놓인 작은 종을 울리며 덧붙였다.

"이 재산도 프랑스도 이미 저와는 아무 상관이 없습니다. 전 둘 다 포기했습니다." 조카는 슬픈 듯이 말했다.

"둘 다 포기한다고? 그게 어디 네 것이더냐? 프랑스는 그렇다 치더라도 재산은? 물론 말할 필요도 없다만 그게 어째서 벌써 네 것이지?"

"제 말씀은 재산 상속을 주장할 생각이 없다는 뜻입니다. 설사 내일 당장 숙부님에게서 제게로 넘어온다 해도……."

"내 자만일지도 모르지만 그런 일은 없을 거다."

"그럼 한 이십 년 뒤에라도……."

"인심깨나 쓰는구나. 하지만 그 편이 듣기는 더 좋구나." 후작이 말했다.

"어쨌든 전 재산을 포기하고 다른 곳에서 다른 방법으로 살아가렵니다. 대단한 걸 포기하는 건 아니에요. 제게는 단지 불행과 비참함이 쌓인 것일 뿐이니까요."

"하, 그러냐!" 호화로운 방을 둘러보며 후작이 말했다.

"겉보기에는 훌륭하겠지요. 하지만 넓은 하늘과 환한 햇빛 아래에서 실체를 비추어보면 한낱 낭비요, 착취, 빚, 저당, 압제, 굶주림과 헐벗음, 고통으로 무너져가는 비참한 탑이 아닙니까."

"그러냐!" 후작은 자못 만족스럽다는 듯이 말했다.

"그 탑이 만약 제 것이 된다면 전 더 적합한 사람에게 모든 것을 맡기겠습니다(그런 일이 가능하다면 말이에요). 그 재산의 중압감에서 서서히 해방시켜줄 사람에게 전적으로 맡길 생각이에요. 그러면 이곳을 떠나지도 못하고 오랫동안 괴로움을 참고 견뎌 온 저 비참한 사람들의 고통도, 적어도 다음 세대가 되면 조금은 줄어들 테지요. 하지만 제 힘으로는 어쩌지 못합니다. 이 재산과 프랑스 전체가 저주받았기 때문입니다."

"쓸데없는 걸 물어서 미안하다만, 그래서 너는 기꺼이 그 새로운 철학에 따라 살아가겠다는 말이냐?" 숙부가 물었다.

"그렇습니다. 살아가기 위해 전 다른 많은 사람들처럼 일을 해야겠지요. 귀족의 후광을 등에 업은 자들도 언젠가는 일을 해야 할 날이 올 겁니다."

"아마도 영국에서 말이지?"

"그렇습니다. 영국에서라면 제가 가문의 명예를 더럽힐 염려도 없고, 가문의 명망 때문에 제가 고통을 받을 일도 없겠지요."

아까 종을 울린 것은 옆 침실에 불을 켜게 하기 위해서였다. 복도의 문 너머로 불이 환하게 켜지는 것이 보였다. 후작은 그쪽을 흘끗 바라보며 멀어지는 하인의 발소리에 귀를 기울였다. 그러고는 다시 조용히 웃는 얼굴로 조카를 바라보며 말했다.

"영국이란 나라가 어지간히 마음에 든 모양이구나. 그 나라에서도 그럭저럭 잘 지내는 것을 보니."

"전에도 말씀드렸다시피, 영국에서 제가 잘 지내는 것은 다 숙부님 덕택이지요. 아무튼 그 나라는 저의 피난처입니다."

"그 잘난 영국인들은 자기네 나라가 많은 사람들의 피난처라고 떠들어댄다지. 그리고 보니 너도 영국으로 피난한 프랑스인을 알고 있지? 의사라고 했던가?"

"네."

"딸과 함께 살고 있지?"

"그렇습니다."

"그래. 피곤하겠구나. 그만 쉬어라."

후작은 품위 있게 고개를 숙였다. 그러나 미소 지은 얼굴에 드러난 비밀스러운 그림자와 의미심장한 말이 조카의 눈과 귀로 세차게 파고들었다. 동시에 후작의 가늘고 곧은 눈매와 얄팍한 입술, 그리고 코끝의 움푹한 자국이 살짝 일그러지며 잘 생긴 악마 같은 얼굴에 냉소가 번졌다.

"그래." 후작이 한 번 더 되뇌었다. "딸과 함께 사는 의사란 말이지. 그래, 그래서 새로운 철학을 시작했나 보군! 피곤하겠다. 그만 자거라!"

숙부의 그런 얼굴에 대고 질문하느니 차라리 저택 바깥에 있는 조각상 얼굴에 대고 질문하는 편이 나을 것이다. 조카는 방문을 나오며 숙부의 얼굴을 다시 한 번 돌아보았지만 헛수고였다.

"잘 자거라!" 숙부가 다시 말했다. "내일 아침에 다시 보자꾸나. 여봐라, 조카가 방으로 갈 수 있게 불을 밝혀라! 태워죽이고 싶으면 침대에 불을 질러도 좋고!" 후작은 혼잣말로 마지막 말을 덧붙이고는 또 다시 종을 울려 하인을 자기 침실로 불렀다.

하인이 다녀가자 후작은 고요하고 무더운 밤을 편히 넘기고자 헐렁한 잠옷 차림으로 방안을 이리저리 서성거렸다. 걸을 때마다 푹신한 실내화 덕분에 발소리는 전혀 나지 않고 옷자락 스치는 소리만 들렸다. 그는 호랑이처럼 날렵하게 움직였다. 마치 옛날이야기에 나오는 사악한 후작, 죄를 뉘우치지 않은 벌로 마법에 걸려 이따금 호랑이로 변신하는 사악한 후작 같았다. 그리고 지금이 꼭 인간으로 돌아오거나 호랑이로 변신하는 바로 그 순간 같았다.

호화로운 침실의 이쪽 끝과 저쪽 끝을 오가는 사이에 그의 머릿속에 오늘 여행에서 목격한 단편적인 광경이 자연스레 떠올랐다. 그는 끙끙대며 올라간 해질 무렵의 고갯길, 아름다운 저녁놀, 내리막길. 방앗간, 절벽 위에 우뚝 솟은 감옥, 움푹한 곳에 자리 잡은 조그만 마을, 샘터에 있던 농부들, 푸른 모자로 마차 밑의 쇠사슬을 가리키던 도로 인부, 그리고 파리의 샘터 돌계단에 놓여 있던 조그마한 꾸러미와 웅크리고 앉아 그 꾸러미를 들여다보던 아낙들, 두 팔을 높이 쳐들고 "죽었어요!" 하고 소리치던 키 큰 사내를 떠올렸다.

"몸이 좀 식었으니 이제 잘 수 있겠군."

후작은 이렇게 말한 뒤 커다란 벽난로 위에 등불 하나만 남겨두고 얇은 천으로 된 커튼을 둘러쳤다. 그리고 밤의 정적을 깨는 깊은 한숨 소리를 들으며 잠을 청했다.

저택 외벽에 조각된 얼굴들은 지루한 세 시간 동안 밤의 어둠을 뚫어지게 노려보았다. 지루한 세 시간 동안 마구간의 말들은 여물통을 덜그럭거리고, 개들은 짖어대고 올빼미들은 시인들이 노래하는 올빼미 목소리와는 전혀 다른 소리로 울어댔다.

지루한 세 시간 동안 저택의 석조 얼굴들은—사람의 얼굴이든 사자의 얼굴이든—밤의 어둠을 가만히 쳐다보았다. 죽음과 같은 암흑이 이 풍경 전체를 뒤덮고 길 위의 먼지까지도 죽음의 어둠에 감싸여 더욱 고요해졌다. 잡초가 듬성듬성 자란 조그마한 무덤도 누구의 것인지 분간할 수 없을 지경이었고, 십자가에 매달린 그리스도 상도 어디로 갔는지 보이지 않았다. 마을에서는 세금을 걷는 자나 세금을 내는 자 모두 깊은 잠에 빠져 있었다. 굶주린 사람들처럼 성대한 잔치를 꿈꾸고 혹사당한 노예나 고삐에 매인 소들처럼 평온한 휴식을 꿈꾸며 단잠에 빠진 말라비틀어진 마을 사람들도 꿈속에서는 배불리 먹고 마음껏 자유를 누렸다.

보는 이나 듣는 이 하나 없어도 그 세 시간 동안 샘터의 샘은 변함없이 흐르고 저택의 분수도 끊임없이 아래로 떨어졌다. 샘과 분수는 둘 다 '시간'이란 샘에서 흐르는 분초(分秒)처럼 소리 없이 어둠 속으로 빨려 들어갔다. 이윽고 여명 속에서 이 두 잿빛 물줄기가 망령처럼 나타나자 저택의 석조 얼굴들도 천천히 눈을 떴다.

날이 점점 밝아지며 마침내 햇빛이 고요한 나뭇가지 끝에 닿자 이내 언덕 위로 광채가 쏟아졌다. 아침 햇빛에 저택 안의 분수와 석조 얼굴들도 핏빛으로 물들었다. 새들의 노랫소리가 드높은 하늘에 울려 퍼지고 비바람에 씻긴 후작의 침실 창문턱에서 작은 새 한 마리가 아름다운 노래를 목청껏 불러댔다. 그 바람에 바로 옆에 있는 석조 얼굴이 깜짝 놀란 듯 눈을 동그랗게 뜨고 입을 딱 벌리며 겁에 질린 표정으로 노려보았다.

해가 중천에 뜨자 마을도 활기를 띠기 시작했다. 창문이 열리고 문의 빗장이 풀리더니 사람들이 몸을 부르르 떨며 나왔다. 신선한 아침 공기는 아직 차가웠다. 조금도 나아질 기미가 보이지 않는 마을 사람들의 고된 하루가 또다시 시작될 터였다. 누구는 샘터로 가고 누구는 밭으로 나갔다. 어떤 이들은 땅을 파고 갈아엎고 다른 이들은 불쌍한 가축들에게 먹이를 준 뒤 뼈가 앙상한 소를 끌고 길가에 있는 이름뿐인 목초지로 갔다. 교회 십자가 앞에서는 한두 사람이 무릎을 꿇고 앉아 기도를 하고 있었고, 그들이 끌고 간 암소는 발밑에 난 잡초를 뜯어 먹고 있었다.

저택 사람들은 느지막이 그러나 확실하게 잠에서 깨어났다. 가장 먼저 오래된 멧돼지 사냥용의 창과 단검이 빨갛게 물들더니 아침 햇살을 받으며 눈부시게 번쩍였다. 온 집안의 문과 창문이 활짝 열리고, 마구간에서는 말들이 열린 문으로 들어오는 신선한 공기와 햇볕을 쬐려고 고개를 돌렸다. 창문의 창살 너머에서는 나뭇잎이 반짝반짝 빛나며 바람에 살랑거리고 개들은 목줄을 풀어줄 때까지 참지 못하고 쇠사슬을 잡아당기며 엉덩이를 들썩거렸다.

이런 사소한 일들은 매일 아침 되풀이되는 일상이었다. 그러나 이날 아침에는 저택의 큰 종이 소리 높이 울리고 사람들이 허둥거리며 계단을 뛰어 오르내리는 모습이 평소와 달랐다. 테라스에 갑자기 사람들이 몰리고 여기저기에서 소란한 구두소리와 발소리가 들리더니 안장을 올리기가 무섭게 말을 타고 달려 나가는 사람들도 있었다.

그런데 어느 바람이 이 소란한 분위기를 그 반백의 도로 인부에게 전해 주었을까? 그때 도로 인부는 이미 마을 뒤에 있는 고개 꼭대기에서 까마귀조차 거들떠보지 않는 초라하고 양도 얼마 되지 않는 도시락 보따리를 옆에 있는 돌무더기 위에 올려놓고 일을 하고 있었다. 곡식 낟알을 물고 먼 곳으로 날아가는 새들이 우연히 씨를 뿌리듯 그의 머리 위에 소문의 낟알을 떨어뜨리고 간 것일까? 어쨌든 도로 인부는 그 무더운 아침에 흙먼지를 무릎까지 차올리며 미친 듯이 언덕을 달려 내려갔다. 그는 샘터까지 쉬지 않고 달려갔다.

마을 사람들이 여전히 궁상맞은 모습으로 샘터에 모여 낮은 목소리로 수군거리고 있었지만 호기심과 놀라움 이상의 감정은 내보이지 않았다. 황급히 끌고나와 아무 데나 고삐를 묶어 둔 소들은 멀뚱히 서 있거나 앉아서 근처에서 어슬렁거리면서 뜯어먹은 풀을(별로 씹을 것도 없었지만) 되새김질하고 있었다. 저택에서 일하는 사람들과 역참에서 근무하는 사람들, 그리고 세금과 관련된 일을 하는 공무원들은 무장을 하고 얼빠진 얼굴로 반대쪽 길가에 모여 있었다. 도로 인부는 쉰 명쯤 되는 친구들 가운데로 뚫고 들어가 푸른 모자로 자기 가슴을 쳐댔다. 이 모든 일이 무슨 전조였을까? 그 때쯤 말을 타고 달려온 하인이 가벨을 잽싸게 말에 올려 태우고는 최신판 레오노라*4를 재연하듯 쏜살같이 달려갔다. 이것은 무슨 전조였을까?

그것은 후작의 저택에 있는 석조 얼굴이 하나 더 늘어날 전조였다.

그날 밤 고르곤이 저택을 다시 한 번 둘러보고는 부족한 석조 얼굴을 하나 더 추가한 것이다. 고르곤은 이백 년 가까이 기다려 온 얼굴을 그날 밤 새겨 넣었다.

그 얼굴은 후작의 베개 위에 놓여 있었다. 아름다운 가면 같은 얼굴이었다. 갑자기 깜짝 놀라 불같이 화를 내다가 그대로 돌로 굳어버린 멋진 가면 같았다. 목에서 이어진 몸통 심장부에는 단도가 깊이 박혀 있고 손잡이에는 이렇게 휘갈겨 쓴 종이쪽지가 묶여 있었다.

"이자를 당장 무덤으로 끌고 가라! 자크로부터."

---

*4 독일에 유행한 십자군 전설의 여주인공. 어느 날 밤 십자군 원정에 나간 연인이 그녀를 깨워 말에 태우고 사라졌는데, 그의 정체는 실은 죽은 연인의 망령이었다. 독일과 영국에서 발라드의 소재로 자주 사용되었다.

제10장 두 가지 약속

그 후 1년이 지나 찰스 다네이는 영국에서 불문학에 정통한 고급 프랑스어 교사로서 자리를 잡았다. 오늘날이라면 교수라 불렸겠지만 그 시절에는 단순한 지도 교사에 지나지 않았다. 그는 세계 여러 나라에서 사용되는 언어인 프랑스어 공부에 관심이 있고 연구할 여유도 있는 젊은이가 있으면 함께 책을 읽고 풍부한 지식과 상상의 산물에 대한 안목을 기르게 해주었다. 또한 그는 수준 높은 영어로 쓰고 번역할 줄도 알았다. 그 시절에는 이만큼 실력 있는 교사가 드물었다. 아직은 왕족들이 개인 과외교습으로 생계를 이어가기 전이었고 텔슨 은행의 장부에서 사라진 몰락한 귀족들이 모습을 감추고 요리사나 목수로 전락하기 전이었다. 풍부한 학식과 교양을 바탕으로 학생에게 공부하는 즐거움과 유익함을 알려주는 지도 교사로서, 그리고 단순한 사전적 지식 외에 함축적인 의미까지 전달하는 훌륭한 번역가로서 젊은 다네이의 명성은 순식간에 높아졌고 찬사도 받았다. 더욱이 그는 프랑스 정세에도 매우 해박했고 때마침 프랑스에 대한 영국인들의 관심이 점점 커져가는 시대였다. 그는 굽힐 줄 모르는 끈기와 지칠 줄 모르는 노력으로 성공의 길을 걸었다.

찰스 다네이는 런던에서 황금이 깔린 길을 걸을 생각도 없었고 장미꽃잎이 뿌려진 침대에서 자고 싶은 마음도 없었다. 그가 그런 허황된 꿈을 갖고 있었다면 오늘의 성공은 없었을 것이다. 그는 단지 일하기를 원했고, 일자리를 찾아내어 최선을 다해 성실히 일했다. 그것이 그의 성공 비결이었다.

그는 일정 시간을 케임브리지에서 지내며 대학생들에게 책을 읽어주었다. 세관을 통해 수입하는 그리스어와 라틴어가 아니라 밀수입한 유럽 각국의 언어를 가르쳤다. 그 외의 시간은 런던에서 보냈다.

늘 따사로운 여름만 있던 에덴동산 시절부터 대체로 추운 겨울이 이어지는 오늘에 이르기까지 사나이의 세계는 한결같이 사랑하는 여인을 향한 외길을 걸어왔다. 찰스 다네이도 그랬다.

그는 목숨을 잃을 뻔했던 그날 이래로 루시 마네트를 사랑하고 있었다. 연민이 가득했던 그녀의 목소리만큼 부드럽고 다정한 목소리를 들어본 적이 없었다. 자신을 위해 파 놓은 무덤가에서 마주본 그녀의 얼굴만큼 상냥하고 아름다운 얼굴을 본 적이 없었다. 하지만 그는 아직 그런 이야기를 그녀에게 한 적이 없었다. 파도치는 바다와 길고 긴 황량한 길 너머에 있는 대저택, 지금은 아련한 환상처럼 느껴지는 그 석조 저택에서 암살사건이 일어난 지 이미 일 년이 지났다. 하지만 그는 아직도 그의 속마음에 대해서는 한 마디도 털어놓지 않았다.

그에게는 그럴 만한 이유가 있었고, 그 점을 다른 누구보다 스스로 가장 잘 알고 있었다. 다시 찾아온 어느 여름날, 케임브리지 대학에서 강의를 마치고 런던으로 돌아온 다네이는 조용한 소호 거리 모퉁이로 발걸음을 옮겼다. 마네트 박사에게 속내를 털어 놓고 싶었기 때문이다. 여름 해가 저물어 갈 무렵이면 루시가 프로스 양과 함께 외출한다는 사실을 그는 잘 알고 있었다.

마네트 박사는 창가 안락의자에 앉아 책을 읽고 있었다. 한때 그가 오랜 고난을 겪을 때 그를 지탱해 주기도 했지만 그 고통을 더욱 극심하게 키우는 원인이기도 했던 활기가 요즘 들어 많이 회복되었다. 이제 그는 뚜렷한 목적의식과 단호한 결단력과 왕성한 행동력을 갖춘 활기찬 사람이 되었다. 물론 활기가 넘치다 못해 이따금 느닷없이 발작을 일으킬 때도 있었다. 특히 다른 여러 기능이 원래대로 회복되기 시작하던 무렵에 곧잘 발작을 일으키곤 했다. 하지만 자주 그런 것은 아니었고 그 횟수도 점점 줄어들었다.

박사는 연구 시간을 늘리고 수면 시간을 줄였지만 그로 인한 극심한 피로도 쉽게 이겨 내고 늘 활기가 넘쳤다. 다네이가 찾아오자 박사는 책을 내려 놓고 악수를 청했다.

"찰스 다네이! 어서 오게. 사나흘 전부터 자네가 지금쯤이면 런던으로 돌아왔겠거니 하고 기다리고 있었네. 어제 스트라이버와 카튼이 다녀갔는데 그들도 자네가 이미 돌아왔어야 하는데 조금 늦는 것 같다고 하더군."

"그분들께서 제게 그토록 관심을 가져주시니 감사한 일이군요." 다네이는 박사에게는 매우 공손했지만 그 두 사람에게는 좀 차가웠다. "그런데 마네트 양은······.”

“잘 있네.” 다네이가 말끝을 흐리자 박사는 곧바로 입을 열었다. “자네가 돌아온 걸 알면 다들 기뻐할 걸세. 루시는 집안일로 잠시 나갔으니 곧 돌아올 게야.”

“박사님, 전 따님이 집에 없는 줄 알고 왔습니다. 따님이 없을 때 박사님께 따로 드릴 말씀이 있어서요.”

잠시 침묵이 흘렀다.

“그랬나?” 박사가 조금 곤란한 표정으로 대꾸했다. “거기 있는 의자를 가지고 이리 와 앉게. 그래, 무슨 일인가?”

다네이는 시키는 대로 의자를 가져왔지만 좀처럼 말을 꺼내지 못하는 눈치였다. 그는 한참 만에 입을 열었다.

“마네트 박사님, 제가 이곳에 온 지 1년 반이나 지났는데 그동안 저한테 정말 잘해주셔서 진심으로 감사하게 생각합니다. 그래서 말인데 혹시······.”

말을 가로막듯 박사가 손을 들어 올리자 다네이는 하던 말을 멈추었다. 박사는 그 자세로 조금 있다가 다시 팔을 내렸다.

“루시 얘긴가?”

“그렇습니다.”

“난 지금뿐 아니라 언제 어느 때고 딸애 이야기를 하려고 하면 마음이 괴롭네. 그리고 자네가 그런 말투로 그 애 이야기를 꺼내는 것을 듣는 것도 힘이 드네, 다네이.”

“하지만 제 말투는 열렬한 흠모와 진실한 존경과 깊은 사랑에서 나오는 것입니다, 박사님!”

다네이는 공손히 말했다.

또다시 한 차례 침묵이 흐른 뒤 박사가 말했다.

“알고 있네. 자네 말을 오해한 적은 없어. 나는 자네를 믿네.”

그는 달가워하지 않는 기색이 역력했다. 박사가 딸에 대한 이야기 자체를 하고 싶어 하지 않는다는 것을 알자 다네이는 망설이지 않을 수 없었다.

“이야기를 계속해도 될까요?”

또다시 짧은 침묵.

“그래, 계속하게.”

"제가 무슨 말씀을 드리려고 하는지 이미 짐작하셨겠지만, 제가 얼마나 진지하고 간절한 마음으로 말씀드리는지는 모르실 겁니다. 제가 얼마나 오래도록 희망과 불안과 두려움을 안고 가슴앓이를 해왔는지 모르시겠지요. 박사님, 저는 진심으로 따님을 사랑합니다. 진심으로 열렬하게, 제 몸과 마음을 다 바쳐 사랑합니다. 이 세상에 참사랑이라는 것이 있다면 바로 제가 따님을 사랑하는 이 마음일 겁니다. 박사님께서도 한때 사랑을 해보셨겠지요. 부디 박사님의 그 사랑과 제 사랑이 다르지 않음을 헤아려주십시오!"

박사는 고개를 돌린 채 바닥을 내려다보며 듣고 있다가 다네이의 마지막 말에 또다시 다급히 손을 내밀며 소리쳤다.

"그 얘긴 하지 말게! 듣고 싶지 않네! 그 기억을 떠올리게 하지 말아주게!"

그 목소리가 어찌나 고통스럽던지 박사의 말이 끝난 뒤에도 그 절규는 오래도록 다네이의 귓가에 맴돌았다. 박사는 이제 그만하라고 애원이라도 하듯이 앞으로 내민 손을 세차게 저었다. 다네이도 박사의 뜻을 헤아리고 입을 다물었다.

"미안하네." 얼마 뒤 박사가 조용하게 말했다. "자네가 루시를 사랑하는 마음을 의심하는 건 아니네. 그 점에 대해서는 안심하게."

박사는 의자에 앉은 채 다네이 쪽으로 몸을 돌렸으나 그를 쳐다보지도 않았고 바닥으로 내리깐 시선을 들어 올리지도 않았다. 손으로 턱을 괴자 백발이 얼굴을 완전히 가려버렸다.

"루시에게는 이야기를 했나?"

"아니요."

"편지도 안 썼나?"

"쓰지 않았습니다."

"자네가 그만큼 참을성 있게 기다린 건 그 애 아비를 생각해서겠지. 그걸 알면서 모르는 척하는 건 도리가 아니지. 아비로서 고맙게 생각하네."

박사는 손을 내밀어 악수를 청했지만 눈은 여전히 바닥을 보고 있었다.

다네이가 공손하게 대답했다.

"저도 압니다. 거의 매일같이 두 분을 지켜봤는데 박사님과 따님의 서로에 대한 애정이 얼마나 각별하고 그러한 애정이 생기게 된 상황이 얼마나 특수하며, 따라서 아무리 다정한 부녀지간이라고 해도 두 분의 관계와는 비교가 안 된다는 것을 어찌 모르겠습니까? 박사님, 저도 잘 압니다. 어떻게 모를 수가 있겠습니까? 따님의 마음속에는 어엿한 숙녀로서 아버지에게 느끼는 애정과 효심은 물론 아버지에 대한 어린아이와 같은 애정과 믿음도 있다는 것을요. 어릴 때 부모 없이 고아처럼 살았던 탓에 지금은 몸과 마음을 다 바쳐 오로지 박사님만을 사랑하고 있지 않습니까? 따님은 지금의 나이와 인성에서 비롯된 모든 성실함과 열정뿐만 아니라 박사님과 헤어졌던 어린 시절의 진심과 애정을 다 바쳐 박사님을 사랑하고 있습니다. 잘 알고말고요. 설령 박사님이 저승에서 부활하셨다 해도 따님은 지금보다 더 성스러운 분으로 박사님을 받들지 못할 겁니다. 따님이 박사님을 끌어안을 때 박사님의 목에 두른 손은 갓난아기의 손인 동시에 소녀의 손이자 여인의 손입니다. 따님은 박사님을 사랑함으로써 따님과 비슷한 나이였던 돌아가신 어머니를 그리워하고 사랑합니다. 또한 제 나이와 비슷한 나이였던 박사님을 사랑합니다. 가슴이 찢어질 만큼 슬퍼하시던 어머니를 사랑하고, 끔찍한 시련을 당한 후 다행스럽게도 예전 모습을 되찾으신 아버지를 사랑합니다. 다 알고 있습니다. 이 사실은 박사님 댁에 드나들기 시작한 뒤로 늘 잘 알고 있었습니다."

박사는 고개를 숙인 채 말없이 앉아 있었다. 숨이 조금 가빠지긴 했으나 다른 마음의 동요는 꾹 참고 보여주지 않았다.

"박사님, 이 모든 것을 저는 처음부터 알고 있었습니다. 그리고 따님과 박사님의 관계는 지금 말씀드린 대로 성스러운 광채에 싸인 관계로 보았으므로 따님에 대한 제 마음을 누를 수 있을 만큼 눌러왔습니다. 제 사랑이, 아무리 열렬할지언정 제 사랑이 두 분 사이에 끼어들면 박사님께 죄송한 일이 될 것 같았고 사실 지금도 그렇게 느낍니다. 하지만 따님을 사랑하는 마음을 멈출 수가 없습니다. 하늘에 맹세코 진심으로 따님을 사랑합니다."

"그래, 그렇겠지. 전부터 그렇게 생각해왔네. 나도 알아." 박사는 서글프게 말했다.

서글픈 박사의 목소리가 원망하는 것처럼 느껴졌는지 다네이가 말했다.

"하지만 오해하지 말아 주십시오. 운이 좋아 제가 장차 따님과 결혼하게 되더라도 저는 결코 두 분이 서로 헤어져야 한다고 말하지 않을 것이며 그럴 생각도 없습니다. 그런 일은 애당초 불가능할뿐더러 얼마나 비열한 짓인지도 잘 알고 있습니다. 먼 훗날에라도 제가 그런 일을 바란다거나 생각이라도 한다면, 한 번이라도 그런 마음을 품거나 품을 수 있다면 지금 이렇게 박사님의 손을 잡을 수 없을 것입니다."

다네이는 이렇게 말하며 박사의 손을 잡았다.

"그렇습니다, 마네트 박사님. 저 역시 박사님과 마찬가지로 스스로 조국을 버리고 온 사람입니다. 조국의 압제와 비참함에 쫓겨 온 사람입니다. 박사님처럼 조국을 등지고 스스로의 힘으로 살아가며 더 나은 미래가 오리라고 믿고 사는 사람입니다. 제가 바라는 것은 오직 박사님과 같은 길을 걷고 가족으로서 함께 살아가며 마지막까지 박사님을 모시는 것뿐입니다. 박사님의 자식이자 동반자이자 벗으로서의 따님의 특권을 제게도 나눠달라는 것이 아닙니다. 오히려 제가 두 분을 도와 따님과 박사님의 관계가 더욱 돈독해지도록 힘이 되어드리고 싶습니다."

다네이는 여전히 불안한 마음으로 박사의 손을 잡고 있었다. 박사는 아주 잠깐이었지만 차갑지 않게 그 손길에 응하고 두 손을 조용히 의자 팔걸이에 올리고는 다네이와 이야기를 시작한 뒤로 처음으로 고개를 들었다. 그 얼굴에는 고뇌의 빛이 역력했다. 박사의 얼굴에 곧잘 나타나는 원인 모를 의혹과 두려움을 이기려고 애쓰는 표정이었다.

"다네이, 자네가 그렇게 다정하고 사내답게 말해주니 정말로 고맙네. 내 마음도 솔직히, 모든 것을 다 털어놓을 수는 없지만 되도록 솔직히 말해주겠네. 그런데 자네는 루시가 자네를 사랑한다고 믿는 근거라도 있나?"

"아뇨, 아직은 없습니다."

"그럼 내게 고백한 뒤 루시의 마음을 확인하려는 것이 자네의 목적인가?"

"그건 아닙니다. 그런 것이라면 아직 당분간은 희망이 없을지도 모르고 어쩌면 (제 생각이 틀릴 수도 있지만) 내일 당장 알게 될지도 모르지요."

"그럼 내가 조언을 해주길 바라는 건가?"

"그것도 아닙니다. 하지만 박사님만 괜찮으시다면 저를 위해 힘을 빌려주실 수도 있으리라고는 생각했습니다."

"그럼 내게 무슨 약속이라도 해달란 게로군?"

"그렇습니다."

"무슨 약속이지?"

"박사님께서 힘을 써주시지 않으면 제게 아무런 희망이 없다는 것을 잘 알고 있습니다. 설령 따님이 저를 마음에 품고 있다고 해도, 제가 그런 주제 넘은 생각을 하고 있는 건 아니니 오해하지 말고 들어주십시오, 박사님에 대한 따님의 사랑에 비한다면 그 마음은 아무것도 아니라는 걸 잘 압니다."

"그렇다면 어떤 문제가 생기는지 자네는 아는가?"

"물론입니다. 구혼자가 누구든 아버지인 박사님이 찬성한다고 한 마디만 해주시면 그 뜻은 곧 따님의 마음이 되고 세상 그 무엇보다도 절대적인 힘이 될 것입니다. 박사님, 그렇기 때문에 저는 더더욱 무슨 일이 있어도 그 한 마디만은 하지 말아주시길 바랍니다." 다네이는 매우 겸손하면서도 단호하게 말했다.

"나도 그렇게 생각하네. 다네이, 하지만 사람은 서로 소원한 사이일 때와 마찬가지로 아주 가까운 사이일 때에도 서로를 잘 알지 못하는 법이라네. 가까이 있을수록 미묘하고 꿰뚫어보기 어렵거든. 이런 점에서 나는 내 딸이지만 루시의 마음을 도무지 알 수가 없네. 무슨 생각을 하는지 짐작조차 할 수 없단 말일세."

"그럼 실례지만 따님께는……." 다네이가 우물쭈물하며 말을 잇지 못하자 아버지가 단박에 덧붙였다.

"다른 구혼자가 있느냔 말이지?"

"그렇습니다."

박사는 잠시 생각하다가 대답했다.

"자네는 여기서 카튼을 만난 일이 있지. 그리고 스트라이버도 가끔씩 찾아온다네. 그러니 누군가 구혼자가 있다면 그들 중 한 사람일 걸세."

"두 사람 다일지도 모르죠."

"둘 다라고는 생각해보지 않았네. 어쩌면 둘 다 아닐지도 모르지. 그건 그렇고 자넨 나보고 약속을 해달라고 했는데 무슨 약속을 해주면 되겠는가?"

"그건 말입니다, 언젠가 따님께서 지금 제가 말씀드린 것과 같은 주제에 대해 이야기를 꺼낸다면 그때는 지금 말씀드린 제 감정과 여기에 대한 박사님의 믿음을 따님께 분명히 말씀해 주십사 하는 것입니다. 저를 믿으시어 제게 불리한 말씀은 하지 말아 주시길 바랍니다. 제 부탁은 이것뿐입니다. 제

청에 대한 조건이 있으시면 말씀해주십시오. 당장 따르겠습니다."

박사는 말했다.

"아무 조건 없이 약속하겠네. 자네의 목적은 자네가 지금 말한 대로 아주 순수하다고 믿네. 나와 나보다 훨씬 소중한 내 분신과의 인연을 그대로 유지하기 위해서이지 결코 그 고리를 끊기 위해서가 아니라고 믿겠네. 그리고 내 딸이 완전한 행복을 찾기 위해서는 자네가 꼭 있어야 한다고 말한다면 나는 기꺼이 내 딸을 자네에게 주겠네. 그리고 만약에……."

다네이는 감사하며 박사의 손을 잡았다. 손을 맞잡은 채 박사가 말했다.

"딸애가 진정으로 사랑하는 사람에게 어떤 불리한 조건이 있는데 여기에 대해 그에게 직접적인 책임이 없다면 나는 과거든 현재든 그 애를 위해 깨끗이 잊겠네. 그 앤 나한테는 그 어떤 고통이나 박해도 잊을 만큼 큰 존재야. 적어도 나한테는…… 이런, 내가 쓸데없는 소릴 했군."

박사가 갑자기 입을 꼭 다물고 그를 빤히 쳐다보는 눈빛이 너무나 이상했다. 다네이는 붙잡고 있는 손이 순간 얼음처럼 차가워지는 것 같았다. 박사의 손에서 점점 힘이 풀리더니 아래로 툭 떨어졌다.

"자네, 아까 뭐라고 그랬지?"

박사가 다시 미소를 지으며 말했다.

"뭐라고 했지?"

다네이는 뭐라고 대꾸를 해야 좋을지 몰라 당황하다가 조건에 대한 이야기를 하던 것이 떠올라 다행이라 여기며 말했다.

"박사님께서 저를 그렇게까지 믿어 주시니 저도 마땅히 그 믿음에 보답해야 한다고 생각합니다. 박사님께서 기억하실지 모르겠지만, 사실 제 이름은 어머니의 성을 조금 바꾼 것이지 본명이 아닙니다. 따라서 제 본명과 영국으로 오게 된 까닭을 말씀드리고자 합니다."

"그만두게!"

박사가 외쳤다.

"아뇨, 말씀드리고 싶습니다. 박사님의 믿음에 보답하고 제 비밀을 털어놓기 위해서라도 말씀드리고 싶습니다."

"그만!"

순간 박사는 두 손으로 귀를 막더니 그 두 손으로 다네이의 입을 막았다.

"그 이야긴 내가 물어보면 그때 말해주게. 지금은 아니야. 자네의 구혼이 성공하여 루시가 자네를 사랑하게 된다면 결혼식 날 아침에 말해주게. 약속해주겠나?"

"물론입니다."

"악수하세. 딸애가 곧 돌아올 텐데 오늘 저녁에 우리가 같이 있는 모습을 그 애가 보지 않는 게 좋을 걸세. 그만 돌아가게! 잘 가게나!"

찰스 다네이가 박사의 집을 나섰을 때는 벌써 날이 저문 뒤였다. 루시는 그로부터 한 시간 뒤에 돌아왔고, 날은 훨씬 더 어두워져 있었다. 프로스 양이 3층으로 곧장 올라가버리는 바람에 루시는 혼자 서둘러 방으로 들어갔다가 아버지의 독서 의자가 비어 있는 것을 보고 깜짝 놀랐다.

"아버지! 아버지!" 루시가 외쳤다.

대답이 없었다. 귀를 기울이니 아버지의 침실에서 망치질하는 소리가 희미하게 들려왔다. 루시는 가운뎃방을 지나 아버지 방을 문틈으로 들여다보고는 깜짝 놀라 뛰쳐나왔다. 그녀는 온몸의 피가 다 얼어붙는 것을 느끼며 마음속으로 소리를 질렀다.

"아, 어쩜 좋아! 이 일을 어쩌지!"

하지만 루시는 곧바로 정신을 가다듬고 다시 아버지 방으로 돌아가 노크를 하고 상냥하게 아버지를 불렀다. 딸의 목소리에 망치질 소리가 멈추고 아버지가 나왔다. 그리고 두 사람은 오랫동안 함께 방안을 거닐었다.

그날 밤 딸은 침대에서 나와 잠든 아버지를 살펴보았다. 아버지는 깊이 잠들어 있었고, 구두 만드는 연장통과 만들다 만 오래된 구두가 여느 때와 같은 자리에 놓여 있었다.

제11장 배우자 상(像)

"시드니, 펀치 한 잔 더 하지. 자네에게 할 말이 있네."

같은 날 밤 거의 동이 틀 무렵에 스트라이버가 자칼에게 말했다.

시드니는 그날 밤과 전날 밤, 전전날 밤뿐만 아니라 벌써 며칠째 밤을 새가며 밤낮을 가리지 않고 일했다. 장기휴정기가 시작되기 전에 스트라이버의 서류를 모조리 정리해두어야 했기 때문이다. 마침내 서류 작업이 끝났다. 11월이 되어 자욱한 안개와 함께 재판소의 안개가 몰려와*¹ 다시 돈벌이를 시작하기까지 모든 일에서 해방된 것이다.

어찌나 열심히 일을 했던지 시드니의 얼굴에는 활기가 전혀 없고 술도 쉬지 않고 마셔댔다. 밤새 일을 하느라 머리에 두를 젖은 수건이 평소보다 더 많이 필요했고 수건을 두르기 전에 마시는 술의 양도 점점 늘어났다. 그리고 지금, 지난 여섯 시간 동안 틈틈이 새로 적셔서 두른 수건을 풀어서 세면기에 던져 넣고 나자 시드니는 완전히 녹초가 되었다.

"이보게, 펀치 새로 만들어 놨나?"

뚱뚱하게 살이 찐 스트라이버가 두 손을 허리 고무줄에 찔러 넣은 채 벌렁 드러누워 있던 소파에서 몸을 돌리며 말했다.

"지금 만들고 있네."

"이보게, 시드니, 할 말이 있네! 이 얘길 들으면 깜짝 놀라겠지만 아마 자네도 날 다시 보게 될 걸세. 자넨 늘 날 약아빠진 놈이라고 생각했겠지만 실은 그렇지 않다는 것을 알게 될 거야. 난 결혼할 작정이네."

"자네가?"

"그래. 돈 때문이 아닐세. 자네 생각은 어떤가?"

"난 말을 많이 할 기분이 아니야. 그래, 상대는 누군가?"

---

*1 마지막 미클머스 기간(11월 2일부터 25일까지)이 시작된다는 뜻이다.

"맞혀 보게."

"내가 아는 여잔가?"

"맞혀 보라니까."

"그럴 기분이 아닐세. 벌써 새벽 다섯 시인데다 머릿속에서 뇌가 부글부글 끓는 것 같단 말이야. 그렇게 맞혀주길 바란다면 이따 저녁이라도 사게."

"그렇담 말해 주지." 스트라이버가 천천히 몸을 일으키며 말했다. "하긴, 말해줘도 자넨 이해하지 못할 걸세. 자넨 너무 둔감하니까."

"그리고 자넨 감수성이 풍부한 시인이지." 시드니는 펀치 술을 휘저으며 맞받아쳤다.

스트라이버는 호탕하게 웃으며 말했다.

"이보게! 물론 나도 내가 연애소설의 주인공이라고는 생각지 않아(그 정도는 나도 안단 말일세). 하지만 그래도 자네보다는 훨씬 섬세할 걸세."

"굳이 말하자면 자네가 나보다 운이 더 좋지."

"그런 뜻이 아니야. 내 말은, 내가…… 자네보다 내가……."

"더 신사적이라고?"

"바로 그거야!" 스트라이버는 펀치를 휘젓고 있는 시드니를 돌아보며 말했다. "그러니까 내 말은 내가 자네보다는, 여자를 만날 때 환심을 사기 위해 신경을 쓰고 노력한다는 거야. 게다가 그러려면 어떻게 해야 하는지도 잘 알고 있지."

"그래서? 계속하게."

스트라이버는 거만하게 고개를 저으며 말했다.

"아니, 기다리게. 그 전에 이 말만은 분명히 하고 넘어가지. 자네도 나 못지않게, 아니 어쩌면 나보다 더 자주 마네트 박사님 댁에 드나들었지. 그런데도 그 댁에서 늘 뚱하게 있는 걸 보면 내가 얼마나 창피한지 아는가? 입은 꼭 다물고 부루퉁한 표정으로 될 대로 되라는 식이니 내가 창피해서 낯을 들 수가 없단 말일세!"

"법정에서 일하는 사람은 창피한 일도 좀 겪어보는 게 낫지. 자네는 오히려 나한테 고마워해야 할 걸세." 시드니가 응수했다.

"그런 식으로 빠져나가려 하지 말게." 스트라이버 역시 피고를 대하는 기세로 맞받아쳤다. "그럼 안 되지, 시드니. 난 자네에게 이런 말을 해줄 의무가 있어. 자넬 위해 이렇게 얼굴을 보며 분명히 말하는 거야. 자넨 사회에는 도무지 어울리지가 않아. 아주 불쾌한 존재란 말일세."

시드니는 손수 만든 펀치를 큰 잔으로 들이켜며 껄껄 웃어 댔다.

"날 보라고!" 스트라이버가 자세를 바로잡으며 말했다. "난 자네와 달리 여건이 훨씬 좋아서 사실 환심을 사려고 노력할 필요도 없어. 그런데도 한단 말일세. 왜 그런지 아나?"

"난 자네가 그러는 걸 한 번도 본 일이 없는데." 카튼이 중얼거렸다.

"그래야 하기 때문에 하는 거야. 원칙과 신념에 따라서 하는 거라고. 날 보게! 제법 잘하고 있지 않나?"

"자네 결혼에 대한 이야기는 한 마디도 하지 않는군." 카튼이 무심하게 말했다. "그 문제에 집중해주면 좋겠어. 나는 이미 가망이 없단 걸 아직도 모르겠나?"

이렇게 말하는 카튼의 어조에는 조소가 배어 있었다.

"그렇게 생각할 것까진 없네." 스트라이버가 그다지 위안이 되지 않는 말투로 대답했다.

"물론 그렇지. 나도 아네. 그런데 그 결혼 상대는 누군가?" 시드니 카튼이 말했다.

"이름을 말해줄 테니 기분 나빠하진 말게." 스트라이버는 중대 발표를 하기 전에 상대방이 마음의 준비를 할 수 있도록 매우 친절하게 말했다. "자넨 본심과 다른 말을 할 때가 종종 있지 않나. 물론 그 말이 늘 진심이었다고 해도 별로 큰 문제는 아니지만. 내가 이렇게 서론을 길게 늘어놓는 건 자네가 예전에 그 아가씨를 헐뜯는 투로 말한 적이 있기 때문일세."

"내가?"

"그래. 바로 이 방에서."

시드니 카튼은 앞에 있는 펀치를 바라보고 의기양양한 친구의 얼굴을 쳐다보았다. 그리고 펀치를 한 모금 마시고 다시 우쭐거리고 있는 친구를 쳐다보았다.

"자넨 그 아가씨를 금발 인형이라고 불렀지. 바로 마네트 양일세. 시드니, 자네가 그런 쪽으로 감각이 있거나 눈치가 빠른 친구였다면 자네가 그렇게 말했을 때 난 화가 났을 거야. 하지만 자넨 달라. 애초에 그런 감각이 전혀 없단 말이지. 그래서 난 자네가 그렇게 말해도 전혀 화가 나지 않아. 그림을 전혀 볼 줄 모르는 사람이 내 그림을 보고 이러쿵저러쿵 떠들어대거나 음악을 들을 줄 모르는 사람이 내가 작곡한 음악을 듣고 왈가왈부할 때 화가 나지 않는 것과 마찬가지지."

시드니 카튼은 펀치를 벌컥벌컥 들이켜며 스트라이버의 얼굴을 바라보았다.

"이제 다 털어놨네." 스트라이버는 말했다. "난 재산 따위에는 관심 없어. 마네트 양은 아주 매력적인 아가씨지. 난 내가 하고 싶은 대로 하기로 했네. 그럴 만한 여유는 있다고 생각하니까. 그 아가씨도 나와 결혼하면 이미 꽤 성공한 남자, 출세 가도를 달리는 남자, 그리고 어느 정도 이름도 있는 남자를 남편으로 맞이하게 되지. 그 아가씨에게도 행운이지만 그녀는 그런 행운을 누릴 자격이 있어. 놀랐나?"

카튼은 여전히 펀치를 들이켜며 대꾸했다.

"놀랐냐고? 왜 그래야 하지?"

"그럼 찬성이란 말이지?"

카튼은 또다시 펀치를 마시며 대꾸했다.

"안 될 이유가 있나?"

"좋아! 생각했던 것보다 쉽게 찬성해주는군. 하긴 오랫동안 함께 지낸 사이이니 내가 무슨 일이든 마음만 먹으면 반드시 해내고 마는 사람이라는 것쯤은 잘 알고 있겠지. 그런데 시드니, 나도 지금과 같은 생활에는 슬슬 진저리가 나네. 무슨 변화라도 생기면 좋으련만 그런 것도 전혀 없으니. 집에 돌아가고 싶은 마음이 들 때 돌아갈 집이 있다는 건 참 좋은 일이라고 생각해. (돌아가기 싫으면 안 가면 그만이니까.) 더구나 마네트 양은 어떤 상황에서도 똑 부러지게 행동할 사람이니 내가 마다할 이유가 없지. 그래서 결심한 걸세. 이보게, 시드니, 이제 자네 앞날에 대해 한 마디 하겠네. 자네, 요즘 꽤 힘들지 않나? 틀림없이 그럴 걸세. 자네는 돈의 가치를 전혀 몰라. 그렇게 살다가는 머지않아 병든 가난뱅이 신세로 전락하고 말 걸세. 자네도 이제 자네를 돌봐줄 여자를 찾아봐야지 않겠나?"

성공한 후원자처럼 구는 그의 친구는 평소보다 두 배나 뚱뚱하고 네 배나 역겨워 보였다.

스트라이버는 계속해서 말했다.

"자네에게 충고하는데, 잘 생각해 보게. 방법은 달라도 나 역시 진지하게 생각했네. 그러니 자네도 자네 나름대로 생각해 보란 말이야. 결혼하란 말일세. 자네를 돌봐줄 여자를 찾아. 자네는 여자한테는 관심도 없고 잘 알지도 못하고 요령도 없다고 하지만 그런 건 아무 문제도 되지 않으니 아무나 하나 잡으란 말이야. 돈이 좀 있고 성실한 여자, 여관이나 하숙집 여주인 같은 여자와 결혼해서 만약의 경우를 대비해야지. 이것이 자네에게 지금 필요한 걸세. 시드니, 잘 생각해 보게."

"생각해 보지."

시드니는 대답했다.

제12장 상냥한 사나이

황송하게도 마네트 양에게 엄청난 행운을 선사하기로 결심한 스트라이버는 시골로 장기 휴가를 떠나기 전에 그녀가 누리게 될 행복을 어서 빨리 그녀에게 알려주어야겠다고 결심했다. 그는 마음속으로 이리저리 생각해 본 끝에 모든 사전 작업을 미리 끝내놓는 것이 좋겠다는 결론을 내렸다. 결혼식을 미클머스 기간이 시작되기 한두 주 전에 올릴지 아니면 미클머스 기간과 힐러리 기간*¹ 사이의 짧은 크리스마스 휴가 때 올릴지는 그 뒤에 천천히 정하면 될 터였다.

스트라이버는 자신이 매우 유리한 조건을 갖추었다는 점을 조금도 의심하지 않을 뿐만 아니라 자신의 뜻대로 판결이 나리라고 굳게 믿었다. 현실적이고 물질적인 근거(유일하게 고려할 가치가 있는)만 가지고 보면 이미 배심원들과도 이야기가 끝난, 허점이 단 하나도 없는 아주 명백한 사건이었다. 그는 자신을 원고로서 법정에 출두시켜 보았으나 그의 증언을 뒤엎을 수 있는 것은 아무것도 없었다. 마침내 피고측 변호인은 변호를 포기했고 배심원들도 돌아서서 논의할 필요조차 없었다. 재판해본 결과, 스트라이버 재판장은 이보다 명백한 사건은 어디에도 없다고 확신했다.

그래서 스트라이버는 장기 휴정이 시작되면 복스홀 공원*²에 데려가주겠다고 마네트 양에게 정식으로 제안했지만 거절당했다. 라넬라 유원지*³로 장소를 바꿔 보았지만 이상하게도 그마저 거절당하고 말았다. 그는 하는 수 없이 소호로 몸소 찾아가 자신의 고결한 결심을 발표하기로 했다.

그리하여 스트라이버는 장기 휴정이 시작되자마자 템플에서 소호 쪽으로 어깨를 으쓱대며 걸어갔다. 그가 아직 템플 바의 세인트 던스탄 교회 쪽에*⁴

---

*1 1월 21일부터 31일까지의 기간.
*2 템스 강 남쪽 람베스에 있던 유명한 유원지.
*3 템스 강 북쪽에 있던 유원지.

있을 때부터 힘없는 사람들을 밀쳐내듯 위풍당당하게 거리를 활보하며 소호로 들어서는 모습을 본 사람은 그가 엄청난 권력자라도 되는 줄 알았을 것이다.

스트라이버는 텔슨 은행 앞을 지나다가 은행에 계좌도 있거니와 마네트 집안의 친구인 로리와도 아는 사이였으므로 은행에 들러 곧 소호의 하늘이 환해질 것이라는 희소식을 로리에게도 알려줘야겠다고 생각했다. 은행 문을 열자 목구멍에서 새어나오는 것 같은 가냘픈 소리가 끼익 하고 났다. 휘청거리며 계단을 두 단 내려가 늙은 두 출납계원 앞을 지나 곰팡내 나는 뒷방으로 뛰어 들어가자 로리가 평소와 다름없이 괘선이 그려진 커다란 장부를 앞에 놓고 앉아 있었다. 옆에 있는 창문의 철창마저 세로줄을 긋고 있어서 마치 창문에도 하늘 아래 있는 것을 모두 합계 내서 기입하는 괘선이 그려져 있는 것 같았다.

"안녕하시오, 로리 씨! 잘 지내셨소?" 스트라이버가 말했다.

언제, 어느 곳에서든 아주 크고 거만하게 보이는 것이 스트라이버의 큰 특징이었다. 텔슨 은행에서는 그 점이 특히 두드러져, 멀찍한 구석에 앉아 있던 늙은 은행원들까지도 그가 들어오는 바람에 갑자기 벽 쪽으로 밀려나기라도 한 것처럼 그를 험악하게 노려보았다. 먼발치에서 느긋하게 신문을 읽고 있던 은행장까지도 스트라이버가 그의 고상한 조끼 속으로 머리를 들이밀기라도 한 듯이 불쾌한 표정으로 눈을 내리깔았다.

그러나 신중한 로리는 이러한 상황에 대처하는 본보기를 보이듯이 조용한 목소리로 인사하며 악수를 청했다.

"어서 오십시오, 스트라이버 씨. 잘 지내셨습니까?"

은행장이 지켜보고 있을 때면 은행원들은 단골고객을 상대할 때처럼 독특하게 악수했다. 자신의 감정은 완전히 지우고 단지 텔슨 은행의 대표로서 악수하는 것이었다.

"무엇을 도와드릴까요?" 로리가 사무적인 태도로 물었다.

"아, 아닙니다. 오늘은 사적인 일로 찾아왔습니다. 로리 씨에게 따로 드릴 말씀이 있어서요."

---

*4 소호의 반대쪽.

"아, 그러셨군요." 로리는 스트라이버의 말에 귀를 기울이며 눈으로는 멀리 있는 은행장을 살폈다.

스트라이버는 책상에 두 팔을 올려놓으며 몸을 앞으로 기울였다. 그러자 그의 몸집 때문에 다른 책상보다 두 배나 큰 책상이 그 절반도 안 되는 것처럼 작아 보였다.

"사실 저는 지금 사랑스러운 마네트 양에게 청혼을 하러 가는 길입니다."

"아, 그러세요!" 로리는 턱을 문지르며 미심쩍다는 듯이 손님을 바라보았다.

"'아, 그러세요'라고요?" 스트라이버가 몸을 뒤로 빼며 말했다. "'아, 그러세요'라니, 그게 무슨 뜻이오, 로리 씨?"

실무자가 대답했다.

"제 말 뜻은, 선생의 친구로서 선생의 입장을 충분히 고려할 때 선생에게 아주 좋은 일이라는 겁니다. 제 말 뜻은 선생도 충분히 짐작하시리라 믿습니다. 다만 선생도 잘 알고 계시다시피……." 로리가 갑자기 말을 멈추고 이상한 태도로 고개를 저었다. 속으로 이런 말을 덧붙이지 않고는 참을 수 없다는 듯한 태도였다. '스트라이버 씨, 지나치게 당신다운 생각이오.'

"뭐요!" 스트라이버는 눈을 부릅뜨고 숨을 크게 내쉬며 손바닥으로 책상을 탕 내리쳤다. "대체 무슨 말이 하고 싶은 거요!"

로리는 조그마한 가발의 귀밑머리를 매만지고 펜의 깃털을 씹으며 이 이야기를 어떻게 끝낼지 궁리했다.

"빌어먹을! 내가 자격이 없다는 거요?" 스트라이버가 로리를 노려보며 말했다.

"천만에요! 자격이야 충분하지요. 당연히 자격이 있고말고요."

"그럼 내가 하는 일이 별로란 거요?"

"그럴 리가요! 선생이 하는 일은 대단하지요."

"그럼 출세하지 못할 거란 말이오?"

"설마요. 스트라이버 씨가 출세하지 못한다고는 아무도 의심하지 않을 겁니다." 로리는 또다시 맞장구를 칠 수 있게 되어 다행이라고 생각했다.

"그럼 무슨 말이 하고 싶은 거요?" 스트라이버는 눈에 띄게 풀이 죽어 물었다.

"아니, 그, 저…… 그런데 지금 그 댁으로 가시는 길입니까?"

"묻는 말에 대답부터 하시오." 스트라이버는 다시 한 번 책상을 내려쳤다. "내가 스트라이버 씨라면 가지 않을 겁니다."

"왜죠? 이제 내가 묻겠소." 스트라이버는 법정에 섰을 때처럼 상대방을 향해 집게손가락을 흔들어대며 물었다. "당신은 실무가이니 그렇게 말하는 타당한 근거가 있을 거요. 그 근거를 말해 보시오. 왜 선생 같으면 안 간다는 거요?"

로리가 대답했다.

"나라면 성공을 확신하기 전에는 섣불리 청혼하지 않을 테니까요."

"오, 그건 생각지도 못한 이야기로군요."

로리는 멀찍이 있는 은행장을 흘끗 쳐다보고 나서 잔뜩 화가 나 있는 스트라이버에게로 다시 시선을 옮겼다.

"선생은 은행에서 오랫동안 근무하며 많은 경험을 쌓은 실무가요. 그런데 조금 전에는 성공할 수 있는 중요한 근거 세 가지를 인정해 놓고 이제는 안 된다고 하는군! 도대체 왜 그러는지 어디 온전한 정신이면 한번 말해 보시오."

스트라이버는 제정신 아닌 상태에서 그렇게 말한다면 오히려 놀랍지 않겠다는 투로 말했다.

"내가 말하는 성공은 그 아가씨에 대한 성공이에요. 성공의 근거와 이유 역시 그 아가씨에게 먹힐 만한 근거와 이유고요. 스트라이버 씨, 무엇보다 그 아가씨를 먼저 생각해 보셔야 합니다." 로리는 스트라이버의 팔을 가볍게 두드리며 말했다.

스트라이버가 거만하게 팔짱을 끼며 말했다.

"로리 씨, 그럼 선생의 고견에 따르면 지금 가장 중요하게 고려해야 할 그 아가씨가 고상한 척 내숭이나 떠는 멍청이란 말입니까?"

로리는 얼굴이 벌개져서 말했다.

"천만에요. 내 말은 그런 뜻이 아닙니다. 난 누구든 마네트 양을 비방하는 사람이 있으면 가만 두지 않을 겁니다. 물론 그런 사람은 없겠지만, 취향이 천박하고 성격이 거만해서 이 책상 앞에서 그 아가씨를 모욕하는 말을 하지 않고는 못 배기는 사람이 있다면 텔슨 은행에서 뭐라고 하던 내가 절대 그렇게 하지 못하게 만들 거라는 말입니다."

스트라이버는 화가 머리끝까지 났음에도 목소리를 낮춰 얘기하느라 혈관 속의 피가 거꾸로 치솟는 것 같았는데, 로리가 화를 낼 차례가 되자 평소에는 이상적인 본보기와 같던 로리의 혈관 역시 적신호를 보내긴 마찬가지였다.

"그러니 내 말을 오해하지 말고 들어주시면 좋겠군요."

스트라이버는 아까부터 자를 들고 모서리를 빨고 있었는데 치통이 생겼는지 딱딱 소리가 나도록 자로 이를 두드렸다. 그리고 어색한 침묵을 깨며 이렇게 말했다.

"로리 씨, 이것 참 생소한 경험이군요. 당신은 이 고등법원 변호사 스트라이버에게 소호에 가서 청혼하지 말라고 진심으로 조언하시는 거요?"

"정말로 내 조언을 원하십니까?"

"그렇소."

"좋습니다. 그럼 말씀드리지요. 내 조언은 이미 선생께서 정확하게 따라 말씀하셨습니다."

"달리 할 말이 없군요. 그런 터무니없는 말은 이제껏 한 번도 들어본 적이 없소. 하하하!" 스트라이버는 웃음을 터뜨렸다.

"내 말을 들어 보십시오." 로리가 계속 말했다. "나는 은행가로서는 이 문제에 대해 이야기할 자격이 없습니다. 은행가로서는 아무것도 아는 것이 없으니까요. 그렇기 때문에 나는 어린 마네트 양을 안고 바다를 건너온 사람으로서, 마네트 양과 그녀의 아버지가 신뢰하는 사람으로서, 그리고 그 두 사람을 사랑하는 오랜 친구로서 말씀드린 겁니다. 아시겠습니까? 지금 선생과 나눈 이야기도 결코 내가 원해서 한 것이 아닙니다. 내 말이 틀렸습니까?"

"물론 아니지요!" 스트라이버는 휘파람을 불었다. "나는 상식적인 문제를 두고 제삼자와 상의할 생각은 전혀 없소. 그런 것은 내가 생각하고 내가 결정합니다. 나는 그 문제를 충분히 생각했소만 선생은 내 생각이 잘못되었다고 하는군요. 그런 소리는 처음 들어보지만 어쩌면 선생 말이 맞을 수도 있겠지요."

"스트라이버 씨, 내 생각은 어디까지나 내 생각이니 옳은지 아닌지도 내가 결정합니다." 로리는 시뻘게진 얼굴로 되받아쳤다. "오해하지 말고 들어

주시기 바랍니다만, 나는 설사 텔슨 은행 사람이라 하더라도 누가 내 생각에 감 놔라 배 놔라 하는 것은 딱 질색이오."

"저런! 미안하게 됐소이다."

스트라이버가 한 발 물러섰다.

"그렇게 말씀하시니 고맙소이다. 스트라이버 씨, 내가 하려는 말은, 만일 청혼하러 갔는데 선생이 잘못 생각했다는 걸 알게 되면 선생도 괴로울 테고, 확실하게 거절해야 하는 마네트 박사와 마네트 양도 괴로울 거라는 얘깁니다. 내가 그 댁과 친분이 있다는 건 선생도 잘 아시지요. 그러니 선생만 좋으시다면 내가 선생의 대리인은 아니더라도 가서 좀더 알아보고 판단한 뒤에 아까 말씀드린 조언을 정정하는 게 좋다고 생각합니다. 그런 후에도 내말이 납득이 안 간다면 그땐 선생께서 직접 확인해보면 될 겁니다. 반대로내 조언을 받아들이신다면 서로 거북한 이야기를 하지 않아도 되니 난처해지는 일도 없을 것 아닙니까? 어떻게 생각하시오?"

"그럼 계속 런던에서 기다려야 하지 않소?"

"뭘요, 대여섯 시간이면 충분합니다. 이따 저녁때 소호에 다녀와서 선생사무실로 찾아가겠습니다."

"그럼 그렇게 해주시오. 일을 성사시키지 못해서 안달이 난 것도 아니니난 가지 않겠소. 그럼 이따 밤에 봅시다. 안녕히 계십시오."

그런 다음 스트라이버는 몸을 돌려 은행 밖으로 횡하니 빠져나갔다. 어찌나 세찬 바람을 일으키며 나갔던지 카운터 뒤에서 고개를 숙이고 서 있던 두늙은 은행원은 쓰러지지 않으려고 안간힘을 쓰며 버텨야 할 지경이었다. 늙고 힘없는 두 사람은 볼 때마다 늘 인사를 했기 때문에 고객이 나가면 다음고객이 들어올 때까지 아무도 없는 텅 빈 대기실에서 머리를 숙인 채 그대로기다리고 있다는 소문이 돌 정도였다.

스트라이버는 꽤 예리한 사람이라, 은행가가 그토록 분명히 이야기하는데에는 적어도 그만한 심증이 있기 때문이라는 점만은 충분히 간파했다. 이처럼 쓰디쓴 알약을 삼키게 될 줄은 몰랐지만 어쩔 수 없는 노릇이었으므로그는 거침없이 집어삼켰다. 알약이 목구멍으로 넘어가자 그는 법정에 섰을때처럼 집게손가락을 내밀고 템플 일대를 가리키며 말했다.

"이렇게 된 이상 내가 빠져나가려면 너희들이 잘못했다고 뒤집어씌우는 수밖에 없어."

스트라이버는 올드 베일리의 전략가가 곧잘 사용하는 수법을 생각해내고는 안심했다.

"아가씨. 당신이 날 곤란에 빠뜨리진 못할 거야. 내가 고스란히 되갚아줄 테니까."

밤 10시 무렵 로리가 사무실로 찾아왔을 때 스트라이버는 일부러 어질러 놓은 책과 서류 더미에 파묻혀 오늘 아침에 한 이야기는 깨끗이 잊어버린 척하고 있었다. 그는 로리를 보자 깜짝 놀라며 무슨 일로 왔는지 모르겠다는 시늉마저 해보였다.

선량한 로리는 삼십 분이나 애를 쓰며 스트라이버가 그 문제를 꺼내도록 유도해 보았지만 헛수고임을 깨닫고 그가 먼저 말을 꺼냈다.

"소호에 갔다 왔습니다."

"소호에 갔다 왔다고요?" 스트라이버는 로리의 말을 되풀이하며 여전히 시치미를 뗐다. "아 참, 그랬지! 깜박 잊었군요!"

"그 결과 아침에 말씀드린 내 생각이 옳았다는 것이 분명해졌어요. 내가 확인하고 왔습니다. 그러니 먼젓번의 조언을 다시 한 번 말씀드리지요."

"선생도 그렇고 그 불쌍한 아버지도 그렇고, 참 안타깝군요. 이번 일이 그 가족의 약점을 건드린 모양이니 이 이야기는 이쯤에서 그만합시다."

"무슨 말인지 모르겠군요."

"모르시겠지요. 하지만 아무럼 어떻습니까. 상관없습니다."

스트라이버는 상대를 달래서 이야기를 끝내려는 투로 고개를 설레설레 저으며 말했다.

"상관이 있습니다." 로리가 물고 늘어졌다.

"아니, 상관없어요. 아무 문제도 없으니 걱정 마세요. 애당초 내가 상식도 뭣도 없는 사람들한테 상식을 기대하고 야망이라고는 눈곱만큼도 없는 사람들한테 야망이 있으리라고 기대한 게 잘못이었어요. 지금은 그 잘못을 깨달았고 그 때문에 손해를 보지도 않았지요. 젊은 아가씨들은 흔히들 이런 어리석은 실수를 저지르기 마련이에요. 그리고 그 때문에 가난과 고난을 겪고 나야 뒤늦게 후회하지요. 이타적인 관점에서 볼 때 이 일이 성사되지 않은 것은 극히 유감스러운 일이지요. 그러나 이기적인 관점에서 볼 때는 아주 다행스런 일입니다. 결혼하면 나만 손해니까요. 이 결혼이 나한테 아무 이득도 없다는 걸 새삼 설명할 필요는 없겠지요? 아무튼 난 손해 본 게 전혀 없어요. 그 아가씨에게 청혼을 하지도 않았고, 또 로리 씨한테만 하는 얘기지만, 잘 생각해 보니 내가 정말로 청혼을 하러 갔을지조차 의심스럽더군요. 로리 씨, 머리가 텅 빈 여자들의 자만심과 허영과 무분별에는 도무지 손쓸 방도가 없답니다. 어떻게 할 수 있을 거라고는 꿈도 꾸지 말아야 해요. 나중에 번번이 실망만 하게 되니까요. 그러니 이 얘기는 그만합시다, 로리 씨. 솔직히 다른 분들한테는 미안하지만 나한테는 더 없이 좋고 유익한 결정입니다. 그런 의미에서 내 이야기를 듣고 충고를 해주신 로리 씨에게 진심으로 감사드립니다. 역시 그 아가씨에 대해서는 선생이 나보다 더 잘 아시는군요. 선생 말대로 결코 이루어져서는 안 될 일이었어요."

로리는 어안이 벙벙하여 스트라이버를 멍하니 보고만 있었다. 스트라이버는 표정이 점점 이상해지는 로리에게 관대하고 호의적인 말을 비처럼 퍼부으며 몸으로 그를 문가까지 밀어냈다.

"이 이야기는 여기서 끝내는 게 맞아요. 로리 씨, 더는 이 문제를 언급하지 맙시다. 하지만 선생의 의견을 말씀해주신 점은 다시 한 번 감사드립니다. 그럼 안녕히 가시오."

완전히 넋이 나간 로리는 밤거리로 나온 뒤 한참 만에 겨우 제정신을 찾았다. 스트라이버는 소파에 벌렁 드러누운 채 천장을 보며 눈을 끔뻑거렸다.

제13장 무뚝뚝한 사나이

어딘가에 시드니 카튼이 빛나는 곳이 있다 해도 그곳은 결코 마네트 박사의 집은 아니었다. 그가 박사 댁에 자주 드나들게 된 지 벌써 1년이 지났지만 그는 여전히 무뚝뚝하고 뚱한 표정으로 겉돌았다. 말을 하려고 들면 곧잘 했지만, 무슨 일에도 관심을 두지 않는 무기력이라는 먹구름이 짙게 끼어 있어 그의 내면에서 타오르는 빛이 그 어두운 구름을 뚫고 밖으로 드러나는 일은 매우 드물었다.

하지만 그런 그도 박사의 집 주변 거리와 그 거리에 깔린 무심한 돌바닥에는 관심이 있는 듯했다. 술로도 일시적인 기쁨조차 얻지 못할 때면 그는 밤마다 침울한 표정으로 멍하니 거리를 헤맸다. 쓸쓸한 새벽빛 아래 홀로 외로이 서성댔고, 그럴 때면 새벽의 평화로운 적막 속에서 평소에는 잊고 지내던 기억이 떠오르곤 하는지 눈부신 아침 햇살이 교회 첨탑과 고층 건물들의 아름다운 자태를 비출 때까지 그대로 머물기도 했다. 그 덕에 안 그래도 비어 있는 날이 많은 템플 법원 숙소에 있는 그의 침대는 주인을 맞이하는 날이 점점 더 줄어들었다. 그는 이따금 침대에 누웠다가도 몇 분 만에 다시 일어나 소호의 거리를 어슬렁거렸다.

8월의 어느 날 스트라이버가 ('결혼 문제는 다시 생각해보기로 했다'고 자칼에게 말한 뒤) 데번셔로 떠나고, 도시의 거리마다 만발한 여름꽃의 아름다운 자태와 그윽한 향기가 악당들의 마음속에는 선을, 병자들에게는 건강을, 노인들에게는 젊음을 불어넣을 때, 시드니의 발길은 여전히 그 거리의 돌바닥 위를 맴돌고 있었다. 그런데 고민에 잠긴 기운 없는 발걸음이 갑자기 무슨 생각이 떠오른 듯 활기를 띠더니 박사의 집 문 앞에 멈춰 섰다.

안내를 받아 2층으로 올라가니 루시가 혼자 바느질을 하고 있었다. 루시는 카튼과 함께 있으면 언제나 마음이 편하지 않았으므로 그날도 탁자 가까이에 와서 앉는 그를 어색하게 맞이했다. 그런데 형식적인 인사를 두어 마디 나눈 뒤 루시는 카튼의 얼굴이 평소와는 다른 것을 알아챘다.

"혹시 어디 편찮으세요, 카튼 씨?"

"아닙니다, 마네트 양. 하지만 내 생활 자체가 건강에는 도움이 되지 않지요. 이처럼 방탕하게 살면서 무엇을 기대할 수 있겠습니까?"

"좀더 제대로 된 생활을—아, 이런 말을 해서 죄송해요. 하지만 하던 말이니 마저 할게요—하실 순 없으세요?"

"정말이지 부끄럽기 그지없군요!"

"그럼 왜 바꾸지 않으세요?"

루시가 상냥하게 그의 얼굴을 바라보자 놀랍게도 그의 두 눈에 눈물이 가득 고여 있었다. 그는 울먹이는 목소리로 대답했다.

"그러기엔 이미 늦었습니다. 이젠 다 틀렸어요. 나는 점점 구렁텅이로 빠져들어 결국 망가지고 말 겁니다."

카튼은 탁자에 팔꿈치를 괴고 손으로 눈을 가렸다. 두 사람 다 아무 말도 하지 않았지만 탁자가 가늘게 흔들렸다.

카튼이 지금껏 이토록 약한 모습을 보인 적은 한 번도 없었다. 루시는 몹시 당황스러웠다. 고개를 숙이고 있는 카튼도 그녀가 얼마나 당황했는지 알 수 있을 정도였다.

"용서하십시오, 마네트 양. 당신에게 하고 싶은 말을 제대로 정리하기도 전에 감정이 앞서고 말았군요. 내 이야기를 들어 주시겠습니까?"

"네. 그것이 당신에게 도움이 되고, 그로 인해 당신의 마음이 가벼워진다면 얼마든지 듣겠어요!"

"아가씨의 상냥한 마음씨에 하느님의 축복이 있으시길!"

얼마 뒤 카튼은 얼굴을 가리고 있던 손을 치우고 차분하게 이야기하기 시작했다.

"내 말을 듣고 놀라지 말아주십시오. 내가 무슨 말을 하더라도 겁내지 말아주세요. 나란 사람은 어렸을 적에 이미 죽어 버린 산송장이나 마찬가지입니다. 평생 살아도 내 뜻대로 되는 일은 하나도 없지요."

"그렇지 않아요. 카튼 씨는 이제부터가 시작이라고 생각해요. 전 카튼 씨가 앞으로 훨씬 더 훌륭하게 되실 분이라고 믿어요."

"마네트 양, 그렇게 말씀해주시니 고맙습니다. 하지만 나 자신은 내가 더 잘 알아요. 그래서 더욱 비참하지요. 마음속으로는 그렇지 않다는 걸 알지만 그래도 아가씨의 말씀은 평생 잊지 못할 겁니다!"

루시는 창백한 얼굴로 바르르 떨었다. 카튼은 그녀를 안심시키려고 자신은 이미 다 포기했으니 괜찮다고 말했지만 그 때문에 분위기만 더 어색해졌다.

"마네트 양. 지금 당신 눈앞에 있는 사내는 아시다시피 형편없는 술꾼에 지독한 자포자기에 빠져 평생을 허비해 버린 불쌍한 사람입니다. 혹여 당신이 이런 나의 사랑을 받아주신다면 나는 무척 행복하겠지만 이 순간에도 나는 잘 알고 있습니다. 그러면 당신은 불행해지고 슬픔과 후회와 고통과 치욕 속에서 살다가 결국에는 나와 함께 지옥으로 떨어질 뿐이라는 것을요. 더욱이 당신이 내게 호감을 느끼지 않는다는 것도 잘 압니다. 그런 것은 바라지도 않아요. 오히려 호감을 느끼지 않는 것을 감사히 생각합니다."

"사랑하는 마음이 없으면 전 당신을 돕지 못하나요, 카튼 씨? 저는 당신의 삶을 더 나은 방향으로 이끌 수 없단 말인가요? 또 실례되는 말을 한 걸 용서하세요! 카튼 씨의 고백에 제가 보답해 드릴 길은 없나요? 지금 하신 말씀은 저에 대한 믿음의 증거라고 생각해요." 루시는 잠시 머뭇거리다가 뜨거운 눈물을 흘리며 다정하게 말했다. "다른 사람에게는 이런 이야기를 하지 않으시리라는 것도 알아요. 그러니 당신을 위해 제가 할 수 있는 일이 없을까요, 카튼 씨?"

카튼은 고개를 저었다.

"당신이 할 수 있는 일은 없어요, 마네트 양, 아무것도요. 내 이야기를 조금만 더 들어주신다면 당신이 할 수 있는 일은 다 하신 겁니다. 마네트 양, 당신이 내 영혼의 마지막 꿈이었다는 것만 알아주십시오. 비록 나는 타락했지만, 당신이 아버지와 함께 있는 모습과 당신이 꾸린 이 따뜻한 두 분의 가정을 보고 있으면 내 안에서 이미 오래전에 흔적도 없이 사라졌다고 생각한 옛 추억의 그림자가 다시 폭풍처럼 되살아납니다. 당신을 알게 된 뒤로, 두 번 다시 느끼지 않을 줄 알았던 자책감에 고뇌하게 되었고, 영원히 침묵해버린 줄 알았던 옛 목소리, 다시 일어나라고 속삭이는 그 목소리를 듣게 되었습니다. 다시 노력하자, 새로 시작하자, 태만하고 방탕한 생활을 청산하고 다시 한 번 투지를 불태워 보자고 결심하기도 했습니다. 하지만 한낱 꿈이었어요. 모두 다 꿈이었습니다. 꿈을 꾸다가 눈을 떴지만 여전히 꿈속에 있었던 겁니다. 하지만 내게 그 꿈을 불어넣어 준 사람이 바로 당신이라는 사실만은 알아주시기 바랍니다."

"그 꿈은 조금도 남지 않고 모두 사라졌나요? 카튼 씨, 다시 생각해 보세요! 한 번만 더 노력해 보세요!"

"소용없습니다, 마네트 양. 꿈을 꾸는 동안 나는 내가 그럴 만한 사람이 못 된다는 걸 분명히 깨달았습니다. 나는 늘 약점투성이였고 지금도 마찬가지지만 이것만은 알아주십시오. 당신은 차가운 잿더미에 지나지 않는 내게 생명의 불을 지펴 주셨습니다. 비록 그 불이 나를 닮아서인지 생기가 없고 아무것도 비추지 못하고 아무 도움도 되지 못한 채 공연히 타다가 사그라지더라도 말입니다."

"하지만 카튼 씨가 저를 만난 뒤 더 불행해지셨다면 그건 제 불찰이에요."

"마네트 양, 그런 말씀 마세요. 내가 개선될 여지만 있었더라면 마네트 양 덕분에 틀림없이 나아졌을 겁니다. 당신 때문에 내가 타락한 건 절대 아니에요."

"아니에요. 지금 말씀하신 당신의 마음 상태는 저 때문에 생긴 것이잖아요. 솔직히 말씀드리면 그렇잖아요. 그러니 제가 당신을 위해 할 수 있는 일은 없을까요? 당신에게 도움이 될 만한 힘이 제게는 전혀 없나요?"

"아닙니다, 마네트 양. 나는 지금 내가 할 수 있는 최선의 일을 하기 위해 이렇게 찾아왔습니다. 비록 잘못된 길로 들어선 인생이지만 내 평생의 마지막 희망인 마네트 양에게 이 마음을 고백했다는 사실과 그런 나를 보며 당신이 안쓰러워하고 안타까워했다는 사실을 기억하며 살아갈 수 있게 해주십시오."

"카튼 씨, 당신이 스스로 더 좋은 사람이 될 수 있다고 믿으시길 간절히, 온 마음을 다하여 부탁할게요."

"마네트 양, 그런 믿음은 이만 버리십시오. 나는 나 자신을 충분히 겪어 봤고 스스로를 누구보다도 잘 알고 있습니다. 이런 이야기를 해 봐야 당신께 걱정만 끼쳐드릴 뿐이니 얼른 끝내겠습니다. 앞으로 오늘 일을 떠올릴 때마다 내 마지막 고백은 당신의 순결한 가슴에만 고이 간직되어 있고 아무도 알지 못할 것이라고 약속해 주시겠습니까?"

"당신께 위로가 된다면 그렇게 할게요."

"앞으로 당신에게 가장 소중한 사람이 될 분에게도 비밀을 지켜주셔야 합니다."

"카튼 씨." 루시는 마음을 가다듬듯이 잠시 말을 멈추었다가 대답했다. "그건 제 비밀이 아니라 카튼 씨의 비밀이니 당연히 존중하겠습니다. 약속드려요."

"고맙습니다. 다시 한 번 하느님의 축복 있으시기를 빕니다."

카튼은 그녀의 손에 입을 맞추고 문 쪽으로 발을 옮겼다.

"마네트 양, 앞으로 지나가는 말로라도 내가 이 이야기를 또다시 꺼내진 않을까 하고 걱정하실 필요는 없습니다. 나는 이 이야기를 다시는 꺼내지 않을 겁니다. 내가 지금 당장 죽는다면 그보다 더 확실한 방법이 없겠지만 그렇지 않더라도 아무것도 달라지지 않을 겁니다. 나는 죽는 그 순간까지 이것이 내 마지막 고백이며, 내 이름과 실수와 불행 모두 상냥한 당신의 마음에 고이 담겨 있다는 사실만을 거룩한 추억으로 간직하고 싶습니다. 하여 당신께 감사하고 당신을 축복할 것입니다. 그 외에는 당신이 늘 즐겁고 행복하기만을 기원하겠습니다."

카튼의 모습은 그가 지금까지 보여 준 모습과는 너무도 달랐다. 그가 지금까지 인생을 얼마나 허비하고 방탕한 생활을 해왔는지를 생각하자 슬픔이 밀려왔다. 카튼이 문 앞에 서서 돌아보자 루시는 슬픔을 참지 못하고 흐느껴 울었다.

카튼이 말했다.

"나 때문에 슬퍼하지 마십시오. 나는 그럴 가치가 없는 사람입니다. 한두 시간만 지나면 나는 또다시 늘 어울리는 천박한 패거리와 붙어 다니며 그들이 하는 짓을 경멸하면서도 어느 새 그들 틈에 섞여 있을 것입니다. 거리를 어슬렁거리는 저 불량배들보다 조금도 나을 게 없지요. 난 당신이 순결한 눈물을 흘려줄 만한 놈이 아닙니다. 그러니 진정하세요! 하지만 내 겉모습은 이전과 조금도 변함이 없다고 해도 내 마음만은 언제나 지금처럼 당신을 향해 있을 것입니다. 이것만은 믿어주십시오. 내 마지막 부탁입니다."

"믿을게요, 카튼 씨."

"마지막으로 청이 한 가지 더 있습니다. 그것만 말씀드리고 나면 당신과는 아무런 공통점이 없을 뿐만 아니라 하늘과 땅 차이가 나는 이 불청객은 영원히 당신의 눈앞에서 사라질 것입니다. 이런 말을 해도 소용없을 줄 알지만 내 마음에서 우러나서 드리는 말씀입니다. 나는 당신과 당신의 소중한 사람을 위해서라면 무슨 일이든 할 겁니다. 지금까지 내 삶은 남을 위해 희생하는 거창한 삶과는 거리가 멀었지만 그래도 내게 그럴 기회와 자격이 있다면 당신과 당신의 소중한 사람들을 위해 나는 기쁜 마음으로 이 한 몸을 희생할 겁니다. 당신도 조용히 생각해볼 때에는 부디 내 마음이 한 치의 거짓도 없는 진심이라고 믿어 주십시오. 머지않아 당신에게도 새로운 인간관계가 생길 날이 틀림없이 올 겁니다. 그 관계는 지금도 당신을 중심으로 아름답게 빛나는 이 가정을 더욱 단단하고 깊게 엮어주고 끝없는 기쁨과 빛을 주는 가장 소중한 고리가 될 것입니다. 마네트 양, 누가 될진 모르지만 행복한 아버지의 얼굴을 꼭 빼닮은 어린 아기가 당신을 올려다볼 때, 그리고 당신의 눈부신 아름다움을 고스란히 간직한 어린 생명이 당신 발치에서 무럭무럭 자라는 모습을 볼 때면, 아주 가끔씩이라도 좋으니 당신과 그 사랑스러운 생명을 갈라놓지 않기 위해 언제든 기꺼이 희생할 각오가 되어 있는 한 남자가 있다는 사실을 떠올려주십시오."

그리고 카튼은 마지막 인사를 남기고 돌아갔다.

"그럼 안녕히! 부디 행복하십시오!"

제14장 정직한 장사꾼

평소와 다름없이 제리 크런처는 플리트 거리에서 지독한 장난꾸러기 아들을 옆에 세워 놓고 의자에 앉아 온갖 다양한 사물과 사람들의 물결을 구경했다. 사람들이 가장 붐비는 대낮에 플리트 거리에 앉아 있으면서 그 엄청난 두 줄기 행렬에 눈이 핑핑 돌고 귀가 먹먹해지지 않는 사람은 아무도 없을 것이다. 행렬의 한 줄기는 언제나 변함없이 태양과 함께 서쪽으로 흐르고 다른 한 줄기는 태양을 등지고 동쪽으로 흘러간다. 그리고 그 두 줄기 모두 결국에는 붉은색과 자주색으로 물드는 저녁하늘 너머 아득한 곳에 펼쳐진 광야를 향한다. *1

크런처는 늘 그렇듯 지푸라기를 씹으며 그 두 행렬을 물끄러미 바라보고 있었다. 마치 몇 백 년 동안 흐르는 물줄기만 지켜보아야 했던 그 옛날이야기에 나오는 이교도 사내 같았다. 다른 점이 있다면, 제리는 그 물줄기가 마를 날을 고대하지 않았다는 점이다. *2 설령 무엇인가를 고대했다 하더라도 큰 기대는 하지 않았다. 그는 겁 많은 부인들을(대부분이 뚱뚱하게 살찐 중년 부인들이었다) 이 텔슨 은행 앞에서 물줄기를 가로지르며 맞은편 기슭까지 데려다 주는 일을 했는데 그 사례비는 아주 보잘것없었기 때문이다. 한 번 길을 안내해줄 때마다 불과 몇 초밖에 걸리지 않았지만 크런처는 그 틈을 놓치지 않고 반드시 부인의 건강을 기도하며 건배하는 영광을 꼭 누리게 해달라고 간청했고, 부인들이 술값이나 하라며 주는 사례비로 수입을 충당했다.

옛날에는 시인이 거리에 의자를 갖다 놓고 앉아 오가는 사람들을 구경하며 시상을 떠올리던 시대도 있었다. 크런처도 거리에 나와 앉아 있기는 했지만 시인이 아닌 까닭에 생각하는 일은 되도록 삼가고 그저 주위를 두리번거

---

*1 서쪽에 있는 저승을 의미한다.
*2 이 전설의 출처는 밝혀지지 않았다. 아메리카 인디언의 전설 가운데 하나라고 한다.

리고 있을 뿐이었다.

그날도 크런처는 거리에 앉아 있었지만 그날따라 오가는 사람들도 얼마 없고 길을 건너려는 부인들도 거의 없었다. 장사가 잘 되지 않자 지금쯤이면 여편네가 또 '무릎 꿇고' 있을 것이 틀림없다고 혀를 차던 참이었다. 문득 플리트 거리 서쪽으로 낯선 패거리가 몰려가는 모습이 보였다. 장례 행렬 같았다. 그런데 그 행렬을 둘러싸고 큰 소란이 벌어지고 있었다.

"제리야, 장례 행렬이다." 크런처가 아들을 보며 말했다.

"와아, 만세!" 아들 제리가 큰소리로 외쳤다.

뭐가 그렇게 신이 나는지 껑충껑충 뛰며 환호성을 지르는 꼬마 신사의 행동이 어쩐지 거슬려서 어른 신사는 틈을 노려 아들의 따귀를 올려붙였다.

"무슨 소리야! 만세라니! 애비 앞에서 못 하는 소리가 없구나, 이 망할 자식! 점점 망나니가 돼 가는군! 뭐가 만세라는 거야! 닥치고 가만히 있어! 안 그럼 혼쭐을 내줄 테니. 알아들어?" 크런처는 아들을 노려보며 소리 질렀다.

"그냥 아무 생각 없이 말했을 뿐이에요." 아들 제리가 뺨을 문지르며 대들었다.

"그럼 닥치고 있어! 아무 생각이 없었다니 그런 변명이 통할 줄 알아! 그보다 이 위에 올라서서 사람들이 뭘 하나 봐봐."

아들은 아버지가 시키는 대로 했다. 사람들이 점점 다가왔다. 그들은 지저분한 운구 마차와 유족 마차를 둘러싸고 쉴 새 없이 욕설을 퍼부으며 아우성치고 있었다. 마차에 탄 유족은 한 명뿐이었는데, 상제로서 추레하나마 상복은 갖춰 입었지만 상제 역할이 썩 달갑지는 않은 것 같았다. 마차를 둘러싼 사람들의 수는 점점 많아졌다. 그들은 조롱하고 야유하며 차마 입에 담을 수 없는 욕설들을 끊임없이 퍼부어댔다.

"야! 이 첩자 놈아! 이 개자식아!"

크런처는 장례식에 이상하리만큼 관심이 많았다. 장례 행렬이 텔슨 은행 앞을 지날 때면 그는 온몸의 신경을 곤두세우고 흥미진진하게 바라보았다. 따라서 이 심상치 않은 조문객들이 잔뜩 달라붙어 있는 장례행렬을 보자 몹시 흥분되었다. 그는 자기 쪽으로 달려온 사내를 붙잡고 물어 보았다.

"여보쇼, 무슨 일이오? 왜들 저러는 거요?"

"그것도 모르시오?" 사내는 이렇게 대꾸하고는 또다시 외쳤다. "이 첩자 놈아! 이 개자식아!"

크런처는 다른 사내를 붙잡고 물었다.

"저 상제는 누구요?"

"나도 몰라요." 사내는 이렇게 대답한 뒤 두 손으로 손나팔을 만들어 입에 대고 외쳤다. "망할 첩자 놈! 이 찢어 죽일 놈아!"

마침내 이 사건의 진상을 잘 알고 있는 사람과 부딪쳤다. 크런처는 그에게서 이 장례 행렬이 로저 클라이의 장례식이라는 사실을 알아냈다.

"그자가 첩자였소?"

"올드 베일리의 첩자였대요." 그도 대답하고 나서 또다시 외쳤다. "첩자다! 올드 베일리의 첩자다!"

"그랬군!" 크런처는 자신이 방청했던 재판을 떠올리며 소리쳤다. "그러고 보니 나도 그자를 본 적이 있어. 그자는 죽었소?"

"도살장에 끌려나온 양처럼 죽었지요. 저 자식을 끌어내! 저 첩자 놈도 끌어내라! 끌어내라!"

깊은 생각도 없이 던진 말에 군중이 "저놈을 끌어내라! 끌어내라!"라고 목이 터져라 외치며 마차를 에워싸자 마차는 멈출 수밖에 없었다. 사람들이 달려들어 마차 문을 열어젖히자 한 명 뿐인 유족이 허둥거리며 뛰쳐나왔다. 순간 사람들의 손에 잡힐 뻔했지만 그는 잽싸게 피하며 외투와 모자와 모자에 두르는 기다란 상장과 하얀 손수건 등 그가 상제임을 나타내는 물건들을 모조리 벗어던지고는 순식간에 샛길로 사라졌다.

군중은 기뻐하며 그 물건들을 갈기갈기 찢어 멀리 던져버렸다. 그 동안 상인들은 서둘러 가게 문을 닫았다. 군중이 흥분하면 아무도 막지 못하는 무서운 괴물로 변하기 때문이다. 지금도 그들은 운구 마차를 열고 관을 끄집어내고 있었다. 그때 그들보다 약간 머리 좋은 누군가가 나서서 그러지 말고 이대로 목적지까지 따라가자고 제안했다. 마침 현실적인 제안이 필요했던 터라 사람들은 그의 의견을 열렬히 환호하며 받아들였다. 순식간에 마차 안에 여덟 명이 올라타고, 마차 밖에 열두 명이 달라붙었으며 운구 마차 지붕에도 재주껏 최대한 많은 사람들이 올라탔다. 가장 먼저 마차에 올라탄 사람들 중에는 제리 크런처도 끼어 있었다. 그는 가장 안쪽 구석에서 철사같이 뻣뻣한 머리를 가리고 텔슨 은행에서 누가 보고 있지나 않은지 살폈다.

이 같은 사태에 장의사가 항의했지만 몇몇 사람들이 말귀를 알아듣지 못하는 자는 템스 강에 처박아버리겠다고 위협하자 반발은 순식간에 가라앉았다. 완전히 달라진 장례 행렬이 다시 움직이기 시작했다. 굴뚝청소부가 운구마차를 몰았고 마부는 그 옆에 앉아 마차를 지키기 위해 필요한 조언을 해주었다. 유족 마차는 파이 장수가 몰기 시작했다. 장례 행렬이 스트랜드 거리를 빠져나가기 직전에는 길거리에서 곰을 데리고 공연을 하던 곰 조련사가 흥을 돋우기 위해 행렬에 합류했다. 덕분에 꾀죄죄한 시커먼 곰이 행렬을 어슬렁어슬렁 따라오며 장례식 분위기는 더욱 고조되었다.

맥주를 마시고 파이프 담배를 피우고 고래고래 노래를 불러 대고 애도하는 시늉을 하는 난장판의 행렬은 갈수록 숫자가 불어났고 가게들은 서둘러 문을 닫았다. 목적지인 세인트 판크라스 성당에 도착하자 사람들은 무덤으로 우르르 몰려갔다. 그들은 로저 클라이를 첩자에게 꼭 맞는 방식으로 매장하고 무척 흡족해했다.

시신을 처리하고 나자 군중은 새로운 오락거리를 원했다. 그러자 또다시 한 천재가 나서더니(어쩌면 아까 그 사람인지도 모른다) 지나가는 사람을 아무나 잡다가 올드 베일리의 첩자로 몰아 괴롭혀 주자고 제안했다. 이리하여 평생 올드 베일리 근처에도 안 가본 죄 없는 사람들 수십 명이 이리저리 쫓겨 다니며 흠씬 두들겨 맞았다. 장난은 여기서 끝나지 않았다. 사람들은 재미삼아 창문을 박살내고 술집을 습격했다. 두세 시간 만에 정원에 있는 정자를 몇 채나 부수고 울타리를 뜯어내는 것도 모자라 호전적인 무리들은 무장까지 하고 더욱 기세를 높였다. 그러던 중에 근위대가 온다는 소문이 퍼지자 군중은 뿔뿔이 흩어졌다. 정말로 근위대가 오는지 아닌지 모르지만 폭도들은 으레 이런 절차에 따라 해산하기 마련이다.

크런처는 이 마지막 경기에는 참여하지 않았다. 그는 끝까지 묘지에 남아 조의를 표하며 장의사들과 이야기를 나누었다. 그는 묘지에 있으면 어쩐지 마음이 편했다. 근처에 있는 술집에서 파이프 담배를 주워와 천천히 빨며 주변을 유심히 살폈다.

크런처는 평소 습관대로 혼잣말을 했다. "제리, 그날 거기서 클라이를 봤지. 젊고 다부진 사내였는데."

크런처는 파이프 담배를 다 피우고도 한동안 생각에 잠겨 있다가 발길을 돌렸다. 텔슨 은행이 문을 닫기 전에 자리로 돌아가기 위해서였다. 죽음에 대해 너무 깊이 생각하는 바람에 간에 무리가 갔는지, 전부터 건강상태가 좋지 않는지, 아니면 저명한 의사에게 한번쯤 경의를 표하는 게 좋겠다고 생각했는지 그 이유는 별로 중요하지 않지만 아무튼 그는 돌아가는 길에 어느 유명한 외과의사에게 들렀다.

아들 제리는 아버지가 자리를 비운 동안 충실히 제 일을 해내고 아무 일도 없었다며 아버지를 안심시켰다. 은행 문이 닫히고 늙은 은행원들도 다 퇴근한 뒤 야간 경비원만 남자 크런처 부자도 차를 마시기 위해 집으로 발길을 옮겼다.

"이봐, 잘 들어 둬!" 크런처는 집에 들어서자마자 아내에게 말했다. "이 정직한 장사꾼이 오늘밤에도 일을 잡친다면 당신이 나를 방해하는 기도를 해서 그런 줄 알 테니 각오하라고. 증거가 없어도 내 눈으로 직접 본 것처럼 혼꾸멍을 내주겠어."

풀이 죽은 크런처 부인은 고개를 저었다.

"내 앞에서 또 그따위 짓을 하려는 거야?" 크런처는 벌컥 성을 내면서도 조금 걱정스러운 듯이 말했다.

"아무 말도 안 했잖아요."

"애초에 아무 생각도 하지 마. 생각하는 것보단 차라리 엎드리는 게 그나마 낫지. 나한테 도움이 안 되는 건 마찬가지지만. 어쨌든 그 따위 짓거리는 집어치워."

"네, 그럴게요."

"네, 그럴게요." 크런처는 식탁에 앉으며 아내의 말을 똑같이 따라했다. "암! 그래야지. 그렇게 나와야지. '네, 그럴게요'라고 얌전히 대답해야지."

크런처가 심술궂게 자꾸 아내의 말을 되풀이한 것은 별다른 뜻이 있어서가 아니다. 누구나가 곧잘 그러듯이 불만을 비꼬아서 표현했을 뿐이다.

"'네 그럴게요'라!" 크런처는 버터 바른 빵을 한 입 베어 물고는 눈에 보이지 않는 커다란 굴을 후루룩 빨아들이듯이 허겁지겁 먹으며 말했다. "암, 그래야지. 내 그렇다고 믿어주겠어."

"오늘 밤에도 나가세요?" 그가 또 한 입 베어 물었을 때 얌전해 보이는 아내가 물었다.

"암. 나가야지."

"아버지, 나도 따라가도 돼요?" 아들 제리가 신이 나서 물었다.

"아니, 넌 안 돼. 엄마도 알다시피 아버지는 낚시질하러 가는 거야. 낚시 말이야. 물고기를 잡으러 간다고."

"아버지 낚싯대는 녹슬었잖아요?"

"그런 건 상관없어."

"그럼 물고기를 많이 잡아 오시겠네요, 아버지?"

"암. 안 그럼 네가 내일 아침에 먹을 것도 없을 테니까." 크런처는 고개를 설레설레 저으며 대꾸했다. "그만하면 됐느냐? 아버진 네가 잠들고 나면 나갈 거다."

그는 남은 시간 내내 아내의 일거수일투족을 감시하며 아내가 그를 방해하는 기도를 하지 못하도록 계속해서 말을 걸었다. 그리고 같은 이유로 아들에게도 어머니에게 계속 말을 걸라고 시켰다. 그리하여 그의 아내는 다른 생각을 할 틈이 조금도 없었다. 남편이 쉴 새 없이 온갖 잔소리를 퍼부어대니 살 수가 없을 지경이었다. 비록 아내가 믿는 종교를 불신한다고는 하지만 크런처처럼 올바른 기도의 효험을 철석같이 믿는 사람도 없을 것이다. 마치 유령을 믿지 않는다고 공언하는 사람이 유령 이야기를 무서워하는 격이었다. "명심해!" 크런처는 말했다. "오늘은 쓸데없는 짓 하지 마! 난 정직한 장사꾼이야! 내가 커다란 고깃덩이를 한두 덩이 가져왔는데 당신은 빵이면 충분하다고 말하면 되겠어? 이 정직한 장사꾼이 맥주를 구해 왔는데 맹물을 마시면 된다는 헛소리를 하면 쓰냔 말이야. 로마에 가면 로마법을 따라야지. 따르지 않으면 그 로마가 당신을 못살게 굴 거야. 내가 바로 당신의 로마란 말이야, 알겠어?"

크런처의 잔소리는 끝이 없었다.

"먹고 마시는 문제에까지 트집을 잡다니! 당신이 밤낮으로 무릎 꿇고 엎드려서 인정머리 없이 훼방을 놓은 바람에 집안에 변변한 먹을거리 하나 없잖아! 제리 녀석을 좀 봐. 당신 아들 아냐? 장작개비처럼 말라비틀어진 꼴을 보라고. 그러고도 당신이 어미라고 할 수 있어? 어미가 할 일은 무엇보다 자식새끼를 배불리 먹이는 거란 걸 몰라?"

아들 제리는 좋은 말을 들었다며 당장 어머니한테 그 첫 번째 책임을 다해 달라고 부탁했다. 다른 것은 아무래도 좋으니 지금 아버지가 사랑으로 강조한 어머니의 의무만은 꼭 지켜 달라는 것이었다.

크런처 가족의 저녁은 그렇게 깊어갔다. 마침내 아버지가 그만 자라고 명령하고 어머니도 같은 말을 하자 아들 제리는 겨우 잠자리에 들었다. 크런처는 혼자 파이프 담배를 피우면서 밤이 깊어지길 기다렸다가 새벽 한 시가 거의 다 돼서 밖으로 나왔다. 한밤중이 되자 그는 의자에서 일어나 주머니에서 열쇠를 꺼내 잠가 둔 벽장을 열고 자루와 적당한 길이의 쇠지레, 밧줄과 쇠사슬 같은 자질구레한 낚시 도구를 꺼냈다. 그는 익숙한 솜씨로 그 도구들을 챙기고는 크런처 부인에게 무뚝뚝한 작별 인사를 던지고 불을 끈 뒤 밖으로 나갔다.

잠자리에 들 때 옷을 갈아입는 시늉만 하고 그대로 누워 있던 제리가 곧장 아버지를 따라 나섰다. 어둠 속에 숨어 방 밖으로 나간 제리는 계단을 내려가 안뜰을 가로질러 거리로 나섰다. 돌아올 일은 전혀 걱정할 필요가 없었다. 이 집에는 세 들어 사는 사람이 많아 대문이 밤새 열려 있었기 때문이다.

제리는 아버지의 정직한 장사의 기술과 비결을 연구하겠다는 기특한 야심에 불타며 존경하는 아버지의 그림자를 놓칠세라 집집의 현관이나 벽 뒤에 숨어가며 아버지의 뒤를 밟았다. 존경하는 아버지는 북쪽으로 가다가 얼마 뒤 아이작 월턴*³의 또 다른 제자가 나타나자 그와 나란히 걸어갔다.

길을 떠난 지 30분이 채 안 되어 그들은 깜빡거리는 가로등과 꾸벅꾸벅 졸다 못해 깊이 잠든 야간경비원의 눈을 능숙하게 피해 한적한 외딴길로 들어섰다. 그리고 여기서 또다른 낚시꾼과 합류했다. 그는 아무 소리도 없이 스르륵 나타났으므로 어린 제리가 미신을 믿었다면 첫 번째 사람이 별안간 분신을 만들듯 둘로 늘어났다고 생각했을 것이다.

세 사람은 계속 걸었고 어린 제리도 따라 걸었다. 이윽고 세 사람은 길 쪽으로 뻗은 둑 앞에서 걸음을 멈추었다. 둑 위에는 나지막한 벽돌담이 있고 담 위에는 철책이 둘러져 있었다. 세 사람은 둑과 담장 그림자 속으로 들어

---

*3 17세기 영국의 문인. 낚시의 대가로 《조어대전 (釣魚大全)》이라는 명저를 남겼다.

가더니 막다른 골목으로 올라갔다. 길 한쪽 옆에는 높이가 3미터나 되는 담장이 높이 솟아 있었다. 모퉁이에 웅크리고 앉아 골목 안쪽을 훔쳐보던 어린 제리의 눈에, 원숭이처럼 철문을 기어오르는 아버지의 모습이 구름 낀 어스름한 달빛에 반사되어 또렷이 보였다. 아버지가 순식간에 철문을 넘자 두 번째, 세 번째 낚시꾼이 그 뒤를 이었다. 세 사람 다 가뿐하게 문 안쪽으로 내려서서 잠시 귀를 기울이더니 엉금엉금 기어서 움직이기 시작했다.

이번에는 어린 제리가 문을 넘을 차례였다. 숨을 죽이고 문 앞으로 다가가 몸을 숨기고 안을 들여다보니 세 낚시꾼이 우거진 풀숲을 헤치며 앞으로 나아가고 있었다. 사방에 널려 있는 묘비가(그곳은 거대한 묘지였다) 흰옷을 입은 유령처럼 그들을 바라보고 있었고 교회 탑도 거대한 망령처럼 내려다보고 있었다. 세 사람은 얼마 동안 기어가다가 멈추더니 몸을 일으키고 낚시를 시작했다.

맨 처음 사용한 낚시도구는 삽이었다. 잠시 뒤 존경하는 아버지가 커다란 코르크 병따개 같은 연장을 꺼내 쓰기 시작했는데, 도구가 무엇이든 그들은 매우 열심히 작업했다. 머지않아 교회 시계탑에서 스산한 종소리가 울려 퍼지자 어린 제리는 기겁하여 삐죽삐죽한 머리털이 곤두선 채 줄행랑을 쳤다.

그러나 아버지가 하는 일이 무엇인지 오래전부터 무척 알고 싶었던 제리는 달아나다 말고 다시 묘지로 돌아왔다. 다시 문가에 숨어 안을 들여다보니 세 사람은 여전히 낚시에 빠져 있었다. 그런데 이번에는 물고기가 미끼를 문 모양이었다. 땅속에서 끼익끼익 하며 나사못이 돌아가는 불쾌한 소리가 들려왔고, 몸을 구부리고 있던 세 사람이 허리를 더욱 깊숙이 숙였다. 이윽고 흙더미 속에서 어떤 무거운 물건이 땅 위로 천천히 모습을 드러냈다. 그것이 무엇인지는 어린 제리도 잘 알고 있었다. 그 물건을 직접 보고 또 존경하는 아버지가 그것을 비틀어 여는 것을 모습을 보자 제리는 그 낯선 광경에 혼비백산하여 다시 줄행랑을 쳤다. 제리는 1.5킬로미터가 넘는 거리를 정신없이 달렸다.

유령과 달리기 시합이라도 하듯 결승선을 향해 죽기 살기로 달리던 제리는 숨이 차지만 않았더라면 절대 멈추지 않았을 것이다. 조금 전에 보았던 관이 뒤에서 따라오는 것 같은 생각이 머리에서 떠나지 않았다. 제리의 상상 속에서 관은 땅을 딛고 벌떡 일어나 경중경중 뛰어왔다. 관이 바로 뒤에서 쫓아오다 옆으로 튀어나와서 그의 팔을 휙 잡아챌 것만 같아서 어떻게든 빨리 그 상황에서 벗어나고 싶었다. 게다가 그것은 신출귀몰한 귀신 같아서 어디서나 나타났다. 등 뒤에서 쫓아오는 어둠에 떨고 있으면 이번에는 어두운 골목 안쪽에서 꼬리와 날개가 없는 통통 부은 연같이 생긴 것이 느닷없이 툭 튀어 나올 것만 같아 제리는 큰길을 향해 정신없이 달렸다. 게다가 관은 집들의 대문 뒤에도 숨어 있는 것 같았다. 그 소름끼치는 어깨를 문짝에 딱 붙이고 숨어서 어깨를 들썩이며 낄낄대는 것처럼 보였다. 그런가 하면 지나가는 그림자 속에 숨어 웅크리고 있다가 제리의 발을 걸어 넘어뜨리려고도 했다. 게다가 그러는 중에도 여전히 등 뒤에서는 관이 경중경중 뛰며 제리를 잡아채려 하고 있었다. 간신히 집에 도착했을 때 제리는 이미 초죽음이 되어 있었지만 그래도 관은 떠나지 않고 제리를 뒤쫓아 왔다. 관은 계단을 쿵쿵 뛰어올라와 침대 속으로 파고들었고, 제리가 잠이 들자 제리의 가슴 위로 올라가 무겁게 짓눌렀다.

해는 아직 뜨지 않았지만 어슴푸레하게 날이 밝아올 때 제리는 아버지가 집에 들어오는 소리에 괴로운 잠에서 깼다. 아버지의 일이 잘 안 된 모양이었다. 엄마의 귓불을 잡고 머리를 침대머리에 짓찧는 소리만으로도 알 수 있었다.

"내가 경고했지. 난 내 입으로 뱉은 말은 지키는 사람이야." 크런처가 말했다.

"여보, 제발, 제발요!" 아내가 애원했다.

"당신이 내 사업을 방해하는 바람에 나랑 내 동업자들이 생고생을 하잖아. 당신은 남편을 존경하며 시키는 대로 닥치고 있기만 하면 되는데 왜 그것조차 못하는 거야, 응?"

"여보, 난 좋은 아내가 되려는 것뿐이에요." 불쌍한 아내는 눈물을 흘리며 항변했다.

"남편의 사업에 재를 뿌리는 게 좋은 아내가 할 짓이야? 남편이 하는 일을 트집 잡는 게 남편을 공경하는 거야! 남편의 중요한 사업을 망치는 게 남편에게 순종하는 거냐고!"

"하지만 옛날엔 그런 무시무시한 장사는 안 했잖아요, 여보."

크런처가 되받아쳤다.

"당신은 정직한 장사꾼의 여편네로 있으면 그만이야. 남편이 언제 장사를 하고 안 하고는 당신이 관여할 바가 아냐. 남편을 존경하고 남편 말에 복종하는 아내는 남편의 사업에 이러쿵저러쿵 참견하지 않는 법이야. 신앙심 깊은 여편네라서 그렇다고? 당신이 그렇게 신앙심이 깊다면 난 종교를 믿지 않는 여자와 살겠어! 당신이란 여자한테는 템스 강 강바닥에 말뚝이 하나도 없는 것처럼 책임감이라고는 전혀 없어. 그러니까 당신 같은 여편네한텐 말뚝을 단단히 박아 줘야 해."

조용조용 오가던 언쟁을 끝내고 정직한 장사꾼은 흙투성이 장화를 휙 벗어 던지고는 바닥에 벌렁 드러누웠다. 베개 대신 녹 묻은 두 손으로 머리를 받치고 잠이 든 아버지를 주뼛거리며 훔쳐보던 어린 크런처도 다시 잠이 들었다.

아침 식탁에는 생선도 없고 변변한 반찬도 없었다. 크런처는 기운이 없었지만 심사는 뒤틀려 있었다. 그는 아내가 식전 기도를 올리려는 낌새가 보이기만 하면 당장에라도 혼쭐을 낼 작정으로 무쇠 솥뚜껑을 꽉 쥐고 있었다. 이윽고 그는 평소와 같은 시간에 머리를 빗고 세수를 한 뒤 아들을 데리고 표면상의 직장을 향해 집을 나섰다.

어린 제리는 의자를 옆구리에 끼고 화창한 하늘 아래 붐비는 플리트 거리를 아버지와 나란히 걸었다. 어젯밤 무시무시한 추격자에게 쫓기며 홀로 어둠 속을 줄달음질치던 그 제리와는 사뭇 달라 보였다. 해가 뜨면서 어린 제리의 교활함이 다시 눈을 뜨고 어젯밤의 불안은 어둠과 함께 사라져 버렸다. 그리고 화창한 아침을 맞이한 플리트 거리와 구시가지에는 그와 같은 경험을 한 사람들이 제법 있는 것 같았다.

"아버지. 시체도굴꾼이 뭐예요?" 아버지와 나란히 걷다가 어린 제리가 적당히 거리를 두려고 의자를 아버지 쪽 옆구리로 바꿔 끼면서 물었다.

크런처는 무심코 걸음을 멈추고 대답했다.

"그걸 내가 어떻게 알겠냐?"

"아버진 뭐든지 다 아는 줄 알았죠." 아이가 순진하게 말했다.

"음! 글쎄……." 크런처가 다시 발걸음을 옮기며 모자를 벗자 삐죽삐죽한 머리카락이 날렸다. "그들도 그냥 장사꾼이야."

"무슨 물건을 파는 데요?" 어린 제리가 명랑하게 물었다.

"물건이라!" 크런처는 한참 궁리한 뒤 대답했다. "그래, 학문에 필요한 재료를 팔지."

"사람 시체를 파는 거 맞죠, 아버지?"

"그렇다고 할 수 있지."

"아버지, 나도 크면 시체도굴꾼이 되고 싶어요!"

크런처는 비로소 안심했지만 아버지답게 훈계하듯 고개를 저으며 말했다. "그건 네 실력이 얼마나 좋은지에 달려 있지. 열심히 재주를 갈고 닦아야 한다. 쓸데없는 말은 절대 입 밖에 내지 말고, 네가 앞으로 어떤 사람이 될지는 아무도 모르니까 말이야. 지금 이 시점에서는 네게 소질이 있는지 없는지도 아직 모른단다."

그 말에 용기를 얻은 아들 제리는 템플 바의 그늘에 의자를 놓기 위해 몇 걸음 앞서 걸어갔다. 그 뒤에서 크런처가 중얼거렸다.

"이봐, 정직한 장사꾼 제리, 저 녀석이 뜻밖의 행운을 가져다줄지도 모르겠어. 지 어미가 깎아 먹은 행운을 저 녀석이 채워준다면 앞날을 기대해도 되겠는걸."

제15장 뜨개질

요즘 드파르주의 술집에는 이른 아침부터 손님이 모여들었다. 새벽 여섯 시밖에 되지 않았는데도 낯빛이 누런 사람들이 창문 너머로 안을 들여다보면 벌써 몇 사람이 술잔을 앞에 놓고 머리를 맞대고 있었다. 드파르주는 경기가 좋을 때에도 묽은 술을 팔았지만 요즘에는 평소보다 훨씬 더 묽은 술을 내놓았다. 게다가 술이 쉬었는지 아니면 쉬어 가는 중인지 시큼한 맛이 나서 마시는 사람의 기분을 잡쳐 놓기 일쑤였다. 따라서 드파르주가 파는 포도주는 활기차고 소란한 열기에 불을 지피지 못하고 어둠속에서 깜빡이는 깜부기불처럼 사그라지게 했다.

드파르주의 술집에 꼭두새벽부터 사람들이 모여든 것은 오늘로 사흘째이다. 월요일부터 시작되어 수요일인 오늘까지 이어져온 것이다. 그들은 술을 마신다기보다는 주로 생각에 잠겨 있었다. 이곳에서는 아침에 문을 열 때부터 많은 사람들이 남의 이야기에 귀를 쫑긋 세우거나 나직하게 수군거리거나 발소리를 죽이며 살금살금 돌아다니고 있었다. 술이 영혼을 구제해 준다고 해도 한 잔 술값을 치를 여유가 없는 사람들이 마치 이 술집의 술이 모조리 자기네 것이라도 되는 양 술집에 깊은 관심을 보였다. 그들은 이 자리에서 저 자리로, 이 구석에서 저 구석으로 미끄러지듯이 옮겨 다니며 술보다는 대화를 들이켰다.

손님들이 북적거리는데 이상하게 주인의 얼굴은 보이지 않았다. 주인을 찾는 사람도 없었다. 안주인 혼자 동전 바구니를 앞에 놓고 자리에 앉아 술을 내주고 있었지만 아무도 이상하게 생각하지 않았다. 동전에 새겨진 인물들도 너덜너덜한 호주머니에 그 동전을 간직하고 있던 주인들처럼 닳고 닳아서 형상이 거의 지워져 있었다.

흥밋거리를 잃은 맥 빠진 술집 분위기와 방심한 사람들의 마음상태는 술집을 엿보는 첩자들의 눈에도 보였을 것이다. 그 시절에는 국왕이 사는 궁전부터 죄인들이 갇힌 감옥에 이르기까지 첩자들이 염탐하지 않는 곳이 없었다. 카드놀이도 시들해졌고 도미노를 가지고 놀던 사람들도 따분한 표정으로 도미노 패를 쌓아올리고만 있었으며, 술꾼들도 테이블 위에 흘린 술을 손가락으로 찍어 그림을 그리고 있었다. 드파르주 부인마저도 이쑤시개로 소맷자락의 무늬를 쿡쿡 찌르며 먼발치를 바라보듯 보이지 않는 무언가를 살피고 들리지 않는 무언가에 귀를 기울였다.

생앙투안 거리에 있는 술집의 이러한 풍경은 한낮까지 계속되었다. 정오 무렵에 먼지투성이 사내 둘이 흔들리는 가로등 아래를 지나갔다. 한 사람은 드파르주이고 다른 한 사람은 푸른 모자를 쓴 도로 인부였다. 먼지를 뒤집어써서 목이 타던 두 사람이 술집으로 들어섰다. 그들의 도착은 생앙투안의 가슴에 일종의 불꽃을 일으켰다. 그들이 한 걸음 내딛을 때마다 불꽃은 빠르게 번져나가 대문과 창문 밖으로 내민 사람들의 얼굴에서 활활 타올랐다. 그러나 그들을 따라오는 사람은 아무도 없었다. 술집에 들어섰을 때에도 모두가 일제히 그들을 돌아보았지만 아무도 말을 걸지 않았다.

"안녕들 하쇼!" 드파르주가 인사했다.

그 말이 모두 편하게 말을 해도 된다는 신호라도 되는 듯 사람들이 한 목소리로 화답했다.

"안녕하쇼!"

"날씨가 영 별로군." 드파르주가 고개를 절레절레 저으며 말했다.

이 한 마디에 사람들은 퍼뜩 놀라 옆 사람의 얼굴을 보더니 일제히 눈을 내리깔고 묵묵히 앉아 있었다. 단 한 사람만이 일어나서 나가 버렸다.

드파르주가 큰 소리로 아내를 불렀다.

"여보, 마누라. 자크라고 하는 이 도로 인부와 이삼십 킬로미터쯤 같이 걸어왔어. 파리에서 하루 반나절 정도 걸리는 곳에서 우연히 만났지. 이 도로 인부 자크는 아주 좋은 친구야. 이 친구한테 술 한 잔 가져다줘!"

또 다른 사내가 일어서서 밖으로 나갔다. 드파르주 부인은 자크라는 도로 인부에게 술을 따라주었다. 사내는 푸른 모자를 벗어 모두에게 인사를 하고 술을 마셨다. 작업복 안주머니에 넣어둔 싸구려 흑빵을 꺼내 이따금 뜯어먹으며, 드파르주 부인이 있는 계산대 옆에서 게걸스럽게 먹고 마셨다. 또 한 사내가 일어서서 밖으로 나갔다.

드파르주도 술을 한 잔 들이켰으나 그는 언제든 술을 마실 수 있었으므로 도로 인부처럼 많이 마시지는 않았다. 드파르주는 그 시골뜨기가 식사를 마칠 때까지 가만히 서서 기다렸다. 그는 다른 손님들에게는 눈길도 주지 않았고 손님들도 그를 쳐다보지 않았다. 드파르주 부인조차 뜨개질거리를 집어 들고 열심히 바늘을 움직일 뿐 남편은 거들떠보지도 않았다.

"여보게. 식사는 끝났나?" 적당한 틈을 봐서 드파르주가 물었다.

"그래요, 고맙소."

"그럼 가세! 아까 얘기한 자네 방을 보여 주지. 자네한테 딱 맞을 거야."

두 사람은 술집에서 거리로 나와 안뜰로 들어갔다. 안뜰을 가로질러 가파른 계단을 오르고 또 올라 다락방으로 갔다. 언젠가 그 머리가 하얀 노인이 낮은 의자에 앉아 허리를 구부리고 열심히 구두를 만들던 그 다락방이었다.

물론 머리가 하얀 노인은 이제 그곳에 없었지만 대신 아까 술집에서 따로따로 일어서서 나갔던 세 사람이 그곳에 있었다. 그 세 사람과 지금은 먼 이국땅에 있는 그 머리가 하얀 노인은 인연이 전혀 없지도 않았다. 세 사람은 옛날 벽에 난 구멍 사이로 노인을 훔쳐보던 그 패거리였던 것이다.

드파르주는 조심스럽게 문을 닫고 목소리를 낮춰 말했다.

"자크 1호, 자크 2호, 자크 3호! 이쪽은 자크 4호인 내가 미리 약속을 하고 데려온 증인이야. 자세한 얘긴 이 친구가 해줄 걸세. 자크 5호, 시작하지!"

도로 인부가 푸른 모자를 움켜쥐고 까무잡잡한 이마를 훔치며 말했다.

"어디서부터 시작할까요?"

"그야 처음부터 해야지." 당연한 대답이었다.

도로 인부가 이야기를 시작했다.

"내가 처음 그 남자를 본 건 지금으로부터 1년 전인 작년 여름이었어요. 남자는 후작의 마차 밑에 있는 쇠사슬에 단단히 매달려 있었죠. 이렇게 말이에요. 마침 하던 일이 다 끝나가고 해도 저물어가고 있었죠. 후작의 마차가 고개를 느릿느릿 기어 올라오는데 그놈이 쇠사슬에 이렇게 매달려 있더라고요."

도로 인부는 그 모습을 처음부터 끝까지 재연해 보였다. 그는 지난 1년 동안 마을에서 빠져서는 안 될 볼거리를 제공하며 매번 똑같은 공연을 해온 터라 그의 연기는 완전무결한 경지에 도달해 있었다.

그때 자크 1호가 그 전에 그를 본 적이 있느냐고 물었다.

"한 번도 없어요." 도로 인부가 몸을 원래대로 펴며 말했다.

자크 3호가 그럼 나중에 그를 어떻게 알아보았느냐고 물었다.

"키가 아주 컸거든요." 도로 인부는 손가락으로 코를 만지작거리며 조심스럽게 대답했다. "그날 밤 후작 나리가 '그놈이 어떻게 생겼더냐?' 하고 물었을 때 유령처럼 키가 컸다고 대답했거든요."

"난쟁이처럼 작달막했다고 했으면 좋았을걸." 자크 2호가 말했다.

"일이 그렇게 될 줄 알았나요. 그때는 사건이 일어나기 전이었고 그가 나한테 귀띔을 해준 것도 아니었는데. 그래도 난 증거가 될 만한 말은 한 마디도 하지 않았어요. 후작 나리가 샘터 근처에 서서 손가락으로 날 가리키면서 '저놈을 이리 데려 오너라'라고 말했지만 나는 아무 말도 하지 않았어요."

"이 친구 말은 사실이야, 자크!" 드파르주가 말참견을 한 사내에게 나직하게 말했다. "계속하게."

"그러죠!" 도로 인부가 이상하다는 표정을 지으며 말했다. "그런데 그 키다리가 감쪽같이 사라졌어요. 그를 찾느라 수색이 시작되었는데 몇 달 동안이었더라? 아홉 달, 열 달, 열한 달인가?"

"몇 달인지는 상관없어. 잘 숨어 있었지만 불행히도 결국 잡혔으니까. 계속하지." 드파르주가 말했다.

"그날도 나는 언덕배기에서 일을 하고 있었고 해가 서산으로 넘어가는 무렵이었어요. 언덕 아래에 있는 마을은 이미 어둑해져서 슬슬 마을로 내려가려고 연장을 챙기다가 문득 눈을 들어 보니 병사 여섯이 고개를 올라오지 뭡니까. 잘 보니 가운데에 그 키다리 사내가 두 손을 묶인 채, 이렇게요, 끌려오고 있더라고요."

한시도 손에서 놓지 않는 모자를 사용하여 그는 두 팔꿈치를 옆구리에 찰싹 붙이고 등 뒤로 손을 묶인 사내의 모습을 흉내 내어 보였다.

"나는 돌무더기 옆에 서서 병사들과 죄수가 지나가는 것을 봤어요(사람 그림자도 없는 외딴길이다 보니 그 어떤 볼거리도 놓치는 일이 없었지요). 처음 그들이 다가올 때에는 병사 여섯과 결박당한 죄수가 아니라 그냥 시커먼 덩어리로 보였어요. 해가 저무는 쪽으로는 붉은 테두리가 둘러져 있었지요. 지금도 기억나는데, 그들의 그림자가 길 맞은편의 움푹한 곳에서 산마루까지 길게 이어져 있는 게 꼭 거인 그림자 같았어요. 그들은 먼지투성이였고 걸음을 옮길 때마다 자욱한 흙먼지도 그들과 함께 움직였어요. 그들이 가까이까지 온 뒤에야 그 키다리인 줄 알았고 그도 날 알아봤죠. 그가 언젠가 처음 만났던 그날 저녁처럼 다시 한 번 언덕을 달려 내려가 도망칠 수 있었다면 오죽이나 좋았겠습니까!"

도로 인부는 마치 자신이 그 자리에 있는 것처럼 설명했다. 지금도 그 모습이 눈에 선한 모양이다. 아마도 그는 평생 그만한 사건을 경험해 본 적이 없었으리라.

"물론 나는 그 병사들 앞에선 키다리를 아는 눈치를 보이지 않았지요. 키다리도 아는 척하지 않았고요. 하지만 우린 눈빛으로 이미 다 주고받았죠. '어서! 이 자식을 당장 무덤으로 끌고 가! 대장으로 보이는 병사가 마을을 가리키며 말하자 그들은 속도를 높였고 나도 그 뒤를 따라갔어요. 어찌나 세게 묶었던지 남자의 팔이 퉁퉁 부어 있더군요. 지나치게 큰 나막신이 덜그럭거리는데다가 한쪽 다리마저 다친 모양이었어요. 키다리가 절뚝거리며 속도를 내지 못하자 병사들이 총으로 그를 밀어붙였어요. 요렇게 말이에요!"

그는 나팔총 개머리판으로 윽박지르는 시늉을 해보였다.

"그래서 마치 미친 사람이 경주를 하듯 언덕을 내려가는 바람에 그만 키다리가 넘어져 버렸소. 놈들은 깔깔 웃어 대며 키다리를 잡아 일으켜 세웠어요. 얼굴이 피와 먼지로 범벅이 됐지만 손이 묶여 있으니 닦을 수가 있어야지요. 그 모습을 보고 놈들은 또다시 웃어댔어요. 그렇게 병사들은 키다리를 마을까지 끌고 왔고 온 마을 사람들이 우르르 몰려나와 구경했어요. 병사들은 키다리를 끌고 방앗간을 지나 감옥으로 갔어요. 마을 사람들이 보는 앞에서 캄캄한 어둠에 싸여 있던 감옥 문이 열리더니 키다리를 집어삼켰죠. 이렇게!"

도로 수리공은 입을 있는 대로 벌렸다가 딱 하고 이가 부딪치는 소리가 나도록 세게 다물었다. 여기서 금방 입을 열면 극적인 효과가 반감되리라고 여겼는지 그는 아무 말 없이 가만히 있었다. 그러자 드파르주가 재촉했다.

"어서 계속하게, 자크!"

"마을 사람들이 다……

도로 인부는 목소리를 낮추고 이야기를 계속했다.

"마을 사람들은 모두 돌아가 버렸어요. 샘터에서 한 차례 수군대긴 했지만 머지않아 모두 잠이 들었고, 죽기 전에는 절대 나올 수 없는 절벽 위의 감옥 철창 안에 갇힌 불쌍한 죄수의 꿈을 꾸었죠. 이튿날 아침 나는 연장을 둘러메고 흑빵을 씹으며 일터로 가는 길에 감옥에 들러봤어요. 그랬더니 글쎄, 높다란 감옥 철창 안에서 전날 밤과 똑같이 피와 먼지로 범벅이 된 키다리가 밖을 내려다보고 있지 뭡니까. 그는 손이 묶여 있어서 나한테 손짓을 하지 못했고 나도 감히 말을 붙이진 못했어요. 키다리는 송장 같은 얼굴로 나를 가만히 보고 있었죠."

드파르주와 세 친구는 암담한 얼굴로 서로를 바라보았다. 그들은 도로 인부의 이야기를 듣는 내내 얼굴 표정이 어둡고 침울했지만 복수심에 불타고 있었으며, 어떤 비밀을 숨기고 있는 듯했지만 태도는 매우 당당했다. 그들에게서는 가차 없는 재판관의 분위기가 풍겼다. 자크 1호와 2호는 지푸라기를 넣어 만든 낡은 침대에 걸터앉아 한 손으로 턱을 괴고 도로 인부를 빤히 쳐다보았다. 자크 3호는 그들 뒤에서 한쪽 무릎을 굽히고 앉아서 신경질적으로 입과 코 사이의 바르르 떨리는 신경을 연신 문질러댔지만 시선은 도로 인부에게 고정되어 있었다. 드파르주는 그들 셋과 빛이 환하게 드는 창가에 앉아 있는 이야기꾼 사이에 서서 그들을 번갈아 바라보았다.

"계속하지, 자크."

"키다리는 며칠 동안이나 철창 안에 갇혀 있었어요. 마을 사람들은 그를 몰래 훔쳐보러 곧잘 감옥으로 갔지만 그래봐야 까마득한 아래쪽에서 그 절벽 위에 있는 감옥을 올려다볼 뿐이었죠. 저녁이 되어 하루 일을 마치고 샘터에 모여 이야기꽃을 피울 때면 사람들은 모두 감옥 쪽을 바라봤죠. 이전에는 다들 역참 쪽을 바라봤는데 이제는 누구나 감옥 쪽만 바라보는 거예요. 샘터에서는 사형 선고를 받더라도 실제로 처형은 되지 않을 거라고 말하는 사람도 있었어요. 자식이 죽는 바람에 제정신이 아니어서 그랬다는 탄원서가 파리에 도착했다고 하더군요. 왕에게까지 탄원서를 제출했다는 소문도 있던데 정말인지 아닌지 누가 알겠소? 있을 수 있는 일이니까 아마 그랬을지도 모르고 아닐지도 모르죠."

"내가 말해주지, 자크." 자크 1호가 정색을 하고 끼어들었다. "그 탄원서는 틀림없이 왕과 왕비에게 전달되었네. 자넨 못 봤겠지만 여기 있는 우리 모두는 왕이 왕비와 함께 마차를 타고 가다가 그 탄원서를 받는 걸 직접 봤거든. 목숨을 걸고 말들 앞으로 뛰어들어 탄원서를 내민 사람이 바로 여기 있는 드파르주일세."

"어디 그뿐인가." 무릎을 굽히고 있던 자크 3호가 말했다. 그는 음식이나 술이 아닌 다른 어떤 것에 굶주린 사람처럼 무언가를 갈구하는 표정으로 입과 코 사이의 신경이 모여 있는 민감한 부분을 자꾸만 문질러댔다. "기병과 보병 근위대 녀석들이 이 탄원자를 에워싸더니 마구 때리고 짓밟고 아주 난리도 아니었다고. 듣고 있나?"

"듣고 있고말고요."

"계속하지." 드파르주가 말했다.

"또 샘터에서 이렇게 수군대는 이도 있었어요. 그를 우리 마을까지 데려온 걸 보면 이미 모든 결정이 다 내려졌고 그는 머잖아 처형될 거라고요. 그리고 이런 말도 했어요. 그 남자는 후작 나리를 죽인 놈인데, 후작 나리는 소작인, 그러니까 농노의 아버지나 마찬가지니 존속살해죄로 처형될 거라고요. 또 한 영감은 이렇게 말하더군요. 그의 오른손에 단도를 쥐어준 뒤 불에 달군 칼로 손목을 잘라버리고 팔과 가슴과 다리를 수차례 찔러 그 상처에 끓는 물과 녹인 납과 뜨거운 송진과 밀초와 유황을 들이붓고는 마지막으로 힘센 말 네 마리에 사지를 묶어 온몸을 찢어죽일 거라고요. 영감은 루이 15세 시절에 왕의 목숨을 노린 자가 그런 처형을 당했다고 하더군요. 그 말이 사실인지 아닌지는 내가 학자도 아닌데 어떻게 알겠어요?"

"자크, 이번에도 잘 듣게." 굶주린 듯이 안절부절못하며 쉴 새 없이 손을 움직이는 사내가 말했다. "그 죄수의 이름은 다미앵*¹이야. 벌건 대낮에 파리 시내에서 정말로 그런 일이 벌어졌지. 구경꾼들이 구름같이 모여들었는데, 그 중에서도 상류계급 귀부인들이 가장 열심히 그 잔인무도한 처형 과정을 끝까지 지켜봤지. 처형은 저녁까지 계속되었는데 죄수는 두 다리와 한쪽 팔이 찢겨져 나간 뒤에도 여전히 숨이 붙어 있었어! 그 일이 일어난 게, 어디 보자, 자네 지금 몇 살인가?"

---

*1 로베르 프랑수아 다미앵. 1757년 1월, 베르사유에서 루이 15세를 살해하려다 실패하고 본문에서 말한 방식으로 처형당했다.

"서른다섯입니다." 예순은 되어 보이는 도로 인부가 대답했다.

"자네가 열 살 남짓할 때였군. 보려고만 했다면 자네도 볼 수 있었을 거야."

"그 얘긴 그만하지!" 드파르주가 더는 못 참겠는지 짜증스럽게 말했다. "악마여, 영원하라! 자, 어서 계속하게."

"어쨌든 이러쿵저러쿵 많은 이야기가 오갔지만 화제에 오르는 건 늘 그 애기뿐이었어요. 샘물까지도 사람들 입방아에 장단을 맞추며 흘렀다니까요. 마침내 어느 일요일 밤 마을사람들이 모두 잠자리에 들었을 때 병사들이 감옥에서 내려오면서 좁은 도로 바닥에 총이 부딪치는 소리가 났어요. 또 일꾼들이 땅을 파고 목수가 망치질하는 소리도 들렸죠. 병사들은 웃고 떠들고 노래했어요. 아침이 되어 나가 보니 샘터 옆에 12미터나 되는 교수대가 세워져 있더군요. 그때부터 샘물도 더러워져서 못쓰게 됐지요."

도로 인부는 아득히 높은 하늘 어딘가에 있는 그 교수대를 가리키듯 낮은 천장 너머를 가리키며 바라보았다.

"사람들은 하던 일을 멈추고 모여들었어요. 소를 끌고 목초지로 가는 사람은 아무도 없었으니 소들도 같이 처형 장면을 지켜봤죠. 한낮이 되자 북소리가 둥둥 울렸어요. 병사들은 밤에 죄수를 데리러 감옥으로 다시 돌아갔던가봐요. 키다리가 많은 병사들에 둘러싸여 나타났거든요. 키다리는 요전처럼 두 손이 묶여 있고 입에는 재갈까지 물려 있었어요. 재갈 끈을 어찌나 세게 동여매놨던지 입꼬리가 올라가서 꼭 웃는 것처럼 보이더군요."

그는 엄지로 양쪽 입꼬리를 귀까지 쭉 잡아당겨 그 모습을 흉내 냈다.

"교수대 꼭대기에는 칼날이 위로 오고 칼끝은 하늘을 찌르는 모양새로 단도가 꽂혀 있었어요. 그렇게 해서 죄수는 12미터 높이의 나무에 매달리게 되었고 그대로 매달아두는 바람에 샘물만 못 쓰게 된 거죠."

도로 인부는 그때의 광경을 다시 떠올리자 식은땀이 나는지 푸른 모자로 얼굴을 훔쳤다. 세 사람은 서로의 얼굴을 마주보았다.

"정말 끔찍했어요. 그러니 여자들과 아이들한테 어떻게 물을 길어오라고 할 수 있겠어요! 그리고 대롱대롱 매달려 있는 시체 밑에서 누가 저녁 수다를 떨 수 있겠느냐 말이에요! 내가 '대롱대롱 매달려 있다'고 했나요? 그뿐만이 아니에요. 내가 월요일 저녁에 그 마을을 떠날 때도 역시 해가 서산에 걸려 있었는데, 언덕 위에서 뒤를 돌아보니 키다리의 기다란 그림자가 교회를 지나고 방앗간을 지나고 감옥을 지나 하늘과 맞닿아 있는 땅 끝까지 뻗어 있는 것처럼 보이더라니까요!"

굶주려 보이는 사내가 세 사람을 바라보며 손가락을 깨물었다. 갈증 때문에 손가락까지 바르르 떨리는 것 같았다.

"내 이야기는 그게 다예요. 나는 시키는 대로 해가 질 때 출발해서 그날 밤과 다음 날 반나절을 쉬지 않고 걸어서 시키는 대로 드파르주 씨와 만났어요. 그런 다음 드파르주 씨와 같이 어제 한나절과 밤 동안 말을 타기도 하고 걷기도 하며 겨우 도착해서 지금 이렇게 여러분과 만나게 된 거죠."

잠시 무거운 침묵이 흐른 뒤 자크 1호가 말했다.

"좋아! 시킨 대로 아주 잘했네! 그럼 문 밖에서 잠깐 기다려주지 않겠나?"

"그러지요."

도로 인부가 대답했다. 드파르주가 그를 계단 꼭대기로 데려가 앉혀놓고 다시 방으로 돌아왔다.

드파르주가 방으로 들어가자 세 사람은 일어나서 머리를 맞대고 있었다.

"어떻게 생각하나, 자크? 기록해야겠지?" 자크 1호가 물었다.

"'파멸'이라고 기록해야지." 드파르주가 대답했다.

"찬성일세!" 굶주려 보이는 사내가 외쳤다.

"그 저택과 가문도 모조리 해치울까?" 자크 1호가 물었다.

"그래. 저택과 가문을 몰살하는 거야." 드파르주가 대꾸했다.

"좋아!" 굶주려 보이는 사내가 기뻐 소리치며 다른 손가락을 씹어대기 시작했다.

자크 2호가 드파르주에게 물었다.

"그런데 괜찮을까? 이렇게 계속 기록해도 나중에 문제가 생기거나 하진 않을까? 물론 안전하기는 하겠지. 우리 말고는 암호를 해독할 줄 아는 사람이 아무도 없으니까. 하지만 우리가 앞으로도 계속 해독할 수 있을까? 아니 이렇게 말해야겠지, 자네 부인이 그걸 할 수 있을까?"

드파르주가 가슴을 불쑥 내밀며 말했다.

"자크, 내 아내는 한 번 기억하면 단어 하나, 철자 하나도 잊어버리는 법이 없다네. 자기만 아는 기호로 한 땀 한 땀 새겨 넣으며 뜨개질을 하는데, 기억력이 아주 비상하다고. 그 사람을 믿게. 그 사람이 떠 넣은 기록에서는 이름 하나, 죄목 하나도 결코 지울 수 없네. 그보다는 차라리 약해 빠진 겁쟁이가 스스로 목숨을 끊는 일이 훨씬 더 쉬울 걸."

세 사람은 저마다 맞장구치며 만족스러워했다. 굶주린 듯한 사나이가 물었다.

"저 시골뜨기는 곧 돌려보낼 건가? 그렇게 하는 게 좋을 것 같은데. 저 친구는 너무 순진해서 좀 위험하지 않을까?"

드파르주가 대답했다.

"저 친구는 아무것도 몰라. 하지만 자칫하면 자기도 그 높다란 교수대에 매달릴 수도 있다는 것쯤은 알겠지. 저 친구는 내가 맡지. 나한테 맡기게. 적당히 돌봐주다가 제 갈 길로 보내 주겠어. 저 친구는 왕이니 왕비니 궁전이니 하는 나리들의 세상이 보고 싶다더군. 그래서 일요일에 구경 좀 시켜주려고."

"뭐라고? 왕이나 귀족 따위를 보고 싶어 해도 괜찮다는 건가?" 굶주린 듯한 사내가 눈을 동그랗게 뜨며 소리쳤다.

드파르주는 말했다.

"자크, 고양이에게 우유를 먹이려면 먼저 우유가 뭔지 보여줘야 한다네. 마찬가지로 개에게 사냥을 시키려면 먼저 살아 있는 사냥감을 보여줘야 한단 말이야."

이야기는 그렇게 끝났다. 계단 꼭대기에서 이미 꾸벅꾸벅 졸고 있던 도로 인부는 지푸라기 침대에 누워 좀 쉬라는 권유에 그대로 곯아떨어져 버렸다.

파리 시내에 그와 같은 시골뜨기가 머물 만한 곳으로는 드파르주의 술집보다 더 형편없는 곳도 얼마든지 있었다. 따라서 이상하게 드파르주 부인을 어려워하며 마음 졸인 것만 빼면 그는 이곳 생활이 매우 쾌적하고 만족스러웠다. 하지만 가장 큰 문제는 드파르주 부인이었다. 부인은 온종일 계산대 뒤에 앉아 그를 노골적으로 무시했다. 그가 이곳에 와 있는 것과 어떤 일이 비밀스럽게 이루어지고 있는 상황과는 아무 상관도 없다는 듯이 구는 태도가 어쩐지 으스스해서 그는 부인과 눈이 마주칠 때마다 나막신이 덜그럭거릴 정도로 벌벌 떨었다. 그는 부인이 어떻게 반응할지 도무지 감이 잡히지 않아 불안에 사로잡혔다. 화려하게 장식한 부인의 머릿속에 그가 사람을 죽이고 그 죽인 사람의 가죽을 벗기는 광경을 보았다는 얼토당토않은 망상이 일기 시작하면 부인은 끝까지 그 망상을 뒤쫓고도 남을 여자로 보였다.

그래서 마침내 베르사유에 가기로 한 일요일이 되었지만 부인도 함께 간다는 말에 도로 인부는 (말로는 기쁘다고 했지만) 그다지 신이 나지 않았다. 게다가 궁으로 가는 마차 안에서도 내내 뜨개질만 하고 있거나, 폐하의 마차 행렬을 기다리는 사람들 틈에 있을 때조차 뜨개질감을 손에서 놓지 않는 부인의 모습도 당황스러웠다.

"뜨개질을 정말 열심히 하시는군요." 옆에 있던 남자가 말했다.

"네, 할 일이 좀 많아서요."

"뭘 짜십니까?"

"이것저것이요."

"예를 들면?"

"예를 들면 수의 같은 거요." 드파르주 부인이 태연하게 대답했다.

말을 건 남자는 깜짝 놀라 재빨리 멀어져갔다. 도로 인부는 푸른 모자를 쥐고 끊임없이 부채질을 해댔다. 어쩐지 가슴이 갑갑하고 숨이 막히는 것 같았다. 하지만 왕과 왕비의 출현이 그의 숨통을 틔워 줄 맞춤약이라면 그는 정말로 운이 좋은 편이었다. 곧이어 얼굴이 큰 왕과 눈부시게 치장한 아름다운 왕비가 궁중의 주요 인물들, 화려하게 차려 있고 담소를 나누는 귀부인들과 귀족들에 둘러싸인 채 황금 마차에 몸을 싣고 나타났기 때문이다. 보석과 비단을 몸에 두르고 하얗게 분칠을 한 남녀 귀족들의 우아하면서도 거만한 모습을 본 도로 인부는 얼이 빠져버렸는지 정신없이 "국왕 폐하 만세! 왕비 전하 만세! 세상만사 만세!"라고 외쳐댔다. 온 나라에 넘쳐흐르는 자크의 목소리는 들어본 적도 없는 사람 같았다. 이어서 공원과 뜰과 테라스와 샘터와 강둑에서 "국왕 폐하 만세, 왕비 전하 만세, 귀족 나리 만세! 만세! 만세!"라고 외치는 함성이 들려왔다. 도로 인부는 감격한 나머지 울음을 터뜨렸다. 그는 무려 세 시간 동안이나 시민들과 함께 소리 지르고 눈물 흘리며 감동을 주체하지 못했다. 그러는 동안 드파르주는 그가 당장에라도 그토록 열광하는 대상 앞으로 뛰쳐나가 난장판을 만들지 못하도록 그의 멱살을 잡고 필사적으로 저지하고 있었다.

"브라보!" 소동이 끝나자 드파르주는 보호자라도 되는 것처럼 그의 등을 가볍게 토닥여주었다. "자넨 참 좋은 친구야!"

도로 인부도 마침내 제정신을 차리고 방금 자기가 열광한 것이 실수는 아니었는지 걱정스럽다는 표정을 지었다. 하지만 그렇지 않았다. 드파르주가 그의 귀에다 대고 말했다.

"자네야말로 우리가 찾던 사람이야. 그렇게 떠받들어주면 저 바보들은 자기네의 영광이 영원히 계속될 거라고 믿지. 그리고 갈수록 거만해져서 결국 죽을 날을 앞당기게 되는 거야."

"아! 그렇군요." 도로 인부가 대답했다.

"저 바보들은 아무것도 몰라. 저들은 자네의 목숨 따위는 아무 가치도 없다고 생각하지. 자네나 자네 동료들의 목숨 따위는 기르던 개나 말의 숨통을 끊을 때보다 훨씬 수월하게 끊어버린단 말야. 하지만 자네 목숨이 어떤 가치가 있는지 머잖아 알게 될 거야. 그때까지만 좀더 속이자고. 그리 오래 걸리진 않을 테니."

드파르주 부인은 오만한 태도로 식객을 바라보며 고개를 끄덕였다. 그러고는 이렇게 말했다.

"당신은 신나는 구경거리만 생기면 덮어 놓고 고함을 지르고 눈물을 흘리죠? 어때요, 내 말이 틀려요?"

"솔직히 그래요, 부인. 지금은요."

"당신에게 산더미 같은 인형을 보여주며 그것을 못 쓰게 다 뜯어서 망가뜨리라고 한다면 당신은 가장 비싸고 화려한 인형을 제일 먼저 집어들 거예요. 그렇죠?"

"맞아요, 부인."

"그래요. 또 날지 못하는 새 떼를 보여주며 깃털을 맘껏 뽑으라고 한다면 가장 아름다운 깃털을 가진 새부터 공격할 거예요. 맞죠?"

"바로 그래요."

드파르주 부인은 그 인형과 새들이 마지막으로 사라져 간 쪽을 가리키며 말했다.

"당신은 오늘 그 인형과 새들을 모두 봤어요. 이제 집으로 돌아가요."

제16장 여전히 뜨개질

드파르주 부부가 사이좋게 생앙투안 한복판에 있는 집으로 돌아갔다. 그 시각, 푸른 모자를 쓴 사내는 어둠 속에서 흙먼지를 일으키며 가로수가 늘어 선 기나긴 길을 지나, 지금은 차가운 비석 아래 잠든 후작 나리의 저택 쪽으로 천천히 걸음을 옮겼다. 저택은 이제 나뭇잎이 살랑대는 소리에 조용히 귀를 기울이고, 석조 얼굴들도 나무와 분수가 속삭이는 소리를 한갓지게 듣고 있었다. 이따금 마을의 가난뱅이들이 식량으로 쓸 약초나 땔감으로 쓸 마른 나뭇가지를 구하러 거대한 석조 정원과 계단 위에 있는 석조 테라스 근처까지 들어오곤 했는데, 그럴 때면 굶주려서 헛것이 보이는지 몰라도 석조 얼굴들의 표정이 변한 것 같은 느낌이 들었다. 마을 사람들의 형편만큼이나 실속 없기는 했지만 마을에는 이런 소문도 떠돌았다. 그날 밤 단도가 후작의 가슴에 꽂혔을 때부터 석조 얼굴들의 오만한 표정이 분노와 고통에 가득 찬 표정으로 바뀌었다고, 그리고 그 표정은 범인이 샘터 위 12미터 높이에 대롱대롱 매달린 그때부터 보복을 당했을 때의 그 잔인한 표정으로 다시 바뀌어서 그대로 굳어져 있다고. 살인이 벌어진 침실의 큰 들창 위로 툭 튀어나와 있는 석조 얼굴의 코에는 전에 없던 움푹한 홈 두 개가 누구나 볼 수 있을 정도로 뚜렷하게 패어 있었다. 이따금 남루한 옷을 걸친 농부들 두셋이 무리에서 몰래 빠져나와 돌이 된 후작 나리의 얼굴을 보며 1분 정도 앙상한 손가락으로 가리키다가 이내 운 좋게 먹이를 얻은 산토끼처럼 황급히 이끼나 수풀 뒤로 숨어버렸다.

저택과 오두막집, 석조 얼굴과 대롱대롱 매달린 시체, 돌바닥에 얼룩진 핏자국과 샘터의 맑은 샘, 수천 에이커의 농지와 프랑스의 한 지방 전체, 아니 프랑스 전체가 머리카락 한 올만큼 가느다란 선이 되어 밤하늘 아래 누워 있었다. 온 세상이 그 모든 위대함과 사소함을 함께 안은 채 반짝이는 별 아래 누워 있었다. 하찮은 인간의 지식으로도 한 줄기 빛을 구성하는 색채를 분석

할 수 있거늘, 하물며 인간과 비교할 수 없을 만큼 숭고하고 지적인 존재가 이 지구상의 희미한 빛만으로도 이 땅에 사는 온갖 사람들의 생각과 행동, 악덕과 미덕을 읽어내지 못하랴.

드파르주 부부는 별하늘을 보며 합승마차를 타고 파리의 관문까지 왔다. 마차는 여느 때와 다름없이 검문소 앞에서 멈춰 섰고, 여느 때와 다름없이 등불을 든 위병이 나와 절차대로 검문을 시작했다. 드파르주는 마차에서 내렸다. 거기서 근무하는 위병 한두 명 그리고 경찰 한 명과 아는 사이였기 때문이다. 경찰과는 아주 친한 사이라서 서로 다정하게 얼싸안았다.

마침내 생앙투안이 그 검은 두 날개 속으로 드파르주 부부를 다시 품어 안았을 때 부부는 마차에서 내려 시커먼 진흙과 쓰레기로 뒤덮인 거리를 지나갔다. 드파르주 부인이 물었다.

"여보, 경찰 자크가 뭐라고 합디까?"

"오늘밤에는 별 말 없었어. 그래도 알고 있는 정보는 다 말해줬지. 우리 동네에 첩자가 한 명 더 배치됐대. 물론 더 있을 수도 있지만 거기까지는 알아내지 못했고, 한 명은 확실하대."

"음, 그렇군!" 드파르주 부인은 냉정하고 사무적인 태도로 눈썹을 치켜올리며 말했다. "그럼 그자도 기록해 둬야겠군. 이름이 뭐래요?"

"영국인이라더군."

"더 잘됐네. 이름은요?"

"바사드."

드파르주는 프랑스어 발음으로 발음했다. 하지만 특별히 신경 써서 들어두었으므로 철자는 한 글자도 틀리지 않고 정확하게 말해줄 수 있었다.

"바사드." 드파르주 부인이 되풀이했다. "알았어요. 세례명은요?"

"존."

"존 바사드라." 부인은 혼잣말로 중얼거려보고 한 번 더 소리내어 말했다. "좋아요. 그럼 외모는요? 알아냈어요?"

"나이는 마흔 정도야. 키는 175센티미터 전후고 머리칼은 검고 얼굴은 가무잡잡해. 전체적으로 잘생겼다는군. 검은 눈에 얼굴은 길고 갸름한데 혈색은 좋지 않대. 또 왼쪽으로 휜 매부리코 때문에 인상이 교활해 보인대."

"세상에, 초상화가 따로 없네! 내일 당장 기록해 둬야겠어." 드파르주 부

인이 웃으며 말했다

　내외는 한밤중이라 문이 꼭 닫혀 있는 가게 안으로 들어섰다. 드파르주 부인은 곧바로 책상 앞에 앉아 자리를 비운 사이에 들어온 잔돈을 세어보고 재고를 조사하고 장부를 훑어본 다음 몇 가지를 새로 적어 넣었다. 그리고 종업원을 불러 이것저것 꼼꼼하게 물어본 뒤에야 그만 자러가도 좋다고 말했다. 그러고 나서 부인은 그릇에 든 돈을 여러 덩이로 나누어 손수건에 쌌다. 밤새 안전하게 보관하기 위해서였다. 그 동안 드파르주는 파이프를 입에 물고 이리저리 서성거리며 잔소리를 하기는커녕 만족스러운 표정으로 부인을 바라보았다. 사실 그는 장사와 집안일에 관해서라면 늘 이렇게 서성거리며 지켜보기만 했다.

　그날 밤은 무더웠다. 가게 문은 꼭 닫혀 있었고 지저분한 주변 환경 탓에 가게 안은 지독한 악취로 가득했다. 드파르주는 결코 후각이 날카롭지 않았음에도 저장된 포도주 냄새가 여느 때보다 강렬하게 코를 찔렀고, 럼과 브랜디와 아니스 열매로 담은 술에서 나는 냄새도 그 못지않게 역겨웠다. 그는 다 피운 파이프 담배를 내려놓고 그러한 냄새가 뒤섞인 연기를 훅하고 세차게 불어서 날려버렸다.

　"피곤한가 봐요. 평소와 다름없는 냄새인데 그러는 걸 보면." 드파르주 부인이 돈을 손수건으로 싸면서 남편을 흘끗 보고 말했다.

　"그래. 좀 피곤한 것 같아." 드파르주가 맞장구쳤다.

　"기운도 좀 없어 보이고요." 드파르주 부인은 놀랄 만큼 눈을 번뜩이며 돈을 셌지만 그래도 이따금 남편을 흘끗 보며 말했다. "정말이지 사내들이란!"

　"하지만 여보!"

　"하지만 여보고 뭐고, 당신 오늘밤은 정말 기운이 없어 보여요." 부인이 고개를 끄덕이며 말했다.

　"그건 그래." 드파르주가 마음속에서 생각을 쥐어짜듯 하며 말했다. "시간이 너무 오래 걸려."

　"그야 그렇죠. 늘 그랬잖아요. 복수나 보복을 하는 데는 시간이 걸리기 마련이에요. 당연하잖아요."

　"벼락으로 한 방에 때려눕히면 순식간에 끝날 텐데."

"그 벼락이 만들어지기까지 얼마나 오랜 시간이 걸릴지 생각해 본 적은 있어요?" 드파르주 부인이 침착하게 말했다.

과연 그 말도 일리가 있다는 듯 드파르주가 고개를 들었다.

"지진이 도시 하나를 집어삼키는 것도 순식간이지만 그 지진이 일어나기까지 얼마나 오랜 시간이 걸릴지 생각해 봤어요?"

"아주 오랜 시간이 걸리겠지."

"하지만 때가 무르익고 나면 한 번에 끝나는 거예요. 그렇게 되면 그 앞을 가로막는 것은 모두 산산조각이 나면서 가루가 되어 버리죠. 그 전까진 보이지 않고 들리지 않아도 차근차근 준비하고 있는 거예요. 그렇게 생각하면 마음도 좀 편해질 테니 그렇게 믿고 있어요."

부인은 마치 원수의 목을 조르듯 눈을 번득이며 손수건의 매듭을 꽉 조였다. 그리고 오른손을 쭉 뻗으며 힘주어 말했다.

"잘 들어요. 갈 길이 멀지만 우린 이미 출발했고 점점 목적지가 가까워지고 있어요. 길을 떠난 이상 돌아서서도 안 되고 멈춰서도 안 돼요. 오직 전진할 뿐이죠. 주위를 좀 둘러봐요. 모두 어떻게 살고 있고 어떤 얼굴을 하고 있는지! 서서히, 무서운 기세로 부풀어 오르는 사람들의 불만과 분노는 또 어떻고요? 이런 세상이 언제까지나 계속될 리 없잖아요!"

드파르주는 고개를 약간 숙이고 뒷짐을 진 채 교의문답을 배우는 학생처럼 온순하게 아내 앞에 서 있었다.

"당신은 정말 대단해! 물론 당신 말이 옳지만 그래도 너무 오래 걸려. 잘못하다간, 그래, 당신도 알다시피 잘못하다간 우리가 살아 있는 동안에는 그날이 오지 않을 수도 있다고."

"그럴지도 모르죠. 그런데 그게 어쨌다는 거죠?" 아내는 또다시 원수의 목을 조르듯 매듭을 또 하나 힘껏 조였다.

드파르주는 불평 반, 사과 반의 의미로 어깨를 으쓱하며 말했다.

"그러면 우리가 승리의 그날을 못 보게 되잖아."

아내는 앞으로 내민 손을 힘차게 저으며 말했다.

"그래도 우리가 그날이 오도록 도왔다는 사실은 변함이 없잖아요. 우리가 한 일은 절대 헛수고가 아니에요. 난 우리가 반드시 승리의 그날을 직접 보리라고 믿어요. 하지만 그러지 못한다 해도, 아니 결코 그날을 볼 수 없다

해도 폭군 귀족의 모가지만 보이면 이렇게 확……."

부인은 이를 악물고 매듭을 힘껏 조였다.

"알았어! 알았어! 나 역시 무슨 일이든 할 거야." 드파르주는 비겁한 사람으로 몰리기라도 한 것처럼 얼굴을 붉히며 말했다.

"그래야지요! 가끔씩 희생자의 비참한 모습을 보거나 승리의 가능성을 엿보지 않으면 의지가 물러지는 게 당신의 약점이에요. 그런 자극이 없어도 굳세게 의지를 불태워야죠. 때가 되면 호랑이와 악마를 한꺼번에 풀어 놓겠지만, 그 전까진 남들 눈에 안 띄게 호랑이와 악마를 쇠사슬에 단단히 매어 놓아야 해요. 잘 숨겨두었다가 때가 되면 언제든지 풀어줄 수 있도록 만반의 준비를 하고 기다려요."

드파르주 부인은 돈 뭉치로 카운터를 힘껏 후려치면서 충고의 말을 맺었다. 그리고 묵직한 손수건 뭉치를 옆구리에 얌전히 끼고 잠자리에 들 시간이라고 말했다.

이튿날 정오에도 이 훌륭한 여장부는 평소처럼 술집 계산대에 앉아 열심히 뜨개질을 하고 있었다. 그녀 곁에는 장미꽃 한 송이가 놓여 있었다. 그녀는 이따금씩 장미를 바라보았지만 여느 때와 다름없이 뜨개질에 여념이 없었다. 가게에는 술을 마시는 사람과 마시지 않는 사람, 서 있는 사람과 앉아 있는 사람이 띄엄띄엄 자리를 채우고 있었다. 몹시 무더운 날이었다. 드파르주 부인 근처에는 찐득찐득한 액체가 담긴 작은 컵이 여러 개 놓여 있었는데, 컵 바닥에는 호기심 많은 모험가의 탐구정신 때문에 목숨을 잃은 파리들이 수북이 쌓여 있었다. 다른 파리 떼는 그들의 죽음을 보고도 느끼는 바가 없는지 냉담하게 (마치 자기들이 코끼리라도 되는 것처럼, 혹은 파리 떼와는 전혀 상관없는 다른 존재라도 되는 것처럼) 동료의 시체를 바라보았지만 마지막에는 결국 같은 운명에 처하고 말았다. 파리 떼의 무심함은 생각할수록 이상하다. 이 더운 여름 날 왕궁에서 태평하게 지내고 있는 사람들도 이 파리 떼와 다르지 않을 것이다.

그때 가게 안으로 들어서는 사람의 그림자가 드파르주 부인 위로 드리워지자, 부인은 그 그림자만 보고도 처음 보는 손님이라고 직감했다. 부인은 뜨갯감을 내려놓고 머리에 장미를 꽂은 뒤 새로 온 손님을 바라보았다.

그러자 이상한 일이 일어났다. 드파르주 부인이 장미꽃을 집어든 순간 손님들은 이야기를 딱 그치고 하나둘씩 가게를 나서기 시작했다.

"안녕하세요, 부인." 새 손님이 인사했다.

"어서 오세요, 손님."

드파르주 부인은 큰소리로 대답하고 나서 다시 뜨갯감을 집어 들며 중얼 거렸다 "흥! 안녕하냐고? 나이는 마흔쯤에 키는 175센티미터 내외, 검은 머리에 대체로 잘 생겼고, 가무잡잡한 피부, 검은 눈, 얼굴은 길쭉하고 혈색 이 좋지 않고 왼쪽으로 휜 매부리코 때문에 교활해 보이는 인상까지! 암, 안녕하고말고!"

"부인, 오래 숙성시킨 코냑을 작은 잔으로 한 잔 주시고 냉수도 한 잔 주 시오."

드파르주 부인은 친절하게 주문을 받았다.

"코냑이 아주 훌륭하군요, 부인."

그 술집의 술이 칭찬을 받은 적은 처음이었지만 술의 성분을 잘 알고 있는 드파르주 부인은 그 수법에 걸려들지 않았다. 부인은 태연하게 과찬의 말씀 이라고 대답하고 다시 뜨개질을 시작했다. 새 손님은 잠시 동안 그녀의 손놀 림을 지켜보다가 가게 안을 한바탕 둘러보았다.

"뜨개질 솜씨가 아주 좋으시네요, 부인."

"손에 익어서요."

"무늬도 아주 예쁘고요!"

"그런가요? 좀 보시겠어요?" 손님을 보며 드파르주 부인이 생긋 웃었다.

"물론이죠. 그런데 뭘 뜨는 중이세요?"

"그냥 심심풀이지요."

부인은 손님을 바라보고 웃으면서도 손가락을 쉬지 않고 움직였다.

"쓰려는 건 아닌가 봐요?"

"그건 물건 나름이죠. 언젠가 쓸모가 생길 수도 있지 않겠어요? 그날이 오면, 음……." 부인은 숨을 크게 들이쉬더니 교태라도 부리는 듯한 태도로 고개를 끄덕였다. "꼭 써먹어야죠!"

참으로 이상한 광경이었다. 무엇보다 드파르주 부인이 머리에 꽂은 꽃은 생앙투안의 분위기와 전혀 어울리지 않았다. 그 동안 사내 둘이 따로따로 들 어와 술을 주문하려다가 그녀의 이상한 머리장식을 보고는 주뼛대며 친구를 찾는 시늉을 하다가 밖으로 나가 버렸다. 낯선 손님이 들어왔을 때 있던 사람들도 누구 하나 남아 있지 않았다. 어느 틈에 모두 다 나가 버린 것이다. 첩자는 눈에 불을 켜고 둘러보았으나 아무것도 알아내지 못했다. 가난에 쪼들린 사람들이 아무런 목적 없이 어슬렁거리다가 나가버린 모양새라 트집 잡을 거리가 없었다.

부인은 뜨개바늘을 움직이면서 뜨고 있는 무늬를 확인해 보고 낯선 손님을 바라보았다.

'존, 천천히 쉬다 가거라. 좀 있으면 '바사드'도 떠 줄 테니.'

"남편은 있으세요, 부인?"

"있어요."

"애들은요?"

"애들은 없어요."

"장사가 잘 안 되나 봐요?"

"그냥 불경기가 아니라 아주 바닥이죠. 다들 가난뱅이다보니."

"맞아요, 불행하고 비참한 사람들뿐이에요! 부인 말마따나 압제도 아주 심하고…….”

"내가 아니라 손님 말마따나죠."

드파르주 부인은 그의 말을 정정하며 되받아치고 그의 이름에 감점 사항을 한 가지 더 추가해서 짜 넣었다.

"실례했습니다. 물론 제가 말한 게 맞지만 부인도 당연히 그렇게 생각하시지 않습니까?"

"제가 그렇게 생각한다고요?" 부인은 큰소리로 쏘아붙였다. "나나 우리 집 양반이나 이 가게를 꾸려나가는 것만으로도 벅찬데 생각이나 하고 있을 여유가 있는 줄 알아요? 여기 있는 사람들이 생각하는 거라곤 어떻게 하면 먹고살 수 있을까 하는 것뿐이라고요. 우린 그 생각뿐이에요. 아침부터 밤까지 그 생각만 하기에도 바빠 죽겠는데 다른 일에 머리를 쓸 겨를이 있는 줄 알아요? 내가 다른 사람을 생각한다고요? 말도 안 되는 소리죠."

꼬투리만 잡으면 아무리 사소한 정보라도 빼낼 수 있을 줄 알았던 첩자는 이러한 반응에 적잖이 실망한 것 같았다. 하지만 그런 기색은 그 교활한 얼굴에 조금도 내비치지 않고, 오히려 드파르주 부인의 계산대에 한쪽 팔꿈치를 올리고 코냑을 홀짝거리며 부인을 구슬리기 위해 능청스럽게 잡담을 늘어놓았다.

"참, 가스파르를 처형한 건 좀 너무하지 않았어요, 부인? 아, 불쌍한 가스파르!" 그는 연민 어린 한숨을 길게 내뱉었다.

드파르주 부인은 여전히 태연하게 말했다.

"이봐요, 손님. 그런 일에 단도를 사용하는 놈들은 벌을 받아 마땅해요. 그 사람도 자기가 어떤 대가를 치르게 될지 이미 알고 있었을걸요. 그잔 자기 죗값을 치렀을 뿐이에요."

첩자는 목소리를 더욱 은근하게 낮추고, 사악한 얼굴 근육 하나하나에 상처 입은 혁명적 정열이 배어 있는 표정을 지으며 말했다.

"이 동네에는 그 불쌍한 사내를 동정하고 그가 당한 일에 분개하는 사람들이 많이 있을 거라고 생각해요. 우리끼리 하는 얘기지만 말이에요."

"그래요?" 마담이 건성으로 대꾸했다.

"그렇지 않나요?"

"저기 우리 집 양반이 오네요!"

술집 주인이 들어오자 첩자는 모자에 손을 대며 붙임성 있게 인사했다. "안녕하쇼, 자크!"

드파르주가 걸음을 멈추고 그를 쳐다보았다.

"안녕하쇼, 자크!"

첩자가 다시 인사했다. 상대가 물끄러미 쳐다보는 바람에 그 허물없고 붙임성 좋은 미소를 계속 짓기가 영 어색했던 모양이다.

"손님, 뭔가 잘못 알고 계시거나 다른 사람과 착각하신 것 아닙니까? 내이름은 자크가 아니라 에르네스트 드파르주인데요."

"그게 그거 아닙니까." 첩자가 당황하면서도 대수롭지 않다는 듯이 얼버무렸다. "아무튼 안녕하시오!"

"안녕하쇼!" 드파르주가 무뚝뚝하게 대꾸했다.

"부인과 애기를 나누던 중이었는데, 제가 이렇게 물었어요. 물론 당연한 일이지만, 듣자하니 생앙투안에는 그 불쌍한 가스파르의 비참한 최후에 동정하고 분노하는 사람이 많다지요?"

"누가 그래요?" 드파르주가 고개를 저으며 대답했다. "난 그런 얘긴 못

들었는데요."

이렇게 말하고 드파르주는 조그마한 계산대 뒤로 들어가 아내의 의자 등받이에 한 손을 올리고 서서 계산대 너머로 그자를 똑바로 마주보았다. 부부는 할 수만 있다면 이 자리에서 기꺼이 그자를 총으로 쏴 버렸을 것이다.

하지만 상대도 이런 일에는 익숙한지 여전히 시치미를 뚝 떼며 코냑을 단숨에 들이켜고 찬물을 한 모금 마시더니 술을 한 잔 더 주문했다. 드파르주 부인은 그에게 술을 따라 주고 나서 콧노래를 부르며 다시 뜨개질을 시작했다.

"손님은 이곳을 잘 아시는 모양이오. 어쩌면 나보다 더 잘 알지도 모르겠소." 드파르주는 말했다.

"그럴 리가요. 하지만 더 많이 알고 싶긴 해요. 난 이 동네의 가난한 주민들에게 관심이 아주 많거든요."

"허!" 드파르주가 무심코 중얼거렸다.

"드파르주 씨, 당신과 얘기하다 보니 생각났는데, 사실 당신 이름과 관련된 아주 재미있는 이야기를 들은 적이 있어요."

"그러시오?" 드파르주의 태도는 여전히 쌀쌀했다.

"그래요. 마네트 박사가 석방되었을 때 옛 하인이던 당신이 그분을 떠맡았죠? 박사는 당신에게 인도되었어요. 어떻소, 이만하면 나도 전후 사정을 잘 알고 있죠?"

"그건 틀림없는 사실이오." 드파르주는 말했다. 이때 콧노래를 부르며 뜨개질을 하던 아내가 우연인 척 그의 팔꿈치를 툭 건드렸다. 적당히 이야기를 맞춰주는 것은 상관없지만 너무 많이 얘기하지 말라는 신호였다.

"박사의 따님이 당신 집에 찾아와서 박사를 모셔갔죠? 갈색 양복을 단정하게 차려입은 신사와 함께 왔는데, 이름이 뭐였더라? 작은 가발을 쓴, 아, 로리라는 텔슨 은행 직원 말이에요. 그 두 사람이 박사를 영국으로 데려갔다죠?"

"그랬죠."

"참 재밌는 일이죠. 난 영국에서 박사와 그 따님과 알고 지냈거든요."

"그래요?" 드파르주가 말했다.

"요즘엔 그분들한테서 소식이 없나 봐요?"

"없소."

그때 콧노래를 부르며 뜨개질을 하던 드파르주 부인이 고개를 들고 끼어들었다.

"그 뒤로는 소식을 전혀 못 들었어요. 무사히 도착했다는 연락은 받았고, 그 뒤로 한두 번인가 편지가 오긴 했죠. 하지만 그분들은 그분들대로 우린 또 우리대로 살기 바쁘다보니 서로 연락이 완전히 끊어지고 말았어요."

"그렇게 되죠. 그런데 이번에 그 따님이 곧 결혼한답니다." 첩자가 말했다.

"결혼한다고요? 아가씬 무척 예쁘니까 진작 결혼했다고 해도 이상할 게 없죠. 아무튼 당신네 영국 사람들은 하나같이 너무 냉정하다니까요." 이번에도 부인이 대답했다.

"아! 내가 영국인인 줄 아시는군요?"

"말투만 들으면 알죠. 발음으로 어느 나라에서 오셨는지 정도는 알아요."

신원을 바로 맞추는 게 썩 달갑지 않았지만 첩자는 웃으면서 적당히 얼버무렸다. 그는 코냑을 입 안에 털어 넣고 말을 이었다.

"그래요, 마네트 양이 곧 결혼해요. 상대는 영국인이 아니라 마네트 양처럼 프랑스에서 태어난 젊은이에요. 아까 가스파르 이야기를 했죠. 아, 가엾은 가스파르! 정말 불쌍하기도 하지. 인연이란 게 참 야릇해요. 아가씨와 결혼하려는 젊은이가 바로 가스파르를 높이 매단 원인이었던 그 후작 나리의 조카인 현재의 후작 나리거든요. 지금은 영국에서 신분을 숨기고 살고 있어서 후작은 아니지만요. 이름은 찰스 다네이라고 해요. 그의 외가 쪽 성이 돌네거든요."

드파르주 부인은 여전히 뜨개질을 하고 있었지만 드파르주가 그 소식을 듣고 큰 충격을 받은 것은 분명히 알 수 있었다. 그는 조그마한 계산대 뒤에서 부싯돌을 쳐서 파이프에 불을 붙이려 했지만 생각대로 되지 않았다. 손이 말을 듣지 않았던 것이다. 이런 모습을 보지 못하거나 보고도 대수롭지 않게 여긴다면 첩자라고 할 수도 없을 것이다.

얼마나 쓸모 있는 정보인지는 알 수 없지만 어쨌거나 꼬투리는 잡았다고 생각한 바사드는 뭔가 알아낼 손님이 전혀 들어오지 않자 술값을 치르고 가게를 떠났다. 나가기 전에는 다시 올 날을 고대하겠다고 매우 정중하게 말했다. 그가 생앙투안 거리로 나간 뒤에도 드파르주 부부는 그가 다시 돌아올지도 모른다는 생각에 그대로 꼼짝하지 않고 있었다.

"마네트 아가씨 이야기가 정말일까?" 드파르주는 한 손으로 아내의 의자 등받이를 짚고 서서 담배를 피우다가 아내를 내려다보며 나지막한 소리로 물었다.

부인이 눈썹을 살짝 치켜 올리며 말했다.

"그런 작자가 한 말이니 아마 거짓말일 거예요. 어쩌면 정말일 수도 있지만."

"만약 사실이라면⋯⋯." 드파르주는 말을 하려다 멈춰 버렸다.

"사실이라면요?"

"그러니까, 우리가 살아 있는 동안 승리의 그날이 오면 아가씨를 위해 그 남편 되는 사람은 프랑스로 돌아오지 않는 게 좋을 거야."

"아가씨 남편의 운명은 정해진 대로 흘러가겠죠." 드파르주 부인은 여전히 조금도 동요하지 않았다. "가야 할 곳에 가게 될 거고 마지막도 정해진 운명에 따라 맞이할 거예요. 내가 아는 건 그뿐이에요."

"그렇긴 해도 참 이상한 일이야. 안 그래?" 드파르주는 자기 생각에 동의해 달라는 듯이 말했다. "우리 모두 박사님과 아가씨를 이토록 동정하고 있는데 하필이면 당신 손으로 아가씨 남편의 이름을 방금 나간 그 더러운 개자식의 이름과 나란히 리스트에 짜 넣게 되다니 말이야."

"그날이 오면 이보다 더 이상한 일들이 수두룩하게 벌어질 거예요. 난 두 사람의 이름을 다 여기에 짜 넣었어요. 둘 다 그럴 만한 이유가 있으니까. 그걸로 됐어요."

드파르주 부인은 이렇게 말한 뒤 뜨개질감을 둘둘 말아 한쪽으로 치우고 머리 수건에 꽂았던 장미꽃을 떼어 냈다. 생상투안 패들은 눈에 거슬리는 그 머리 장식이 사라진 것을 본능적으로 알아챘는지 아니면 장식이 사라지기를 기다리고 있었는지 곧 다시 가게 안으로 돌아왔고, 술집은 금세 평소 모습을 되찾았다.

생상투안 사람들은 저녁이 되면, 특히 이 계절에는 현관 앞 계단이나 창가에 나와 앉거나 지저분한 거리나 골목에 모여 더위를 식혔는데, 그럴 때면 드파르주 부인은 언제나 뜨개질감을 손에 들고 이 무리에서 저 무리로 옮겨 다니며 사람들과 어울렸다. 그녀는 일종의 전도사였다. 제대로 된 세상에서는 보기 힘들겠지만 그 시절에는 그녀와 같은 부인이 많았다. 여자들은 모두 뜨개질을 했다. 그녀들은 그다지 쓸모도 없는 것들을 떴다. 이런 기계적인 작업은 한편으로는 먹고 마시는 일 대신이기도 했다. 턱과 소화기관 대신 두 손을 움직이는 것이다. 앙상한 손가락들이 가만히 멈추고 있으면 뱃속의 굶주림이 더욱 심해질 터이기 때문이다.

하지만 손가락을 움직이면 눈이 움직이고 머리도 움직인다. 드파르주 부인이 이 무리에서 저 무리로 옮겨 갈 때마다 그녀와 같이 이야기하던 여자들의 손가락과 눈과 머리는 더욱 날래고 사납게 움직였다.

드파르주는 문간에 서서 담배를 피우며 감탄스러운 표정으로 그녀의 뒷모습을 바라보았다.

"정말 대단한 여자야. 강하고 훌륭하고, 정말 나무랄 데 없는 여장부라니까!"

어둠이 내려앉았다. 교회의 종소리가 울려 퍼지고 궁전 광장에서 군대의 북소리가 들려왔다. 하지만 여자들은 여전히 뜨개질을 계속했다. 이윽고 어둠이 그녀들을 완전히 감싸 버렸다. 그리고 또 다른 어둠도 어김없이 한 걸음씩 다가오고 있었다. 그 때에는 프랑스의 하늘에 높이 솟은 첨탑 꼭대기에서 청아하게 울려 퍼지는 교회의 종소리가 우렁찬 대포 소리로 바뀔 것이다. 그 밤이 오면 군대의 북소리가 권력과 풍요, 자유와 생명을 외치는 함성만큼이나 절박하게 외치는 한 불쌍한 사내의 고함 소리를 집어삼키며 울려 퍼질 것이다.[2] 여전히 뜨개질을 하고 있는 여자들 곁에도 어둠이 성큼 다가오고 있었다. 여자들은 앞으로 세워질 어느 구조물[3] 앞으로 자꾸만 몰려들었다. 그렇다. 그녀들이 그 구조물 아래 앉아 뜨개질을 하면서 굴러 떨어지는 머리를 세게 될 날이 머지않은 것이다.

---

[2] 단두대 위에 선 루이 16세는 구경하는 시민들을 향해 뭐라고 외쳤지만 참관한 혁명당원들이 두드리는 북 소리에 묻혀 버렸다.

[3] 단두대를 말한다.

제17장 어느 날 밤

해넘이빛이 마네트 박사 부녀가 플라타너스 나무 그늘에 앉아 있던 어느 잊지 못할 저녁보다 더 아름답게 조용한 소호 거리 모퉁이를 비춘 적은 없었다. 이윽고 달이 떠올라 은은한 빛으로 온 런던을 감싸 안았는데, 아직 나무 아래에 앉아 있는 두 사람의 얼굴을 나뭇잎 사이로 달빛이 이토록 평화롭게 비춘 적도 없었다.

내일은 루시의 결혼식 날이다. 루시는 마지막 밤을 아버지와 함께 보내기 위해 아껴두었던 터다. 두 사람은 플라타너스 나무 아래에 앉아 있었다.

"기쁘세요, 아버지?"

"암, 기쁘다마다."

그들은 거의 아무 말도 하지 않고 오랫동안 앉아 있었다. 처음에 나무 밑에 앉았을 때는 아직 날이 환해서 평소처럼 자수를 놓거나 아버지에게 책을 읽어드릴 수도 있었지만 루시는 그 어느 것도 하지 않았다. 지금까지 이 나무 아래에 아버지와 나란히 앉아 그 두 가지 일을 수없이 되풀이하며 시간을 보냈지만, 오늘은 평소와 달랐다. 도저히 그럴 마음이 생기지 않았다.

"저도 오늘은 무척 기뻐요, 아버지. 하느님이 축복해주신 이 사랑, 찰스에 대한 제 사랑과 저를 향한 찰스의 사랑 안에서 전 무척 행복해요! 하지만 이 결혼으로 아버지와 헤어져야 했다면, 아니, 조금이라도 서로 떨어져서 살아야 했다면 전 절대로 지금처럼 행복하지 못했을 뿐만 아니라 자책감에 빠져 헤어 나오지 못했을 거예요. 지금과 같은 조건이라도……."

루시는 쏟아지는 눈물을 참을 수가 없었다.

서글픈 달빛 아래서 그녀는 아버지의 목을 얼싸안고 가슴에 얼굴을 파묻었다. 햇빛이나 인생이라는 빛도 그렇지만, 달빛도 뜨고 질 때는 언제나 서글프기 마련이다.

"아버지, 아버지! 제게 새로운 사랑이 피어나고 새로운 의무가 생긴다고 해도 그것은 결코 우리 사이를 갈라놓지 못하리라고 확신하신다고 마지막으로 한 번만 더 말씀해주세요. 저는 그렇게 확신하는데 아버진 어떠세요? 아버지도 진심으로 그럴 거라고 믿으세요?"

"그럼. 확신하고말고." 박사는 진심으로 믿는다는 표정으로 힘주어 대답했다. 빈말이라고는 도저히 생각할 수 없었다. 박사는 딸에게 다정하게 입맞춤하며 덧붙였다. "어디 그뿐인 줄 아느냐. 네 결혼 덕분에 내 앞날은 지금까지보다 훨씬 밝아질 게다. 네가 결혼하지 않고 혼자 사는 것보다 말이야."

"아버지, 그러면 정말 좋겠지만……."

"정말로 그렇단다, 애야! 믿어도 돼. 생각해 보렴. 당연하지 않겠니? 너는 아직 어리고 이 애비 생각만 하느라 잘 모르겠지만, 네가 인생을 허비하는 게 아닌가 싶어서 이 애비는 걱정이 이만저만이 아니었단다."

루시는 손을 뻗어 아버지의 말을 막으려 했지만 아버지는 딸의 손을 잡고 말을 이었다.

"애야, 함부로 인생을 허비해선 안 된다. 나 때문에 네가 자연의 섭리를 거슬러서야 쓰겠니? 네가 스스로를 전혀 돌보지 않는 바람에 내가 얼마나 걱정이 많았는지 넌 모를 게다. 하지만 가슴에 손을 얹고 물어보렴. 네가 행복하지 못한데 이 애비가 어떻게 행복할 수 있겠니?"

"하지만 찰스를 만나지 않았더라면 전 아버지와 단둘이 아주 행복하게 살았을 거예요."

하지만 그 말을 뒤집어 보면, 찰스를 만난 이상 그가 없으면 불행할 것이라는 사실을 은연중에 시인하는 셈이 된다. 아버지는 빙그레 웃으며 대꾸했다.

"어쨌든 넌 배필을 만났잖니. 그가 바로 찰스고. 찰스가 아니었다면 다른 남자를 만났을 게다. 아무도 나타나지 않는다면 그건 나 때문이지. 내 삶에 드리워진 검은 그림자가 길게 뻗어나가서 너까지 집어삼킨 탓이야."

재판 때를 제외하고 아버지가 괴로웠던 시절을 직접 입에 담은 것은 이때가 처음이었다. 아버지의 이야기를 들으며 루시는 설명하기 어려운 낯선 감동에 사로잡혔고, 그 뒤로도 오랫동안 그 느낌을 잊을 수 없었다.

"저 달을 봐라!" 마네트 박사는 손으로 달을 가리키며 말했다. "감옥 창문으로 저 달을 자주 바라봤단다. 그땐 저 달빛을 견딜 수가 없었지. 내가 잃어버린 것들을 저 달이 비추고 있다고 생각하니 너무도 괴로워서 감방 벽에다 머리를 마구 찧어댔어. 반쯤 넋이 나가서 멍하니 바라보고 있을 때면 저 둥근 달에 가로선을 몇 개나 그을 수 있을까, 그리고 세로선은 몇 개나 그을 수 있을까, 그런 것만 생각했단다." 박사는 잠시 생각에 잠겼다가 달을 바라보며 덧붙였다. "선은 가로세로로 스무 개씩 그릴 수 있었단다. 스무 번째 선이 간신히 들어가는 정도였지."

지난 수난의 시절을 이야기하는 아버지의 말을 들으면서 루시는 이상한 전율이 이는 것을 느꼈다. 하지만 아버지의 말투에서 딸이 불안에 떨 요소는 어디에도 없었다. 아버지는 그 끔찍하고 고통스러운 과거에 비해 지금이 얼마나 행복하고 즐거운지를 이야기하려는 것 같았다.

"나는 저 달을 보면서 태어나기도 전에 생이별해야 했던 아기를 수도 없이 생각했단다. 살아 있을까? 무사히 태어났을까? 가엾은 어미가 충격을 받은 탓에 죽은 건 아닐까? 나중에 커서 이 아비의 복수를 해줄 아들일까(감옥에 있을 때는 참을 수 없는 복수심에 불타기도 했단다)? 태어난 아이가 아들이라도 이 아비의 처지를 끝내 알아내지 못하면 어쩌지? 이 아비가 스스로 자취를 감췄다는 이야기에 의문을 품을 나이가 될 때까지 살아남을 수 있을까? 아니면 아름다운 여인으로 성장할 딸일까?"

루시는 아버지에게 바짝 다가앉아 뺨과 손에 입을 맞추었다.

"내가 혼자 상상하던 딸은 이 애비 같은 건 완전히 잊고 사는, 아니 잊었다기보다 내 존재를 전혀 모르고 생각해 본 적도 없는 그런 딸이었단다. 해마다 딸의 나이를 세어 보곤 했지. 그리고 그 딸이 이 애비의 비통한 운명을 전혀 모르는 남자와 결혼하는 꿈을 꾸었어. 나는 살아 있는 사람들의 기억 속에서 완전히 지워져서 다음 세대가 되면 내가 있던 자리는 완전히 공백으로 남겠구나 하고 생각했지."

"아버지! 세상에 존재하지도 않는 공상 속의 딸 때문에 그토록 괴로워하셨단 얘기를 들으니 꼭 제가 그 아이가 된 것 같아서 가슴이 너무 아파요."

"루시 네가? 아니다. 네 결혼 전날 밤에 달을 보며 옛 기억을 떠올릴 수 있게 된 것도 다 네가 나를 회복시켜 주고 위로해 준 덕택이잖니. 그런데 무슨 얘길 하다 말았지?"

"아버지에 대해 아무것도 모르다보니 아버지의 존재에 관심조차 없는 딸의 이야기요."

"그랬지! 똑같이 달이 비치는 밤이지만 슬픔과 적막함이 평소와 다르게 느껴지는 날도 있었단다. 밑바닥에 고통이 깔려 있는 감정이 다 그런 것처럼, 슬프고 적적한 감정이 밀려올 때면 나는 딸아이가 감방으로 찾아와서 감옥 밖의 자유로운 세계로 나를 데리고 나가는 상상을 하곤 했지. 지금 이렇게 널 보듯 달빛 속에서 딸아이의 모습까지 선명하게 보았어. 한 번도 그 아이를 품에 안을 수가 없었다는 점만 빼면 진짜 내 딸 같았지. 그 아이는 언제나 쇠창살과 감방 문 사이에 서 있었거든. 그런데 그 딸은 내가 방금 얘기한 그 아이와는 또 다른 아이란다. 알겠니?"

"존재하지 않는 환상, 상상 속의 그림자였죠?"

"그래, 그건 또 다른 그림자였어. 내가 착란을 일으킬 때면 언제나 내 눈앞에 나타나긴 했지만 가만히 선 채 꿈쩍도 하지 않았단다. 하지만 내가 좇던 환상은 그게 아닌 정말로 살아 있는 아이였어. 물론 내가 생각할 수 있는 아이의 생김새는 엄마와 꼭 빼닮았다는 점뿐이었지. 다른 아이도 너처럼 엄마를 닮았지만 닮았다고 같은 사람인 건 아니잖니. 이해할 수 있겠니, 루시? 아무래도 어렵겠지. 외로운 죄수가 되어 보지 않으면 그런 아리송한 것들을 구별하지 못할 테니 말이다."

옛날에 자신의 마음이 어땠는지를 담담하게 분석하고 있는 아버지를 보며 루시는 온 몸의 피가 얼어붙는 느낌을 지울 수가 없었다.

"마음이 고요할 때에는 달빛 속에서 딸아이가 찾아와 나를 데리고 가는 상상을 했단다. 딸아이는 결혼해서 살고 있는 자기 집으로 날 안내했지. 그 집에는 헤어진 아버지에 대한 사랑이 곳곳에 드러나 있었어. 방에는 내 초상화가 걸려 있고, 기도할 때에도 날 잊지 않았지. 그 애의 생활은 활기차고 즐겁고 유익했지만 그런 가운데에도 내 비참한 역사가 스며들어 있더구나."

"아버지, 그 애가 바로 저예요. 그 애처럼 착하진 않지만 아버지를 사랑하는 마음만큼은 그 애 못지않아요."

"그 딸은 내게 손자들도 보여 주었단다. 손자들은 이 할아비의 이야기를 줄곧 들으면서 자랐고 할아비가 불쌍한 사람이라는 것까지 잘 알고 있더구나. 국사범을 수감하는 감옥 앞을 지날 때면 그들은 그 무시무시한 벽에 가까이 다가가지 않도록 조심하면서 옥사의 철창을 올려다보며 작은 소리로 소곤거렸지. 그 딸아이는 나를 구해 낼 힘이 없었어. 그래서 내게 이런 저런 것들을 보여주고 나면 언제나 나를 다시 감옥으로 데려다 주었지. 그러면 나는 그것만으로도 마음이 밝아져서 하염없이 눈물 흘리며 무릎 꿇고 딸을 축복해주었단다."

"아버지, 제가 바로 그 딸이에요. 내일도 그때와 똑같이 저를 진심으로 축복해주실 거죠?"

"루시, 오늘 밤 이렇게 지나간 고통을 이야기할 수 있는 것은 내가 너를 말로 표현할 수 없을 만큼 사랑하기 때문이고, 내게 이렇게 큰 행복을 주신 하느님께 진심으로 감사하기 때문이란다. 공상 속을 아무리 헤매고 다녔어도 지금 너와 함께 느끼는 이런 행복과 앞으로 우리 앞에 펼쳐질 커다란 행복은 꿈도 꾸지 못했단다."

박사는 딸을 꼭 껴안고 딸의 행복을 위해 엄숙하게 기도하고 그런 귀한 보물을 보내 주신 하느님께 깊이 감사했다. 그리고 아버지와 딸은 집안으로 들어갔다.

로리 이외에는 결혼식에 아무도 초대하지 않았고, 신부 들러리도 프로스 양밖에 없었다. 결혼한다고 해서 살 곳을 옮길 계획도 없었다. 한 번도 모습을 본 적 없어 있는지 없는지도 모를 정도였던 남자가 세 들어 있던 방을 그들이 빌리기로 했으므로 공간이 넓어졌고, 그 이상은 아무것도 바랄 것이 없었다.

마네트 박사는 아주 즐거운 기분으로 저녁 식탁에 앉았다. 식탁에는 부녀와 프로스 양까지 셋뿐이었다. 박사는 찰스가 빠진 것을 못내 아쉬워하며 오늘 밤 일부러 자리를 비켜준 찰스의 세심한 배려가 달갑지 않다는 말까지 했다. 그리고 애정을 가득 담아 그를 위해 건배했다.

이윽고 아버지가 딸에게 잘 자라는 인사를 할 때가 왔고 두 사람은 각자 방으로 들어갔다. 새벽 세 시쯤 되어 세상이 고요해지자 루시는 다시 아래층으로 내려와 아버지 방으로 살그머니 들어가 보았다. 전부터 느꼈던 막연한 두려움이 머리에서 떠나지 않았기 때문이다.

그러나 모든 것이 제자리에 있었다. 방 안은 조용했고 아버지는 그림 같은 백발을 처음 자리에 누웠을 때와 다름없이 가지런히 늘어뜨리고 두 손을 이불 위에 얌전히 얹은 채 깊이 잠들어 있었다. 루시는 멀리 떨어진 어둠 속으로 촛대를 치우고 머리맡으로 다가가 아버지의 입술에 입을 맞추고 몸을 굽혀 아버지의 얼굴을 들여다보았다.

아버지의 잘생긴 얼굴에는 유폐되어 있을 때 흘린 쓰디쓴 눈물 자국이 새겨져 있었다. 하지만 아버지는 굳건한 의지로 그 자국을 덮어 버렸는지 잠을 자는 동안에도 그 흔적이 드러나지 않았다. 보이지 않는 적과 묵묵히 단호하게 싸우고 있는 아버지의 고결한 얼굴보다 위대한 얼굴은 그날 밤 온 세상을 다 뒤진다 해도 결코 찾을 수 없을 것이다.

루시는 아버지의 가슴에 조심스럽게 손을 올리고 아버지의 슬픔이 자신을 필요로 하는 한 온 마음을 다해 영원히 아버지에게 효도할 것을 하느님에게 맹세했다. 그리고 다시 조심스럽게 손을 내리고 아버지의 입술에 입 맞춘 뒤 조용히 방을 나왔다. 이윽고 해가 떴다. 아버지를 위해 기도하던 루시의 입술처럼 부드러운 플라타너스 나무 그림자가 잠자는 박사의 얼굴 위로 어른거렸다.

제18장 아흐레 동안

결혼식 날은 쾌청했다. 모두들 준비를 마치고 박사의 방문 밖에서 기다리고 있었다. 박사는 방 안에서 찰스 다네이와 이야기를 나눴다. 아름다운 신부와 로리와 프로스 양 모두 교회로 떠날 채비를 마쳤다. 프로스 양은 동생 솔로몬이 신랑이 되어야 한다는 미련을 아직 완전히 버리지는 못했지만 어쩔 수 없는 일이라며 점차 단념하게 되었고, 그 점만 빼고는 이 결혼을 진심으로 기뻐했다.

로리는 신부를 아무리 칭찬해도 부족한지 루시의 주위를 빙빙 돌면서 단정하고 아름다운 결혼 예복을 구석구석 살펴보았다.

"아가씨, 생각해 보면 내가 귀여운 갓난아이에 불과했던 아가씨를 안고 해협을 건넌 게 다 오늘을 위해서였나 봅니다! 정말 놀라워요! 내가 한 일이 이렇게 좋은 결말을 맺을 줄은 생각도 못했는데! 내가 찰스에게 이토록 큰 은혜를 베풀게 될지 누가 상상인들 했겠소!"

"그야 이렇게 될 줄 알고 한 일이 아니니까 그렇죠. 이렇게 될 줄 어떻게 알았겠어요? 실없는 소리 말아요." 무미건조한 프로스 양에게는 농담이 통하지 않았다.

"그런가요? 그런데 울긴 왜 울어요?" 로리가 말했다.

"울긴 누가 운다고 그래요? 로리 씨나 울지 말아요."

"내가 운다고요?" (이즈음에는 로리도 가끔씩 프로스 양과 농담을 주고받곤 했다.)

"방금 울었잖아요. 내가 똑똑히 봤어요. 하기야 우는 게 당연하지. 로리 씨가 결혼 선물로 보낸 접시를 보면 누구라도 눈물을 흘릴 거유. 나도 울었다우. 어젯밤에 상자를 받고 나서 포크며 스푼을 하나하나 꺼내 보며 꺼이꺼이 울었으니까. 나중에는 눈물이 앞을 가려 접시가 보이지도 않더라니까요."

로리가 대답했다.

"영광입니다. 하지만 그런 보잘것없는 선물로 누군가를 울릴 생각은 전혀 없었어요. 프로스 양, 오늘 같은 날에는 누구나 인생에서 놓친 것을 되돌아보기 마련인가 봐요. 아아, 나도 오십 년 가까이 살아오면서 생각만 있었더라면 언제든지 아내를 얻을 수 있었을 텐데 참 아쉬워요!"

"그런 일은 없었을 거유!"

"나와 결혼하려는 사람이 아무도 없었을 거란 말이오?"

"후훗! 선생은 태어날 때부터 독신이었어요."

"과연! 그 말도 일리가 있소." 로리는 조그만 가발을 고쳐 쓰며 말했다.

"아니지, 로리 씨는 태어나기 전부터 혼자 살 팔자였어요." 프로스 양이 말을 이었다.

"그건 좀 심하네요. 하다못해 내 팔자를 정할 때는 내 의견도 참작해 주면 좋으련만. 하지만 이 얘긴 이제 그만합시다!" 로리는 루시의 허리에 부드럽게 팔을 두르며 말했다. "아가씨, 옆방에서도 이제 두 분이 일어난 모양이니 프로스 양과 내가 실무가로서 마지막으로 한 말씀 드리지요. 아가씨도 듣고 싶으실 겁니다. 앞으로 한동안 박사님을 홀로 남겨두게 될 텐데 뒷일을 맡은 우리들 역시 아가씨 못지않게 진심으로 박사님을 아끼는 사람들이니 성심을 다해 박사님을 돌봐드릴 겁니다. 아가씨가 워릭셔와 그 일대를 여행하는 2주 동안 예컨대 텔슨 은행에서 손해를 보더라도 박사님을 봐드릴 작정이에요. 그 뒤 2주 동안 웨일스를 여행하실 때에는 그곳까지 박사님을 안전하게 모셔다 드릴게요. 틀림없이 아주 건강하고 행복한 상태로 도착하실 테니 두고 보세요. 아, 발소리가 들리는군요. 그럼 케케묵은 방식이지만 이 노총각이 축하하는 뜻으로 아가씨에게 키스해도 되겠습니까? 누가 와서 채 가기 전에 말이에요."

로리는 아름다운 루시의 얼굴을 두 손으로 감싸고 이마에 나타나는 그 잊을 수 없는 표정을 꼼꼼히 살펴보았다. 그리고 진심으로 사랑스럽다는 듯이 루시의 눈부신 금발을 자신의 조그마한 갈색 가발에 살짝 대었다. 아담과 이브가 살던 시절에나 할 법한 구식 인사법이었다.

방문이 열리며 박사와 다네이가 나왔다. 둘이 방으로 들어갈 때와는 전혀 딴판으로 박사는 마치 죽은 사람처럼 얼굴에 핏기가 하나도 없었다. 침착한 태도는 평소와 조금도 다르지 않았지만, 눈썰미가 예리한 로리는 너무나 두

럽고 피하고 싶은 옛 기억이 차가운 겨울바람처럼 박사를 한바탕 휩쓸고 지나갔음을 어렴풋이 느꼈다.

박사는 딸과 팔짱을 끼고 계단을 내려가 오늘의 영광을 위해 로리가 빌려온 마차에 올라탔다. 나머지 사람들도 다른 마차를 타고 그 뒤를 따랐다. 잠시 후 가까운 교회에 도착하여 낯선 사람은 아무도 없는 오붓한 분위기 속에서 찰스 다네이와 루시 마네트는 행복한 결혼식을 올렸다.

결혼식이 거행되는 동안 웃는 얼굴로 지켜보는 사람들의 눈가에 눈물이 반짝였고, 곧이어 그보다 더 환한 다이아몬드가 어둠 속에서 눈부신 빛을 내뿜으며 로리의 주머니에서 나와 신부의 손으로 옮겨졌다. 일행은 집으로 돌아와 아침식사를 했다. 모든 일이 순조로이 진행되어 마침내 옛날 파리의 다락방에서 뒤엉켰던 불쌍한 구두장이의 백발과 루시의 금발이 지금 작별 인사를 나누는 문턱에서 아침 햇살을 받으며 또다시 뒤엉켰다.

오래 걸리지는 않았지만 두 사람은 힘겹게 작별했다. 오히려 아버지가 딸을 다독이며 조심스럽게 딸의 팔을 풀고 말했다.

"찰스, 딸아이를 데려가게! 이 아인 이제 자네 사람일세!"

루시는 마차 창밖으로 떨리는 손을 흔들며 멀어져 갔다.

그 모퉁이는 할 일 없고 호기심 많은 구경꾼들도 잘 다니지 않는 한적한 곳인데다 결혼식도 아주 간소하게 치렀으므로 박사와 로리, 프로스 양 세 사람만 뒤에 남았다. 로리는 그제야 박사의 상태가 매우 이상하다는 것을 깨달았다. 위로 들어 올린 황금 팔*¹에 치명적인 일격을 얻어맞은 사람 같았다.

결혼식 때문에 여러 감정을 억눌러야 했을 테니 그 압박감에서 놓여나면 어느 정도 반동이 있으리라고 예상은 했지만 로리는 언젠가 보았던 그 겁에 질린 허탈한 표정이 마음에 걸렸다. 다같이 2층으로 올라가면서 넋 나간 사람처럼 머리를 감싸 쥐고 쓸쓸히 방으로 들어가 버리는 박사를 보며 로리는 술집 주인 드파르주와 밤하늘을 가르며 마차를 달리던 그 여정을 문득 떠올렸다.

로리는 고민 끝에 프로스 양에게 속삭였다. "지금은 박사님에게 말을 걸지 않는 게 좋겠소. 방해하지 말고 혼자 있게 둡시다. 나는 은행에 들러봐야

---

*1 박사의 집 건물에 달려 있는 금세공사의 간판.

해요. 금방 다녀올 테니 그 뒤에 마차를 타고 교외로 나가 저녁이나 먹읍시다. 그러면 박사님도 괜찮아질 거예요."

하지만 텔슨 은행에 얼굴을 내밀기는 쉬워도 다시 나오는 일은 좀처럼 쉽지 않았다. 로리는 두 시간 동안 은행에 잡혀 있다가 돌아와 하인에게 말도 걸지 않고 계단을 올라가 박사의 방으로 향했다. 그런데 방 안에서 무언가를 두드리는 나지막한 소리가 들려오는 게 아닌가.

"무슨 일이지?" 로리가 깜짝 놀라 중얼거렸다.

프로스 양이 바로 옆에서 공포에 질린 얼굴로 두 손을 비비며 소리쳤다.

"아! 이를 어째! 이제 아가씨한테 뭐라고 하죠? 박사님께선 나도 못 알아보시고 구두만 만들고 계세요!"

로리는 간신히 그녀를 달래 놓고 박사의 방으로 들어갔다. 박사는 옛날에 파리에서 구두를 짓던 때처럼 의자를 빛이 드는 쪽으로 돌려놓고 웅크려 앉아 정신없이 구두를 짓고 있었다.

"박사님, 박사님! 마네트 박사님!"

박사는 반은 미심쩍고 반은 말을 걸어 화가 난 표정으로 로리를 흘긋 쳐다보고는 다시 일에 열중했다.

외투와 조끼도 벗어두었다. 구두를 만들 때면 늘 그렇듯이 셔츠 앞가슴을 풀어헤친 상태였고, 옛날의 초췌하고 퀭한 표정까지 그대로 돌아와 있었다. 박사는 방해하지 말라는 듯이 초조해하며 한눈도 팔지 않고 열심히 손을 놀렸다.

로리는 박사가 쥐고 있는 구두를 흘긋 보았다. 옛날에 만들던 것과 같은 크기, 같은 모양의 구두였다. 로리는 옆에 놓여 있는 다른 한 짝을 집어 들고 "이건 뭡니까?"라고 물었다.

박사는 쳐다보지도 않고 대꾸했다.

"젊은 아가씨들이 산책할 때 신는 구두라오. 벌써 끝냈어야 했는데. 날 좀 내버려 두시오."

"하지만 박사님, 절 좀 보십시오!"

박사는 순순히 고개를 들었지만 손은 멈추지 않았다. 기계적이고 순종적인 태도도 옛날과 똑같았다.

"제가 누군지 모르시겠습니까? 다시 한 번 잘 생각해 보세요! 이건 박사님이 하실 일이 아니에요. 잘 생각해 보세요!" 하지만 그 뒤로는 무슨 말을 해도 대답을 들을 수 없었다. 보라고 말하면 그때마다 눈을 살짝 들기는 했지만 아무리해도 말을 시킬 수는 없었다. 박사는 그저 묵묵히 기계적으로 일만 했다. 로리가 박사에게 건네는 말은 벽이나 허공에 대고 소리치는 것과 다를 바 없었다. 로리는 그나마 박사가 가끔 부르지 않아도 슬그머니 고개를 드는 것에 한 가닥 희망을 걸었다. 호기심이 일어서인지 당혹스러워서인지는 모르지만 어쨌든 박사는 마음속에 있는 어떤 의문을 풀어보려고 애쓰는 모양이었다.

로리는 가장 중요한 두 가지 문제를 생각했다. 첫째, 이 일을 절대 루시에게 알리지 말 것. 둘째, 박사를 아는 다른 친구들에게도 반드시 비밀로 할 것. 둘째 문제에 대해서는 프로스 양과 힘을 합하여 즉시 조치를 취했다. 박사가 몸이 편찮아서 며칠 푹 쉬어야 한다고 주변에 알린 것이다. 루시를 속이기 위해서는 프로스 양이 편지를 써서 박사는 멀리 왕진을 갔다고 전하고, 박사가 급하게 두세 줄 끼적여서 같은 우체국에서 보낸 편지를 받았다고 덧붙였다.

로리는 박사가 다시 제정신을 찾을 것이라고 믿었으므로 이러한 조치가 적절하다고 생각했다. 그리고 박사가 회복되면 그 다음에 취할 계획까지 세워두었다. 최고 전문가에게 박사의 병에 대한 의견을 물어볼 생각이었던 것이다.

박사가 빨리 회복되어 세 번째 계획을 실행에 옮길 수 있기를 기대하며 로리는 티가 나지 않게 박사의 상태를 꼼꼼히 관찰하기로 했다. 로리는 태어나서 처음으로 은행에 결근을 하겠다고 알리고 박사의 방 창가에 자리를 잡고 앉았다.

머지않아 로리는 박사에게 말을 거는 것이 전혀 도움이 되지 않을뿐더러 오히려 상태를 악화시킨다는 사실을 깨달았다. 자꾸 억압받는다고 느끼는지 박사가 안절부절못했기 때문이다. 그래서 이 방법은 하루 만에 포기하고, 박사가 이미 빠졌거나 빠져들고 있는 망상에 소리 없는 저항을 하듯 옆에서 가만히 지켜보기로 했다. 로리는 창가에 있는 의자에 앉아 책을 읽거나 글을 쓰며 그곳이 완전히 자유로운 곳이라는 사실을 박사가 깨닫게 하기 위해 되도록 밝고 자연스럽게 행동했다.

마네트 박사는 가져다주는 음식은 뭐든지 먹고 마시며 첫날은 주위가 캄캄해질 때까지, 로리가 책을 덮고 펜을 내려놓은 뒤에도 30분이나 더 일을 했다. 박사가 날이 밝을 때까진 일을 할 수 없다고 단념하고 연장을 내려놓자 로리가 일어서며 말했다.

"밖으로 나가보시겠어요?"

박사는 옛날처럼 바닥을 좌우로 둘러보고는 고개를 들더니 예전과 다름없이 모기만 한 소리로 대답했다.

"밖으로?"

"네, 저랑 산책이나 해요. 싫으세요?"

박사는 왜 싫은지 이유를 설명하기는커녕 대꾸조차 하지 않았다. 그러나 로리는 박사가 어둠 속에서 의자에 웅크리고 앉아 무릎 위에 팔꿈치를 괴고 두 손으로 머리를 감싸 쥐며 희미한 목소리로 "싫으세요? 싫으세요?" 하고 몰래 중얼거리는 것을 눈치 챘다. 유능한 실무자인 로리는 이 방법이 효과가 있음을 알아채고 그 방법을 계속 써먹기로 했다.

로리는 프로스 양과 교대로 불침번을 서며 옆방에서 밤새 박사를 관찰했다. 박사는 잠자리에 들기 전에 방안을 한참이나 서성거리고 나서야 겨우 침대에 눕더니 곧바로 잠들어 버렸다. 그리고 이튿날 새벽같이 일어나 곧바로 의자에 앉아 작업을 시작했다.

이튿날 로리는 박사의 이름을 부르며 쾌활하게 인사를 하고 최근에 둘이서 자주 이야기하던 화제들을 꺼냈다. 박사는 대꾸하지 않았지만 로리의 이야기를 들었으며, 비록 갈피를 잡지 못하고 있을망정 생각하고 있는 것이 분명했다. 이에 힘을 얻은 로리는 그날 프로스 양을 몇 차례나 방으로 불러들여 그곳에서 일하게 했다. 그리고 둘이서 평소처럼 자연스럽게 루시와 눈앞에 있는 그녀의 아버지에 대해 이야기했다. 과장된 몸짓을 섞지도 않았고 너무 자주 오래 머물러 박사를 성가시게 하는 일도 전혀 없었다. 그러자 박사가 고개를 드는 횟수가 점점 많아지고 주변 환경의 모순을 어느 정도 깨달은 듯도 했다. 자연히 로리의 마음도 가벼워졌다.

로리는 날이 저물자 박사에게 다시 한 번 물어보았다.

"박사님, 밖으로 나가보시겠어요?"

"밖으로?" 박사는 어제와 똑같이 대답했다.

"네, 저랑 산책이나 해요. 싫으세요?"

박사가 대답하지 않자 로리는 혼자서 밖으로 나가는 시늉을 하며 한 시간 동안 자리를 비웠다가 돌아왔다. 그 동안 박사는 창가로 자리를 옮겨 플라타너스 나무를 바라보고 있었다. 하지만 로리가 돌아오는 걸 보자 슬그머니 자기 자리로 돌아갔다.

시간은 무척 더디게 흘러갔다. 로리가 품었던 희망은 점점 줄어들었고 마음은 날이 갈수록 무거워졌다. 그렇게 사흘이 지나고 나흘, 닷새, 엿새, 이레, 여드레, 아흐레가 되었다.

희망은 점점 사라지고 마음은 자꾸 무거워지는 가운데 로리는 불안한 나날을 보냈다. 비밀은 잘 지켜졌고 루시는 아무것도 모른 채 행복에 젖어 있었다. 그러나 로리는 처음에 조금 서투르던 구두장이의 솜씨가 날이 갈수록 놀라운 속도로 능숙해졌으며 아흐레 저녁에는 박사의 손놀림이 그 어느 때보다 날래고 정확하게 움직이는 것을 놓치지 않았다.

제19장 전문의의 소견

 근심 걱정에 싸여 박사를 지켜보느라 지칠 대로 지친 로리는 앉은 자리에서 그대로 잠이 들어 버렸다. 마음 졸이던 열흘째 아침. 지난 밤 어둠 속에서 그대로 잠들어 버린 방 안으로 눈부신 햇살이 쏟아지자 로리는 깜짝 놀라 잠에서 깼다.

 눈을 비비며 몸을 일으킨 로리는 자기가 아직 잠에서 깨어나지 못한 게 아닌지 의심스러웠다. 박사의 방문 앞에 서서 살그머니 안을 들여다보니 구두 짓는 연장과 의자는 옆으로 치워져 있고 박사는 창가에 앉아 책을 읽고 있던 것이다. 평상시에 입던 옷으로 갈아입고 얼굴은(분명히 알 수 있었다) 아직 창백했지만 침착한 표정으로 책에 푹 빠져 있었다.

 간신히 꿈이 아니라는 것을 확인한 로리는 그렇다면 어제까지 박사가 구두를 짓는 악몽을 꾼 것인가 싶어 머리가 어질어질하고 혼란스러웠다. 눈앞에 있는 박사는 입고 있는 옷과 태도가 평소와 똑같았고 행동도 변함이 없었기 때문이다. 이처럼 놀라운 변화가 정말로 일어났다는 확실한 증거가 어딘가에 남아 있진 않을까?

 하지만 그것은 결국 처음에 그가 놀라고 당황했을 때 순간적으로 떠오른 의문에 지나지 않았다. 그 해답은 너무도 명백했기 때문이다. 어제까지 본 광경이 충분히 현실적인 이유에 입각하여 일어난 사실이 아니라면 어째서 자비스 로리가 지금 이곳에 와 있겠는가? 왜 옷도 갈아입지 않고 마네트 박사의 진료실 소파에서 잠들었다가 이른 아침부터 박사의 침실 밖에서 이런 고민을 하고 있단 말인가?

 잠시 뒤 프로스 양이 다가와 작은 목소리로 말을 걸었다. 로리에게 아직 한 점의 의문이라도 남아 있었다면 프로스 양이 단숨에 해결해주었을 테지만 그때는 이미 정신이 들고 의혹도 다 사라진 뒤였다. 로리는 지금은 박사를 가만히 내버려 두었다가 아침식사 때 아무 일도 없었다는 듯이 박사를 대하자고 프로스 양에게 말했다. 그리고 박사의 정신 상태가 정상이라면 그가 지난 아흐레 동안 불안에 떨며 고민했던 대로 전문의의 소견을 들어보고 치료 방향을 정하고 조언을 구하는 쪽으로 이야기를 끌어가기로 했다.

프로스 양은 기꺼이 그의 판단에 따르기로 했고, 신중하게 계획을 진행시켰다. 로리는 아직 시간이 충분했으므로 평소와 다름없이 흰 리넨 셔츠에 깨끗한 바지를 단정하게 차려입고 아침 식사를 하러 나타났다. 그리고 평소처럼 박사를 부르자 박사도 곧바로 아침을 먹으러 나왔다.

로리가 섬세하고 신중하게 접근하는 것이 유일하게 안전한 방법이라고 생각하고 조금씩 조심스럽게 박사를 떠보니, 박사는 루시의 결혼이 어제였다고 생각하는 듯했다. 그래서 일부러 오늘이 무슨 요일이고 며칠인지를 넌지시 비추자 박사는 몹시 불안한 듯 날짜를 손가락으로 꼽아 가며 깊은 생각에 잠겼다. 그러나 다른 점에서는 평소처럼 아주 침착했으므로 로리는 지금이야말로 전문의의 도움을 받을 때라고 생각했다. 그 전문의는 다름 아닌 마네트 박사 본인이었다.

아침 식사를 마치고 식탁을 치운 뒤 박사와 단둘이 남자 로리가 진지하게 말을 꺼냈다.

"마네트 박사님, 실은 제가 매우 관심을 기울이고 있는 어느 특이한 환자에 대해 은밀히 박사님의 의견을 듣고 싶습니다. 박사님 같은 전문가에게는 별것 아니겠지만 제가 볼 때는 아주 이상해서요."

박사는 어제까지 일하느라 지저분하게 물이 든 두 손을 흘끔 보며 사뭇 당황했으나 열심히 귀를 기울였다. 박사는 이미 몇 번이나 자기 손을 힐끗거리고 있었다.

로리는 박사의 팔을 다정하게 잡으며 말했다.

"박사님, 사실 그 환자는 제 각별한 친구예요. 부디 그를 위해, 특히 그 환자의 딸을 위해 심사숙고하여 박사님의 의견을 들려주셨으면 합니다. 그 딸을 위해서요, 박사님!"

박사가 목소리를 낮추고 말했다.

"어떤 정신적인 충격이라도 받은 건가요?"

"맞습니다!"

"그럼 더 자세히 말해 보시오. 하나도 빠뜨리지 말고."

로리는 대화가 통했다고 생각하고 이야기를 계속했다.

"박사님, 그 환자는 아주 오랫동안 병을 앓고 있습니다. 감정이랄까 마음이랄까, 박사님이 말씀하신 그 정신이 아주 큰 충격을 받았거든요. 맞아요, 그 정신적인 충격 때문에 환자는 아주 오랜 세월 동안 괴로워했어요. 그 기간이 얼마나 길었는지는 몰라요. 환자가 시간을 계산할 만한 상태도 아닌데다가 확인해 볼 방법도 없거든요. 그 뒤로 충격에서 회복되긴 했어요. 어떻게 나았는지는 환자 본인도 모르지만 어쨌든 확실히 나았고, 환자가 공식적인 자리에서 그렇게 말하는 것을 저도 똑똑히 들었어요. 병이 다 낫자 환자는 높은 지성을 발휘하며 어려운 정신노동도 할 수 있게 되었지요. 체력도 뒷받침이 되었고, 해박한 지식은 점점 더 깊어졌어요. 그런데 안타깝게도 요즘 들어 병이 살짝 재발했답니다." 로리는 깊은 한숨을 내쉬며 말했다.

"그 증상이 얼마나 지속되었소?" 박사가 가라앉은 목소리로 물었다.

"꼬박 아흐레요."

"증상은 어땠소? 혹시 그 충격과 관련된 행동을 되풀이하진 않았소?" 박사는 자기의 두 손을 흘끗 내려다보며 말했다.

"말씀하신 대롭니다."

"로리 씨는 환자가 옛날에 그 행동을 하는 모습을 본 적이 있소?" 목소리는 여전히 가라앉아 있었지만 침착하고 분명하게 박사가 물었다.

"딱 한 번 봤습니다."

"병이 재발했을 때 환자는 대체로, 아니 많은 점에서 옛날과 똑같았나요?"

"제가 볼 땐 완전히 똑같았습니다."

"아까 환자의 딸 이야기를 했는데, 그의 딸은 아버지의 병이 재발한 것을 알고 있소?"

"아뇨, 따님에겐 비밀로 했고 앞으로도 알리지 않을 생각입니다. 그 사실은 저와 믿을 만한 친구, 이렇게 둘만 알고 있습니다."

박사는 로리의 손을 덥석 잡고 나직하게 말했다.

"아주 잘했소! 정말 사려 깊은 판단이오!"

로리도 박사의 손을 움켜잡았고 두 사람은 한동안 아무 말도 하지 않았다.

이윽고 로리가 더없이 다정한 말투로 조심스럽게 말했다.

"마네트 박사님, 아시다시피 저는 한낱 사무원일 뿐이라 이처럼 어렵고 복잡한 문제는 해결할 능력이 없습니다. 필요한 지식도 갖추지 못한데다 어떻게 다루어야 하는지도 몰라 박사님의 도움이 절실히 필요합니다. 제가 믿고 도움을 청할 수 있는 사람은 박사님밖에 없어요. 박사님, 이 병이 왜 재발한 겁니까? 앞으로 이런 일이 또 일어날 수 있나요? 재발을 막으려면 어떻게 해야 합니까? 만약에 또 재발하면 어떻게 대처해야 할까요? 무엇보다 왜 이런 일이 일어나는 겁니까? 제가 그 친구를 위해 할 수 있는 일이 뭐가 있을까요? 방법만 안다면 무슨 일이든 해줄 겁니다. 이 마음은 누구보다도 간절해요. 하지만 이런 경우에 어떻게 해야 하는지조차 도통 모르겠습니다. 박사님이 명석한 지식과 풍부한 경험으로 올바른 방법만 알려주신다면 나머진 제가 어떻게든 하겠습니다. 지금으로서는 아는 것도 없고 도와줄 사람도 없어 제가 할 수 있는 일이 거의 없습니다. 그러니 박사님이 조언을 좀 해주십시오. 제가 좀더 자세히 알 수 있도록 가르쳐주시고 친구를 도와줄 수 있는 방법도 알려주십시오."

마네트 박사는 로리의 진심어린 말을 묵묵히 듣고 있었다. 로리도 박사에게 대답을 재촉하지 않았다.

마침내 박사가 침묵을 깨며 말했다.

"로리 씨가 말한 재발 증상은 아마 그 친구도 예측하고 있었을 겁니다."

"그 친구도 재발을 두려워했다는 얘기입니까?" 로리는 마음을 단단히 먹고 되물었다.

"그렇소. 굉장히 두려워했을 거요." 박사는 자신도 모르게 부르르 떨며 말했다. "그러한 두려움이 환자의 마음을 얼마나 무겁게 짓누르는지 로리 씨는 모르실 겁니다. 또 환자가 자신을 괴롭히는 문제를 스스로 말하는 것이 얼마나 고통스럽고 힘든 일인지도. 그건 거의 불가능한 일이라오."

"그럼 그 비밀 때문에 괴로워할 때 그것을 남에게 털어놓을 수 있다면 환자의 마음이 좀 편해질까요?"

"그렇지요. 하지만 방금 말했듯이 그건 거의 불가능에 가까운 일이에요. 경우에 따라서는 완전히 불가능할 수도 있소."

둘 사이에 잠시 침묵이 흘렀지만 로리가 다시 박사의 팔을 다정하게 잡으며 말했다.

"이번에 재발한 것은 무엇 때문이라고 생각하십니까?"

마네트 박사는 대답했다.

"아마도 그 병이 처음 발생했을 때의 기억들이 못 견딜 만큼 강렬하게 떠올랐기 때문일 거요. 가장 떠올리기 싫은 기억들이 강렬하고 생생하게 되살아난 게지. 그 친구의 마음속에는 처음부터 어떤 조건이 갖춰지면, 아니 어떤 특정한 상황이 되면 그 기억들이 되살아날지도 모른다는 두려움이 잠재해 있었을 겁니다. 그래서 그 일에 대비하려고 애를 썼지만 불가능했던 거요. 오히려 대비한 탓에 저항력이 약해졌을 겁니다."

"친구는 병이 재발한 동안 있었던 일을 기억할까요?"

입이 쉽게 떨어지지 않았지만 로리는 작정하고 물어보았다.

박사는 침울한 표정으로 방안을 둘러보고 고개를 가로저으며 말했다.

"전혀 기억 못 할 거요."

"그럼 앞으로는 어떻게 해야 할까요?"

박사가 다시 마음을 다잡으며 말했다.

"앞으로는 괜찮아질 거요. 하느님 덕택에 다행히 환자의 병이 빨리 회복되었으니 괜찮아질 겁니다. 오랫동안 두려워하고 예상하며 맞서 싸우다가 그 복합적인 압박감에 한 번 무너지긴 했지만 그 먹구름이 큰 비를 뿌리고 지나간 뒤 회복되었으니 최악의 사태는 이미 넘긴 것 같소."

"아, 그렇습니까? 그렇군요. 이제 마음이 놓입니다. 고맙습니다!"

"나도 고맙소이다!" 박사도 공손히 머리를 숙이며 똑같이 말했다.

"묻고 싶은 점이 두 가지 더 있는데 말씀드려도 될까요?"

"로리 씨 친구를 위해서라면 얼마든지요." 박사는 로리에게 손을 내밀며 말했다.

"먼저, 그 친구는 매우 학구적이며 열정이 유별납니다. 본업과 관련한 지식을 쌓는 데 굉장히 열심이고 그밖에도 이것저것 실험을 하느라 무척 바쁩니다. 그 친구의 몸에 무리가 가진 않을까요?"

"그렇지는 않을 겁니다. 시도 때도 없이 일에 열중하는 건 그 친구의 성격인지도 몰라요. 물론 타고난 성격일 수도 있고 고통 때문에 무슨 일에건 매달리는 것일 수도 있죠. 건전한 일이 줄어들면 그만큼 불건전한 일에 빠질 위험이 큽니다. 그 친구는 자신의 그런 점을 잘 알기 때문에 그러는 건지도 몰라요."

"그가 무리하는 게 아니니 괜찮다는 거죠?"

"그렇다고 생각합니다."

"마네트 박사님, 만약에 그가 지금 무리하고 있는 거라면……."

"로리 씨, 그건 쉽게 말할 수 있는 문제가 아닌 것 같군요. 그는 한쪽으로 극심한 압박을 받았으니 이번에는 반대 방향에서 압박할 필요도 있는 겁니다."

"제가 사무원이라 융통성이 없어 그러니 양해해주십시오. 만약 그 친구가 과로한 상태였다면 그 때문에 병이 재발한 게 아닐까요?"

"나는 그렇게 생각하지 않소. 그렇게 생각지 않아요." 박사는 확고하게 말했다. "특별한 연상 작용 말고는 병을 재발시킬 수 있는 원인이 어디에도 없다오. 앞으로는 감정을 뒤흔드는 이상 징후만 없다면 또 재발하진 않을 겁니다. 실제로 한 번 재발하여 나았으니 또다시 그 감정이 격렬하게 흔들리는 일은 없을 것이오. 반대로 말하면 병을 재발시키는 요인이 모두 사라졌다고 볼 수 있지. 나는 그렇게 생각하오. 아니, 그러리라 확신하오."

제아무리 사소한 것도 섬세한 정신세계를 뒤흔들어놓을 수 있다는 점을 잘 아는 사람답게 박사는 조심스럽게 말하면서도, 한편으로는 그가 겪은 고난과 번민에서 서서히 확신을 얻기 시작한 사람답게 자신 있는 태도로 말했다. 로리는 그 자신감을 가벼이 볼 수 없었다. 그는 그 말을 들으니 안심이 된다고 말하고 두 번째 문제를 꺼냈다. 그것은 가장 어려운 문제였다. 그러나 언젠가 일요일 아침에 프로스 양과 이야기한 내용[1]을 떠올리고 또 지난 아흐레 동안 자신이 목격한 일을 생각하며 로리는 무슨 일이 있어도 이 문제만은 꼭 해결해야 한다고 결심했다.

"다행히 회복되긴 했지만 병이 재발했을 때 친구가 하던 일이 말입니다." 로리는 헛기침을 하고 말을 이었다. "예를 들어 대장간 일, 대장장이 일이라고 가정해 둡시다. 그 친구는 병이 악화되면 늘 작은 풀무를 들고 일을 하는데 이번에도 난데없이 그 일을 하는 걸 봤다고 칩시다. 그 친구 곁에서 대장간 연장을 치워야 하지 않을까요?"

---

*1 1부 6장 참조.

박사는 한쪽 손으로 이마를 가리고 초초하게 발을 굴렀다.

"그 친구는 늘 연장을 곁에 두는데 아예 치워 버리는 게 좋지 않을까요?" 로리는 박사의 얼굴을 걱정스럽게 바라보며 말했다.

박사는 여전히 얼굴을 가린 채 발을 구르고 있었다.

"이 문제는 조언하시기가 쉽지 않으시죠. 어려운 문제인줄은 알지만 그래도 저는……." 로리는 고개를 저으며 말을 멈추었다.

잠시 생각한 뒤 박사가 입을 열었다.

"그 친구의 내면 깊숙한 곳에서 어떤 일이 일어나고 있는지를 논리적으로 설명하기는 어려워요. 그 친구는 한때 그 직업을 몹시 갈망한 적이 있었고 일을 해보니 마음이 무척 편했지요. 다시 말해 부지런히 손을 놀리면서 복잡한 생각을 잊을 수 있었던 거요. 그리고 일이 점점 익숙해지자 민첩한 손놀림으로 정신적 고통을 다스릴 수 있었던 거죠. 그 일을 통해 정신적 고통이 많이 완화되었을 겁니다. 그러다보니 연장이 손에 닿는 곳에 있지 않으면 생각만으로도 견딜 수 없는 거예요. 물론 지금은 옛날과 비교할 수 없을 만큼 상태가 희망적이고 스스로 자신 있게 말할 정도로 호전되었지만 나중에 필요할 때 옆에 없으면 어쩌나 싶어 갑자기 무서워지는 겁니다. 마치 길 잃은 아이가 갑자기 두려움을 느끼는 것처럼 말이오."

박사가 고개를 들고 로리를 바라보았을 때 정말로 그의 말대로 길 잃은 아이처럼 보였다.

"한 가지 더 물어도 되겠습니까? 저는 금화며 은화며 지폐 같은 물건만 다뤄 온 평범한 은행원일 뿐이라 잘 몰라서 그럽니다. 물건을 남겨둔다는 것은 결국 관념도 함께 남겨두는 것 아닙니까? 박사님, 물건이 사라지면 두려움도 함께 사라지지 않을까요? 그러니까 풀무를 곁에 두는 것은 두려움에 굴복했다고 인정하는 것 아닙니까?"

또다시 짧은 침묵이 흘렀다.

"그것도 오랜 친구 같은 것 아니겠소?" 박사가 떨리는 목소리로 말했다.

"하지만 저라면 버릴 겁니다." 로리가 고개를 가로저으며 말했다. 박사가 불안해하는 것을 보면서 확신을 얻었기 때문이다. "저라면 그 물건을 버리라고 충고하겠습니다. 다만 박사님이 의사로서 허락해주시기를 바랄 뿐입니다. 그런 물건을 갖고 있으면 좋지 않아요. 박사님도 사내답게 허락해 주십시오. 환자의 딸을 위해서 말입니다, 마네트 박사님!"

놀랍게도 박사의 마음속에서 치열한 싸움이 벌어지고 있는 듯했다.

"그럼 그 딸을 위해 버려도 좋소! 허락하겠소. 하지만 그 친구가 보는 앞에선 버리지 말고 그가 없을 때 치우도록 하시오. 오랫동안 함께한 짝꿍이 사라져 슬퍼하겠지만 그런 감정은 물건이 사라진 뒤에 느껴도 충분할 거요."

로리는 그렇게 하겠다고 기꺼이 약속했고, 이로써 상담은 끝났다. 그 날은 둘이서 교외에 나가 바람을 쐬었고 박사도 건강을 거의 되찾았다. 사흘 뒤에는 건강을 완전히 회복하고 열사흘째 날에는 마침내 루시와 사위를 만나러 출발했다. 로리는 그동안 박사가 딸에게 편지 한 장 보내지 않은 까닭을 그럴듯하게 변명해 두었다고 박사에게 설명해주었다. 루시에게도 그와 관련된 편지를 보내 두었으므로 루시는 아무런 의심도 하지 않았다.

박사가 집을 떠난 날 밤 로리는 도끼와 톱, 끌, 망치 따위를 들고 박사의 방으로 향했고, 프로스 양이 촛불을 들고 그 뒤를 따랐다. 문을 꼭 닫아 놓고 무슨 범죄라도 저지르는 듯한 흥분을 느끼며 로리는 구두장이의 의자를 산산조각 냈다. 프로스 양은 살인 방조자처럼 촛불을 들고 서 있었는데, 그녀의 섬뜩한 얼굴은 그 역할에 안성맞춤이었다. 곧이어 부엌 아궁이에서 시체를 소각했고(그러기 위해 미리 잘게 쪼개 놓은 것이다) 구두와 연장과 가죽은 뜰에다 파묻어 버렸다. 정직한 사람들한테는 무엇인가를 부수고 파묻는 일이 아주 사악한 일로 보이기 마련이듯이, 이 경우에도 때려 부수고 증거를 은폐하는 로리와 프로스 양은 정말로 무서운 범죄라도 저지르는 듯한 기분을 느꼈고, 실제로도 그렇게 보였다.

제20장 기도

신혼부부가 여행을 마치고 돌아오자 가장 먼저 축하해준 사람은 시드니 카튼이었다. 카튼은 부부가 집에 도착한 지 몇 시간도 채 안 되어 찾아왔다. 그는 복장이나 용모나 태도가 조금도 나아지지 않은 것처럼 보였다. 그러나 거칠긴 해도 진실해 보였고, 이 점은 찰스 다네이로서는 처음 보는 면이었다.

카튼은 기회를 봐서 다네이를 창가로 끌고 가 주변에 아무도 없을 때 이렇게 말했다.

"다네이 씨, 우리 친구합시다."

"우린 이미 친구 사이가 아닌가요?"

"그건 그냥 예의상 하는 말일 테지요. 하지만 나는 인사치레로 이러는 게 아니오. 내가 친구가 되자고 한 건 그런 의미가 아닙니다."

찰스 다네이는 지극히 기분 좋은 얼굴로 그럼 무슨 뜻이냐고 친절하게 물었다.

카튼은 웃으며 말했다.

"혼자 생각할 때는 쉬운데 막상 말로 옮기려니 쉽지 않군요. 하지만 한번 해보지요. 언젠가 내가 많이 취했던, 아니 평소와 다르게 유난히 취했던 날을 기억하시오?"

"기억합니다. 카튼 씨가 취했다는 사실을 인정하라고 했던 그날 말이지요?"

"나도 기억합니다. 그날 당신에게 무례하게 굴었던 일이 지금도 내 가슴 속에 응어리처럼 남아 나를 짓누르고 있거든요. 아무리 해도 그날의 일이 잊히지지가 않더군요. 언젠가 내 삶이 끝나는 날 신이 이런 내 마음을 헤아려주면 좋을 텐데 말이죠. 아, 너무 놀라지 마세요. 설교하려는 게 아닙니다."

"놀라지 않았습니다. 당신에게 진지한 면이 있다는 게 어디 놀랄 일인가요."

"거참!" 카튼은 그 말을 부정이라도 하듯 손사래를 쳤다. "내가 술에 취했던 그날, 물론 당신도 알다시피 나는 늘 취해 있었지만, 어쨌든 그날은 당신을 좋아하기 때문에 오히려 미운 마음을 억누를 수가 없었소. 그 일은 잊어주면 좋겠군요."

"그 일은 이미 옛날에 다 잊었어요."

"또 인사치레를 하는군요! 하지만 다네이 씨, 당신과 달리 나는 지난 일을 쉽게 잊지 못합니다. 나는 한시도 그 일을 잊은 적이 없어요. 그러니 가벼운 대답 한 마디로는 그 일을 잊는 데 도움이 되지 않소."

"성의 없게 들렸다면 용서하십시오. 저는 대수롭지 않게 여긴 일에 의외로 카튼 씨가 너무 마음을 쓰시는 것 같아 적당히 넘기려고 한 것이지 다른 뜻은 없었습니다. 신사로서 맹세하건대 전 이미 오래 전에 그 일을 머릿속에서 지웠습니다. 애당초 기억하고 말고 할 게 뭐가 있습니까? 더욱이 그 날은 카튼 씨에게 그토록 큰 도움을 받았던 날인데요."

"자꾸 내가 당신을 도왔다고 하는데, 그건 직업상의 일일 뿐이었소. 그 일을 하면서도 나는 당신이 어떻게 되든 별로 신경쓰지 않았소. 물론 지금 그렇다는 게 아니라 그때 말이오. 이미 지난 일을 얘기하고 있는 거요."

"카튼 씨야말로 제게 베푸신 은혜를 가볍게 말씀하시는군요. 하지만 그렇다고 해서 불평할 생각은 없습니다."

"다네이 씨, 정말이오! 이야기가 잠깐 옆으로 샜는데, 내가 하고 싶은 말은 당신과 내가 친구라는 거요. 당신도 알겠지만 나는 고상하지도 않고 잘나지도 않은 사람이오. 못 믿겠으면 스트라이버에게 물어 보시오. 그 친구도 똑같이 말할 거요."

"저는 남의 도움 없이 스스로 판단하는 게 좋습니다."

"좋소! 아무튼 당신도 알다시피 나란 놈은 방탕하고 무례하며 좋은 일이라고는 해본 적이 없고 앞으로도 그럴 겁니다."

"앞으로 어떻게 될지는 모르는 일 아닙니까?"

"아뇨, 그럴 겁니다. 믿어도 좋소. 하지만 나처럼 쓸모없고 평판도 안 좋고 아무 때나 불쑥 왔다 가는 놈을 참아줄 수 있다면 이 집에 드나들 수 있는 특권을 누리게 해달라고 청해볼까 하오. 그냥 한때 유용하게 쓰였지만 이제는 아무도 거들떠보지 않는 쓸모없는 가구처럼 생각해 주시구려. 내가 특권을 남용하는 일은 절대 없을 거요. 일 년에 네 번이나 사용할까, 아마 그러는 것도 백의 하나가 될까 말까 할 거요. 아무튼 나는 그런 특권이 주어졌다는 사실만으로도 만족하니까요."

"그럼 그렇게 하십시다."

"그러니까 그 말은 내 청을 들어준다는 말이지요? 고맙소, 다네이. 이제 이름을 편하게 불러도 되겠지요?"

"괜찮고말고요."

두 사람은 악수를 나누었고 카튼은 돌아가 버렸다. 그리고 채 1분도 안 되어 카튼은 예전과 같은 주정뱅이로 돌아갔다.

그가 돌아간 뒤 찰스 다네이는 마네트 박사와 로리 그리고 프로스 양과 함께 저녁식사를 마친 뒤 지나는 말로 카튼과 나눈 대화를 이야기하면서 시드니 카튼이라는 사람도 참으로 엉뚱하고 별난 사람이라고 말했다. 물론 나쁜 뜻에서 한 말은 아니었다. 그의 태도나 행동을 보면 누구나 느낄 법한 인상을 말했을 뿐이다.

따라서 다네이는 그 이야기가 아리따운 신부의 마음에 남아 있으리라고는 꿈에도 생각지 못했다. 하지만 나중에 방으로 돌아가자 루시가 이마를 찌푸린 그녀 특유의 표정을 짓고 그를 기다리고 있었다.

"오늘밤은 머리가 복잡한 것 같군요." 다네이가 아내를 다정하게 끌어안으며 말했다.

"그래요, 찰스." 루시는 남편의 가슴에 두 손을 얹고 호기심 어린 표정으로 그를 물끄러미 올려다보았다. "오늘은 마음에 걸리는 게 있어서 머리가 복잡해요."

"그게 뭐요, 루시?"

"제가 묻지 말아 달라고 부탁하는 것은 안 묻겠다고 약속해줄 수 있나요?"

"약속하겠느냐고요? 당연하지요. 당신을 위해서라면 어떤 약속이든 기꺼이 하겠소."

다네이는 뺨에 흘러내린 아내의 금빛 머리칼을 한 손으로 다정하게 쓸어 넘겨주고 다른 손은 오직 그를 위해 고동치는 아내의 심장 위에 갖다 댔다.

"찰스, 카튼 씨는 당신이 오늘 밤 말한 것보다 훨씬 배려받고 존중받아 마땅한 분이라고 생각해요."

"그래요? 왜 그렇게 생각하죠?"

"그건 약속대로 묻지 말아주세요. 하지만 어쨌든 전 그렇게 생각해요. 아니, 그래야 해요."

"당신이 그렇게 생각한다면 그걸로 충분하오. 내가 어떻게 하면 되겠소?"

"그분께 늘 관대하게 대해 주세요. 그분이 안 계실 때에도 그분의 단점을 너그럽게 봐 주시고요. 그분은 가슴속에 깊은 상처가 있기 때문에 좀처럼 남에게 마음을 열어 보이는 분이 아니에요. 내 말을 믿어주시겠어요? 난 피가 철철 흐르는 그분의 심장을 본 적이 있답니다."

"내가 본의 아니게 그 사람을 괴롭힌 것 같아 마음이 무겁구려. 그런 줄은 꿈에도 몰랐으니!" 찰스 다네이가 깜짝 놀라며 대답했다.

"사실이에요. 물론 그분의 상태는 나아지지 않을지도 몰라요. 그분의 성격이나 처지가 이제 와서 호전되리라고는 기대할 수 없을지도 몰라요. 하지만 난 그분이 옳은 일과 신사다운 일, 너그러운 일도 충분히 할 수 있는 분이라고 믿어요."

하느님도 포기한 남자를 진심으로 굳게 믿는 루시의 순수함이 더욱 아름다워 보였다. 다네이는 그런 아내를 몇 시간이고 바라볼 수 있을 것 같았다.

"여보!" 루시는 남편에게 더욱 바싹 매달리며 남편의 가슴에 머리를 얹고 그를 올려다보며 간곡하게 말했다. "우리는 이렇게 행복하기 때문에 강하지만 카튼 씨는 불행한 탓에 무척 연약해요. 그 점을 잊지 말아주세요!"

루시의 간곡한 부탁에 남편은 가슴이 뭉클해졌다.

"알겠소. 잊지 않으리다! 내가 살아있는 동안은 절대 잊지 않겠소."

다네이는 루시의 금발을 감싸듯이 하며 고개를 숙여 그 장밋빛 입술에 입을 맞추고 두 팔로 그녀를 꼭 껴안았다. 이때 우연히 캄캄한 밤거리를 지나가는 한 쓸쓸한 방랑자가 루시의 순수한 고백을 듣고, 남편에 대한 사랑으로 가득한 푸른 눈동자에 맺힌 연민의 눈물이 남편의 입맞춤으로 씻겨 내려가는 광경을 보았다면, 그 방랑자는 밤하늘을 우러러보며 그가 이미 몇 번이고 되뇌었을 말을 큰 소리로 외쳤으리라.

"아, 하느님, 그녀의 아름다운 마음씨를 축복하소서!"

제21장 울리는 발소리

앞에서 이야기했듯이 마네트 박사는 메아리가 신기하게 잘 울리는 길모퉁이에 살았다. 루시는 남편과 아버지, 그리고 친구이자 가정부이기도 한 프로스 양을 하나로 묶어주는 금실을 부지런히 자아내며 평온한 행복을 누렸고, 여전히 메아리가 울리는 길모퉁이 집에서 수년째 들려오는 발소리에 귀를 기울였다. [*1]

결혼 초기에 루시는 무엇 하나 부족한 것 없는 행복하고 젊은 아내였지만, 일이 손에 잡히지 않고 공연히 눈물이 나는 날도 종종 있었다. 메아리 소리에 섞여 뭔가가 어렴풋이 들려오는 듯했지만, 또렷이 들리지는 않고 마음만 헤집어 놓았기 때문이다. 이상하게 불안한 희망과 두려움, 아직 잘 모르는 사랑에 대한 희망과 그 사랑의 기쁨을 누릴 때까지 살 수 없을지도 모른다는 두려움이 그녀의 마음속에서 교차했다. 그럴 때면 요절한 자신의 무덤을 찾아오는 사람들의 발소리가 메아리와 뒤섞여 들려왔고, 아내를 잃고 혼자 남아 미칠 듯이 슬퍼하는 남편을 상상하게 되었다. 그런 상상을 하면 순식간에 눈물이 그렁그렁 차올라 폭포수처럼 쏟아져 내렸다.

하지만 그런 시기도 어느덧 지나가고 루시는 귀여운 루시 2세를 품에 안게 되었다. 그러자 들려오는 메아리 사이로 어린 딸의 귀여운 발소리와 아직 발음도 제대로 하지 못하는 옹알이 소리가 뒤섞였다. 커다란 메아리 소리가 제멋대로 울려 퍼졌지만 요람 옆에 앉은 젊은 엄마의 귀에는 언제나 앙증맞은 발소리와 옹알이 소리가 들려왔다. 그 소리가 들리면 어둡던 집안도 아이의 웃음소리에 환해졌다. 루시가 고뇌할 때면 늘 고민을 들어주었던 성스러운 아기들의 친구[*2]가 그 옛날 어린 아기를 품에 안았듯이[*3] 그녀의 어린 딸

[*1] 여기서 이야기의 무대가 8년 뒤인 1789년으로 건너뛴다.
[*2] 그리스도를 말한다.
[*3] 〈마르코의 복음서〉 9장 36~37절 참조.

루시도 다정하게 안아주는 듯했고, 그것이 그녀에게는 성스러운 기쁨이었다.

온 가족을 하나로 묶는 금실을 부지런히 자아서 그들 모두의 삶이라는 천에 행복한 무늬를 짜 넣는 몇 년 동안 루시는 메아리 속에서 부드럽고 상냥한 소리만 들었다. 남편의 발소리는 유난히 힘차고 생기가 넘쳤고, 아버지의 발소리는 한결같이 확고했다. 어린 루시의 말이 되어 목에 고삐를 두르고 채찍으로 쉴 새 없이 얻어맞고 있는 프로스 양은 야생마처럼 콧김을 내뿜고 쿵쿵거리며 플라타너스 나무 아래의 땅을 힘차게 발로 차댔다.

메아리 속에는 구슬픈 소리도 섞여 있었지만 그 소리도 냉정하거나 잔인하게 울리지는 않았다. *4 베개를 벤 야윈 얼굴 주위로 엄마와 꼭 닮은 금발을 후광처럼 드리운 아들아이가 환하게 미소 지으며 "엄마 아빠, 엄마와 아빠와 누나와 헤어져야 하는 건 슬프지만 난 하느님이 부르셔서 가봐야 해요"라고 말했을 때도 품에서 떠나는 어린 영혼을 지켜보는 젊은 어머니의 뺨을 적신 것은 고통의 눈물이 아니었다. 어린아이들이 나에게 오는 것을 막지 말고 그대로 두어라! *5 그 아이들은 하느님 아버지의 얼굴을 볼지니. 아, 하늘에 계신 아버지시여, 축복을 내리소서!

이처럼 때로는 천사의 날갯짓 소리가 들리기도 했다. 메아리에는 지상의 소리뿐 아니라 천상의 숨결도 섞여 있었다. 뜰에 있는 조그만 무덤 위로 바람의 한숨 소리가 뒤섞일 때면 루시는 모래톱에 잠든 여름 바다의 숨결 같은 그 소리에 귀를 기울였다. 그럴 때 어린 루시는 까불거리며 아침 공부에 열을 올리거나 어머니의 발치에 앉아 인형 옷을 갈아입히며 두 도시*6의 언어로 재잘대곤 했다.

하지만 그 메아리와 함께 시드니 카튼의 발소리가 울려 퍼지는 일은 거의 없었다. 그는 일 년에 대여섯 번, 초대받지 않아도 올 수 있는 특권을 사용하여 훌쩍 찾아와 가족들과 이야기를 나누다 돌아갔다. 술에 취해 나타난 적은 한 번도 없었다. 사실 메아리 속에는 그와 관련된 속삭임이 하나 더 있었는데, 그것은 태곳적부터 온갖 진실의 메아리를 타고 들려오던 소리였다.

---

*4 둘째로 아들이 태어나 죽은 일을 말한다.
*5 〈마태오의 복음서〉 19장 14절, 〈마르코의 복음서〉 10장 14절 등에 나오는 그리스도의 말씀.
*6 런던과 파리.

한 여인을 진심으로 사랑하면서도 그녀를 잃은 사내가 설령 그녀가 남의 아내가 되고 아이 엄마가 된 뒤에도 변함없이 순결한 마음으로 그 여인과의 친교를 이어갈 때, 그 여인의 아이들은 사내에게 어떤 본능적인 연민과 같은 신비한 친밀감을 느끼기 마련이다. 그런 경우 숨어 있던 어떤 감수성이 움직이는지 메아리는 말해 주지 않지만 사실이 그러하며 여기서도 예외는 아니었다. 어린 루시가 가족이 아닌 사람 가운데 그 토실토실한 팔을 내밀어 처음으로 껴안은 사람은 시드니 카튼이었고, 카튼은 어린 루시가 성장하는 동안에도 그 아이의 마음에 한 자리를 차지했다. 루시의 어린 아들 또한 눈을 감는 순간에 이렇게 말했다.

"불쌍한 카튼 아저씨! 저 대신 아저씨에게 키스해 주세요."

스트라이버는 혼탁한 물살을 헤치고 돌진하는 거대한 증기선처럼 법조계에서 어깨로 바람을 가르며 승승장구했고, 선미에 동여맨 보트처럼 필요한 친구들을 이리저리 끌고 다니며 항해했다. 그러한 보트의 운명이 대체로 비참하게 물속으로 가라앉기 마련인 것처럼 시드니의 생활도 완전히 난파당하기 직전이었다. 하지만 성가신 일을 싫어하고 현재에 안주하려는 강인한 습성 때문에—시드니의 경우 어떠한 성공이나 실패의 자극보다도 그러한 습성이 훨씬 강했다—자연히 그것이 자신의 운명이라고 포기하고 있었다. 대부분의 자칼이 사자의 자리를 넘보지 않는 것처럼 시드니도 자칼의 처지에서 벗어날 생각이 전혀 없었다. 스트라이버는 부자였다. 큰 머리에 곧게 뻗은 머리털 말고는 딱히 내세울 것도 없는 세 아들을 둔 혈색 좋은 부유한 과부와 결혼했기 때문이다.

스트라이버는 후견인인 체하며 양떼 몰듯 세 아들을 앞장세우고 조용한 소호의 모퉁이 집을 찾았다. 다네이에게 세 아들을 제자로 받아달라고 부탁하러 온 것이다. 그가 말했다.

"보시오! 당신네 부부가 소풍을 가거나 할 때 보탬이 될 치즈 바른 빵을 세 덩어리 가져왔소!"

하지만 다네이가 치즈 바른 빵을 정중히 거절하자 스트라이버는 분통을 터뜨렸다. 나중에 그는 세 아들에게 그런 개인 교사들처럼 빌어먹고 사는 주제에 자존심만 세우는 작자들을 조심해야 한다고 단단히 일렀다. 또한 스트라이버는 고급 포도주를 홀짝이며 아내에게 옛날에 다네이 부인이 처녀 때

자기를 '낚으려고' 꾀를 쓰곤 했지만 자기 역시 만만한 상대가 아니므로 쉽게 '낚이지 않았다'고 떠벌여댔다. 고등법원 친구들 중에는 이따금 스트라이버가 독한 술에 취해 허풍을 떨어대는 것까지 들어주는 친구들이 있었는데, 그들의 말에 따르면 스트라이버는 거짓말을 입에 달고 사는 바람에 스스로도 그것이 사실인 줄 아는 모양이었다.

루시가 때로는 슬퍼하고 때로는 즐겁게 웃으며 모퉁이 집에서 메아리를 들으며 살아가는 동안 어느덧 그녀의 어린 딸이 여섯 살이 되었다. 어린 루시의 발소리와 언제나 활기차고 침착한 아버지의 발소리, 사랑하는 남편 찰스의 발소리들이 루시의 가슴속에서 얼마나 아름답게 울려 퍼졌는지는 새삼스럽게 말할 필요도 없을 것이다. 또한 현명하고 지혜로운 안주인이 알뜰하게 절약하여 넉넉하게 살림을 꾸려가는 집안에서 들리는 소리는 얼마나 경쾌했던지, 루시에게는 마치 아름다운 음악처럼 들렸다. 아버지는 루시가 처녀였을 때보다 결혼하고 나서 더 잘해 준다고(그런 일이 가능하다면) 입이 마르도록 칭찬했고, 다네이도 그녀가 아버지에게 효도를 다하면서도 결코 남편에 대한 사랑과 내조를 잊어본 적이 없다고 말하며 루시를 추켜세웠다.

"당신은 가족 모두에게 두루 잘하면서도 바쁜 시늉 한 번 안 하고 일에 치이는 내색조차 안 하는군요. 대체 그 비결이 뭐지요?"

하지만 그러는 동안에도 한편으로는 멀리서 우르릉거리며 이 동네 모퉁이를 향해 다가오는 불길한 메아리가 있었다. 어린 루시가 여섯 번째 생일을 맞이할 즈음, 머나먼 프랑스에서 거대한 폭풍우가 몰아치고 바다가 요동치는 무시무시한 소리가 울려오기 시작했다.

1789년 7월 중순의 어느 날 밤, 늦은 시간에 텔슨 은행에서 퇴근한 로리는 루시 부부와 함께 캄캄한 창가에 앉아 있었다. 폭풍우 치는 무더운 밤이었다. 세 사람은 오래전에 이 자리에서 번개를 바라보던 어느 일요일 밤의 일이 떠올랐다.

갈색 가발을 뒤로 젖히며 로리가 말했다.

"처음엔 은행에서 밤을 샐지도 모르겠단 생각까지 들더군요. 온종일 어찌나 바쁘던지 무슨 일부터 손을 대서 어떻게 처리해 나가야 할지 감이 안 잡히지 뭡니까. 파리의 분위기가 불안하다보니 모두 우리 쪽으로 거래가 밀려들어서요. 파리 고객들은 한시라도 빨리 우리 은행에 돈을 맡기려고 안달하고 있죠. 재산을 영국으로 옮겨 놓으려는 열기가 말도 못 해요."

"상황이 심각해 보이는군요." 다네이가 말했다.

"상황이 심각하다고요, 다네이 씨? 맞습니다. 하지만 우리 쪽에서는 그 이유도 알아보지 않고 있어요. 대체 왜들 그러는지! 우리 텔슨 은행의 직원들은 다들 나이가 많아서 당장 무슨 큰일이라도 터지지 않는 한 평소와 다른 점이 있어도 전혀 신경 쓰지 않지요."

"그래도 선생님은 그쪽 상황이 뭔가 불길하고 심상치 않다는 것을 알고 계시군요?" 다네이가 대답했다.

"물론이지요." 로리는 자신의 온화한 기질이 까다로워진 것도 무리는 아니라고 스스로를 합리화하며 동의했다. "하루 종일 신경을 곤두세웠더니 짜증이 좀 나는군요. 그런데 박사님은 어디 계십니까?"

"여기 있소." 박사가 어두워진 방안으로 불쑥 들어오며 말했다.

"집에 계셔서 다행입니다. 온종일 눈코 뜰 새 없이 바쁜데다 불길한 생각까지 들어서 까닭 없이 신경이 날카로워졌어요. 어디 나가시진 않으실 거죠?"

"안 나갈 거요. 로리 씨만 좋다면 주사위놀이나 할까 하는데."

"솔직히 말씀드리면 별로 내키지 않습니다. 오늘 밤은 박사님과 겨룰 기분이 아니에요. 루시, 찻상이 아직 거기 있나요? 보이질 않네요."

"그럼요. 선생님을 위해 그대로 두었답니다."

"고마워요. 우리 귀여운 아기는 잘 자고 있겠죠?"

"네, 잘 자고 있어요."

"그럼 됐어요. 모두 안전하고 무사해야지요. 물론 이 댁에는 풍파가 일 까닭이 없지만요. 난 온종일 일에 시달린 데다 이젠 옛날처럼 젊지도 않으니! 오, 내 차가 나왔군요! 고맙소. 루시도 이리 와서 같이 앉아요. 조용히 앉아서 루시가 이론을 주장하는 그 메아리 소리나 들읍시다."

"이론이 아니에요. 그냥 공상일 뿐인걸요."

"공상이라도 좋아요." 로리는 루시의 손을 가볍게 토닥이며 말했다. "그런데 소리가 참으로 다양하고 크지 않소? 자, 좀 들어 봐요!"

런던의 어느 캄캄한 창가에서 이처럼 조촐하고 단란한 모임이 이루어지고 있을 무렵, 저 멀리 생앙투안에서는 과격한 발소리가 미친 듯이 날뛰고 있었다. 그 발소리는 한번 찍히면 쉽게 지워지지 않는 핏빛 발자국을 남기며 가차 없이 사람들의 삶 속으로 침범해 들어갔다.

그날 아침 생앙투안 거리에서는 시커멓게 몰려든 군중이 거대한 파도처럼 이리저리 들썩였고, 수많은 강철 칼날과 총검이 햇빛에 반사될 때마다 그들의 머리 위로 눈부신 빛이 번뜩였다. 생앙투안 사람들의 목구멍에서 아우성이 터져 나왔고 수많은 헐벗은 팔들이 겨울바람에 떨리는 나뭇가지처럼 허공에서 뒤얽혔다. 그들의 손가락은 지옥에서 가져온 것처럼 보이는 무기와 무기가 될 만한 연장을 닥치는 대로 쥐고 있었다. 누가 무기를 내주었는지, 어디서 났는지, 어떻게 이토록 수많은 무기가 한꺼번에 군중의 머리 위에서 번개처럼 번뜩이며 흔들릴 수 있는지, 그것을 아는 사람은 아무도 없었다. 하지만 그들은 소총을 지급받았고, 탄약통, 폭약, 총탄, 철봉, 곤봉, 칼, 도끼, 창 등 인간이 간악한 지혜로 만들어낼 수 있는 온갖 무기를 들었다. 미처 무기를 받지 못한 사람들은 손을 피로 물들이며 벽과 담장에서 뜯어낸 돌과 벽돌을 움켜쥐었다. 생앙투안 사람들의 심장과 맥박은 모두 열병과 같은 긴장과 열기의 도가니에 빠져 있었다. 이곳에 있는 모든 사람들은 목숨 따위는 중요치 않으며 언제든지 희생할 수 있다는 광기 어린 흥분에 휩싸여 있었다.

펄펄 끓으며 소용돌이치는 물에 중심점이 있듯이 광기 어린 군중은 드파르주의 술집을 중심으로 소용돌이쳤다. 이 커다란 가마솥에 빠진 물방울 하나하나가 드파르주라는 중심을 향해 빨려 들어가고 있었다. 이미 땀과 화약으로 시커멓게 얼룩진 드파르주는 명령을 내리고 무기를 나눠주었다. 그는 이 사람을 뒤로 빼고 다른 사람은 앞으로 보내는가 하면, 이 사람에게서 무기를 회수하여 저 사람에게 건네며 가마솥 한복판에서 사력을 다했다.

드파르주가 소리쳤다.

"자크 3호는 여기 있고 자크 1호와 2호는 흩어져서 되도록 선두에 서서 이 애국자들을 지휘하게. 마누라 어디 있지?"

"난 여기 있어요!"

드파르주 부인은 여느 때와 다름없이 침착했지만 오늘은 뜨개질을 하지 않았다. 평소라면 부드러운 털실과 뜨개바늘을 들고 있어야 할 오른손에 도끼를 단단히 움켜쥐었고 허리춤에는 권총과 단도를 차고 있었다.

"당신은 어디로 갈 거야?"

"지금은 당신과 함께 가지만 곧 여자 부대의 선두에 서 있는 날 보게 될 거예요."

"좋아. 자, 가자!" 드파르주가 쩌렁쩌렁 울리는 목소리로 외쳤다. "애국 동지들이여, 때가 왔다! 바스티유로 돌격!"

프랑스의 온 숨결이 뭉쳐 이 꺼림칙한 소리를 만들어낸 것 같은 무시무시한 소리를 지르며 군중의 바다가 움직이기 시작했다. 파도가 파도를 부르고 너울이 너울을 불러 이윽고 온 시내를 뒤덮으며 바스티유로 밀려들었다. 종소리, 북소리가 울려 퍼지고 무시무시한 기세로 파도가 새로운 해안에 부딪쳤다. 공격이 시작되었다.

깊은 참호와 이중으로 된 도개교, 육중한 성벽, 여덟 개의 거탑에서 대포와 소총이 포화와 연기를 내뿜으며 전투가 벌어졌다. 포화를 뚫고 연기를 갈라내도 또다시 포화와 연기가 몰려왔다. 군중의 파도가 드파르주를 포문 앞으로 밀어 올리자 그는 순식간에 포병이 되었다. 술집 주인 드파르주는 용감한 병사로서 그렇게 꼬박 두 시간을 싸웠다.

깊은 참호와 도개교, 육중한 성벽, 여덟 개의 거탑에서 대포와 소총이 포화와 연기를 내뿜었다. 도개교 하나가 무너졌다! "동지들이여, 힘차게 싸우자! 나가자! 자크 1호, 자크 2호, 자크 1000호, 자크 2000호, 자크 25000호! 천사든 악마든 아무 이름이나 걸고 힘차게 싸우자!" 드파르주는 이렇게 외치며 이미 시뻘겋게 달아오른 대포를 열심히 쏘아댔다.

"여자들은 이리로 오라!" 드파르주 부인이 외쳤다. "위치만 확보하면 여자도 얼마든지 남자들처럼 적을 죽일 수 있다!" 여자들은 피에 굶주린 괴성을 지르며 드파르주 부인 곁으로 모여들었다. 손에 든 무기는 저마다 달랐지만 모두 굶주림과 복수로 단단히 무장하고 있었다.

대포와 소총이 포화와 연기를 뿜어냈다. 하지만 여전히 깊은 참호와 도개교, 육중한 성벽, 여덟 개의 거탑에서 전투가 벌어지고 있었다. 성난 군중의 파도는 부상자들이 뒤처지는 바람에 잠시 주춤했다. 무기가 번뜩이고, 횃불이 타오르고, 수십 대의 짐마차에 실은 젖은 짚더미에서 연기가 피어올랐다. 사방에 둘러친 방어벽에서 격렬한 전투가 벌어지며 비명소리와 총성이 들려왔다. 욕지거리를 퍼부으며 용맹하게 싸우는 소리, 포탄 소리, 창칼이 부딪치고 물건이 부서지고 군중이 포효하는 소리가 울려 퍼졌다. 하지만 여전히 깊은 참호와 도개교, 육중한 성벽과 여덟 개의 거탑에서 전투가 벌어지고 있었다. 술집 주인 드파르주도 벌써 4시간 째, 전보다 두 배나 뜨겁게 달아오른 대포를 쏘아대고 있었다.

요새에서 백기를 내걸고 휴전을 요청했다. 그러나 성난 군중 사이에서는 아무것도 보이지 않고 아무 소리도 들리지 않았다. 별안간 인파가 걷잡을 수 없이 부풀어 오르더니 순식간에 드파르주를 밀어 올려 도개교를 지나고 육중한 성벽을 지나 백기를 내건 여덟 개의 거탑 한가운데에 내려놓았다.

밀어내는 힘이 어찌나 강한지 드파르주는 남지중해의 거대한 파도와 맞서 싸우는 사람처럼 숨을 쉴 수도, 고개를 돌릴 수도 없었다. 정신을 차려보니 바스티유 외곽 뜰에 밀려와 있었다. 그는 간신히 성벽 귀퉁이에 등을 대고 주위를 둘러보았다. 자크 3호가 바로 옆에 있었다. 드파르주 부인은 여전히 여장부들의 선두에 서서 단도를 들고 안뜰로 돌격하고 있었다. 사방에서 소란스럽게 기뻐 날뛰는 소리와 귀청이 터질 듯한 아우성이 들려왔지만 한편으로는 조용한 무언극 같기도 했다.

"죄수들!"

"기록!"

"비밀 감방!"

"고문 도구!"

"죄수들!"

여기저기서 저마다 외쳐대는 통에 다 알아들을 수는 없었지만 "죄수들!"이라는 외침이 끝도 없이 밀려드는 군중의 입에서 터져 나왔다.

선두에 선 사람들이 간수들을 잡아끌고 비밀감옥의 위치를 불지 않으면 당장에 죽여 버리겠다고 협박하며 지나가자, 드파르주가 간수 한 놈의 멱살을 잡고 벽으로 밀어붙였다. 머리가 희끗희끗한 간수는 손에 횃불을 들고 있었다.

"북탑으로 가자! 빨리!"

"같이 가신다면 기꺼이 안내해 드리지요. 하지만 북탑에는 아무도 없습니다." 간수가 대답했다.

"북탑 105호가 무슨 뜻이야? 어서 말해!"

"무슨 뜻이냐니요?"

"죄수 번호야, 감방 번호야? 아니면 내 손에 맞아 죽고 싶나?"

"죽여 버려!" 어느새 옆으로 다가온 자크 3호가 말했다.

"감방 번홉니다."

"그리 안내해!"

"이쪽으로 오시죠."

언제나 무언가에 굶주려 있는 자크 3호는 간수와 드파르주의 팔을 잡고 있었지만 기대했던 유혈 사태가 일어날 것 같지 않자 노골적으로 실망한 표정을 지었다. 이 짧은 대화를 주고받는 동안 세 사람은 머리를 바짝 맞대고 있었지만 그래도 서로의 말을 잘 알아들을 수 없었다. 요새로 쏟아져 들어와 안뜰과 통로, 계단을 가득 채운 사람들의 함성이 그 정도로 컸던 것이다. 요새 밖에서도 수많은 인파의 아우성이 성벽을 때렸고 이따금 터져 나오는 요란한 함성이 물보라처럼 하늘 높이 솟구쳐 올랐다.

한 번도 햇빛이 비친 적 없는 어두컴컴한 지하 감옥의 감방으로 이어지는 소름 끼치는 철문을 지나고, 동굴 같은 계단을 내려갔다가 다시 계단이라기보다는 물이 말라버린 폭포 같은 가파른 돌과 벽돌 계단을 오르며 드파르주와 간수와 자크 3호는 손을 맞잡고 서둘러 걸음을 옮겼다. 처음에는 가끔씩 사람들의 파도에 휩쓸릴 뻔하기도 했지만 끝까지 내려가 다시 탑의 나선 계단을 빙글빙글 오를 때에는 완전히 세 사람뿐이었다. 탑은 사방이 육중한 벽과 아치형 천장으로 둘러싸여 있어 요새 안팎에서 휘몰아치는 폭풍같은 아우성도 둔하고 희미하게 들렸다. 마치 함성소리에 청각이 완전히 망가져 버린 것 같았다.

간수가 어느 나지막한 문 앞에 멈춰 서더니 열쇠를 돌리고 천천히 문을 열었다. 그들이 허리를 구부리고 안으로 들어가려는 순간 간수가 말했다.

"여기가 북탑 105호요!"

둘러보니 벽 높은 곳에 유리도 없이 굵은 쇠창살만 쳐진 작은 창문이 하나 있었다. 하지만 그 앞에 돌로 된 가리개가 있어 몸을 낮추고 위를 올려다보지 않으면 하늘이 보이지 않았다. 거기서 몇 피트 안쪽으로 들어간 곳에는 쇠막대를 가로지른 작은 굴뚝과 바닥에 오래된 나뭇재가 깃털처럼 폭신하게 쌓여 있는 난로가 있었다. 의자와 책상, 지푸라기를 넣은 침대도 있었다. 사방의 벽은 새카맸으며 한쪽 벽에는 녹슨 종이 매달려 있었다.

"이봐, 벽을 따라 천천히 횃불을 비춰봐." 드파르주가 간수에게 말했다.

간수가 시키는 대로 하자 드파르주가 불빛을 따라 벽을 유심히 살펴보았다.

"잠깐! 자크, 여길 좀 봐!"

"A. M!" 자크 3호가 글자를 뚫어지게 바라보며 쉰 목소리로 말했다.

"알렉상드르 마네트야!" 드파르주가 화약 때문에 새카매진 집게손가락으로 글자를 훑으며 자크의 귀에 대고 속삭였다. "여기 '불쌍한 의사'라고 씌어 있어. 여기도! 이 돌에 달력을 새긴 사람도 틀림없이 박사님일 거야. 자네 손에 들고 있는 게 뭔가? 쇠지렌가? 이리 줘 보게!"

대포의 화승을 손에 들고 있던 드파르주는 자크 3호가 들고 있던 쇠지렌로 벌레 먹은 의자와 책상을 두어 번 내리쳐 박살을 내버렸다.

"불을 좀더 높이 들어!" 드파르주가 간수에게 소리를 버럭 질렀다. "자크, 이 파편들을 잘 살펴 봐! 여기 내 칼을 줄게." 그는 자크에게 칼을 던져주며 말했다. "침대도 찢어서 지푸라기 속을 헤집어 봐. 이봐, 불을 더 높이 들라니까!"

드파르주는 간수를 험악한 눈초리로 노려본 뒤 난로 안으로 기어들어갔다. 굴뚝 안을 유심히 살펴보더니 쇠지렌로 벽을 두드려보고 비틀어 보고 가로대를 쿡쿡 찔러보았다. 잠시 후 회반죽과 먼지가 떨어지자 고개를 돌려 피했다. 이윽고 그는 굴뚝 안에서 떨어져내린 먼지와 오래된 나뭇재, 쇠지렌로 쑤셨던 굴뚝 안의 갈라진 틈 사이를 조심스럽게 손으로 만져 보았다.

"파편이나 지푸라기 속에는 아무것도 없나, 자크?"

"없어."

"그럼 그것들을 방한가운데로 모으지. 좋았어! 이봐, 여기에 불을 붙여!"

간수가 시키는 대로 쓰레기 위에 불을 붙이자 순식간에 불길이 세차게 타올랐다. 그들은 불이 타도록 내버려둔 채 다시 허리를 숙여 나지막한 문 밖으로 나와 안뜰로 내려갔다. 아래로 내려갈수록 청각이 회복되는 것 같더니, 마침내 다시 그 흥분한 인파 속으로 휩쓸렸다.

사람들은 드파르주를 찾아 이리저리 몰려다니고 있었다. 생앙투안 시민들은 요새를 지키느라 시민들에게 총질을 한 장관을 호송할 때 선두에 설 술집 주인 드파르주를 찾느라 시끌벅적했다. 드파르주가 없으면 장관을 심판대가 있는 시청까지 무사히 데려갈 수 없을 터였다. 드파르주가 없으면 장관이 도망칠 수도 있었고, 그러면 시민들이 피의 복수를 할 수 없었다. (오랫동안 가치 없이 여겨지던 시민의 피가 갑자기 가치가 올라갔다.)

회색 외투에 새빨간 장식이 유난히 두드러져 보이는 험상궂게 생긴 장관을 둘러싸고 군중이 격렬하게 말다툼을 벌이는 와중에도 여전히 침착한 한 여자가 있었다. "저기 내 남편이 있어요. 드파르주를 봐요!" 드파르주 부인이 손가락으로 남편을 가리키며 소리쳤다. 험상궂게 생긴 늙은 장관 옆에 바싹 붙어 서 있는 그녀는 동상처럼 꼼짝도 하지 않았다. 드파르주와 군중이 장관을 끌고 거리를 행진할 때에도 그녀는 장관 곁에서 꼼짝도 않고 서 있었다. 심판대에 도착하자 뒤에서 주먹을 날리는 사람도 있었지만 그래도 그녀는 움직이지 않았다. 그동안 꾹 참았던 시민들이 장관에게 칼부림과 주먹세례를 퍼부을 때에도 그녀는 장관 옆에서 꼼짝도 하지 않았다. 장관이 쓰러져 죽자 그때까지 꼼짝 않고 옆에 붙어 서 있던 드파르주 부인이 비로소 휙 움직이더니 죽은 장관의 목을 발로 밟고는 들고 있던 칼로 머리를 내리쳤다.

이제 생앙투안이 그 정체와 실력을 밝히기 위해 적을 가로등에 매다는 무시무시한 계획을 실행에 옮길 때가 왔다. 생앙투안의 피는 끓어올랐고 철권통치를 하던 압제자들의 피는 땅으로, 장관의 시체가 버려져 있는 시청 계단 위와 장관의 시체를 밟고 머리를 내려친 드파르주 부인의 신발 밑으로 흘렀다.

"저 가로등을 내려라!" 새로운 사형 도구를 찾아 주위를 두리번거리며 생앙투안 시민들이 외쳤다. "여기 그놈 옆에서 보초를 서던 병사가 있다!" 병사는 가로등 꼭대기에 대롱대롱 매달려 파수를 보게 되었고, 사람들은 계속해서 몰려들었다.

시커멓고 험악한 바다에서 모든 것을 집어삼키는 파도가 끊임없이 밀려와더는 그 깊이와 힘을 예측할 수 없을 정도였다. 요란하게 미쳐 날뛰는 무자비한 파도, 복수를 부르짖는 목소리, 수난의 용광로에서 담금질된 강철 같은 얼굴에는 연민이 깃들 여지가 없었다.

하지만 험악한 표정을 생생하게 드러낸 얼굴의 바다에는 서로 대조적인 두 집단(각각 일곱 명이었다.)이 섞여 있었다. 일곱 명의 죄수는 그들의 무덤을 덮친 폭풍우에 의해 갑자기 자유를 되찾고 사람들의 머리 위로 높이 들렸다. 그들은 마치 최후의 심판 날이 오기라도 한 것처럼, 그리고 그들 주변의 기뻐 날뛰는 무리들이 모두 유령이기라도 한 것처럼 놀라고 얼빠진 표정이었다.

또 다른 일곱 명은 모두 죽은 자들로, 일곱 명의 죄수보다 더 높이 들렸다. 처진 눈꺼풀 사이로 눈이 반쯤 보이는 그들은 최후의 심판 날을 기다리고 있었다. 겁을 잔뜩 먹은 채 굳어 있는 그들의 무감각한 얼굴은 처진 눈꺼풀을 들고 핏기 없는 입술로 "이 모든 게 네놈들 짓이지!"라고 말하는 듯했다.

감옥에서 풀려난 일곱 명의 죄수와 창끝에 꽂힌 머리 일곱 두, 여덟 개의 거탑이 있는 저주받은 요새의 열쇠, 오래 전에 죽은 죄수들의 편지와 유품, 그리고 1789년 7월 중순 파리의 거리 거리를 울리던 생앙투안 사람들의 발소리, 오, 하느님, 루시 다네이의 공상을 깨뜨려 주소서! 이들의 발소리가 그녀의 삶에 침범하지 못하게 해주소서! 그들은 광기에 사로잡힌 위험한 무리이기 때문입니다. 드파르주의 술집 문 앞에서 술통이 깨진 이래로 이미 많은 세월이 흘렀지만 한번 붉게 물든 발자국은 쉽게 지워지지 않았다.

제22장 여전히 들끓는 바다

생앙투안 시민들은 뜨겁게 포옹하고 서로 축복하느라 쓰고 딱딱한 빵도 달고 부드럽게 느껴지는 1주일을 보냈다. 드파르주 부인은 평소와 다름없이 계산대 뒤에 앉아 손님들을 지켜보고 있었다. 머리에 장미꽃은 꽂혀 있지 않았다. 일주일 새에 첩자들이 생앙투안의 자비에 몸을 맡기기를 극도로 피했기 때문이었다. 맞은편 거리에 이어져 있는 가로등이 불길한 예언을 하듯 가볍게 흔들렸다.

드파르주 부인은 팔짱을 낀 채 뜨거운 아침 햇살 아래 나와 앉아 가게와 거리를 바라보았다. 가게 안팎에는 꾀죄죄하고 초췌한 사람들이 삼삼오오 짝을 지어 빈둥거리고 있었지만, 그 가난이라는 굴레 위로 자신감과 권력 의식이 나타나 있었다. 꼬질꼬질한 머리 위에 비뚜름하게 눌러 쓴 누더기 같은 나이트캡에도 이런 뒤틀린 의미가 담겨 있었다. '이런 모자를 쓴 내가 벌어 먹고살기 위해 얼마나 힘들었는지 알아? 하지만 지금은 이런 모자를 쓴 내가 네놈들 숨통을 끊어놓는 건 식은 죽 먹기라고.' 이전에는 할 일이 없었던 헐벗고 야윈 팔뚝도 이제는 언제나 할 일이 있었으니, 바로 때려 부수는 일이었다. 뜨개질을 하는 아낙네들의 손가락도 적을 찢어죽일 수 있다는 사실을 알게 된 뒤로는 더 이상 가늘고 연약하지 않았다. 생앙투안의 외관이 달라졌다. 지난 수백 년 동안 서서히 두드려 다듬어온 이미지에 마지막으로 가한 몇 번의 망치질이 큰 효과를 나타낸 것이다.

드파르주 부인은 생앙투안의 여자 지도자다운 냉정함을 유지하며 만족스럽게 주민들을 바라보았다. 곁에는 한 여성 동지가 뜨개질을 하고 있었다. 가난한 식료품 가게의 안주인으로 키가 작고 통통한 그녀는 두 아이의 엄마지만 부관 역할을 하며 '방장스(복수)'라는 훌륭한 별명을 얻었다.

"가만, 들어봐요! 누가 오는데, 누구지?" 방장스가 말했다.

생앙투안 외곽에서 술집 문 앞까지 길게 뿌려놓은 탄약 가루에 일제히 불이 붙은 것처럼 사람들의 수군거림이 번져 나갔다.

"드파르주야." 드파르주 부인이 말했다. "모두 조용히 해요."

드파르주가 헐레벌떡 뛰어 들어와 붉은 모자를 벗고 주위를 휘둘러보았다. "모두 잘 들어요! 이 사람 말을 들어 보자고요!" 또다시 드파르주 부인이 말했다. 거칠게 숨을 몰아쉬는 드파르주의 등 뒤에는 입을 반쯤 벌리고 뚫어지게 바라보는 사람들이 문 앞까지 몰려와 있었다. 가게 안에 있던 친구들도 일제히 일어섰다.

"무슨 일이에요? 어서 말해 봐요." 드파르주 부인이 말했다.

"저승에서 소식이 왔어!"

"그게 무슨 소리예요? 저승이라고요?" 드파르주 부인이 한심하다는 투로 말했다.

"그래. 다들 풀롱*1 노인을 기억하시오? 평민들은 배가 고프면 풀을 먹으면 된다고 했던 놈 말이오. 옛날에 죽어서 지옥에 떨어진 줄 알았는데."

"모두 알고말고요!" 일제히 큰소리로 외쳤다.

"그 늙은이에 관한 소식이오. 그 놈이 우리 사이에 있소!"

"우리들 사이에? 죽어서 말이오?" 모두들 또다시 큰 소리로 외쳤다.

"죽지 않았소! 놈은 우리가 너무 무서워서 (그럴 만도 하지) 죽은 척 하고 성대한 장례식까지 치른 거요. 그런데 시골에 숨어 지내다 들켜서 얼마 전에 파리로 끌려왔소. 방금 놈이 시청으로 호송되는 것을 보고 오는 길이오. 내가 방금 놈이 우리를 무서워할 만하다고 말했는데, 어떻소? 다들 그렇게 생각하지 않소?"

칠순이 넘은 딱한 늙은이는 설사 전에는 깨닫지 못했다 하더라도 지금 모든 사람들이 일제히 외치는 소리를 들었다면 이번에야말로 가슴 깊이 깨달았을 것이다.

잠시 무거운 침묵이 흘렀다. 드파르주 부부는 차분하게 서로를 쳐다보았다. 계산대 뒤에서 방장스가 허리를 굽혀 발밑에 있는 북을 꺼내어 치자 불길한 북소리가 둔탁하게 울렸다.

"애국동지 여러분! 준비됐소?" 드파르주가 결연하게 외쳤다.

---

*1 조제프 프랑수아 풀롱. 재무장관이었으나 1789년 7월 22일, 72세의 나이로 목숨을 잃었다.

드파르주 부인은 순식간에 허리춤에 칼을 찼다. 북과 북 치는 사람이 마법의 날개라도 얻은 것처럼 북소리가 거리거리마다 울려 퍼졌다. 방장스는 복수의 여신 40명이 일제히 풀려난 것처럼 무시무시하게 고함을 지르고 두 손을 머리 위에서 휘두르며 이 집 저 집에서 여자들을 부추겼다.

남자들도 서슬이 시퍼랬다. 피에 굶주린 그들은 분노하며 창밖으로 고개를 내밀고는 이내 손에 잡히는 대로 무기를 움켜쥐고 거리로 쏟아져 나왔다. 하지만 여자들은 아주 대담한 사람들조차 간담이 서늘해질 만한 소름끼치는 광경을 연출했다. 아무리 가난한 살림이라도 집안일이 아주 없진 않았고 보살필 아이들과 맨바닥에 웅크리고 있는 헐벗고 굶주린 노인과 병자도 있었다. 하지만 그 모든 것을 다 내팽개치고 서로를, 아니 스스로를 부추기며 머리를 풀어 헤치고 무시무시한 소리를 지르며 미친 듯이 거리로 달려 나왔다. "언니, 악당 풀롱이 잡혔대요! 어머니, 풀롱 노인이 잡혔대요! 애야, 그 빌어먹을 풀롱이 잡혔단다! 그리고 수십 명의 아낙네들이 사람들 가운데로 뛰어들어 가슴을 두드리고 머리칼을 쥐어뜯으며 소리쳤다. 풀롱이 살아 있었어! 먹을 게 없으면 풀을 먹으라고 했던 그놈이! 아버지한테 빵 한 쪽도 못 드릴 때 풀이나 먹으라고 한 그 풀롱이! 내가 못 먹어서 젖이 말랐을 때 갓난아기에게 풀을 먹이라고 한 그놈이! 아, 성모님, 그 풀롱이 살아 있다니요! 아, 하느님, 저희의 고통을 굽어 살피소서! 죽은 내 아기와 영양실조로 돌아가신 아버지도 잘 들어주세요. 무릎을 꿇고 이 묘비에 대고 맹세컨대 내가 반드시 당신들의 원수를 갚아주겠어요! 남편이여, 형제여, 젊은이들이여, 우리에게 풀롱의 피를 주시오. 그놈의 머리와 심장을 주시오! 몸뚱이와 영혼을 주시오! 그놈을 갈기갈기 찢어서 땅에 묻고 그 위에서 풀이 자라게 합시다! 욕지거리를 퍼부으며 맹목적으로 미쳐 날뛰는 수많은 아낙네들은 이리 뛰고 저리 뛰며 서로 때리고 쥐어뜯고 하다가 급기야 너무 흥분한 나머지 정신을 잃고 쓰러지는 사람까지 나왔다. 남편들이 구해주지 않았더라면 사람들 발밑에 짓밟혀 죽고 말았을 것이다.

하지만 한시도 지체할 수 없었다. 풀롱은 지금 시청에 있지만 잘못하면 석방될지도 모른다. 생앙투안 사람들이 겪은 고통과 모욕과 박해를 생각할 때 그런 일은 절대 벌어져서는 안 된다! 무기를 든 남녀들이 눈사태가 난 것처럼 한꺼번에 우르르 빠져나가면서 마지막 남은 사람들까지 휩쓸어 가버렸기 때문에 15분 만에 생앙투안 거리는 몇몇 노인과 징징대는 아이들만 남고 텅 비어 버렸다.

그랬다. 그 무렵 주민들은 그 추악한 늙은이가 잡혀 있는 조사실을 가득 채우고도 모자라 그 옆의 광장과 거리에까지 넘쳐났다. 드파르주 부부와 방장스, 자크 3호는 선두에 서 있었으므로 법정에서도 풀롱에게서 그리 멀지 않은 곳에 자리를 잡고 서 있었다.

"봐요!" 드파르주 부인이 칼로 풀롱을 가리키며 소리쳤다. "포승줄에 묶인 저 늙은 악당을 좀 봐요! 풀 더미에 결박당한 꼴이 아주 걸작이야. 하하! 꼴좋다! 입에다 풀을 처넣어 주면 더 좋을 텐데!" 드파르주 부인은 칼을 옆구리에 끼고 연극이라도 보는 것처럼 박수를 쳤다.

드파르주 부인 뒤에 있는 사람들이 그 뒤에 있는 사람들에게 부인이 흡족해 하는 까닭을 설명하자 그 말을 들은 사람이 뒷사람에게 전하고 또 뒷사람에게 전하여 차례로 이야기가 퍼져 나갔다. 그러자 근처에 있는 사람들은 물론 법정 바깥의 거리에 있는 사람들까지 일제히 박수를 쳤다. 두세 시간 동안 심문을 계속하며 진술의 진위를 가려내는 동안에도 드파르주 부인이 지루해서 못 견디겠다는 투로 한 마디씩 하면 그 말은 순식간에 멀리까지 전해졌다. 몇몇 몸이 날랜 남자들이 시청 외벽을 타고 올라 창문으로 안을 들여다보면서 드파르주 부인의 거동을 바깥에 있는 사람들에게 바로바로 설명해 주었기 때문이다.

이윽고 해가 중천에 떠올라 희망과 보호를 약속하는 듯한 따스한 햇볕이 늙은 죄수의 머리 위로 쏟아졌다. 하지만 햇볕의 이런 호의는 참을 수 없다고 생각했던지 일순 강풍이 불어와 놀랍도록 오랫동안 그 자리를 지켜온 있으나마나 한 장벽을 무너뜨렸고, 늙은 죄수는 생앙투안 사람들의 손아귀에 떨어졌다!

이 소식은 순식간에 제일 멀리 있는 군중에게까지 전해졌다. 드파르주는 난간과 탁자를 훌쩍 뛰어넘어 늙은 죄수를 움켜잡았다. 드파르주 부인도 잽싸게 그 뒤를 따라 죄수를 얽어 맨 포승줄을 잡았다. 방장스와 자크 3호는 아직 따라오지 못했고, 창문에 매달려 있던 사내들도 높은 횃대에서 먹이를 낚아채는 맹금처럼 법정 안으로 미처 뛰어내리지 못했지만, 그러는 동안에도 이미 함성소리가 온 파리 시내에 울려 퍼졌다.

"놈을 끌어내라! 놈을 가로등 줄에 매달아라!"

넘어지고 엎드러지며 끌려나온 죄수가 시청 입구 계단에서 거꾸로 굴러 떨어졌다. 죄수는 무릎을 꿇었다가 다시 일어서는 듯하더니 뒤로 벌렁 넘어졌다. 이리저리 끌려 다니며 몰매를 맞은 데다 수백 개의 손이 입안에 지푸라기를 쑤셔 넣는 통에 숨이 막힐 지경이었다. 그는 쥐어뜯겨서 상처가 나고 숨이 막히고 피가 철철 흘렀지만 줄기차게 자비를 애걸했다. 사람들이 너도나도 죄수를 보려고 서로 뒤에서 잡아당기는 바람에 자연히 이따금 죄수의 주위에 작은 공간이 생기곤 했다. 그러면 죄수는 고통스럽게 몸부림치다가 밀림처럼 빽빽한 사람들의 다리 사이로 말라비틀어진 통나무처럼 끌려 다녔다. 그렇게 그는 운명의 가로등이 흔들리고 있는 근처 길모퉁이로 끌려갔다. 드파르주 부인은 그제야 고양이가 쥐를 풀어주듯 그를 놓아주고 사람들이 준비를 하는 동안 싸늘한 눈으로 노려보았다. 죄수는 드파르주 부인에게 살려 달라고 끊임없이 빌었다. 여자들은 죄수에게 눈을 부라리며 온갖 욕설을 퍼부었으며 남자들은 그에게 풀을 먹여 죽이라고 소리 질렀다. 죄수를 가로등에 매달았지만 밧줄이 끊어져 버렸다. 사람들은 울부짖는 그를 다시 매달았지만 밧줄이 또 끊어지고 말았다. 또다시 울부짖는 죄수를 붙잡아 매달아 올렸다. 이번에는 밧줄도 자비를 베풀어 그를 단단히 붙잡아주었다. 생앙투안 사람들은 죄수의 머리통에 창을 찌르고 입에는 풀을 잔뜩 쑤셔 넣고는 그 광경을 보고 춤을 추며 기뻐했다.

하지만 그날의 참극은 그것으로 끝나지 않았다. 그날 생앙투안 사람들은 분노로 피가 끓어올랐고, 날이 저물 무렵 시민을 능욕한 새로운 적인 풀롱의 사위*2가 기병 5백 명의 호위를 받으며 파리로 오고 있다는 정보를 듣자 또다시 피가 끓어올랐다. 그들은 커다란 종이에 죄상을 낱낱이 적어 넣은 다음 그를 사로잡았다. (풀롱의 길동무로 삼기 위해서라면 호위병이 아무리 많아도 그를 빼내왔을 것이다.) 사람들은 이내 그의 머리와 심장에 창을 꽂았다. 그러고는 전리품 세 개를 들고 이리떼처럼 파리 거리를 활보했다.

사람들은 날이 어두워진 뒤에야 배가 고파 울고 있는 아이들에게로 돌아왔다. 그리고 맛없는 빵이라도 사기 위해 가난한 빵집 앞에서 길게 줄을 서

---

*2 파리 지사였던 베르티에.

서 끈기 있게 기다렸다. 하지만 주린 배를 움켜잡고 차례를 기다리는 동안에도 그들은 오늘의 승리를 기뻐하며 서로 얼싸안고 그날의 업적을 되새기며 유쾌한 시간을 보냈다. 누더기를 입은 사람들의 줄이 점점 짧아지다가 마침내 사라지자 이어서 높은 창문마다 흐릿한 불빛이 새어나왔다. 거리에서 모닥불을 피워놓고 함께 음식을 만드는 사람들은 각자 먹을 만큼 챙겨 문가로 돌아가서 식사를 했다.

저녁식사는 초라했다. 고기는커녕 맛없는 빵에 발라먹을 소스조차 없었다. 하지만 서로를 향한 끈끈한 동지애가 보잘것없는 음식에 조금이나마 위안을 주고 환한 빛을 비춰주었다. 오늘 벌어진 끔찍한 사태에 적극적으로 가담하여 활약한 부모들도 이제는 가정으로 돌아가 앙상하게 마른 아이들과 다정히 놀아주었다. 그리고 연인들은 그들을 둘러싼 세상과 앞으로 다가올 세상을 기다리며 사랑을 나누고 희망을 노래했다.

드파르주의 술집에서 마지막 손님이 나갔을 때는 이미 새벽 무렵이었다. 드파르주는 가게 문을 닫으며 쉰 목소리로 아내에게 말했다.

"마침내 그날이 왔어. 안 그렇소?"

"그래요! 이제 다 된 셈이죠."

생앙투안도 잠들고 드파르주 부부도 잠들었다. 방장스도 식료품가게 주인인 남편과 함께 잠들었고 북소리도 잠잠했다. 북소리는 생앙투안에 피와 광란이 멈추지 않았음을 알려주었다. 북을 관리하는 방장스는 지금도 북채를 잡기만 하면 바스티유가 함락되기 이전이나 풀롱을 체포하기 직전과 똑같은 소리를 낼 수 있을 것이다. 하지만 생앙투안의 품에 안겨 잠이 든 사람들의 쉰 목소리는 언제나 똑같지는 않았다.

제23장 타오르는 불길

공동 샘터에서 물이 흘러나오던 마을, 도로 인부가 날마다 도로의 돌을 부수며 불쌍하고 무지한 영혼과 말라빠진 몸뚱이를 지키기 위해 빵 값을 벌던 그 마을에도 변화가 일어났다. 절벽 위에 있는 감옥도 이제는 옛날처럼 위압적이지 않았다. 파수병이 있기는 했지만 그 수는 얼마 되지 않았고 병사를 관리하는 장교들도 이제는 부하들이 무엇을 하는지조차 알지 못했다. 그저 상부의 명령대로 움직이지 않으리라는 것만 알았다.

넓게 펼쳐진 시골 마을은 그저 황폐할 뿐이었다. 나뭇잎과 풀잎, 곡식 모두 그곳에 사는 불쌍한 사람들처럼 생기를 잃고 바짝 말라 갔다. 모든 것이 고개를 푹 숙이고 상처 입은 채 축 늘어져 있었다. 집과 울타리, 가축, 남자, 여자, 아이들 그리고 그것들을 품고 있는 땅까지 모든 것이 기진맥진해 있었다.

귀족은 개인적으로는 국가의 축복을 받아 모든 면에서 세련된 분위기를 풍기는 덕망 높은 신사로, 호화롭고 빛나는 삶의 표본이었다. 그러나 계급으로서의 귀족은 가난과 불행의 원인이었다. 그들은 자기들을 위해 설계된 줄로만 알았던 세상이 이토록 빨리 쇠락해가면서 그들을 압박해오는 게 놀랍기만 했다. 창조주의 영원한 섭리 안에 아주 근시안적인 무언가가 있었음에 틀림없었다. 그럼에도 그들은 부싯돌에서 마지막 피 한 방울까지 쥐어짜고, 고문대를 너무 돌려 나사못이 헐거워지는 바람에 고문대가 헛돌 때에야 비로소 그토록 비천하고 이해할 수 없는 현상으로부터 달아나기 시작했다.

하지만 이것이 곧 이 마을이나 다른 많은 마을에 일어난 변화는 아니었다. 지난 수십 년간 귀족들은 마을 사람들을 수탈하고 착취해왔으며, 이따금 사냥을 즐기기 위해 얼굴을 비출 때 말고는 모습을 드러내는 일이 드물었다. (그들은 황무지에 사냥감을 가둬둘 공간을 만들고 그 안에서 짐승들을 사냥했는데, 때로는 사람을 사냥하기도 했다.) 따라서 마을의 변화는 아름답게 단장한 귀족들의 얼굴이 보이지 않게 된 데 있다기보다는 지금까지 보이지 않던 하층민의 얼굴이 공공연하게 드러나기 시작한 데 있었다.

그 무렵 도로 인부는 홀로 먼지 속에서 일하고 있었다. 이따금 흙에서 태어난 자신이 언젠가는 흙으로 돌아가리라는 생각이 머리를 스치기도 했지만 대체로는 초라한 저녁 식사와 어떻게 하면 음식을 더 구할 수 있을까 하는 생각뿐이었다. 최근 들어서는 가끔씩 일손을 멈추고 주위를 둘러보면 거칠게 생긴 사내가 성큼성큼 걸어오는 모습이 보였다. 전에는 자주 볼 수 없던 광경이었다. 가까이서 보면 그는 늘 머리칼이 텁수룩하고 야만인 같은 모습에 도로 인부가 보기에도 형편없는 나막신을 신고 있었다. 가무잡잡한 얼굴에 표정은 험상궂었고, 온통 흙먼지를 뒤집어쓴 데다 습지를 수없이 지나느라 옷은 축축하게 젖어 있었다. 숲 속의 샛길을 지나왔는지 온 몸이 나뭇잎과 가시덤불, 이끼에 뒤덮여 있었다.

7월 어느 날 정오 무렵 그러한 몰골의 사내가 유령처럼 나타났을 때 도로 인부는 강둑 아래에 쌓아놓은 돌무더기 위에 앉아 때 아니게 쏟아지는 우박을 피하고 있었다.

사내는 도로 인부를 본 다음 움푹 팬 곳에 있는 마을과 방앗간, 절벽 위에 있는 감옥을 차례로 바라보았다. 아둔한 머리로 간신히 그 건물들을 확인한 사내는 알아듣기 힘든 사투리로 말했다.

"어떻게 되어 가나, 자크?"

"잘 되어 가고 있네, 자크."

"그럼 악수하세."

두 사람은 악수를 나누었고, 사내도 돌무더기 위에 앉았다.

"점심은 먹었나?"

"요즘엔 저녁밖에 못 먹는다네." 도로 인부는 굶주린 얼굴로 말했다.

"요즘 유행인가 보군. 어딜 가도 점심 먹는 사람이 없으니." 사내가 신음하듯 말했다.

사내는 시커먼 파이프를 꺼내어 담배를 채우고 부싯돌로 불을 붙이더니 벌겋게 타오를 때까지 뻑뻑 빨았다. 그러고는 파이프를 입에서 떼어 엄지손가락과 집게손가락으로 집고 있던 무엇인가를 파이프 안에 떨어뜨렸다. 그것은 순식간에 타오르며 연기와 함께 사라져 버렸다.

도로 인부는 사내의 행동을 유심히 바라보다가 말했다.

"악수하지."

두 사람은 또다시 악수했다.

"오늘 밤인가?" 도로 인부가 말했다.

"그래, 오늘 밤이야." 사내가 파이프를 입에 물며 대꾸했다.

"어디지?"

"여기."

두 사람은 돌무더기 위에 앉아 말없이 서로를 쳐다보았다. 난쟁이들이 총검을 들고 돌격하듯 우박이 후드득 쏟아졌다. 이윽고 마을 쪽에서부터 하늘이 맑게 개기 시작했다.

"어딘지 가르쳐주게." 사내가 절벽 쪽으로 발을 옮기며 말했다

"이 길로 내려가서 거리를 가로지르고 샘터를 지나……." 도로 인부가 손가락으로 가리키며 대꾸했다.

"빌어먹을!" 사내가 그의 말을 자르더니 경치 너머로 눈을 부라렸다. "난 거리를 가로지르거나 샘터를 지날 생각 따위는 없어."

"어쨌든 저 마을 위에 있는 언덕 꼭대기에서 10킬로미터쯤 가면 되네."

"좋아, 자네 일은 언제 끝나나?"

"해가 떨어지면."

"그럼 돌아가기 전에 날 좀 깨워주게. 이틀 동안 밤새 걸어왔어. 이놈을 다 피우고 나면 어린애처럼 곯아떨어질 거야, 깨워 주겠나?"

"염려 말게."

사내는 파이프 담배를 다 피우자 파이프를 다시 안주머니에 집어넣고 커다란 나막신을 벗더니 돌무더기 위에 벌렁 드러누워 그대로 곯아떨어졌다.

도로 인부가 다시 먼지를 일으키며 일을 시작했다. 우박을 퍼붓던 비구름이 걷히고 푸른 하늘이 환한 빛줄기를 그리며 나타나자 땅 위의 풍경도 은색으로 은은하게 빛났다. 몸집이 왜소한 도로 인부는(이제는 늘 쓰던 푸른 모자 대신 붉은 모자를 썼다) 돌무더기 위에 누워 있는 나그네의 모습에 매료되었다. 그 사내가 있는 쪽으로 자꾸만 눈이 쏠리는 바람에 건성으로 연장만 휘둘러댔으니 자연히 일은 진척되지 않았다. 구릿빛 얼굴에 텁수룩한 검은 머리와 수염, 싸구려 모직으로 된 붉은 모자, 손으로 짠 천과 털가죽을 이어

만든 조잡한 옷, 못 먹어서 마르기는 했으나 다부진 체격, 자는 동안에도 결연하게 꽉 다문 입술을 보고 있자니 절로 경외심이 들었다. 나그네는 먼 길을 걸어오는 바람에 발은 부르트고 복숭아뼈 주위는 나막신에 쓸려 피가 맺혀 있었다. 커다란 나막신에는 나뭇잎과 풀이 가득 채워져 있었지만 먼 길을 걷기에는 틀림없이 무거웠을 것이다. 옷도 몸뚱이처럼 닳고 닳아 구멍투성이였다. 도로 인부는 그가 품 안에 비밀 무기를 숨기고 있진 않는지 살펴보려고 몸을 숙여 보았으나 허사였다. 사내는 자면서도 입술을 앙다문 것처럼 팔짱을 꽉 끼고 있었기 때문이다. 울타리와 감시소, 성문, 참호, 도개교로 철통같이 방비한 요새 도시도 이 사내 앞에서는 아무것도 아니었다. 도로 인부는 사내에게서 눈을 돌려 저 멀리 지평선을 바라보며, 문득 그와 같은 사내들이 아무런 제지를 받지 않고 프랑스의 온갖 중심지를 향해 뿔뿔이 길을 떠나는 광경을 잠시 상상했다.

사내는 우박이 떨어지건 이따금 푸른 하늘이 나타나건, 얼굴에 빛이 내리쬐건 그림자가 드리우건, 후드득 소리를 내며 몸 위로 떨어진 우박이 햇빛을 받아 다이아몬드처럼 빛나건 전혀 개의치 않고 곤히 잠만 잤다. 어느덧 해가 서산에 기울고 붉게 노을이 졌다. 도로 인부는 연장을 정리하고 마을로 돌아갈 채비를 마친 뒤에야 사내를 깨웠다.

"좋아!" 사내가 팔꿈치를 짚고 일어나며 말했다. "저 언덕 꼭대기에서 10킬로미터라고 했지?"

"대략."

"대략이라. 알았네."

도로 인부는 집으로 향했다. 바람 때문인지 그의 앞길에서 흙먼지가 연기처럼 일었다. 이윽고 샘터에 도착하자 소에게 물을 먹이러 온 사람들 틈으로 들어가 마치 소에게 얘기하듯 사람들 귀에 대고 무언가를 소곤소곤 속삭였다. 그날 저녁 마을 사람들은 변변찮은 저녁을 마친 뒤 평소와 달리 곧장 잠자리에 들지 않았다. 이상한 수군거림이 전염병처럼 온 마을로 퍼져나갔다. 그리고 어둠을 뚫고 샘터로 모인 사람들 사이에는 기대에 찬 눈초리로 한쪽 하늘만 바라보는 또다른 전염병이 퍼졌다. 마을 징세관인 가벨도 어쩐지 불안한 마음에 혼자 지붕으로 올라가 같은 방향을 바라보았다. 그러다가 굴뚝 뒤에서 샘터에 모인 사람들의 얼굴을 발견하고는 교회 열쇠를 지키는 교회

지기에게 사람을 보내어 어쩌면 오늘 밤 종을 울릴 일이 생길지도 모르겠다는 말을 전했다.

밤은 점점 깊어 갔다. 유서 깊은 저택을 시커멓게 둘러싸고 있는 숲의 나무들이 어둠 속에서 거뭇하게 웅크리고 있는 거대한 저택을 위협하듯 바람을 타고 세차게 흔들렸다. 빗줄기가 2층 테라스로 이어지는 돌계단을 사납게 때리고 집안사람을 깨우는 파발꾼처럼 현관문을 거칠게 두드렸다. 거친 돌풍이 오래된 창과 단검 사이를 헤집으며 현관홀을 지나고 계단을 한달음에 달려 올라가 선대 후작이 쓰던 침실 커튼을 격렬하게 흔들어댔다. 그때 사방에서 산발한 사내 넷이 숲을 헤치고 나타나 길게 자란 풀을 짓밟고 나뭇가지를 부러뜨리며 조심스럽게 저택 안으로 숨어들었다. 순식간에 횃불 네 개가 화르륵 타오르더니 다시 사방으로 뿔뿔이 흩어졌고 주위는 이내 어둠에 잠겼다.

하지만 어둠은 오래가지 않았다. 얼마 뒤 저택이 안에서부터 빛을 내더니 어둠 속에서 선명하게 모습을 드러냈다. 이어서 저택의 정면 뒤편에서 한 줄기 빛이 깜빡이며 어디가 난간이고 어디가 아치인지, 창문은 어디에 있는지 보여주었다. 불빛은 더 높이 더 멀리 더 밝게 치솟았다. 머지않아 수십 개나 되는 큰 창문에서 순식간에 화염이 터져 나오자 석조 얼굴들도 잠에서 깨어 눈을 크게 뜨고 불꽃을 바라보았다.

성에 남아 있던 몇몇 사람들이 웅성대는 소리가 들리고 누군가 말을 타고 달려가는 소리가 들렸다. 박차를 가하는 소리, 흙탕물이 튀는 소리가 어둠을 가르며 이어지다가 샘터가 있는 공터에서 멎었다. 말은 거품을 뿜으며 가벨의 집 앞에서 멈추었다.

"가벨, 큰일 났소! 다들 좀 도와주시오!"

교회 종소리가 다급하게 울려 퍼졌지만 아무도 도와주려 하지 않았다. 도로 인부와 그의 친구 250명은 샘터에서 팔짱을 끼고 서서 하늘 높이 솟아오르는 불기둥을 바라보았다. "불길이 12미터는 되겠군." 그들이 음울하게 말했다. 하지만 아무도 움직이지 않았다.

저택에서 달려온 사내와 거품을 문 말은 마을을 빠져나가 험한 돌길을 달려 절벽 위의 감옥에 다다랐다. 감옥 문 앞에서 장교들이 불구경을 하고 있었다. 좀 떨어진 곳에는 병사들도 있었다. "도와주세요! 저택에 불이 났어요. 지금이라도 와주시면 귀중품을 불길에서 건질 수 있어요! 도와주세요, 제발요!"

장교들은 불구경을 하고 있는 병사들 쪽을 돌아보았지만 아무런 명령도 내리지 않았다. 그들은 어깨를 으쓱하고 입술을 지그시 깨물더니 쌀쌀하게 대답했다.

"불이 날 만하니 났겠지."

말을 탄 사내가 다시 고개를 달려 내려가 마을을 가로질렀을 때는 이미 온 마을이 환했다. 도로 인부와 친구 250명이 누가 시키지도 않았는데 저마다 집으로 뛰어가 축하하는 뜻으로 창문마다 촛불을 밝혔기 때문이었다. 물론 다들 가난한 형편이라 초를 쌓아두고 있을 리 만무했으므로 가벨에게 초를 빼앗다시피 빌려온 것이었다. 가벨이 싫은 내색을 하며 머뭇거리자 어제까지는 그토록 권력에 순종적이던 도로 인부가 오늘은 마차를 쪼개 모닥불을 피우고 역마를 잡아 구워 먹겠다고 위협했다.

저택은 거침없이 불타올랐다. 으르렁대는 화염 속으로 지옥에서 불어오는 시뻘건 열풍이 금방이라도 거대한 저택을 날려 버릴 기세로 휘몰아쳤다. 불길이 치솟았다 가라앉았다 할 때마다 석조 얼굴들의 표정이 고통스럽게 일그러졌다. 거대한 석재와 목재 덩어리가 무너져 내릴 때 코 양쪽이 움푹 팬 석상이 얼핏 보였는데, 불길에서 빠져나오려고 몸부림치는 모습이 마치 잔인한 후작이 화형대에 매달려 필사적으로 불꽃과 싸우는 것처럼 보였다.

저택은 계속 불타올랐다. 근처에 있는 나무들도 화염에 싸여 시커멓게 타들어갔다. 멀리 있는 나무들 때문에 네 명의 괴한이 불을 지른 저택은 자꾸만 새로운 연기 숲으로 둘러싸였다. 분수의 대리석 수반은 녹아내린 납과 철로 부글부글 끓었다. 분수 물은 말라 버렸다. 촛불 끄는 덮개처럼 뾰족하게 생긴 네 개의 탑 지붕이 뜨거운 열기에 녹아서 뚝뚝 흘러내리는 모습은 마치 무시무시한 불꽃 우물 같았다. 견고한 벽은 수정이 깨지듯 사방으로 쩍쩍 금이 갔다. 숲속의 새들은 감각을 잃고 푸드덕거리며 주위를 맴돌다가 거대한 불구덩이 속으로 떨어져 내렸다. 그 무렵 네 괴한은 횃불을 들고 밤이 수의처럼 감싼 길을 따라 동서남북으로 서둘러 흩어졌다. 촛불을 밝힌 마을사람들은 종지기를 쫓아내고 종탑을 점령한 뒤 기뻐하며 종을 쳐댔다.

그뿐만이 아니었다. 굶주림과 불길과 종소리에 이성을 잃은 마을사람들은 가벨이 지대와 세금을 징수하던(비록 요즘은 지대는 한푼도 걷지 않고 소액의 분할 납입 세금만 관리하고 있었지만) 사실을 떠올렸다. 사람들은 가벨과 담판을 지어야 한다며 그의 집을 둘러싸고는 당장 나오라고 소리를 질렀다. 놀란 가벨은 빗장을 단단히 걸어 잠그고 골똘히 궁리한 끝에 지붕 위로 올라가 굴뚝 뒤에 몸을 숨기기로 결심했다. 사람들이 문을 부수고 들어오면 담장 너머로 뛰어 내려 밑에 있는 한두 놈 정도는 깔아뭉갤 작정이었다(그는 몸집이 작고 복수심이 강한 남부사람이었다.)

가벨은 멀리서 타오르는 저택의 불길을 난로와 촛불로 삼고 문을 두드려대는 소리와 기쁨에 찬 종소리를 반주 삼아 지붕 위에서 긴긴 밤을 지새워야 했다. 역 앞 길 건너에는 불길해 보이는 가로등이 걸려 있고, 당장이라도 그를 위해 가로등의 용도를 바꾸려는*1 마을사람들의 의도가 손에 잡힐 듯했다. 여차하면 뛰어들 각오로 새카만 밤의 어둠을 바라보며 기나긴 여름밤을 꼬박 지새우려니 얼마나 괴로웠을까! 하지만 이윽고 동이 트고 마을을 밝히던 촛불도 서서히 꺼져갔다. 사람들이 흡족한 마음으로 흩어지자 가벨도 당분간은 목숨을 부지할 수 있겠다는 생각을 하며 지붕에서 내려왔다.

하지만 그날 밤과 그 뒤의 몇 날 밤 동안 200여 킬로미터 이내에 있는 다른 마을에서도 불길이 치솟았다. 가벨만큼 운이 따라주지 않았던 관리들은 그들이 나고 자란, 한때는 평화로웠던 거리에 시체가 되어 매달렸다. 반대로 도로 인부나 그 친구들과 달리 운이 없었던 마을사람들도 있었다. 그들은 군대와 관리들에게 진압당하여 교수형에 처해졌다. 하지만 그러는 사이에도 괴한들은 꾸준히 사방으로 나아갔고, 가는 곳마다 사람을 죽이고 불을 질렀다. 도대체 그들의 갈증을 풀어주려면 교수대를 얼마나 높이 세워야 하는지, 그 어떤 관리가 그 어떤 수학 공식을 동원해도 끝내 계산할 수 없었다.

---

*1 등불 대신 그를 매단다는 뜻이다.

제24장 바위는 자석을 끌어당기고

타오르는 불길과 파도가 높아지는 성난 바다 사이에서 3년이라는 폭풍 같은 시간이 지나갔다. 높이 솟구치는 파도에 흔들리는 대지의 풍경은 물가에 서서 보면 공포와 놀라움 그 자체였다. 어린 루시가 세 번의 생일을 더 맞이하는 동안 루시네 가족은 여전히 금실로 행복한 가정이라는 천을 짜고 있었다.

수없이 많은 낮과 밤 동안 루시네 가족은 길모퉁이에서 울리는 메아리에 귀를 기울이며 군중의 발소리를 들을 때마다 가슴을 졸였다. 그 발소리가 붉은 깃발 아래 모여 조국의 위기를 선언하고 오랫동안 지속되어온 잔혹한 마법에 걸려 야수로 변해 버린 동포들의 발소리처럼 들렸기 때문이다.

프랑스 귀족들은 그들이 더 이상 지배계급으로서 존경받지 못하고 자칫하면 특권을 빼앗길 뿐 아니라 목숨까지 빼앗길 위험이 있다는 사실을 받아들이려 하지 않았다. 갖은 노력 끝에 악마를 소환하는 데 성공했지만 막상 악마가 나타나자 너무 무서워 말 한 마디 못하고 줄행랑을 쳤다는 우화 속 시골뜨기 같았다. 수십 년 동안 대담하게도 주기도문을 거꾸로 외고 갖가지 주문을 외며 악마를 불러냈지만 막상 악마를 보자 혼비백산하여 달아나는 꼴이었다.

그 눈부신 베르사유 궁전의 '황소의 눈' 유리창도 사라져 버렸다. 남아 있었다면 순식간에 시민들이 쏘아대는 총탄의 표적이 되었을 것이다. 사실 그 눈은 오래전부터 루시퍼의 오만과 사르다나팔루스*1의 사치, 두더지의 맹목이라는 티끌이 끼어 있어서 시력이 별로 좋지 않았지만 이제는 그것마저 사라져 버렸다. 지독하게 배타적인 내실에서부터 온갖 음모와 배신과 위선이 난무하던 외곽에 이르기까지, 궁전 자체가 완전히 자취를 감춰 버렸다. 왕권

---

*1 아시리아의 마지막 왕. 사치스럽고 음탕하기로 유명했다.

도 소멸했다. 왕은 튈르리 궁전에 감금되었고 왕권 자체가 '정지' 되었다.

1792년 8월이 되었다. *² 이 무렵 귀족들은 외국으로 달아나 버렸다.

런던 텔슨 은행은 프랑스 귀족들의 총사령부요, 집결 장소가 되었다. 유령은 생전에 자주 다니던 곳에 출몰한다더니, 빈털터리가 된 귀족들도 한때 그들의 재산을 보관했던 은행에 자주 들락거렸다. 텔슨 은행은 본국의 소식을 가장 빨리 접할 수 있는 곳이었다. 게다가 텔슨 은행은 본디 관대한 은행이라 단골 고객들에게는 그들이 몰락한 뒤에도 편의를 봐주었다. 닥쳐올 폭풍을 재빠르게 예견하고 약탈과 몰수의 위험을 간파한 귀족들은 미리 이 은행에 송금해 두었으므로 가난해진 친척들이 그들의 소식을 알고자 늘 그곳으로 모여들었다. 한 가지 더 추가하자면, 프랑스에서 새로 온 사람은 반드시 텔슨 은행에 도착한 사실을 보고하고 소식을 남겨 놓는 것을 당연한 절차로 여겼다. 이런 까닭에 당시 텔슨 은행은 프랑스 소식에 관한 일종의 정보 교환소 역할을 했다. 이러한 사실은 일반사람들도 잘 알고 있었고 그곳으로 소식을 물으러 오는 사람들도 많았기 때문에 텔슨 은행 측에서는 행인들이 읽을 수 있도록 새로운 소식을 한두 줄씩 적어 창문에 붙여 놓기도 했다.

안개가 짙게 끼어 습한 어느 오후였다. 로리는 책상 앞에 앉아 있고 찰스 다네이는 책상에 기대어 서서 조용조용 이야기하고 있었다. 원래는 은행장 상담실로 사용되던 참회실 같은 골방이 이제는 정보 교환소가 되어 늘 사람들로 북적였다. 은행 마감 시간까지 한두 시간 정도 남아 있었다.

"물론 선생님이 여기서는 젊고 활기찬 축인지는 모르지만 제가 말씀드리려는 건……." 찰스 다네이가 어렵사리 말을 꺼냈다.

"알고 있소. 내가 너무 늙었다는 말이지요?"

"날씨도 고르지 않고 길도 멀 뿐더러 여행 수단도 확실치 않은 데다 나라는 온통 혼란에 빠져 있으니 파리는 외국인인 선생님에게도 안전하다고 할 수 없어요."

로리는 활기차게 대답했다.

"찰스, 오히려 그렇기 때문에 내가 가야 하는 것 아닐까요? 적어도 내가 가지 말고 남아 있어야 할 이유는 되지 않아요. 나는 안전할 테니 걱정 말아

---

*2 8월 10일, 시민들이 튈르리 궁전을 습격하여 13일에 왕과 그 가족을 투옥했다.

요. 조사해야 할 사람이 많은데 누가 나 같은 팔십 노인에게까지 관심을 갖겠어요? 그리고 나라가 혼란에 빠져 있다고 했는데, 질서가 잡혀 있다면 옛날의 파리 사정과 지점 업무를 잘 알고 있는 신임 받는 직원을 이곳 본점에서 파리 지점으로 굳이 파견할 까닭이 없겠지요. 교통이 불편하고 길이 멀고 날씨가 험악하다지만, 오랫동안 텔슨 은행의 신세를 져온 내가 그 정도의 불편도 감수하지 못한다면 대체 누가 그 일을 떠맡겠소?"

"차라리 제가 갔으면 합니다." 다네이는 초조함을 감추지 못하고 얼떨결에 혼잣말처럼 내뱉었다

로리가 소리쳤다.

"그래요! 가지 말라고 말해주다니 당신은 정말 좋은 친구예요, 하지만 당신이 직접 가고 싶다고요? 프랑스 출신인 당신이? 그건 좋은 생각이 못 돼요."

"선생님, 여기서 이렇게 이야기할 생각은 없었지만 제가 몇 번이나 프랑스에 가려고 생각한 까닭은 당연히 제가 프랑스 사람이기 때문입니다. 전 그 불쌍한 사람들을 동정해왔고, 실제로 그들을 위해 무언가를 포기했어요." 다네이는 생각에 잠긴 표정으로 말했다. "그러니까 제 이야기라면 들어주지 않을까, 조금은 자제해 달라고 설득할 수 있지 않을까 하는 생각이 들거든요. 어젯밤에 선생님이 돌아가신 뒤 루시와도 얘기했는데……."

"루시와 얘기했더니요?" 로리가 다네이의 말을 따라했다.

"그렇군요. 그런데 잘도 루시의 이름을 꺼내는군요. 부끄럽지도 않아요? 이 판국에 프랑스에 가고 싶다니!"

"하지만 전 가지 않을 겁니다." 다네이는 가볍게 미소 지으며 말했다. "저보다 선생님이 가시려 하는 게 더 문제지요."

"그래요. 나는 반드시 갈 겁니다." 로리는 먼발치에 있는 은행장을 흘끗 쳐다보고 목소리를 낮추었다. "찰스, 요즘 우리 사업이 얼마나 어려운 상황에 놓여 있고, 파리 지점의 장부와 서류가 얼마나 큰 위험에 노출되어 있는지 당신은 잘 모를 거예요. 그 서류가 몰수당하거나 폐기된다면 어떻게 될 것 같아요? 얼마나 많은 사람들이 얼마나 많은 피해를 입을지 상상도 못 해요. 더군다나 그런 일이 언제 어느 때 일어날지 예측할 수도 없어요. 오늘 파리에 화재가 날 수도 있고 내일 은행 서류를 탈취당할 수도 있어요. 그러

니 한시라도 빨리 중요한 서류를 선별하여 땅에 묻거나 달리 안전하게 보관할 수 있도록 조치를 취해야 하는데(그것도 귀중한 시간을 아껴가면서) 나 말고 누가 그 일을 하겠소? 은행에서도 그 점을 다 알기 때문에 나를 보내는 겁니다. 그러니 60년이나 텔슨 은행 밥을 먹어온 내가 관절이 좀 불편한들 어떻게 해서 뒷전에 앉아 모르는 체할 수 있겠어요? 여기 있는 다른 노인들에 비하면 난 아직도 애송이거든요."

"젊고 활기차게 사시는 모습이 정말 존경스럽습니다."

"존경이라니요! 원, 농담도." 로리는 다시 한 번 은행장을 힐끗 보며 말했다. "이것만은 꼭 기억해 둬요. 요즘 파리에서 뭔가를 가지고 나온다는 것은 거의 불가능한 일에 가까워요. 오늘 도착한 서류와 귀중품도(이건 극비인데, 당신에게만 이야기하는 거예요. 사실 이렇게 말하는 것도 직업상 도리는 아니지만요.) 감히 상상하기 힘든 방법으로 가져온 겁니다. 국경을 넘을 때는 간발의 차이로 목숨을 부지했다는군요. 예전에는 우편물이 쉽게 오갔는데 이젠 모든 게 멈춰 버렸어요."

"그럼 정말로 오늘 밤 떠나십니까?"

"그래요. 한시도 지체할 수 없는 상황이니까요."

"혼자 가십니까?"

"은행에서 같이 갈 사람을 여럿 추천해 줬지만 마음에 드는 사람은 아무도 없더군요. 나는 제리를 데리고 갈 생각입니다. 제리는 오래전부터 일요일 밤마다 나를 경호해 와서 나도 그를 잘 아니까요. 제리는 누가 봐도 영국 불도그 같은 사람이에요. 주인을 건드리는 사람이 있으면 물불 안 가리고 달려드는 것 이외에 딴 마음은 품지 않는 불도그 말이에요."

"그래도 선생님의 용기와 젊음은 정말 대단하세요. 진심으로 존경합니다."

"그럼 나도 실없는 농담하지 말라고 다시 말해야겠군요. 하지만 나도 이번 일만 마치면 은행의 권유도 있고 하니 은퇴해서 편하게 살 겁니다. 내가 늙었다는 생각은 그때 가서 해도 충분해요."

로리가 평소에 일하는 책상 앞에서 이야기를 주고받는 동안 책상에서 1, 2미터 떨어진 곳에서는 망명한 귀족들이 모여서 폭도들에게 반드시 되갚아 줄 테니 두고 보라며 큰 소리로 떠들어대고 있었다. 망명하여 힘든 생활을 하고 있는 귀족들은 뿌리지도 않았는데 거뒀다는 식으로 자기들은 아무 잘못도 하지 않았는데 이런 사태가 벌어졌다고 입버릇처럼 말했고, 안타깝게도 이른바 정통파 영국인들 역시 그렇게 생각했다. 그들은 수백만 프랑스 국민이 얼마나 비참한 삶을 사는지, 또 잘 이용하면 번영의 기초가 되었을 여러 자원이 어떻게 악용되고 남용되는지를 보고도 못 본 체했으면서도 이런 사태를 전혀 예견하지 못한 것처럼 말했다. 이런 쓸데없는 말은 완전히 피폐해진 데다 하늘과 땅까지 지쳐버린 상태를 예전대로 되돌려놓겠다는 귀족들의 터무니없는 계획과 맞물려 진실을 아는 온전한 사람이라면 반박하지 않고 얌전히 듣고 있기가 참으로 어려운 것이었다. 다네이는 안 그래도 불안해서 마음이 무거운데 그런 헛소리를 듣고 있자니 머리의 피가 뒤끓는 듯하여 안절부절못했다.

이야기를 주고받는 사람들 틈에는 고등법원 변호사 스트라이버도 있었다. 그는 한창 출세가도를 달리는 사람답게 열변을 토했다. 스트라이버는 평민들은 차라리 폭탄으로 날려버려서 이 세상에서 쓸어버리거나 독수리 꼬리에 소금을 묻혀 독수리를 없애는*3 것과 같은 방식으로 그들을 없애버릴 수 있을 거라고 말했다. 이같은 말을 듣고 있자니 다네이는 몹시 거북했다. 그가 더 듣지 않고 나가 버릴까 아니면 한 마디 해 줄까 하고 잠시 망설이는 사이에 또 다른 일이 벌어졌다.

은행장이 로리 곁으로 다가와 단단히 봉해진 지저분한 편지 하나를 그의 앞에 내려놓으며 수취인을 아직도 못 찾았느냐고 물었다. 은행장은 다네이 근처에 편지를 내려놓았으므로 다네이는 무심코 수취인의 이름을 보았다. 자기 이름이라 더 빨리 알아보았는지도 모른다. 봉투에 씌어 있는 내용은 다음과 같았다.

"매우 급함. 영국 런던 텔슨 은행 전교. 전 프랑스 후작 샤를 에브르몽드 각하."

결혼식 날 아침, 마네트 박사는 다네이에게 박사가 허락하지 않는 한 그의 본명을 비밀에 부쳐야 한다고 특히 엄중히 요구했다. 따라서 그의 본명을 아는 사람은 아무도 없었다. 아내 루시도 상상조차 못했으니 로리가 알 턱이 없었다.

---

*3 새 꼬리에 소금을 묻히면 새를 잡을 수 있다는 농담이 있다.

"네, 못 찾았습니다. 여기 계신 모든 분에게 물어봤지만 이 분이 어디 계신지 아무도 모른다더군요." 로리가 은행장에게 대답했다.

시계 바늘이 폐점 시간을 가리키자 지금까지 잡담하던 사람들이 로리의 책상 옆을 지나 우르르 나가 버렸다. 로리는 그 편지를 사람들에게 일일이 내밀어 보였다. 아까부터 격분하여 음모를 꾸미던 귀족들은 너나 할 것 없이 그 행방을 알 수 없는 후작에 대하여 영어나 프랑스어로 험담을 퍼부었다.

"아, 그 암살당한 후작의 조카로군. 천한 상속인이오. 내가 그 작자를 모르는 게 다행이지."

"몇 년 전에 후작의 지위도 포기한 비겁한 놈이지." 다른 귀족이 빈정거렸다. 그는 건초더미를 실은 짐마차에 거꾸로 처박혀 반쯤 질식한 상태로 파리에서 도망쳐 나온 귀족이었다.

"새로운 사상에 물들어서 죽은 후작에게 반항했지." 다른 사람이 안경 너머로 수취인의 이름을 보며 말했다. "상속을 받고는 영지를 천한 놈들에게 모조리 넘겨줘 버렸어. 지금쯤 대단한 보답을 받았겠지."

"그래요?" 스트라이버가 소란스럽게 외쳤다. "그 작자가 정말로 그랬습니까? 어떻게 그럴 수가 있지? 어디 그 빌어먹을 놈 이름 좀 봅시다. 멍청한 놈 같으니!"

다네이가 더는 참지 못하고 스트라이버의 어깨에 손을 대며 말했다.

"나는 그 사람을 알고 있소."

"정말이오? 그거 유감이군요."

"왜죠?"

"왜라니요? 다네이 씨, 놈이 무슨 짓을 했는지 못 들었소? 이제 와서 왜냐고 묻는 게 말이 됩니까?"

"그래도 왜인지 묻고 싶군요."

"다네이 씨, 다시 한 번 말하지만 정말 유감이오. 왜 그런 당치도 않은 질문을 하는지 이해할 수 없군요. 그놈은 세상에서 가장 악질적이고 불경한 악마의 이념에 넘어가 대규모의 학살을 자행한 더러운 밥버러지들한테 재산을 모조리 넘겨준 작자요. 젊은이들을 교육하는 당신 같은 사람이 그런 놈을 알고 있다니 참으로 유감이라는 거요. 그런데 당신은 왜냐고 묻는군요. 좋습니다. 내 설명해 드리지요. 바로 그런 악당 같은 놈을 가까이 하면 자칫 물들

수 있기 때문이오."

다네이는 박사와의 약속을 지켜야 했으므로 간신히 마음을 억누르며 말했다. "당신은 그 신사를 이해하지 못할 겁니다."

"다네이 씨, 당신의 주장을 뒤집는 건 나한테 일도 아니라오. 보시겠소?" 스트라이버가 오만하게 말했다. "그놈이 신사라면 확실히 나는 그놈을 이해하지 못할 거요. 그놈에게 인사 겸해서 그렇게 전해주시오. 또 그 난폭한 백정놈들을 위해 재산이며 지위를 버렸다면 왜 지금 놈들의 선두에 서서 놈들을 이끌지 않는지 궁금하다고도 전해 주시오. 하지만 그는 결코 그러지 않을 겁니다. 안 그렇습니까, 여러분?" 스트라이버는 방 안을 둘러보고 손가락을 딱 튕기며 말을 계속했다. "내가 인간의 본성을 좀 아는데, 그런 작자일수록 절대로 그 잘난 부하들과 운명을 같이 하지 않소. 그런 놈일수록 싸움이 벌어지면 제일 먼저 꽁무니를 빼고 슬그머니 달아나버리지요."

스트라이버는 말을 마치고 마지막으로 한 번 더 손가락을 튕기더니 청중의 박수를 받으며 의기양양하게 플리트 거리로 나가버렸다. 뒤이어 다들 돌아가자 책상 앞에는 로리와 다네이만 남게 되었다.

"이 편지를 좀 전해 주시겠소? 수취인을 알고 있다고 했지요?" 로리가 말했다.

"그렇습니다."

"우리가 수취인의 주소를 알 것이라고 생각하고 이리로 보낸 사실과 여기 도착한 지도 이미 한참 지났다는 것도 설명해 주시고."

"네, 그렇게 하겠습니다. 여기서 바로 파리로 떠나실 겁니까?"

"그렇소. 여덟 시에 출발할 겁니다."

"그럼 배웅하러 다시 오겠습니다."

스트라이버와 귀족들 때문에 몹시 언짢아진 다네이는 서둘러 조용한 템플로 가서 편지를 뜯어보았다. 편지의 내용은 이러했다.

파리, 아베이 감옥에서
1792년 6월 21일

전 후작 나리께

저는 오랫동안 마을 사람들에게 감금당하여 목숨마저 위태로운 지경에 빠져 있다가 더 무자비한 폭도들에게 체포되어 폭행과 모멸을 당하며 파리로 호송되었습니다. 도중에 얼마나 고생했는지 모릅니다. 그뿐만 아니라 제 집은 파괴되어 흔적도 없이 사라져 버렸지요.

나리, 감옥에 갇힌 저는 법정으로 끌려 나가(나리의 너그러우신 도움이 없다면 말입니다) 사형에 처해지고 말 겁니다. 제 죄목은 한 망명 귀족을 위해 인민들에게 악행을 저지르고 위대한 인민을 배신한 죄라고 합니다. 저는 단지 나리의 명에 따라 그들을 위해 일했을 뿐, 결코 해를 끼친 적이 없다고 항변했지만 아무 소용이 없었습니다. 그리고 망명 귀족의 재산이 몰수되기 전에 사람들이 체납한 세금을 모두 면제해 주고 지대도 일절 거두지 않았으며 소송을 제기한 적도 없다고 말했지만 부질없었습니다. 그들은 오로지 제가 그 망명 귀족을 위해 일한 사실을 밝히고 그 귀족이 지금 어디에 있는지만 대라고 합니다.

아, 인자하신 후작 나리, 그들이 말하는 망명자는 지금 어디에 계십니까? 저는 꿈속에서도 나리를 찾으며 목메어 웁니다. 그분이 저를 구하러 와주시진 않을까 하고 하느님께 물어보지만 하느님은 대답해주시지 않습니다. 아, 후작 나리, 파리에서도 이름 높은 텔슨 은행을 통한다면 틀림없이 나리의 귀에 전해지리라고 믿고 제 서글픈 외침을 바다 건너로 보내는 바입니다.

하느님의 사랑과 정의와 자비 그리고 나리의 고귀한 가문의 명예를 위해서라도 저를 구해주시기를 간청합니다. 제게 잘못이 있다면 나리의 명령을 충성스럽게 따른 죄밖에 없습니다. 아, 후작 나리, 부디 나리께서도 저를 마지막까지 지켜주시기를 바라고 또 바랍니다.

후작 나리, 시시각각 죽음이 마수를 뻗치는 이 끔찍한 감옥에서 후작 나리께 슬프고도 불행한 제 충성을 맹세하는 바입니다.

고통 속에서
가벨 올림

다네이의 마음속에 깃들어 있던 불안감이 이 편지 때문에 더욱 커졌다. 오로지 자신과 자신의 가족을 위해 충직하게 일한 죄 때문에 지금 그 선량한 늙은 하인의 목숨이 위태로워진 것이다. 다네이는 어떻게 하면 좋을지를 궁리하며 지나가는 사람들이 그를 보지 못하도록 얼굴을 가리고 템플 바를 이리저리 거닐었다.

다네이는 오래전부터 이어져 온 가문의 악행에 대한 혐오와 숙부에 대한 분노와 의심, 그리고 기존의 사회 질서에 대한 혐오감 때문에 일을 불완전하게 처리했다는 사실을 잘 알고 있었다. 또한 사회적 특권을 포기하는 일 역시 루시에 대한 사랑 때문에 조금 성급하고 안이하게 처리한 사실도 잘 알고 있었다. 조금 더 체계적으로 일을 처리하고 그 뒤에도 감독을 게을리 하지 말았어야 했는데 그렇게 하지 못했다.

다네이는 자신이 선택한 영국에서 행복한 가정을 꾸렸지만 생계를 위해 끊임없이 바쁘게 일해야 했고, 세상은 너무도 빠르고 정신없이 변하여 새로운 일이 꼬리에 꼬리를 물고 일어났다. 지난주에 세운 계획을 다 실행하기도 전에 이번 주에 새로운 일이 일어났고 다음 주에는 또 전혀 새로운 사건이 기다리고 있었다. 다네이는 자신이 그러한 환경의 힘에 단순히 이끌려 왔음을 잘 알고 있었다. 불안한 마음이 없지는 않았지만 그렇다고 저항하는 마음만 마냥 품고 있던 것은 아니었다. 그는 행동으로 옮길 때를 엿보고 있었다. 하지만 그들이 바꾸고 투쟁하는 사이에 시간은 흘러가 버렸다. 이제 귀족들은 큰길과 샛길을 가리지 않고 갈 수 있는 모든 길로 프랑스를 빠져나갔고, 그들의 재산은 몰수되고 파괴되었으며, 가문의 이름조차 없어질 위기에 처해 있었다. 다네이는 이런 사실뿐만 아니라 프랑스의 새 정부가 그를 기소하려 한다는 것도 잘 알고 있었다.

하지만 다네이는 그 누구를 핍박한 적도 감옥에 가둔 적도 없었다. 당연한 권리로서 받아낼 수 있는 지대를 강요한 일도 없을 뿐더러 스스로 그러한 권리를 포기하고 아무런 특권도 없는 세상에 뛰어들어 혼자 힘으로 거처를 마련하고 생계를 이어가고 있었다. 가벨은 혼란에 빠진 영지를 단지 서면으로 지시받은 대로 관리했을 뿐이며, 그 지시란 아무리 지독한 빚쟁이라도 겨울에는 땔감과 여름에는 농작물을 조금씩 남겨두는 것처럼 백성들을 불쌍히 여기고 줄 수 있는 것은 무엇이든 내어주라는 것이었다. 가벨도 스스로의 안전을 확보하기 위해 이러한 증거를 틀림없이 기록해 두었을 터이니 필요하면 보여주면 될 터였다.

이리하여 찰스 다네이는 마침내 파리에 가기로 결심을 굳혔다.

그렇다. 옛날이야기에 나오는 뱃사람처럼 그는 바람과 물살에 실려 자석 바위의 인력권 안으로 끌려 들어갔다. 마음속에 떠오르는 모든 생각이 점점 더 빨리 그를 무시무시한 인력으로 끌어당겼다. 불행한 모국에서는 지금 사람들이 부당한 방법으로 부당한 목적을 추구하고 있는데도 자신은 고국을 멀리 떠난 채 유혈사태를 막고 관용과 인간애를 주장하기 위한 어떠한 노력도 하지 않고 있었기에 그의 내면에는 불안이 똬리를 틀었다. 이런 불안에 숨막혀 하고 자신을 책망하면서 다네이는 책임감 강한 용감한 노신사와 자신을 비교하게 되었다. 그러자 문득 그를 비난하던 귀족들의 말이 생각났다. 특히 스트라이버의 신랄한 조롱에는 가슴이 쓰라렸다. 그러던 차에 가벨의 편지를 받았다. 죽음을 앞둔 무고한 사형수가 그의 정의와 명예와 가문의 이름을 걸고 호소하는 내용이었다.

다네이는 결심했다. 무슨 일이 있어도 파리에 가야 한다.

그랬다. 자석바위가 그를 끌어당기고 있었다. 바위에 부딪칠 때까지 배를 저어가야 하리라. 그러나 그는 바위에 대해서는 아무것도 알지 못했으므로 어떤 위험이 도사리고 있는지 전혀 몰랐다. 일을 어중간한 상태로 덮어놓고 오긴 했지만 자신이 가서 그 동기만 설명하면 고국에서도 기쁘게 인정해줄 것이라고 생각했다. 착한 사람들은 종종 이러한 낙관적인 신기루를 보는데, 다네이도 선행을 베풀었다는 눈부신 환상에 젖어 있었다. 그리고 그 환상은 지금 광폭하게 미쳐 날뛰는 혁명 세력을 마주하더라도 자신에게 그들을 제어할 지도력이 있다는 기묘한 착각을 일으키게 했다.

이렇게 결심하고 거닐면서 다네이는 프랑스로 떠나기 전까지 루시는 물론 장인에게도 절대 알려서는 안 된다고 생각했다. 루시에게 이별의 고통을 안겨주고 싶지 않았고, 박사에게도 과거에 고초를 당했던 나라를 떠올리게 하고 싶지 않았기 때문이다. 따라서 이 일은 장인이 의혹과 불안 사이를 오가지 않도록 사후에 보고해야 한다.

여러 가지로 고민하면서 계속 서성대다가 문득 정신을 차리고 보니 벌써 로리를 배웅할 시간이었다. 다네이는 파리에 도착하는 즉시 그를 찾아갈 생각이었지만 지금은 그런 사실을 밝힐 상황이 아니었다.

역마를 붙들어 맨 역마차 한 대가 은행 입구에서 대기하고 있었다. 제리도 이미 장화를 신고 떠날 채비를 하고 있었다.

"그 편지는 전했습니다. 서면 답장을 전해 주십사 하는 부탁은 드릴 수가 없네요. 하지만 말은 전해 주시겠지요?" 다네이가 로리에게 말했다.

"얼마든지 전해 드리죠. 위험하지만 않다면." 로리가 말했다.

"위험한 일은 아닙니다. 아베이 감옥에 있는 죄수에게 전하는 것이기는 합니다만."

"그 사람 이름이 뭡니까?" 로리가 수첩을 꺼내들며 말했다.

"가벨입니다."

"가벨이라. 감옥에 갇힌 불쌍한 가벨에게 뭐라고 전하면 되지요?"

"편지를 받았고 곧 그리 가겠다고만 전해 주십시오."

"언제 간다고 할까요?"

"내일 밤 떠날 겁니다."

"누가 가는지는 알리지 않아도 됩니까?"

"네."

다네이는 로리가 코트와 외투를 겹겹이 껴입는 것을 거들어 주고는 그와 함께 훈훈한 은행에서 안개가 짙게 낀 플리트 거리로 나왔다. "부인과 따님에게 안부 전해주시고, 내가 돌아올 때까지 가족들을 잘 돌봐주십시오." 로리가 떠나며 말했다. 마차가 움직이기 시작하자 찰스 다네이는 가볍게 고개를 저으며 애매한 미소를 지었다.

그날 밤(8월 14일)에 다네이는 밤이 늦도록 열렬한 마음을 담은 편지를 두 통 썼다. 하나는 루시에게 쓴 것으로, 지금 무슨 일이 있어도 파리에 가야 하는 이유를 설명하고 편지 말미에 자신에게 위험이 닥치는 일은 없으리라고 확신하는 이유를 적었다. 다른 한 통은 박사에게 썼다. 자기가 집을 비운 동안 아내와 아이를 잘 부탁한다고 쓰고 마지막으로 루시에게 했던 말을 더욱 확신에 찬 어투로 덧붙였다. 그리고 무사하다는 증거로 도착하자마자 바로 편지를 보내겠다는 말도 빠뜨리지 않았다.

결혼한 뒤로 처음으로 비밀을 간직한 채 가족들과 하루를 보내자니 무척 괴로웠다. 비록 선의의 거짓말이라고는 하나 그들은 짐작조차 하지 못하는 비밀을 혼자만 간직하기란 무척 힘든 일이었다. 하지만 행복한 표정으로 바쁘게 일하는 아내를 보고 있으면 어떤 일이 임박했음을 털어놓아서는 안 된다는 결심이 더욱더 굳어졌다(사실 하마터면 털어놓을 뻔했다. 무슨 일이건 아내의 차분한 내조 없이 한다는 것이 퍽 낯설었기 때문이다). 어느 새 날이 저물었다. 저녁이 되자 다네이는 아내와 아내 못지않게 귀여운 딸을 꼭 껴안아 주고는 곧 돌아오겠다고 말했다(볼일이 있어서 나가는 것처럼 꾸미고, 옷가방은 따로 마련하여 숨겨 두었다). 다네이는 어두운 거리의 어두운 안개 속으로, 그보다 더욱 어두운 마음을 안고 걸음을 옮겼다.

보이지 않는 힘이 그를 빠르게 끌어당겼고, 물결과 바람도 그 방향으로 그를 곧장 밀고 갔다. 그는 믿을 만한 배달부에게 편지를 맡기고 11시 30분에 (그보다 이르면 안 된다고 당부했다) 배달해 달라고 부탁했다. 그러고는 도버 행 마차를 잡아타고 여행길에 올랐다. "하느님의 사랑과 정의와 자비 그리고 가문의 명예를 위해서!" 불쌍한 죄수는 그렇게 부르짖었다. 그 말을 생각하며 다네이는 자꾸 약해지는 마음을 다잡았다. 그는 사랑하는 모든 이들을 남겨두고 오로지 자석바위가 끌어당기는 대로 흘러갔다.

제3부
폭풍의 흔적

제1장 비밀리에

1792년 가을, 영국을 떠나 파리로 가는 한 여행자의 여정은 순탄하지 않았다. 왕좌에서 쫓겨난 저 불행한 프랑스 국왕이 여전히 왕좌를 차지하고 있다고 해도, 험악한 길과 형편없는 마차와 비루먹은 말의 상태가 너무도 나쁘다 보니 여정은 별 수 없이 지연될 수밖에 없었을 것이다. 하지만 세상이 바뀐 지금은 그 밖에도 장애물이 많았다. 도시 관문이며 세관마다 애국 시민단이 떼 지어 모여 금방이라도 쏘아댈 기세로 소총을 겨누고는 오가는 사람들을 한 명도 빠짐없이 심문했다. 여권을 검사하고 자신들이 가지고 있는 명부와 대조한 뒤 사람들을 통과시킬지 되돌려 보낼지 아니면 그대로 붙잡아 가둘지를 결정했는데, 그 결정은 '자유와 평등과 박애가 아니면 죽음을, 공화국은 하나요, 나눌 수 없다'는 슬로건에 가장 적합하다고 여겨지는 환상이나 변덕스러운 판단에 근거하여 내려졌다.

프랑스 땅을 밟은 지 얼마 안 되어 찰스 다네이는 파리에서 선량한 시민이라고 인정받기 전에는 결코 영국으로 돌아가지 못하리라는 사실을 깨달았다. 하지만 무슨 일이 있어도 여행을 끝마쳐야 했다. 가난한 마을을 하나나 지나고 등 뒤에서 관문이 굳게 닫힐 때마다 그는 자신과 영국 사이를 가로막는 철의 장벽이 또 하나 늘어났다는 느낌을 지울 수 없었다. 또한 가는 곳마다 감시의 눈길이 얼마나 많은지 자유를 완전히 박탈당했다는 점에서는 그물에 걸리거나 우리에 갇혀 호송되는 것과 조금도 다를 바가 없었다.

철통같은 감시의 눈길은 그를 뒤에서 쫓아와 되돌려 보내기도 하고 앞에서 기다리고 있다가 멈추라고 명령하기도 했으며, 때로는 의심의 눈초리를 보내며 동행하기도 했다. 이런 식으로 다네이는 한 구간을 지나는 동안에도 스무 번이나 가던 길을 멈추어야 했고 하루에도 스무 번씩 여행이 지연되었다. 프랑스에 도착한 뒤로 이미 며칠이 지난 어느 날, 파리까지는 아직 한참 남았고 그는 길가의 작은 마을에서 완전히 녹초가 되어 잠자리에 들었다.

불쌍한 가벨이 아베이 감옥에서 편지를 보내지만 않았더라면 결코 이처럼 먼 길을 떠나지 않았을 것이다. 특히나 이 작은 마을의 검문소에서는 어찌나 까다롭게 조사를 하는지 다네이는 그의 여행이 결국 위기에 빠졌다고 느꼈다. 따라서 그날 아침까지 머물기로 한 작은 여관에서 한밤중에 누군가가 깨웠을 때에도 다네이는 거의 놀라지 않았다.

한 겁 많은 시골 관리와 싸구려 붉은 모자를 쓰고 파이프 담배를 문 무장한 애국 시민 세 명이 그를 깨우며 침대에 털썩 걸터앉았다.

관리가 말했다.

"망명자, 당신을 파리까지 호송할 것이오."

"시민, *¹ 나는 단지 파리에 가려는 것뿐이오. 호송 같은 것은 필요 없습니다."

"닥쳐!" 붉은 모자가 총 개머리판으로 이불을 내려치며 고함을 질렀다. "입 다물어, 귀족 양반!"

"이 애국 시민의 말이 옳아." 겁쟁이 관리가 말했다. "당신은 귀족이야, 호송을 받아야 한다고, 그 비용도 지불해야 하고."

"내겐 선택권이 없군요." 찰스 다네이가 말했다.

"선택권이라고? 저 친구 말 잘 들어!" 아까 그 붉은 모자가 험상궂은 얼굴로 또다시 소리쳤다. "가로등에 매달리지 않게 지켜준다는데 그만한 대가를 지불해야 하는 게 아닌가!"

"이 애국 시민의 말이 옳아. 일어나서 옷을 입어, 망명자." 관리가 말했다.

다네이는 순순히 따랐고, 다시 검문소로 끌려나왔다. 그곳에는 싸구려 붉은 모자를 쓴 다른 애국 시민들이 모닥불을 둘러싸고 담배를 피우거나 술을 마시거나 잠을 자고 있었다. 다네이는 여기서 비싼 호송비를 지불하고는 새벽 세 시에 호위병과 함께 축축이 젖은 도로를 따라 출발했다.

삼색 배지가 달린 붉은 모자를 쓰고 총칼로 무장한 두 애국 시민이 말을 타고 양쪽에서 다네이를 호위했다. 다네이는 직접 말을 몰았지만 재갈에 느슨하게 달린 끈을 한 애국 시민이 손목에 감아서 단단히 쥐고 있었다. 이러한 상태로 그들은 세차게 쏟아지는 장대비를 맞으며 길을 떠났다. 용기병 같

---

*1 혁명 이후 시민들은 서로 이렇게 불렀다.

은 묵직한 발소리를 울리며 울퉁불퉁한 포장도로 위를 달리다보니 질퍽질퍽한 진창길이 나왔다. 그 뒤로는 수도까지 이어진 길고 긴 진창길을 따라 말을 갈아타거나 속도만 바꿀 뿐인 단조로운 여행이 계속되었다.

그들은 밤새 달리다가 동이 트고 한두 시간 지나면 말을 멈추고 땅거미가 질 때까지 휴식을 취하기로 했다. 호위병의 복장은 너무나도 처참했다. 드러난 정강이에는 짚을 동여매고 닳아서 해진 두 어깨에도 비를 막기 위해 짚을 얹고 있었다. 줄곧 감시를 받는 것이 불쾌하고 또 애국 시민들이 쉬지 않고 술을 마시며 손에 든 총을 마구 휘두르는 바람에 위험한 사태가 벌어지지 않도록 늘 경계해야 했지만 다네이는 이렇게 잡혀 있다고 해서 크게 두려움을 느끼지는 않았다. 나중에 자신의 상황을 이야기하고 아베이 감옥에 있는 가벨이 그의 말을 뒷받침해주기만 한다면 별 문제가 없을 것이라고 생각했기 때문이다.

그들이 보베에 도착했을 때는 마침 저녁때여서 거리에 사람들이 넘쳐나고 있었다. 다네이는 그제야 사태의 심각성을 알 수 있었다. 다네이가 역참 마당에 도착하여 말에서 내리려 하자 순식간에 섬뜩한 눈초리를 한 사람들이 모여들더니 저마다 소리 높이 외쳤다. "저 망명자를 끌어내려라!"

다네이는 말에서 내리려다 말고 다시 안장 위에 걸터앉았다. 그곳이 가장 안전해 보였던 것이다. 다네이는 말했다.

"여러분. 망명자라니요? 스스로 고국으로 돌아온 내 모습이 안 보입니까?"

"흥! 넌 천벌 받을 망명자야! 천벌 받을 귀족 놈이라고!" 망치를 든 편자공이 사람들 사이를 헤치고 맹렬히 돌진해 오며 외쳤다.

역장이 편자공과 말의 재갈 사이를 가로막으며(분명 편자공은 재갈을 노리고 달려오고 있었다) 타이르듯 말했다.

"내버려 둬! 내버려 두라고! 어차피 파리에서 재판을 받을 테니."

"그래, 재판을 받을 거야! 반역자로 사형에 처해질 거야!" 편자공이 망치를 휘두르며 소리쳤다.

군중은 일제히 환호성을 올렸다.

다네이는 그가 탄 말을 역참 마당으로 끌고 가려는 역장을 제지하고(이러한 일이 벌어지는 동안에도 술 취한 애국 시민은 고삐를 손목에 감은 채 말

위에 앉아 느긋하게 사태를 지켜보기만 했다) 그의 목소리가 들릴 만큼 주위가 잠잠해지기를 기다렸다가 말했다.

"여러분, 여러분은 잘못 생각하고 있거나 아니면 속고 있습니다. 나는 반역자가 아닙니다."

"거짓말!" 편자공이 외쳤다. "법령이 공포된 뒤부터 네놈은 반역자야. 네놈의 목숨은 인민의 손에 달려 있어. 네놈의 천벌 받을 목숨은 이제 네 것이 아니라고!"

다네이는 순간 군중의 눈에서 살기가 번뜩이는 것을 보았다. 그때 역장이 말 머리를 마당으로 돌렸고, 호위병도 그의 옆구리에 바싹 붙어 따라 들어왔다. 역장은 곧바로 흔들거리는 이중문을 닫고 빗장을 질렀다. 편자공이 망치로 문을 힘껏 내리쳤고, 군중의 입에서는 신음소리가 새어나왔다. 그러나 더 이상은 아무 일도 일어나지 않았다.

"방금 편자공이 말한 법령이 뭡니까?" 다네이는 역장에게 먼저 고맙다는 인사를 하고 그와 나란히 서서 물었다.

"망명귀족의 재산은 매각한다는 법령이오."

"언제 통과됐지요?"

"14일입니다."

"내가 영국을 떠난 날이군요."

"사람들 말로는 이건 공포된 여러 법령 가운데 하나일 뿐이라더군요. 아직 공포되지 않았을 수도 있지만, 망명귀족은 모두 추방하고 돌아오는 자는 사형에 처한다는 법령도 나올 거랍니다. 아까 편자공이 당신 생명은 당신 것이 아니라고 한 것도 그 때문이지요."

"하지만 그 법령은 아직 공포되지 않았지요?"

"낸들 압니까!" 어깨를 으쓱하며 역장이 말했다. "이미 공포했을 수도 있고 앞으로 공포할 수도 있지요. 좌우간 마찬가지예요. 그나저나 뭐라도 좀 들겠소?"

그들은 다락방에 짚을 깔고 쉬다가 온 동네가 깊이 잠든 한밤중에 일어나 출발했다. 지금까지 익숙하게 보아온 풍경이 완전히 달라지면서 마치 이 여행 자체가 거짓말 같이 느껴졌다. 특히 잠이 완전히 사라진 것만 같은 사람들의 변화가 눈에 띄었다. 아무도 없는 황량한 도로를 오직 그들끼리 달리다

보면 이따금 가난한 민가가 옹기종기 모여 있는 마을이 보였다. 하지만 마을은 어둠 속에 잠겨 있기는커녕 온통 등불을 환하게 밝히고 마을 사람들이 한밤중에 유령처럼 서로 손을 맞잡고 말라비틀어진 자유의 나무*2 주변을 빙글빙글 돌거나 다함께 모여 자유의 노래를 부르고 있었다. 다행히 그날 밤 보베의 사람들은 모두 잠들어서 그들은 무사히 탈출할 수 있었다. 그들은 머지않아 또다시 고독한 적막 속으로 걸어 들어가, 올해는 아무런 수확도 거두지 못한 농지를 지나 때 이른 추위와 빗속을 뚫고 방울 소리 높이 울리며 지나갔다. 곳곳에 시커멓게 불탄 집터가 남아 있었고 온종일 도로를 감시하고 있는 애국 시민 순찰대가 이따금 그림자 뒤에서 불쑥 튀어나와 그들의 고삐를 잡아채며 멈춰 세웠다.

동틀 무렵 그들은 마침내 파리 성문 앞에 다다랐다. 하지만 도착해 보니 성문은 굳게 닫혀 있고 경비가 철통 같았다.

보초병에게 불려 나온 단호한 표정의 관리가 물었다.

"이 죄수의 서류는 어디 있소?"

'죄수'라는 말에 충격을 받은 다네이는 관리에게 자신은 프랑스 시민이자 자유로운 여행자이며 나라 상황이 혼란하여 호위를 받고 있지만 그 비용도 다 지불했다고 말했다.

"죄수의 서류는 어디 있소?"

관리는 다네이의 말을 들은 척도 하지 않고 같은 질문을 되풀이했다.

술 취한 애국 시민이 모자 속에 보관하던 서류를 곧바로 꺼냈다. 책임자인 듯한 관리는 가벨의 편지를 보자 깜짝 놀라며 다네이의 얼굴을 주의 깊게 살펴보았다.

하지만 책임자는 한 마디 말도 없이 다네이와 호위병을 남겨놓고 검문소 안으로 들어가 버렸다. 남겨진 세 사람은 말에 올라탄 채 성문 밖에 서 있었다. 불안한 마음으로 다네이는 주위를 둘러보았다. 성문은 병사와 애국 시민들이 함께 지키고 있었지만 애국 시민의 수가 훨씬 많았다. 양식을 실은 농부의 수레와 그 밖의 상인들은 쉽게 성 안으로 들어갔지만 성 밖으로 나오기란 아주 평범한 서민들조차 쉽지 않아 보였다. 온갖 동물과 마차는 물론 수

---

*2 혁명을 기념하며 어디서나 이 나무를 심었다.

많은 인파가 성 밖으로 나가기 위해 기다리고 있었다. 하지만 신원 검사가 매우 엄중하여 성문을 빠져나가려면 엄청나게 많은 시간이 걸렸다. 어떤 사람은 자기 차례가 한참 멀었다는 것을 확인하고는 땅바닥에 벌렁 드러누워 잠을 청하거나 담배를 피웠고, 모여서 잡담을 나누거나 이리저리 어슬렁거리는 사람도 있었다. 남녀 가릴 것 없이 누구나 붉은 모자에 삼색 배지를 달고 있었다.

말 위에서 그들을 관찰하며 삼십 분 정도 기다리자 책임자인 듯한 관리가 다시 나타나 보초에게 성문을 열라고 지시했다. 그는 술 냄새는 나지만 정신은 멀쩡한 호위병에게 다네이를 인수받았다는 증서를 내주고 다네이에게 말에서 내리라고 지시했다. 다네이는 시키는 대로 말에서 내렸다. 호위를 한 두 애국 시민은 성 안으로 들어가지 않고 지친 말을 이끌고는 돌아가 버렸다.

다네이는 책임자를 따라 싸구려 포도주와 담배 냄새가 밴 검문소 안으로 들어갔다. 그곳에는 잠자는 자, 깨어 있는 자, 술 취한 자, 맨 정신인 자, 잠든 것도 아니고 깨어 있는 것도 아닌 자, 술에 취하지도 멀쩡하지도 않은 자 등 다양한 병사와 애국 시민이 저마다 서 있거나 누워 있었다. 검문소 안은 석유등의 불빛이 흐릿한데다 구름 낀 어둑한 하늘 탓에 사물이 잘 보이지 않을 만큼 침침했다. 책상 위에는 몇 가지 장부가 펼쳐져 있고 시커먼 얼굴의 상스럽게 생긴 한 장교가 장부를 관리하고 있었다.

"시민 드파르주." 장교는 조서 용지를 한 장 꺼내며 다네이를 끌고 온 사내에게 말했다. "이자가 망명자 에브르몽드인가?"

"그렇습니다."

"에브르몽드, 나이는?"

"서른일곱이오."

"결혼은 했나?"

"그렇소."

"어디서 했지?"

"영국에서 했소."

"그래. 아내는 어디에 있나?"

"영국에 있소."

"좋아. 에브르몽드, 넌 라포르스 감옥*³으로 간다."

"맙소사! 무슨 법이 그렇습니까? 내가 무슨 죄를 지었다는 거요?" 다네이가 소리쳤다.

조서 용지를 들여다보고 있던 장교가 고개를 들었다.

"에브르몽드, 네가 이곳에 온 뒤로 새로운 법이 생겼고 넌 그 법을 어겼다." 장교는 차갑게 미소 지으며 이렇게 말하고 계속 서류를 작성했다.

"나는 당신 눈앞에 있는 그 편지를 받고 자발적으로 돌아왔소. 나는 서둘러 할 일을 마치고 싶은 마음밖에 없소. 그것은 내 권리가 아니오?"

"에브르몽드, 망명자에게는 그 어떤 권리도 없다." 쌀쌀맞은 대답이 돌아왔다. 장교는 서류를 다 꾸민 후 다시 한 번 훑어보고는 봉투에 넣어 봉한 뒤 드파르주에게 넘겨주며 말했다. "극비일세."

드파르주는 서류를 한 손에 들고 다네이에게 따라오라고 손짓했다. 다네이는 순순히 따라갔다. 무장한 두 애국 시민이 감시하기 위해 따라왔다.

검문소 계단을 내려가 파리 시내로 들어서자 드파르주가 갑자기 목소리를 낮추고 말했다.

"지금은 사라진 옛 바스티유 감옥에 수감되어 있던 마네트 박사님의 따님과 결혼한 사람이 당신 맞지요?"

"그렇소." 다네이는 깜짝 놀라며 상대를 바라보았다.

"난 드파르주요. 생앙투안에서 술집을 운영하고 있소. 내 이야긴 이미 들었을 겁니다."

"내 아내가 장인을 모시러 갔던 곳이군요? 네, 들었습니다."

'아내'라는 말에 우울한 기억이라도 떠오르는지 드파르주는 갑자기 안절부절못하며 말했다.

"얼마 전에 태어난 기요틴이라는 계집년의 이름을 걸고 묻겠소. 프랑스엔 왜 돌아왔소?"

"아까 말하는 걸 당신도 듣지 않았소. 거짓말 같습니까?"

"그게 아니오. 당신한테는 슬픈 사실이라는 거요." 드파르주는 이맛살을 잔뜩 찌푸린 채 정면을 응시했다.

---

*³ 파리에 있는 감옥.

"정말이지 뭐가 뭔지 하나도 모르겠소. 모든 것이 다 새롭고 전과는 완전히 다른 데다 너무나 갑작스럽고 불공평한 일 뿐이라 어떻게 해야 좋을지 모르겠습니다. 날 좀 도와주지 않겠소?"

"안 되오." 드파르주는 여전히 앞만 보며 대답했다.

"그럼 하나만 물을 테니 대답해 주시겠소?"

"글쎄, 뭘 묻느냐에 따라 다르지. 어디 말이나 해 보시오."

"내가 지금 투옥되는 것도 억울한 일이지만, 그 감옥에서 바깥세상과 자유로이 연락을 취할 수는 있소?"

"가보면 알 거요."

"재판도 하지 않고 판결만 내린 뒤 항변할 기회도 주지 않고 그곳에 매장하는 건 아닌가요?"

"그것도 가보면 알 겁니다! 하지만 미리 안다고 해서 뭐가 달라지겠소? 예전에는 훨씬 더 끔찍한 감옥에서 같은 식으로 매장된 사람들이 얼마든지 있었으니까요."

"그게 내 탓은 아니지 않소. 시민 드파르주."

드파르주는 대답 대신 험악한 얼굴로 다네이를 흘끗 바라보더니 입을 꽉 다물고 걸음을 서둘렀다. 그가 깊이 침묵할수록 마음속에 조금이나마 남아 있던 희망이 점차 희미해져 감을 느낀다. 다네이는 허둥지둥 말을 붙여 보았다.

"지금 나한테 가장 중요한 일은 파리에 와 있는 영국 신사, 텔슨 은행의 로리 씨에게 내가 라포르스 감옥에 갇혀 있다고 전하는 일입니다(얼마나 중요한지는 당신이 더 잘 알 겁니다). 당신이 좀 애써 주실 수 없겠소?"

"그럴 수 없소. 내 의무는 국가와 인민을 위해 일하는 것이오. 나는 국가와 인민의 종이 되기로 맹세한 사람이니 당신과는 원수요. 당신을 위해선 그어떤 일도 할 수 없소." 드파르주는 얼음장처럼 차갑게 대답했다.

찰스 다네이는 그 이상 간청해 봐야 소용없음을 깨닫자 공연히 자존심만 상했다. 그는 말없이 따라가며 죄수가 끌려가는 광경이 시민들에게 얼마나 익숙한지를 깨달았다. 아이들조차 그를 거들떠보지도 않았다. 이따금 한두 사람이 길을 가다가 돌아보았고, 문득 생각났다는 듯이 손가락질하며 망명 귀족이라고 말하는 사람이 가끔씩 있었다. 훌륭하게 차려 입은 사람이 감옥으로 끌려가는 것은 노동자가 공장으로 향하는 것처럼 조금도 진기한 볼거리가 되지 못했다. 더럽고 어둡고 좁은 뒷골목을 지나면서 보니 발판에 올라선 사내가 흥분해서 시민들에게 연설하고 있었다. 그는 인민에 대한 국왕 가족의 범죄를 낱낱이 고하고 있었는데 다네이는 그 말을 듣고서야 비로소 왕이 투옥되었으며 외국 사신들은 한 사람도 남김없이 파리에서 철수했다는 사실을 알았다. 파리까지 오는 동안에는(보베를 제외하고는) 아무런 정보도 듣지 못했다. 호위병과 어딜 가나 번뜩이는 감시의 눈길이 그를 바깥세계와 철저히 차단한 것이다.

영국을 떠날 때와는 비교도 할 수 없을 만큼 큰 위험 속으로 뛰어들었다는 사실을 이제는 다네이도 깨달았다. 그는 엄청난 위험에 빠졌고 앞으로 더 위험해질 가능성도 충분히 있었다. 지난 며칠 동안 일어난 일을 미리 알았더라면 그도 이 여행에 나서지 않았을 것이다. 하지만 이런 불안도 앞으로 일어나리라고 추측되는 일들에 비하면 그다지 암울하지 않았다. 앞날이 불안한 이유는 미지의 세계인 데다 희망이 있을지 없을지 알 수 없었기 때문이다. 그는 시계 바늘이 몇 바퀴 돌기도 전에 일어날 사태, 행복한 수확의 계절을 며칠에 걸쳐 온통 피로 물들이는 대학살이 일어나리라고는 상상도 못했다. 그런 일은 십만 년 뒤에나 일어날 줄 알았던 것이다. '얼마 전에 태어난 기요틴이라는 계집년'은 그에게나 수많은 대중들에게나 아직 이름조차 거의 알려지지 않은 상태였다. 아마 그 당시에는 머지않아 자행될 끔찍한 일들을 직접 연출한 담당자조차 예상하지 못했을 것이다. 그러니 선량한 다네이가 어찌 막연하게나마 그런 끔찍한 상상을 할 수 있었겠는가?

다네이는 감금과 학대라는 부당한 대우를 당하고 처자식과 매정하게 생이별하게 되리라고 예상했다. 아니, 확신했다. 하지만 그 이상의 두려움은 느끼지 않았다. 그런 생각을 하면서—물론 그 생각만으로도 무시무시한 감옥 안으로 들어가기에는 충분히 발걸음이 무거웠지만—다네이는 라포르스 감옥에 도착했다.

얼굴이 통통한 사내가 견고한 쪽문을 열자 드파르주가 '망명자 에브르몽드'를 그에게 넘겨주었다.

"빌어먹을! 또야! 대체 얼마나 더 있는 거야!" 얼굴이 통통한 사내가 소리쳤다.

드파르주는 그의 말을 못 들은 체하며 인수증을 받아들고 두 애국 시민과 함께 돌아갔다.

"제기랄! 말을 안 할 수가 없다니까! 대체 얼마나 더 들어올 거냔 말이야!" 아내와 단둘이 남게 되자 간수가 소리쳤다.

간수의 아내는 건성으로 대꾸했다. "여보, 좀 참아요!" 아내가 벨을 누르자 그 소리를 듣고 온 세 간수 역시 남편과 똑같이 투덜거렸고, 그중 한 사람이 "다 자유를 위해서야"라고 덧붙였다. 자유라는 말은 이 장소와 전혀 어울리지 않는 말처럼 들렸다.

라포르스 감옥은 무척 우중충하고 음침하고 불결한데다 악취가 코를 찔렀다. 청소도 제대로 하지 않는 이런 더러운 곳일수록 감옥 특유의 역겨운 냄새가 무자비하게 콧속으로 파고들기 마련이다.

"또 극비라니!" 서류를 보며 간수가 중얼거렸다. "이미 미어터질 지경인 걸 모르는 거야!"

간수는 기분이 상한 듯이 서류를 서류함 속에 처넣었다. 찰스 다네이는 다음 명령이 떨어질 때까지 천장이 둥근 방 안을 이리저리 왔다 갔다 하기도 하고 돌의자에 앉아 쉬기도 하며 삼십 분을 기다렸다. 어쨌든 그는 간수들의 기억에 남을 만큼 그 방에 오래 머물렀다.

"따라와!" 간수가 열쇠를 집어들며 말했다.

다네이는 그를 따라 어둑한 석양빛을 받으며 복도와 계단을 지나갔다. 그의 뒤에서 몇 번이나 문이 철컹 소리를 내며 닫히자 마침내 남녀 죄수로 넘쳐나는 천장이 낮은 커다란 방에 도착했다. 여자들은 긴 탁자 앞에 앉아 책을 읽거나 글을 쓰기도 하고 뜨개질이나 바느질을 하기도 했으며 자수를 놓는 이도 있었다. 남자들은 대개 의자 뒤에 서서 방안을 어슬렁거렸다.

죄수는 당연히 부끄러운 범죄를 저지른 사람이라고 생각한 신참 죄수 다네이는 무심코 움찔했다. 그런데 안 그래도 꿈만 같은 이 기나긴 여정 끝자락에 꿈같은 일이 벌어졌다. 죄수들이 일제히 일어나 가장 세련되고 고상한 예의를 갖추며 그를 맞이한 것이다.

그들의 세련된 태도는 음침한 감옥 분위기와 도무지 어울리지 않아서 마치 유령에게 둘러싸인 기분이었다. 그렇다. 모두 유령이었다! 아름다운 유령, 위엄 있는 유령, 우아한 유령, 오만한 유령, 경솔한 유령, 재치 있는 유령, 젊은 유령, 늙은 유령. 그들은 이곳에 들어옴으로써 이미 죽음을 경험하고 바뀌어 버린 눈빛으로 다네이를 바라보며 이 황량한 이승의 바닷가에서 해방되어 멀리 저승으로 떠날 날을 기다리고 있었다.

다네이는 우두커니 서 있을 뿐이었다. 그의 곁에 서 있는 간수와 서성대던 다른 간수들은 일상적인 근무를 하기에는 나무랄 데 없는 옷을 입고 있었지만 감옥에 갇혀 슬픔에 잠긴 어머니들과 꽃 같은 딸들에 비하면(그들은 아리따운 처녀들과 정숙한 중년 부인들이었지만 모두 유령처럼 보였다) 너무나도 초라해 보였다. 그런 만큼 인간의 모든 경험적 진실을 완전히 뒤집어 보여주는 이 광경은 무척 강렬하게 눈에 들어와 박혔다. 그렇다. 모두 유령이었다. 악몽 같은 여행을 하다가 병에 걸리는 바람에 이 유령들 곁으로 끌려오게 된 것이 틀림없었다.

궁정인 같은 태도와 말투가 몸에 밴 한 신사가 앞으로 나와 말했다.

"여기 모인 불행한 사람들을 대표하여 라포스 감옥에 오신 것을 진심으로 환영하며, 동시에 그 원인이 되었을 귀하의 재앙에 심심한 위로를 표하는 바입니다. 아무쪼록 어서 이 상황이 해결되기를 바랍니다! 다른 곳에서는 실례가 되는 일인 줄 압니다만 장소가 장소니만큼 귀하의 존함과 신분을 여쭈어 봐도 되겠습니까?"

찰스 다네이는 기운을 내고 되도록 적절한 말을 골라 상대가 알고 싶어하는 내용을 말해주었다.

"그런데 설마 '극비'는 아니시겠지요?" 신사는 방 안을 가로질러 가는 간수장을 눈으로 쫓으며 말했다.

"그게 무슨 뜻인지 모르겠지만 저들이 그렇게 말하더군요."

"저런, 안됐군요! 정말 유감입니다! 하지만 기운 내십시오. 우리 중에도 처음에는 '극비'였으나 얼마 뒤 해제된 분이 몇 명 있습니다." 그러고는 소리를 높여 덧붙였다. "여러분, 슬픈 소식입니다만 이분은 '극비'라고 합니다."

찰스 다네이가 방 안을 가로질러 간수장이 기다리고 있는 쇠창살 문 쪽으로 걸어가자 동정어린 속삭임이 일제히 터져 나왔다. 수십 명의 사람들이 행운을 빌어 주고 용기를 북돋아 주었는데, 여자들의 동정어린 다정한 목소리가 한층 높게 들렸다. 다네이는 쇠창살문 앞에서 돌아서서 그들에게 깊은 감사의 뜻을 표시했다. 간수장이 쇠창살문을 닫자 유령들의 모습은 그의 눈앞에서 영원히 사라져 버렸다.

쪽문을 지나자 위로 올라가는 돌계단이 나왔다. 계단을 40단 정도 올라가자(투옥된 지 삼십 분밖에 안 된 죄수가 벌써 계단 수를 세고 있었다) 간수장이 시커멓고 나지막한 문을 열었고, 두 사람은 독방으로 들어갔다. 몹시 춥고 습했지만 어둡지는 않았다.

"여기가 네 방이다." 간수장이 말했다.

"왜 나를 독방에 수감하는 겁니까?"

"내가 어떻게 알아!"

"펜과 잉크, 종이를 살 수 있나요?"

"그건 내 소관 밖이야. 나중에 누가 올 테니 그때 물어봐. 지금은 음식만 살 수 있고 다른 건 안 돼."

방에는 의자와 탁자 그리고 밀짚 침대가 하나씩 있었다. 간수장은 나가기 전에 물품들과 사방의 벽을 점검했다. 그 동안 다네이는 맞은편 벽에 기대어, 얼굴도 몸도 퉁퉁 부어오른 간수장이 물에 빠져 죽은 송장 같다는 생각에 잠겨 있었다. 간수장이 나간 뒤에도 그는 멍하니 생각했다. '여기 이렇게 갇혔으니 난 이제 죽은 목숨이나 다름없구나.' 밀짚 침대를 내려다보자 구역질이 치밀어 올라 고개를 돌렸다. '죽으면 가장 먼저 저런 벌레들이 몸뚱이에 기어다니겠지.' 문득 그런 생각이 머리를 스치고 지나갔다.

"다섯 발짝, 네 발짝 반. 다섯 발짝, 네 발짝 반. 다섯 발짝, 네 발짝 반."

다네이는 감방을 돌아다니며 길이를 쟀다. 밖에서는 이상한 함성이 뒤섞인 파리 시내의 소음이 무언가를 덧씌운 북소리처럼 들려왔다. "박사님은 구두를 만드셨어. 구두를 만드셨어. 구두를 만드셨어." 다네이는 이 말을 억지로 잊으려는 듯이 발걸음을 더 빨리하여 길이를 쟀다. '쪽문이 닫히면서 유령들은 모조리 사라졌어. 그 중에 상복을 입은 부인이 창가에 기대 있었고, 금발이 햇빛에 반짝거렸지. 마치…… 아, 사람들이 모두 깨어서 불을 환하게 밝히고 있던 마을들을 다시 지날 수만 있다면 얼마나 좋을까! ……박사님은 구두를 만드셨어. 구두를 만드셨어. 구두를 만드셨어. ……다섯 발짝, 네 발짝 반.' 그의 마음속에서 이런 생각의 단편들이 구름처럼 솟아올랐다. 다네이는 발을 점점 빨리 놀리며 길이를 재고 또 쟀다. 시내에서 들려오는 소음이 조금 바뀌어 이제는 북소리처럼 들리지 않았지만 한층 높게 들려오는 소리 가운데에는 그가 아는 사람들의 비탄에 잠긴 목소리도 섞여 있었다.

제2장 회전 숫돌

　파리 생제르맹 지역에 있는 텔슨 은행은 큰 건물의 한쪽에 있어서 안뜰을 지나야 입구가 나오며, 높은 벽과 견고한 문으로 둘러싸여 있어 거리와는 완전히 차단되어 있었다. 이 건물은 한 대귀족이 살던 저택이었지만, 그는 이번 난리에 자기 요리사의 옷을 빌려 입고 간신히 국경을 넘어 몸을 피했다고 한다. 그는 사냥꾼에게 쫓기는 한낱 짐승으로 전락했지만 마음속은 여전히 대공 나리 시절, 목구멍으로 초콜릿을 넘기는 데에만 지금 말한 요리사 외에 건장한 하인을 셋씩이나 부리던 그때와 조금도 다르지 않았다.

　대공이 도망치자 남은 세 하인은 자유와 평등과 박애가 아니면 죽음을 달라고 외치는 공화국의 신성한 제단 위에 언제든지 기꺼이 옛 주인의 목을 베어 바치겠다고 맹세함으로써 대공에게 높은 봉급을 받던 죄를 면할 수 있었다. 대공의 저택은 처음에 압류되었다가 곧 몰수되었다. 모든 것이 빠르게 변하고 새로운 법령이 홍수처럼 쏟아져 나오자, 그해 가을 9월 3일 밤에는 애국 시민으로 이루어진 법 집행단이 벌써 저택을 접수하여 삼색기를 내걸고 의례를 치르던 대형 홀에서 브랜디 잔을 기울이고 있었다.

　텔슨 은행 파리 지점 같은 영업소가 런던에도 있다면 런던 은행장은 몹시 흥분하여 그 사태를 가장 먼저 관보에 실을 것이다. 은행 안뜰에 있는 오렌지 나무 화분과 카운터 위에서 내려다보는 큐피드 상(像)을 보고 책임감과 체면을 중시하는 고루한 영국인들이 뭐라고 해댈지는 짐작조차 할 수 없는 일이었다. 하지만 이곳 파리 영업소의 실상은 그랬다. 은행 측에서는 큐피드 상을 하얗게 칠했지만 여전히 큐피드가 시원해 보이는 리넨 천 한 장만 두르고는 천장에서 아침부터 밤까지 돈다발 쪽으로 활을 겨누고 있는(큐피드는 늘 뭔가를 겨누고 있긴 하다) 모습이 보였다. 이 은행이 런던 롬바드 거리[1]

---

[1] 예부터 금융의 중심지였다.

에 있었다면 이 어린 이교도 신이나 그 뒤에 있는 커튼으로 가린 벽감, 벽에 걸린 커다란 붙박이 거울, 사소한 일에도 신바람이 나서 손님 앞에서 덩실덩실 춤을 추는 젊은 은행원들 때문에 보나 마나 파산하고 말았을 것이다. 그러나 프랑스 지점에서는 이런 것이 문제가 되지 않았다. 적어도 시대가 안정적이기만 하면 사람들이 은행으로 달려가 돈을 인출해 가는 사태는 일어나지 않았을 것이다.

하지만 앞으로는 사정이 다르다. 빠져나가는 돈의 액수는 어마어마할 것이고, 주인을 잃고 남겨진 돈도 막대할 것이다. 예금주들이 감옥에서 외로이 병들고 비참하게 죽어가는 동안 텔슨 은행의 금고에서 얼마나 많은 금은보석이 허무하게 빛을 잃어갈까? 그리고 얼마나 많은 계좌들이 이승에서 정리되지 못하고 저승으로 넘어가게 될까? 그날 밤 그 물음에 답할 수 있는 사람은 아무도 없을 것이다. 그 문제를 심각하게 고민해 온 로리 역시 다르지 않았다. 난로에 불을 피우고 그 앞에 앉아 있는(그 해는 지독한 흉년이 든 데다 추위마저 일찍 닥쳐왔다) 로리의 용감하고 정직한 얼굴에는 벽에 매달린 램프 그림자나 방 안의 다른 물건이 만들어낸 일그러진 그림자라고 치부할 수 없는 짙은 공포의 그림자가 드리워져 있었다.

로리는 억센 담쟁이덩굴이 서로 일체를 이루듯 완전히 그 일부가 되어버린 은행을 위해 분골쇄신하려는 마음에서 은행 안에 방을 몇 개 빌려 머무르고 있었다. 마침 본관은 애국 시민들이 점령하고 있었으므로 이곳은 일종의 안전지대라고 할 수 있었지만 이 성실한 노신사는 그런 계산을 해 본 적이 한 번도 없었다. 그런 일은 그와는 아무런 상관이 없었으므로 로리는 자기일에만 충실했다. 안뜰 맞은편의 주랑 아래에는 넓은 마차 주차장이 있고 지금도 옛 주인의 마차 몇 대가 그대로 방치되어 있었다. 돌기둥 두 개에는 이글이글 타오르는 커다란 횃불이 두 개 비끄러매져 있고, 그 불빛이 비추고 있는 뜰에는 큼직한 회전 숫돌 하나가 놓여 있었다. 이웃 대장간이나 공장에서 급하게 가져온 것처럼 보였다. 로리는 일어서서 창 너머로 이 아무 잘못도 없는 물건을 바라보다가 무심코 몸서리가 나서 다시 난롯가로 되돌아왔다. 아까 열었던 유리창뿐 아니라 바깥의 덧문까지 꼭꼭 닫았는데도 온몸이 부르르 떨렸다.

높은 담장과 견고한 문 너머의 거리에서는 여느 밤과 같이 도시의 소음이 들려왔지만, 이따금 이 세상의 것이라고는 도저히 생각하기 어려운 불길한 소리가 들려 왔다. 마치 뭐라고 형언하기 어려운 기이한 소리가 하늘로 올라 가는 것 같았다.

로리는 두 손을 모으며 말했다.

"그래도 다행이야. 오늘 밤 이 무시무시한 도시에 내가 아끼는 사람은 한 사람도 없으니. 아, 하느님, 지금 위험에 처한 사람들에게 부디 은혜를 베풀 어 주소서!"

얼마 뒤 초인종이 시끄럽게 울렸다. '그놈들이 또 왔군!' 로리는 이렇게 생각하며 귀를 기울였다. 하지만 예상과 달리 건물 안으로 시끄럽게 들어오 는 소리는 들리지 않았다. 그 대신 대문 닫히는 소리가 크게 들리더니 또다 시 고요해졌다.

로리는 초조함과 두려움에 휩싸이며 은행 보안에 대한 막연한 불안감을 느꼈다. 급변하는 대변동의 시대에 지금처럼 신경이 곤두서 있을 때에는 그 런 기분이 드는 것도 당연했다. 은행 경비는 삼엄했다. 로리가 경비원들을 만나러 가려고 자리에서 일어서는데 그 순간 방문이 열리더니 두 사람이 뛰 어 들어왔다. 로리는 그들을 보고 화들짝 놀라 뒤로 주저앉아 버렸다.

루시와 마네트 박사가 아닌가! 루시가 로리에게 두 팔을 벌렸다. 한 곳에 응축된 듯한 진지하고 다급한 표정은 마치 지금과 같은 순간에 큰 힘을 발휘 하기 위해 일부러 얼굴에 새겨놓은 것 같았다.

"이게 어찌된 일입니까?" 로리는 너무 놀라 숨도 제대로 못 쉬며 외쳤다. "왜 그래요? 루시! 박사님! 무슨 일이 생겼습니까? 왜 여기까지 오셨어 요? 무슨 일이에요?"

큰일이라도 난 것처럼 창백하게 질린 얼굴로 루시가 로리를 한참 쳐다보 더니 그의 품 안에서 헐떡이며 말했다. "아, 선생님! 남편이!"

"남편이라뇨?"

"네, 찰스요."

"찰스가 왜요?"

"그이가 파리에 와 있어요."

"파리에요?"

"며칠 전에 이리로 왔어요. 사흘 전인지 나흘 전인지 잘 모르겠어요. 정신이 하나도 없어서. 잘은 모르겠지만 어떤 사람을 구하려고 왔어요. 그런데 성문에서 검문에 걸려 감옥으로 끌려갔대요."

로리가 참지 못하고 비명을 질렀다. 그와 동시에 다시 초인종이 울리더니 거친 발소리와 왁자지껄한 소리가 안뜰로 쏟아져 들어왔다.

"무슨 소리지?" 창 쪽을 보며 박사가 말했다.

"보지 마십시오!" 로리가 외쳤다. "보면 안 됩니다! 박사님, 제발 부탁이니 덧문은 건드리지 마십시오!"

박사는 창문 고리에 한 손을 얹은 채 차분하고 당당하게 미소 지으며 말했다.

"여보시오, 난 이 파리에서는 불사신이나 다름없소. 난 바스티유 감옥의 죄수였지요. 이 파리에서, 아니 온 프랑스를 통틀어 내가 바스티유의 죄수였다는 사실을 알고도 내게 손을 댈 애국 시민은 단 한 사람도 없을 거요. 손을 댄다면 나를 뜨겁게 끌어안거나 나를 떠메고 개선행진을 할 때뿐일 겁니다. 내가 검문소를 무사히 통과하고 여기에 올 수 있었던 것도 다 과거에 겪은 수난 덕이오. 난 영국을 출발할 때부터 일이 잘 될 줄 알고 있었소. 나라면 찰스를 위험에서 구해낼 수 있을 겁니다. 루시에게도 그렇게 일러두었지요. 그런데 저 소리는 뭡니까?" 그는 다시 창문에 손을 얹었다.

"보지 마십시오!" 로리는 필사적으로 외쳤다. "안됩니다. 루시도 보면 안 돼요!" 로리는 루시를 꼭 껴안고 가지 못하게 했다. "루시, 너무 무서워하지 말아요. 맹세코 찰스에게 무슨 일이 생겼다는 소문은 들은 적이 없어요. 무엇보다 그가 이처럼 위험한 곳에 와 있다고는 꿈에도 생각 못했어요. 그런데 어느 감옥입니까?"

"라포르스 감옥이에요!"

"라포르스 감옥이라! 루시, 루시 양이 지금까지 용감하고 헌신적인 사람이었다면, 물론 항상 그랬지만요, 지금은 마음을 진정하고 내가 시키는 대로 해야 합니다. 지금은 상황이 좋지 않아요. 이해하기 힘들지도 모르겠고 나도 어떻게 설명해야 좋을지 잘 모르겠지만 어쨌든 상황이 심각해요. 오늘밤은 루시 양이 할 수 있는 일이 아무것도 없어요. 밖으로 나가서도 안 됩니다. 이렇게 말씀드리는 까닭은 나중에 루시 양이 남편을 위해 할 수 있는 일이 있다고 믿지만 그것은 아주 어려운 일이기 때문입니다. 그러니 오늘밤은 조용히 내가 시키는 대로 따라주어야 합니다. 우선 뒷방으로 가서 잠시라도 좋으니 내가 아버님과 단 둘이 이야기할 수 있게 해 줘요. 사람 목숨이 걸린 일이니 서둘러야 해요."

"말씀하신 대로 할게요. 선생님 얼굴만 보아도 그것밖에 제가 할 수 있는 일이 없다는 걸 잘 알겠어요. 선생님 말씀이 옳아요."

로리는 루시에게 다정하게 입을 맞추고 서둘러 그의 방으로 데려가 열쇠를 잠갔다. 그리고 재빨리 박사한테로 돌아와 창문과 덧문을 빠끔히 열더니 박사의 팔을 잡고 안뜰을 내다보았다.

남녀의 무리가 보였다. 사오십 명쯤 되어 보였지만 안뜰이 꽉 찰 정도는 아니었다. 건물을 점령하고 있는 애국 시민들이 대문을 열어주자 그들은 곧장 회전 숫돌 주위로 우르르 몰려들었다. 그들을 위해 남의 눈에 잘 띄지 않지만 접근하기는 쉬운 이곳에 일부러 숫돌을 놓아둔 것이다.

하지만 얼마나 무시무시한 사람들이며, 얼마나 무시무시한 작업인가!

회전 숫돌에는 손잡이가 한 쌍 있는데 남자 두 명이 그 손잡이를 하나씩 잡고 미친 듯이 돌려댔다. 숫돌이 돌아갈 때마다 그들은 고개를 쳐들었고 기다란 머리칼이 뒤로 휘날렸다. 피에 굶주린 잔인한 그들의 얼굴은 아무리 난폭한 야만인이 흉측하게 변장한다고 해도 도저히 흉내 낼 수 없을 정도였다. 그들은 모두 가짜 눈썹과 가짜 수염을 달고 있었고, 험악한 얼굴은 온통 피와 땀으로 뒤덮여 있었다. 소리를 내지를 때마다 얼굴이 일그러지고 짐승 같은 광기와 수면 부족으로 충혈된 눈이 사납게 번뜩였다. 기운차게 숫돌이 돌아갈 때마다 엉클어진 머리칼이 앞으로 쏠려 눈을 가렸다가 다시 뒤로 휙 넘어가 목덜미를 덮었다. 아낙네들이 포도주잔을 그들의 입술까지 가져다주었다. 뚝뚝 떨어지는 피와 흘러내리는 포도주, 숫돌에서 튀는 불꽃까지 뒤섞여 그야말로 처참한 피와 불꽃의 향연이었다. 피를 뒤집어쓰지 않은 사람은 아무도 없었다. 웃통을 벗어젖히고 손발과 온 몸이 피로 뒤범벅 된 사내들이 서로 숫돌에 조금이라도 더 가까이 가려고 밀치락달치락했다. 그들이 두르고 있는 넝마에도 온통 피가 묻어 있었다. 약탈한 레이스나 비단, 리본 같은 여성용 장신구를 악마처럼 휘감고 있는 사람들도 핏물에 흠뻑 젖었다. 날을 갈러 가지고 온 도끼, 칼, 총검, 검 따위도 새빨갛게 물들어 있었다. 이가 빠진 검을 리넨 끈이나 옷 조각으로 손목에 단단히 동여매 달고 다니는 사람도 있었는데, 동여맨 재료는 저마다 달랐지만 색깔만은 모두 짙은 핏빛이었다. 피에 미친 사내들이 사방으로 튀는 불꽃 속에서 그러한 흉기를 덥석 뽑아들고는 미친 듯이 휘두르며 거리로 달려 나갔다. 그들의 뒤집힌 눈도 시뻘겋게 물들어 있었다.

물에 빠진 사람이나 다른 중대한 위기에 봉착한 사람은 순간적으로 무한한 세계를 본다는 말이 있듯이, 이 모든 광경이 순식간에 한눈에 들어왔다. 두 사람은 창가에서 물러섰다. 박사는 하얗게 질린 얼굴로 로리를 보며 설명을 구했다.

"저들은 죄수들을 죽이려 합니다." 로리는 열쇠로 잠근 안방을 겁에 질린 눈초리로 흘끗거리며 속삭였다. "박사님이 아까 하신 말씀이 사실이라면, 박사님이 생각하시는 힘을 정말로 가지고 계시다면—저는 그렇게 믿습니다만—지금 당장이라도 저 악마들 앞에서 이름을 밝히시고 라포르스로 가자고 하세요. 이미 늦었는지도 모르지만 단 1분도 지체해선 안 됩니다."

마네트 박사는 로리의 손을 꼭 잡고는 모자도 쓰지 않고 허둥지둥 밖으로 뛰쳐나갔다. 로리가 다시 덧문 앞으로 가보았을 때 박사는 벌써 안뜰에 나와 있었다.

희끗희끗한 긴 머리에 비범해 보이는 얼굴의 마네트 박사는 자신감 넘치는 당당한 태도로 물을 가르고 나가듯 숫돌을 둘러싼 사람들 한가운데로 들어갔다. 순간 주위가 고요해지더니 당황하며 수군거리는 모습이 보였다. 박사는 순식간에 사람들에게 둘러싸이더니 어깨동무를 한 스무 명 가량의 사내들 가운데로 들어갔다. 그들은 소리 질렀다. "바스티유 죄수 만세! 바스티유 영웅의 친척이 지금 라포르스에 있으니 그를 구하자! 길을 비켜라! 바스티유의 영웅이 납신다! 라포르스의 죄수 에브르몽드를 구출하라!" 이에 답하는 수많은 함성소리와 함께 그들은 순식간에 안뜰에서 빠져나갔다.

로리는 두근거리는 가슴을 억누르며 덧문과 유리창을 닫고 커튼까지 친 뒤 서둘러 루시에게 달려가 아버님이 시민들과 함께 찰스를 구하러 갔다고 말했다. 그때서야 로리는 어린 루시와 프로스 양도 함께 왔다는 사실을 깨달았다. 하지만 한참이 지나서야 그들을 보고 놀랐어야 했다는 생각이 들었다. 주위가 조용해진 밤이 되어서야 그들을 보며 그런 생각을 하게 된 것이다.

그때까지 루시는 로리의 손을 잡은 채 발밑에 쓰러져 망연자실해 있었다.

로리의 침대에 아기를 재우고 있던 프로스 양의 머리가 그 옆에 있는 베개 위로 점점 기울어졌다. 아, 불쌍한 아내의 흐느끼는 소리와 함께 깊어가는 기나긴 밤. 아, 아버지는 돌아오지 않고 그 어떤 소식도 들려오지 않는 기나긴 밤.

그 뒤로도 두 번 정도 어둠 속에서 대문의 초인종이 울렸고, 그때마다 사람들이 소란스럽게 숫돌을 돌리며 불꽃을 튀겼다.

"무슨 소리예요?" 루시가 놀라서 소리쳤다.

"쉿! 병사들이 칼을 갈고 있는 거요." 로리가 대답했다. "지금 이 건물은 국가 소유가 되어 일종의 무기고로 쓰이고 있어요."

하지만 결국 그 두 번 뿐이었다. 게다가 마지막 작업을 할 때에는 기세도 많이 수그러들었고 쉬엄쉬엄 일했다. 머지않아 날이 밝았다. 로리는 잡고 있던 루시의 손을 살며시 내려놓고 또다시 창밖을 내다보았다. 온통 피범벅이 된 한 사내가 전쟁터에서 깊은 상처를 입고 쓰러졌다가 겨우 의식을 찾은 부상병 같은 모습으로 숫돌 옆 보도에서 일어나 주위를 둘러보았다. 이 기진맥진한 살인자는 희미한 아침 햇살에 반짝이는 옛 주인의 마차를 발견했다. 폭신한 쿠션 위에서 한잠 잘 생각인지 호화로운 마차를 향해 비틀비틀 걸어가더니 안으로 들어가 문을 쾅 닫아 버렸다.

로리가 또다시 밖을 내다보았을 때에는 지구라는 거대한 회전 숫돌이 한 바퀴 돌아 햇빛이 안뜰을 붉게 물들이고 있었다. 하지만 고요한 아침 공기 속에 덩그러니 남아 있는 작은 회전 숫돌에는 햇빛이 물들인 것도 아니고 햇빛으로도 결코 지울 수 없는 새빨간 자국만이 선명하게 찍혀 있었다.

제3장 불길한 그림자

근무 시간이 되자 로리의 사무적인 머리에 가장 먼저 떠오른 생각은 망명 자로 고발된 죄수의 아내를 은행 지붕 아래 숨겨 두었다가 은행을 위험에 빠 뜨릴 권리가 자기에게는 없다는 것이었다. 그의 재산이나 안전은 물론 목숨 까지도 루시 모녀를 위한 일이라면 망설임 없이 버릴 수 있었지만 지금 그가 관리하고 있는 은행은 그의 것이 아니었기 때문이다. 그는 업무에 관한 한 착실한 사무원이었던 것이다.

가장 먼저 떠오른 사람은 드파르주였다. 그의 술집을 다시 찾아가 이 혼란 에 빠진 파리 시내에 안전한 거처가 있는지 드파르주와 상의해 봐야겠다고 생각했다. 하지만 그를 떠올린 바로 그 이유 때문에 오히려 더 위험할 수도 있겠다는 생각이 들었다. 드파르주는 폭동이 가장 격렬한 생앙투안에 살고 있고 중요 인물로서 위험한 일들에 깊이 관련되어 있을 것이 뻔했기 때문이 다.

한낮이 되어도 박사는 돌아오지 않았다. 시간이 흐를수록 텔슨 은행이 위 태로워질 가능성이 점점 높아졌다. 로리는 이 일을 루시와 의논하기로 했다. 루시는 박사가 은행 근처에 단기로 셋방을 얻자고 했다고 말했다. 그렇게 하 면 은행으로서도 아무런 문제가 없고, 일이 잘 풀려 찰스가 석방된다 하더라 도 곧바로 파리에서 빠져나가기는 힘들 터이기에 로리는 셋방을 구하러 나 갔다. 그리고 적당한 방을 하나 구했다. 큰길에서 떨어진 뒷골목에 있는 네 모난 건물 꼭대기였는데, 창마다 덧문이 꼭꼭 닫혀 있는 것으로 보아 그 건 물에 아무도 살지 않는다는 사실을 한눈에 알 수 있었다.

로리는 곧 그리로 루시 모녀와 프로스 양을 데려갔다. 되도록 편하게 지낼 수 있도록 갖가지 물건까지 날라다주었으므로 그 집은 로리의 방보다 더 쾌 적해졌다. 그뿐만 아니라 제리도 문지기로 남겨 두었다. 제리라면 누가 함부 로 문을 두드려도 꿈쩍 안 할 사람이었기 때문이다. 그런 뒤 로리는 은행으로 돌아왔다. 하지만 불안하고 우울한 마음에 좀처럼 일손이 잡히지 않았고, 하루가 더디게 흘러가는 것만 같았다.

이윽고 해가 저물고 로리의 기력도 바닥날 때쯤 은행 마감 시간이 되었다. 로리는 자기 방으로 돌아와 앞으로 어떻게 해야 할지를 생각했다. 그때 계단을 올라오는 발소리가 들렸다. 곧이어 한 사내가 나타나 날카로운 눈초리로 훑어보며 로리의 이름을 불렀다.

"내가 로리인데, 날 아십니까?" 로리가 물었다.

검은 고수머리에 마흔다섯에서 쉰 가량 되어 보이는 건장한 사내였다. 그는 대답 대신 로리의 말을 강세 하나 바꾸지 않고 그대로 따라했다.

"선생은 날 아십니까?"

"어디서 뵌 것 같긴 한데."

"아마 제 술집일 겁니다."

로리가 흥분한 목소리로 물었다.

"그럼 마네트 박사님 부탁으로 왔습니까?"

"그렇소. 마네트 박사님 부탁으로 왔소."

"박사님이 뭐라고 하시던가요? 무슨 일로 보내셨습니까?"

드파르주는 떨리는 로리의 손에 종이쪽지를 내밀었다. 박사의 글씨체가 틀림없었다.

찰스는 무사합니다. 하지만 나는 아직 안심하고 이곳을 떠날 수가 없소. 이 사람 편에 짤막하나마 찰스가 루시에게 보내는 편지를 전하기로 했으니 그를 루시에게 안내해주시오.

편지는 한 시간 전에 라포르스에서 쓴 것이었다.

"이리 오십시오. 찰스의 부인에게 안내하겠습니다." 로리는 소리 내어 편지를 읽고 안도하며 반갑게 말했다.

"그러시죠." 드파르주가 대답했다.

드파르주의 말투가 딱딱하고 기계적이라는 것을 눈치 채지 못한 채 로리는 모자를 쓰고 드파르주와 함께 안뜰로 나갔다. 안뜰에는 두 여자가 서 있었는데 한 사람은 뜨개질을 하고 있었다.

"드파르주 부인이시군요!" 로리는 말했다. 그러고 보니 부인은 17년 전에도 지금처럼 뜨개질을 하고 있었다.

"그렇습니다." 드파르주가 대꾸했다.

"부인께서도 우리와 함께 가십니까?" 드파르주 부인이 함께 걸음을 옮기는 것을 보고 로리가 물었다.

"그렇습니다. 언제든 알아볼 수 있도록 얼굴을 익혀 두는 게 그분들의 안전을 위해서도 좋을 테니까요."

비로소 드파르주의 태도가 심상치 않음을 눈치 챈 로리는 그를 불안한 눈초리로 쳐다보다가 앞장서서 걷기 시작했다. 두 여자도 따라나섰다. 다른 한 여자는 방장스였다.

그들은 되도록 빠르게 거리를 지나서 루시의 새집 계단을 올라갔다. 제리가 문을 열자 루시가 혼자 울고 있는 모습이 보였다. 로리가 찰스의 소식을 전하자 루시는 기뻐 어쩔 줄 모르며 남편의 편지를 가지고 온 드파르주의 손을 덥석 잡았다. 그의 손이 어젯밤 남편 곁에서 무슨 짓을 했으며 기회 있을 때마다 남편에게 무슨 해를 가해 왔는지는 꿈에도 생각하지 못한 채.

사랑하는 루시, 용기를 내요. 나는 잘 있고, 이곳 사람들 모두 장인어른의 말씀을 잘 따른답니다. 답장을 쓸 필요는 없어요. 나 대신 우리 귀여운 루시에게 키스해 줘요.

편지 내용은 이것뿐이었지만 편지를 받은 루시는 더없이 기뻤다. 루시는 너무 기쁜 나머지 드파르주 부인에게 다가가 뜨개질을 하고 있는 그녀의 손에 키스를 했다. 감사의 마음이 가득 담긴 여성스럽고 다정한 키스였지만 그 손은 아무런 반응도 보이지 않고 냉정하게 축 늘어져 있다가 다시 뜨개질감을 잡았다.

그 싸늘한 촉감에 루시는 퍼뜩 놀라 움찔했다. 루시는 편지를 품안에 넣으려다 말고 손을 목에 댄 채 겁에 질려 드파르주 부인을 바라보았다. 하지만 드파르주 부인은 무의식적으로 치켜 올라간 눈썹과 이마를 얼음처럼 싸늘하게 쳐다볼 뿐이었다.

로리가 끼여들어 설명했다.

"루시, 거리에선 끊임없이 폭동이 일어나고 있어요. 물론 루시에게 화가 미치는 일은 없겠지만 드파르주 부인은 만약에 그런 일이 생길 때를 대비해 지켜야 할 사람들의 얼굴을 봐두기 위해 오신 거예요. 얼굴을 잘 익혀 둬서 사람을 잘못 보는 일이 없도록 말이죠. 내 생각에는……" 보면 볼수록 돌처럼 차갑기만 한 세 사람의 태도에 로리는 머뭇거리는 말로 루시를 안심시키려 애썼다. "안 그렇습니까, 드파르주 씨?"

드파르주는 무뚝뚝한 표정으로 아내를 바라보았다. 그렇다는 말을 입안에서 웅얼거린 것 같았으나 대답은 하지 않았다.

로리는 상황을 수습하려고 애쓰며 말했다.

"루시, 아이와 프로스 양도 이리로 부르는 게 좋겠어요. 드파르주 씨, 프로스 양은 영국인이라 프랑스어는 한 마디도 모릅니다."

프로스 양은 그 어떤 외국인도 자신에게는 상대도 안 된다는 자신만만한 표정으로 팔짱을 끼고 나타났다. 그녀는 어떤 위험과 고난이 닥쳐도 눈 하나 깜짝 할 사람이 아니었다. 프로스 양은 가장 먼저 눈이 마주친 방장스에게 영어로 말했다. "흥, 뻔뻔한 양반들! 당신들 일이나 잘 하슈." 그리고 드파르주 부인에게도 영국식 기침을 해댔지만 두 사람 다 별로 관심을 보이지 않았다.

"애가 그의 딸이군요?" 드파르주 부인은 비로소 뜨개질하던 손을 멈추고 운명의 여신의 손가락이라도 되는 것처럼 뜨개바늘로 어린 루시를 가리켰다.

"그래요. 이 아이가 다네이 씨의 하나밖에 없는 딸이에요." 로리가 대답했다.

드파르주 부인 일행을 감싼 그림자가 불길하게 짙어지며 어린 딸을 덮치는 느낌이 들자 루시는 본능적으로 아이 곁에 무릎 꿇고 앉아 아이를 품에 꼭 끌어안았다. 그러자 그 불길한 그림자가 엄마와 딸 모두를 뒤덮으며 더욱 어둡고 더욱 위협적으로 드리워지는 것 같았다.

"이만하면 됐어요. 잘 봤으니 이만 갑시다." 드파르주 부인이 말했다.

하지만 여전히 뭔가를 숨기는 듯한 부인의 태도에(확실히 드러나지는 않지만 희미하게나마 느껴졌다) 두려움을 느낀 루시가 드파르주 부인의 옷자락을 붙잡고 애원했다.

"제발 그이를 잘 돌봐 주세요. 남편에게 해를 입히거나 하진 않으실 거죠? 그리고 할 수 있으면 남편을 만날 수 있게 도와주세요."

"나는 당신 남편을 위해 온 게 아니에요." 드파르주 부인은 태연자약하게 루시를 내려다보며 말했다. "당신이 당신 아버지의 딸이기 때문에 온 겁니다."

"그럼 제발 저를 위해 그이를 도와주세요. 부탁드려요! 이 어린것을 봐서라도! 이애도 이렇게 두 손 모아 부탁드립니다. 우리는 지금 누구보다도 부인이 무섭습니다."

드파르주 부인도 이 말만은 싫지 않은지 남편을 쳐다보았다. 불안한 얼굴로 손톱을 깨물며 부인을 보고 있던 드파르주가 갑자기 엄숙한 표정을 지었다.

"남편이 편지에 뭐라고 썼소?" 드파르주 부인이 억지 미소를 지으며 물었다. "말을 잘 따른다나 뭐라나 그랬던 거 같은데."

"맞아요. 그곳 사람들 모두 아버지의 말씀을 잘 따라주신다고 했어요." 루시는 허겁지겁 품에서 쪽지를 꺼내면서도 겁에 질린 눈으로 편지는 보지 않고 드파르주 부인의 얼굴만 쳐다보았다.

"그럼 틀림없이 석방되겠지! 안 될 게 뭐 있겠수."

"한 남자의 아내이자 한 아이의 어미로서 제발 부탁드려요." 루시는 필사적으로 애원했다. "제발 저를 불쌍히 여겨주세요. 당신이 영향력을 발휘해 죄 없는 그이가 해를 입지 않도록, 그이에게 도움이 되도록 힘을 써주세요. 같은 여자로서 제 심정을 헤아려 주세요. 아내이자 어미로서 부탁드립니다!"

드파르주 부인은 여전히 싸늘한 눈초리로 애원하는 루시를 쳐다보다가 고개를 돌려 방장스에게 말했다.

"그러고 보니 우리도 이 애만 했을 때부터, 아니 그보다 훨씬 더 어렸을 때부터 아내나 엄마들을 많이 봐 왔지. 그런데 그들이 제대로 된 대우를 받은 적이 있었나? 그들의 남편과 아버지들이 너나 할 것 없이 감옥으로 끌려가는 바람에 생이별한 부부와 부모자식들을 숱하게 봐 왔잖아. 같은 여자들이, 그리고 아이들이 가난과 병과 굶주림과 목마름과 불행과 탄압과 멸시 속에서 괴로워하는 걸 얼마나 많이 봤지?"

"어디 그뿐이었게?" 방장스가 맞장구쳤다.

"우린 그런 모습을 보며 몇 십 년이나 참아 왔다고!" 드파르주 부인은 다시 루시를 보며 말했다. "부인도 생각해 봐요. 그런 상황에서 지금 아내이자 어미로서의 고통이 우리한테 뭐 그리 대단해 보이겠수?"

드파르주 부인은 다시 뜨개질을 하며 밖으로 나가 버렸다. 방장스가 그 뒤를 따랐고 맨 마지막으로 드파르주가 나가면서 문을 닫았다.

"루시, 기운을 내요." 로리는 루시를 부축해 일으키며 말했다. "힘을 내요, 힘을 내! 우리는 아직 괜찮아요. 요즘 얼마나 많은 사람들이 딱한 일을 겪었는지, 거기에 비하면 우리는 훨씬 나은 편이에요. 자, 기운 내고 이만하길 감사해야지요."

"감사히 여기지 않는 건 아니에요. 다만 그 무시무시한 여자가 저와 제 모든 희망 위로 불길한 그림자를 드리우는 것만 같아요."

"쓸데없는 소리! 용감한 사람이 왜 그렇게 약한 소리를 해요? 말 그대로 그림자일 뿐이에요. 실체가 있는 게 아니에요." 로리가 말했다.

그러나 드파르주 부부의 태도에 드러난 그림자는 로리의 마음까지도 휘감아 버렸으므로 로리는 속으로 무척 걱정스러웠다.

제4장 폭풍 속의 고요

마네트 박사는 떠난 지 나흘째 되는 아침에야 돌아왔다. 그 참혹한 나흘 사이에 일어난 일들을 루시에게는 철저히 비밀에 부쳤으므로 오랜 시간이 흘러 프랑스를 떠난 뒤에야 비로소 루시는, 남녀노소를 불문한 천백여 명의 죄수들이 저항도 하지 못하고 시민들의 손에 살해되었다는 사실을 알게 되었다. 그 나흘 밤과 낮 동안 도시는 끔찍한 테러행위로 암운에 뒤덮이고 공기는 피비린내로 탁해졌다. 루시는 감옥이 습격을 받아 모든 정치범이 위험에 빠졌고 그중 일부가 군중에게 끌려가 학살되었다는 사실만 알고 있었다.

박사는 굳이 말하지 않아도 되었지만 루시에게는 비밀로 해달라고 당부한 뒤 그가 본 내용을 로리에게 이야기했다. 박사는 군중에게 둘러싸여 피비린내 나는 살육 현장을 지나 라포르스 감옥에 도착했다. 감옥에서는 시민들이 직접 연 법정에 죄수들이 한 사람씩 끌려나와 처형되거나 석방되었고, 아주 드물게 재수감되기도 했다. 박사도 안내해준 시민들에게 이끌려 이 법정에 서서 이름과 직업을 밝힌 뒤 18년 동안 기소도 없이 비밀리에 바스티유에 수감되어 있었다고 증언했다. 그러자 판사석에 있던 한 사내가 일어나 그의 증언을 확인해 주었는데, 다름 아닌 드파르주였다.

책상 위에 놓인 명부를 보고 사위 찰스가 무사하다는 사실을 확인한 박사는 재판관들—졸고 있는 사람과 깨어 있는 사람, 죽인 사람들의 피로 물들어 있는 사람과 그렇지 않은 사람, 술 취한 사람과 정신이 말짱한 사람 등 다양했다—에게 사위를 살려주고 석방해달라고 간곡히 애원했다. 박사는 처음에는 무너진 옛 체제하에서 끔찍한 탄압을 받은 희생자로서 열광적인 환호를 받고, 그 분위기를 타서 찰스도 이 무법지대와 같은 법정에 출두시켜 재판을 받게 하기로 합의했다. 이리하여 찰스 다네이는 금방이라도 석방될 것처럼 보였는데 별안간 까닭 모를 난관에 부닥쳐(박사는 끝내 알아내지 못했다) 유리하게 흘러가던 분위기가 역전되고 판사석에서 비밀스런 말들이 오갔다. 그러더니 재판장 자리에 앉아 있던 사내가 일어나서 죄수를 석방할 수는 없으나 박사를 봐서 그의 안전을 보장할 것이며 결코 위해를 가하지 않겠다고 선고했다. 결국 죄수는 다시 감방으로 끌려갔다. 그러자 박사는 자신도 여기 남아 사위가 뜻하지 않은 실수나 고의로 문밖에서 아우성치는 군중—실제로 문 밖에서 들리는 살기등등한 그들의 외침에 재판이 중단되기도 했다—의 손에 넘겨지는 일이 없는지 확인할 때까지 떠나지 않겠다고 강력히 호소하여 그래도 좋다는 허락을 받아내었다. 그리하여 박사는 위험이 사라질 때까지 그 피로 물든 법정에 남아 있었다.

박사가 그곳에서 본 광경—식사를 하거나 잠을 자기 위해 잠깐씩 자리를 비우기는 했지만—을 여기서 언급하지는 않을 것이다. 다만 석방된 자들에 대한 군중의 광적인 환희나, 난도질당한 죄수에 대한 광기 어린 잔인성 모두 박사를 놀라게 하기에는 충분했다. 한 죄수는 석방되어 기뻐하며 거리로 나가자마자 미친 사람으로 오인받아 창에 찔리고 말았다. 박사가 그 부상자의 응급 치료를 부탁받고 같은 문으로 나가보니 피해자는 착한 사마리아인들*1의 품에 안겨 있었다. 하지만 그 착한 사마리아인들은 그들이 도륙한 희생자들의 시체를 아무렇지 않게 깔고 앉아 있었다. 끔찍한 악몽처럼 도무지 앞뒤가 맞지 않았다. 그들은 박사를 도와 부상자를 정성껏 돌봐주고 들것을 만들어 그를 어딘가로 옮겨주기까지 했지만, 그 일이 끝나자 금세 무기를 집어들고 잔인한 살육 현장으로 뛰어들었다. 너무도 무시무시한 광경에 박사는 두 손으로 눈을 가린 채 기절하고 말았다.

로리는 그 이야기를 들으며 이제 예순두 살이 된 친구의 얼굴을 바라보았다. 그러다가 문득 그런 무시무시한 경험으로 말미암아 친구의 옛 상처가 재발하면 어쩌나 하는 불안한 생각이 들었다. 하지만 박사가 지금보다 더 기운이 넘칠 때는 일찍이 없었다. 박사는 처음으로 고난도 힘이 된다고 느꼈다. 자신이 매서운 불길 속에서 강철로 버려져 감방 문을 부수고 사위를 구출해낼 수 있다고 느꼈다.

"이보시오, 친구, 예전의 수감생활이 다 나한테 도움이 된 것 같소. 결코 헛되이 세월만 보낸 게 아니었소. 옛날에 루시가 나를 살리기 위해 갖은 애

---

*1 〈루가의 복음서〉 10장 참조. 어려움에 처한 사람을 도와주는 사람을 말한다.

를 썼듯이 이제는 내가 그 애에게 가장 소중한 사람을 되찾아주기 위해 어떤 일도 마다하지 않을 겁니다. 하느님의 도움으로 기필코 해낼 거예요!"

박사는 말했다.

자비스 로리는 박사의 불타는 두 눈과 차분하면서도 단호한 얼굴을 보았다. 멈춰버린 시계처럼 오랫동안 멈춰 있던 인생이, 필요가 없는 동안에는 잠들어 있던 에너지를 받아 다시 힘차게 움직이려 한다고 그는 믿었다.

박사는 지금 마주한 문제보다 훨씬 큰 난관에 부딪치더라도 불굴의 의지로 모두 극복했을 것이다. 박사는 의사로서 죄수와 자유민, 부자와 빈자, 선인과 악인 등 다양한 사람들을 돌보며 영향력을 넓혀갔다. 그리하여 금세 감옥 세 곳의 주치의가 되었고 그 중에는 라포르스 감옥도 포함되어 있었다. 그 결과 루시에게도 찰스가 이제는 독방 신세에서 벗어나 일반 죄수들과 함께 수감되었다고 자신 있게 말해줄 수 있게 되었다. 또한 일주일에 한 번씩 사위를 만나 그에게서 직접 들은 달콤한 메시지를 딸에게 전해줄 수 있게 되었다. 때로는 찰스가 편지를 보내기도 했지만(이때 전달해주는 사람은 박사가 아니었다) 루시가 답장을 쓰는 것은 허용되지 않았다. 음모가 판을 치는 감옥에서는 온갖 터무니없는 소문이 나돌았는데, 특히 외국에 친구나 가족이 있는 망명 귀족들에게 가장 가혹한 비난이 쏟아졌기 때문이다.

박사의 새로운 생활은 근심과 걱정이 끊이지 않았지만 지혜로운 로리는 그러한 삶이 박사의 자부심을 유지해주고 있음을 알아차렸다. 그 자부심은 아주 자연스럽고 가치 있는 것이었다. 다만 로리가 보기에 조금 묘한 데가 있었다. 박사는 이제까지 딸이나 친구 모두 그의 수감생활이 고통이자 상실이며 약점이라도 생각해왔음을 알았다. 하지만 이제는 상황이 달라져서 예전의 시련을 통해 그가 힘을 얻고 있었다. 게다가 친구나 딸이나, 박사가 그런 힘으로 찰스를 구해낼 수 있으리라 여긴다는 사실을 알았다. 박사는 그러한 변화에 고무되어 앞장서서 지휘를 했고, 상대적으로 약자인 루시와 로리에게 자신을 믿으라고 했다. 박사와 루시의 관계는 역전되었지만, 그 밑바탕에는 여전히 루시에 대한 애정과 감사하는 마음이 단단히 자리 잡고 있었다. 박사의 자부심은, 일찍이 자신을 극진히 돌봐준 딸에게 이제야 보답할 수 있다는 마음에서 나온 것이기 때문이다. 로리가 온화한 태도로 통찰력 있는 말을 했다.

"참으로 묘하죠? 하지만 아주 자연스럽고 당연한 일이에요. 그러니 앞으로도 계속 이렇게 앞장서 주세요. 이 일을 하는 데 있어서 박사님만 한 분도 없으니까요."

박사는 다네이를 석방시키기 위해, 아니 하다못해 재판이라도 받게 하기 위해 열심히 노력했지만, 안타깝게도 시대는 너무도 빠르고 세차게 흘러갔다. 이미 새로운 시간은 시작되었다. 왕은 재판에 회부되어 사형 선고를 받고 단두대의 이슬로 사라졌다. 자유와 평등과 박애가 아니면 죽음을 달라고 외치던 새 공화국은 세상을 상대로 승리가 아니면 죽음을 택하겠다고 선언했다. 노트르담 탑에는 밤낮으로 검은 깃발이 휘날렸다. 세상의 폭군을 타도하라는 부르짖음에 응답한 30만 인민이 프랑스 방방곡곡에서 총궐기했다. 언덕과 들판에서, 바위와 자갈밭에서, 진흙 속에서, 남부의 환한 하늘과 북부의 잿빛 하늘 아래에서, 벌거숭이산과 숲 속에서, 포도밭과 올리브밭에서, 바싹 자른 풀과 보리 그루터기에서, 넓은 강의 비옥한 강둑과 바닷가 모래밭에서 사방에 심은 용의 이빨이 열매를 맺은 것 같았다. *2 그런데 어찌 개인의 사사로운 근심으로 자유 혁명 원년의 범람하는 물결을 거스를 수 있으랴. 그것도 하늘의 창이 굳게 닫힌 상태에서, 하늘에서 쏟아지는 게 아니라 땅에서 솟구치는 대홍수를.

휴식도 없고 동정도 없고 긴장을 풀 여유도 없고 시간을 재는 일도 없었다. 낮과 밤이 생기고 세상이 만들어진 첫날처럼*3 낮과 밤은 어김없이 돌고 돌았으며, 낮과 밤의 순환 이외에는 시간을 잴 방법이 없었다. 열병에 걸리면 시간의 관념이 사라지는 것처럼 이 국민적 열병 앞에서 시간은 힘을 잃었다. 파리 시내의 부자연스러운 침묵을 깨고 사형집행인이 인민 앞에서 왕의 머리를 높이 쳐들어 보이더니 곧이어 왕비의 머리도 쳐들어 보였다. 컴컴한 감옥에서 고독하고 비참한, 여덟 달을 보내면서 머리가 허옇게 센 아름다운 왕비의 머리를.

하지만 이런 경우에 작용하는 모순된 법칙 때문에 불꽃처럼 재빨리 스쳐 가는 것 같았던 시간은 왠지 느리게 흘러가는 것처럼 느껴졌다. 파리에 혁명

---

*2 그리스신화에 용사 카드모스가 용을 죽이고 그 이빨을 땅에 심었더니 무장한 병사들이 튀어나왔다는 이야기가 있다.

*3 〈창세기〉 1장 5절 참조.

재판소와 전국 곳곳에 사오만 개에 달하는 혁명위원회가 설치되었고, 자유와 안전에 대한 보장이 사라졌으며, 악독한 사람이 선량하고 무고한 사람을 기소하는 피의자법이 발효되었고, 감옥에는 아무 잘못도 없이 끌려와 재판조차 받지 못하는 사람들로 가득했다. 이러한 모든 것이 하나의 질서로, 현상으로 자리 잡았고, 시작된 지 몇 주일밖에 되지 않았는데도 아주 오래 전부터 시행되어온 것처럼 느껴졌다. 특히 기요틴이라는 악녀는 태초부터 그 자리에 있었던 것처럼 사람들의 눈에 익숙해졌다.

기요틴은 인기 있는 농담 거리였다. 사람들은 기요틴이 최고의 두통약이라고 했으며, 머리가 하얗게 세는 것을 막아주고 피부색을 독특하고 곱게 만들어준다고들 했다. 또한 말끔하게 면도하는 솜씨가 최고라 국민 면도날이라고 부르기도 했다. 사람들의 말에 따르면 기요틴에 키스하는 사람은 작은 창문으로 내다보며 주머니 안에 대고 재채기를 했다.*4 기요틴은 새로운 인류의 탄생을 알리는 신호였다. 사람들은 십자가 대신 조그마한 기요틴 모형을 목에 걸고 다녔다. 그들은 십자가를 부정하고 기요틴 앞에 무릎 꿇으며 그녀를 숭배했다.

너무나 많은 머리를 베는 바람에 기요틴과 그녀가 가장 심하게 더럽힌 땅은 썩은 고기처럼 붉게 물들었다. 기요틴은 아이들이 가지고 노는 장난감 퍼즐처럼 평소에는 해체해 두었다가 필요할 때마다 다시 조립했다. 기요틴은 웅변가를 침묵시키고 세력가를 때려눕혔으며, 아름답고 선량한 사람의 목숨을 단숨에 끊어버렸다. 어느 날 아침에는 고위 공직자 스물두 명의 머리를—스물한 명은 살아 있었지만 나머지 한 명은 이미 죽어 있었다—22분 만에 모조리 잘라 버렸다.*5 구약성서에 나오는 장수*6가 사형집행관으로 다시 태어나 그 역할을 완수했다.*7 그는 이 무시무시한 흉기로 무장한 덕분에 같은 이름의 조상보다 훨씬 강력하고 무모하여 매일같이 하느님의 성전*8의 문을

---

*4 기요틴은 조그만 구멍으로 머리를 내민 순간 칼날이 떨어지면서 그 아래에 받쳐 둔 주머니 속으로 머리가 굴러 떨어지도록 되어 있다. 이를 두고 농담삼아 재채기를 한다고 표현했다.

*5 1793년 10월 31일, 지롱드당 간부 22명을 단두대에서 처형했는데 그중 한 사람은 전날 자살했다.

*6 삼손.

*7 루이 16세와 왕비 마리 앙투아네트를 비롯한 많은 사람들의 처형을 집행한 우두머리 사형집행관을 '삼손'이라고 불러다.

차례차례 부수어 버렸다.

하지만 이처럼 끔찍하고 두려운 상황 속에서도 박사는 어떠한 망설임도 없이 목적을 향해 나아갔다. 자신의 힘을 굳게 믿고 목적을 이룰 수 있다는 희망을 버리지 않았으며 결국에는 사위를 구해낼 것이라고 확신했다. 하지만 시간의 흐름은 생각보다 강하고 깊어서 박사의 단호한 확신에도 찰스는 옥중에서 어느새 1년 3개월을 보냈다. 그해 12월이 되자 혁명은 더욱더 광란 상태에 빠졌다. 남부에서는 밤이면 강이란 강마다 시체로 넘쳐났고, 수만 명에 이르는 죄수들을 겨울 태양 아래 줄지어 늘어세우거나 한곳에 몰아놓고 총살했다. 하지만 그래도 박사는 그러한 공포의 거리를 당당하게 걸었다. 그 무렵 파리에서 박사보다 유명한 사람은 없었고, 또 박사보다 묘한 처지에 있는 사람도 없었다. 그는 말이 없고 인자하며 병원에서나 감옥에서나 없어서는 안 될 사람이 되었다. 살인자든 희생자든 공평하게 치료하는 특별한 존재였다. 의사로서 실력을 발휘할 때면 그가 한때 바스티유의 죄수였다는 사실이 그를 더욱 돋보이게 했다. 박사는 18년 전에 죽었다가 되살아났거나 아니면 인간 세상에 내려온 영혼이 아닐까 싶을 만큼 그를 의심하거나 문제를 제기하는 사람은 아무도 없었다.

---

*8 인간의 육체를 말한다. 고린토인들에게 보낸 첫째, 둘째 편지 참조.

제5장 나무꾼

1년 3개월. 그 동안 루시는 내일이라도 남편의 목이 기요틴에 잘려나가지 않을까 하는 두려움에 한시도 마음을 놓을 수가 없었다. 날마다 사형수를 가득 실은 호송마차가 몇 대씩이나 자갈길 위를 덜컹거리며 달려갔다. 아름다운 처녀, 갈색 머리, 검은 머리, 흰 머리의 여인들, 젊은이, 노인, 건장한 사내, 귀족, 농부 가릴 것 없이 많은 사람들이 기요틴에서 붉은 포도주가 되었다. 매일같이 구역질나는 감옥의 컴컴한 감방에서 밝은 거리로 끌려나온 죄수들이 탐욕스러운 기요틴의 갈증을 채워주기 위해 그 앞으로 보내졌다. 자유와 평등과 박애가 아니면 죽음을 달라! 그렇다. 아, 기요틴이여, 가장 쉽게 줄 수 있는 것은 죽음이다!

생각지도 못한 갑작스러운 불행과 어지럽게 돌아가는 시간의 바퀴에 넋이 나가 멍하니 결과만 기다렸다면 루시도 같은 처지에 있는 다른 많은 사람들과 같은 길을 걸었을 것이다. 그러나 루시는 생앙투안의 다락방에서 젊고 순결한 가슴에 백발의 아버지를 껴안은 이래로 언제나 자신의 의무에 충실했다. 아무도 모르게 조용히 맡은 바 책임을 다하는 사람들이 다 그렇듯이 그녀도 괴로운 시련 속에서 자신의 의무에 더욱 충실했다.

새 집으로 옮긴 뒤 아버지가 날마다 일을 하러 나가게 되자 루시는 남편이 집에 있을 때와 똑같이 조촐한 살림을 알뜰하게 꾸려나갔다. 모든 물건이 제자리에 놓이고 시간에 따라 할 일이 정해져 있었다. 아이 교육도 단란한 가족이 영국에 있을 때처럼 규칙적으로 이루어졌다. 남편이 언제든지 돌아와 사용할 수 있도록 남편의 의자와 책을 따로 챙겨 두었고, 밤이면 죽음의 그림자에 떨면서 감옥에 갇혀 있는 수많은 불행한 사람들과 특별히 사랑하는 남편의 안전을 위해 간절히 기도했다.

루시의 외모도 그다지 달라지지 않았다. 딸아이와 똑같이 맞춰 입은 상복 같은 검고 수수한 옷은 행복했던 지난날 입었던 화사한 옷처럼 잘 손질하여 늘 깔끔하게 입었다. 얼굴색은 창백해지고 예전에 이마에 나타났던 골똘한 표정이 이제는 가끔이 아니라 항상 나타나 있었지만 그 점만 빼면 여전히 아름다웠다. 이따금 아버지에게 밤 인사를 하며 키스를 할 때면 온종일 참았던 슬픔을 터뜨리며 이제 세상에서 의지할 사람은 아버지뿐이라고 한탄하기도 했는데, 그럴 때면 박사는 늘 단호하게 말했다.

"찰스에게 무슨 일이 생겼다면 내가 모를 리 없단다. 내가 네 남편을 꼭 구해주마, 루시."

이러한 새로운 생활이 시작된 지 대여섯 주 지난 어느 날 밤, 박사가 집에 오자마자 딸에게 말했다.

"애야, 감옥에 높은 창문이 하나 있는데 오후 세 시쯤이면 찰스가 가끔 그 창문가에 갈 수 있다는구나. 아주 우연한 기회라 장담할 수는 없지만 그곳에 가면 거리에 있는 너를 볼 수 있을 거다. 그러려면 내가 말한 곳에 네가 서 있어야 하겠지만 그래도 네 쪽에서는 보이지 않는단다. 설사 보인다손 치더라도 공연히 손짓이라도 했다가는 오히려 네가 위험할 수 있어."

"아, 아버지, 그곳이 어딘지 당장 가르쳐 주세요. 날마다 가서 서 있겠어요."

그 이후로 루시는 비가 오건 바람이 불건 날마다 그곳에서 두 시간씩 기다렸다. 시계가 두 시를 가리키면 어김없이 그곳에 나타났고 네 시가 되면 체념하며 돌아섰다. 어린애가 다니기에 너무 험악한 날씨만 아니라면 반드시 어린 루시도 데려갔고 그렇지 않을 때는 혼자 갔다. 어쨌든 루시는 단 하루도 거르지 않았다.

그곳은 구불구불하고 좁은 거리에 있는 어둡고 더러운 길모퉁이였다. 그곳에는 장작을 패는 나무꾼의 오두막 한 채가 덩그러니 서 있고 나머지는 온통 담으로 둘러싸여 있었다. 사흘째 되는 날 나무꾼이 루시를 알아봤다.

"안녕하쇼, 여성 시민 동지."

"안녕하세요. 시민 동지."

이제는 시민이라고 부르도록 법으로 정해져 있었다. 얼마 전까지만 하더라도 열성적인 애국동지들이 자발적으로 서로를 그렇게 불렀지만 이제는 모든 사람이 그렇게 부르도록 법으로 정해졌다.

"또 산책하러 오셨소, 여성 시민 동지?"

"네. 보시다시피요. 시민 동지."

호들갑을 떨며 장작을 패는 작달막한 나무꾼이(전에는 도로 인부였다) 감옥 쪽을 흘끗 바라보고 손가락질하더니 쇠창살 대신 열 손가락을 얼굴 앞에 대고는 그 사이로 익살맞게 내다보는 시늉을 했다.

"하긴 내 알 바 아니지."

나무꾼이 내뱉듯이 중얼거리고는 계속 장작을 팼다.

이튿날에는 루시가 오기를 기다리고 있다가 그녀가 나타나자마자 말을 걸었다.

"허! 오늘도 산책하시오, 여성 시민 동지?"

"그래요, 시민 동지."

"하, 오늘은 아이도 같이 왔네! 꼬마 시민 동지, 네 엄마 맞지?"

"엄마, 그렇다고 할까요?" 어린 루시가 엄마 곁으로 바싹 붙으며 속삭였다.

"그러렴."

"네, 시민 동지."

"하긴 내 알 바 아니지. 내 일은 이거야. 내 톱을 좀 보쇼! 이놈이 내 귀여운 기요틴이라오. 랄랄라, 랄랄라! 서방님 모가지 떨어지네!"

말이 떨어지기가 무섭게 잘려진 나무토막이 툭 떨어졌고, 사내는 그것을 재빨리 바구니에 던져 넣었다.

"나는 장작 기요틴의 삼손이라오. 다시 한 번 잘 봐요! 룰룰루, 룰룰루! 마누라 모가지가 떨어졌네! 이번엔 자식새끼 차례요. 슬근슬근, 서걱서걱! 뎅겅, 뎅겅, 삐걱, 삐걱! 자식새끼 모가지도 떨어졌네! 자, 이걸로 온 가족이 끝장났소!"

나무꾼이 장작 두 개를 더 바구니에 던져 넣자 루시는 온몸에 소름이 돋았다. 하지만 그가 거기서 일하고 있는 한 그의 눈을 피하기란 불가능했다. 루시는 나무꾼의 비위를 거스르지 않도록 언제나 먼저 인사를 했고 때로는 술값을 쥐어 주기도 했는데, 그러면 그도 냉큼 돈을 받아 챙겼다.

나무꾼은 탐색하기 좋아하는 사람이었다. 때때로 루시가 그의 존재를 새카맣게 잊고 남편을 그리워하며 애달프게 감옥 지붕이나 쇠창살을 정신없이 바라보다가 퍼뜩 정신을 차리면 나무꾼이 의자에 한쪽 무릎을 대고 톱질하던 손을 멈춘 채 루시를 물끄러미 바라보고 있었다. 하지만 그가 보고 있다는 사실을 루시가 눈치 채면 "뭐, 내 알 바 아니지!"라고 말하고 다시 열심히 톱질을 하기 시작했다.

눈과 서리가 내리는 겨울이 가고, 바람이 휘몰아치는 봄이 가고, 뜨거운 햇볕이 내리쬐는 여름이 가고, 추적추적 비 내리는 가을이 가고, 또다시 눈과 서리가 내리는 겨울이 찾아와도 루시는 날씨와 상관없이 날마다 두 시간씩 그곳에서 보냈다. 그리고 돌아갈 때면 늘 감옥 담벼락에 입을 맞추었다. 남편이 그녀를 본다는 이야기는 아버지에게 들었다. 대여섯 번에 한 번씩 볼 때도 있고 두세 번 연달아 볼 때도 있었지만 한두 주 동안 한 번도 못 볼 때도 있었다. 하지만 루시는 기회가 되면 볼 수 있다는 사실만으로도 만족했다. 루시는 남편이 자신을 볼 수만 있다면 일주일 내내 아침부터 밤까지라도 기꺼이 서 있었을 것이다.

이런 일과를 되풀이하는 동안 어느덧 12월이 되었다. 박사는 여전히 당당하게 공포의 거리를 걷고 있었다. 눈발이 흩날리는 어느 오후, 루시는 평소와 다름없이 길모퉁이로 왔다. 그날은 온 시민이 기뻐 날뛰는 축제날이었다. 오는 길에 루시는 집집마다 작은 창과 그 끝에 걸린 조그만 붉은 모자로 장식되어 있는 것을 보았다. 모자에는 삼색 리본도 달려 있었는데, 그 리본에는 '자유와 평등과 박애가 아니면 죽음을 달라!' 공화국은 하나요, 나뉠 수 없다!'라는 표어가 (그들이 좋아하는 세 가지 색깔로) 적혀 있었다.

나무꾼의 초라한 오두막은 너무도 작아서 집 정면의 전체를 사용해도 이 표어를 다 적어 넣기에는 부족했던 모양이었다. 그도 누군가에게 부탁하여 표어를 써 넣은 듯 했는데, 마지막의 '죽음'이라는 글자는 좁은 공간에 억지로 구겨 넣은 듯이 삐뚤빼뚤 쓰어져 있었다. 지붕 위에는 선량한 시민의 당연한 의무로서 창과 붉은 모자를 내걸었고 창가에는 '귀여운 성 기요틴'이라고 적은 톱을 세워 두었다. 당시 시민들은 기요틴이라고 하는 악녀를 신성시하기에 이르렀던 것이다. 그날은 오두막집 문이 닫혀 있고 나무꾼도 보이지 않았다. 루시는 안심하고 홀로 서 있었다.

하지만 나무꾼은 멀리 있지 않았다. 머지않아 시끄러운 발소리와 함께 사람들의 함성이 점점 가까워졌다. 루시는 두려움에 휩싸였다. 잠시 후 담장 모퉁이를 돌아서 시민들이 떼 지어 몰려왔다. 그 한가운데에서 나무꾼이 방장스와 손을 잡고 행진하고 있었다. 오백 명은 되어 보였다. 하지만 그들이 춤추고 노래하는 모습은 오천 명의 악마같이 보였다. 음악이라고는 그들의 노랫소리가 다였다. 그들은 이를 악물고 빠드득빠드득 가는 듯한 기세로 유행하는 혁명노래를 부르며 춤추었다. 남자와 여자, 또는 여자와 여자, 남자와 남자끼리 되는대로 한데 어울려 춤을 추어댔다. 처음에는 싸구려 붉은 모자와 모직 넝마의 물결처럼 보이더니, 가까이 다가와 루시가 있는 곳에서 걸음을 멈추고 춤을 추자 갑자기 그 안에서 무시무시한 유령이 미쳐 날뛰는 듯한 광란의 춤판이 벌어졌다. 앞으로 나왔다가 뒤로 물러났다가 서로 손바닥을 부딪치고 서로 머리를 움켜쥔 뒤 혼자 빙글빙글 돌다가 둘이 얼싸안고 돌았다. 그러더니 여기저기서 털썩털썩 쓰러지기 시작했다. 남은 사람들은 큰 원을 그리며 일제히 돌기 시작했다. 이윽고 그 원이 허물어지고 둘씩 넷씩 짝지어 작은 원을 그리며 또다시 빙글빙글 돌다가 우뚝 멈췄다. 그런 다음 다시 서로 손바닥을 부딪치고 거리를 움켜쥐는 동작을 한 뒤 반대 방향으로 팽이처럼 돌다가 우뚝 멈췄다. 그러다가 잠시 휴식을 취하고는 새로운 춤을 추기 시작했다. 이번에는 길을 가득 채우고 줄지어 서서 고개를 숙이고 손을 치켜들고 함성을 지르며 태풍이 휩쓸고 지나가듯 몰려갔다. 아무리 격렬한 전쟁도 이들의 춤판만큼 무시무시하지는 않을 것이다. 처음에는 순순한 의도에서 시작되었겠지만 지금은 악마적으로 변해버린, 타락한 놀이였다. 원래 건전한 오락거리였지만 이제는 피를 들끓게 하고 감각을 어지럽히고 강심장을 만드는 수단으로 변해 버린 것이었다. 본래 그 춤에는 우아한 면이 없지 않았지만 오히려 그 점 때문에 더욱 추해 보였다. 정신없는 춤사위에 드러난 처녀의 젖가슴과 광기 서린 앳된 얼굴, 피가 고인 진창 속에서 움직이는 가냘픈 다리는 질서가 해체된 시대를 상징적으로 보여주는 듯했다.

이것이 바로 카르마뇰이라는 춤이었다. 놀라고 겁에 질려 나무꾼의 오두막 앞에 서 있는 루시를 남겨 놓고 춤추던 무리들이 지나가 버리자 깃털 같은 함박눈이 소리 없이 내리며 카르마뇰 춤판은 처음부터 없었던 것처럼 세상을 하얗고 보드랍게 감쌌다.

루시가 잠시 손으로 눈을 가리고 있다가 손을 떼자 눈앞에 아버지가 서 있었다.

"아, 아버지! 저렇게 잔인하고 끔찍한 광경은 처음이에요!"

"그래, 나도 안다. 나도 여러 차례 봤단다. 하지만 겁먹을 것 없다. 아무도 너를 해치지 않는단다."

"아버지, 저는 괜찮아요. 하지만 찰스를 생각하면…… 혹시나 저 사람들 손에……."

"괜찮아. 이제 곧 저들이 아무 짓도 못하게 해 주마. 방금 찰스한테 창문으로 올라가라고 일러두고 너한테 얘기해주려고 왔단다. 마침 보는 사람도 없으니 저 가장 높은 지붕 쪽을 향해 키스를 날려 주렴."

"네, 그럴게요. 온 마음을 담아 키스를 보낼게요!"

"네 쪽에선 안 보이지?"

"네, 안 보여요, 아버지." 루시는 키스를 보내면서 애처롭게 흐느꼈다.

그때 눈을 밟는 소리가 들렸다. 드파르주 부인이었다. "안녕하시오, 여성 시민 동지." 박사가 인사했다. "안녕하시오, 시민 동지." 드파르주 부인이 지나가며 한 말은 그게 다였다. 부인은 눈 덮인 길 위를 그림자처럼 지나갔다.

"아가, 팔짱을 끼자꾸나. 찰스를 위해 활기찬 모습으로 돌아가자꾸나. 그래, 그래. 옳지." 두 사람은 걸음을 옮겼다. "그동안 애써온 게 헛수고는 아니었어. 내일 찰스가 재판을 받을 거란다."

"내일이요!"

"이제 우물쭈물할 시간이 없어. 내가 준비를 단단히 해놓긴 했지만 조심해야 한다. 찰스가 법정에 나오기 전까지는 나도 도저히 어쩌지 못하는 일들이 몇 가지 있거든. 찰스는 아직 통보받지 못했지만 내일 재판이 끝나면 콩시에르주리 감옥으로 이감될 거라는구나. 때마침 운 좋게 알아냈단다. 걱정되니?"

"전 아버지를 믿어요." 루시는 간신히 대답했다.

"그래, 나만 믿으렴. 나한테 맡겨 둬. 아가, 네 걱정도 곧 끝날 거다. 몇 시간 뒤에는 반드시 찰스를 네게 돌려주마. 사방으로 손을 다 써놨어. 그럼 로리 씨를 만나러 가야겠다."

박사가 걸음을 멈추었다. 묵직한 마차 바퀴 소리가 들렸다. 그 소리가 무엇을 뜻하는지 부녀는 너무도 잘 알고 있었다. 한 대, 두 대, 세 대. 죄수 호송 마차 세 대가 고요한 눈길을 달려갔다.

"로리 씨를 만나러 가야겠다." 모퉁이를 돌며 박사가 한 번 더 말했다.

충직한 노신사 로리는 여전히 은행에만 머물며 그곳을 떠나려 하지 않았다. 로리는 몰수되어 국유화된 재산과 관련된 문제로 장부를 들고 출두하라는 명령을 종종 받았지만 원소유주를 위해 할 수 있는 일은 다 했다. 텔슨 은행이 보관하고 있는 자산을 지키고 결코 비밀을 누설하지 않는다는 점에서 로리만 한 적임자는 어디에도 없을 것이다.

어둡고 검붉은 하늘과 센 강가에서 피어오르는 짙은 안개가 어둠이 다가오고 있음을 알렸다. 마네트 부녀가 은행에 다다랐을 때는 이미 사방이 어둑해진 뒤였다. 웅장한 대공의 저택도 지금은 인기척 하나 없이 텅 비어 있었다. 안뜰에 수북이 쌓인 먼지와 잿더미 위에는 "국유 재산. 공화국은 하나요 나뉠 수 없다. 자유와 평등과 박애가 아니면 죽음을 달라!"라는 글자가 적혀 있었다.

그런데 지금 로리와 함께 있는 사람은 누구일까? 의자 위에 승마용 외투가 한 벌 놓여 있는데, 사람들의 눈을 피해 찾아온 그 인물은 과연 누구일까? 흥분한 얼굴로 루시와 포옹한 로리는 누구와 이야기를 나누고 있었던 걸까? 루시가 더듬거리며 찰스가 콩시에르주리 감옥으로 이감되며 내일 재판을 받는다고 말하자 로리는 뛰어나온 방 쪽으로 고개를 돌리고 그 말을 큰 소리로 전해주었는데, 그것은 과연 누구에게 한 말이었을까?

제6장 개선행렬

판사 다섯 명과 검사 한 명, 그리고 엄중한 배심원들로 구성된 무시무시한 재판이 날마다 열렸다. 소환되는 피고의 명단은 매일 저녁 발표되었으며, 간수들이 죄수들에게 직접 읽어 주었다. 그럴 때면 간수들은 언제나 농담처럼 말했다. "이봐, 안에 있는 놈들, 저녁 뉴스다. 이리 와서 경청해!"

"샤를 에브르몽드, 일명 다네이!"

드디어 라포르스에서 저녁 뉴스가 시작되었다.

이름이 불리면 그들은 다른 죄수들과 떨어져, 운명의 명단에 오른 사람이 모이는 곳에 가서 서야 했다. 다네이라고 불리는 샤를 에브르몽드도 그 규칙은 잘 알고 있었다. 이미 수백 명이 그렇게 사라지는 것을 보아 왔기 때문이다.

안경을 끼고 명단을 읽던 통통한 간수장이 안경 너머로 흘끗 바라보며 다네이가 정해진 자리로 가는지를 확인한 뒤 다음 이름을 호명했다. 한 사람 한 사람씩 일정한 간격을 두고 이름을 불렀다. 스물세 명이 호명되었지만 대답한 사람은 스무 명뿐이었다. 하나는 옥중에서 죽고 나머지 둘은 이미 단두대에서 처형된 것을 깜빡 잊었기 때문이었다. 이름이 호명된 그곳은 다네이가 라포르스에 온 날 밤, 처음으로 다른 죄수들을 보았던 천장이 둥근 방이었다. 그때 있던 죄수들은 대량 학살로 목숨을 잃었고, 그 이후로 알게 되어 서로 위로하던 사람들도 모두 단두대의 이슬로 사라졌다.

죄수들은 서둘러 작별 인사를 하고 따뜻한 말을 건넸지만 그것도 순식간에 끝났다. 날마다 되풀이되는 일인 데다 그날 저녁 라포르스의 사교계는 벌칙놀이와 조촐한 음악회를 준비하느라 무척 바빴던 것이다. 그들은 철창 주변으로 모여 이별의 눈물을 흘렸다. 그러나 예정된 행사를 진행하려면 서둘러 스무 명을 보충해야 했고 감방 문을 닫을 때까지 남은 시간도 거의 없었다. 감방 문이 닫히면 집회실과 복도에 맹견을 풀어 밤새도록 감시하게 하기 때문이다. 죄수들이 무감각하거나 감정이 없는 사람들은 아니다. 단지 상황이 사람을 그렇게 만드는 것뿐이다. 조금 다른 경우이긴 하지만, 공연히 기요틴에 맞서다 죽음을 맞이하는 그런 정열이나 도취도 비슷하다고 할 수 있다. 그것은 단순한 허세가 아니라 크게 요동치는 광적인 집단 심리에 전염된 것이었다. 마찬가지로, 전염병이 돌 때면 자기도 그 병에 걸려 죽고 싶다는 욕구를 느끼는 사람도 있다. 모든 사람이 가슴 깊은 곳에 그런 은밀한 욕구를 품고 있으며 조건만 맞아떨어지면 밖으로 터져 나오는 것이다.

콩시에르주리로 가는 길은 짧고 어두웠다. 그에 비하면 벼룩과 빈대가 들끓는 독방에서 보내는 밤은 말할 수 없이 길고도 추웠다. 이튿날 법정에서 찰스 다네이의 이름이 불리기 전에 이미 피고 열다섯 명이 끌려가 모조리 사형을 선고받았지만, 재판에 걸린 시간은 한 시간 반밖에 되지 않았다.

"샤를 에브르몽드, 일명 다네이." 마침내 다네이가 불려나갔다.

판사들은 깃털 장식이 달린 모자를 쓰고 판사석에 앉아 있었고, 많은 사람들이 붉은 모자에 삼색 배지를 달고 거들먹거리며 법정을 가득 채우고 있었다. 배심원석과 시끌시끌한 방청석을 둘러보고 다네이는 세상의 질서가 무너져서 이제는 중범죄자들이 선량한 시민을 재판한다고 생각했다. 파리에는 본디 비열하고 잔인하고 사악한 사람이 많았지만 그중에서도 가장 비열하고 잔인하고 사악한 사람들이 이 자리를 지휘하고 있었다. 그들은 툭하면 끼어들고 박수를 치고 반박하며 목소리를 높였고, 멋대로 억측하며 판결을 내렸다. 그들을 저지하는 사람은 아무도 없었다. 남자들은 대부분이 무기를 들고 있었고, 여자들은 단도나 비수를 찼다. 어떤 여자들은 재판 중 내내 먹고 마셨지만 대부분의 여자들은 뜨개질을 하고 있었다. 뜨개질을 하는 여자들 중에 뜨갯감을 옆구리에 낀 채 뜨개질을 하는 부인이 있었다. 그 부인은 맨 앞줄에 앉아 있었고, 그 옆에는 다네이가 파리 성문에 도착한 이래로 한 번도 만나지 않았으나 결코 잊은 적이 없는 드파르주가 있었다. 여자는 드파르주에게 한두 번 정도 귓엣말을 했는데 아마도 그의 부인인 듯했다. 하지만 이상하게도 두 사람은 다네이와 몸이 닿을 만큼 가까이 앉아 있으면서도 결코 그에게 눈길을 주지 않았다. 그들 부부는 단호한 태도로 무언가를 기다리는 사람처럼 배심원들만 열심히 바라볼 뿐 다른 곳은 거들떠보지도 않았다. 재판장 바로 밑에는 마네트 박사가 평소와 같은 수수한 차림으로 앉아 있었다.

다네이가 보기에, 이 자리에 모인 사람들 가운데 이 법정과 관련이 없으며 카르마뇰*¹ 복이 아닌 평상복을 입고 있는 사람은 박사와 로리 두 사람밖에 없었다.

샤를 에브르몽드, 일명 다네이가 기소된 까닭은, 망명귀족은 모조리 추방하며 이를 어길 시에는 사형에 처한다는 법령에 따라 이미 생사가 공화국의 손에 달린 망명자라는 이유에서였다. 이 법령은 다네이가 프랑스로 돌아온 뒤에 공포되었으나 그런 것은 문제가 되지 않았다. 그가 프랑스에 있었고, 프랑스에는 그러한 법이 존재했기 때문이다. 프랑스에서 체포되었으니 당연히 목을 쳐도 상관없다는 것이었다.

"놈의 목을 쳐라!" 방청객들이 외쳤다. "공화국의 적이다!"

재판장이 종을 울려 방청객을 조용히 시키고 피고에게 줄곧 영국에서 산 것이 사실이냐고 물었다.

틀림없는 사실입니다.

그럼 망명자가 아닌가? 피고는 본인을 뭐라고 생각하는가?

법의 정신과 이념으로 미루어 볼 때 저는 망명자가 아닙니다.

왜 아닌가? 설명해 보라.

저는 스스로 원하여 작위와 사회적 지위를 버리고 조국을 떠났기 때문입니다. 그 때는 지금 이 법정에서 사용하는 망명자라는 말이 생겨나기 전이었습니다. 저는 프랑스에서 인민의 고혈을 짜내어 사는 대신 영국에서 스스로의 힘으로 벌어서 생활했습니다.

증거가 있는가?

두 증인의 이름을 말씀드리겠습니다. 테오필 가벨과 알렉상드르 마네트입니다.

피고는 영국에서 결혼하지 않았던가? 재판장이 확인했다.

그렇습니다. 하지만 아내는 영국인이 아닙니다.

프랑스의 여성 시민 동지란 말인가?

그렇습니다. 아내는 프랑스에서 태어났습니다.

부인의 이름과 성은 무엇인가?

---

*1 프랑스 대혁명 당시 혁명가들이 입었던 옷.

"루시 마네트. 저기 앉아 계신 선량한 의사 마네트 박사님의 외동딸입니다.

이 답변이 방청객들에게 좋은 효과를 냈다. 이제는 너무나 유명하여 모르는 사람이 없는 박사를 찬양하는 외침이 법정을 가득 채웠다. 이렇듯 사람들의 마음은 종잡을 수 없는 것이다. 조금 전까지만 해도 피고를 당장 거리로 끌고 나가 때려죽일 듯 무서운 눈초리로 다네이를 노려보던 흉악한 얼굴에서 순식간에 눈물이 뚝뚝 떨어지기 시작했다.

찰스 다네이는 위험한 길을 마네트 박사가 일러준 대로 한 걸음 내디딘 것이다. 박사는 그 이후에도 어떻게 발을 내디뎌야 할지 꼼꼼히 일러두었으므로 다네이의 앞에는 한 치의 빈틈도 없는 완벽한 길이 마련되어 있었다.

재판장이 다시 물었다. 왜 이제 와서 프랑스로 돌아왔는가? 왜 좀더 일찍 돌아오지 않았는가?

다네이는 대답했다. 프랑스로 돌아오면 제가 포기한 것에 의존하지 않고는 살아갈 방도가 없었습니다. 하지만 영국에서는 프랑스어와 프랑스 문학을 가르치며 밥벌이를 할 수 있었지요. 그게 다입니다. 이번에 돌아온 까닭은 한 프랑스 시민에게서 도와달라는 편지를 받았기 때문입니다. 제가 없는 동안에 그 시민의 목숨이 위험해졌다는 내용이었습니다. 그 시민의 목숨을 구하기 위해 제 목숨이 위험해진다 할지라도 진실을 증언하기 위해 돌아온 것입니다. 이것이 공화국에서는 범죄란 말입니까?

방청객들이 열광적으로 소리쳤다. "아니요!" 재판장이 또다시 종을 울려 사람들을 진정시키려 했지만 소용이 없었다. 그들은 아니라는 외침이 자연히 수그러들 때까지 연거푸 외쳐 댔다.

재판장은 그 시민이 누구냐고 물었다. 다네이는 아까 말한 두 증인 가운데 첫 번째 증인이라고 대답하며 그가 보낸 편지도 있다고 당당하게 덧붙였다. 편지는 성문에서 압수당했지만 지금 재판장 앞에 놓인 서류 가운데 분명히 제출되어 있으리라고 확신했기 때문이다.

편지가 거기 있도록 박사가 미리 손을 써 둔 데다 다네이에게도 그 사실을 알려주었던 것이다. 편지가 낭독되었다. 사실을 확인하기 위해 가벨이 불려나왔고 그는 당연히 틀림없다고 확인했다. 그리고 아주 정중하고 공손하게 공화국의 수많은 적들을 재판하기 위해 법정이 너무나 바쁜 나머지 자신은 아베이 감옥에 잠깐 방치되어 있었지만—사실 법정의 애국 시민들은 오랫동안 그를 까맣게 잊고 있었다—사흘 전에 비로소 법정의 호출을 받았고 다네이, 즉 에브르몽드가 체포됨으로써 자신의 모든 혐의가 풀렸다는 배심원의 판결에 따라 석방되었다고 진술했다.

이어서 마네트 박사가 심문받았다. 박사는 개인적인 명성과 명쾌한 답변으로 크나큰 감동을 주었다. 박사는 오랜 수감생활에서 석방된 뒤 처음 사귄 친구가 바로 피고이며, 그때부터 그는 이미 영국에서 지내면서 박사와 딸에게 매우 충실하고 헌신적이었다고 말했다. 또한 영국의 귀족 정부에 호의적인 태도를 보이지 않자 영국의 적이며 미국의 친구라는 죄목으로 고발되어 한때 목숨이 위태로운 지경에 이르기도 했다고 말했다. 박사는 이러한 사실들을 매우 신중하고 성의 있고 솔직하게 진술했으므로 배심원과 방청객은 그의 말에 공감했다. 마지막으로 박사는 지금 여기 있는 영국 신사 로리도 그 재판의 증인이었으므로 자신의 증언을 뒷받침해 줄 것이라고 덧붙였다. 그러나 배심원들은 진술은 이미 충분히 들었으니 재판장이 허락한다면 곧 표결로 들어가고 싶다고 말했다.

배심원이 한 사람씩 일어서서 투표할 때마다(당시 배심원들은 한 사람씩 일어서서 자신의 의견을 말했다) 방청객들은 일제히 환호성을 질렀다. 배심원은 전원이 무죄라고 말했고, 재판장은 석방하라고 선언했다.

그러자 사람들이 매우 이상한 광경을 연출했다. 단순한 변덕 때문인지 아니면 너그러움과 자비심이라는 천성이 만족되어서인지, 그것도 아니면 지금까지 저질러 온 잔인무도한 행동에 대한 죄책감 때문인지 모르지만(아마도 세 가지 이유가 고루 작용했고 특히 두 번째 이유가 주요한 역할을 했을 것이다) 어쨌든 아주 이상한 일이 벌어졌다. 그들은 무죄가 선고되자마자 다른 때 피를 뿌리듯 이번에는 눈물을 흘리며 누가 먼저랄 것도 없이 달려 나와 다네이를 얼싸안았던 것이다. 오랫동안 고된 감옥살이를 하느라 쇠약해진 다네이는 얼이 빠져서 금방이라도 기절할 지경이었다. 물론 일이 틀어지면 그들이 지금과 똑같은 기세로 달려 나와 자기 몸뚱이를 갈기갈기 찢어 거리에 뿌릴 것이라는 사실을 너무도 잘 알고 있었다.

다음 재판을 받을 피고에게 길을 비켜 주느라 다네이는 잠시 포옹으로부터 풀려났다. 다네이 다음에는 피고 다섯 명이 공화국을 돕지 않았다는 이유로 한꺼번에 재판받게 돼 있었다. 재판부는 다네이 때문에 지체한 시간을 곧바로 만회하려는 듯이 다네이가 법정을 떠나기도 전에 벌써 그들을 안으로 들여보냈고, 그들은 24시간 안에 사형에 처한다는 판결을 받았다. 선두에 선 죄수가 손가락을 하나 들어 보였다. 감옥 안에서 사형이라는 뜻으로 통하는 신호였다. 그러고 나서 다섯 죄수는 다 함께 "공화국 만세!"를 소리 높여 부르짖었다.

그 다섯 명이 재판을 받을 때에는 재판 절차를 길게 늘여줄 방청객이 아무도 남아 있지 않았다. 다네이와 마네트 박사가 문을 나서기도 전에 이미 수많은 군중이 밖에서 기다리고 있었던 것이다. 모두 법정에서 본 얼굴들이었다. 다네이가 밖으로 나오자 그들은 물밀듯 몰려와 차례차례, 또는 다 같이 눈물 흘리고 울부짖으며 끌어안았다. 센 강가에서 연출된 이러한 광적인 분위기에 강물의 흐름까지 휘말려들어 미친 듯이 일렁이고 있었다.

사람들은 다네이를 커다란 의자에 앉혔다. 법정이나 다른 어느 방 혹은 복도에서 가져온 의자였다. 의자 위에는 붉은 깃발이 드리워져 있고 등받이에는 창이 매여 있으며 그 위에는 붉은 모자가 걸려 있었다. 사람들은 이 개선 가마에 다네이를 태워 어깨에 떠메고 집으로 데려가려 했는데, 박사가 아무리 간청해도 이번만큼은 양보하지 않았다. 주변에는 붉은 모자의 물결이 광활한 바다처럼 거세게 일렁였고, 한 번씩 파도칠 때마다 눈에 보이는 얼굴들이 폭풍우 치는 바다 위에 떠다니는 난파선의 잔해처럼 보였다. 그 광경을 보면서 다네이는 자신이 미친 것은 아닐까, 이대로 호송마차에 실려 기요틴으로 보내지는 것은 아닐까 하고 수없이 의심했다.

다네이를 떠받치고 가면서 만나는 사람마다 얼싸안고 손가락으로 다네이를 가리켜 보이는 악몽 같은 행렬이 이어졌다. 사람들은 눈 덮인 거리를 붉은 공화국의 색으로 물들이며 다네이를 그의 집 안뜰까지 데려다주었다. 박사는 한 발 먼저 돌아와 루시를 준비시켰다. 드디어 가마에서 내려서는 남편을 보자 루시는 그의 품에 안겨 기절하고 말았다.

다네이가 루시를 품에 꼭 안고 그녀의 아리따운 얼굴을 자기 쪽으로 끌어당기자 그의 눈물 젖은 눈에 그녀의 입술이 와 닿았다. 몇몇 사람들이 춤을 추기 시작했고 여기에 다른 사람들이 합세하면서 안뜰은 금세 카르마뇰의 소용돌이가 되었다. 잠시 후 군중은 한 젊은 여자를 '자유의 여신'이라고 받들며 의자에 태우고 이웃 거리로 물밀듯이 쏟아져 나갔다. 이리하여 카르마뇰의 물살은 강둑을 지나고 다리를 건너 도중에 만나는 모든 사람을 빨아들이며 소용돌이쳐갔다.

다네이는 승리감에 도취하여 자랑스러운 듯이 서 있는 마네트 박사의 손을 잡았다. 이어서 카르마뇰의 소용돌이에서 간신히 벗어나 숨을 헐떡이는 로리의 손도 잡았다. 그리고 달려와 그의 목을 껴안은 어린 딸 루시에게 키스하고, 아이를 받아 안으러 온 한결같이 충직한 프로스 양을 가볍게 끌어안았다. 그러고는 마침내 아내 루시를 얼싸안고 방으로 갔다.

"아, 루시! 이제 살았소."

"아, 여보, 간절한 제 기도를 들어주신 하느님께 감사 기도를 올려야겠어요."

두 사람은 고개를 숙이고 경건한 마음으로 기도했다. 루시가 일어나서 남편의 품에 안기자 다네이가 말했다.

"이번엔 장인어른께 감사 인사를 드립시다. 이 프랑스에서 장인어른보다 더 나를 위해 애써 주신 분은 안 계세요."

루시는 옛날에 불쌍한 아버지 얼굴을 품에 안았던 것처럼 이번에는 자기 얼굴을 조용히 아버지의 가슴에 묻었다. 박사는 딸에게 신세를 갚은 것이 한없이 기뻤다. 지난날의 고통을 이제야 완전히 보상을 받은 것 같았고 자신의 능력이 자랑스러웠다.

"애야, 마음을 굳게 먹어야 한다. 그렇게 떨지 마라. 내가 네 남편을 구해 내지 않았느냐."

제7장 문 두드리는 소리

"내가 네 남편을 구해내지 않았느냐."

꿈속에서는 남편이 몇 번이나 돌아왔지만 이번에는 꿈이 아니었다. 다네이는 정말로 집에 와 있었다. 하지만 루시는 여전히 떨고 있었다. 막연하고 묵직한 공포가 그녀를 사로잡고 놔주지 않았다.

주변 분위기는 답답하고 암울했다. 사람들은 걷잡을 수 없고 변덕스러운 복수심에 들떠 있었고, 막연한 의심과 순전한 악의로 인해 무고한 사람들이 끊임없이 사형에 처해졌다. 루시는 남편처럼 아무 잘못도 없는 소중한 사람들이 매일같이 무수히 죽어간다는 사실을 잊을 수가 없었다. 다행히 남편은 그러한 운명의 손아귀에서 풀려났지만 루시는 생각만큼 마음이 가벼워지지 않았다. 겨울 저녁, 그림자가 드리워지기 시작하면 또 다시 죄수 호송 마차가 거리를 달려갔다. 그러면 루시의 마음은 어느새 사형수들 틈에서 사랑하는 남편을 찾으며 호송 마차의 뒤를 좇았다. 하지만 그때마다 눈앞에 있는 진짜 남편을 보고 퍼뜩 정신이 들면 남편에게 바싹 매달리며 사시나무 떨 듯 떨었다.

박사는 루시를 격려하며 나약한 딸에 비해 열정적이고 강인한 모습을 보여주었다. 그것은 참으로 놀라운 광경이었다. 이제는 다락방도 없고, 구두장이도 없고, 북탑 105호도 없었다. 마네트 박사는 스스로 정한 과제를 완수했고, 찰스를 구해내겠다는 약속도 지켰다. 모두에게 자신을 믿고 의지해도 된다는 사실을 직접 증명한 것이다.

그들의 살림살이는 매우 간소했다. 되도록 이웃 사람들에게 반감을 사지 않는 것이 가장 안전하게 살아가는 길이었을 뿐 아니라 형편 자체가 넉넉하지 않았다. 감옥에 있는 동안 찰스는 식사비며 호송비를 치르고 다른 가난한 죄수들의 생활비를 대주느라 꽤 많은 돈을 써야 했기 때문이다. 그뿐만 아니라 집안에 첩자가 숨어들 우려가 있어 하인도 두지 않았다. 이따금 일손이 필요할 때는 안뜰의 대문 밖에서 짐꾼 노릇을 하는 부부가 거들어 주었고, 제리도 로리의 명령으로 근무처를 이곳으로 옮긴 것이나 다름없이 매일 밤 루시네 집에서 잠을 자며 하인의 일을 도맡아주었다.

자유와 평등과 박애가 아니면 죽음을 달라는 공화국의 법령에 따라, 집집마다 대문이나 문설주의 적당한 곳에 동거인 모두의 이름을 정해진 크기의 글씨로 써 붙여야 했다. 따라서 제리 크런처의 이름도 문설주 아래쪽에 번듯하게 적혀 있었다. 오후의 그림자가 짙어질 무렵 그 이름의 주인이 불쑥 나타났다. 동거인 이름에 다네이라고 불리는 샤를 에브르몽드의 이름을 새로 써 넣기 위해 마네트 박사가 부른 페인트공을 감독하기 위해서였다.

불안과 두려움이 지배하는 사회에서는 해롭지 않은 평소의 생활 습관까지 바꿔야 했다. 대부분의 가정이 그렇듯이 조촐한 박사의 가정도 필요한 물건들을 매일 밤 되도록 다양한 가게에서 조금씩 사들였다. 모두가 되도록 남의 눈에 띄지 않고 남의 입방아에 오르내리지 않고 시기와 질투를 사지 않기를 바라던 시절이었다.

지난 몇 달 동안 생필품을 사들이는 일은 프로스 양과 크런처가 도맡아 했다. 프로스 양이 지갑을 들고 나서면 크런처는 장바구니를 들고 따라나섰다. 저녁마다 가로등에 불이 켜질 무렵이면 두 사람이 임무를 수행하러 나가서 필요한 물품들을 사왔다. 프로스 양은 오랫동안 프랑스 가정에서 일해왔으므로 마음만 먹으면 프랑스어를 모국어처럼 말할 수 있었으련만 그녀는 그럴 생각이 전혀 없었다. 따라서 그녀는 그 '꼬부랑말'(그녀는 프랑스어를 그렇게 불렀다)을 크런처만큼이나 알아듣지 못했다. 그러다보니 장을 볼 때도 사려는 물건을 설명하지 않고 점원에게 명사만 툭툭 던졌다. 사려는 물건의 이름이 떠오르지 않을 때에는 가게 안을 휘둘러보고는 필요한 물건을 덥석 집어 들고 계산이 끝날 때까지 손에서 내려놓지 않았다. 그리고 가게 주인이 손가락 몇 개를 꼽아서 물건 값을 말하면 늘 거기서 손가락 하나를 빼는 식으로 흥정을 했다.

"자, 크런처 씨, 준비 다 됐나요? 난 다 됐는데." 기쁨의 눈물을 흘리는 바람에 눈시울이 붉어진 프로스 양이 말했다.

제리는 언제든 좋다고 쉰 목소리로 대답했다. 손가락에 늘 묻어 있던 녹은 감쪽같이 지워진 지 오래지만 쇠못처럼 삐죽삐죽 솟은 머리칼은 여전했다.

"오늘은 살 게 많아서 큰일이우. 뭣보다 포도주를 사야 하는데, 어딜 가나 그 빨간 모자를 쓴 놈들이 죽치고 앉아 건배를 하고 있겠지. 꼴 보기 싫게." 프로스 양이 말했다.

"그 작자들이 당신을 위해 건배하든 늙은 거시기를 위해 건배하든 당신 귀엔 꼬부랑말인 건 매한가지 아니오?" 제리가 대꾸했다.

"뭐요? 늙은 누구라고요?"

크런처는 조금 머뭇거리며 '늙은 악마'라고 말하려 했다고 설명했다.

"하하! 그 말은 통역관이 필요 없지. 그냥 한밤중의 살인자라든가 악당이란 한 마디면 되니까."

"쉿! 목소리가 커요! 제발 말조심 좀 하세요!" 루시가 외쳤다.

"알았어요, 알았어, 조심할게요. 하지만 우리끼리 있는데 뭐 어때요. 양파 냄새며 담배 냄새 풀풀 풍기는 놈들끼리 쓸데없이 길 한복판에서 얼싸안고 그러는 거나 좀 없어졌으면 좋겠어요. 자, 아가씨, 내가 돌아올 때까지 난로 앞에서 꼼짝도 하면 안 돼요! 다시 돌아 온 서방님이나 잘 돌봐 드리세요. 그래요, 그렇게 내가 돌아올 때까지 그 예쁜 머리를 서방님 어깨에 꼭 붙이고 있어요! 그런데 박사님, 장 보러 가기 전에 뭐 하나 여쭤볼 게 있는데요."

"자유롭게 물어봐요." 박사가 빙그레 웃으며 대꾸했다.

"그런데 그 자유란 말 좀 그만 하시면 안 돼요? 아주 지긋지긋해요." 프로스 양이 말했다.

"쉿! 또 그러시는 거예요?" 루시가 나무랐다.

"알았어요, 아가씨." 프로스 양은 힘주어 고개를 끄덕이며 말했다. "누가 뭐래도 난 조지 3세 폐하의 국민이에요. 폐하의 국민으로서 나는 이렇게 생각해요. 놈들의 망할 계략은 수포로 돌아가리라, 우리의 희망은 폐하께 있나니. 주여, 폐하를 보우하소서." 프로스 양은 왕의 이름을 말할 때는 무릎을 굽혀 예를 갖췄다.

크런처도 갑자기 충성심이 발동했는지 교회에서 예배를 올릴 때처럼 걸걸한 목소리로 프로스 양이 한 말을 따라했다.

"당신한테도 그런 영국 정신이 있는 걸 보니 기쁘군요. 감기에 걸려서 목소리가 갈라진 게 좀 흠이지만." 프로스 양이 흡족해하며 말했다. "그런데 박사님, 여쭙고 싶은 건 다름이 아니라, 이제 슬슬 돌아가도 되지 않습니까?" 걱정스러운 일일수록 대수롭지 않은 척하며 우연히 생각난 듯이 묻는 것이 프로스 양의 버릇이었다.

"아직은 힘들 거요. 찰스가 위험해질 수 있거든요."

"흠, 하는 수 없지." 프로스 양은 난롯불에 비친 루시의 금발을 흘끗 보며 새나오려는 한숨을 참고 쾌활하게 말했다. "그럼 좀더 참고 기다려야겠군요. 알았어요. 내 동생 솔로몬 말마따나 머리는 꼿꼿이 치켜들고 자세를 낮추고 싸우는 수밖에. 자아, 크런처 씨, 갑시다. 아가씨는 여기 꼼짝 말고 있어요!"

두 사람은 루시와 그녀의 남편과 아버지, 어린 루시를 난롯가에 남겨 두고 거리로 나갔다. 로리는 머지않아 은행에서 돌아올 것이다. 프로스 양은 램프에 불을 켰지만 식구들이 난롯불을 온전히 즐길 수 있도록 일부러 구석에 놔두었다. 어린 루시는 박사의 팔을 두 손으로 꼭 잡고 곁에 앉아 있었다. 할아버지는 속삭이듯 나직한 목소리로 손녀에게 옛날이야기를 들려주었다. 감옥 벽을 부수고 들어가 전에 자신을 도와주었던 죄수를 구해 준 힘 센 요정의 이야기였다. 방 안은 고요하고 안락하여 루시도 느긋하게 여유를 즐기고 있었다. 그때 갑자기 루시가 외쳤다.

"저건 무슨 소리죠?"

"아가!" 박사가 이야기를 멈추고 딸의 손을 잡으며 말했다. "진정해라. 왜 그렇게 놀라니? 사소한 일에, 아니, 정말로 아무것도 아닌 일에 그렇게 벌벌 떨면 못 쓴다. 넌 내 딸이잖니?"

"하지만 계단 쪽에서 이상한 발소리가 들리는 것 같았어요." 루시는 새파랗게 질려서 떨리는 목소리로 변명했다.

"아가, 계단은 쥐 죽은 듯이 조용하단다."

하지만 박사의 말이 끝나기가 무섭게 문 두드리는 소리가 났다.

"아, 아버지, 아버지, 어떡해요! 찰스를 숨겨야 해요. 그이를 구해 주세요!"

"애야." 박사는 일어서서 루시의 어깨에 다정하게 손을 올리며 말했다. "찰스는 이미 내가 구하지 않았니. 왜 그렇게 마음이 약해진 게냐? 내가 나가 보마."

박사는 램프를 들고 방 두 개를 가로질러 문을 열었다. 갑자기 거친 발소리를 내며 장검과 권총으로 무장한 사내 넷이 방안으로 성큼성큼 들어왔다.

"시민 샤를 에브르몽드, 일명 다네이!" 선두에 선 사내가 말했다.

"누가 나를 찾는 거요?" 다네이가 물었다.

"나요. 우리가 찾고 있소. 당신이군, 에브르몽드. 오늘 법정에서 봤지. 당신은 다시 공화국의 죄수가 되었어."

말이 끝나자마자 네 사람이 다네이를 둘러쌌다. 루시와 딸이 다네이에게 매달렸다.

"내가 다시 죄수가 되다니 이유가 뭡니까?"

"잔말 말고 콩시에르주리로 따라오기나 해. 내일이면 알게 될 거야. 내일 재판을 받을 테니까."

박사는 램프를 든 채 석상처럼 굳어 있다가 그 말을 듣고 비로소 램프를 내려놓은 뒤 앞으로 나아가 그 사내 앞에 섰다. 그리고 사내가 입은 헐렁한 붉은 셔츠의 옷깃을 잡으며 말했다.

"자네는 다네이가 누군지 안다고 했는데 그럼 내가 누군지도 아는가?"

"네, 압니다. 박사 시민 동지."

"저희도 모두 잘 알고 있습니다, 박사 시민 동지." 나머지 세 사람이 말했다.

박사가 한 사람씩 멍하니 바라보다가 갑자기 목소리를 낮추고 말했다.

"그럼 다네이가 한 질문에 답해 보시오. 어찌된 일이오?"

"박사 시민 동지. 실은 생앙투안에서 고발이 들어왔습니다. 이 시민 동지가 생앙투안에서 온 자입니다." 선두에 선 사내가 마지못해 두 번째 사내를 가리키며 대답했다.

두 번째 사내가 고개를 끄덕이며 말했다.

"그렇습니다. 생앙투안에서 고발이 들어왔습니다."

"무슨 죄로?"

"박사 시민 동지. 그 이상은 묻지 마십시오. 공화국이 희생을 요구하면 박사 시민 동지도 애국자로서 기꺼이 응하시리라 믿습니다. 공화국은 모든 것에 우선하고, 주권자는 인민이니까요. 에브르몽드, 꾸물거릴 시간이 없소." 선두의 사내가 역시 못마땅한 투로 대답했다.

"하나만 더 묻겠소." 박사가 애원했다. "누가 고발했는지만이라도 말해 줄 순 없겠소?"

"그건 규칙 위반입니다." 선두의 사나이가 대꾸했다. "하지만 이 생앙투안에서 온 시민에게 물어보십시오."

박사는 그 사내에게로 눈을 돌렸다. 사내는 머뭇거리며 수염을 만지작거리다가 겨우 입을 열었다.

"이건 정말 규칙 위반입니다만, 그를 중죄로 고발한 사람은 드파르주 부부와 다른 한 사람입니다."

"그 다른 한 사람이 누굽니까?"

"꼭 아셔야겠습니까, 박사 시민 동지?"

"그렇소."

"내일이면 아시게 될 겁니다. 하지만 지금은 말씀드릴 수 없습니다." 생앙투안에서 온 사내가 묘한 표정을 지으며 대답했다.

제8장 비장의 카드

집에 새로운 재앙이 닥친 줄은 꿈에도 모르고 프로스 양은 사야 할 물건을 떠올리며 좁은 거리거리를 지나 센 강의 퐁네프 다리를 건넜다. 크런처는 장바구니를 들고 곁에서 나란히 걸었다. 왼쪽 오른쪽으로 연신 고개를 돌리며 길가의 가게들을 기웃거렸지만 사람들이 많이 모인 곳을 지날 때면 경계를 늦추지 않았다. 특히 사람들이 흥분하여 떠들어대고 있는 곳은 일부러 피해서 멀리 돌아갔다. 아주 추운 저녁이었다. 안개 낀 강에서는 휘황한 불빛이 비치고 괴성이 들려와 눈과 귀가 온통 멀 지경이었다. 그곳 바지선에서 대장장이가 공화국 군대를 위해 열심히 총을 만들고 있었다. 공화국 군대를 상대로 계략을 쓰거나 군대 내에서 부당하게 승진한 자들은 대가를 치러야 하리라. 그런 자들은 애초에 수염도 기르지 않는 것이 좋으리라. 국민 면도칼[*1]이 깔끔히 베어버릴 터이니.

식료품 몇 가지와 등유를 조금 사고 나서 프로스 양은 이제 포도주를 사야겠다고 생각했다. 그녀는 포도주 상점 대여섯 곳을 둘러본 뒤 한때 튈르리 궁전이라고 불리던 인민 궁전에서 그리 멀지 않은 곳에 '선량한 고대 공화국 시민 브루투스'라는 이상한 간판을 내건 술집 앞에서 걸음을 멈추었다. 그곳은 다른 술집보다 한결 조용했고, 붉은 모자를 쓴 애국 시민도 그리 많지 않았다. 크런처 역시 이곳을 마음에 들어했으므로 프로스 양은 기사의 호위를 받으며 '선량한 고대 공화국 시민 브루투스'의 술집으로 들어갔다.

술집 안에는 희미한 램프가 켜져 있고, 사내들이 파이프를 입에 문 채 낡은 트럼프와 누렇게 변한 도미노를 만지작거리고 있었다. 가슴과 팔뚝을 드러내고 큰 소리로 신문을 낭독하고 있는 검댕투성이의 노동자와 그가 읽어주는 내용에 귀를 기울이고 있는 사람들도 보였다. 무기를 차고 있거나 언제

[*1] 기요틴.

든 집을 수 있도록 옆에 놓아 둔 사람도 있었다. 그즈음 유행하던 어깨가 높고 보풀이 있는 짧은 외투를 입고 곰이나 개처럼 엎드려 자는 사람도 있었다. 외국인처럼 보이는 손님 두 명이 카운터로 가서 포도주를 주문했다.

점원이 술을 계량하는 동안 구석에 있던 한 사내가 일행을 남겨두고 밖으로 나가려고 했다. 밖으로 나가려면 어쩔 수 없이 프로스 양과 얼굴을 마주해야 했다. 그와 눈이 마주치는 순간 프로스 양은 비명을 지르며 손뼉을 쳤다.

순간 술집 안의 사람들이 일제히 일어섰다. 당시에는 의견 차이의 정당함을 입증하려고 누가 누구를 죽이는 일이 빈번했다. 사람들은 어느 한 쪽이 쓰러지기를 기대했지만, 남자와 여자는 소스라치게 놀라 얼굴을 마주보고 있을 뿐이었다. 사내는 어디로 보나 프랑스 사람이며 완벽한 공화국 인민처럼 보였지만 여자는 분명히 영국 사람이었다.

기대와 다른 이 싱거운 결말에 '선량한 고대 공화국 시민 브루투스'의 제자들은 프로스 양과 그 경호원으로서는 도저히 알아들을 수 없는 말로 시끌벅적하게 떠들어댔다. 그러나 놀란 두 사람의 귀에는 아무 소리도 들리지 않았다. 여기서 한 가지 짚고 넘어가야 할 것은 프로스 양이 놀라고 흥분해서 어쩔 줄 몰라했을 뿐만 아니라 크런처도 자기 나름의 이유에서 크게 놀랐다는 사실이다.

"여긴 웬일이야?" 프로스 양을 놀라게 한 사내가 당황한 나머지 퉁명스럽게(목소리를 낮추긴 했지만) 영어로 말했다.

"아이고, 솔로몬, 솔로몬 아니냐!" 프로스 양이 또다시 큰 소리로 손뼉을 치며 외쳤다. "오랫동안 코빼기도 보이지도 않고 소식도 통 안 들리더니 이런 데서 만날 줄이야!"

"솔로몬이라고 부르지 마. 내가 죽는 꼴을 보고 싶어?" 사내는 화들짝 놀라 눈치를 살피며 말했다.

"아니, 애, 애야! 내가 뭘 잘못했다고 그런 지독한 말을 하니?" 프로스 양이 울면서 소리쳤다.

"그럼 쓸데없는 소리 좀 하지 마. 이야기하고 싶으면 밖으로 나가서 하자. 술값을 치르고 따라 나와. 그런데 이 사람은 누구야?"

"크런처 씨야." 프로스 양은 조금도 살갑게 굴지 않는 동생에게 낙담한 듯이 고개를 저으며 목멘 소리로 말했다.

"그럼 그 사람도 같이 가지. 그런데 이 사람은 내가 유령이라도 되는 줄 아나?"

크런처의 표정을 보면 정말로 그렇게 생각하는 듯했지만 그는 한 마디도 하지 않았다. 프로스 양은 눈물을 흘리며 지갑을 뒤져 가까스로 술값을 치렀다. 그 동안 솔로몬은 브루투스의 제자들을 향해 프랑스 말로 두어 마디 설명했고, 그 말을 듣자 모두들 안심했는지 제자리로 돌아가 하던 일을 계속했다.

"무슨 일이야?" 어둑한 길모퉁이까지 오자 솔로몬이 물었다.

"이 누나는 언제나 널 잊어본 적이 없는데 내 마음도 몰라주고 그렇게 쌀쌀맞게 인사를 하다니 세상에 그런 박정한 동생이 어딨니!"

"이런, 제기랄!" 솔로몬은 누이의 입술에 가볍게 키스하고 말했다. "자, 이제 됐어?"

프로스 양은 고개를 저으며 말없이 훌쩍거리고 있었다.

"누나는 내가 놀랄 줄 알았나본데 난 전혀 놀라지 않았어. 누나가 파리에 온 걸 알고 있었으니까. 나는 여기에 있는 사람들 대부분을 알고 있지. 정말로 날 위험에 빠트리고 싶지 않으면 빨리 이곳을 떠나, 나도 내 갈 길로 갈 테니. 난 바쁜 몸이야. 공화국 관리라고."

"얘, 솔로몬, 넌 내 동생이고 영국인이야. 영국에서 큰 인물이 될 자질을 갖춘 애가 이런 외국인들 틈에 섞여 관리 노릇이나 하고 있다니! 이럴 줄 알았으면 어렸을 때……." 프로스 양은 눈물을 글썽이며 하소연했다.

"그래서 내가 말했잖아!" 솔로몬이 말을 가로막으며 소리쳤다. "그럴 줄 알았어. 누나는 내가 죽기를 바라는 거야. 난 누나 때문에 혐의를 받게 생겼어. 이제 막 출세하려는 참인데!"

"그게 무슨 소리냐?" 프로스 양이 외쳤다. "그게 사실이라면 차라리 널 다시는 안 보는 편이 낫겠다. 비록 진심으로 널 사랑했고 앞으로도 영원히 사랑하겠지만 말이야. 내게 다정한 말 한 마디만 해 다오. 우리 남매 사이에 화낼 일도 없고 아무런 앙금도 남아 있지 않다고 한 마디만 해주렴. 그러면 더는 붙잡지 않으마."

가엾은 프로스 양! 남매의 사이가 멀어진 것이 자기 탓이라고 여기는 듯한 말투였다. 남동생이 누나의 재산을 탕진하고 그대로 달아나버린 일은 이미 오래전에 로리도 조용한 소호의 길모퉁이에서 들어 알고 있는 사실인데도.

솔로몬이 마지못해 생색내듯 다정한 말을 하려 할 때 크런처가 그의 어깨에 손을 얹으며 쉰 목소리로 말했다.

"여보시오, 뭐 하나 물읍시다. 당신 이름이 존 솔로몬이오, 솔로몬 존이오?"

솔로몬은 수상쩍은 눈초리로 크런처를 쳐다보았다. 이제까지 한 마디도 않고 있던 남자가 처음으로 한 말이었다.

"어디, 말해보시오. 존 솔로몬이오, 아니면 솔로몬 존이오? 프로스 양은 솔로몬이라고 부르던데, 그녀도 누나니까 알고 있어야 할 게 아니오. 그리고 난 존이라고 알고 있는데, 어느 쪽이 정확한 이름이오? 프로스란 성도 그렇소. 당신, 영국에선 그런 이름이 아니지 않았소?"

"그게 무슨 말이오?"

"글쎄, 나도 내가 무슨 말을 하는지 모르겠소. 영국에서 당신이 쓰던 이름이 뭐였는지 도무지 기억이 안 나니 말이야."

"기억이 안 난다고요?"

"그렇소. 하지만 틀림없이 세 글자였어."

"그래요?"

"아무렴. 또 한 사람의 이름은 두 글자였고. 난 당신을 알고 있소. 당신은 첩자였어. 올드 베일리에서 증인으로 나왔었지. 당신의 조상인 뻔뻔한 거짓말쟁이*2의 이름을 걸고 묻겠는데, 그땐 이름이 뭐였소?"

"바사드였지." 옆에서 어떤 목소리가 불쑥 끼어들었다.

"맞아, 그랬어!" 제리가 소리쳤다.

불쑥 끼어든 사람은 시드니 카튼이었다. 그는 승마용 외투 자락 밑으로 뒷짐을 지고 올드 베일리의 법정에서 그랬던 것처럼 무심한 표정으로 크런처의 옆에 섰다.

"놀라지 마시오, 프로스 양. 난 아무에게도 알리지 않고 어제 저녁에 로리 씨 집에 도착했소. 일이 잘 풀리거나 내가 나설 필요가 있을 때까지는 어디에도 얼굴을 드러내지 않기로 로리 씨와 뜻을 모았지요. 그런데도 지금 이렇게 나선 까닭은 여기 있는 바사드 씨와 얘기를 좀 하기 위해섭니다. 프로스 양도 좀더 제대로 된 일을 하는 동생을 두었더라면 좋았을 텐데. 프로스 양

---

*2 아담과 이브를 속인 사탄을 말한다.

을 위해서라도 바사드가 감옥의 양(羊) 노릇을 하지 않았더라면 오죽이나 좋았겠소!"

'양'은 당시 간수 밑에서 일하는 첩자를 뜻하는 은어였다. 이미 창백하게 질려 있던 솔로몬의 얼굴에서 핏기가 완전히 가시더니 왜 그런 말을 하느냐고 따졌다.

"그럼 설명해주지. 한 시간쯤 전에 콩시에르주리 감옥 담장을 바라보고 있는데 감옥 안에서 자네가 나오더군. 자네 얼굴은 특징이 있는 데다 난 본래 사람 얼굴을 잘 기억하는 편이거든. 왜 그런 곳에 드나드는지 궁금하기도 하고, 자네도 알겠지만 지금 그곳에서 아주 불행한 처지에 빠져있는 내 친구와 무슨 관계가 있을지도 모른단 생각에 자네 뒤를 밟았지. 그런데 자네가 저 술집에 들어가기에 나도 따라 들어가 자네 곁에 앉았지. 자네가 거침없이 털어놓는 얘기며 자네 숭배자들 사이에서 떠도는 소문을 들어보니 자네가 무슨 일을 하는지 금방 알겠더군. 그래서 처음에는 무심코 시작한 일이 점점 뚜렷한 목적을 가지게 된 걸세."

"그 목적이란 게 뭐요?" 첩자가 물었다.

"이런 길 한복판에서 설명하면 성가신 일이 생기거나 위험해질지도 모르네. 괜찮다면 나랑 단둘이 얘기하지 않겠나? 텔슨 은행 사무실 같은 곳에서."

"협박하는 겁니까?"

"천만에! 누가 그런 말을 하던가?"

"그럼 내가 왜 가야 하죠?"

"이보게, 바사드, 자네가 오지 않으면 나도 말할 수 없지 않겠나?"

"말하지 않겠다는 겁니까?" 첩자가 흠칫거리며 물었다.

"그래. 말하고 싶지 않거든."

남몰래 비밀스러운 계획을 꾸밀 때나 바사드 같은 사람을 상대할 때 카튼의 무심한 듯한 태도는 그의 노련함과 민첩함에 더해져 큰 위력을 발휘했다. 그의 훈련된 눈은 그 점을 포착하고 최대한 이용했다.

"봐, 내가 뭐랬어. 이 일로 문제가 생기면 다 누나 때문이야." 첩자는 누나를 원망스럽게 노려보며 말했다.

"이봐, 이봐, 바사드! 그렇게 함부로 말하면 안 되지. 내가 자네 누님을 존경하지 않았더라면 이런 얘기를 웃는 얼굴로 했을 것 같나? 자네와 나 모두에게 만족스러운 결과를 얻기 위해 이러는 걸세. 나하고 은행으로 가겠나?" 카튼이 큰 소리로 말했다.

"좋소, 가겠소. 무슨 말을 하는지 들어나 봅시다."

"그럼 우선 자네 누님부터 길모퉁이까지 무사히 바래다 드리기로 하세. 프로스 양, 팔짱을 끼십시다. 이런 시간에 혼자 다니면 위험합니다. 지금의 파리는 안전한 도시가 아니에요. 그리고 경호원께서도 바사드와 안면이 있으니 로리 씨 집으로 함께 가십시다. 자아, 그럼 다 됐죠? 갑시다!"

프로스 양이 시드니의 팔을 두 손으로 꼭 잡고 그의 얼굴을 올려다보며 솔로몬을 해치지 말아 달라고 간청할 때 그의 팔에서는 강한 목적의식이, 눈에서는 일종의 영감이 느껴졌다. 그 점은 평소의 그의 가벼운 태도와 다를 뿐만 아니라 그를 한층 존경스럽게 만드는 평생 잊지 못할 기억이었다. 하지만 이때는 사랑받을 자격도 없는 동생을 걱정하고 시드니의 친절한 약속을 곱씹느라 여기에 대해 충분히 생각해 볼 여유가 없었다.

그들은 길모퉁이까지 프로스 양을 바래다주고는 카튼을 따라 몇 분 거리에 있는 로리의 집으로 갔다. 존 바사드인지 솔로몬 프로스인지 알 수 없는 사람도 카튼과 나란히 걸었다.

로리는 이제 막 저녁식사를 마치고 장작 두어 개비가 활활 타오르는 난로 앞에 앉아 있었다. 어쩌면 타오르는 불길을 바라보며 예전에 도버에 있는 로열 조지 호텔에서 시뻘겋게 타오르던 석탄불을 들여다보던 중년 시절의 모습을 떠올리고 있는지도 몰랐다. 세 사람이 들어오자 로리는 고개를 돌렸고, 낯선 사람을 보고는 깜짝 놀란 표정을 지었다.

"프로스 양의 동생입니다. 바사드라고 하지요." 카튼이 말했다.

"바사드?" 로리가 카튼의 말을 따라했다. "바사드 씨라고요? 이름이 익숙한데…… 얼굴도 그렇고."

"것 봐, 바사드, 특징 있는 얼굴이라고 했잖아? 이리 앉지." 카튼이 냉담하게 말했다.

카튼은 자기도 의자에 앉아 인상을 찌푸리며 로리가 잊고 있던 기억의 실마리를 제공해주었다.

"예전의 재판 때 본 증인입니다."

로리는 대번에 기억해 내고 노골적으로 불쾌한 표정을 지었다.

"바사드가 얼마나 착한 동생인지는 프로스 양에게서 충분히 들으셨지요? 그녀가 우연히 바사드를 발견했고 이 친구도 동생이라고 인정했어요. 그런데 더 나쁜 소식이 있어요. 다네이가 또다시 체포됐습니다."

로리가 깜짝 놀라 소리쳤다.

"뭐라고요? 내가 방금 전에, 두 시간도 채 되기 전에 찰스가 무사히 석방된 걸 보고 왔고 이제 막 다시 가 보려던 참인데요!"

"그래도 다시 체포됐습니다. 바사드, 그게 언제지?"

"체포됐다면 방금 전일 거요."

"이 일에 대해선 바사드의 말을 믿어도 됩니다. 저도 바사드가 술집에서 술을 마시며 동료 첩자와 이야기하는 걸 듣고 알았으니까요. 바사드는 체포하러 간 놈들과 문 앞에서 헤어졌고 그들이 짐꾼의 안내를 받아 안으로 들어가는 모습까지 보았다고 합니다. 그러니 체포된 게 틀림없어요." 카튼이 말했다.

로리의 실무가다운 눈은 카튼의 표정에서 이 문제로 왈가왈부해봤자 시간 낭비일 뿐이라는 사실을 읽어냈다. 로리는 당황했지만 침착해야 한다고 마음을 다잡고 조용히 귀를 기울였다.

시드니가 말을 계속했다.

"제 생각으로는 내일도 마네트 박사님의 명성과 영향력이 도움이 될 겁니다. 바사드, 다네이는 내일 다시 법정에 선다고 했지?"

"아마 그럴 거요."

"그럼 오늘과 마찬가지로 내일도 도움이 될 겁니다. 어쩌면 힘들까요? 로리 씨, 사실 저도 잘 모르겠습니다. 박사님의 힘으로도 다네이가 다시 체포되는 걸 막지 못했다고 생각하면 말이에요."

"박사님은 전혀 모르셨을 수도 있어요."

"하지만 모르셨다는 사실 자체가 이미 큰 문제예요. 다네이와 박사님의 관계를 알면서도 체포했으니까요."

"그렇군요." 로리는 걱정스러운 듯 손으로 턱을 쓰다듬으며 불안한 표정으로 카튼을 바라보았다.

"어쨌든 지금은 극단적인 시대입니다. 목숨을 내걸고 위험한 도박을 하는 때예요. 박사님에겐 이기는 게임을 맡기고 저는 지는 게임을 하겠습니다. 이곳에선 사람 목숨이 파리 목숨이나 같으니까요. 오늘 민중의 환호를 받으며 집으로 돌아온 사람이 내일은 사형 선고를 받을지도 몰라요. 더 물러설 곳이 없다면 지금 콩시에르주리에 있는 친구의 목숨을 걸고 일생일대의 도박을 해 봐야지요. 내가 이겨야 할 상대는 바사드 자네일세."

"그러려면 아주 좋은 패가 있어야 할 거요." 첩자가 말했다.

"좋아, 한번 살펴볼까. 그 패가 뭐냐면, 로리 씨, 로리 씨는 제가 얼마나 냉혹한 인간인지 아실 겁니다. 브랜디 한 잔만 주시겠습니까?"

브랜디 병을 내오자 카튼은 한 잔, 두 잔을 연거푸 들이켰다. 그리고 술병을 천천히 밀어 놓고 정말로 자기가 가진 카드 패를 살펴보듯 말했다.

"바사드, 감옥의 양이자 공화국 위원회의 밀정이지. 어떤 때는 간수가 되기도 하고 어떤 때는 죄수가 되기도 하지만 첩자이며 밀고자의 역할은 언제나 변함이 없지. 게다가 영국인이라는 점에서 더욱 요긴한 인물이야. 영국인은 프랑스인보다 매수될 가능성이 훨씬 적거든. 이정도면 훌륭한 패가 아닌가. 바사드, 지금은 프랑스 공화정부에 고용되어 있지만 전에는 프랑스와 자유의 적인 영국 귀족정부에 고용되어 있었지. 이 패도 아주 좋아. 불신과 시기가 판치는 세상이니 자네가 여전히 영국 귀족정부의 돈을 받고 있으며 공화국의 원수인 피트*³의 끄나풀로서 공화국 내부에 침입하여 소문만 무성하고 실체는 없는 수많은 악행을 저지른 장본인이자 배신자가 틀림없다고 의심받을 게 뻔해. 이만하면 지고 싶어도 절대 질 수 없는 패라고 할 수 있지. 어떤가, 이제 내 패를 이해하겠나, 바사드?"

"하지만 당신이 그 패를 어떻게 쓰려는 건지 모르겠군요." 첩자가 불안한 듯이 대꾸했다.

"내 비장의 카드는 자네를 가까운 위원회 지부에 고발하는 걸세. 자, 자네 패도 살펴보게. 서두르지 말고."

카튼은 술병을 끌어당겨 한 잔 가득 따라서 단숨에 들이켰다. 바사드는 카튼이 술에 취해 곧장 자기를 고발하러 갈까봐 무척 불안한 눈치였다. 이를 눈치 챈 카튼은 술을 한 잔 더 따라 마셨다.

"자네 패를 꼼꼼히 살펴보게, 바사드. 천천히 해."

바사드의 패는 생각보다 더 안 좋았다. 게다가 시드니 카튼은 아직 모르고

---

*3 영국 총리 윌리엄 피트(1759~1806).

있지만 자신이 아주 나쁜 패를 쥐고 있다는 사실을 바사드는 깨달았다. 그는 천연덕스럽게 위증을 잘하지 못한 탓에 그 명예로운 직책에서 쫓겨났고, 결국 해협을 건너 프랑스 첩보기관에 몸을 담았다. 처음에는 프랑스에 있는 영국인들 사이에 잠입하여 사람들을 부추기고 선동하거나 정보를 엿듣는 일을 했으나 점차 프랑스인들 사이에서도 그와 같은 일을 했다. 바사드는 전복된 정부의 지령을 받고 생앙투안과 드파르주의 술집을 염탐했다. 술집을 감시하는 경찰에게서 마네트 박사가 투옥되었다가 석방되었다는 정보를 미리 듣고는 드파르주 부부와 깊은 이야기를 나눌 수 있겠다고 생각하고 실제로 드파르주 부인에게 접근했으나 보기 좋게 실패하고 말았다. 그 무시무시한 여자는 바사드가 아무리 말을 걸어도 뜨개질하는 손가락을 절대 멈추지 않고 기분 나쁜 눈초리로 그를 노려보았다. 그 눈빛은 지금 생각해도 온 몸이 떨릴 만큼 무시무시했다. 그 뒤에도 바사드는 생앙투안에서 몇 차례나 드파르주 부인을 보았다. 부인은 언제나 뜨개질로 무언가를 기록하면서 수많은 사람들을 고발했고, 고발당한 사람은 한 명도 남김없이 단두대의 이슬로 사라졌다. 그와 같은 직종에 종사하는 사람들이 다 그렇듯이 바사드도 자신의 목숨이 결코 안전하지 않다는 사실을 잘 알고 있었다. 하지만 도망칠 수도 없었다. 말하자면 도끼 그림자 밑에 꽁꽁 묶여 있는 셈으로, 지금은 배신과 기만을 일삼으며 공포정치의 촉진에 공헌하고 있지만 일이 틀어지면 그 여자의 말 한 마디에 언제든지 도낏날이 그의 목을 향해 날아올 수 있는 상황이었다. 방금 카튼이 말한 그런 중대한 죄로 한 번 고발되면 그 무시무시한 여자가 그를 치명적인 명단에 올리고 결국 마지막 숨통을 끊어놓을 게 틀림없었다. 비밀활동을 하는 모든 사람들이 두려움에 떠는 것은 당연한 일이지만 바사드의 경우는 나쁜 패만 쥐고 있다 보니 한 장씩 뒤집어 보다가 사색이 되는 게 당연했다.

"패가 마음에 들지 않는가보군. 어때, 한 판 하겠나?" 시드니가 태평하게 말했다.

첩자는 갑자기 비굴한 태도로 로리를 보며 말했다.

"저, 선생님. 선생님은 너그러우시고 연륜도 있으시니 선생님보다 한참 젊으신 이쪽 분께 저를 위해 한 말씀 좀 해주시면 안 될까요? 아까 이분이 말씀하신 그 비장의 카드를 내미는 것은 어떤 사정이 있더라도 이처럼 훌륭하신

분이 하실 만한 일이 아니라고 말입니다. 제가 첩자라는 점은 인정합니다. 누군가는 해야 하는 일이긴 하지만 아주 불명예스러운 직업이라는 사실도 잘 압니다. 하지만 이분은 첩자도 아닌데 왜 첩자 노릇을 자청하는 걸까요?"

"바사드, 난 그 비장의 카드를 쓸 거야. 그것도 지금 당장, 이삼 분만 지나면 말이야." 카튼이 로리 대신 대답하며 시계를 보았다.

"그래도 두 분께서 제 누이를 생각하신다면……." 바사드는 어떻게든 로리를 대화에 끌어들이려고 애를 썼다.

"자네 누님한테는 앞으로 영원히 동생 걱정을 하지 않아도 되게 해드릴 생각이네. 그게 누님을 위하는 가장 바람직한 길이 아니겠나?" 카튼이 말했다.

"설마, 농담이시죠?"

"아니, 난 이미 마음을 굳혔어."

평소에 일부러 남루한 옷을 걸치고 거칠게 행동하는 모습을 생각하면 오늘의 이 유순한 바사드의 태도는 이상할 만큼 그와 어울리지 않았다. 그러나 상대가 속을 알 수 없는 카튼이다 보니(카튼은 바사드보다 훨씬 머리가 좋고 정직한 사람들에게도 수수께끼 같은 존재였다) 바사드는 어찌할 바를 모르고 쩔쩔맸다. 바사드가 당황하자 카튼은 또다시 카드 패를 들여다보는 체하며 말했다.

"참, 다시 생각해 보니 좋은 패가 하나 더 있는 걸 깜빡 잊고 있었군. 그 친구 말일세, 어느 시골 감옥에서 유유히 풀을 뜯고 있다는 자네의 그 동료 양, 그자는 누군가?"

"프랑스인입니다. 당신은 모르는 사람이에요." 첩자가 당황하며 대답했다.

"프랑스인이라고? 흠, 그럴 수도 있겠군." 카튼은 바사드의 말을 따라했지만 생각에 잠긴 듯이 상대방의 얼굴은 쳐다보지도 않았다.

"맞아요. 틀림없습니다. 뭐 별로 중요한 일은 아니지만."

"음, 중요한 일은 아니라……" 카튼은 또다시 기계적으로 바사드의 말을 되풀이했다. "음, 중요한 일은 아니라…… 그렇지, 중요한 일은 아니지. 하지만 난 그자의 얼굴을 알고 있지."

"설마요. 그럴 리가 없습니다. 있을 수 없는 일이에요."

"있을 수 없다고?" 카튼은 기억을 더듬으며 중얼거렸다. 그리고 다시 포도주를 한 잔 가득 따르고(다행히 이번에는 작은 잔이었다) 말했다. "있을 수 없는 일이라……. 하긴 프랑스어가 제법 유창했어. 하지만 아무리 봐도 외국인 같았단 말이야."

"그야 시골 사람이니까요."

"아니, 외국인 억양이었어!" 카튼이 무언가가 머릿속을 스치고 지나간 것처럼 탁자를 손바닥으로 탕 내려치며 말했다. "옳거니, 클라이었어! 변장했지만 그 작자야. 올드 베일리에서 우리 바로 앞에 서 있었지."

"그건 좀 성급한 판단인데요." 바사드가 씩 웃자 커다란 매부리코가 한쪽으로 더욱 휘어졌다. "미안하지만 이번엔 제가 이겼습니다. 이미 지난 일이니 사실대로 말씀드리지요. 클라이는 제 동료가 맞습니다만 몇 년 전에 죽었어요. 놈이 병상에서 눈을 감을 때도 제가 곁을 지켰고, 지금은 런던의 세인트 판크라스 교회의 묘지에 묻혀 있어요. 그무렵 놈은 불한당들 사이에서 평판이 나빴기 때문에 저도 장례식까지는 따라가지 못했지만 입관은 거들었거든요."

이때 로리는 그가 앉은 자리에서 벽에 무시무시한 도깨비 같은 그림자가 보이는 것을 처음으로 깨달았다. 그림자의 주인을 더듬어 보니 하늘을 찌를 듯이 곤두선 크런처의 머리털이었다.

첩자가 말했다.

"이치를 따져봅시다. 그리고 공정하게 판단합시다. 당신이 잘못 알고 있으며 얼마나 터무니없는 추측을 하고 있는지 증명하기 위해 마침 내 지갑에 들어 있는 클라이의 매장증명서를 보여 드리죠. 전 이놈을 늘 가지고 다니거든요." 첩자는 서둘러 매장증명서를 꺼내 펼쳐들었다. "자, 봐요. 직접 한번 확인해 보세요. 절대로 위조된 게 아니니까요."

이때 로리는 벽에 비친 그림자가 갑자기 길어지는 것을 보았다. 크런처가 일어나 앞으로 걸어 나왔다. 머리털은 빳빳이 곤두서 있었다. 전래 동요에 나오는 뿔이 굽은 암소가 핥아 준 머리도 크런처의 머리칼보다 삐죽삐죽하지는 않을 것이다.

크런처는 바사드가 눈치채지 못하게 그의 곁으로 다가가 지옥의 집행관처럼 그의 어깨에 손을 얹고 험상궂고 무뚝뚝한 표정으로 말했다.

"로저 클라이를 관에 넣은 사람이 당신이라고?"

"그렇소."

"그럼 그놈을 관에서 꺼낸 놈은 누구지?"

"그게 무슨 소리요?" 바사드는 의자에 몸을 기대고는 더듬거리며 물었다.

"그놈은 절대 관에 들어간 적이 없다는 말이야. 암, 그렇고말고! 그놈이 관 속에 있다면 내 목을 쳐도 좋아."

첩자는 반사적으로 두 신사를 쳐다보았지만 두 신사도 놀라서 아무 말도 못하고 제리 크런처를 보고만 있었다.

"내 말해 주지. 네놈이 관에 넣어 묻은 건 돌이랑 흙이었어. 그러니 내 앞에서 클라이를 묻었단 소리는 그만하는 게 좋아. 새빨간 거짓말이니까. 나 말고도 그 사실을 아는 사람이 둘이나 더 있다고."

"그걸 어떻게 알았소?"

"어떻게 알든 네놈이랑 무슨 상관이야! 젠장! 네놈이 원수였어. 망할 놈! 정직한 장사치를 속여 먹다니! 누가 반 기니만 준다면 당장 네놈 목을 졸라 죽여 버릴 텐데!"

뜻밖의 상황에 로리와 더불어 어안이 벙벙한 채 보고 있던 카튼이 크런처를 달래며 진정하고 자초지종을 이야기해보라고 했다.

"나중에요." 크런처가 꽁무니를 뺐다. "지금은 좀 설명하기가 곤란해요. 하지만 제가 말씀드리고 싶은 것은 그 관 속에 클라이가 들어간 일이 없다는 걸 이놈도 잘 알고 있다는 겁니다. 관 속에 있었다고 한 번만 더 지껄여봐, 누가 반 기니만 주면 네놈의 모가지를 졸라 죽여 버릴 테니." 크런처는 관대한 제안이라도 하듯 이렇게 말했다. "아니면 지금 당장 가서 고발해 버리겠어."

"흠! 잘 됐군." 카튼은 말했다. "바사드, 나한테 좋은 패가 한 장 더 생겼네. 자네한테는 귀족정부의 첩자 노릇을 하던 친구가 있고 자네는 지금도 그와 계속 연락을 주고받고 있다는 거지? 게다가 그 친구는 죽은 척까지 해 가며 살아 있고 말이야. 이 정도 비밀이면 공기마저 의심으로 가득하고 너나 할 것 없이 미쳐 날뛰는 이 파리에서 고발을 면할 길이 없을 걸세. 감옥 안에서 공화국을 전복시킬 음모를 꾸미는 외국인이라! 단두대 행은 따 논 당상이군! 어떤가? 그래도 한 판 하겠나?"

"아니요! 제가 졌습니다. 사실 저희는 그 무지막지한 폭도한테 미운 털이 단단히 박힌 터라 저도 하마터면 수장당할 뻔하다가 간신히 영국에서 도망처 나온 겁니다. 클라이도 사방에서 목을 죄어오는 통에 그런 연극이라도 하지 않으면 도망칠 방법이 없었던 거지요. 그런데 이 친구가 그 비밀을 어떻게 알아냈는지 참말로 귀신이 곡할 노릇이네요."

"쓸데없는 데 신경 쓰지 마." 크런처가 시비조로 말했다. "네놈은 여기 계신 두 신사 분 말씀만 잘 들으면 돼! 알아들어? 다시 한 번 말해주지." 크런처는 관대함을 과시하고 싶어 참을 수 없는 모양이었다. "누가 술값으로 반 기니만 주면 네놈 모가지를 졸라 죽였을 거야."

감옥의 양은 시드니 카튼을 돌아보며 단호하게 말했다. "하던 이야기를 마저 합시다. 전 곧 근무하러 가야 해서 계속 이러고 있을 여유가 없습니다. 제게 할 말이 있다고 하셨죠? 그게 뭡니까? 너무 무리한 요구는 들어드릴 수 없습니다. 아무리 제 직권으로 할 수 있는 일이라도 이 목숨이 위태로워진다면 제안을 거절하고 운을 하늘에 맡기는 게 나으니까요. 간단히 말씀드리면 거절하겠다는 겁니다. 아까 목숨을 거는 시대라고 그러셨지요. 맞습니다. 여기 있는 우리는 모두 목숨을 걸고 있어요. 필요하다면 거짓을 꾸며서 당신을 고발할 수도 있습니다. 다른 친구도 마찬가지고. 자, 내게 원하는 게 뭡니까?"

"뭐 대단한 건 아냐. 자넨 콩시에르주리의 간수지?"

"선생, 분명히 말하는데 탈옥은 절대 불가능합니다." 첩자가 딱 잘라 말했다.

"묻지도 않은 것까지 대답할 필요는 없네. 자넨 콩시에르주리의 간수지?"

"네, 가끔씩 간수로 일하죠."

"그러면 원할 때는 언제든 가서 일할 수 있나?"

"그렇습니다. 원할 때 마음대로 드나들 수 있지요."

카튼은 브랜디를 한 잔 더 따라 난로 위에 천천히 쏟아 부으며 술이 방울방울 떨어지는 것을 가만히 지켜보았다. 마지막 한 방울이 떨어지자 카튼은 일어서며 말했다.

"이보게, 지금까지는 카드 패의 가치를 우리끼리만 알고 있을 수 없어서 이 두 분 앞에서 이야기했는데, 이제는 저기 어두운 방에 가서 우리끼리 얘기하지."

제9장 승부

시드니 카튼과 감옥의 양이 컴컴한 옆방에서 한 마디도 들리지 않을 만큼 작은 목소리로 수군거리는 동안 로리는 의심스러운 표정으로 제리를 쳐다보았다. 정직한 장사꾼의 태도가 아무리 봐도 수상했던 것이다. 제리는 마치 쉰 개나 되는 다리를 하나하나 시험해 보기라도 하는 것처럼 끊임없이 이쪽 다리에서 저쪽 다리로 체중을 옮겨 실었고, 이해할 수 없는 야릇한 눈초리로 자꾸만 손톱을 살펴보았다. 게다가 로리와 눈이 마주치기라도 하면 깜짝 놀라 가벼운 기침을 하며 재빨리 손바닥으로 입을 가렸다. 뒤가 구리지 않은 사람이라면 절대 그런 태도를 보일 리 없었다.

"제리, 이리 오게." 로리가 말했다.

크런처는 한쪽 어깨를 내밀며 비스듬하게 다가왔다.

"자넨 심부름꾼 일 말고 또 무슨 일을 했나?"

제리는 주인의 얼굴을 쳐다보며 잠시 골똘히 생각하다가 느닷없이 좋은 답이라도 떠오른 듯이 말했다.

"농사랑 비슷한 일입니다."

"난 걱정스러워서 가만히 있을 수가 없네." 로리는 화가 난 듯 집게손가락을 흔들어대며 말했다. "자네, 텔슨 은행을 등에 업고 어떤 파렴치하고 불법적인 일을 하는 건 아니겠지? 만일 정말로 그렇다면 나중에 영국으로 돌아가서 내가 자넬 돌봐줄 거란 생각은 하지 말게. 자네 비밀을 덮어줄 거란 기대도 하지 말고. 텔슨 은행에 누가 되는 행동은 절대 용서할 수 없네."

크런처는 얼굴을 붉히며 호소했다.

"나리, 그렇더라도 말입니다, 아니, 정말 그렇다는 게 아니라 설령 그렇더라도 말이에요, 머리가 하얗게 셀 때까지 여러 해 동안 자질구레한 일을 봐드리며 나리를 모셔 온 저를 그렇게 매몰차게 내치시겠다는 말씀은 부디 거둬 주십시오. 설사 제가 그런 짓을 했다 하더라도 세상일은 한쪽 면만 봐선 안 된다는 사실을 생각해 주십시오, 나리. 모든 일에는 양면이 있으니까요. 지금 이 순간에도 의사 양반들을 보세요. 저희 같은 정직한 장사치들은 한 푼도, 아니, 한 푼이 뭡니까, 반 푼, 아니, 반 푼은커녕 반의 반 푼도 못 받는데 의사 양반들은 금화를 갈퀴로 긁어모아서는 자가용 마차를 타고 우리 같은 정직한 장사치들을 힐끔거리며 쏜살같이 텔슨 은행으로 달려와 저금하지요. 나리, 이것도 다 텔슨 은행에 누가 되는 행동 아니겠습니까? 어느 한쪽만 나무라시면 안 되죠. 그리고 제 마누라 말입니다. 그놈의 마누라는 툭 하면 주저앉아서 장사가 안 되도록 빌지 뭡니까? 아예 남편 앞길 망치려고 작정을 했다 그 말입니다. 그에 반해 의사 사모님들은 절대 주저앉는 일이 없습죠. 설령 주저앉아 빈다고 해도 아마 환자가 더 많이 오게 해달라고 비는 걸 겁니다. 나리, 그런데도 한쪽만 보고 다른 쪽은 보지 않는다면 불공평하지 않습니까? 또 장의사니 교구 서기니 교회지기니 경비원이니 하는 놈들도 다 대책 없는 욕심쟁이란 말입니다. 나리, 설령 제가 그런 짓을 좀 했다 손 치더라도 벌이는 얼마 되지도 않습니다. 게다가 그렇게 번 돈은 결코 제 것이 되지 못하죠. 좋은 일이라고는 하나도 안 생기니까요. 설령 그런 일에 한번 빠진다고 해도 어떻게 해서든 발을 뺄 궁리만 합죠. 물론 그게 사실이라면 말이에요."

"그게 무슨 소린가! 자네 얼굴만 봐도 오싹해지네." 로리가 소리쳤지만 속으로는 많이 누그러진 모양이었다.

"나리, 말이 나온 김에 부탁드릴 게 있는뎁쇼. 제가 정말로 그런 짓을 했다면, 아니, 정말로 그랬다는 건 아니고 ······." 크런처가 말했다.

"얼버무리지 말게." 로리가 말했다.

"얼버무리다뇨. 그럴 리가 있겠습니까!" 크런처가 펄쩍 뛰며 말했다. "그게 사실이라는 말은 아니지만, 나리께 부탁이 있습니다요. 템플 바의 의자에 늘 앉아 있는 제 자식놈 말인뎁쇼, 그놈은 제가 겨우 사람 구실 할 만큼 키워 놨습니다요. 나리만 괜찮으시다면 나리께서 살아 계시는 동안 심부름이든 허드렛일이든 뭐든 시키면서 곁에 둬주시면 안 될까요? 만약 그게 사실이라면, 그렇다고 사실이라는 건 아니지만, 아들놈이 제 아버지 자리를 물려받아, 제 어미도 부양하고 그러면 안 되겠습니까? 그리고 부디 아이 아버지를 고발하지는 말아 주십시오. 나리, 고발하지 말아 주세요. 그 아버지가 정직하게 무덤 파는 일을 전업으로 삼아 자기가 팠던—만약 그게 사실이라면 요—무덤을 다시 복구할 수 있게 해주세요." 장황한 이야기가 어느덧 끝나 가는지 크런처는 한 팔로 이마를 훔쳤다. "나리께 바라는 건 그것뿐입니다 요. 나리, 설령 나리 말씀이 사실이라고 해도 제가 바사드에 대해 한 말이 다네이 씨한테 큰 도움이 됐다는 점만은 잊지 말아주세요. 제가 입을 다물고 말하지 않았을 수도 있었잖습니까?"

"그래. 그 점은 사실이지. 이제 그만 하게. 자네가 말로만 그러는 게 아니 라 행동으로도 뉘우친다면 난 앞으로도 자네 편에 설 걸세. 그러니 더는 변 명하지 말게." 로리가 대답했다.

크런처가 알았다는 뜻으로 주먹으로 이마를 가볍게 쳤을 때 카튼과 첩자 가 옆방에서 나왔다. "잘 가게, 바사드. 협상이 성립됐으니 날 두려워하지 않아도 되네." 시드니 카튼이 말했다.

카튼은 난로 앞의 의자에 로리와 마주 앉았다. 둘만 남자 로리가 카튼에게 무슨 이야기를 했느냐고 물었다.

"별것 아닙니다. 일이 찰스에게 불리하게 돌아가면 그와 만나게 해달라고 단단히 약속했습니다."

로리의 표정이 갑자기 어두워졌다.

"제가 할 수 있는 일이라고는 그것뿐이었어요. 너무 많은 걸 요구하면 놈 의 목이 먼저 잘릴 수도 있고, 놈의 말마따나, 놈을 고발하면 찰스에게도 최 악의 사태가 벌어질 수 있으니까요. 처지가 이러니 어쩔 수가 없어요."

"하지만 재판이 불리해지면 다네이를 만났댔자 구해낼 길이 없지 않소."

"저도 구할 수 있다고는 말씀드리지 않았습니다."

로리는 천천히 난롯불을 바라보았다. 루시에 대한 연민과 다네이가 다시 체포된 것에 대한 절망감에 눈까지 침침해져 지금은 근심 걱정에 짓눌린 한 낱 노인에 지나지 않았다. 눈에서 눈물이 주르르 흘러내렸다.

"선생님은 좋은 분이시고 진정한 친구세요." 카튼이 정색하고 말했다. "이 런 말씀이 실례가 된다면 용서하십시오. 하지만 선생님께선 많이 실망하신 모양이군요. 저는 아버지의 눈물을 볼 때면 가만히 있질 못했습니다. 하지만 선생님이 슬퍼하시는 모습을 보니 아버지의 경우보다도 더욱 깊은 존경을 금할 길이 없군요. 물론 선생님은 저 같은 놈의 아버지가 아니라 다행이시겠지만 말이에요."

카튼은 슬며시 예전의 말투로 돌아가 마지막 말을 덧붙였지만 그의 어조와 태도에는 진심어린 사랑과 존경이 담겨 있었다. 지금까지 카튼의 좋은 면을 한 번도 본 적이 없는 로리는 그저 놀라울 뿐이었다. 로리가 손을 내밀자 카튼이 다정히 그 손을 잡고 말했다.

"다시 불쌍한 다네이 얘기로 돌아가서, 오늘 바사드를 만나 협상을 한 이야기는 루시 양에게 하지 말아주십시오. 말해준다 해도 남편을 만나러 갈 수 있는 것도 아니고, 최악의 경우 판결이 나오기도 전에 스스로 목숨을 끊을 수 있는 방법을 알려주려고 일을 꾸몄다고 오해할지도 모르니까요."

거기까지는 미처 생각지 못한 로리는 카튼이 진심인가 싶어 그를 바라보았다. 카튼은 정말로 그렇게 생각하는 것 같았다. 카튼이 눈에 힘을 주어 로리를 마주본 것으로 보아 로리의 생각을 읽은 것 같았다.

"그 밖에도 수만 가지 생각을 하겠지만 그럴수록 루시 양만 힘들어질 뿐입니다. 그러니 제 이야기는 하지 마십시오. 아까도 말씀드렸듯이 저는 루시 양을 만나지 않는 편이 낫습니다. 굳이 만나지 않더라도 루시 양을 위해 제가 할 수 있는 일이라면 아무리 사소한 일도 마다하지 않을 거니까요. 선생님은 이제 만나러 가실 거죠? 오늘밤에는 특히나 절망해 있을 겁니다."

"이제 곧 가볼 생각이오."

"잘됐군요. 루시 양은 선생님을 유독 믿고 따르니까요. 그런데 루시 양은 좀 어떤가요?"

"근심 걱정에 싸여 있지만 그래도 여전히 아름다워요."

"아아!"

길고도 슬픈 탄식이었다. 한숨 소리 같기도 하고 흐느낌 소리 같기도 한.

로리가 깜짝 놀라 카튼을 쳐다보았다. 카튼은 난롯불만 보고 있었다. 그의 얼굴 위로 빛인지 그림자인지 모를 무엇이(로리는 그 어느 쪽이라고도 말하기 어려웠다) 스쳐 지나갔다. 카튼은 한쪽 발을 들어 난로 밖으로 굴러 떨어진 타다 만 장작을 밟았다. 요즘 유행하는 새하얀 승마용 외투에 장화를 신은 카튼의 얼굴은 불빛이 비쳐 더욱 창백해 보였고, 길고 엉클어진 갈색 머리칼은 아무렇게나 늘어뜨리고 있었다. 장작은 발의 무게를 못 이기고 부스러져 버렸지만 그는 여전히 장작을 짓밟고 있었다. 너무나 무심한 모습에 오히려 로리가 놀라 한마디 했다.

"아, 깜빡했군요." 카튼이 대답했다.

로리는 다시 카튼의 얼굴을 홀린 듯이 바라보았다. 본디 잘생긴 얼굴이 침울한 표정에 가려 잘 보이지 않는다는 것을 깨달았다. 그가 최근에 본 죄수들의 얼굴이 꼭 그랬다.

"파리에서 맡으신 일은 거의 다 끝났습니까?" 카튼이 고개를 들며 물었다.

"그래요, 어젯밤 루시가 불쑥 찾아왔을 때도 말했지만 여기서 내가 할 수 있는 일은 다 끝났소. 나는 박사님 가족이 모두 안전한 걸 보고 떠날 작정이었지요. 통행증도 받아놔서 언제든지 떠날 수 있습니다."

두 사람 다 말이 없었다.

"로리 씨, 돌이켜보면 선생님의 인생도 참 길었지요?" 카튼이 조용히 말했다.

"올해로 일흔여덟이라오."

"선생님은 평생을 보람되게 사셨어요. 착실하게 일하며 사람들의 신망과 존경을 받으셨지요."

"난 어른이 된 뒤로 줄곧 사무원으로 살아왔소. 아니, 어릴 때부터 사무원이었다고 할 수 있겠군요."

"일흔여덟이 되신 선생님이 지금 계신 자리는 어떻습니까? 선생님이 일을 그만두시면 얼마나 많은 사람들이 그리워하겠어요."

"나는 의지할 곳 없는 외로운 노인일 뿐이오. 날 위해 울어줄 사람은 아무도 없소이다." 로리는 고개를 저으며 말했다.

"왜 그런 말씀을 하십니까! 루시 양이 울어드릴 텐데요. 그리고 루시 양의 귀여운 딸도요."

"그래요, 그래. 고마운 일이지요. 내 말은 그런 뜻이 아니었소."

"어쨌든 하느님께 감사드릴 일이에요. 안 그렇습니까?"

"암요, 그렇고말고요."

"오늘밤 선생님이 진심으로 외로워하며 '나는 결국 그 누구에게서도 사랑과 감사와 존경을 받지 못했구나. 나는 결국 누구에게도 그리운 추억을 남기지 못했어. 기억에 남을 만한 좋은 일도 하지 못했고 누군가에게 도움이 되지도 못했어!'라고 말씀하신다면 선생님이 살아오신 일흔여덟 해는 헛된 삶이 되겠지요, 안 그렇습니까?"

"그래요, 카튼 씨. 틀림없이 그럴 겁니다."

시드니 카튼은 다시 난롯불을 바라보며 잠시 침묵했다가 다시 말했다.

"그럼 한 가지 더 여쭙겠습니다. 어린 시절이 아득한 옛날처럼 느껴지십니까? 어머니의 무릎에 안겨 있던 그 시절이 모두 까마득한 옛날처럼 느껴지세요?"

카튼의 부드러운 태도에 감동하며 로리가 대답했다.

"이십 년 전만 해도 그렇게 생각했는데 지금은 그렇지 않소. 삶이 종착점에 가까워질수록 어쩐지 한 바퀴 돌아 출발점으로 향해 가는 것 같거든요. 아마도 나중에 가게 될 길에 대한 위로와 준비 과정인지도 모르죠. 요즘에는 젊고 아름다웠던 어머니(내가 벌써 이 나이지만 말이오!)에 대한 추억이 자꾸 떠오른다오. 세상이 마치 꿈결 같고 내 결점이 뚜렷이 보이지 않던 아득한 옛 시절에 대한 기억도."

"그 기분은 저도 알 것 같습니다! 그래서 더 좋으신 거죠?" 카튼이 얼굴을 빛내며 소리쳤다.

"아마도요."

카튼은 이야기를 끊고 일어서서 로리에게 외투를 입혀주었다.

"하지만 당신은 아직 젊어요." 로리가 이야기를 이어갔다.

"알고 있습니다. 아직 늙지는 않았지요. 하지만 제 행동은 나이가 들어도 나아지지가 않는군요. 저는 제 자신이 아주 지긋지긋해요."

"그건 나도 마찬가지라오. 같이 나가겠소?" 로리가 말했다.

"루시 양 집 앞까지 모셔다 드리겠습니다. 아시다시피 전 방랑벽이 있어 잠시도 한 군데에 가만히 있질 못 하지 않습니까. 제가 오랫동안 거리를 방황하더라도 걱정하지 마십시오. 아침엔 꼭 나타날 테니까요. 내일은 법정에 가십니까?"

"그렇소, 유감스러운 일이지만."

"저도 갈 겁니다. 방청객일 뿐이지만요. 바사드가 자리를 잡아놓고 기다릴 거예요. 제 팔짱을 끼세요."

로리는 시키는 대로 팔짱을 꼈다. 두 사람은 계단을 내려가 거리로 나갔다. 루시의 집까지는 몇 분밖에 걸리지 않았다. 카튼은 집 앞에서 로리와 헤어졌지만, 조금 떨어진 곳에서 서성이다 문 앞으로 되돌아와 닫혀 있는 문을 만지작거렸다. 루시가 날마다 감옥에 갔다는 이야기는 카튼도 들어 알고 있었다. 카튼이 주위를 둘러보며 말했다. "날마다 이 문으로 나와 이 모퉁이를 돌아서 저 자갈길을 걸었겠지. 그 흔적을 한 번 따라가 보자."

이미 밤 열 시였다. 카튼은 루시가 이미 수백 번은 와서 서 있던 라포르스 감옥 앞에 도착했다. 왜소한 나무꾼이 일을 마치고 문앞에서 파이프 담배를 피우고 있었다.

"안녕하시오, 시민 동지." 카튼은 그대로 지나치려다 걸음을 멈추고 말을 걸었다. 나무꾼이 의심스러운 눈초리로 카튼을 보고 있었던 것이다.

"안녕하시오, 시민 동지."

"요즘 공화국 사정은 어떻소?"

"기요틴 말이오? 나쁘진 않소. 오늘은 예순세 명을 해치웠지. 곧 백 명을 채울 겁니다. 삼손과 그 부하들이 가끔씩 피곤해 죽겠다고 불평을 하긴 하지만 말이오. 하하하! 그 삼손도 참 재미난 친구요. 아주 훌륭한 이발사란 말이야!"

"자주 구경하러 가시나 봐요?"

"그 친구가 면도하는 거요? 그야 매일 가서 보지요. 솜씨가 아주 기가 막힌다니까요! 그 친구가 일하는 솜씨를 본 적이 있소?"

"아뇨, 없습니다."

"그럼 손님이 많을 때 한번 가서 보시구려. 시민 동지, 생각해 봐요. 글쎄 오늘은 내가 담배 두 대를 피우기도 전에 예순세 명을 해치웠어요. 두 대를 피우기도 전에요. 정말이라니까요!"

작달막한 나무꾼은 이를 드러내고 히죽 웃으며 사형을 집행하는 데 걸린 시간을 어떻게 쟀는지를 설명하듯 피우던 파이프를 내밀어 보였다. 카튼은 사내를 죽도록 패주고 싶은 충동을 참을 수 없어 재빨리 발길을 돌렸다.

"그런데 영국인은 아니시죠? 옷차림이 영국인 같긴 한데." 나무꾼이 말했다.

"영국인 맞소." 카튼이 걸음을 멈추고 어깨너머로 대답했다.

"말투가 완전히 프랑스인인데요?"

"옛날에 프랑스에서 오랫동안 유학했었소."

"말하는 게 프랑스인이랑 똑같네요. 잘 가시오, 영국 양반."

"잘 있으시오, 시민 동지."

"나중에 가서 그 별난 친구를 꼭 한 번 봐요. 파이프 담배도 잊지 말고 챙기고요!" 나무꾼이 카튼의 등에다 대고 끈질기게 말했다.

카튼은 나무꾼이 보이지 않는 곳까지 걸어가 흐릿한 가로등이 걸려 있는 길 한복판에 서서 종이쪽지에 연필로 뭐라고 적었다. 그리고 길이 익숙한 사람처럼 거침없는 걸음걸이로 어둡고 지저분한 거리들을 가로질렀다. 거리는 평소보다도 훨씬 더 지저분했다. 이 공포의 시대에는 가장 번화한 거리조차 청소하지 않고 방치되어 있었다. 카튼은 한 약국 앞에서 걸음을 멈추었다. 마침 주인이 가게 문을 닫으려던 참이었다. 구불구불한 언덕길 중턱에 있는 어두침침하고 조그만 가게는 그 집 모양마저 뒤틀린 것 같고, 주인도 작고 구부정한 데다 우둔해 보였다.

카튼은 계산대로 가서 그에게 인사를 건네고 종이쪽지를 내밀었다. 주인이 종이를 집어 들고 읽으며 조그맣게 휘파람을 불었다. "휘잇! 휘! 휘! 휘!"

카튼이 신경 쓰지 않자 약사가 물었다.

"시민 동지가 쓰실 거요?"

"그렇소."

"그럼 따로 담아 줄 테니 섞이지 않도록 조심하시오. 섞어 먹으면 어떻게 되는지 아시죠?"

"염려 마시오."

약사는 조그만 약봉지를 몇 개 만들어 카튼에게 내주었다. 카튼은 그 약봉지를 안주머니에 하나씩 챙겨 넣고는 값을 치르고 천천히 약국에서 나와 달을 쳐다보며 중얼거렸다. "이제 내일까진 할일이 없군. 잠도 오지 않는데."

빠르게 흘러가는 구름을 보며 큰 소리로 중얼거리는 그는 결코 자포자기한 사람처럼 보이지 않았고, 무심하거나 도전적으로 보이지도 않았다. 오히려 한때 길을 잃고 오래 방황한 끝에 기진맥진한 상태에서 마침내 자신의 길을 되찾고 나아갈 목표까지 발견한 사람처럼 침착해 보였다.

오래전 장래가 촉망되는 청년으로서 젊은 경쟁자들 사이에 이름을 떨치던 시절, 카튼은 아버지의 상여를 따라 무덤까지 간 일이 있다. 어머니는 그보다 일찍 돌아가셨다. 하늘의 달과 빠르게 흘러가는 구름을 보며 어두운 거리를 걸어 내려가자니 아버지의 무덤 앞에서 읽었던 엄숙한 글귀가 떠올랐다. "예수께서 이르시되 나는 부활이요 생명이니 나를 믿는 사람은 죽더라도 살겠고 또 살아서 믿는 사람은 영원히 죽지 않을 것이다."[*1]

기요틴의 도끼가 지배하는 이 도시의 밤거리를 거닐다 보니, 오늘 사형당한 예순세 명과 지금 감옥에서 운명을 기다리고 있는 내일의 희생자, 그리고 그 다음날과 또 그 다음날의 희생자들이 떠오르며 자연스럽게 슬픔이 샘솟았다. 그런 가운데 방금 전의 성경 구절을 떠올리게 한 기억의 사슬을, 마치 깊은 바다에서 녹슨 배의 닻을 건져 올리듯 쉽게 찾을 수 있었다. 애써 생각하지 않아도 길을 가는 동안 자꾸 그 구절이 입에서 맴돌았다.

몇 시간이나마 주변을 에워싼 공포를 잊고 휴식을 취하기 위해 불을 밝힌 창문들, 사제가 사기를 치고 약탈을 일삼고 방탕한 생활을 하는 것에 대한 혐오감이 자기 파괴로 이어져 기도 소리가 끊긴 교회의 탑들, 출입문에 쓰여 있는 대로 '영민'이 예약된 외딴 묘지, 죄수들로 넘쳐나는 감옥, 예순 몇 명의 죄수들을 태운 호송 마차가 지나간 거리, 분노 속에 짧은 휴식을 취하는 도시의 사람과 죽음을 생각하며 시드니 카튼은 다시 센 강을 건너 조금 더 환한 거리로 나왔다.

마차는 거의 다니지 않았다. 마차를 타면 의심을 받기 쉬웠으므로 상류층 사람들도 어쩔 수 없이 붉은 모자를 쓰고 무거운 구두를 신고 터벅터벅 걸어 다녔다. 하지만 극장은 어디나 만원이었다. 마침 카튼이 어느 극장 앞을 지날 때는 사람들이 즐겁게 수다를 떨며 극장에서 우르르 쏟아져 나와 서둘러 집으로 돌아가고 있었다. 한 극장 앞에서는 어린 여자아이를 데리고 온 어머니가 진창을 건너려고 두리번거렸다. 카튼은 어린아이를 번쩍 안아서 진창을 건너 주고는 아이가 그의 목에 감고 있던 팔을 풀려고 하자 아이에게 키스를 해달라고 했다.

"나는 부활이요 생명이니 나를 믿는 사람은 죽더라도 살겠고 또 살아서 믿는 사람은 영원히 죽지 않을 것이다."

이제는 거리도 고요했고 밤은 더욱 깊어갔다. 주변 공기나 메아리치는 발소리에서도 이 구절이 계속 울려 퍼졌다. 카튼은 더없이 차분한 마음으로 이따

[*1] 〈요한의 복음서〉 11장 25~26절.

금 성경 구절을 읊으며 걸었다. 머릿속에서 그 구절이 끊이지 않고 들려왔다.

밤이 끝나가고 있었다. 카튼은 다리 위에 서서 일드라시테*²의 안벽에 부딪치는 물소리를 들었다. 집들과 성당이 달빛에 밝게 빛났다. 싸늘한 새벽하늘이 죽은 사람 얼굴처럼 허옇게 밝아졌다. 밤과 달과 별은 창백해지며 사라져갔고, 한동안 죽음이 온 세상을 지배하는 것처럼 보였다.

하지만 마침내 눈부신 태양이 떠오르자 밤새 무거운 짐처럼 짓누르던 성경 구절이 길고 환한 햇살 속에서 따스하게 가슴속에 스며드는 것 같았다. 기도하는 마음으로 이마에 손을 대고 고개를 들어 태양을 우러러보니 그와 태양 사이에 빛의 다리가 가로놓여 있는 것처럼 보였다. 다리 밑에는 센 강이 반짝거렸다.

아침의 정적 속에서 세차고 깊고 당당하게 흐르는 강물이 마음 맞는 벗인 양 다정히 여겨졌다. 카튼은 강물을 따라 마을 외곽까지 걸어가 따스한 아침 햇살을 받으며 둑에 드러누워 잠이 들었다. 얼마 뒤 잠에서 깬 카튼은 잠시 주변을 어슬렁거리며 소용돌이치는 강물을 바라보았다. 강물은 정처 없이 소용돌이치다가 큰 물살에 휩쓸려 바다로 빨려 들어갔다. "꼭 나 같군!"

연한 낙엽색 돛을 단 무역선 한 척이 그의 시야 속으로 미끄러져 들어오더니 물살을 가르며 그대로 다시 사라져 갔다. 강물 위에 남은 배의 흔적마저 소리 없이 사라지자 자신의 어리석은 행동과 온갖 실수를 자비롭게 용서해 달라는 기도가 마음속에서 우러나왔고 그 기도는 "나는 부활이요 생명이니"라는 성경 구절로 끝이 났다.

카튼이 돌아왔을 때 로리는 이미 나가고 없었다. 그가 어디로 갔는지는 대강 짐작할 수 있었다. 시드니 카튼은 커피에 곁들여 빵을 조금 먹고는 세수를 하고 옷을 갈아입은 뒤 곧장 법정으로 향했다.

대부분의 사람들이 두려워서 피하는 검은 양이 군중들 사이의 눈에 잘 띄지 않는 구석 자리로 카튼을 안내했다. 그 무렵 법정은 발 디딜 틈 없이 북적거렸다. 로리와 마네트 박사도 있었다. 루시는 박사와 나란히 앉아 있었다.

남편이 법정으로 들어오자 루시는 남편을 바라보았다. 남편에게 용기를 불어넣어주고 자신의 무한한 사랑을 전하며 남편을 위해 용기를 잃지 않으

---

*2 센 강에 있는 섬. 노트르담 사원 등이 있는 중심지.

려는 굳은 의지가 실린 루시의 당당한 눈빛을 보자 다네이의 얼굴에도 혈색이 살아나며 눈빛이 환해지고 심장에 활기가 도는 듯했다. 만약 누군가 루시의 시선이 지닌 위력을 알아차렸다면 그것이 시드니 카튼에게도 똑같은 위력을 발휘했음을 알아차렸으리라.

이 부당한 재판에는 피고에게 공정한 심리를 받도록 하는 어떠한 절차도 없었다. 애초에 모든 법률과 절차와 형식이 무분별하게 남용되지 않았더라면 이처럼 혁명이 일어나지도 않았을 것이고, 자살행위나 다름없는 복수심에 불타 모든 것을 파괴하지도 않았을 것이다.

사람들의 눈이 일제히 배심원에게 쏠렸다. 배심원들은 어제와 그제는 물론 내일과 모레도 변함없이 그 자리를 지킬 단호한 애국 동지이자 선량한 공화국 시민들이었다. 그들 가운데 유난히 진지하고 열의에 찬 사내가 무언가에 굶주린 듯한 표정으로 끊임없이 손가락으로 입가를 만지작거리고 있었다. 방청객들은 그의 모습을 보고 무척 만족스러워했다. 피에 굶주린 잔인한 식인종처럼 보이는 그 배심원은 생앙투안의 자크 3호였다. 사실 배심원 모두가 사슴을 쫓는 사냥개 같았다.

이어서 사람들의 시선이 재판관 다섯 명과 검사 한 명에게 쏠렸다. 오늘은 호의적인 분위기를 전혀 찾아볼 수 없었다. 잔인하고 단호한 살해 의지가 사무적인 표정 뒤에 배어 있을 뿐이었다. 마지막으로 사람들의 눈빛은 군중 속에 있는 한 사람을 찾았고, 그를 발견하자 만족스럽게 빛났다. 그리고 서로 마주보며 고개를 끄덕이고는 마른 침을 삼키며 몸을 앞으로 내밀고 집중했다.

샤를 에브르몽드, 일명 다네이. 어제 석방되었으나 같은 날 다시 기소되어 체포됨. 기소장은 어젯밤 본인에게 교부했음. 공화국의 적이자 귀족이며 압제자의 일족. 이미 폐지된 특권을 이용하여 인민을 억압한 죄로 법의 보호를 박탈당한 자. 샤를 에브르몽드, 일명 다네이는 이상의 이유로 반드시 사형에 처해야 함.

검사가 이런 취지의 짧은 논고를 마쳤다.

재판장이 물었다. 피고는 공개적으로 고발당했는가, 밀고당한 것인가?

"공개적으로 고발당했습니다, 재판장님."

"누가 고발했는가?"

"세 명입니다. 생앙투안의 술집 주인 에르네스트 드파르주."

"좋소."

"그의 처 테레르 드파르주."

"좋소."

"의사 알렉상드르 마네트."

법정 안이 잠시 소란스러워졌다. 새파랗게 질린 얼굴로 부들부들 떨며 법정 한가운데에 앉아 있던 마네트 박사가 일어났다.

"재판장님, 분노를 참을 수 없어 항의합니다. 이것은 날조이고 사기입니다. 피고가 제 사위라는 사실은 재판장님도 잘 아실 겁니다. 제 딸과 딸이 사랑하는 사람은 저한테도 목숨보다 소중한 사람입니다. 그런 제가 사위를 고발했다고 거짓 음모를 꾸민 자가 대체 누구이며 어디에 있습니까?"

"애국 시민 마네트, 진정하시오. 법정의 권위에 복종하지 않는다면 귀하도 법의 보호를 박탈당할 수 있소. 귀하에게는 목숨보다 귀한 자라고 하지만, 선량한 애국 시민에게는 공화국보다 소중한 것이 없소."

재판장이 주의를 주자 박수갈채가 터져 나왔다. 재판장은 종을 울려 정숙을 요구하고는 힘주어 말했다.

"만약 공화국이 귀하에게 딸을 희생하라고 요구한다면 귀하는 마땅히 그 명령에 따라야 하오. 지금부터 진술하는 내용을 경청하시오, 그리고 정숙하시오."

또다시 열광적인 갈채가 쏟아졌다. 마네트 박사는 주위를 둘러보며 자리에 앉았다. 박사의 입술이 부들부들 떨렸다. 루시가 아버지의 곁에 바싹 다가앉았다. 굶주린 표정의 배심원이 두 손을 비비더니 한 손으로 입술을 만지작거렸다.

드파르주가 불려나왔다. 법정이 조용해졌다. 드파르주는 박사가 투옥된 이야기부터 시작해서 그때는 자기가 박사의 시중을 들던 소년에 지나지 않았음을 밝히고, 박사가 석방되어 자기에게 인도되었을 때 박사의 상태에 대해서도 일사천리로 설명했다. 그 뒤 간단한 심문이 이어졌다. 재판이 신속히 이루어지고 있었다.

"시민 동지는 바스티유를 점령할 때 큰 공을 세웠다지요?"

"그렇다고 생각합니다."

그때 군중 속에서 흥분한 여자가 고함을 질렀다.

"그때 시민 동지는 으뜸가는 애국 시민이었잖아요. 왜 그렇다고 말하지 않죠? 동지는 그날 대포를 쏘았어요. 그리고 그 빌어먹을 감옥이 함락되었을 때 앞장서서 달려갔잖아요. 애국 시민 여러분, 내 말은 사실이에요!"

청중의 열광적인 환호를 받으며 재판의 진행에 도움을 준 사람은 바로 방장스였다. 재판장이 종을 울렸다. 그러나 방장스는 청중의 찬사에 고무되어 소리쳤다. "그깟 종이 뭐라고요!" 그러자 청중이 또다시 환호했다.

"시민 동지, 당신이 그날 바스티유에서 한 일을 이 법정에서 말해보시오."

"전 알고 있었습니다." 드파르주는 그가 서 있는 단상 바로 밑에서 그를 보고 있는 아내를 내려다보며 말했다. "지금부터 말씀드릴 이 죄수가 북탑 105호라는 독방에 감금되어 있었다는 사실을 알고 있었습니다. 당사자에게서 직접 들었으니까요. 그 죄수도 제 보호를 받으며 구두를 만들던 때에는 그가 북탑 105호라는 것 말고는 자기 이름조차 몰랐습니다. 대포를 쏘았던 그날도 저는 감옥이 함락되면 그 독방을 조사해 봐야겠다고 생각했습니다. 드디어 바스티유가 함락되자 저는 가장 먼저 간수를 앞세우고 지금 여기 배심원으로 와 있는 동료 시민 동지와 함께 그 독방으로 올라갔습니다. 독방을 샅샅이 조사해 보니 굴뚝에 구멍이 하나 나 있었습니다. 벽돌을 뺐다가 다시 박아 놓은 구멍이었지요. 그 속에 종이쪽지가 한 장 박혀 있었습니다. 바로 이것입니다. 그 후 저는 마네트 박사의 필체를 조사해 보았습니다. 이것이 마네트 박사의 필체입니다. 마네트 박사가 쓴 종이쪽지를 재판장님께 제출합니다."

"직접 읽어 보시오."

죽음과 같은 침묵과 정적 속에서 피고는 다정한 눈길로 아내를 바라보았고, 아내는 걱정스러운 표정으로 아버지를 바라보았다. 마네트 박사는 드파르주를 뚫어지게 바라보았다. 드파르주 부인은 죄수에게서 한 순간도 눈을 떼지 않고 드파르주는 만족스럽게 혀로 입술을 핥는 아내에게서 눈을 떼지 못했다. 방청객들은 모두 박사를 주시했지만 박사는 조금도 개의치 않았다. 그러한 가운데 드파르주가 종이쪽지를 읽어 내려갔다.

제10장 그림자의 실체

보베에서 태어나 파리에서 살았던 불행한 의사 알렉상드르 마네트는 1767년 12월, 음침한 바스티유의 독방에서 이 침통한 수기를 쓴다. 온갖 어려움을 무릅쓰고 몰래 틈틈이 이 글을 쓰고 있으며, 다 쓰면 굴뚝 안쪽의 벽에 감춰둘 생각이다. 감춰둘 장소는 몇 해에 걸쳐 간신히 만들었다. 나와 내 슬픔이 모두 흙으로 돌아간 먼 훗날 누군가의 동정 어린 손이 이 글을 발견할지도 모른다는 희망을 품고서.

이 글은 투옥된 지 10년째 되는 해의 12월, 굴뚝에서 긁어 낸 그을음에 피를 섞어 녹슨 쇠못에 묻혀 겨우겨우 쓰고 있다. 내 희망은 완전히 사라져 버렸다. 내가 머지않아 정신을 놓으리라는 것도 이미 여러 자각증상을 통해 잘 알고 있다. 하지만 엄숙히 선언하건대 지금 이 순간 내 정신은 멀쩡하며 내가 쓰는 내용은 진실이다. 사람들이 이 글을 읽든 안 읽든 최후의 심판 날에 이것이 나의 마지막 기록이라고 대답할 수 있을 만큼 진실만을 쓸 것이다.

1757년 12월 셋째 주(22일이었다고 생각된다)의 어느 구름 낀 달밤, 나는 의과대학 거리에 있는 내 집에서 약 한 시간쯤 떨어진 한적한 센 강가를 거닐고 있었다. 그때 뒤에서 마차 한 대가 무시무시한 속도로 달려왔다. 마차에 치일 것 같아 길가로 비켜서서 마차가 지나가기를 기다리는데 갑자기 누군가가 창밖으로 머리를 내밀며 마부에게 멈추라고 소리를 질렀다.

마부가 고삐를 당기자 마차가 바로 멈추더니 아까의 그 목소리가 내 이름을 불렀다. 나는 대답했다. 마차는 나보다 훨씬 앞에 가서 멈췄으므로 내가 마차에 다다를 즈음에는 이미 두 신사가 문을 열고 내려서 있었다. 두 사람 다 외투로 몸을 단단히 감싼 것으로 보아 신분을 감추려는 것 같았다. 그들은 내 또래거나 나보다 어려 보였고, 체격이나 태도, 목소리는 물론 얼굴 생김새까지도 (내가 보기에는) 서로 몹시 비슷해 보였다.

"당신이 마네트 박사요?" 한 사람이 물었다.

"그렇소."

"보베 출신의 마네트 박사, 원래는 외과의사지만 요즘에는 내과의사로 파리에서 명성을 떨친 마네트 박사가 맞소?"

"좋게 말씀해주시니 감사합니다만, 어쨌든 그 마네트가 바로 접니다."

"우리는 지금 선생 댁에 다녀오는 길이오. 유감스럽게도 댁에 안 계셨지만 이쪽으로 산책을 나가셨다는 이야기를 듣고 잘하면 만날 수 있겠다는 생각에 뒤쫓아 온 것이오. 일단 마차에 타시겠소?"

두 사람의 태도는 위압적이었다. 그들은 나를 에워싸고는 문 쪽으로 밀어붙이다시피 했다. 두 사람은 무장을 갖추고 있었고 나는 맨손이었다. 나는 대답했다.

"실례지만 저는 왕진 의뢰를 받으면 반드시 의뢰한 사람의 이름과 환자의 상태가 어떤지 묻습니다."

두 번째로 말했던 남자가 대꾸했다. "의뢰하신 분은 신분이 아주 높으신 분이오. 우리는 선생의 실력을 믿으니 환자의 상태는 우리한테서 어설프게 듣기보다 선생이 직접 보는 게 좋을 거요. 질문은 그만하고 어서 마차에 타시오."

나는 하는 수 없이 묵묵히 마차에 올라탔다. 두 사람도 내 뒤를 따라 마차에 올랐다. 마지막으로 탄 사람은 발판부터 올리고 홀쩍 뛰어 올라탔다. 마차는 방향을 돌려 다시 전속력으로 달렸다.

나는 당시 나눈 대화를 그대로 적었다. 토씨 하나 틀리지 않았다고 확신한다. 되도록 이야기가 옆길로 새지 않도록 조심하며 일어난 일을 사실 그대로 적을 생각이다. 다음과 같은 중단 표시가 있는 곳은 내가 잠시 쓰기를 멈추고 이 수기를 은폐 장소에 감추어 두었다는 뜻이다.

＊＊＊＊

마차는 거리를 지나고 북문 검문소를 통과하여 시골길로 접어들었다. 성문에서 3킬로미터쯤 떨어진 지점에서 (당시에는 거리를 계산하지 못했지만 나중에 다시 지나갈 때 보니 그 정도였다) 마차는 큰길에서 벗어나 이내 외딴 저택 앞에서 멈추었다. 우리 세 사람은 마차에서 내려 뜰 안의 질척질척한 길을 따라 현관 앞으로 갔다. 관리를 하지 않은 분수에서 넘친 물이 현관 앞까지 흐르고 있었다. 초인종을 눌렀지만 한참을 기다려도 문이 열리지 않았다. 이윽고 문이 열리자 두 사내 중 하나가 두꺼운 승마용 장갑으로 문을 연 하인의 뺨을 철썩 후려쳤다.

하지만 나는 놀라지 않았다. 평민들이 얻어맞는 광경은 개가 얻어맞는 광경보다 더 흔했기 때문이다. 그런데 또 다른 사내도 역시나 화를 내며 주먹으로 하인의 얼굴을 후려갈겼다. 두 사람의 얼굴이며 태도가 무척이나 닮은 것을 보고 나는 그때 처음으로 그들이 쌍둥이 형제일 것이라고 생각했다.

내가 대문 앞에서 마차를 내렸을 때부터(대문은 잠겨 있었는데, 두 형제 가운데 하나가 문을 열고 우리를 들여보낸 다음 다시 문을 잠갔다) 위층 방에서 이상한 고함 소리가 들려왔다. 나는 곧장 그 방으로 안내되었다. 계단을 올라갈수록 고함소리는 점점 커졌다. 방에 들어가 보니 고열로 인해 뇌손상을 입은 환자가 침대에 누워 있었다.

환자는 스무 살 남짓한 젊고 아름다운 여인이었다. 머리는 온통 흐트러져 있고 두 팔은 손수건과 장식 띠로 침대에 단단히 비끄러매어져 있었다. 묶는 데 사용한 띠와 손수건은 모두 신사용 소지품이었다. 특히 그중 하나는 예복을 입을 때 두르는 술이 달린 스카프였는데, 귀족의 문장과 'E'라는 머리글자가 수 놓여 있었다.

나는 환자의 진찰을 시작하자마자 이런 것들을 확인했다. 환자가 끊임없이 몸을 뒤집으며 침대에서 떨어질 것처럼 몸부림치는 바람에 스카프 끝자락이 입을 막으면서 질식할 위험이 있었기 때문이다. 나는 가장 먼저 환자가 숨을 편안히 쉴 수 있도록 해 주었는데, 그 때 스카프를 빼내면서 끄트머리에 수놓은 글자가 눈에 들어왔다.

나는 환자를 똑바로 누이고 진정시키기 위해 두 손을 환자의 가슴에 얹고 그녀의 얼굴을 들여다보았다. 핏발 선 환자의 눈은 동공이 커져 있었다. 환자는 쉴 새 없이 찢어지는 듯한 비명을 지르며 "내 남편, 내 아버지, 내 동생!"이라고 외쳤다. 그리고 열둘까지 세고는 "쉿!" 하고 소리를 질렀다. 그러고는 아주 잠깐 입을 다물고 귀를 기울이다가 다시 찢어지게 비명을 지르며 "내 남편, 내 아버지, 내 동생!"이라며 울부짖고는 열둘까지 세고 "쉿!"이라고 말했다. 그 순서며 태도는 몇 번을 되풀이해도 매번 똑같았다. 아주 잠깐 침묵할 때 말고는 쉬지 않고 같은 말을 되풀이하며 소리를 질러댔다.

"이런 증상을 보인 지 얼마나 됐습니까?"

두 사람을 구별하기 위해 이후로는 형과 동생이라고 하겠다. 좀더 거드럭거리는 쪽을 형이라고 부르기로 한다. 형이 대답했다. "어젯밤 이맘때쯤부터요."

"환자에게 남편과 아버지와 동생이 있으신가요?"

"동생은 있소."

"혹시 당신이 그 동생인가요?"

"천만에." 형은 몹시 경멸하는 투로 대꾸했다.

"최근에 환자가 열둘이라는 숫자와 관련된 일이 있나요?"

"열두 시를 말하는 것 아니겠소?" 동생이 못 참겠다는 듯이 끼어들었다.

나는 여전히 두 손을 환자의 가슴 위에 올린 채 말했다.

"여보십시오, 저를 데려와도 할 수 있는 일이 아무것도 없다는 것을 잘 아셨을 겁니다. 환자의 상태라도 미리 말씀해 주셨더라면 몇 가지 준비라도 해 왔을 텐데. 이대로는 시간만 낭비할 뿐입니다. 이런 외진 곳에서는 약도 구할 수 없으니까요."

형이 동생을 쳐다보자 동생이 거만하게 말했다.

"여기 약 상자가 있소."

그는 벽장에서 약상자를 꺼내 탁자 위에 내려놓았다.

＊＊＊＊

나는 약상자에서 약병 몇 개를 꺼내 냄새를 맡아 보고 마개를 입술에 대보았다. 독성이 있는 마취제를 쓸 게 아니라면 그 약상자에 있는 약은 그 어느 것도 쓸모가 없었다.

"내 집의 약을 의심하는 거요?" 동생이 물었다.

"천만에요. 잘 보세요. 이 약을 먹일 겁니다." 나는 이렇게 대답하고 더는 말하지 않았다.

나는 갖은 애를 쓴 끝에 간신히 환자에게 내가 원하는 양만큼 약을 먹일 수 있었다. 나중에 한 번 더 먹이고 경과를 지켜봐야 했으므로 나는 침대 곁에 앉아 있었다. 환자의 시중을 들던 겁 많고 소심해 보이는 하녀(아래층에서 본 하인의 아내)는 한쪽 구석으로 물러나 있었다. 집 안은 눅눅하고 가구들도 형편없었다. 최근에 임시로 사용하고 있는 게 틀림없었다. 창문에는 환자의 비명 소리가 새어나가는 것을 막기 위해 두껍고 낡은 걸개를 못질해 두었다. 환자는 여전히 "내 남편, 내 아버지, 내 동생!"이라고 비명을 지르고 열둘까지 세고는 "쉿!" 하고 말하며 이를 규칙적으로 되풀이했다.

발작이 너무나 심해서 나도 팔을 동여맨 끈을 풀어주지는 않았다. 하지만 손목이 아플까봐 조금 느슨하게 매 주었다. 유일하게 희망적인 신호는, 환자의 가슴에 손을 올려놓고 있으면 그나마 진정 효과가 있어서 이따금 몇 분 동안 얌전해진다는 것이었다. 하지만 비명을 가라앉히는 데는 아무런 효과가 없었다. 환자는 시계추보다도 규칙적으로 일정한 간격을 두고 비명을 질러댔다.

내 손이 환자에게 효험이 있는 것 같아(물론 나 혼자만의 생각이지만) 나는 30분 동안 침대 곁에 앉아 있었다. 두 형제는 가만히 지켜보았다. 이윽고 형이 말했다.

"실은 환자가 한 명 더 있소."

나는 깜짝 놀라 물었다. "역시 위급한 환자입니까?"

"보면 알 거요."

형은 아무렇게나 내뱉고 램프를 집어들었다.

＊＊＊＊

다른 환자는 두 번째 계단 건넛방에 누워 있었다. 마구간 위에 만들어 놓은 다락방 같은 곳이었다. 천장의 일부분은 낮고 회칠이 되어 있었지만 나머지는 지붕 안쪽의 마룻대가 그대로 드러나 있고 서까래가 여러 개 가로놓여 있었다. 그쪽에는 건초와 밀짚과 땔나무, 사과를 묻어 둔 모래 더미가 있었다. 다른 곳으로 가려면 그곳을 지나야 했다. 내 기억은 확실하며, 나는 세세한 부분까지 정확히 기억하고 있다. 사실 투옥된 지 십 년이 다 되어가는 지금도 바스티유의 독방에서 눈을 감으면 그날 밤 본 광경이 선명히 떠오른다.

바닥에 깔린 건초 위에는 잘 생긴 농부 소년이 쿠션을 베고 누워 있었다. 고작해야 열일곱 살 정도였다. 소년은 이를 악물고 꽉 움켜쥔 오른손을 가슴에 대고 두 눈을 부릅뜬 채 똑바로 누워 천장을 노려보고 있었다. 나는 한쪽 무릎을 꿇고 소년을 들여다보았으나 상처는 보이지 않았다. 그러나 소년이 날카로운 것에 찔려 죽어가고 있음을 알 수 있었다.

"애야, 난 의사란다. 상처를 보여주렴."

"치료받고 싶지 않아요. 그냥 내버려두세요!"

상처는 소년의 손 밑에 있었다. 소년을 달래 손을 치우게 했다. 스무 시간 또는 스물네 시간 전에 칼에 찔린 상처로, 당장 치료하지 않으면 목숨이 위태로운 상태였다. 죽음이 성큼성큼 다가오고 있었다. 형에게 눈길을 돌리자, 그는 죽어가는 소년을 마치 상처 입은 새나 토끼 보듯 물끄러미 내려다보고 있었다. 아무리 봐도 같은 사람을 보는 눈이 아니었다.

"어쩌다 이렇게 되었습니까?" 내가 형에게 물었다.

"미친 개자식! 농노 주제에! 내 동생에게 억지로 검을 빼들게 하더니 그 칼에 쓰러졌소. 지가 무슨 신사라도 되는 줄 알고."

그의 대답에는 연민이나 슬픔, 인간애라고는 조금도 묻어나지 않았다. 천한 농노가 자기 집에서 죽어가는 것이 못마땅할 뿐이며, 버려지면 버려지답게 아무도 모르는 어느 구석에서 아무도 모르게 죽어야 한다고 여기는 듯했다. 그는 소년과 소년의 운명에는 일말의 동정도 느끼지 못하는 듯했다.

형이 말하자 소년의 눈길이 천천히 그에게로 쏠렸다가 다시 내 쪽으로 향했다.

"선생님, 저 귀족 놈들은 자기들이 아주 잘난 줄 알죠. 하지만 우리 같은 평민들에게도 자존심이 있어요. 놈들은 우리를 강탈하고 때리고 죽이죠. 하지만 우리한테도 일말의 자존심은 남아 있다고요. 아참, 누나…… 선생님, 우리 누나는 보셨나요?"

멀리 떨어져 있어서 희미하기는 했지만 비명소리는 거기까지 들려왔다. 소년은 마치 누나가 우리 앞에 누워 있기라도 하는 것처럼 말했다.

"그래, 보았단다." 나는 대답했다.

"우리 누나예요. 저 귀족 놈들은 오랫동안 우리네 여자들의 정조와 순결을 짓밟아 왔어요. 하지만 우리네 여자들 중에도 좋은 여자는 있어요. 저도 알고 있고, 아버지도 그렇게 말씀하셨어요. 우리 누나도 좋은 여자였어요. 누나한테는 훌륭한 약혼자도 있었어요. 저 귀족 놈의 소작농이죠. 우리는 다 저놈, 저기 서 있는 귀족 놈의 소작농이었어요. 그리고 저 동생 놈은 나쁜 놈 중에서도 가장 나쁜 놈이에요."

소년은 단순히 말을 하는 데만도 온 힘을 짜내야 했지만 무서운 정신력으로 한 마디 한 마디 힘주어 말했다.

"우리는 저기 서 있는 저놈에게 모든 것을 빼앗겼어요. 우리 같은 평민은 모두 개 취급당하며 저 잘난 귀족 놈의 먹잇감이 되었죠. 세금은 무자비하게 걷어가면서 품삯도 안 주고 일만 시키죠. 우리 곡식은 무조건 저놈의 방앗간에서 찧어야 하고, 수십 마리나 되는 저놈의 새들은 얼마 되지도 않는 우리 곡식을 먹여 키워야 하는데 우리는 닭이라도 한 마리 기를라치면 그 즉시 사형을 당해요. 가진 건 모조리 빼앗기고 약탈당하죠. 어쩌다 고기라도 한 점 생기면 문에 빗장을 지르고 창문까지 꽁꽁 닫아걸고는 두려움에 떨면서 먹어요. 놈의 하인들에게 들키면 그 자리에서 빼앗기거든요. 이렇게 착취당하고 혹사당하기만 하니까 가난의 구렁텅이에서 벗어날 수가 없어요. 아버지는 자식을 낳는 건 끔찍한 짓이라고 하셨어요. 여자들한테 임신을 못하게 해서 우리 같은 비참한 종족을 하루빨리 멸절시켜 주십사하고 하느님께 빌어야 한다고 말이에요!"

압제받는 사람들의 불덩이처럼 거센 분노를 나는 그날 처음 보았다. 그러한 울분이 인민의 가슴속 어딘가에 잠재해 있으리라고 짐작은 했지만 이 죽어가는 소년을 만나 그들의 분노가 폭발하는 모습을 처음으로 보게 된 것이다.

"하지만 선생님, 누나는 결혼했어요. 그때 매형은 병에 걸려 있었지만 누나는 우리네 초라한 오두막에서라도—저놈은 개집이라고 부르겠지요—간호하고 위로해주자며 사랑하는 사람과 결혼했지요. 그런데 결혼한 지 몇 주도 안 됐는데 동생 놈이 누나한테 반해서는 저놈한테 누나를 빌려달라고 했어요. 남편이 있는데도요! 저놈은 기꺼이 빌려주겠다고 했지요. 하지만 누나는 정숙한 여자라 나만큼이나 치를 떨며 그놈을 미워했어요. 그러자 저 두 놈이 어떻게 했는지 아세요? 누나가 마음을 돌리도록 설득하라고 매형을 괴롭혔어요."

줄곧 나를 보고 있던 소년의 시선이 천천히 형제에게로 옮겨갔다. 형제의 표정만으로도 나는 소년의 이야기가 모두 사실임을 알았다. 양측의 자존심이 서로 팽팽히 맞서던 모습은 지금 이곳 바스티유에서도 생생하게 떠올릴 수 있다. 전혀 개의치 않는 냉담한 귀족의 태도와 철저하게 짓밟혀서 복수에 불타는 소년의 얼굴.

"선생님, 아시다시피 귀족 놈들한테는 우리 평민을 소나 말처럼 수레에 비끄러매어 채찍질하며 끌고 다닐 권리가 있잖아요. 저놈들도 매형을 소나 말처럼 그렇게 끌고 다녔어요. 그리고 밤새 우리를 뜰 안에 가둬놓고 자기들이 푹 잘 수 있도록 개구리를 쫓게 했어요. 아시다시피 놈들한테는 그럴 권리가 있잖아요. 놈들은 매형을 밤이면 몸에 해로운 서리를 맞도록 세워 두었고 낮이면 소나 말처럼 수레에 비끄러매고 혹사시켰어요. 하지만 매형은 끝까지 굴하지 않았어요. 어느 날 낮에 마구에서 풀려나 점심을 먹으러—물론 먹을거리라곤 없었지만—집으로 돌아왔을 때 매형이 갑자기 울음을 터뜨렸어요. 정오를 알리는 종이 울릴 때마다 한 번씩 흐느끼며 열두 번을 울더니 그대로 누나 품에 안겨 숨을 거뒀어요."

소년은 오직 놈의 악랄함을 폭로하겠다는 초인적인 의지로 간신히 목숨을 붙들고 있었다. 오른손으로 상처를 단단히 움켜쥐고 점점 다가오는 죽음의 그림자를 필사적으로 밀어내고 있었다.

"그런데 그때 저 형이라는 놈이 허락하고 심지어 도와주기까지 해서 동생 놈이 누나를 데려갔어요. 누나가 저놈한테 사정을 말했는데도—선생님, 누나가 사정을 뭐라고 했는지 지금은 모르시겠지만 곧 알게 되실 거예요—놈은 순간의 쾌락을 위해 누나를 끌고 갔어요. 나는 누나가 끌려가는 걸 길에서 봤어요. 그래서 집으로 달려가 그 이야기를 했더니 아버지는 속이 상해서 말씀도 하지 못하시고 돌아가셨어요. 나는 여동생을 놈의 손이 미치지 않는 곳으로 데려가 숨겨놓았어요. 적어도 그곳에선 놈의 노예가 되지는 않을 테니까요. 그 다음엔 놈의 뒤를 밟아 어젯밤 이리로 올라왔죠. 천한 개일지 모르지만 칼까지 들고 말이에요. 그런데 다락방 창문이 어디였더라? 여기 어디였던 것 같은데."

소년의 눈에는 방 안의 빛이 점점 어두워지고 있었다. 세상이 점점 좁아지고 있었다. 나는 방을 둘러보았다. 한바탕 싸움이라도 벌어진 것처럼 건초와 밀짚이 바닥에 흐트러져 있었다.

"누나가 내 목소리를 듣고 달려왔어요. 나는 놈을 죽이기 전에는 가까이 오지 말라고 소리 질렀죠. 놈은 방안에 들어오더니 동전을 몇 푼 던져주고는 나를 채찍으로 후려쳤어요. 하지만 천한 개인 나도 지지 않고 덤벼들었죠. 그랬더니 놈이 칼을 빼들더군요. 나는 우리 같은 백성의 피로 물든 그 더러운 칼은 얼마든지 부숴 버리겠다고 했죠. 놈은 방어하기 위해 칼을 뽑았다고 하더니 온 힘을 다해 나를 찔렀어요."

그러고 보니 아까 바닥을 훑어볼 때 건초 더미에 부러진 검 조각들이 흩어져 있는 것이 보였다. 틀림없이 신사용 검이었다. 그리고 다른 곳에 낡아빠진 병사용 검이 내동댕이쳐져 있었다.

"선생님, 좀 일으켜 주세요. 그놈은 어디로 갔죠?"

"여긴 없단다." 나는 소년을 일으켜 주며 그놈이란 틀림없이 동생을 말하는 것이리라고 짐작했다.

"젠장! 그 귀족 놈들은 잘난 척하며 으스대는 주제에 날 보기가 두려운 거예요. 아까 여기 있던 놈은 어디 갔죠? 내 얼굴을 그놈 쪽으로 좀 돌려주세요, 선생님."

나는 소년의 머리를 들어서 내 무릎을 베게 해주었다. 그런데 그 순간 소년이 초인적인 힘으로 혼자 벌떡 일어섰다. 그 바람에 나도 소년을 부축해주기 위해 따라 일어섰다.

"후작 놈아!" 소년이 눈을 부릅뜨고 오른손을 높이 치켜들며 말했다. "네놈들이 저지른 이 모든 일의 책임을 물을 날이 오면 내가 네놈과 네놈의 일족을 마지막 한 놈까지 불러내서 복수할 테다. 복수를 맹세하는 표시로 네놈들 앞에서 피의 십자가를 그릴 것이다. 네놈들에게 책임을 물을 날이 오면 가장 악랄한 네놈의 동생을 불러서 갈기갈기 찢어 놓겠다. 그 증표로 그놈에게 피의 십자가를 그을 것이다."

소년은 가슴의 상처에 두 차례 손을 대었다가 집게손가락으로 허공에 십자가를 그렸다. 그리고 손가락을 치켜든 채 서 있다가 손가락이 툭 떨어지면서 소년도 고꾸라져 버렸다. 나는 소년을 다시 바닥에 눕혔지만 소년은 이미 숨을 거둔 뒤였다.

＊＊＊＊

다시 젊은 여인에게로 돌아와 보니 그녀는 아까와 똑같은 순서와 간격으로 여전히 헛소리를 하고 있었다. 이러한 상태는 오랫동안 계속될 것이며, 마지막에는 죽음의 침묵으로 끝날 것이 틀림없었다.

나는 아까 먹였던 약을 한 번 더 먹이고 밤늦도록 침대 곁을 지켰다. 여인의 째지는 비명소리는 조금도 잦아들지 않았고, 내뱉는 말도 또렷하고 순서도 한결같았다. "내 남편, 내 아버지, 내 동생! 하나, 둘, 셋, 넷, 다섯, 여섯, 일곱, 여덟, 아홉, 열, 열하나, 열둘. 쉿!" 언제나 이 순서였다.

이런 상태는 내가 환자를 처음 본 이후로 스물여섯 시간이나 계속되었다. 그 동안 나는 두어 번 방을 드나들었고, 마지막으로 환자 곁에 앉았을 때부터 마침내 환자의 흥분이 가라앉기 시작했다. 좋은 기회라고 생각하고 할 수 있는 처치를 모두 다 했더니 마침내 환자는 혼수상태에 빠져 죽은 듯이 조용해졌다.

마치 오랫동안 무시무시하게 휘몰아치던 폭풍우가 가라앉고 비바람이 멎은 듯한 느낌이었다. 나는 환자의 두 팔을 풀어주고 하녀를 불러 헝클어진 침구와 환자가 찢어 버린 옷매무새를 바로잡는 일을 거들게 했다. 그때 나는 처음으로 환자가 어머니가 될 초기 징후를 보이고 있음을 알았다. 그 순간 환자가 어쩌면 회복할 수 있을지도 모른다는 작은 희망마저 사라져 버렸다.

"죽었소?" 승마용 장화를 신은 채 방으로 들어온 후작이 물었다. (나는 여전히 그를 형이라고 부를 것이다.)

"아뇨, 아직은 아니지만 곧 그렇게 될 것 같습니다."

"그 비천한 몸뚱이에 놀라운 힘이 있는 모양이야!" 그는 신기하다는 듯이 여자를 내려다보며 말했다.

"슬픔과 절망에서 나온 힘이죠." 나는 대꾸했다.

그는 내 말을 듣고 처음에는 껄껄 웃다가 이내 인상을 찌푸리고는 발로 의자를 끌어당겨 내 곁에 앉더니 하녀를 내보내고 목소리를 낮춰 말했다.

"선생, 동생 녀석이 이 천것들한테 물려 쩔쩔매는 걸 보고 내가 선생에게 도움을 청하자고 권했던 거요. 선생은 평판도 높고 나이도 젊으니 분명 출세에 뜻이 있겠지. 그렇다면 뭐가 이롭고 뭐가 해로운지도 잘 알 거요. 오늘 여기서 본 일과 보게 될 일들은 절대 발설해선 안 되오."

나는 환자의 숨소리에만 귀를 기울이며 후작의 말에 대답하지 않았다.

"듣고 있소, 선생?"

"우리는 직업상 환자와 나눈 대화는 반드시 비밀에 부칩니다." 나는 조심스럽게 대답했다. 여기서 보고 들은 사태 때문에 마음이 무척 어지러웠다.

환자의 숨소리가 거의 들리지 않았으므로 나는 맥박과 심장에 주의를 집중했다. 아직 목숨은 붙어 있었지만 그뿐이었다. 내가 다시 자리에 앉아 주위를 둘러보니 형제가 나를 뚫어지게 보고 있었다.

＊＊＊＊

이 수기를 쓰는 데는 큰 어려움이 따른다. 이곳은 엄청나게 추운데다 발각되면 캄캄한 지하 독방으로 옮겨질 터이기 때문이다. 따라서 되도록 짧게 요약해서 쓸 수밖에 없다. 하지만 내 기억에 혼란스러운 부분이나 기억나지 않는 부분은 없다. 그 형제와 나눈 대화는 지금도 한 마디도 빠짐없이 기억하고 있으므로 적으려고만 하면 토씨 하나 틀리지 않고 적을 수 있다.

환자는 일주일이나 버텼다. 이윽고 임종이 가까워졌을 때 나는 환자의 입가에 귀를 바짝 갖다 대고 몇 마디 말을 간신히 알아들었다. 이곳이 어디냐고 묻기에 가르쳐주자 그녀는 내가 누구인지 물었다. 나는 대답해주고 여인에게 성이 무엇이냐고 물었으나 허사였다. 그녀는 배게 위에서 가까스로 고개를 저으며 동생과 마찬가지로 끝까지 비밀을 지켰다.

나는 형제에게 환자의 상태가 급격히 악화되어 가고 있으며 앞으로 하루도 버티지 못하리라고 알린 뒤에야 환자에게 무엇인가를 물어볼 수 있었다. 그 전에는 환자가 하녀와 나 둘밖에 인지하지 못한다는 것을 알면서도 형제들은 끊임없이 경계하며 내가 있을 때는 둘 중 한 사람이 늘 침대 머리맡에 있는 커튼 뒤에 앉아 있었다. 하지만 임종이 가까워오자 내가 그녀와 무슨 이야기를 하든 신경 쓰지 않았다. 그 순간 문득 나 역시 죽음을 눈앞에 두고 있다는 생각이 들었다.

형제는 내가 동생이라고 부르는 사람이 한낱 농부, 그것도 어린 소년과 검을 맞대고 싸운 사실 때문에 자존심이 많이 상한 것 같았다. 두 사람의 유일한 걱정거리는 이번 일로 가문의 명예가 실추되지나 않을까 하는 것이었다. 나는 동생과 눈이 마주칠 때마다 그가 나를 무척 싫어한다는 것을 알았다. 내가 소년에게서 이야기를 들어 자초지종을 알아버렸기 때문이었다. 그는 형보다 더 정중하고 친절하게 나를 대했지만 속마음은 그렇지 않았다. 그리고 형도 나를 거추장스러워 하는 듯했다.

환자는 자정을 두 시간 남겨놓고 숨을 거두었다. 내 시계에 따르면 내가 처음 그녀를 보았을 때와 거의 비슷한 시각이었다. 아직 젊고 가련한 여인의 얼굴이 한쪽으로 조용히 떨어지며 슬프고 괴로웠던 이승의 삶에 종지부를 찍을 때 그녀의 곁에는 오직 나밖에 없었다.

형제는 승마 준비를 하고 초조히 아래층 방에서 기다리고 있었다. 내가 환자의 머리맡에 혼자 앉아 있을 때 형제가 말채찍으로 장화를 탁탁 치면서 이리저리 왔다 갔다 하는 소리가 들렸다.

"드디어 죽었소?" 내가 방으로 들어서자 형이 물었다.

"운명했습니다."

"축하한다, 아우야." 형이 동생을 돌아보며 말했다.

그는 앞서도 한번 돈을 주었으나 나는 거절했다. 그가 이번에는 금화를 한 꾸러미 주었다. 나는 일단 그것을 받아 탁자 위에 올려놓았다. 전부터 생각한 끝에 사례를 받지 않기로 결심했기 때문이다.

"죄송합니다만 이런 경우에는 돈을 받을 수 없습니다."

형제는 서로 시선을 주고받았지만 내가 고개를 숙여 인사하자 그들도 인사했다. 우리는 아무 말도 하지 않고 헤어졌다.

＊＊＊＊

지치고 지친다. 기운이 하나도 없다. 처참한 생활에 망연자실해 있다. 이 앙상한 손으로 쓴 수기를 다시 읽어 볼 기력조차 없다.

이튿날 아침 일찍 일어나보니 금화 한 꾸러미가 든 조그만 상자가 놓여 있었다. 상자에는 내 이름까지 적혀 있었다. 나는 어떤 행동을 취해야 할지를 거듭 고민하다가 마침내 내가 왕진한 두 환자와 내가 다녀온 곳에 대해 총리에게 편지를 보내 알리기로 결심했다. 궁정의 영향력이 어떠하며 귀족들이 어떤 특권을 가지고 있는지는 나도 잘 알고 있었으므로 이 이야기가 총리의 귀에 들어가리라고는 생각하지 않았다. 하지만 마음의 짐을 덜기 위해서라도 그 정도의 일은 하고 싶었다. 물론 그 일은 아내에게도 말하지 않고 철저히 비밀에 부쳤는데, 그 점도 편지에 쓰기로 했다. 내게 닥칠 위험은 조금도 염려하지 않았지만 내가 알고 있는 비밀을 다른 사람이 알게 되면 그 사람역시 위험해질지도 모른다고 생각했던 것이다.

그날은 무척 바빠서 밤이 되도록 편지를 다 쓰지 못했다. 그래서 이튿날 평소보다 일찍 일어나 편지를 마저 썼다. 그날은 그 해의 마지막 날이었다. 편지를 다 쓰고 펜을 내려놓았을 때 한 부인이 나를 만나러 와서 기다리고 있다고 했다.

＊＊＊＊

아직 다 쓰지 못한 이 수기를 쓰기가 점점 힘겨워진다. 감방은 지독히 춥고 캄캄하다. 감각은 마비되었고 마음은 암담하다.

나를 찾아온 부인은 젊고 아름답고 매력적이었지만 어쩐지 박명할 듯한 인상이었다. 부인은 몹시 흥분한 것 같았고, 자신을 에브르몽드 후작부인이라고 소개했다. 나는 죽은 소년이 부르짖던 형의 작위와 스카프에 수 놓여 있던 머리글자 'E'를 연결하여 에브르몽드 후작이 얼마 전에 만난 그 귀족이라는 사실을 금방 알아차렸다.

내 기억은 아직 정확하지만 그때 부인과 나눈 대화를 여기에 다 적진 못할 것 같다. 아무래도 전보다 감시가 삼엄해진 것 같고, 또 내가 언제 감시를 당하고 있는지 알 수 없기 때문이다. 부인은 그 잔혹한 사건의 대략적인 내용에 대해 이미 사실과 추측을 통해 어렴풋이 알고 있는 듯했다. 하지만 그 여인이 죽은 사실은 아직 모르고 있었다. 부인은 같은 여자로서 그녀를 동정하고 위로해주고 싶어 했다. 또한 오랫동안 농노들의 분노를 사 온 부인의 가문이 하늘의 노여움을 사는 일은 막고 싶어 했다.

부인은 그 여인에게 여동생이 하나 있다는 사실을 알고 있었고, 그 여동생을 어떻게든 돕고 싶어 했다. 하지만 나 역시 부인 말대로 여동생이 하나 있다는 사실 말고는 아무 말도 해줄 수가 없었다. 그 이상은 나도 아는 것이 없었기 때문이다. 부인은 내가 그 여동생의 이름과 주소를 알고 있을 것이라는 희망을 품고 나를 찾아왔지만 나는 지금도 그 점에 대해서는 아는 바가 전혀 없다.

* * * *

종이가 떨어져가고 있다. 어제도 경고를 받으며 한 장 빼앗겼다. 어떻게든 오늘 안으로 이 글을 끝내야 한다.

후작부인은 다정하고 선량한 사람이었지만 결혼생활은 행복하지 못했다. 어떻게 행복할 수 있겠는가! 시동생은 부인을 불신하고 미워하며 부인이 하는 일은 무슨 수를 써서라도 반대했다. 부인도 시동생과 남편을 두려워했다. 내가 부인의 손을 잡고 현관까지 배웅하니 마차 안에 두세 살쯤 되는 귀여운 사내아이가 있었다.

부인은 눈물을 글썽이며 손가락으로 사내아이를 가리켰다. "선생님, 이 아이를 위해 저는 힘닿는 데까지 속죄할 생각입니다. 그렇지 않으면 이 애가 상속받아도 결코 번영할 리 없으니까요. 누군가가 그 악덕을 속죄하지 않는다면 장차 이 애가 그 죄를 짊어지게 될 것만 같아요. 제가 남겨줄 수 있는 유산이라고는 보석 몇 가지밖에 안 되지만 제가 죽은 후에라도 그 여동생을 찾으면 제 재산을 그 불쌍한 가족에게 주어 이 어미의 슬픔과 연민을 전해달라고 이 아이에게 신신당부할 생각이에요."

부인은 어린 아들에게 키스하고 꼭 껴안으며 말했다. "다 널 위한 일이란다. 엄마가 말한 대로 해 줄 거지, 샤를?" 아이는 기운차게 대답했다. "네, 엄마!" 내가 부인의 손에 키스하자 부인은 아이를 안고 다정하게 볼을 비비며 떠났다. 그 뒤로 다시는 부인을 보지 못했다.

그날 밤, 그러니까 그 해의 마지막 날 밤, 9시가 다 되어갈 무렵에 검은 옷을 입은 사내가 우리 집 초인종을 누르고 나를 만나고 싶다고 했다. 그는 젊은 하인 에르네스트 드파르주의 뒤를 따라 조용히 이층으로 올라왔다. 나는 아내와 방에 있었는데—아, 내 사랑! 나의 아름다운 아내—드파르주가 들어오자, 현관에서 기다리고 있어야 할 그 사내가 말없이 그의 뒤에 서 있는 것이 보였다.

그는 생오노레 거리에 위급한 환자가 있는데 오래 걸리지 않을 것이며 밖에 마차를 대기시켜 놓았다고 말했다.

그 뒤로 나는 이곳 바스티유 무덤으로 끌려왔다. 집을 벗어나자마자 등 뒤에서 검은 수건이 튀어나오더니 내 입에 재갈을 물리고 두 팔을 꽁꽁 묶었다. 어두운 길모퉁이에서 그 후작 형제가 길을 건너오더니 손을 들어 원하는 사람이 맞다는 신호를 보냈다. 후작은 주머니에서 내가 쓴 편지를 꺼내 보이며 손에 든 등불로 편지를 태워버리고 재까지 발로 밟아 짓이겨 버렸다. 그는 한 마디도 하지 않았다. 그리고 나는 여기에 오게 되었다. 산 채로 무덤 속에 묻히게 된 것이다.

이 끔찍한 세월 동안 그 형제가 사랑하는 내 아내의 소식만이라도, 살았는지 죽었는지 그 한마디만이라도 전해주었다면 나는 그래도 하느님이 그들을 완전히 버리지는 않으셨다고 생각했을 것이다. 하지만 이제는 소년이 그은 붉은 십자가가 그들의 영원한 숙명이며 그들은 결코 하느님의 자비를 얻지 못할 죄인이라고 확신한다. 따라서 1767년 12월 31일 밤, 무고한 죄수 알렉상드르 마네트는 견딜 수 없는 고통 속에서 그 형제와 형제의 자손을 마지막 한 명까지도 단호히 규탄한다. 그들에게 죄를 물을 마지막 심판의 날을 위해

하늘과 땅의 이름으로 그들을 규탄하는 바이다.

낭독이 끝나자마자 분노한 청중들의 아우성이 터져 나왔다. 분명히 들리는 말이라고는 피라는 강렬한 갈망의 외침뿐이었다. 이 수기의 내용은 더욱 격렬한 복수심을 끓어오르게 했고, 그 앞에 머리를 숙이지 않는 자는 온 프랑스에 한 명도 없었다.

드파르주 부부가 바스티유에서 획득한 수많은 기록을 공개할 때 이 수기만은 비밀에 부치고 적당한 시기를 기다린 까닭을 이 법정에서, 이 방청인들 앞에서 설명할 필요도 없었다. 또한 생앙투안의 주민들이 어째서 그토록 오랫동안 에브르몽드라는 이름을 저주했으며 죽음의 기록에 그 이름을 짜 넣었는지를 설명할 필요도 없었다. 그날 법정에서 그러한 고발을 듣고도 죄수를 변호하는 미덕을 보여 줄 용기 있는 자는 아무도 없었다.

더욱이 이 비운의 피고에게는 그를 고발하고 규탄한 사람이 바로 고명한 시민이자 피고와 가까운 사이이며 다름 아닌 장인이라는 사실이 가장 절망적이었다. 그 시절의 민중에게는 고대의 의심스러운 미덕을 모방하여 인민의 제단 위에 희생양을 바치고 스스로 제물이 되고자 하는 광적인 열망이 잠재해 있었다. 따라서 재판장이 훌륭한 공화국 시민인 마네트 박사는 증오해 마땅한 귀족 일가를 뿌리 뽑는 일에 기여함으로써 더욱 큰 공화국의 존경을 받게 될 것이며, 스스로 사랑하는 딸을 과부로 만들고 손녀를 고아로 만듦으로써 오히려 신성한 영광과 환희를 느낄 것이라고 말하자 장내는 흥분과 애국심으로 열광의 도가니가 되었고, 그곳에 인간적인 연민이라고는 찾아볼 수 없었다.

"이래도 저 의사 선생이 힘을 쓸 수 있을까?" 드파르주 부인이 방장스를 돌아보며 씩 웃었다. "이봐요, 박사님, 어디 한 번 구해 봐요! 사위를 구해 보라니까!"

배심원들이 한 사람씩 판정을 말할 때마다 사방에서 환호성이 터져 나왔다. 발표할 때마다 환호성 뒤에 또 환호성.

만장일치로 유죄 판결이 내려졌다. 뼛속까지 귀족인 가문의 후손이자 공화국의 적, 그리고 악명 높은 인민의 압제자. 콩시에르주리에 재수감하고 24시간 내에 사형에 처함!

제11장 땅거미

사형 판결을 받은 무고한 죄수의 불쌍한 아내는 선고를 듣고 치명적인 일격을 당한 것처럼 그 자리에 쓰러지고 말았다. 하지만 그녀는 아무 소리도 내지 않았다. 이제 불행한 남편에게 힘이 되어 주고 그가 더 큰 불행을 느끼지 않도록 도와줄 수 있는 사람은 이 세상에 오직 자신밖에 없다는 생각이 너무나도 강했으므로 곧바로 그 충격을 이겨내고 스스로 다시 일어섰다.

재판관들이 법정 밖에서 일어나는 민중 시위에 참가해야 했으므로 다음 재판은 연기되었다. 법정에 있던 사람들이 복도로 우르르 빠져나가는 가운데 루시는 일어서서 사랑과 연민이 가득한 표정으로 남편을 향해 두 팔을 뻗었다.

"한 번만 만질 수 있다면! 단 한번이라도 그이의 품에 안길 수만 있다면! 아, 선량하신 시민 여러분, 제발 동정을 베풀어주세요!"

그 자리에 남아 있는 사람은 간수 한 명과 지난밤 다네이를 체포해 간 네 명 가운데 두 명, 그리고 바사드뿐이었다. 다른 사람들은 시위를 하러 거리로 모조리 빠져나갔다. 바사드가 다른 세 명에게 제안했다. "부인을 남편 품에 안기게 해줍시다. 잠깐이라도." 사람들은 아무 말도 하지 않았지만 조용히 승낙해주었다. 그들은 루시를 방청석보다 조금 높은 곳으로 가게 해 주었다. 그곳이라면 다네이가 피고석에서 몸을 내밀어 그녀를 안을 수 있었기 때문이다.

"잘 있어요, 내 사랑. 사랑하는 당신에게 마지막으로 축복을 비오. 지친 몸이 조용히 쉴 수 있는 곳에서 다시 만납시다!"

남편은 아내를 품에 안고 말했다.

"그래요, 저는 참고 견딜게요. 하느님께서 절 지켜주실 거예요. 제 걱정 마세요. 당신 딸에게도 축복을 빌어주세요."

"당신이 잘 전해주오. 대신 당신에게 입맞춤과 작별 인사를 하리다." 남편이 아내를 놓으려고 했다.

"여보, 안 돼요! 조금만 더요! 하지만 우리의 이별은 그리 길지 않을 거예요. 슬픔에 짓눌려 저도 곧 따라갈 테니까요. 하지만 살아있는 동안은 어미로서의 의무를 다하겠어요. 제가 그 아이를 남겨놓고 떠날 때에는 하느님이 제게 해주신 것처럼 그 애에게도 좋은 친구를 만들어 주실 거예요."

딸을 뒤따라 온 마네트 박사가 두 사람 앞에 무릎을 꿇으려 하자 다네이가 손을 내밀어 박사를 만류했다.

"안 됩니다. 안 돼요! 왜 제 앞에서 무릎을 꿇으십니까? 장인어른께서 옛날에 얼마나 큰 고통을 겪으셨는지 이제야 비로소 알았습니다. 제 출신을 어렴풋이 눈치 채시고 진실을 아셨을 때 얼마나 괴로워하셨는지도 지금에야 알았습니다. 장인어른께서 오직 딸의 행복을 위해 당연히 제게 품어 마땅한 증오와 싸워 이기셨다는 것도 잘 알았습니다. 진심으로 사랑과 효심을 다해 장인어른께 감사드립니다. 부디 하느님의 가호가 있으시길!"

하지만 박사는 두 손으로 백발이 성성한 머리칼을 쥐어뜯으며 고뇌에 찬 비명을 내지를 뿐이었다.

"이렇게 될 수밖에 없었습니다. 여러 가지 일이 얽히고설켜서 이렇게 될 수밖에 없었어요. 저는 오직 어머니와의 약속을 지키려는 일념으로 살아왔지만 결국 허사였습니다. 하지만 이로 인해 처음으로 장인어른의 불행을 이해할 수 있게 되었습니다. 악에서는 절대 선이 나올 수 없는 법입니다. 그런 불행한 일에서 출발하여 행복한 결말을 맞이할 수 있을 리가 없어요. 부디 마음을 편히 가지시고 저를 용서해주십시오. 하느님의 축복이 있으시길 빕니다!" 죄수가 말했다.

피고가 끌려 나가자 루시는 붙잡고 있던 남편을 놓고 기도할 때처럼 두 손을 마주잡고 서서 남편의 뒷모습을 하염없이 바라보았다. 루시는 환한 얼굴로 미소까지 지으며 남편을 보내 주었다. 다네이가 죄수 전용 출입문으로 사라지자 루시는 몸을 돌려 아버지 가슴에 머리를 묻고 무슨 말을 하려다가 그대로 털썩 쓰러져 버렸다.

그때 지금까지 사람들 눈에 띄지 않는 곳에 숨어 꿈쩍도 하지 않던 시드니 카튼이 불쑥 튀어나와 루시를 안아 일으켰다. 루시의 곁에는 박사와 로리밖에 없었다. 카튼은 떨리는 팔로 루시를 안아 일으키고 머리를 받쳐 주었다.

그의 모습에서는 연민뿐 아니라 어떤 뿌듯함마저 느껴졌다.

"마차까지 모시고 갈까요? 전 무섭지 않습니다."

카튼은 루시를 가볍게 안아 들고 문밖으로 나가 마차 안에 조심스럽게 뉘었다. 박사와 로리도 마차에 타자 카튼은 마부 옆에 앉았다.

마차가 루시의 셋집 대문 앞에 도착했다. 불과 몇 시간 전에 카튼이 어둠 속에 서서 루시가 어느 자갈을 밟고 다녔을지를 남몰래 생각하던 곳이었다. 카튼은 루시를 안고 계단을 올라가 집으로 들어갔다. 침대 위에 얌전히 눕히자 곧바로 어린 루시와 프로스 양이 달려와 울음을 터뜨렸다.

"깨우지 마시오. 이대로 두는 게 낫겠소. 잠깐 정신을 잃은 것뿐이니 억지로 깨울 필요 없어요." 카튼이 프로스 양에게 조용히 말했다.

"아아, 카튼 아저씨! 카튼 아저씨!" 어린 루시가 슬픔을 참지 못하고 카튼의 품안으로 달려들며 소리쳤다. "아저씨가 오셨으니까 우리 엄마를 도와주실 거죠. 그리고 아빠도 살려주실 거죠! 아, 아저씨, 엄마 좀 보세요! 아저씨도 엄마를 사랑하시면서 가만히 보고만 계실 거예요?"

카튼은 허리를 굽혀 꽃같이 귀여운 루시의 뺨에 자기 뺨을 살짝 비볐다. 그리고 조심스럽게 아이를 떼어 놓고 의식을 잃은 아이의 엄마를 바라보았다.

"가기 전에 아저씨가 엄마한테 키스해도 되겠니?" 카튼이 머뭇거리며 말했다.

그런 다음 몸을 굽혀 루시의 얼굴에 입술을 살짝 댔을 때 카튼은 자기도 모르게 몇 마디 중얼거렸다고 한다. 카튼이 "당신이 사랑하는 사람을 위해"라고 말하는 것을 바로 옆에 있던 어린 루시가 듣고 나중에 사람들에게 이야기해주었고, 훗날 고운 할머니가 되었을 때에도 손자들에게 그 이야기를 해주었다.

카튼은 옆방으로 가더니 뒤따라 와 있던 로리와 박사를 돌아보며 불쑥 말했다.

"박사님, 어제까지만 해도 박사님의 영향력이 대단했으니 다시 한 번 시도해 보십시오. 재판관들과 지금 권력을 쥐고 있는 사람들 역시 박사님에게 매우 호의적인데다 박사님의 공로도 인정하고 있으니까요. 안 그렇습니까?"

"찰스와 관련해서 내가 모르는 일은 하나도 없었네. 틀림없이 그를 구할 수 있다고 믿어 의심치 않았고 한 번은 정말로 구해냈지." 박사는 몹시 괴로운 듯 느릿느릿 말했다.

"그러니 한 번 더 애써 보십시오. 내일 오후까지 시간은 별로 없지만 어쨌든 한번 해 보십시오."

"나도 그럴 작정이네. 잠시도 쉬지 않고 다녀볼 생각이야."

"그럼 됐습니다. 저는 박사님처럼 엄청난 정력을 가지신 분이 위대한 일을 해내시는 경우를 많이 봐왔으니까요." 카튼은 미소를 짓는 동시에 한숨을 내쉬며 말을 이었다. "물론 이번 일 같이 어려운 일은 아니었지만요. 아무튼 애써 보십시오! 인생이란 잘못 사용하면 별 가치가 없지만, 그래도 노력해 볼 가치는 있지요. 만약 노력조차 하지 않는다면 그런 인생은 아무 가치도 없을 테니까요."

"나는 이 길로 가서 검사와 재판장을 만나 보겠네. 그리고 지금은 이름을 밝히지 않는 게 좋을 다른 사람들에게도 가보겠어. 탄원서도 내볼 생각이야. 가만! 오늘은 거리에서 축제가 열리니 밤이 되기 전엔 아무도 못 만나겠군."

"그렇군요. 하지만 어차피 마지막 희망이니 밤까지 기다린다고 상황이 더 나빠지진 않을 겁니다. 그나저나 박사님이 얼마나 빠르게 움직이실지 기대되는걸요. 단, 잊지 마십시오! 전 아무 기대도 하지 않습니다. 그런데 언제쯤 그 어마어마한 권력자를 만나실 수 있을 것 같습니까?"

"해가 지면 곧바로 찾아갈 생각이네. 지금부터 한두 시간 뒤에."

"네 시가 지나면 금방 어두워지니까요. 그럼 조금 넉넉하게 잡아서 아홉 시 무렵에 로리 씨 댁으로 가겠습니다. 그때쯤이면 로리 씨나 박사님께 일이 어떻게 되었는지 그 결과를 들을 수 있겠지요?"

"그럴 걸세."

"성공을 빕니다!"

로리가 대문까지 카튼을 배웅해주었다. 헤어질 때 로리가 카튼의 어깨를 두드리자 카튼이 돌아보았다.

"내가 볼 때는 절망적입니다." 로리가 나직한 목소리로 슬프게 말했다.

"저도 그렇게 생각합니다."

"그자들 중 하나가, 아니 그자들 모두가 찰스를 살리고 싶어한다 해도(이 것만으로도 이미 충분히 지나친 상상이지요. 그들은 찰스뿐 아니라 그 누구의 목숨도 한낱 티끌과 다름없다고 생각하니까요) 법정에서 그만한 시위가 벌어진 뒤라 그를 풀어줄 용기는 없을 겁니다."

"동감입니다. 그 소동이 일어났을 때는 기요틴의 도끼가 떨지는 것 같더 군요."

로리는 문설주에 한쪽 팔을 대고 그 위에 얼굴을 파묻었다.

"너무 절망하지 마십시오." 카튼이 부드럽게 말했다. "너무 슬퍼하지 마세 요. 제가 마네트 박사님을 부추긴 건 나중에 그것이 루시 양에게 위로가 되 리라고 생각해서예요. 그렇지 않으면 나중에 다네이가 허망하게 버림받았다 고 생각할지도 모르니까요. 그러면 루시 양은 무척 괴로울 겁니다."

"옳아요, 옳아. 그 말이 맞소." 로리가 눈물을 훔치며 대답했다. "하지만 그래도 다네이는 살지 못할 겁니다. 희망이 전혀 없어요."

"그렇습니다. 그는 살지 못할 겁니다. 희망이 전혀 없어요." 카튼은 똑같 은 말을 되풀이하고 단호한 걸음걸이로 계단을 내려갔다.

제12장 암흑

시드니 카튼은 어디로 가야 할지 마음을 잡지 못하고 거리에서 걸음을 멈추었다. "아홉 시에 텔슨 은행으로 가야지." 카튼은 생각에 잠겨 중얼거렸다. "그 사이에 사람들에게 나를 드러내는 게 좋을까? 그럴지도 몰라. 나처럼 생긴 사람이 파리에 있다는 걸 사람들한테 보여주는 게 좋겠어. 그래, 그편이 현명하고 필요한 준비 작업인지도 몰라. 하지만 조심, 또 조심해야 해! 잘 생각해야 해!"

목적지를 향해 움직이려는 다리를 잠시 억누르고 어둑해진 거리를 두어 번 왔다 갔다 하며 예상되는 결과를 마음속으로 곰곰이 따져보았다. 그리고 마침내 처음에 생각한 대로 하기로 했다. "그래, 역시 나 같은 사람이 파리에 있다는 걸 사람들한테 보여주는 게 좋겠어." 카튼은 결심을 하고 생앙투안 쪽으로 다시 걸음을 내디뎠다.

아까 재판정에서 드파르주는 자신이 생앙투안 교외에 있는 술집 주인이라고 말했다. 파리를 잘 아는 사람이라면 길을 묻지 않아도 그의 술집이 어디 있는지 금방 찾을 수 있었다. 카튼은 술집의 위치를 확인한 후 다시 그 좁은 골목에서 빠져나와 한 식당에서 저녁을 먹고 늘어지게 한잠 잤다. 지난 몇 년 동안 그가 독한 술을 입에 대지 않은 날은 오늘이 처음이었다. 어젯밤에는 가벼운 포도주만 조금 마시고, 독한 브랜디는 영원히 술을 끊은 사람처럼 일부러 로리의 난로에 주르르 쏟아 버렸다.

카튼이 잠에서 깨어 상쾌한 기분으로 다시 거리로 나갔을 때는 7시 무렵이었다. 생앙투안으로 걸어가면서 카튼은 거울이 걸려 있는 상점 진열장 앞에서 걸음을 멈추고 느슨해진 넥타이며 옷깃을 정돈하고 엉클어진 머리를 빗었다. 몸단장이 끝나자 그길로 드파르주의 술집으로 가서 안으로 들어갔다.

술집 안에는 쉴 새 없이 손가락을 움직이고 쉰 목소리를 내는 자크 3호 말고는 다른 손님이 없었다. 아까 배심원석에서 본 기억이 있는 그 사내는 지금도 조그만 계산대 앞에 서서 술을 마시며 드파르주 부부와 쉬지 않고 이야기를 나누고 있었다. 방장스 역시 가족이라도 되는 것처럼 이야기에 끼어들었다.

카튼이 들어와 자리에 앉으며 서툰 프랑스어로 작은 잔에 포도주를 한 잔 달라고 했다. 드파르주 부인이 처음에는 흘끗 훔쳐보고 말았지만 곧이어 두세 번 정도 날카롭게 훑어보고는 직접 다가와 무엇을 주문했느냐고 물었다.

카튼은 같은 주문을 되풀이했다.

"영국에서 오셨소?" 드파르주 부인이 시커먼 눈썹을 치켜뜨고 캐물었다.

카튼은 프랑스어를 잘 모른다는 표정으로 드파르주 부인을 올려다보며 강한 외국인 억양으로 대답했다. "그렇습니다. 나는 영국 사람입니다."

드파르주 부인은 포도주를 가지러 카운터로 되돌아갔다. 카튼이 자코뱅파 기관지를 집어 들고 해독하려고 진땀을 빼는 시늉을 하고 있을 때 드파르주 부인의 목소리가 들렸다.

"정말이야, 에브르몽드랑 똑같이 생겼어!"

드파르주가 술을 가지고 와 인사를 했다.

"안녕하십니까!"

"아, 안녕하십니까, 시민동지?" 카튼은 술잔을 채우며 말했다. "이야, 술맛이 좋군요. 공화국을 위해 한 잔 들어야겠습니다."

드파르주가 계산대로 돌아가 말했다. "확실히 조금 닮긴 닮았군." 드파르주 부인이 단호하게 말했다. "닮은 게 아니라 똑같다니까." 자크가 침착하게 말했다. "그야 부인 머릿속이 그자에 대한 생각으로 꽉 차있으니까 그렇지요." 방장스도 웃으며 덧붙였다. "맞아요, 틀림없어요! 내일 또 그자를 볼 생각을 하니 기뻐서 그런 거예요!"

카튼은 손가락으로 한 글자 한 글자 천천히 짚어가며 진지한 표정으로 신문을 들여다보았다. 네 남녀는 계산대에 몸을 기대고 가까이 모여 소곤소곤 이야기를 나누었다. 수군거림이 잠시 멈추더니 자코뱅파 기관지를 열심히 읽고 있는 척하는 카튼이 눈치 채지 못하게 조심하며 다 같이 카튼을 바라보고는 다시 이야기를 계속했다.

"그래, 부인 말이 옳아. 그런데 왜 그만둬야 하지? 부인 말이 일리가 있는데 왜 그만 두냔 말이야." 자크 3호가 말했다.

"알아, 알아. 하지만 모든 일에는 멈출 때가 있는 거야. 문제는 어디서 멈추느냔 거지." 드파르주가 대답했다.

"그야 다 죽여 버린 뒤죠." 드파르주 부인이 말했다.

"옳소!" 자크 3호가 쉰 목소리로 외쳤다. 방장스도 질세라 동의했다.

"다 죽여 버린다, 훌륭한 마음가짐이야." 드파르주가 머뭇거리며 말했다. "나도 평소라면 반대하지 않아. 하지만 박사님이 무척 고통스러워하서. 당신도 오늘 봤잖아. 수기를 읽을 때 그분의 표정이 어땠는지 말이야."

"그 영감의 얼굴을 봤냐고요?" 드파르주 부인은 멸시와 분노에 찬 기색으로 말했다. "암, 봤지. 똑똑히 봤다마다요. 아무리 봐도 우리 공화국의 진실한 친구는 아니던걸. 그 사람은 표정관리부터 좀 해야 할 거요."

"여보, 게다가 그 딸이 괴로워하는 표정도 봤잖아. 그 때문에 박사님은 가슴이 찢어지도록 고통스러우셨을 거야." 드파르주가 애원하듯 말했다.

"당연히 그 딸도 봤지요. 지금까지 수없이 봤다고요. 오늘도 봤고 전에도 봤어요. 법정에서도 봤고 그 감옥 옆길에서 마주친 적도 있어요. 내가 손가락만 한 번 까딱하면……." 드파르주 부인이 손가락을 하나 치켜들었다가 (카튼의 눈은 오로지 신문 위에 쏠려 있었다) 도낏날 떨어드리듯 눈앞에 있는 선반을 내리쳤다.

"부인은 정말 훌륭한 여성 시민 동지입니다." 배심원인 자크 3호가 소리쳤다.

"이 사람은 천사예요!" 방장스가 드파르주 부인을 와락 끌어안으며 말했다.

"그럼 당신은 그를 구할 수만 있다면—당신한테 그런 힘이 없으니 천만다행이지만—당장이라도 달려가 구해줄 생각이로군요?" 드파르주 부인이 남편을 윽박질렀다.

"천만에!" 드파르주가 반박했다. "그 일이 이 술잔을 드는 것만큼 쉽다고 해도 난 그러지 않을 거야! 다만 이번 일은 여기서 멈추자는 거야. 알겠어? 이쯤 해두자고."

"잘 알아 둬요, 자크, 그리고 방장스도. 두 사람 다 잘 들어 둬요! 그 일가는 압제와 착취를 일삼는 자들로 내가 오래 전부터 기록해 놓은 사람들이에요. 남편한테 물어봐. 내 말이 거짓인지." 드파르주 부인이 화가 나서 말했다.

"그야 그렇지." 드파르주가 묻기도 전에 동의했다.

"이 위대한 시대의 막이 열린 날, 바스티유가 함락된 그날 이 양반이 아까 읽은 그 수기를 찾아서 집으로 가져왔어. 우린 그날 밤 손님이 다 돌아간 뒤 문을 닫은 다음 한밤중에 이 등불에 비춰 가며 둘이서 함께 읽었어. 사실인지 아닌지 이 양반한테 물어봐요."

"그랬지." 드파르주가 맞장구쳤다.

"그날 밤 수기를 다 읽고 나니 등불도 꺼지고 마침 저 덧문과 쇠창살 사이로 아침 햇살이 밝아오고 있었어요. 그때 내가 이 양반한테 그동안 가슴속에 묻어둔 이야기를 고백했지요. 정말인지 아닌지 이이한테 물어봐."

"정말이야."

"나는 내 비밀을 털어놓았어요. 지금처럼 이렇게 두 손으로 가슴을 치며 이야기했지요. '여보, 난 바닷가의 어촌 마을에서 자랐어요. 그리고 이 바스티유 수기에 나오는 에브르몽드 형제에게 학대를 받은 농부 가족이 바로 내 가족이에요. 여보, 치명적인 상처를 입고 마룻바닥에 쓰러져 있던 소년의 누이가 바로 우리 언니였어요. 그 남편은 우리 형부였고 뱃속에 있던 아이는 내 조카였고 남동생은 우리 오빠였어요. 그 아버지는 우리 아버지였어요. 죽어간 사람들은 모두 내 혈육이었어요. 그러니 그들에게 복수하는 건 내 운명이에요.' 내 말이 맞는지 아닌지 이이한테 물어보라니까요."

"그랬지." 이번에도 드파르주가 맞장구쳤다.

"그렇다면 바람이나 불한테 물어봐요. 우리가 어디서 멈춰야 하는지." 드파르주 부인이 말했다. "나한테 물어보지 말고."

듣고 있던 두 사람은 그녀의 무시무시한 분노에 잔인한 쾌감을 느끼며 환호했다. 카튼은 보지 않고도 그녀의 얼굴이 얼마나 하얗게 질려 있는지 짐작할 수 있었다. 힘없는 소수파인 드파르주는 마음씨 고운 후작부인을 떠올리게 하려고 애썼지만 아내는 같은 말만 되풀이할 뿐이었다.

"바람이나 불한테 물어봐요. 나한테 물어보지 말고."

손님들이 들어오자 그들은 해산했다. 카튼은 술값을 치르고 어설픈 척하며 거스름돈을 받아 세더니 낯선 사람처럼 인민 궁전*¹으로 가는 길을 물었다. 드파르주 부인이 그를 문까지 데려가 그의 팔을 잡고 길을 가르쳐 주었다. 카튼은 그녀의 팔을 잡아 비틀고 옆구리에 주먹을 한 대 먹이면 참으로 후련하겠다고 생각했다.

하지만 그는 그대로 걸어 나가 감옥 담장의 그림자 속으로 사라져 버렸다. 약속 시간이 되자 카튼은 그림자 속에서 다시 나타나 로리의 집으로 갔다. 방에는 노인이 근심에 싸여 방안을 끊임없이 왔다 갔다 하고 있었다. 노인은 방금 전까지 루시와 함께 있다가 약속시간에 맞춰 좀 전에 돌아왔다고 했다. 마네트 박사는 네 시가 채 되기 전에 은행에서 나간 뒤로 아직까지 돌아오지 않았다. 루시는 아버지가 찰스를 구할 수 있을지도 모른다는 실낱같은 희망을 품고 있었지만 가망은 거의 없었다. 박사가 나간 지 다섯 시간이 넘었는데 그는 도대체 어디에 있는 것일까?

로리는 열 시까지 기다렸으나 마네트 박사는 돌아오지 않았다. 이 이상 루시를 혼자 있게 내버려둘 수 없었으므로 로리는 일단 루시에게 갔다가 자정에 다시 은행으로 돌아오기로 했다. 그 동안 카튼은 혼자 난로 곁에서 박사가 돌아오기를 기다리기로 했다.

카튼은 기다리고 또 기다렸다. 시계가 열두 시를 알렸다. 하지만 박사는 돌아오지 않았다. 이윽고 로리가 돌아왔지만 박사의 소식은 듣지 못했고 딱히 새로운 소식도 들은 바가 없었다. 박사는 대체 어디로 간 것일까?

두 사람이 이 문제를 검토해 보고 박사가 돌아오지 않는 데 한 줄기 희망을 품기 시작할 때 계단을 올라오는 박사의 발소리가 들렸다. 하지만 박사가 방안에 들어서는 순간 모든 일이 끝났음을 한눈에 알 수 있었다.

박사가 누구를 찾아갔는지, 아니면 그 동안 줄곧 거리를 방황하다가 그냥 돌아온 것인지는 끝내 알 길이 없었다. 두 사람을 바라보며 가만히 서 있는 박사에게 그들은 아무것도 묻지 않았다. 박사의 얼굴빛만으로도 충분히 알 수 있었기 때문이다.

"그걸 찾을 수가 없어. 그게 있어야 하는데 어디로 가버린 거지?" 박사가 말했다.

---

*1 튈르리 궁전을 말한다.

그는 모자도 쓰지 않고 가슴팍을 풀어헤친 채 멍한 눈으로 주위를 둘러보며 중얼거리고는 외투를 벗어 바닥에 떨어뜨렸다.

"내 작업용 의자가 어디로 갔지? 아무리 찾아 헤매도 찾을 수가 없어. 내 일감을 어떻게 해버린 거야? 시간이 없는데. 아, 어서 구두를 완성해야 하는데."

로리와 카튼은 얼굴을 마주 보았다. 두 사람은 숨도 못 쉴 지경이었다.

"이봐요, 일을 하게 해주세요. 내 일거리를 돌려주세요." 박사는 울먹이며 말했다.

그들이 대답하지 않자 박사는 머리를 쥐어뜯으며 성난 아이처럼 발을 쾅쾅 굴러댔다.

"의지할 데 없는 이 불쌍한 늙은이를 괴롭히지 말고 어서 일거리를 줘요!" 박사는 무시무시하게 소리 지르고는 애걸했다. "그 구두를 오늘까지 완성하지 못하면 우린 어떡해요?"

끝났다! 다 끝나 버렸다!

박사와 이야기하거나 정신을 차리도록 할 가망이 없었다. 두 사람은 약속이라도 한 듯이 박사의 어깨에 손을 얹고 당장 구두를 가져다주겠다고 달래며 박사를 난롯가에 앉혔다. 박사는 의자에 주저앉아 난롯불을 멍하니 바라보며 눈물을 뚝뚝 흘렸다. 다락방에서 나온 이후에 있었던 모든 일이 한순간의 환상이거나 꿈이었던 것처럼 박사는 드파르주가 돌봐주던 시절로 되돌아가 있었다.

폐허처럼 처참해진 박사의 모습에 두 사람은 어쩐지 두려움까지 느꼈지만 지금은 감정에 휘둘리고 있을 때가 아니었다. 마지막 희망과 믿음마저 빼앗기고 홀로 남은 루시를 생각하자 그들은 마음이 무척 아팠다. 두 사람은 이번에도 약속이나 한 듯이 얼굴을 마주보았다. 그들은 같은 생각을 하고 있었다. 카튼이 먼저 입을 열었다.

"마지막 희망이 물거품이 되었군요. 처음부터 별로 대단한 희망은 아니었지만요. 그래요, 역시 박사님은 루시 양에게 모셔다 드리는 게 좋겠습니다. 하지만 가시기 전에 잠깐 제 얘기를 들어주십시오. 하지만 제가 왜 이런 부탁을 하는지, 왜 이런 약속을 해달라고 하는지는 묻지 말아주십시오. 저도 제 나름대로 그럴 만한 이유가 있으니까요."

"알겠습니다. 말씀해 보세요." 로리가 대답했다.

두 사람 사이에 앉아 있는 박사는 단조롭게 몸을 계속 흔들며 낮은 목소리로 신음소리를 냈다. 두 사람은 환자의 머리맡에 붙어서 밤새도록 간호하는 사람들처럼 조용히 얘기했다.

카튼은 몸을 굽혀 그의 발에 휘감기는 박사의 외투를 집어 들었다. 그러자 박사가 날마다 해야 할 일과 메모를 넣어 가지고 다니는 조그만 상자가 바닥에 톡 떨어졌다. 카튼이 그것을 재빨리 집어 들었다. 안에는 종이쪽지가 접혀 있었다. "이게 뭔지 봐야겠습니다." 카튼이 말했다. 로리는 가볍게 고개를 끄덕였다. 카튼이 종이를 펼쳐보고 소리쳤다. "하느님 감사합니다!"

"왜요?" 로리가 몸을 앞으로 기울이며 물었다.

"잠깐만요! 이건 좀 이따 말씀드리겠습니다. 먼저 이것부터 봐주십시오." 카튼이 외투 주머니에 손을 넣어 다른 종이를 꺼냈다. "이건 제가 파리를 떠날 수 있는 통행증입니다. 보세요. 영국인 시드니 카튼이라고 적혀 있지요?"

로리는 종이를 펼쳐들고 진지하게 들여다보았다.

"내일까지 이 통행증을 맡아 주십시오. 아시다시피 내일 다네이를 만나기로 했는데 이건 감옥에 가지고 가지 않는 게 좋을 겁니다."

"왜 그렇죠?"

"글쎄요, 저도 잘 모르겠지만 어쨌든 안 가지고 가는 게 좋을 것 같습니다. 그리고 이것도요. 박사님이 가지고 계시던 이 서류도 맡아주십시오. 박사님과 따님과 손녀가 언제든지 성문과 국경을 통과할 수 있다는 통행증입니다. 맡아주시겠습니까?"

"그야 어렵지 않지요."

"아마도 박사님께서 최악의 경우를 대비해 어제 만들어두신 것 같습니다. 발행일이 언제입니까? 아니, 그런 건 중요하지 않으니 일부러 보실 필요도 없습니다. 그보다 이걸 제 짐과 선생님 짐과 함께 보관해 두십시오. 아시겠습니까? 실은 방금 전까지만 해도 저 역시 박사님께서 이런 서류를 준비해두셨을 줄은, 아니, 이런 서류를 구하실 수 있으실 줄은 꿈에도 생각지 못했습니다. 어쨌든 취소되기 전까진 효력을 발휘하겠지만 아무래도 곧 취소될 것 같아요. 그렇게 될 만한 틀림없는 이유가 있거든요."

"박사님 식구들은 안전하지 않겠습니까?"

"아뇨, 그렇지도 않습니다. 드파르주 부인이 고발할 위험이 있어요. 그녀의 입으로 말하는 것을 직접 들었습니다. 오늘 밤 그 여자가 말하는 걸 엿들었는데, 그들이 이미 큰 위험에 빠졌다고 봐야겠더라고요. 저는 한시도 지체할 수 없다고 생각하고 그 첩자를 만났는데 놈이 확인해주더군요. 놈의 말에 따르면 감옥 담장 근처에 사는 나무꾼은 드파르주 부부의 하수인인데 드파르주 부인이 시키는 대로 그 여자가—나무꾼은 루시 양의 이름을 언급하지는 않았습니다. 손짓과 신호로 죄수들과 이야기하는 것을 봤다고 했다더군요. 이렇게 되면 구실은 얼마든지 만들 수 있어요. 감옥 내 음모를 꾸몄다고 말이에요. 그러면 루시 양의 목숨은 물론이고 어린 딸과 박사님의 목숨까지 위태로워진다는 사실을 잘 아실 겁니다. 박사님과 어린 딸도 그곳에 함께 있었던 걸 다 아니까요. 너무 놀라지 마십시오. 선생님께서 그들을 모두 구해내실 수 있으니까요."

"그럴 수만 있다면 오죽 좋겠소, 카튼 씨! 그런데 내가 무슨 수로 그들을 구합니까?"

"지금부터 그 방법을 알려 드리겠습니다. 이 일은 선생님에게 달려 있고 선생님보다 이 일을 더 잘할 수 있는 적임자는 없습니다. 그들은 내일이 지나야 고발할 수 있을 겁니다. 이삼일 뒤나 어쩌면 일주일 뒤에 할지도 모르죠. 아시다시피 기요틴에서 처형당한 죄수를 보고 슬퍼하거나 동정하는 자는 사형감입니다. 하지만 박사님과 루시가 이 죄를 저지르게 될 것은 불 보듯 빤한 일이죠. 그러니 드파르주 부인(부인의 복수심이 얼마나 뿌리 깊은지는 형용할 수 없을 정도지요)은 이것으로 고발의 명분을 강화하여 그들이 빠져나가지 못하게 할 겁니다. 아시겠습니까?"

"너무 열심히 듣다보니 박사님의 고통을 깜빡했군요." 박사의 의자 등받이에 손을 대며 로리가 말했다.

"선생님은 돈이 있으니 해안까지 전속력으로 달리실 수 있을 겁니다. 지난 며칠 동안 귀국 준비는 다 해 두셨지요? 내일 오후 두 시에 바로 출발할 수 있도록 아침 일찍 말을 준비해 두십시오."

"좋습니다. 그리하지요!"

카튼의 태도가 너무나 열정적이다 보니 로리도 분위기에 휩쓸려 젊은이처럼 용기가 났다.

"선생님은 참 훌륭하신 분입니다. 선생님보다 이 일을 잘 해낼 사람은 없다고 말씀드렸지요? 오늘 밤 루시 양에게 말해주십시오. 루시 양뿐 아니라 어린 딸과 박사님까지도 위험에 처했다고 잘 말씀해주세요. 루시 양은 다네이를 위해서라면 기꺼이 목숨을 바치려 할 테니까요." 카튼은 잠시 머뭇거리다가 다시 말을 이었다. "어린 딸과 박사님을 위한 일이라고 말하고 반드시 그 시각에 가족들, 그리고 선생님과 함께 파리를 떠나야 한다고 말해주십시오. 그것이 다네이가 마련한 마지막 계획이며 여기에는 루시 양이 이해하고 예상하는 것보다 훨씬 깊은 뜻이 있다고 전해주십시오. 그런데 박사님이 이런 상태인데도 루시 양의 말을 따르실까요? 어떻게 생각하십니까?"

"틀림없이 따르실 겁니다."

"저도 그렇게 생각합니다. 준비는 이곳 안뜰에서 차분하게 하십시오. 선생님도 마차 안에서 기다리시고요. 제가 오면 곧바로 저를 태우고 출발하는 겁니다."

"무슨 일이 있어도 선생이 올 때까지 기다려야 한단 말이군요?"

"선생님께서 다른 사람들의 통행증과 함께 제 것도 가지고 계시니 제 자리도 마련해 놓으셔야 합니다. 하지만 그 자리가 메워지면 지체 없이 영국으로 떠나야 합니다."

"그렇군요. 그럼 이 늙은이가 모든 일을 책임지는 건 아니군요. 열정적인 젊은이가 내 곁에 있을 테니까요." 카튼의 손을 힘껏 잡으며 로리가 말했다.

"그렇게 된다면 다행이지요. 꼭 그렇게 할 겁니다. 다만 지금 약속한 절차는 무슨 일이 있어도 바꾸지 않겠다고 엄숙히 맹세해 주십시오."

"맹세하겠소, 카튼 씨."

"그 말씀을 내일도 반드시 기억하십시오. 어떤 이유로든 순서를 바꾸거나 늦추면 아무도 무사하지 못할뿐더러 많은 희생자가 나올 겁니다."

"잊지 않겠소. 맡은 바 역할에 최선을 다할 겁니다."

"저도 그럴 겁니다. 그럼 안녕히 계십시오."

카튼은 진지한 미소를 지으며 말하고 노인의 손에 작별의 키스를 했지만 곧바로 떠나지는 않았다. 그는 꺼져가는 난롯불 앞에서 조용히 몸을 흔들고 있는 마네트 박사를 일으켜 세워 외투를 입히고 모자를 씌워 주고 나서 박사가 여전히 중얼거리며 찾고 있는 작업용 의자와 만들다 만 구두를 찾으러 가자고 말했다. 카튼은 박사를 부축하여 고통받는 영혼이—언젠가 그가 비탄에 젖은 마음을 고백했던 잊지 못할 그 순간에는 너무도 행복하기만 했던—괴로움에 몸부림치며 밤을 꼬박 새우고 있는 그 집 안뜰까지 데려다주었다. 그는 안뜰로 들어가 한동안 루시의 방 창문을 올려다보며 서 있었다. 그러고는 남몰래 축복을 빌고 작별 인사를 하고 나서 조용히 어둠 속으로 사라졌다.

제13장 쉰두 명

콩시에르주리의 컴컴한 감옥에서는 그날 처형될 사형수들이 마지막 운명의 시간을 기다리고 있었다. 그들의 수는 1년의 주(週) 수와 똑같았다. 그날 오후에는 사형수 쉰두 명이 시내를 가득 메운 생명의 물살을 타고 끝없는 영겁의 바다로 흘러갈 예정이었다. 그들의 감방에는 그들이 나가기도 전에 새로 들어올 수감자들이 이미 정해져 있었다. 그들의 피가 어제 흘린 피와 채 섞이기도 전에 벌써 내일 섞일 피가 마련되어 있었던 것이다.

선택 받은 쉰두 명. 그들은 엄청난 재산을 가지고도 끝내 자기 한 목숨은 구하지 못한 일흔 살의 징세 청부업자부터 너무 가난하고 비천하여 목숨을 구하지 못한 스무 살의 여자 재봉사까지 다양했다. 인간의 악덕과 부주의로 생겨난 육체적인 질병은 계급에 상관없이 희생을 요구했고, 말할 수 없는 고통과 참을 수 없는 탄압 그리고 잔혹한 무관심에서 생겨난 끔찍한 도덕적 타락은 누구에게나 똑같이 엄청난 고통을 주었다.

독방에 갇힌 찰스 다네이도 법정에서 돌아온 뒤로는 달콤한 희망을 기대하지 않게 되었다. 직접 들은 수기의 한 구절 한 구절이 그를 규탄하는 것처럼 들렸다. 이제는 한 개인의 힘으로 어떻게 될 상황이 아니었다. 사실상 수백만 명이 사형 선고를 내린 것과 마찬가지이므로 몇 사람의 힘으로는 아무 소용이 없다는 것을 다네이는 너무도 잘 알고 있었다.

하지만 사랑하는 아내의 모습이 눈앞에 생생하게 떠올라 마음의 평정을 유지하기가 쉽지 않았다. 삶에 대한 집착도 너무나 강렬하여 내려놓기가 무척 어려웠다. 서서히 이쪽을 내려놓으려 하면 어느새 저쪽에서 더욱 힘껏 움켜쥐었다. 손에 쥐었던 것을 놓았다가도 다시 손에 힘이 들어갔다. 결국 마음만 조급해지고 뒤죽박죽 얽혀 도무지 체념할 수가 없었다. 잠시나마 체념하는 마음이 들었다가도 곧이어 뒤에 남을 아내와 딸이 너무나 이기적이라고 비난하는 목소리가 들리는 것 같았다.

하지만 이러한 마음의 갈등도 처음뿐이었다. 그는 머지않아 자신이 부딪치게 될 운명이 조금도 부끄럽지 않았다. 날마다 수많은 사람들이 비슷한 길을 갔고, 지금도 씩씩하게 그 길을 간다고 생각하니 마음이 조금 편안해졌다. 그리고 자신이 평온한 마음으로 담담하게 죽음을 받아들이면 뒤에 남은 가족들이 장차 마음의 평화를 누릴 수 있으리라고 생각했다. 이러한 생각을 하며 마음이 차분해지니 오히려 용기도 생기고 새로운 위안까지 얻게 되었다.

죽음의 선고를 받은 그날 저녁, 채 어두워지기도 전에 다네이는 이런 결론에 도달했다. 그날은 펜과 종이를 살 수 있었으므로 다네이는 조용히 앉아 감옥의 등불이 꺼질 때까지 마지막 편지를 썼다.

루시에게 보내는 장문의 편지였다. 그는 장인어른이 투옥된 일은 루시에게 듣기 전에는 전혀 몰랐고, 수기가 낭독되기 전에는 자신의 아버지와 숙부가 그 불행한 사건을 일으킨 장본인이라는 사실도 루시와 마찬가지로 전혀 몰랐다고 썼다. 그리고 자신이 이름을 바꾼 사실을 숨긴 까닭은(지금은 장인어른이 왜 그랬는지 충분히 이해하지만), 그것이 장인어른이 그들의 약혼에 붙인 한 가지 조건이었기 때문이며 또 그것이 결혼식 날 아침 장인어른이 자신에게 반드시 지켜달라며 요구한 약속이었기 때문이라고 적었다. 그는 장인어른이 그 수기의 존재를 까맣게 잊고 계셨는지, 아니면 언젠가 일요일 아침에 정원의 플라타너스 나무 그늘에 앉아 런던탑에 관한 이야기를 할 때 떠올리셨는지는 모르지만 장인어른을 위해 새삼 확인하지 말아 달라고 당부했다. 만약 장인어른이 기억하고 계셨다 해도 바스티유를 습격한 날 시민들이 찾아내어 세상에 공표한 죄수들의 유품 가운데 수기에 대한 언급이 없는 것을 보고 바스티유가 함락되면서 수기도 함께 사라져 버렸다고 생각하셨을 게 틀림없다고 썼다. 또한 장인어른은 자책하실 일이 하나도 없으며 딸과 사위를 위해 자신의 고통도 잊고 최선을 다해 주셨으니 아버지의 마음을 잘 위로해 달라고 당부했다. 마지막으로 그는 자신의 사랑과 축복을 잊지 말고, 부디 슬픔을 이겨 내고 귀여운 딸을 잘 보살펴 달라고, 나중에 천국에서 다시 만나자고 적었다.

다네이는 장인에게도 같은 내용의 편지를 썼는데, 그 편지에는 딸과 손녀를 잘 부탁한다고 썼다. 그는 장인이 침울해져서 과거의 위험한 회상에 잠기지 않도록 일부러 더 강한 어조로 써내려갔다.

그는 로리에게도 식구들을 잘 돌봐 달라고 부탁하고, 자신의 재산 문제를 설명했다. 그리고 한결같은 우정과 따뜻한 애정에 감사하는 마음을 적으며 편지를 마무리했다. 이로써 그가 할 일은 끝났다. 카튼은 떠올리지 못했다. 다른 사람들 생각으로 머리가 가득 차서 카튼에게까지는 생각이 미치지 못했던 것이다.

편지를 다 쓰자 소등시간이 되었다. 다네이는 밀짚 침대에 누워 마침내 세상과 작별해야 한다고 생각했다.

그러나 잠든 사이에 세상이 다시 그를 손짓하며 불렀다. 온갖 눈부신 세계가 그의 앞에 나타났다. 어떻게 석방되었는지는 모르지만 어느새 그는 그리운 소호의 옛집으로 돌아가(비록 그 집은 소호에 있는 진짜 집과는 전혀 달랐지만) 행복하고 자유롭고 해방된 기분으로 루시와 함께 있었다. 루시는 모든 일이 다 꿈이며 그는 절대 런던을 떠난 일이 없다고 말해 주었다. 얼마 후 다네이는 의식이 사라지더니 이번에는 처형이 끝난 뒤 죽어서 평화로운 마음으로 루시의 곁에 돌아와 있었다. 게다가 죽었는데도 그는 조금도 모습이 달라지지 않았다. 그 뒤로 또 의식이 멀어지더니 눈을 떴을 때는 우울한 아침이었다. 처음에는 그곳이 어디이며 무슨 일이 있었는지도 순간적으로 깨닫지 못하다가 퍼뜩 정신이 들었다. "그래, 오늘은 내가 죽는 날이야!"

그렇게 쉰두 명을 처형하는 날이 밝아왔다. 다네이의 마음은 평온했다. 이만하면 용기 있게 마지막 순간을 맞이할 수 있으리라고 생각했는데, 그러나 차갑게 가라앉은 그의 마음속에서 새로운 생각이 솟구쳐 올라 억누를 수 없었다.

그러고 보니 나는 내 목숨을 끊을 그 기구를 본 적이 없어. 높이는 얼마나 되고 계단은 몇 개나 될까? 나는 어디에 서야 할까? 어떻게 목이 잘릴까? 사형집행인의 손이 피로 붉게 물들까? 얼굴은 어느 쪽으로 향하게 될까? 나는 첫 번째로 처형될까, 마지막으로 처형될까? 이와 같은 수많은 의문이 그의 의지와는 별개로 끊임없이 꼬리에 꼬리를 물고 떠올랐다. 공포심에서 생겨나는 것은 아니었다. 그는 조금도 두렵지 않았다. 오히려 때가 왔을 때 어떻게 해야 하는지를 알아두려는 기묘하고도 끈덕진 욕망에서 기인한 것이었다. 그것은 그 일이 일어나는 몇 초의 순간에 비하면 너무도 거대한 욕망이었다. 어쩌면 다네이의 욕망이 아니라 그의 가슴속에 숨어 있는 다른 영혼의 욕망이라고 할 수 있었다.

독방 안을 이리저리 서성거리는 사이에 몇 시간이 흘러갔다. 시계가 다시는 들을 수 없는 시간을 차례차례 알렸다. 아홉 시가 영원히 지나갔다. 열 시도 지나갔다. 열한 시도 지나갔다. 그리고 이제 열두 시가 마지막 발걸음을 옮기고 있었다. 마지막으로 찾아와 그를 괴롭힌 이상한 상념도 격렬한 고투 끝에 간신히 극복했다. 다네이는 사랑하는 사람들의 이름을 조용히 부르며 감방 안을 걸어 다녔다. 가장 괴로운 마음의 싸움도 끝이 났다. 미칠 것만 같던 망상도 이제는 모두 사라지고 그와 그의 가족을 위해 간절히 기도하며 걸어 다녔다.

열두 시가 영원히 지나갔다.

마지막 시각은 세 시라고 했으므로 그보다 조금 일찍 불려갈 것이다. 형장으로 가는 묵직한 호송 마차는 느릿느릿 달려갔기 때문이다. 따라서 두 시까지는 자기 마음을 굳건히 다잡고 그 뒤에는 다른 사람들을 위로해 주자고 생각했다.

팔짱을 끼고 일정한 보폭으로 걷는 그는 라포르스 감옥에서 안절부절못하던 그와는 전혀 다른 모습이었다. 그때 한 시를 알리는 종소리가 들렸지만 마음은 여전히 평온했다. 지금까지 보내온 수많은 시간과 조금도 다르지 않았다. 다네이는 평정심을 되찾게 해준 하느님께 진심으로 감사했다. '이제 한 시간 남았구나.' 다네이는 다시 방안을 거닐며 생각했다.

감방 밖 돌계단에서 발소리가 들려왔다. 다네이는 걸음을 멈추었다.

열쇠 구멍에 열쇠를 넣고 돌리는 소리가 들렸다. 문이 열리기 전인지 열린 뒤인지 모르지만 누군가가 영어로 나지막하게 속삭이는 소리가 들렸다.

"난 여기서 그를 한 번도 본 적이 없어요. 일부러 피해 왔거든요. 선생님 혼자 들어가세요. 전 여기서 기다릴 테니까요. 어서요!"

문이 재빨리 열렸다가 다시 닫혔다. 시드니 카튼이 환하게 웃으며 조용히 하라는 뜻으로 입술에 손가락을 대고 그를 가만히 보며 서 있었다.

카튼의 표정이 이상할 만큼 밝아서 순간 다네이는 자신의 공연한 망상이 만들어낸 환영이 아닐까 하고 의심했다. 하지만 목소리는 분명히 카튼의 목소리였고, 악수한 손도 틀림없이 카튼의 손이었다.

"설마 내가 만나러 올 줄은 몰랐지요?"

"당신이 올 줄은 정말 몰랐어요. 지금도 믿어지지가 않아요. 그런데 설마 잡혀 온 건 아니겠죠?" 갑자기 혹시나 하는 걱정이 일었다.

"아니오. 우연히 이곳 간수 하나를 구워삶았다오. 덕분에 여기 올 수 있었소. 다네이 씨, 난 당신 부인이 보내서 왔습니다."

다네이는 카튼의 손을 힘주어 잡았다.

"부인의 부탁을 전하러 왔소."

"뭐라고 하던가요?"

"아주 중요하고 긴급한 부탁이오. 당신이 기억하고 있는 그 다정한 목소리로 너무도 애절하게 부탁했소."

다네이는 고개를 조금 돌렸다.

"하지만 왜 내가 전하러 왔고 그것이 무엇인지는 물을 시간이 없소. 나도 설명할 시간이 없으니 일단 시키는 대로 하시오. 우선 그 구두를 벗고 내 것을 신으시오."

카튼의 등 뒤에는 벽에 붙은 의자가 하나 있었다. 카튼은 순식간에 다네이를 그 의자에 앉히고 맨발로 그의 앞에 서서 내려다보았다.

"어서 내 구두를 신어요. 손으로 잡아서 힘껏 당겨 신어요. 어서요."

"카튼 씨. 여기서 도망갈 수는 없습니다. 안 돼요. 당신도 함께 목숨을 잃을 겁니다. 이건 미친 짓이에요."

"당신더러 달아나라고 했다면 미친 짓이겠지만, 내가 언제 그렇게 말했소? 내가 당신한테 저 문으로 나가라고 하면 그때 가서 미친 짓이라고 말하고 거절하면 될 거 아니오. 잔말 말고 넥타이부터 내 것과 바꿉시다. 외투도 바꿔요. 당신이 옷을 갈아입는 동안 그 머리에 맨 리본을 풀고 내 머리처럼 엉클어주겠소!"

초인적인 의지력과 힘으로 놀라울 만큼 날쌔게 움직이며 카튼이 다네이의 옷을 갈아입혔다. 다네이는 부모에게 몸을 맡기고 있는 어린애 같았다.

"카튼! 카튼! 미쳤소? 탈출은 성공할 수 없어요. 불가능해요. 몇 번인가 시도한 사람은 있었지만 모두 다 실패했어요. 당신마저 죽어서 내 마음을 더욱 아프게 할 생각이 아니라면 제발 그만 둬요."

"보시오. 다네이 씨, 내가 언제 저 문으로 나가라고 했소? 내가 나가라고 하거든 그때 거절하시오. 탁자 위에 펜과 종이와 잉크가 있군요. 손에 글을 쓸 힘은 남아 있소?"

"당신이 들어오기 전까지는 그랬소."

"그럼 다시 한 번 힘을 내서 내가 이야기하는 대로 받아쓰시오. 어서요, 시간이 없소!"

다네이는 혼란스러운 머리를 손으로 누르며 탁자 앞에 앉았다. 카튼은 오른손을 가슴팍에 찔러 넣고 다네이의 곁에 바싹 붙어 섰다.

"내가 부르는 대로 받아쓰시오."

"누구에게 쓰는 겁니까?"

"아무도 아니오." 카튼은 여전히 손을 가슴팍에 찔러 넣은 채 말했다.

"날짜는요?"

"날짜도 필요 없소."

다네이는 질문을 할 때마다 카튼을 쳐다보았지만 카튼은 여전히 가슴팍에 손을 넣은 채 다네이를 내려다보고 있었다.

카튼이 부르기 시작했다.

"'예전에 우리가 나눈 이야기를 기억하신다면 이 편지를 받아보신 순간 이해하실 겁니다.' 나는 당신이 그 말을 기억하실 거라고 믿습니다. 당신은 그걸 잊을 사람이 아니니까요."

카튼이 가슴팍에서 손을 뺐다. 다네이가 글씨를 쓰다가 이상한 느낌이 들어 위를 올려다보았다. 그러자 카튼이 손에 무언가를 쥐고 있다가 감추는 듯했다.

"'그걸 잊을 사람이 아니니까요'까지 적었소?" 카튼이 물었다.

"적었소. 손에 쥐고 있는 건 무기요?"

"천만에요! 내가 무기를 갖고 다닐 리 있겠소?"

"그럼 그건 뭡니까?"

"곧 알게 될 거요. 그보다 어서 적으시오. 얼마 안 남았으니." 카튼이 다시 부르기 시작했다.

"다행히 내게 그 말을 증명할 기회가 생겼소. 내가 그 말을 증명한다고 해서 슬퍼하거나 비통해하지 않기를 바랍니다." 카튼은 부르는 대로 받아 적는 다네이의 손을 가만히 보고 있었다. 그때 카튼의 손이 조용히 그리고 천천히 다네이의 얼굴 근처까지 내려왔다.

다네이의 손에서 펜이 툭 떨어졌고 그는 얼빠진 얼굴로 주위를 둘러보았다.

"이게 무슨 연기죠?"

"연기라뇨?"

"무언가 뿌연 게 내 앞을 슥 지나간 것 같은데?"

"난 아무것도 못 봤소. 여기에 뭐가 있을 리 없잖소. 펜을 잡고 끝까지 적으시오. 어서요!"

기억력이 흐려지고 감각이 무뎌지는 것 같아 다네이는 필사적으로 정신을 차리려고 애썼다. 그는 흐릿한 눈으로 숨을 헐떡이며 카튼을 쳐다보았지만 카튼은 오른손을 가슴팍에 다시 넣은 채 눈도 깜빡이지 않고 다네이를 내려다보았다.

"어서요, 서둘러요!"

다네이는 다시 종이를 보았다.

"지금 증명하지 않으면……." 그때 카튼의 손이 다시 슬금슬금 내려갔다. "앞으로 다시는 기회가 오지 않을 겁니다. 지금 하지 않는다면……." 카튼의 손이 다네이의 얼굴 근처까지 내려왔다. "자책감만 더욱 커질 것입니다. 지금 하지 않으면……." 카튼은 펜촉을 보았다. 여전히 움직이긴 했지만 알 수 없는 선을 이리저리 긋고 있을 뿐이었다.

카튼은 더 이상 앞가슴에 손을 넣지 않았다. 다네이가 화를 내며 벌떡 일어났지만 카튼은 다네이의 코를 막고 왼손으로 허리를 안았다. 다네이는 그를 위해 목숨을 버리러 온 사람에게 몇 초 동안 저항했지만 일 분도 채 되기 전에 정신을 잃고 바닥에 쓰러졌다.

카튼은 다급한 마음만큼이나 목적을 위해 재빠르게 움직여주는 두 손으로 다네이의 옷을 순식간에 주워 입고 머리를 빗어 넘겨 다네이가 하고 있던 리본으로 묶었다. "들어오게! 들어와!" 그가 나지막하게 부르자 첩자인 바사드가 나타났다.

"어때?" 카튼은 기절한 친구 곁에 한쪽 무릎을 꿇고 앉아 방금 쓴 종이를 그의 앞가슴 호주머니에 찔러 넣으며 첩자를 쳐다보았다. "이래도 자네가 위험하겠나?"

"카튼 씨, 당신이 약속만 잘 지켜주신다면 이 일로 제가 위험할 건 없죠." 첩자는 겁에 질린 듯이 손가락을 탁탁 부딪치며 대답했다.

"그건 걱정 말게. 죽을 때까지 약속을 지킬 테니."

"카튼 씨, 쉰두 명의 머릿수를 채우려면 꼭 그래주셔야 합니다. 그 옷을 입으시고 머릿수만 채워주시면 전 겁날 게 없어요."

"걱정 말라니까! 난 이제 곧 세상을 떠날 테니 자네를 괴롭힐 일도 없고 다른 사람들도 이제 곧 멀리 떠날 걸세. 진심으로 그렇게 되길 비네. 자, 어서 나를 마차까지 데려다 주게."

"선생을요?" 첩자가 기겁하며 말했다.

"이 사람, 나와 옷을 바꿔 입은 이 사람 말이야. 이보게, 날 들여보내 준 그 문으로 나가야 할 것 아냐?"

"물론 그렇죠."

"자네가 날 데려왔을 때 내가 이미 기진맥진해 있었잖아? 그러니 돌아갈 때는 거의 실신하다시피해도 괜찮을 거야. 작별인사를 하면서 기력을 다 소진했을 테니까. 그런 일은 여기선 지나치게 자주 일어나지 않나. 자, 자네 목숨은 이제 자네 손에 달렸네. 어서! 거들어줄 사람이나 부르게!"

"약속을 지키신다고 맹세해주실 거죠?" 첩자는 마지막까지 망설여지는지 부들부들 떨면서 말했다.

"이봐, 이봐!" 카튼이 발을 동동 구르며 소리쳤다. "왜 또 이제와서 이 귀중한 시간을 낭비하는 거야? 내가 반드시 해낸다고 엄숙히 맹세하지 않았나! 자네도 아는 그 안뜰까지 함께 가서 마차에 그를 직접 태워 줘. 로리 씨한테 신선한 바람을 쐬면 나을 테니 약을 쓸 필요는 없다고 말하게. 그리고 어젯밤 내가 한 말과 로리 씨가 한 약속을 잊지 말라고 말하고. 알았으면 얼른 출발하라고만 전해주면 돼. 이 모든 일을 다 자네가 직접 해야 하네. 알겠나?"

바사드가 나갔다. 카튼은 탁자 앞에 앉아 두 손으로 얼굴을 감쌌다. 바사드가 간수 둘을 데리고 바로 돌아왔다.

"어떻게 된 거야?" 간수 하나가 바닥에 쓰러진 사내를 꼼꼼히 살피며 말했다. "친구가 성녀 기요틴의 제비뽑기에 당첨돼서 기절한 거야?"

"진정한 애국자라면 귀족이 꽝을 뽑아서 사형을 면했을 때 기절했어야지."

또 다른 간수가 말했다.

그들은 기절한 다네이를 안아 들고 입구에 가져다 놓은 들것에 싣고 들어 올리려 허리를 굽혔다.

"시간이 없다, 에브르몽드." 첩자는 짐짓 경고하는 투로 말했다.

"알고 있소. 내 친구를 잘 돌봐주시기 바랍니다. 잘 가시오."

"여보게들, 가세. 잘 들고 가자고!"

문이 닫히고 카튼은 혼자 남았다. 그는 날카롭게 청각을 곤두세우고 수상하거나 이변을 알리는 소리가 나지 않는지 귀를 기울였다. 아무 소리도 들리지 않았다. 열쇠 돌리는 소리와 문 닫히는 소리가 몇 번 나더니 발소리가 기다란 복도 저편으로 멀어져갔다. 다급한 고함 소리나 분주하게 움직이는 소리는 전혀 들리지 않았다. 잠시 후 카튼은 안도의 한숨을 내쉬고 탁자 앞에 앉아 가만히 귀를 기울였다. 시계가 두 시를 알렸다.

곧이어 새로운 소리가 들리기 시작했다. 하지만 그 소리가 무엇을 의미하는지 알고 있었으므로 두려워하지 않았다. 문들이 차례차례 열리고 마지막으로 감방 문이 열렸다. 명단을 든 간수가 고개를 들이밀고 말했다. "따라와, 에브르몽드!" 카튼은 간수를 따라 조금 떨어진 곳에 있는 크고 어두운 방으로 갔다. 어두컴컴한 겨울날이었다. 방안의 어둠과 바깥에서 들어오는 흐릿한 햇빛 때문에 잘 보이지 않았지만 이미 많은 사람들이 두 손을 묶인 상태로 끌려와 있는 것 같았다. 서 있는 사람도 있고 앉아 있는 사람도 있었다. 슬픔을 이기지 못하고 쉴 새 없이 움직이는 사람도 몇 명 있었지만 대부분은 묵묵히 바닥만 바라보고 있었다.

카튼은 어둑한 구석 벽에 기대어 서 있었다. 쉰두 명에 포함된 나머지 사람들이 그 뒤로도 계속 들어왔는데, 그중 하나가 다네이와 아는 사이인지 갑자기 걸음을 멈추더니 그를 얼싸안았다. 카튼은 정체가 탄로날까봐 소스라치게 놀랐지만 사내는 그대로 지나가 버렸다. 잠시 뒤 어린 티가 나는 날씬한 몸매에 핏기 하나 없는 야윈 얼굴, 크고 둥글며 참을성 많게 생긴 눈을 지닌 한 예쁘장한 여인이 자리에서 일어나더니 그의 곁으로 와 말을 걸었다.

"시민 에브르몽드 님. 전 라포르스 감옥에서도 같이 수감되어 있던 가난한 재봉사예요." 그녀는 얼음장같이 싸늘한 손으로 그를 살짝 건드리며 말했다.

카튼은 중얼거리듯 대꾸했다.

"그래요, 그랬지요. 무슨 죄로 고발당했는지는 잊었지만."

"음모를 꾸몄대요. 하지만 하느님은 제가 결백하단 걸 아실 거예요. 제가 음모를 꾸미다니, 그런 일이 있을 수나 있나요? 저같이 가난하고 하찮은 것과 음모를 꾸밀 사람이 어디 있겠어요?"

꺼질 듯한 그녀의 쓸쓸한 미소가 카튼의 마음을 적셨다. 눈물이 흘러내렸다.

"에브르몽드 님, 전 죽는 것은 두렵지 않아요. 하지만 전 아무 죄도 없어요. 제가 죽음으로써 우리 같은 가난한 사람들을 위해 좋은 일을 많이 할 공화국이 조금이라도 더 좋아진다면 전 기꺼이 죽을 거예요. 하지만 과연 그렇게 될지는 저도 모르겠어요. 에브르몽드 님. 전 가난하고 보잘것없고 연약한 인간일 뿐이니까요!"

이승에서 마지막으로 가슴이 따뜻하고 포근해진 순간이었다. 불쌍한 처녀는 그의 마음을 따뜻하고 부드럽게 녹여 주었다.

"에브르몽드 님은 틀림없이 석방되셨다고 들었는데 사실이 아니었나요?"

"석방되었었지요. 하지만 다시 잡혀서 유죄 판결을 받았습니다."

"에브르몽드 님, 같은 마차를 타게 되면 가는 동안 제 손을 잡아주시겠어요? 무섭진 않지만 어쨌거나 전 어리고 나약한 여자라 그렇게 해주시면 한결 용기가 날 것 같아요."

참을성 강한 그녀의 눈동자가 그를 올려다본 순간 그녀의 눈에 의심과 놀라움이 스치는 것이 보였다. 그는 굶주림과 고된 일로 앙상해진 그녀의 손가락을 힘껏 움켜쥐고 자기 입술에 갖다 댔다.

"그분 대신 죽으려는 건가요?" 처녀가 속삭였다.

"그래요. 그리고 그의 부인과 아이를 위해서이기도 해요. 쉿!"

"아, 누구신진 모르지만 용감하신 선생님의 손을 잡도록 해주세요!"

"쉿! 그래요, 불쌍한 아가씨. 마지막 순간까지."

이른 오후, 감옥을 뒤덮고 있던 그림자가 군중들이 몰려드는 성문에도 똑같이 짙게 드리워졌다. 파리를 떠나려는 마차 한 대가 검문을 받고 있었다.

"누구요? 안에 누가 타고 있소? 증명서를 보이시오!"

검문소 관리가 통행증을 받아 살펴보았다.

"알렉상드르 마네트, 의사, 프랑스인. 이 사람이 누구요?"

이분입니다. 제정신이 아닌 듯 횡설수설하는 노인을 가리키며 누군가가 말했다.

"의사 시민 동지께서 제정신이 아닌 것 같소. 노인한테는 혁명의 열기가 너무 뜨거웠던 게요?"

뜨거운 정도가 아니라 타들어갈 뻔했지요.

"하하하! 그런 사람이 수두룩하다오. 루시, 박사의 딸, 프랑스인. 이 사람은 누구요?"

이분입니다.

"그런 것 같군요. 에브르몽드의 아내, 맞죠?"

그렇습니다.

"아하! 에브르몽드는 갈 곳이 이미 정해져 있지. 그의 딸 루시, 영국인. 이 애요?"

그렇습니다.

"애야, 아저씨한테 뽀뽀해줄래? 그럼 넌 훌륭한 공화국 시민에게 뽀뽀한 거란다. 너희 집안에서는 처음 있는 일이니 잘 기억해 둬라! 시드니 카튼, 변호사, 영국인이라. 누구요?"

여기 있습니다. 누군가 마차 구석에 누워 있는 사람을 가리켰다.

"영국인 변호사 양반은 기절이라도 한 거요?"

신선한 바람을 쐬면 곧 깨어날 겁니다. 워낙에 몸이 약한 데다 공화국의 노여움을 산 친구와 방금 전에 작별 인사를 마친 바람에 저렇게 되었답니다.

"고작 그것 때문이오? 별 대단한 일도 아니구먼! 공화국의 노여움을 사서 조그만 창문으로 고개를 내민 사람이*1 어디 한둘이오? 자비스 로리, 은행원, 영국인. 누구요?"

"납니다. 남은 사람은 나밖에 없지 않습니까."

지금까지의 모든 질문에 대답한 사람은 자비스 로리였다. 그는 마차에서 내려 문을 손으로 잡은 채 여러 검문소 관리들이 묻는 말에 일일이 대답했

---

*1 기요틴으로 처형된 사람들.

다. 그들은 심심풀이로 마차 주위를 거닐거나 마부석에 올라서서 지붕에 실린 얼마 안 되는 짐을 살펴보았다. 모여 있던 인근 주민들도 마차로 몰려와 탐욕스런 눈으로 마차 안을 기웃거렸다. 어린 아이를 안은 엄마가 아이의 고사리 같은 손을 뻗어 기요틴으로 보내진 귀족의 아내를 만져보게 했다.

"받으시오, 자비스 로리. 확인 서명을 했소."

"그럼 출발해도 됩니까, 시민 동지?"

"그러시오. 이보게, 마부 양반, 출발! 조심해 가시오!"

"고맙소, 시민 동지. 이제 첫 고비는 넘겼군!"

두 손을 맞잡고 천장을 올려다보며 로리가 말했다. 마차 안에는 공포가 가득했다. 울음소리와 정신을 잃은 여행객의 가쁜 숨소리가 들렸다.

"너무 천천히 달리는 것 아닌가요? 좀더 빨리 갈 순 없나요?" 루시가 노신사에게 매달리며 말했다.

"그러면 도망가는 것처럼 보일 거예요. 너무 서두르면 안 돼요. 오히려 수상하게 여길 겁니다."

"뒤를 좀 봐 주세요, 뒤를! 누가 쫓아오진 않나요?"

"길에는 아무도 없어요, 루시. 아직까진 아무도 안 따라와요."

두세 채씩 모여 있는 집들이 차창 뒤로 멀어져갔다. 한적한 농장과 부서진 건물들, 염색 공장과 피혁 공장, 광활한 들판과 앙상하게 가지만 남은 가로수가 차례차례 지나갔다. 길은 울퉁불퉁한 자갈길이고, 길 양쪽으로는 부드럽고 질퍽거리는 진창길이었다. 이따금 마차는 돌 때문에 덜컹거리는 것을 피하기 위해 진창길로 들어갔다가 진흙 구덩이에 빠지곤 했다. 그럴 때면 다들 조바심이 나서 숨이 막힐 것 같았다. 가만히 앉아 있지 못하고 정신 나간 사람처럼 마차에서 내려 달려가거나 숨고 싶은 기분이 들었다.

드넓은 시골길이 끝나면 또다시 부서진 집과 군데군데 있는 외딴 농장과 염색 공장, 피혁 공장 그리고 초라한 농가 두세 채, 앙상한 가로수가 한 차례 나타났다. 마부들에게 속고 있는 건 아닐까? 다른 길을 따라 왔던 곳으로 되돌아가는 것은 아닐까? 같은 곳을 두 번째 지나는 게 아닐까? 아, 다행히 그렇진 않은 모양이다. 마을이다. 뒤쪽은? 뒤쪽은 괜찮을까? 추격대가 오진 않을까? 쉿! 역참이다.

역참 관리가 구물거리며 말 네 필을 마차에서 푼다. 말이 떨어져나간 마차가 좁은 거리에 서 있다. 다시는 움직일 것 같지가 않다. 이윽고 마차를 끌새 말들이 한 마리씩 천천히 끌려 나온다. 그 뒤에서 역시 교대할 마부들이 채찍 끈을 훑거나 땋으면서 느릿느릿 따라온다. 마차에서 내린 마부들이 역시 굼벵이처럼 품삯을 받아 세기 시작하더니 셈을 잘못 하고는 언짢아한다. 이러는 동안에도 그들의 무거운 심장은 가장 빠른 말이 달음질할 때보다도 더 빨리 뛴다.

이윽고 새 마부들이 안장에 올라타고 이전 마부들은 뒤에 남았다. 마차는 다시 마을을 지나고 언덕을 넘고 습지를 가로질렀다. 갑자기 마부들이 거친 몸짓으로 이야기를 주고받더니 말이 엉덩방아를 찧을 정도로 말고삐를 잡아 당기며 마차를 세웠다. 추격당하고 있는 걸까?

"보시오! 손님들, 뭣 좀 물읍시다."

"뭘 말이오?" 로리가 창밖으로 고개를 내밀었다.

"몇 명이라고 그랬죠?"

"무슨 말인지 모르겠소만?"

"아까 역참에서 못 들었소? 오늘 기요틴으로 가는 사람이 몇이라고 합디까?"

"쉰둘이오."

"거 봐, 내 말이 맞지! 좋은 숫자야! 나리, 이 친구가 글쎄 마흔둘이라고 하지 뭡니까? 열 명이나 더 많다니 얼마나 근사해요. 기요틴이 일을 참 잘한다니까. 정말 맘에 들어. 가자, 이놈아, 이랴!"

어두워졌다. 다네이가 조금씩 몸을 움직인다. 정신이 들면서 중얼거리던 말도 알아들을 수 있게 되었다. 아직도 카튼과 있는 줄 알고 그의 이름을 부르며 손에 든 것이 무엇이냐고 물었다. 아, 인자하신 하느님. 저희를 불쌍히 여기시고 도와주소서! 밖을 봐요. 밖을 좀 내다봐요. 누가 쫓아오진 않나요?

바람이 쏜살같이 쫓아온다. 구름이 쫓아온다. 달이 쫓아온다. 황량한 밤의 어둠이 우리를 쫓아온다. 하지만 아직 추격대는 보이지 않는다.

제14장 뜨개질이 끝나다

쉰두 명이 운명을 기다리고 있을 때 드파르주 부인은 방장스와 자크 3호와 함께 불길한 회의를 하고 있었다. 그런데 드파르주 부인이 이 공신들을 소집한 곳은 평소에 모이는 술집이 아니라 한때 도로 인부였던 나무꾼의 오두막이었다. 하지만 나무꾼은 회의에 참석하지 않았다. 그는 조금 떨어진 곳에서 대기하며 시종처럼 묻는 말에만 대답하고 묻지 않는 말은 일체 하지 않았다.

"하지만 드파르주 동지는 훌륭한 공화국 시민이 틀림없잖소? 안 그렇소?" 자크 3호가 말했다.

"그야 온 프랑스를 다 뒤져도 그만한 사람은 없죠." 수다스러운 방장스가 날카로운 목소리로 소리쳤다.

"조용히 해, 방장스." 드파르주 부인은 이맛살을 찌푸리며 한 손을 부관의 입술에 댔다. "내 말을 들어 봐요. 우리 집 양반은 훌륭한 공화국 시민이자 용감한 사람이에요. 공화국에 크게 공헌해서 신임도 얻었죠. 하지만 박사 이야기만 나오면 마음이 약해지는 게 흠이란 말이야."

"그 점은 유감이오." 잔인한 손가락을 피에 굶주린 입가에 대고 자크 3호가 수상하다는 듯 고개를 저으며 쉰 목소리로 말했다. "훌륭한 시민답지 않은 짓이야. 안타깝군."

"이봐요들, 난 그 박사가 어떻게 되든 상관없어요. 그놈의 모가지가 붙어 있건 떨어지건 내 알 바 아니지. 어느 쪽이든 내겐 마찬가지니까. 하지만 에브르몽드 가족은 무슨 일이 있어도 몰살시켜야 해요. 그 부인과 딸년도 남편과 아버지의 뒤를 따르게 해야 해요." 드파르주 부인이 말했다.

"그 여자는 기요틴에 아주 잘 어울리는 미인이야." 자크 3호가 말했다. "푸른 눈에 금발이 기요틴에서 잘리는 걸 봤는데, 삼손이 그 머리를 치켜들자 너무 아름다워서 말이 안 나옵디다." 미식가처럼 말하는 그는 마치 사람을 잡아먹는 식인귀 같았다.

드파르주 부인은 눈을 내리깔고 잠깐 생각에 잠겼다.

"그 아이도 탐스러운 금발에 푸른 눈을 하고 있었지. 더구나 그곳에서 어린애를 보기란 드무니까 정말 멋진 광경이 펼쳐질 거야!" 자크 3호가 입맛을 다시며 말했다.

"한 마디로 말해서……." 딴 생각을 하던 드파르주 부인이 정신을 차리고 말했다. "나는 이번 일만큼은 그이를 믿지 못하겠어요. 어젯밤부터 줄곧 생각했지만 그이한테는 이번 계획을 자세히 말하지 못하겠어요. 어물쩍거리다가 그이가 그 사람들에게 귀띔해줘서 달아나버릴지도 모르고."

"그건 안 돼지!" 자크 3호가 쉰 목소리로 버럭 소리를 질렀다. "한 놈도 놓쳐선 안 돼. 그 정도로는 반도 성에 차지 않아. 하루에 백이십 명은 처단해야지."

"한마디로 남편은 나처럼 이 가족을 몰살시켜야 한다고 생각하지 않아요. 하지만 나 역시 그 박사에게 인정을 베풀 이유가 전혀 없고. 그러니 결국 내가 알아서 처리하는 수밖에. 거기, 작은 시민 동지, 이리 좀 와 봐요."

죽음에 대한 공포 때문에 드파르주 부인을 존경하고 무조건 복종하는 나무꾼이 붉은 모자를 만지작거리며 앞으로 나왔다.

"그 여자가 죄수들한테 신호를 보냈다고 오늘 당장이라도 증언할 수 있겠죠?" 드파르주 부인이 엄격하게 말했다

"암요, 암요, 당연히 할 수 있죠!" 나무꾼이 외쳤다. "비가 오나 바람이 부나 날마다 두 시부터 네 시 사이에 어김없이 신호를 보냈습니다. 어린애를 데리고 올 때도 있고 혼자 올 때도 있었지요. 난 내가 본 것이 무엇을 의미하는지 다 알아요. 내 눈으로 똑똑히 봤으니까요."

나무꾼은 여러 가지 몸짓을 해 보였다. 마치 그가 봤다는 신호를 몇 가지를 흉내 내 보이는 듯했으나 실은 한 번도 본 적이 없는 것들이었다.

"음모가 분명하군! 틀림없어!" 자크 3호가 말했다.

"배심원 쪽은 걱정하지 않아도 되겠죠?" 드파르주 부인이 음험하게 웃으며 자크 3호에게 물었다.

"배심원도 애국자들이니 안심하시오. 배심원단은 내가 책임지겠소."

"잠깐만, 가만있어 봐요." 드파르주 부인이 또다시 생각에 잠겼다. "한 번

만 더 생각해봐야겠어. 남편을 생각해서 박사는 그냥 살려둘까요? 난 아무래도 상관없는데, 살려둘까요?"

"하지만 모가지 수 채우기엔 좋은데." 자크 3호가 낮은 목소리로 말했다. "아직 모가지 수가 모자라니 그냥 두면 아깝잖소."

"내가 봤을 때 박사도 딸과 같이 신호를 보내고 있었어요. 그러니까 한쪽만 고발하고 한쪽은 봐준다는 건 말이 안 돼요. 이 작은 시민에게만 다 맡겨놓고 내가 입 다물고 있을 수는 없지. 나 역시 훌륭한 증인이니까." 드파르주 부인이 말했다.

방장스와 자크 3호는 드파르주 부인이야말로 가장 훌륭하고 존경할 만한 증인이라고 앞 다투어 칭찬했다. 그러자 나무꾼도 질세라 하늘이 내린 증인이라고 부인을 추켜세웠다.

"그럼 박사의 목숨은 박사의 운에 맡기기로 하지. 우리가 구해줄 수 있는 방법은 없으니까! 당신은 세 시에 볼일이 있죠? 오늘도 사형수들을 구경하러 갈 거잖아요, 안 그래요?"

이 말은 나무꾼에게 한 말이었다. 나무꾼은 허둥지둥 그렇다고 대답하고, 자기는 가장 열성적인 공화국 시민이며, 만약 날마다 그 익살맞은 국민 이발사의 솜씨를 구경하며 담배를 피우는 즐거움을 누리지 못하면 가장 쓸쓸한 공화국 시민이 될 거라는 말을 재빨리 덧붙였다. 하지만 말투가 너무도 부자연스러워 듣는 사람은 오히려 그가 켕기는 부분이 있어 자기한테 무슨 일이 생길까 온종일 두려움에 떨고 있다는 의심이 들 정도였다(실제로 그를 경멸스럽게 바라보는 드파르주 부인의 검은 눈동자는 그렇게 의심하고 있는 것 같았다).

"나도 그 시간엔 거기 가야 해요. 그러니 구경이 끝나면, 저녁 여덟 시쯤에 생앙투안에 있는 우리 집으로 와요. 우리 지구에서 놈들을 고발하게."

부인과 함께 하다니 더할 나위 없는 영광이라고 나무꾼이 대답했다. 드파르주 부인이 나무꾼을 쳐다보자 당황한 나무꾼은 강아지처럼 부인의 시선을 피하며 나뭇단 사이로 도망가 톱질을 하며 당황한 기색을 감추었다.

드파르주 부인은 자크 3호와 방장스를 문 앞으로 불러 그녀의 계획을 더

---

*1 기요틴 집행인 삼손을 말함.

구체적으로 설명했다.

"그 여잔 지금쯤 집에서 남편의 처형을 기다리며 울고불고하고 있을 거예요. 공화국의 판결을 원망하고 우리의 원수들을 동정하고 있겠죠. 그 여자한테 좀 가 봐야겠어요."

"부인은 정말 훌륭한 여성 시민 동지, 대단한 여장부요!" 자크 3호가 신바람이 나서 외쳤다. "아무렴요, 정말 존경스러워요!" 방장스가 소리치며 드파르주 부인을 끌어안았다.

"내 뜨개질감은 자네가 가지고 가줘." 드파르주 부인이 부관에게 뜨개질감을 넘겨주며 말했다. "내가 늘 앉는 자리에 갖다 놓고 의자도 늘 앉는 걸로 챙겨 놔줘. 오늘은 여느 때보다 사람이 많을 테니 바로 가도록 해."

"대장님의 명령인데 기꺼이 따르지요." 방장스가 드파르주 부인의 뺨에 키스하며 흔쾌히 대답했다. "늦지 않을 거죠?"

"시작하기 전에 갈 거야."

"호송마차가 도착하기 전에 와야 해요. 알았죠? 마차보다 늦으면 안 돼요!" 드파르주 부인은 이미 밖으로 나가버린 뒤였지만 방장스가 등 뒤에다 대고 외쳤다.

드파르주 부인이 가볍게 손을 흔들어 보였다. 알아들었으며, 반드시 시간에 맞춰 갈 테니 걱정 말라는 뜻이었다. 그러고는 진창길을 지나 감옥 담장 모퉁이를 돌아 사라져 버렸다. 방장스와 자크 3호는 멀어져가는 드파르주 부인의 뒷모습을 바라보며 그녀의 아름다운 외모와 강인한 품성을 입이 마르도록 칭찬했다.

그 시절에는 시대의 영향 때문인지 남성적인 성향이 매우 강해진 여자들이 적지 않았다. 하지만 지금 거리를 걸어가고 있는 이 무자비한 여자보다 더 잔인한 여자는 어디에도 없었다. 그녀는 강하고 두려움을 모르는 성격에 예민한 감각과 준비성, 결단력을 갖추었으며, 또한 그녀의 적개심을 불태울 뿐만 아니라 다른 사람들에게도 본능적이고 직감적으로 그러한 특징을 알아차리게 하는 아름다움이 있었다. 이 어지러운 시대가 그녀를 어떠한 상황에서도 굴하지 않는 여인으로 만들어 주었으리라. 어린 시절부터 키워온 그릇된 것들에 대한 감각과 계급에 대한 증오가 그녀를 암호랑이로 키웠다. 동정심이라고는 전혀 없었다. 설사 옛날에는 있었다하더라도 지금은 송두리째 사라지고 없었다.

드파르주 부인은 아무리 죄가 없는 사람이라도 부모가 죄인이면 죽는 것이 당연하다고 생각했다. 그녀의 눈에는 죄 없는 당사자가 아니라 그 부모가 보였기 때문이다. 그의 아내가 과부가 되고 딸이 고아가 되어도 아무렇지 않았다. 그들은 천적이자 먹잇감이었으며, 그들에겐 살아갈 권리가 없었기 때문이다. 그녀에게 애걸해도 소용없었다. 드파르주 부인은 자신에게조차 자비심이라고는 없는 여자였다. 그녀는 지금까지 수없이 되풀이해 온 시가지 전투에서 싸우다 쓰러진다 해도 스스로를 위해 눈물 한 방울 흘리지 않을 것이다. 설령 내일 단두대로 끌려간다 해도 자신을 그곳으로 보낸 사람에게 받은 만큼 되갚아줄 방법만 필사적으로 궁리하며 마지막까지 결코 약한 모습을 보이지 않을 것이다.

드파르주 부인은 남루한 옷 속에 그와 같은 영혼을 감추고 있었다. 아무 옷이나 걸쳐 입어도 희한하게 잘 어울렸고, 검은 머리칼은 싸구려 붉은 모자 아래에서 더욱 풍성해 보였다. 품안에는 장전한 권총을 감추고 있고, 허리춤에는 날카로운 단검을 숨기고 있었다. 이러한 장비와 성격, 그리고 어릴 때부터 맨발로 바닷가 모래톱을 걷던 자유분방하고 당당한 걸음걸이로 드파르주 부인은 거리를 활보했다.

그때 한쪽에서는 여행 마차에 태울 마지막 승객을 기다리고 있었다. 어젯밤 이 여행을 계획할 때 로리는 프로스 양을 태울 수 없어 마음이 불편했다. 마차의 중량을 줄여야 할 뿐만 아니라 마차와 승객을 검문하는 시간을 최대한 단축하는 것이 무엇보다 중요했기 때문이다. 탈출의 성패는 각 검문소에서 시간을 단 몇 초라도 줄일 수 있느냐에 달려 있었다. 여러모로 궁리한 끝에 마침내 로리가, 프로스 양과 제리는 언제든지 파리를 떠날 수 있으니 세 시에 가장 빠른 마차를 타고 오는 것이 어떻겠느냐고 말했다. 짐이 없으니 금방 따라잡을 수 있을 테고, 오히려 앞지를 수도 있으니까 미리 역참에 도착해서 교체할 말을 준비해주면 귀중한 시간을 많이 아낄 수 있다는 것이다.

프로스 양은 이 위급한 상황을 해결할 가장 좋은 방법이라며 흔쾌히 찬성하고 제리와 함께 뒤에 남아 마차를 떠나보냈다. 솔로몬이 데려 온 사람이 누구인지 깨닫고 겁에 질려 피가 마르는 십여 분을 보낸 뒤에야 두 사람은 뒤따라갈 채비를 하기 시작했다. 드파르주 부인은 거리를 지나 지금 떠날 방법을 의논하고 있는 두 사람 말고는 아무도 없는 옛집으로 한 걸음 한 걸음 다가오고 있었다.

"크런처 씨, 이러면 어떨까요?" 프로스 양은 심장이 두근거려서 말도 제대로 나오지 않고 앉아 있지도 서 있지도 못하는 상태였다. "우리 여기 말고 다른 데서 출발하는 게 어때요? 여기서 오늘 벌써 마차가 한 대 나갔으니 의심을 살지도 모르잖아요?"

"맞아요, 당신 말이 옳아요. 그리고 당신 말이 옳건 그르건 난 당신이 하자는 대로 할 거예요."

"난 그분들 걱정에 머리가 복잡해서 정신이 하나도 없어요. 계획이고 뭐고 도통 생각이 나야 말이지요. 크런처 씨, 당신이 좀 어떻게 해 봐요." 프로스 양이 엉엉 울면서 말했다.

"시간이 지나면 적당한 계획이 떠오를지도 모르겠지만 지금 당장은 아무 생각도 안 나는군요. 그보다 부탁이 있소. 이렇게 다급한 때라 좀 그렇지만 두 가지 정도 맹세를 하고 싶은데 들어 주시겠소?"

"그게 뭔데요! 어서 말해 봐요. 남자답게 후딱 털어놔 보구려." 프로스 양이 여전히 울면서 소리쳤다.

"첫째, 이번에 그 불쌍한 양반들이 무사히 돌아가기만 한다면 난 두 번 다시 그 짓을 하지 않을 거요. 절대, 다시는 안 해요!" 크런처는 온몸을 부들부들 떨면서 잿빛으로 질린 얼굴로 말했다.

"그래요. 알았어요. 무엇인지 모르지만 다시는 그 짓을 안 한다고요. 그게 뭔지는 자세히 말하지 않아도 돼요."

"알았소, 그럼 말하지 않겠소. 둘째, 그 불쌍한 양반들이 무사히 돌아가기만 한다면 마누라가 무릎을 꿇고 기도를 하든 말든 참견 안 할 거요. 절대로 안 그럴 겁니다!"

"그래요, 집안 사정이 어떤지 모르지만 역시 집안일은 아내한테 무조건 맡기는 게 상책이에요. 그나저나 그 불쌍한 양반들은 어떻게 되었을까요?" 프로스 양은 눈물을 훔치고 마음을 진정시키려 애쓰며 말했다.

"그게 다가 아니오. 말할 게 더 있어요." 크런처는 설교단에서 열변을 토하는 사람처럼 흥분하여 말했다. "내 말을 잘 적어 두었다가 우리 마누라한테 좀 전해 주시오. 무릎 꿇는 일에 대해선 내 생각이 달라졌다고 말이오.

그리고 지금이야말로 마누라가 납작 엎드려 기도하고 있기를 진심으로 바란다고 말이오."

"그래요, 그래요, 걱정 말아요! 부인은 지금도 기도하고 있을 거예요." 마음이 뒤숭숭한 프로스 양이 외쳤다. "그리고 하느님이 부인의 소원을 꼭 들어주실 거예요."

크런처는 더욱 엄숙하게, 더욱 천천히 종잡을 수 없는 말을 쏟아냈다.

"아, 지금까지 내가 해 온 말이나 행동 때문에 그 불쌍한 분들에게 해가 가서는 안 될 텐데. 혹시 그런 일이 생기면 그분들이 위험한 상황에서 무사히 벗어날 수 있도록 기도해야 할 텐데. 아, 그런 일이 일어나면 안 돼요, 프로스 양, 내 말은 그거예요, 그런 일이 일어나면 절대 안 돼요!" 크런처는 좀더 멋진 말로 마무리하고 싶었지만 오랫동안 생각한 끝에 결국 포기하고 이렇게 결론을 내렸다.

드파르주 부인은 성큼성큼 걸으며 한 걸음씩 다가오고 있었다.

"걱정 말아요. 우리가 고향으로 돌아가면 지금 당신이 한 말을 기억나는 대로, 이해한 대로 모조리 당신 부인한테 말해줄게요. 그리고 당신이 이 다급한 때에 얼마나 진지했는지 모른다고 내가 증인이 되어 줄 테니 안심해요. 그보다 생각 좀 해봅시다! 크런처 씨, 어서 생각 좀 해 봐요!" 프로스 양이 말했다.

드파르주 부인이 점점 다가오고 있었다.

"크런처 씨, 당신이 먼저 가서 마차가 이쪽으로 오지 못하게 한 뒤 어디 적당한 곳에 가서 날 기다리는 게 어때요? 그게 낫지 않겠수?"

그게 낫겠다고 크런처가 말했다.

"어디서 기다리시겠수?"

크런처는 너무 당황한 나머지 머릿속에 템플 바밖에 떠오르지 않았다. 아, 하지만 템플 바는 수백 킬로미터나 떨어져 있지 않은가! 드파르주 부인은 시시각각 거리를 좁혀오고 있었다.

"노트르담 정문 옆에서 만나요. 그 성당 정문 옆에 있는 두 탑 사이에서 기다릴게요. 거기까지 날 태우러 오기엔 너무 먼가요?"

"그렇지 않소."

"그럼 사내답게 잘해 봐요. 곧장 역참으로 가서 장소가 변경됐다고 일러

주시구려."

"당신을 혼자 두고 가려니 맘이 놓이질 않구려. 무슨 일이 일어날지 모르잖소." 크런처가 머뭇거리며 고개를 저었다.

"그건 모르죠. 하지만 내 걱정은 말아요. 세 시나 그 전후로 해서 노트르담 앞으로 날 태우러 와요. 알았죠? 여기서 출발하는 것보다 그게 훨씬 나을 거예요. 틀림없어요. 자, 정신 똑바로 차려요, 크런처 씨! 내 걱정일랑 말고 우리가 어떻게 하는지에 따라서 생사가 엇갈리는 그분들을 생각해요!"

이렇게 말하며 프로스 양이 고민에 찬 표정으로 그의 손을 덥석 잡자 크런처도 마음을 정했다. 크런처는 격려하는 뜻으로 한두 번 고개를 끄덕이고는 계획을 변경하러 나갔고, 프로스 양은 그녀가 제안한 대로 뒤에 따라가려고 혼자 남았다.

프로스 양은 자신이 생각해 낸 예방책을 실천에 옮기자 한결 마음이 놓였다. 그리고 거리에 나갔을 때 사람들의 이목을 끌지 않도록 차림새를 바꿔야 한다는 데 생각이 미치자 훨씬 더 마음이 편안해졌다. 시계를 보았다. 2시 20분. 우물쭈물할 시간이 없다. 곧바로 채비를 해야 했다.

마음이 여전히 어수선한 탓인지, 모두 떠나간 텅 빈 집에서 활짝 열린 문간마다 누군가가 서서 자신을 엿보고 있는 것만 같아 너무도 무섭고 불안했다. 프로스 양은 세면대에 찬물을 받아 울어서 시뻘겋게 퉁퉁 부은 눈을 씻었다. 하지만 열병과 같은 불안에 사로잡혀 있었던 탓에 한순간이라도 흐르는 물방울이 시야를 가리는 것을 참을 수 없었다. 프로스 양은 자꾸만 손을 멈추고 누가 보고 있지 않나 하고 주위를 살폈다. 그러다 소스라치게 놀라 비명을 지르며 뒷걸음질 쳤다. 방안에 누군가가 서 있었던 것이다.

대야가 방바닥에 떨어지면서 깨지고 드파르주 부인이 서 있는 곳까지 물이 흘러갔다. 믿을 수 없을 만큼 험난한 길을 걷고 수많은 피바다를 건너온 발이 물에 닿을락말락했다.

드파르주 부인이 차갑게 노려보며 말했다.

"에브르몽드의 아내는 어디 있지?"

방문들이 모두 활짝 열려 있어서 이대로는 도주한 것을 들킬 게 빤하다고 생각했다. 무엇보다 먼저 그 문들을 닫아야 했다. 집에는 문이 네 개 있었다. 프로스 양은 문들을 닫고 루시가 머물던 방문 앞으로 가서 섰다.

잽싸게 문을 닫는 프로스 양을 쫓던 드파르주 부인의 검은 눈동자가 문이 다 닫히자 그녀를 뚫어지게 바라보았다. 프로스 양은 아무리 보아도 미인은 아니었다. 나이가 들어도 야성적인 용모는 여전했고 험악한 분위기도 조금도 부드러워지지 않았다. 그녀 역시 다른 의미로 단호하고 굳센 여인이었다. 지금도 드파르주 부인과 마주서서 부인을 머리끝부터 발끝까지 찬찬히 훑어보았다.

"보아하니 악마의 여편네로군." 프로스 양이 숨을 고르고 말했다. "그래도 넌 날 이길 수 없어. 난 영국인이거든."

드파르주 부인은 깔보는 눈으로 그녀를 처다보았지만 지금은 두 사람 모두에게 쉽지 않은 상황으로, 궁지에 몰린 프로스 양이 느끼는 마음과 똑같은 마음을 드파르주 부인도 느끼고 있었다. 지금 눈앞에 서 있는 강철처럼 강인한 여자는 옛날에 로리가 보고 놀랐던 그 단호하고 강단 있는 여자였다. 드파르주 부인은 이 여자가 박사 가족의 헌신적인 친구라는 사실을 바로 알아보았고, 프로스 양도 드파르주 부인이 박사 가족의 철천지원수라는 사실을 잘 알고 있었다.

"거기 가는 길이야." 드파르주 부인이 형장이 있는 쪽을 가볍게 가리키며 말했다. "동지들이 내 자리와 뜨개질감을 챙겨 놨거든. 가다가 부인한테 인사하러 들렀어. 부인을 만났으면 하는데?"

"못된 맘 품고 온 걸 누가 모를 줄 알고? 내가 호락호락할 줄 알았다면 큰 코 다칠 거야."

두 사람 다 자기 나라 말로 말했으므로 서로 상대가 무슨 말을 하는지는 알아듣지 못했지만 상대의 표정과 태도로 무슨 말을 하는지 이해하려고 애썼다.

"이제 와서 달아나려고 해봐야 좋을 것 없어. 훌륭한 애국 동지라면 무슨 말인지 알겠지. 어쨌든 그 여자를 불러 와. 내가 만나러 왔다고 전해. 알겠어?" 드파르주 부인이 말했다.

"네년 눈깔이 침대 나사돌리개라면 나는 다리 네 개 달린 영국제 침대야. 넌 날 건드리지 못해. 못된 외국년 같으니. 넌 내가 상대해 주마." 프로스 양이 맞받아쳤다.

드파르주 부인이 그 말뜻을 속속들이 알아들을 리는 없었지만 자신이 무시당하고 있다는 것 정도는 이해했다.

"이 미련한 돼지 같은 년이!" 드파르주 부인이 인상을 찌푸리며 소리쳤다. "네년하곤 할 말 없어. 난 그 여자를 만나러 왔어. 가서 그렇게 전하든지 아니면 문 앞에서 비켜! 내가 직접 가서 얘기할 테니." 드파르주 부인은 말이 안 통하면 몸짓으로 설명하려는 듯 오른팔을 크게 휘저었다.

"네년의 그 우스꽝스런 외국말은 알아듣고 싶지도 않아. 하지만 네년이 사실을 알아채서 무슨 냄새라도 맡고 왔는지 아닌지만 알 수 있다면 내 입고 있는 옷 말고는 뭐든 다 줄 텐데."

두 사람 다 한순간도 상대에게서 눈을 떼지 않았다. 드파르주 부인은 맨 처음 프로스 양이 보았던 자리에서 한 발짝도 움직이지 않고 있다가 이때 처음으로 한 걸음 앞으로 나왔다.

"난 영국 사람이야. 이렇게 되면 이판사판이지. 내 목숨은 아깝지 않아. 네년이랑 여기서 이러고 오래 있을수록 내 소중한 아가씨한테 유리하단 말이야. 어디 손가락 하나라도 대 봐, 네년의 그 시커먼 머리털을 송두리째 뽑아 버릴 테니!" 프로스 양이 말했다.

프로스 양은 재빨리 한 마디씩 내뱉을 때마다 고개를 까딱거리고 눈을 부라리며 숨도 쉬지 않고 속사포처럼 쏘아붙였다. 태어나서 한 번도 사람을 쳐본 일이 없는 프로스 양이 드파르주 부인에게 맞선 것이다.

프로스 양의 용기는 단호한 감정이 폭발하면서 생긴 것이었으므로 말을 하는 동안에도 북받치는 눈물을 참을 수가 없었다. 하지만 이러한 용기를 이해하지 못하는 드파르주 부인은 그 눈물이 나약한 마음의 증거라고 오해했다. "하하하!" 드파르주 부인이 한바탕 웃어 댔다. "겁쟁이 같은 년! 네년한테는 볼일 없어! 내가 직접 박사와 얘기하지." 드파르주 부인이 목청을 높여 외쳤다. "박사 시민 동지! 에브르몽드 부인! 에브르몽드의 딸! 이 멍청한 여자한테는 볼일 없으니 누가 이 드파르주 여성 시민 동지에게 대답하시오!"

아무도 대답하지 않았다. 대답이 없어서인지 프로스 양의 얼굴에 나타난 이상한 표정 때문인지, 그것도 아니면 불현듯 어떤 의문이 떠올라서인지는 모르지만 드파르주 부인은 그들이 달아난 사실을 알아챘다. 그녀는 잽싸게 방문을 세 개 다 열고 안을 들여다보았다.

"방마다 어질러져 있군. 급히 짐을 꾸렸는지 바닥에 물건이 엉망으로 흩어져 있어. 네년 뒤의 방에도 아무도 없겠지! 어디 좀 보자!"

"절대 안 돼!" 프로스 양은 드파르주 부인이 무엇을 원하는지 단번에 알아챈 모양이었다. 드파르주 부인도 상대의 대답을 이해했다.

"그 방에도 없으면 다 도망친 거야. 쫓아가서 잡아끌고 와주지!" 드파르주 부인이 혼잣말로 중얼거렸다.

"하지만 그들이 이 방에 있는지 없는지 확인하기 전에는 네년도 손쓸 방법이 없을걸." 프로스 양도 혼자 중얼거렸다. "그러니 네년이 알아내지 못하도록 얼마든지 네년 앞을 가로막아주지. 그리고 그 사실을 알든 모르든 간에 네년을 꽉 붙들고 절대 놔주지 않을 거야."

"나는 처음부터 거리에 나가 싸워 온 여자야. 날 막을 수 있는 사람은 아무도 없어. 네년을 갈가리 찢어서라도 그 문 앞에서 끌어내겠어."

"우린 지금 인적 없는 안뜰을 향해 나 있는 높은 건물의 꼭대기에 단둘이 있어. 여기선 아무리 소리를 질러도 아무도 못 들을걸. 나는 네년을 잡아둘 팔 힘만 있으면 돼. 네가 여기에 일 분 더 머무는 게 우리 아가씨한테는 10만 기니의 가치가 있으니까."

드파르주 부인이 문을 향해 돌진했다. 프로스 양은 본능적으로 두 팔을 뻗어 상대의 허리를 꽉 끌어안고는 필사적으로 조였다. 드파르주 부인이 아무리 발버둥 쳐도 꿈쩍도 하지 않았다. 언제나 증오보다는 사랑이 훨씬 강한 법이다. 프로스 양은 끈질긴 정신력으로 상대를 단단히 움켜쥐고 씨름하며 심지어 바닥에서 번쩍 들어올리기까지 했다. 드파르주 부인은 두 손으로 프로스 양의 얼굴을 때리고 할퀴어댔다. 하지만 프로스 양은 머리를 낮게 낮추고 허리춤에 달라붙어 마치 물에 빠진 여자처럼 필사적으로 매달렸다.

머지않아 드파르주 부인이 주먹질을 멈추고 자기 허리춤을 더듬기 시작했다. "네 칼은 내 팔 밑에 있어! 절대 못 뽑을걸!" 숨을 헐떡이며 프로스 양이 소리쳤다. "다행히 내가 너보다 힘이 센 모양이야. 나나 너 둘 중에 하나가 기절할 때까지, 아니 죽을 때까지 절대 놓지 않을 거야!"

드파르주 부인이 앞가슴으로 손을 뻗었다. 프로스 양이 고개를 들어 그것이 무엇인지 바로 알아보았다. 그녀가 그것을 내려친 순간 빛이 번쩍하면서 요란한 소리가 났다. 앞이 보이지 않는 뿌연 연기 속에서 프로스 양은 혼자

서 있었다.

　무슨 일이 순식간에 일어났다. 연기가 걷히면서 끔찍한 적막이 흘렀다. 이윽고 바닥에 시체가 되어 널브러져 있는 사나운 여인의 영혼과 함께 연기가 허공 속으로 사라졌다.

　공포에 질린 프로스 양은 시체를 되도록 멀리 피해 계단을 뛰어 내려가며 큰 소리로 도움을 구했다. 하지만 다행히 이내 자기가 저지른 일의 중대성에 생각이 미쳤다. 그녀는 걸음을 멈추고 되돌아갔다. 다시 방 안으로 들어가려니 끔찍했다. 그래도 용기를 내어 안으로 들어가 시체 곁으로 가서 모자와 몸에 걸칠 다른 물건들을 챙겼다. 외출 채비가 끝나자 계단으로 나와 문을 닫고 자물쇠를 잠근 뒤 열쇠를 빼들었다. 그리고 잠시 계단에 주저앉아 울먹이며 숨을 돌리고 다시 일어나 서둘러 뛰어 내려갔다.

　다행히 모자에는 베일이 달려 있었다. 베일이 없었더라면 도중에 검문을 받지 않고 무사히 거리를 지나가기 힘들었을 것이다. 게다가 평소에도 워낙 특이한 외모였으므로 얼굴색이 변하고 옷차림이 흐트러져도 다른 여자들처럼 크게 눈에 띄지 않으니 운이 좋았다고 할 수 있다. 베일 달린 모자와 특이한 외모, 이 두 가지 행운이 그녀에게는 꼭 필요했다. 얼굴에는 손톱자국이 깊게 나 있고 머리는 산발인 데다 옷은(떨리는 손으로 다급하게 매만지기는 했지만) 엉망진창으로 쥐어뜯겨 있었기 때문이다.

　프로스 양은 다리를 건널 때 열쇠를 강에 던져 버렸다. 제리보다 조금 일찍 노트르담 성당에 도착하여 가만히 기다리는 사이에도 오만 가지 생각이 떠올랐다. 열쇠가 그물에 걸려 발각되진 않을까? 그 방 열쇠인 게 밝혀져 문을 열고 들어가 시체를 발견하면 어쩌지? 성문에서 붙들려 그대로 감옥으로 끌려가 살인죄로 기소되면 어쩌지? 하지만 불안에 떨고 있는 사이에 제리가 와서 그녀를 마차에 태우고 달리기 시작했다.

　"거리가 시끄럽지 않수?" 프로스 양이 물었다.

　"시끄러운 거야 늘 똑같지요 뭐." 크런처는 대답하면서 그녀의 질문과 표정에 깜짝 놀랐다.

　"잘 못 들었는데 방금 뭐라고 했수?"

　크런처가 다시 한 번 말해주었지만 소용이 없었다. 프로스 양은 아무 소리도 들리지 않는 것 같았다. 놀란 제리는 생각했다. '그러면 내가 고개를 끄덕여야겠군. 눈은 성할 테니까.' 확실히 볼 수는 있었다.

"지금도 거리가 시끄럽지 않수?" 얼마 뒤 프로스 양이 다시 물었다.

크런처는 또다시 고개를 끄덕였다.

"안 들려요."

'한 시간 사이에 귀머거리가 돼 버렸나?' 크런처는 몹시 당황하며 생각에 잠겼다. '어떻게 된 일이지?'

"뭐가 번쩍 빛나면서 쾅 하는 소리가 난 것 같은데 그 쾅 하는 소리가 내가 들은 마지막 소리 같아요."

'설마 정신이 이상해진 건 아니겠지!' 크런처는 더욱더 혼란스러웠다. "기운 차리려고 무슨 약이라도 먹었수? 이봐요! 저 끔찍한 수레바퀴 소리가 안 들린단 말이우?"

"아무 소리도 안 들려요." 크런처가 무슨 말을 하는 것을 보고 프로스 양이 대답했다. "갑자기 쾅 소리가 나더니 세상이 쥐 죽은 듯이 조용해졌어요. 그리고는 소리가 완전히 사라져 버렸어요. 아마 평생 이럴 것 같수."

"이제 곧 목적지에 다다를 텐데. 저 끔찍한 수레바퀴 소리조차 안 들린다면 이 여자는 정말로 평생 아무 소리도 못 듣겠군." 크런처는 어깨너머로 흘끗 돌아보며 말했다.

그랬다. 프로스 양은 정말로 아무 소리도 듣지 못했다.

제15장 영원히 사라진 발소리

죽음의 수레가 덜커덩거리는 소리를 공허하게 울리며 파리의 거리거리를 달려간다. 죄수 호송마차 여섯 대가 오늘 성녀 기요틴에게 보내는 포도주를 싣고 달려간다. 인간의 상상력을 기록으로 남겨 온 이래, 인간이 상상할 수 있는 가장 탐욕스럽고 게걸스러운 온갖 괴물을 하나로 합쳐 놓은 것이 바로 이 기요틴이었다. 그러나 프랑스에는 그토록 토양이 비옥하고 기후가 다양한데도 나무 잎사귀 하나, 뿌리 하나, 잔가지 하나, 후추 열매 하나조차 제대로 자라지 않았다. 지금처럼 공포 분위기를 조성하는 사회가 아니라 훨씬 더 안정된 조건만 갖추어진다면 만물도 순리대로 자라났을 것이다. 똑같은 망치를 들고 인간을 한번 내리쳐 보라. 똑같이 고뇌에 가득 찬 모습으로 일그러지리라. 탐욕스러운 방종과 탄압의 씨앗을 똑같이 뿌려 보라. 씨앗을 뿌린 대로 똑같은 열매를 맺으리라.

호송마차 여섯 대가 요란한 소리를 내며 거리를 달려간다. 강력한 마법사인 시간이여, 이 마차를 본디 모습으로 되돌려 보라. 틀림없이 절대군주들의 행렬, 봉건귀족들의 마차, 화려한 이세벨*1의 화장대, 하느님 아버지의 집이 아닌 도적놈들의 소굴로 변한 교회, 굶주린 수백만 농민들의 오두막이 되어 나타나리라! 그러나 하느님이 정하신 명령대로 따르는 위대한 마법사 시간은 한 번 변형시킨 것을 다시 본디대로 되돌리지 않으리라. 지혜로운 이야기, 아라비안나이트에 나오는 예언자들은 마법에 걸려 모습이 바뀐 사람들에게 말했다. "네 모습이 신의 뜻에 따라 바뀐 것이라면 그 모습은 영원히 변치 않으리라! 그러나 한낱 주술 때문에 모습이 바뀌었다면 반드시 원래대로 돌아가리라!" 호송마차는 본디 모습으로 되돌아갈 희망도 없이 이대로 언제까지나 죄수를 호송한다.

---

*1 〈열왕기〉에 나오는 요부.

호송마차 여섯 대의 묵직한 바퀴가 거리를 지나갈 때는 거리에 모인 시민들 사이로 길고 구불구불한 밭이랑을 일구며 지나가는 것 같았다. 사람들의 얼굴들로 이루어진 봉우리가 길 양쪽으로 밀려나고 쟁기가 거침없이 앞으로 나아간다. 동네 사람들은 이러한 광경이 워낙 익숙한 모양인지 사람 그림자 하나 보이지 않는 창문이 많다. 어떤 사람들은 마차에 탄 죄수들의 얼굴을 눈으로 쫓으면서도 일손은 멈추지 않았다. 일부러 구경꾼들이 찾아와서 내다보고 있는 집들도 몇 곳 있었다. 그러면 집주인은 무슨 후견인이나 권위 있는 책임자라도 되는 양 의기양양하게 마차를 하나하나 가리키며 어제는 저기에 누가 앉아 있었고, 그제는 누가 앉아 있었다고 설명해 주었다.

호송마차에 실려 가는 죄수들도 다양했다. 이러한 광경과 이승에서 마지막으로 보는 길가의 여러 풍경을 멍하니 쳐다보는 이도 있고, 이승에 미련이 남아 원망스런 눈초리로 바라보는 이도 있다. 고개를 푹 숙인 채 말없이 절망에 빠져 있는 이도 있고, 이 순간까지도 자신의 모습이 신경 쓰이는지 극장이나 그림에서 흔히 보는 눈초리로 군중들을 바라보는 이도 있다. 눈을 감고 명상에 잠겨 있거나 적어도 어지러운 마음을 억지로라도 가라앉히려는 이도 있었다. 딱하게도 거의 미쳐가는 이가 딱 한 사람 있었는데, 그는 두려움에 질린 나머지 정신이 나가 큰 소리로 노래 부르고 춤까지 추려 했다. 하지만 애처로운 표정이나 몸짓으로 시민들의 동정을 사려는 사람은 아무도 없었다.

기마 경비대 한 무리가 호송마차와 나란히 달려갔다. 끊임없이 시민들의 얼굴이 불쑥불쑥 튀어 나와 그들에게 뭐라고 묻는다. 대답을 듣자마자 모두들 세 번째 마차로 우르르 달려가는 걸 보니 다 똑같은 질문인 모양이다. 그 옆에 가는 기마병이 마차 안에 있는 한 사내를 검으로 연신 가리켰다. 시민들의 가장 큰 관심사는 누가 그 죄수냐는 것이었다. 그 죄수는 마차 뒤쪽에 서서 고개를 숙이고 그의 손을 꽉 잡고 옆에 앉아 있는 한 처녀와 이야기를 나누고 있었다. 주위의 광경에는 흥미도 관심도 없는 듯 줄곧 그 처녀와 이야기를 하고 있었다. 기다란 생오노레 거리를 지나가자 이따금 곳곳에서 사람들이 그에게 고함을 질러댔다. 그 소리에 그가 보인 반응이래야 머리를 가볍게 흔들어 흘러내려온 머리칼로 얼굴을 가리고 조용히 미소 짓는 것이 전부였다. 두 팔이 묶여 있어 얼굴에 손이 닿지 않았던 것이다.

감옥의 양인 첩자는 교회 계단에서 호송 마차가 지나가기를 기다렸다. 첫 번째 마차를 들여다본다. 없다. 두 번째 마차를 들여다본다. 역시 없다. 첩자는 안달이 나 중얼거린다. "날 속여먹어?" 그때 첩자의 얼굴이 갑자기 밝아졌다. 세 번째 마차를 들여다본 것이다.

"누가 에브르몽드요?" 첩자 뒤에 있던 사내가 물었다.

"저자요. 저 뒤쪽에 서 있는 사람이오."

"처녀와 손을 잡고 있는 자요?"

"그렇소."

사내가 소리친다.

"죽어라, 에브르몽드! 귀족 놈들은 모조리 기요틴으로 보내라! 에브르몽드를 죽여라!"

"쉿, 쉿!" 첩자는 소심하게 부탁했다.

"왜 그러시오, 시민 동지?"

"놈은 지금 죗값을 치르러 가는 길이잖소. 5분 뒤면 죽을 테니 조용히 죽게 내버려두십시다."

하지만 사내는 계속 고함을 질렀다. "죽어라, 에브르몽드!" 그때 에브르몽드가 사내를 돌아보았다. 그리고 첩자를 알아보고는 그를 물끄러미 바라보며 그대로 멀어져 갔다.

시계가 세 시를 알렸다. 군중 사이로 난 밭고랑이 한 바퀴 빙 돌아 처형장 앞에서 뚝 끊겼다. 좌우로 밀려난 흙더미가 다시 우르르 쏟아지며 마지막으로 쟁기가 지나간 흔적을 지워 버렸다. 사람들이 기요틴까지 뒤따라왔다. 기요틴 정면에는 유원지에서나 보는 것처럼 수많은 여자들이 의자에 앉아서 열심히 뜨개질을 하고 있었다. 맨 앞자리에서 방장스가 일어나 드파르주 부인을 계속 찾고 있다.

"테레즈! 누구 본 사람 없어요? 테레즈 드파르주?" 방장스의 날카로운 목소리가 울려 퍼진다.

"그 양반은 한 번도 빠진 적이 없었는데." 옆에서 뜨개질을 하는 다른 여자가 말했다.

"그러니까. 오늘도 빠질 리가 없는데." 방장스가 짜증스럽게 외쳤다. "테레즈!"

"더 크게 불러 봐."

그렇다! 방장스, 더 크게 불러라! 더, 더 크게! 하지만 당신의 목소리는 그녀에게 닿지 않을 것이다. 그렇지, 더 크게 불러라, 방장스, 욕지거리를 섞어서 불러 보아라. 그래도 그 여자는 안 올 것이다. 다른 여자들을 보내어 찾아보아라! 그들이 이제껏 잔인한 짓을 얼마나 많이 해왔는지는 몰라도 스스로 나서서 지금 그 여자가 있는 곳까지 가려는 사람은 아무도 없을 것이다!

"나 참! 형님은 운도 없지!" 방장스가 의자에 올라서서 발을 동동 구르며 외쳤다. "마차가 벌써 도착했는데! 에브르몽드의 모가지가 순식간에 날아갈 텐데 형님이 오지 않다니! 형님의 뜨개질감이랑 의자까지 내가 다 챙겨 놨는데! 너무 실망스럽고 속상해서 눈물이 다 나네!"

방장스가 눈물을 흘리며 의자에서 내려왔을 때 호송마차가 짐을 내리기 시작했다. 성녀 기요틴의 사제들*2은 이미 의장을 갖추고 기다리고 있다. 쿵! 머리 하나가 떨어졌다. 그 머리가 아직 생각하고 말을 하던 조금 전까지는 거들떠보지도 않던 뜨개질하는 여자들이 일제히 "하나" 하고 숫자를 센다.

두 번째 마차도 짐을 부리고 돌아간다. 세 번째 마차가 다가온다. 쿵! 뜨개질하는 여자들은 일하는 손을 늦추거나 멈추지도 않고 또다시 입을 모아 숫자를 센다. 둘!

에브르몽드로 보이는 자가 마차에서 내렸다. 그 뒤를 따라 재봉사도 내렸다. 그는 마차에서 내릴 때에도 처녀의 손을 놓지 않고 약속대로 단단히 잡고 있었다. 그는 처녀가 쉴 새 없이 휙 올라가서 쿵 하고 떨어지는 기계를 보지 못하도록 부드럽게 등을 돌려 세워 주었다. 처녀는 그의 얼굴을 보며 고맙다고 말했다.

"누구신진 모르지만 선생님이 안 계셨더라면 저는 이렇게 침착하게 있지 못했을 거예요. 저는 날 때부터 겁이 많고 보잘것없는 계집애일 뿐이니까요. 게다가 오늘 여기까지 와서도 희망과 위로를 잃지 않도록, 십자가에 매달려 돌아가신 예수 그리스도께 기도드릴 엄두도 못 냈을 거예요. 선생님은 하느

---

*2 사형집행인.

님이 절 위해 보내 주신 분이에요."

"아니오, 아가씨야말로 하느님이 내게 보내 주신 사람이에요. 자, 나만 봐요. 다른 건 아무것도 생각하지 말고." 시드니 카튼은 말했다.

"선생님 손만 잡고 있으면 전 무섭지 않아요. 그리고 저 사람들이 단숨에 끝내준다면 이 손을 놓쳐도 괜찮을 것 같아요."

"단숨에 끝날 테니 무서워 말아요!"

두 사람은 빠르게 줄어드는 희생자들 가운데 서 있었지만 단 둘이 있는 것처럼 이야기를 나누었다. 눈과 눈, 목소리와 목소리, 손과 손, 마음과 마음이 연결되어 이렇게 만나지만 않았으면 멀리 떨어진 곳에서 아무 공통점 없이 저마다의 삶을 살았을 두 사람, 우주라는 어머니의 자녀인 두 남녀가 이 어두운 길 앞에서 함께 집을 고치고 어머니의 품에 안겨 잠들려 하고 있었다.

"용감하고 너그러우신 선생님, 마지막으로 한 가지만 여쭤 봐도 될까요? 전 아무것도 모르지만 이것만은 왠지 신경이 쓰여서요. 별로 대단한 건 아니에요."

"말해 봐요. 뭐죠?"

"제게 사촌이 하나 있어요. 유일한 친척인데 저처럼 고아예요. 전 그 애를 무척 사랑해요. 저보다 다섯 살 어리고, 지금은 남부의 어느 시골 농가에서 살고 있어요. 가난해서 서로 떨어져 살 수밖에 없었거든요. 그래서 제가 이렇게 된 걸 그 애는 몰라요. 편지를 보낼 수도 없고, 설사 보낸다 해도 이렇게 된 걸 어떻게 알리겠어요! 그냥 이대로 모르는 게 나을 것 같기도 하고."

"그래요, 그냥 이대로가 나을 것 같군요."

"제게 이렇게 큰 힘을 주시는 선생님의 굳건한 얼굴을 보면서 여기 오는 내내 생각했고, 지금도 생각하고 있는 게 있어요. 정말로 공화국이 가난한 사람들을 보살펴줘서 그들이 배고파 눈물 흘리지 않아도 되고 여러 가지로 덜 고생하게 된다면 그 애도 오래 살 수 있을 거예요. 어쩌면 할머니가 될 때까지 살 수 있을지도 몰라요."

"그래서요?"

"선생님, 어떻게 생각하세요?" 꾹 참기만 하며 원망이라고는 모르던 처녀의 눈에 눈물이 그렁그렁 맺히고 입술이 벌어지며 희미하게 떨렸다. "선생님과 저는 이제 곧 자비로운 하느님의 나라로 떠날 텐데, 그곳에서 동생을 기다리는 시간이 길게 느껴질까요?"

"그렇지 않아요, 아가씨. 그곳에는 시간도 없고 고통도 없으니까요."

"이제 마음이 놓여요! 전 정말 아무것도 모르거든요. 이제 작별의 키스를 해야 할까요? 시간이 다 되지 않았나요?"

"그래요."

처녀가 그의 입술에 키스한다. 그도 처녀의 입술에 입을 맞춘다. 처녀의 손을 놓았지만 그녀의 손은 더 이상 떨리지 않는다. 침착하게 운명을 받아들이는 처녀의 얼굴에는 후련함과 아름다운 평온함이 빛나고 있었다. 처녀가 그보다 먼저 올라가 먼저 가버린다. 뜨개질하는 여자들이 숫자를 센다. 스물둘!

"예수께서 이르시되, 나는 부활이요 생명이니 나를 믿는 사람은 죽더라도 살겠고 또 살아서 믿는 사람은 영원히 죽지 않을 것이다."

웅성거리는 수많은 목소리와 올려다보는 수많은 얼굴, 가장자리에서 안쪽으로 몰려오는 수많은 발소리. 거대한 파도처럼 부풀어오르던 군중의 바다가 순식간에 사라진다. 스물셋.

*

그날 밤 파리 시내에는 그의 얼굴이 지금까지 형장에서 보았던 얼굴들 가운데 가장 평화롭고 차분해 보였다는 소문이 파다하게 돌았다. 어떤 이는 예언자 같이 숭고한 얼굴이었다고까지 말했다.

그보다 조금 전에 같은 도끼날에 희생된 한 유명한 여자 죄수*3는 기요틴 아래에서 문득 생각난 말을 꼭 적어 달라고 부탁했다. 카튼도 자신의 생각을 말했다면, 그리고 그 내용이 미래를 예언하는 말이었다면 아마 다음과 같으리라.

"나는 바사드와 클라이, 드파르주, 방장스, 배심원들과 재판관들과 같은

---

*3 지롱드파 당원인 롤랑 부인. 그녀는 1793년 11월에 처형되었는데 마지막으로 옆에 있는 자유의 여신상을 보며 "아, 자유여, 그대의 이름으로 얼마나 많은 범죄가 저질러졌는가!"라는 말을 남겼다.

구제도의 붕괴 위에 태어난 새로운 압제자들도 이 복수를 위한 도구의 사명이 끝나기도 전에 역시 이 도구에 의해 멸망하는 모습을 보노라. 그리고 이 깊은 구렁텅이에서 아름다운 도시와 눈부신 시민이 태어나리라. 진정한 자유를 얻기 위한 기나긴 투쟁의 승리와 패배 속에서 현재의 죄악과 그 악을 잉태한 과거의 죄악은 스스로 죗값을 치르고 소멸하리라.

나는 내가 목숨을 바쳐 구한 사람들이 다시는 볼 수 없는 영국 땅에서 평화롭고 행복하게 살아가며 사회에 공헌하고 번영하는 모습을 보노라. 내 이름을 딴 아이를 품에 안고 있는 그녀와, 나이가 들어 허리는 구부정하지만 건강을 회복하고 사람들을 치료하며 평화롭게 살아가는 그녀의 아버지를 보노라. 그리고 그 가족의 오랜 친구인 로리 씨, 십 년이라는 긴 세월 동안 그가 가진 모든 것으로 그들을 풍요롭게 해준 선량한 노인이 그에 대한 보답으로 편안히 눈을 감는 것을 보노라.

그들과 그들 자손의 가슴속에, 나에 대한 기억은 앞으로 수십 년 동안 성스러운 안식처로서 길이 남으리라. 할머니가 된 그녀는 나의 기일에 나를 위해 울어 주리라. 그리고 그녀와 남편 다네이도 이승의 여행을 마치고 지상의 마지막 침대에 나란히 누우리라. 나는 아노라. 그들이 서로에게 귀하고 존경하는 존재인만큼 나 또한 그들에게 그러하리라는 것을.

그녀의 품에 안긴 내 이름을 딴 아이도 이제는 성인이 되어 한때는 내 길이었던 인생을 훌륭히 걸어가는 모습이 눈앞에 떠오른다. 그는 성공으로 이어진 길을 순조롭게 걷고, 그로 인해 내 이름도 눈부시게 빛나며 내가 남긴 오점은 흔적도 없이 지워지리라. 공정한 재판관이자 명예로운 인물로 성장한 그 아이가 역시 내 이름을 딴 소년, 내가 잘 아는 그 이마와 금발을 한 소년을 이곳으로 데리고 오리라. 그때는 이곳도 오늘의 추악한 모습은 완전히 사라지고 아름다운 장소가 되어 있으리라. 그는 소년에게 떨리는 목소리로 다정하게 내 이야기를 들려주리라. 나는 그 광경을 보고 그 목소리를 듣노라.

지금 내가 하려는 일은 지금까지 해온 일 가운데 가장 훌륭한 행동이며, 내가 얻게 될 휴식은 지금까지 맛본 어떤 휴식보다도 더없이 아름다우리라."

영문학사상 가장 뛰어난 이야기꾼 디킨스

가난을 딛고 이루어 낸 대작가의 길

찰스 디킨스는 1812년 2월 7일 영국의 남부 해안 도시 포츠머스에서 태어났다. 가족은 곧 채텀으로 이사하는데, 디킨스는 그곳에서 가장 행복한 유년 시절을 보내게 되며, 뒷날 채텀을 배경으로 많은 소설을 쓴다. 1822년부터 런던에서 살다가 1857년 채텀 근교에 있는 전원주택 갯즈 힐에 정착했다. 중류층 출신의 해군 경리국 사무원이었던 아버지는 꽤 많은 봉급을 받았으나 사치와 낭비가 심해 가족은 늘 궁핍에 시달렸다. 1824년 마침내 디킨스 가족은 완전히 재정적 파탄상태에 이른다. 아버지는 채무 관계로 말미암아 감옥까지 가게 되고, 큰아들 찰스는 학교를 그만두고 공장에서 일을 해야 했다.

이러한 충격적 사건들은 어린 디킨스에게 깊은 영향을 미쳤다. 가난한 이들의 삶과 고통에 대해 이해하는 계기가 되었고, 어두컴컴하고 음산한 감옥의 이미지나 상실과 억압 속에서 방황하는 어린이의 이미지는 뒷날 많은 소설 속에서 되풀이하여 등장한다.

그의 성격과 예술에 나타나는 여러 가지 요소들도 이 시기에 형성되었다. 그는 뒷날 한 남자 또는 작가로서 여성을 이해하는 데 어려움을 보였는데, 이것은 그 무렵 자신의 고통을 이해해 주지 못하고 그저 공장에서 돈 벌어 오기만을 강요했던 어머니에 대한 심한 분노에서 비롯된 듯하다.

아버지가 감옥에서 나온 뒤 디킨스는 다시 학교에 갔지만, 결국 열다섯 살 때 학교를 그만두고 만다. 그는 변호사 사무실 서기로 취직했다가 법정의 속기사가 되는데, 그의 소설에 자주 나오는 법률세계에 관한 지식은 여기에서 얻어진 것이다. 그러다가 의회 및 신문사 기자가 된 그는 저널리즘에 대한 지속적인 애정과 법조계 및 의회에 대한 경멸감을 함께 갖게 된다. 특히 1834년부터 36년까지 자유공리주의 계통의 〈모닝 크로니클〉지에서 기자로 일한 경험은 그의 정치적 견해에 큰 영향을 미쳤다.

그 무렵 디킨스는 은행가의 딸 마리아 비드넬에게 구혼했다가, 별 볼일 없는 가문과 불투명한 미래 때문에 거절당한다. 그에 대한 분노는 성공에 대한 결의를 더욱 부채질했다. 마리아에 대한 감정과 뒷날 그에게 환멸감을 주게 되는 그녀의 모습은, 《데이비드 코퍼필드 David Copperfield》의 도라 스펜로에 대한 동경과, 《어린 도릿 Little Dorit》에 나오는 중년의 아서 클레넘이 한때 매혹적으로 보였던 플로라가 '주책 없고 어리석다'고 느끼며 '백합인 채 남겨두었던 플로라가 작약이 되어 있었다'고 표현한 데서 잘 나타나 있다.

1833년부터 디킨스는 잡지와 신문에 단편소설과 수필들을 기고하기 시작한다. 이것이 많은 관심을 끌어 1836년 2월 《보즈의 스케치집 Sketches by Boz》이라는 제목으로 출간되었다. 같은 달에 그는 한 유명 화가의 판화와 함께 실을 희극 연재물을 청탁받았다. 그로부터 7주 뒤 《피크위크 페이퍼스 Pickwick Papers》 1회분이 나왔다. 《피크위크 페이퍼스》은 몇 달 만에 폭발적인 인기를 누려 디킨스는 최고 인기작가가 되었다. 그는 신문사 일을 그만두고 월간지 〈벤틀리 미셀러니〉의 편집을 맡으면서 《올리버 트위스트 Oliver Twist》를 연재하여(1837~39) 매달 두 가지의 연재물을 쓰게 되었다.

1836년 4월 그는 스코틀랜드 저널리스트이자 학자이던 조지 호가스의 장녀 캐서린과 결혼식을 올렸다. 한 집안의 가장이 된 그는 더욱 일에 박차를 가했다. 연재물 형식의 글이 자신의 기호에도 맞고 재정적 보탬이 된다고 판단한 그는 《니콜라스 니클비 Nicholas Nickleby》(1838~39)를 《피크위크 페이퍼스》과 같은 양식으로 20회에 나누어 썼고, 이어서 《골동품 가게 The Old Curiosity Shop》(1840~41)와 《바나비 러지 Barnaby Rudge》(1841) 등을 더 짧은 분량의 주간물로 썼다.

글쓰기에 너무 몰두한 나머지 그는 온몸이 지치고 말았다. 그래서 미국 여행으로 몸과 마음을 달래기로 한다. 5개월 동안 미국을 여행하는 동안 왕실의 칙사나 다름없는 후한 대접과 대환영을 받았다. 그러나 이 와중에도 저작권 보호법을 받아들이지 않는 미국측에 거세게 항의함으로써 미국인들의 거센 감정을 유발하기도 했다.

영국의 제반 제도를 과격하게 비판했던 그는 '나의 상상 속의 나라'로부터 많은 것을 기대했으나, 권장할 만한 사회제도보다는 저속함과 혐오스러울 만큼 약삭빠른 관행만이 눈에 뜨일 뿐이었다. 이러한 불쾌한 감정의 일부는

《미국 기행 *American No-tes*》(1842)과 《마틴 처즐위트 Martin Chuzzlewit》(1843~44)에도 잘 나타나 있다.

이 시기에 쓴 많은 작품들은 경제적으로 큰 도움이 되었다. 《피크위크 페이퍼스》은 진부한 인물들에게 새로운 생명을 불어넣었을 뿐만 아니라, 앞으로 그의 소설들 전반에 걸쳐 나타나는 다양한 경향들이 섞인 형태로 선보이는 것이었다.

찰스 디킨스(1812~1870)

예를 들어 사회악이나 부적절한 제도에 대한 풍자적이거나 비난 섞인 고발, 시국문제에 관한 언급, 그의 소설 대부분의 배경이 되는 런던에 관한 백과사전적 지식, 페이소스, 다소 으스스한 공포 분위기, 크리스마스를 즐기는 서민들의 기쁨, 작품마다 넘쳐흐르는 훈훈한 정감, 인물들을 창조해 내는 지칠 줄 모르는 창의력, 상상력을 더해 분위기를 더욱 고조시키는 인물 특유의 독특한 대화체와 그것을 놓치지 않는 훌륭한 귀, 강력한 서술적 추진력, 다소 희극적 매너리즘에 치우치는 경향이 있기는 해도 매우 개성 있고 창의적인 산문체 등의 조짐이 이미 초기작품에서 발견되는 점들이다.

잡지발행에 앞서 불과 몇 주일 또는 며칠 전에 즉흥적으로 쓴 탓에 미숙한 문장이 눈에 띄고 전체적으로 볼 때 그다지 만족스럽지 못한 작품이지만 그런 처녀작이 디킨스 작품을 일약 유명하게 만들었고, 대중문학의 새로운 전통을 세웠는가 하면 작품의 미숙함에도 불구하고 아직도 세계에서 가장 유명한 소설 가운데 하나로 꼽히고 있다는 점은 놀라운 일이다.

《올리버 트위스트 *Oliver Twist*》에는 그의 자신감과 예술적 야망이 더욱 잘 나타나 있다. 이 작품은 희극적 요소를 많이 담고 있기는 하지만 빈민수

용소나 범죄세계 같은 사회적·도덕적 악의 소굴 속으로 더욱 깊이 파헤쳐 들어간다. 게다가 독창적인 삽화가들의 도움으로 디킨스 작품의 인물들과 배경에 관한 상상적 효과가 더해졌다. 가령 《보즈의 스케치집》과 《올리버 트위스트》의 '크룩섕크', 1860년대까지 다른 대부분의 소설의 삽화를 맡은 '피즈'(해블롯 K. 브라운) 등이 그 좋은 예이다.

또한 디킨스 소설은 아주 쉽게 연극으로 각색할 수 있었기 때문에 폭넓은 독자층을 확보할 수 있었다. 런던의 20개 극장이 동시에 그의 최근 소설을 각색, 무대에 올리는 경우는 흔한 일이었다. 그래서 그의 소설을 읽지 않은 사람들도 짧게 압축된 작품 내용에 친숙해질 수 있었다.

《올리버 트위스트》는 잔인한 요크셔 학교에 대해 고발하는 한편, 버림받고 억압받는 어린이들을 페이소스와 사회비판의 근거로 삼는다. 이러한 영국소설에서의 중요한 혁신은 《니콜라스 니클비》 같은 작품에서도 그대로 이어진다. 이런 경향은 《골동품 가게》에서 더욱 심화되는데, 이 작품에서 어린 넬의 죽음은 그 무렵 대단한 충격을 불러일으켰다. 《바나비 러지》에서는 새로운 장르인 역사소설을 시도하고 있다. 같은 부류로서 후기의 역작 《두 도시 이야기 A Tale of Two Cities》처럼 이 작품은 18세기 후반을 배경으로 대규모 민중폭동의 참상을 매우 힘차고 심도 있는 필치로 다루고 있다.

폭넓은 분위기와 소재, 수십 명의 인물들이 등장하는 여러 개의 복잡한 플롯들을 가지고 예술적 일관성을 창출한다는 것은 디킨스가 연재물로 글을 쓰고 출판하기에 더욱 큰 문제로 떠올랐다. 1844년판 《마틴 처즐위트》 서문에서 그는 "이번 달 호의 유혹을 물리치고 전체적인 목적과 구성에 더 꾸준한 관심을 두려고 노력했다"고 말했다. '전체적 목적과 구성'에 관한 집중은 그 다음 소설 《돔비와 아들 Dombey and Son》(1846~48)에서 더욱 효과적으로 나타난다. 그러나 무엇보다 길이가 비교적 짧고 연재물로 발간되지 않은 크리스마스 이야기들을 쓴 경험은, 그에게 좀 더 소설적인 일관성을 얻는 데 크게 도움을 주었다.

《크리스마스 캐럴 A Christmas Carol》(1843)은 그의 여러 크리스마스 작품들 가운데 첫 작품이며, 우연찮게 새로운 문학적 장르를 창출한 작품이다. 《마틴 처즐위트》를 쓰는 동안 막간을 이용해 단숨에 쓰다시피 한 이 작품은 현대문학의 위대한 크리스마스 신화라고 할 수 있는 특별한 업적이다. 디킨

채텀, 왕립 해군 공창 풍경 디킨스의 아버지는 1817~22년에 채텀의 해군 경리부에서 일했다. 디킨스는 이곳에서 가장 행복한 어린 시절을 보냈으며 뒷날 수필에서 '내가 받은 첫 번째 인상, 지금까지 기억하고 있는 인상'은 이 도시의 '병사(兵舍)와 군인들, 배와 뱃사람에게서 얻은 것'이라고 밝혔다. 디킨스는 채텀을 배경으로 하여 많은 소설을 쓴다. 새무얼 웨렌의 그림을 복사한 판화(1842).

스는 작품에서뿐만 아니라 일상생활에서도 크리스마스에 매우 중요한 가치를 부여했거니와 이는 대중적 인기에도 큰 공헌을 했다. 《크리스마스 캐럴》은 일반적 의식 속에 깊이 파고들었다. 한 평론에서 W.M. 새커리는 이 작품을 가리켜 '국가적 차원에서 이득이요, 그것을 읽는 모든 이에게 주는 개인적 애정표현'이라고 썼다. 이후로 더 많은 크리스마스에 관한 책·수필·단편들이 1867년까지 거의 해마다 쏟아져 나왔다. 일부는 출판되자마자 일시적 인기를 누렸지만, 그 어느 작품도 《크리스마스 캐럴》에 필적하지는 못했다. 이러한 일련의 작품들은 디킨스만이 시도한 크리스마스 기념비가 되었다.

분야를 넘나드는 천재적 재능

디킨스는 여러 면에서 진정한 공인(公人)이었으며 자신이 사는 세계에서 적극적인 중심체 역할을 하고, 확고부동한 위치를 차지한 인물이었다. 또한 그 무렵 가장 훌륭한 만찬 연설가로 인정받았으며, 그 밖에도 그를 묘사하는 최상급 형용사로는, 런던 신문계에서 가장 뛰어난 속기사였다는 것과 가장 뛰어난 아마추어 배우였다는 것도 포함되어 있다. 그 뒤에는 매우 훌륭한 잡지 편집인이자 최고의 연극 낭송가가 되기도 했다.

이 시기에 디킨스는 사생활에서도 모자람이 없었다. 가정과 사회생활을 사랑했으며 매우 모범적이고 훌륭한 가정을 이루고 있었다. 한번은 요리책을 쓸 생각까지 했을 정도이고, 아이들이 사춘기에 접어들었을 때는 관계가 다소 소원해지기는 했어도 1844~45년 이탈리아 생활, 1846~47년의 스위스와 프랑스 체류를 빼고는 줄곧 런던에서 살았다.

그러다 수입이 늘고 아이들이 자라남에 따라 퍼니벌즈인에 있는 아파트에서 더 큰 저택으로 옮겼다. 여기에서 유명한 작가, 신문기자, 배우, 예술가 등 많은 친구들을 만났고 법률가나 사업가, 몇몇 귀족 계층 등 다른 직업 사람들도 접대했다. 그는 허식 없는 사교모임에서 온화하고 양식 있으며 너무 현학적이거나 문학적이지 않은 대화들을 즐겼다. 사람들은 그의 광채 나는 눈빛과 단정하고 신사다운 외모에 깊은 인상을 받았다. 그 스스로도 "나는 세련된 옷과 장식을 끔찍이 좋아한다"고 털어 놓았다. 절친한 친구이며 뒷날 그의 전기를 쓴 존 포스터는 《피크위크 페이퍼스》에서 당시의 그를 이렇게 회상했다.

"그의 얼굴 각 부분에 나타나는 명민함, 날카로움, 실천력, 열정적이고 활동적이며 원기찬 모습은 문학을 공부하는 사람이나 작가라기보다는 행동파 사업가 같은 인상을 주는 듯했다. 광채와 활기가 얼굴 전체에서 번득였다."

디킨스는 자신의 예술에 자부심을 가졌고 그것을 향상시키면서 좋은 목적에 이용하기 위해 최선을 다했다. 그는 대중문학은 시대에 뒤떨어진 것이 아니라 나름대로의 위치를 차지하고 있으며, 그것의 의무를 다하기 위해 노력한다는 것을 보여 주려고 작품을 썼다고 말한 바 있다. 그러나 그는 결코 모든 에너지를 예술에만 쏟아붓거나 편협하게 문학만을 고집하지는 않았다.

1846년에는 스스로 〈데일리 뉴스〉지의 창립 편집자가 되었다. 이 신문은 그 뒤 대표적인 진보적 신문으로 거듭난다. 신문기자로서의 경험과 정치적 신념, 여론의 주창자로서 대처할 수 있는 자세, 문학적 창작력을 살리고 소설 독자층의 변덕스러운 기호에 의존하지 않고 고정된 수입을 확보하고자

하는 욕망은 그로 하여금 1840년대에 여러 번 정기간행물을 기획하게 만들었다.

그는 일간신문 발행에 큰 성공을 거두지는 못했지만, 곧 그의 실용적 재능이 빛을 발할 기회가 주어졌다. 디킨스는 10년 넘게 비범한 통찰력과 애정을 가지고 아주 정력적으로, 부유한 친구 안젤라 버뎃커츠로로부터 재정적 도움을 받아 어린 비행소녀들을 위한 감화원을 성공적으로 운영했다. 그의 작품들에 나타나는 자선정신은 또한 연설이나 기금모금 활동, 사적인 자선활동을 통해서 실천되기도 했다.

찰스 디킨스 박물관
런던의 다우티 거리에 있는 이 건물은 18세기에 세워 집 건물로는 유일하게 현존하고 있다. 디킨스는 신혼 초에 이곳에서 2년간 살았다.

《돔비와 아들 *Dombey and Son*》(1846～48)은 훨씬 철저한 구상과 성숙한 사고의 산물이자, 그 무렵 사회에 널리 스며 있는 일반적 불만이 구체적인 사회적 부조리에 관한 관심으로 변하는 첫 작품이었다. 돈으로 인한 타락, 높은 지위에 대한 자만심, 존경할 만한 가치의 한계 등이 파헤쳐지고, 디킨스의 다른 작품에서와 마찬가지로 가난하고 소박하며 단순한 사람들 사이에서 오히려 더 자주 인간의 미덕과 가치가 발견됨을 지적하고 있다. 작품 속에서 어린 폴의 죽음은 디킨스의 또다른 유명한 페이소스 넘치는 에피소드를 제공하고 있고, 돔비라는 인물에서는 이전의 그 어떤 인물보다도 훨씬 더 심각하고 내적인 인물묘사에 대한 시도가 이루어지고 있다.

《데이비드 코퍼필드 David Copperfield》(1849~50)는 이러한 심화된 사회적 관심으로부터 잠시 떠난 작품이다. 이 작품에서는 데이비드 코퍼필드의 유년기를 다룬 부분이 가장 유명하다. 그의 문학 생애에서 전무후무한 매혹적 분위기를 창조하고 있으며, 바로 이러한 이유와 작가의 자서전적인 요소 때문에 이 책은 그의 대표작인 동시에 디킨스 자신의 '가장 사랑하는 자식'이 되었다. 이 작품은 그의 자서전적인 작품으로 볼 수 있으며, 그에게는 새로운 기법인 1인칭 시점으로 쓰였다. 그러나 비록 작가 자신에게 큰 의미가 있었던 여러 가지 어릴 때의 경험, 즉 아버지가 감옥에 있을 때 공장에서 일했던 일, 학교수업과 독서, 마리아 비드넬에 대한 열정, 변호사 사무실 서기에서 성공적인 소설가로의 변신 등을 다루고 있지만 데이비드는 디킨스와 여러 면에서 다르다.

디킨스의 저널리즘에 대한 야망은 마침내 주간지 〈가정의 말(Household Words)〉(1850~59)와 〈일 년 내내(All the Year Round)〉(1859~88)에서 그 지속적인 형식을 발견해 낸다. 폭넓은 주제를 다룬 소설·시·수필 등을 담은 주간물로서 이들은 상당한 부수가 팔렸고, 그 수는 차츰 늘어나 몇몇 크리스마스 특집호들은 30만 부 넘게 팔렸다. 디킨스는 별로 수작이라고 할 수 없는 또 다른 연재물들인 《어린이 영국 역사 Child's History of England》(1851~53), 《어려운 시절 Hard Times》(1854), 《두 도시 이야기》(1859), 《위대한 유산 Great Expectation》(1860~61)과 수필 등을 기고했고, 이들 가운데 몇 편은 《다시 보는 소품집 Reprinted Pieces》(1858)과 에세이 《장사가 아닌 목적으로 여행하는 사람 The Uncommercial Traveller》(1861, 뒷날 증보판으로 발행)에 실렸다.

특히 1850~52년의 크림전쟁 동안 당시의 많은 정치적·사회적 문제들을 쟁점화하여 글을 썼다. 후반기에 그의 집필량은 급격히 줄었으며, 더욱이 정치에 관한 글은 거의 쓰지 않았다. 당시에 연재물을 기고했던 소설가들로서는 개스켈 부인, 윌키 콜린스, 찰스 리드, 벌윅 리튼 등이 있다. 견고하게 구성된 르포 기사들은 그 방법과 내용에서 기지가 넘쳤다. 디킨스와 필적할

쥘 자냉의 〈파리의 겨울〉(1843) 디킨스는 1855년 가족과 함께 파리로 가서 반년 동안 머물렀다. 디킨스는 후기의 어느 작품에서 파리를 '그야말로 넋을 잃을 만큼 매력적인' 번화한 도시로 묘사하고 있다.

만한 영국작가 가운데 아무도 그렇게 꾸준하고 원숙하게 편집작업에 20여 년이나 능력을 바친 이는 없었다. 주간잡지의 성공은 그의 명성뿐만 아니라 실제적인 기민성과 뿌리 깊은 근면성 덕분이었다.

이 시기의 소설들 《황량한 집 *Bleak House*》(1852~53), 《어려운 시대》 (1854), 《어린 도릿》(1855~57) 등은 이전의 작품보다 훨씬 어두운 색채를 띤다. 그 무렵 사회를 지극히 포괄적으로 점점 더 암울한 시각으로 드러냈다. 디킨스는 그의 마음이 한 장면을 포착하는 것을 "공상적 사진을 찍는다"고 말한 적이 있는데, 여기에는 사진적 사실주의와 '공상(또는 상상력)'

사이의 지속적인 상호작용이 있음을 알 수 있다. 분명히 그는 소설에서 '격동하는 시대'의 사회적·정치적 발달에 대해 날카롭고 해박하면서도 관심 있는 눈으로 관찰하고 묘사했다.

1850년대의 소설은 더욱 정치에 대한 실망이 두드러지면서 비극적 경향을 띠었다. 풍자는 더욱 직접적이 되고, 유머는 줄어들었을 뿐 아니라 특유의 온화함을 잃고 있고, 해피엔딩일지라도 전체적인 분위기는 가라앉아 있다. 후기소설은 구성에서 더 일관성이 있고, 주제는 플롯과 더욱 긴밀히 밀착되며 대부분 《황량한 집》의 안개나 《어린 도릿》의 감옥과 같은 어두운 상징들을 통해 그려진다. 여기서 그의 예술은 사진적이며, 저널리즘의 성격이라기보다는 오히려 시적이라고 할 수 있다.

디킨스식 인물묘사는 《황량한 집》의 채드밴드나 《어려운 시절》의 스파싯 부인처럼 두드러지고 단순화된 형태의 아주 괴팍하거나 희극적 인물로 맥락을 이어가지만 이러한 유형으로서 큰 스케일의 인물들은 많지 않다. 인물구성은 '보편적인 목적과 구성'에 비해 부수적인 요소가 되며 윌리엄 도릿과 같은 복잡한 성격의 인물들을 제시하고 있다. 세속적인 희망이 차츰 줄어들면서 디킨스는 '모든 삶의 위대하고 궁극적인 비밀'에 깊은 관심을 갖게 된다.

셰익스피어와 비견되는 위대한 예술가

1855년은 디킨스에게 매우 불안정하고 불만스러운 한 해였다. 정치적인 이유에 부분적인 원인이 있었다. 개인적인 불만 때문에 정치에 대한 분노가 더욱 깊어졌다고도 볼 수 있다. 크림전쟁은 정부의 무능력을 드러냈을 뿐만 아니라 국내의 '빈곤, 배고픔, 무지에서 비롯된 자포자기'에 대한 관심을 다른 곳으로 돌리게 했다. 《어린 도릿》에서 그는 "나는 내 분노를 어느 정도 내뿜어야 했다. 그렇지 않았다면 그 분노 때문에 나 자신이 폭발해 버렸을 것이다. 하지만 나는 지금 정치적인 신념이나 희망을 티끌만큼도 갖고 있지 않다"라고 토로했다. 그러나 디킨스는 다른 일관성 있는 대안을 제시할 수도 없었다.

이러한 절망감은 공교롭게도 심각한 개인적인 불행과 때를 같이했다. 1855년에 만난 마리아 비드넬과는 마침내 짧은 희비극으로 끝났지만 그가

갯즈 힐 플레이스 1857년에 넓은 정원이 딸린 저택 갯즈 힐 플레이스를 구입하였다. 디킨스는 어린 시절부터 이 저택의 소유주가 되기를 꿈꿔 왔는데, 마침내 소원을 이루고 만년에는 이곳에서 정착하여 살게 되었다.

간직하고 있던 한 줄기 환상적 향수는 깨져 버렸고 위험스러운 감정의 미성숙과 갈망만이 남게 되었다. 그는 성인이 된 '데이비드 코퍼필드'가 느낀 비애와 슬픔을 공공연하게 자신의 감정과 일치시켰다.

1856년에 그는 '나의 집 벽장 속에 숨어 있는 해골이 자꾸 커져 가고 있는 것을 알게 되었다'고 쓰고 있다. 얼마 뒤 이 '불안한 감정'은 거의 습성이 되었고, 가정이 제공해 주어야 할 만족감, 실제로 그의 성격상 몹시 필요로 했던 그 만족감을 찾을 수 없었다. 급기야 1858년 5월부터 그와 캐서린은 별거했고, 여러 우정관계가 무너졌으며 사교의 폭도 좁아졌다. 그러나 놀랍게도 대중의 인기에는 전혀 손상을 입지 않았다.

〈얼어붙은 바다 *The Frozen Deep*〉는 그와 27세 연하의 여배우 엘렌 터넌이 1857년에 함께 공연한 연극이다. 엘렌과 디킨스의 관계는 1930년대까지 공식적으로는 비밀로 감추어져 있었지만, 디킨스는 그녀를 깊이 사랑했으며 그들의 관계는 그가 죽을 때까지 이어진 듯하다. 그들 사이에 아이가 있다는 주장은 입증되지 않았다. 마찬가지로 후기소설에 등장하는 연인들이 겪는 고뇌가 디킨스 자신의 감정을 반영하고 있다는 견해도 추측일 뿐이다. 사실 이전의 대부분의 여주인공들에 비해 생기 있고 복합적인 성격을 갖고 있는 후기작품의 여주인공과 넬리를 연관짓는 것은 매우 흥미로운 일이다. 특히 엘렌 로리스라는 그녀의 이름이 그의 마지막 세 장편소설 여주인공들의 이름인 에스텔라, 벨라, 헬레나 랜드리스에 반영되어 있는 듯한 것을 보면 더욱 그렇다. 그러나 디킨스에 대한 그녀의 감정이 어떠했는지 또는 이러한 후기의 사랑 이야기들이 그들 관계와 얼마나 긴밀하게 관련되어 있는지에 대해서는 확실히 알려진 바가 없다.

디킨스는 대중 앞에서 낭독하는 것을 즐겼다. 이것을 '독자와의 연애'라고 이름짓기도 했다. 그는 대중의 애정을 창작력의 자극과 상업적인 성공의 조건으로서만이 아니라 가정에서 찾지 못한 사랑에 대한 대체물로서 귀중하게 여겼다. 그는 자선사업을 돕기 위해 이야기 낭독을 시작했던 1853년부터 장난삼아 가끔 직업 낭독가로 전향할 생각을 해 왔다. 1858년 4월에 시작된 이러한 유료 낭독회는 불행한 결혼생활을 잊고 열정의 분출구를 찾으려는 충동에서 비롯되었다. 그의 낭독에는 놀라운 연극적 재능, 연극공연에 대한 사랑, 청중을 직접 보고 즐겁게 해 주려는 애정, 뛰어난 극적 성향 등의 예술 요소들이 깃들어 있었다. 더욱이 글쓰기보다 낭독으로 더욱 많은 고정수입을 갖게 되었으며, 창작하는 것보다 공연을 되풀이하는 것이 한결 쉬운 일이었다.

처음 레퍼토리는 순전히 크리스마스에 대한 작품으로 구성되었지만 곧 장편소설에서 뽑은 일화들도 포함되어 확대되었다. 한 공연은 흔히 두 이야기로 구성되며, 가장 인기 있었던 것은 《피크위크 페이퍼스》의 재판 장면과 《크리스마스 캐럴》이었다. 페이소스를 자아내는 것도 중요했지만 희극이 거의 대부분을 차지했고 그가 고안한 마지막 낭독에서는 놀랍게도 공포심을 불러일으키는 요인도 도입되었다. 《사이크스와 낸시 Sikes and Nancy》 낭독은 청중들을 공포로 얼어붙게 했고 디킨스 자신도 거의 초주검이 될 만큼 열정을 다했다. 그는 세상을 떠나기 직전까지 정기적으로 런던에서 낭독했으며 지방을 순회하고 1867~68년에는 미국에서도 공연을 했다. 일생 동안 공연한 횟수는 471번에 이른다. 이처럼 그는 훌륭한 공연가였고, 예술의 중요 요소인 구술적이며 극적인 특성들이 이런 낭독회를 통해서 증명되었다.

이전에 소설들을 통해 얻었던 수입과 창의적인 만족감 및 관객들과의 지속적인 접촉을 낭독을 통해 얻었으나 이는 그의 기력을 쇠잔하는 결과를 초래했다. 그러므로 몇몇 친구들은 이것이 너무 유치한 만족이며 쉽게 얻은 승리이고 더 하찮고 덧없는 예술로 빠져드는 슬픈 쇠퇴라고 생각했다. 그러나 이 낭독이 어떠

디킨스와 딸들
첫째 딸 메리(메이미)와 둘째 딸 케이티와 함께 갯즈 힐 플레이스에서. 이 집은 켄트 주 로체스터에 있다.

한 식으로 평가되든 여기에는 대중과의 접촉, 사업적 감각, 정력, 비문학적인 재능에 대한 긍지, 독창성 등 그만의 독특함이 있었다. 호메로스 이래 이처럼 많은 시간과 정력을 이런 낭독활동에 바친 작가는 없었다. 유일하게 비견될 수 있는 인물은 마크 트웨인인데, 그도 디킨스를 일컬어 선구자라고 불렀다.

지치고 병약했음에도 디킨스는 여전히 창의적이고 모험적인 집필을 멈추지 않았다. 《두 도시 이야기》(1859)는 예전의 작품만큼 성격묘사·대화·유머가 크게 돋보이지 않는 실험작이었다. 《위대한 유산 *Great Expectations*》(1860~61)은 일인칭 화자의 서술로 쓰이고 디킨스 자신의 성격과 경험의 일부가 그려졌다는 점에서 《데이비드 코퍼필드》와 비슷하다. 그가 쓴 작품 가운데 가장

훌륭하게 완성된 소설로 꼽힌다. 주인공 핍의 심리가 매우 섬세하게 탐구되었으며, 어린 시절과 청년 시절의 어려운 시련들을 통해 이루어지는 성격 발달이 비판적이면서도 동정 어린 시각으로 그려져 있다. 이 작품에 나오는 다양한 종류의 '위대한 유산'들은 그 근본이 잘못되어 있음이 드러나게 되는데, 이는 인물들의 약점과 불운뿐만 아니라 당대의 가치관에 대한 그의 논평이다.

《우리 서로의 친구》(1864~65)은 방대하고 포괄적인 소설로서 그의 배금주의와 계급을 중시하는 가치관에 대한 비판은 이 작품에서도 이어진다. 런던은 그 이전보다 더욱 음산한 도시로 그려지고 부패, 음모, 상류계층의 위선이 신랄하게 공격받는다. 많은 새로운 요소들이 디킨스의 소설세계에 도입되었다. 미완성 작품인 《에드윈 드루드의 비밀 *The Mystery Edwin Drood*》(1870)는 파노라마적인 소설형식을 버리고 제한적이고 개인적인 행동을 집중 묘사하고 있다. 가장 중심적인 인물인 존 재스퍼는 존경받는 성당 오르간 연주자이면서도 아편 중독자이며 성적 질투심으로 조카를 죽이는 악인이라는, 극단적으로 대조적인 모습을 지니고 있다. 이 작품은 디킨스의 소설 전반에 걸쳐 등장하는 범죄, 악, 심리적 비정상의 주제들이 가장 치밀하게 다루어진 소설이 되었다. 그는 삶에 대한 위대한 찬양가인 동시에 죽음에 대한 강박관념도 가지고 있었다.

비평계의 견해는 점점 적대적이었지만 그의 명성은 이어졌다. H.W. 롱펠로는 미국 여행 도중 디킨스가 받은 엄청난 열광을 주목하면서 "사람들은 이에 대한 모든 진실을 이해하기 어렵고, 그의 명성이 얼마나 널리 퍼져 있는지 느끼기 힘들다"라고 말했다. 그러나 디킨스는 겉보기와는 달리 절대로 마음이 평온하거나 여유 있는 사람은 아니었다. 각계각층의 다양한 옛 친구들은 이제 세상을 떠났거나 소원해졌고 또는 다른 여러 이유로 만날 기회가 별로 없었다. 또한 그의 아들들은 많은 근심과 실망을 안겨 주었다.

그러나 만년의 그의 인생이 암울하기만 했던 것은 아니었다. 갯즈 힐이라고 이름붙인 자신의 전원주택을 사랑했고 여전히 '밝은 빛으로 그가 나타나는 곳 어디에서나 사교 분위기를 푸근하게' 만들 수 있었다. 소설가 앤터니 트롤럽의 형이며 디킨스의 〈일 년 내내〉에 글을 기고했던 T.A. 트롤럽은 그를 이렇게 평했다.

"그가 지닌 태도의 보편적인 매력…… 그의 웃음은 즐거움에 넘쳤고, 그의 열정은 끊임없었으며, 다정했고 호탕했으며, 진정으로 사나이다운 사람이었다."

미국 순회 낭독회 여행에서 무리를 한 탓에 그만 건강이 크게 악화되었다. 그 뒤 런던에서 짧은 고별 낭독 기간을 가졌는데 그것은 유명한 구절인 "이 눈부신 불빛으로부터 나는 영원히 사라집니다"로 끝맺는다. 이 말은 3개월도 채 지나지 않아 그의 부고장에 다시 인용되었다. 1870년 6월 9일 갯즈 힐에서 갑자기

디킨스의 마지막 낭독회
1870년 3월 15일, 런던에 있는 세인트 제임스 홀에서 열린 디킨스의 마지막 낭독회 모습. 이 모임에는 영국 왕세자도 참석하였다. 그 3개월 뒤 6월 9일 디킨스는 운명을 달리하고 웨스트민스터 사원에 묻혔다.

숨을 거둔 그는 웨스트민스터 대사원에 묻혔다. 전세계 사람들은 위대한 예능인이자 왕성한 창작력을 지닌 예술가, 시대정신에 큰 영향을 준 거장을 잃은 것에 깊은 애도를 표했다. 디킨스는 더없이 깊고 넓은 상상력과 창작력으로 셰익스피어에 비유되곤 한다. 그와 셰익스피어는 영국이 내놓은 가장 독창적인 작가이며, 수많은 작품이 모두 세간의 인정과 호평을 받은 최고의 작가라는 점에서 일치한다. 그들의 작품에서는 각양각색의 인물들과 온갖 희로애락으로 구성된 창작세계가 돋보인다. 디킨스는 정부와 사회적 책임에 대한 의식이 새롭게 인식되던 산업화된 도시에서 살았으므로 그러한 세계에 대해 날카롭게 파고들었다. 그가 그렸던 세계는 그가 세상을 떠난 지 140여 년이 흐른 오늘날까지 그의 모국뿐만 아니라 세계 모든 국가에서 여전히 이어지는 수많은 문제와 희망을 담고 있다.

시대의 격랑 속 역사의 울림 《두 도시 이야기》

《두 도시 이야기》는 디킨스가 만년인 1859년에 주간잡지 〈일 년 내내〉에 연재된 작품이며 그 뒤 책으로 출간되었다. 디킨스 작품 가운데 가장 유명하고 가장 독특하며 가장 사랑받는 작품이다. 이 작품은 프랑스 혁명을 배경으로 시드니 카튼이라는 변호사 주변에 있는 많은 인물이 목숨을 걸고 행동하는 모습을 그리고 있다. 루시 마네트라는 이상적인 여인을 가운데 두고 그녀에게 집착하는 세 남자를 중심으로 이야기가 펼쳐진다.

마네트 박사는 루시의 아버지이다. 그는 예전에 귀족 에브르몽드 가문의 악행을 정부에 알리려다 도리어 체포장을 받아 바스티유 감옥에 갇힌 적이 있다. 그는 무려 18년간의 수감생활 때문에 약간의 정신이상 증세를 보인다. 그는 구두 만드는 일에 유달리 집착한다. 그런데 런던에 있던 딸 루시가 아버지를 돌보러 파리로 건너온다. 루시 덕분에 박사의 증상은 조금씩 나아지고, 그의 관심은 구두에서 딸에게로 옮겨 온다. 어느새 박사는 루시에게 완전히 의존하게 된다. 어머니를 빼닮은 루시는 박사에게 파리의 고통을 잊게 해 준다.

찰스 다네이는 마네트 박사의 사위이자 사실상 라이벌이다. 그는 시골 귀족 에브르몽드 후작의 조카이지만 지적으로나 기질적으로도 도시 귀족에 가깝다. 이전 에브르몽드 집안 인물들과는 달리 그의 마음은 선의로 가득 차 있다. 그는 한창 불안한 파리의 사회 정세로 보아 귀족 출신이라는 사실이 알려지면 새로운 혁명 정부에 체포될 것이 뻔할 뿐 아니라, 스스로도 프랑스 귀족의 횡포가 싫어서 영국으로 달아났던 것이다. 귀족 집안의 후손답지 않게, 외국어를 가르치며 스스로 생계를 꾸려 나간다.

시드니 카튼은 등장인물 가운데 가장 속마음을 겉으로 드러내지 않으며 비밀스럽다. 그 자신도 원인을 알지 못하는 우울증으로 고통받고 있으며, 스스로도 술을 너무 좋아하는 데다 게으르고 방탕하다고 말한다.

어느 날 다네이가 마네트 박사에게 루시와의 결혼을 허락해 달라고 한다. 이것은 마네트 박사에게 너무나 큰 충격이었다. 딸의 애정을 빼앗겼다는 엄청난 질투심과 함께, 하필 다네이가 에브르몽드 가문 출신이라는 것이다. 마침내 루시와 다네이가 신혼여행을 떠나자 박사는 자포자기 상태로 다시 구두만들기에 빠져 버리고, 자신이 누구이며 어디에 있는지 잊어버리고 만다.

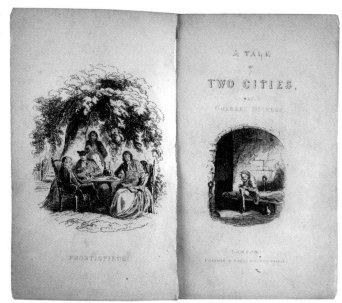

《두 도시 이야기》(1859) 초판본 속표지

한편 예전에 마네트 박사에게 신세를 진 적이 있고, 지금은 술집을 경영하고 있는 드파르주 부부 가운데 특히 부인은 예전에 자기 집안이 에브르몽드 후작으로부터 모욕당한 적이 있어서 모든 귀족을 극단적으로 싫어한다. 부인은 주위에 있는 여성을 상대로 "자유, 평등, 박애"를 외치고 선두에 서서 혁명의 필요성을 강조하며 민중을 선동한다.

그러던 중 예전에 에브르몽드 후작 가문의 하인이었던 가벨과 그의 딸 마리가 억울하게 투옥된다. 이 일에 대해 다네이는 의문을 느끼고, 망명자인 자신이 나서면 위험하다는 사실을 알면서도 두 사람을 구하기 위해 파리로 간다. 예상대로 그는 체포되어 재판에 회부된다.

마네트 박사와 다네이는 서로 친구라고 여기면서도 새삼 서로 적임을 깨닫는다. 저도 모르게 박사는 혁명의 물결 쪽에 서게 되고, 다네이는 자신의 의지와 반대로 에브르몽드 후작의 입장에 서게 된다. 다네이는 시대의 물결에 떠밀려 공포의 현장으로 이끌려 간다. 바로 이 순간, 그는 더는 저주받은 에브르몽드 가문의 일원임을 숨길 수 없다. 모든 것은 폭로되고, 그는 자신이 물려받은 업보와 맞닥뜨리게 된다.

마네트 박사의 유력한 증언 덕분에 한 번은 무죄 판결을 받지만, 귀족에

《두 도시 이야기》 삽화

대해 깊은 한을 가진 드파르주 부인이 예전에 감옥에서 쓴 마네트 박사의 비밀 문서를 내놓으며 다네이가 잔악한 에브르몽드 후작의 친척임을 증명하는 바람에 혁명정부는 그에게 사형을 선고한다. 이것은 마네트로서는 예상치 못한 결과였다. 마네트는 자신의 의도와 달리 다네이를 고발했고, 그 고발은 그 누가 한 고발보다도 더없이 효과적이었다.

 쉴 새 없이 수백 명의 목을 자르는 단두대의 덜커덩거리는 소리는 참으로 소름끼치는 것이었다. 남편을 잃게 된 루시의 심정은 처참했다. 유능하면서도 오랫동안 방탕한 생활을 이어 온 시드니 카튼은, 그런 생활을 청산하고 루시에 대한 사랑을 완성하기 위해, 그녀가 사랑하는 남편 다네이의 목숨을 구하고자 다네이와 풍모가 비슷한 자신이 감옥으로 들어가 대신 처형된다.

 시드니 카튼이 누구보다도 먼저 혁명의 발소리를 듣는 것은 그가 어떤 형태로든 희생되리라는 것을 암시한다. 얼핏 그 또한 마네트 박사와 마찬가지로 다네이를 싫어하는 듯이 보이지만, 박사가 그랬듯 그 또한 다네이를 구하려 하고, 박사가 실패하는 그 시점에서 다네이를 구해 낸다.

《두 도시 이야기》 삽화

　시드니 카튼은 최후의 몇 시간 동안 금욕적인 자제력과 세대를 아우르는 웅변을 보여 준다. 그는 끝까지 사실을 밝히지 않음으로써 마네트 일행이 탈출할 시간을 벌어 준다. 디킨스는 이 기념비적 축복과 예언을, 프랑스혁명에 대한 응답이며 혁명의 본질적 산물이라고 밝혔다.

　《두 도시 이야기》의 특징은 무엇보다도 객관적인 역사소설의 형식을 띠고 있다는 점이다. 디킨스의 작품 가운데에서 유일하게 이 작품과 초기작인 《바나비 러지》만 이러한 형식을 취하고 있으며, 성공 여부는 차치하더라도 구성력이 모자란 디킨스가 드물게 구성을 시도했다는 점이 다른 작품들과는 차별화된다. 이 작품이 디킨스의 소설 중에서도 특히 유명한 이유는 무엇일까. 그것은 아마도 프랑스혁명이라는 역사적인 대사건을 무대로 삼았다는 점과, 이 혁명에 대한 역사적 관심이 높아지며 활발히 그 의의를 찾던 시기에 나타난 작품이라는 데서 이유를 찾아볼 수 있을 것이다. 대중적인 디킨스는 고상한 문장을 선호한 칼라일과는 성격이 달랐지만, 그래도 칼라일의 명저인 《프랑스혁명》(1837)에는 경의를 표하며 그것을 참고했다. 그러나 1859년에 나온 이 이야기는 단순히 프랑스혁명의 역사적인 기술이 아니라 그 어려운 시대를 헤쳐나가는 인간의 심리를 정밀하게 그려 냈다.

디킨스는 이 작품의 곳곳에서 놀라운 수완을 발휘하고 있다. 사랑을 양보한 친구를 위해, 아니, 사랑하는 여인을 위해 친구의 운명을 대신 짊어지고 죽음을 택한 시드니 카튼의 삶은 비록 신선하지는 않아도 언제나 사람들의 흥미와 눈물을 끌어내는 주제이다. 또한 시드니 카튼이 얼핏 보기에는 방탕하고 인생에 실패한 사람처럼 보이지만 실제로는 진정한 의협심을 가진 사람이라는 점도 낭만적인 소설에서 곧잘 이용되는 소재이다.

자신의 반평생을 돌아본 카튼이 다네이를 대신해서 단두대의 이슬로 사라지려 할 때는 참으로 깨끗한 예언자와 같은 그의 풍모를 느낄 수 있다. '내가 지금 하는 일은 지금까지 해 온 어떤 일보다도 훌륭하다. 내가 지금 향하는 것은 지금까지 느낀 어떠한 것보다도 훨씬 좋은 안식이다'라고 그는 생각한다.

카튼에게 유머 감각이 없다고 하는 사람도 있다. 그러나 생각해 보면 국민 전체가 혁명이라는 흥분의 도가니 속에 휩싸여 있는데 유머가 생길 여지가 있겠는가. 카튼은 그 시대가 낳은 특이한 성격의 인물이라고 할 수 있다.

아무 관련 없는 카튼과 다네이의 생김새가 똑같다는 설정은 조금 부자연스럽긴 하지만 대중의 반응을 이끌어 내는 데에는 효과적이다. 제리 크런처가 시체 도굴꾼이라는 설정도 의외성이 있기는 하다. 하지만 소설이란 본디 터무니없는 거짓을 진실처럼 보여 주는 것 아닌가.

또한 이 작품이 자연주의가 생겨나기 한참 전에 발표된 소설이라는 점도 잊지 말아야 한다. 부분적으로 박진감이 넘치며, 독자들의 불안과 기대를 능숙하게 이끌어 내는 점도 높이 살 만하다. 따라서 아주 까다로운 독자가 아닌 한 충분히 매력을 느낄 수 있는 작품이다.

하지만 전체적인 구성력이 조금 모자란 것은 사실이다. 5막 비극처럼 처음, 중간, 끝으로 나뉘지만 어딘가 어색한 듯한 느낌은 부정할 수 없다. 이 작품은 자전적 또는 피카레스크 소설로, 좋게 말하면 의외의 장면을 자유롭게 계속 추가한다고 할 수 있지만 나쁘게 말하면 닥치는 대로 그러모았다고 할 수도 있다. 특히 마지막에 드파르주 부인과 프로스 양의 대결을 통해 조

영화 〈두 도시 이야기〉 루시와 시드니 카튼 역을 연기하는 배우들. 시드니 카튼은 루시를 위해 그녀의 남편 다네이를 대신해 단두대에 오른다.

연들의 결말을 제시하고 있는데, 이 부분은 조금 억지스러운 감이 있으며 이로 인해 작품은 용두사미가 되어 버렸다.

또한 프랑스혁명을 무대로 하고 있지만 사회사적인 사안을 이 작품에서 찾는다면 크게 실망할 것이다. 《어린이를 위한 영국사》가 실패작으로 끝난 것으로도 알 수 있듯이 디킨스에게는 사회사를 보는 눈이 없다. 그런 점에서 디킨스는 발자크와 크게 다르다. 디킨스가 프랑스혁명을 공부하기 위해 칼라일의 《프랑스혁명》을 참고한 사실은 널리 알려져 있지만, 이 작품에는 역사를 보는 시각이 결여되어 있다. 단지 프랑스혁명이라는 사회적 격동기를 이용한 이야기만 있을 뿐이다. 혁명에서 신의 섭리를 찾고자 한 칼라일의 신비주의적 역사관이 오늘날 역사적 비판 앞에서 고개 숙인 것은 당연한 일이지만 그래도 칼라일에게는 틀림없이 역사관이 있었다. 하지만 디킨스에게는 그것조차 없다. 이 작품에서 디킨스는 귀족도 포악하지만 혁명을 성취한 민중도 잔인하다는 점을 말하고자 한 듯하다. 이는 이쪽의 폭력도 나쁘지만 저쪽의 폭력도 나쁘다는 단순한 정의관에 지나지 않는다.

그래도 모자란 점만 찾는 것이 현명한 태도라고는 할 수 없다. 그보다는 이 《두 도시 이야기》를 순수한 작품으로서, 의외성과 변화가 풍부하며 재미있는 이야깃거리가 넘치는 걸작으로 보아야 하겠다.

찰스 디킨스 연보

1812년   2월 7일 영국 햄프셔 주 포츠머스 마일 엔드에서 태어남.

1817년(5세)   채텀으로 이사. 그곳에서 윌리엄 자일스의 학교를 통학.

1822년(10세)   아버지 존 디킨스의 런던 전근으로 가족은 런던 북부 캠든
              타운의 베이엄 거리 16번지에 거주.

1824년(12세)   워렌 구두약 공장에 억지로 일하러 감. 아버지는 빚 때문에
              체포되어 3월부터 5월 25일까지 마셜시 채무자 감옥에 수감.

1825년(13세)   구두약 공장을 그만두고 웰링턴 하우스 아카데미에서 공부
              시작.

1827년(15세)   엘리스 앤드 블랙모어 변호사 사무실에서 하급서기관으로 근
              무 시작.

1829년(18세)   속기를 독학하고 민법박사회관 기록담당이 됨.

1830년(19세)   첫 사랑 마리아 비드넬과 만남. 그러나 비드넬의 부모가 두
              사람의 교제를 반대하고 비드넬을 파리에 있는 학교로 유학
              보내면서 첫 사랑은 끝이 남.

1831년(20세)   〈미러 오브 팔러먼트〉 기자가 되어 저널리스트 경력 시작.

1833년(21세)   첫 작품인 〈포플러 가로수길에서의 저녁식사〉가 〈먼슬리 매
              거진〉 12월호에 실림.

1834년(22세)   〈모닝 크로니클〉 기자가 됨.

1836년(24세)   2월 8일 《보즈의 스케치집》(제1집) 출판. 3월 31일 《피크위
              크 페이퍼스》의 월간 분책 제1호 발행됨. 4월 2일 캐서린 호
              가스와 결혼. 12월 집필에 전념하기 위해 〈모닝 크로니클〉
              퇴직. 그해 겨울 포스터를 알게 됨.

1837년(25세)   디킨스가 편집장이 된 월간지 〈벤틀리 미셀러니〉 창간호가 1
              월 11일 출판됨. 제2호부터 24회에 걸쳐 《올리버 트위스트》

연재. 1월 6일 첫 아이 찰스 태어남. 4월 다우티 거리 48번 지로 이사. 5월 7일 처제 메리 호가스 죽음.

1838년(26세) 3월 6일 둘째 아이 첫딸 메리(메이미) 태어남. 3월 끝무렵 《니콜라스 니클비》 분책 제1호 출판.

1839년(27세) 〈벤틀리 미셀러니〉 편집장 사임. 10월 《니콜라스 니클비》 단행본 출판. 그 바로 뒤 둘째 딸 케이티 태어남. 데본셔 테라스 1번지로 이사. 유복한 귀부인 안젤라 버데트 쿠츠를 알게 됨.

1840년(28세) 4월 4일 주간지 〈마스터 험프리의 시계〉 창간. 4월 25일 호부터 《골동품 가게》 연재.

1841년(29세) 〈마스터 험프리의 시계〉 2월 13일호부터 42회에 걸쳐 《바나비 러지》 연재. 넷째 아이 월터 태어남.

1842년(30세) 1월 캐서린과 6개월 여정의 미국 여행길에 오름. 10월 《미국 기행》 출판. 12월 《마틴 처즐위트》 월간 분책(전20권) 간행 개시.

1843년(31세) 12월 19일 첫 번째 '크리스마스 북' 《크리스마스 캐럴》 출판.

1844년(32세) 다섯째 아이 프랜시스 태어남. 채프먼 앤드 홀 출판사와 결별하고, 모든 출판물을 브래드버리 앤드 에반스에 위임. 7월 처자식과 처제 조지나를 데리고 제노바로 향함. 12월 16일 두 번째 '크리스마스 북' 《종소리》 출판.

1845년(33세) 가족과 함께 이탈리아를 여행하고 7월 런던으로 돌아옴. 9월 연출가 겸 배우로 희극 〈10인 10색〉 상연. 10월 여섯째 아이 알프레드 태어남. 12월 20일 세 번째 '크리스마스 북' 《난롯가의 귀뚜라미》 출판.

1846년(34세) 1월부터 2월까지 〈데일리 뉴스〉 편집장 역임. 《이탈리아 정경》 출판. 다시 유럽 대륙으로. 9월 《돔비와 아들》 월간 분책(전 20권) 간행 개시. 12월 19일 네 번째 '크리스마스 북' 《인생의 싸움》 출판.

1847년(35세) 파리에서 돌아옴. 일곱째 아이 시드니 태어남. 미스 쿠츠가 생각해 낸 '집 없는 여자들의 집' 우라니아 코티지 개설지원에 주력하는 한편으로는 작품들의 보급판 출판 개시.

1848년(36세) 여름 동안, 아마추어 극단을 이끌고 순회공연. 9월 누나 패니 사망. 12월 '크리스마스 북' 마지막 작품인 《유령에 시달리는 사나이》 출판.

1849년(37세) 여덟째 아이 헨리(해리) 태어남. 4월 자서전 작품 《데이비드 코퍼필드》 분책 간행 시작.

1850년(38세) 3월 27일 주간지 〈가정의 말〉 간행. 아홉째 아이 도라 태어남.

1851년(39세) 아버지 존 디킨스와 어린 딸 도라 죽음. 문학예술조합 자금 조달을 위해 연출가 겸 배우로 불워 리튼의 극 〈겉보기만큼 나쁘지는 않다〉를 상연. 태비스톡 하우스로 이사.

1852년(40세) 2월 《황량한 집》 월간 분책 간행 개시. 열 번째 아이 에드워드(프론) 태어남.

1853년(41세) 불로뉴에서 여름을 보냄. 버밍엄에서 열린 첫 공개낭독회에서 《크리스마스 캐럴》 낭독.

1854년(42세) 〈가정의 말〉에 《어려운 시절》 연재 시작.

1855년(43세) 마리아 비드넬과 다시 만남. 10월 가족을 데리고 파리로 가서 반년 동안 체류. 12월 《어린 도릿》 월간 분책 간행 개시.

1857년(45세) 넓은 대지가 딸린 저택 갯즈 힐 플레이스 구입. 콜린스 극 〈얼어붙은 바다〉 연출과 출연을 맡음. 이 극의 맨체스터 공연에 출연한 젊은 배우 엘렌 터넌과 알게 되어 사랑에 빠짐.

1858년(46세) 봄에 런던에서 첫 공개낭독회를 엶. 팔찌 선물 사건으로 그녀와의 도적 사랑을 아내 캐서린이 눈치 챔. 5월 캐서린과 별거, 〈가정의 말〉에 그에 대한 설명 게재. 8월부터 11월에 걸쳐 처음으로 지방순회 낭독 공연.

1859년(47세) 4월 30일 주간지 〈일 년 내내〉 창간하고 《두 도시 이야기》 연재 시작. 가을에 두 번째 지방순회 낭독 공연.

1860년(48세) 〈일 년 내내〉에 에세이 《장사가 아닌 목적으로 여행하는 사람》 연재 시작. 12월부터 《위대한 유산》도 연재 시작.

1861년(49세) 《위대한 유산》을 3권 책으로 간행. 10월 세 번째 지방순회 낭독 공연.

1862년(50세) 자주 프랑스 방문(~1863). 9월 어머니 죽음.

1863년(51세) 12월 아들 월터 죽음.

1864년(52세) 5월《우리 서로의 친구》월간 분책(전20권) 간행 개시.

1865년(53세) 6월 9일 터넌과 터넌의 어머니와 함께 파리에서 돌아오던 중 스테이플허스트에서 열차 탈선사고를 당함. 11월《우리 서로의 친구》2권 책으로 간행됨.

1866년(54세) 런던에서의 낭독 공연과 네 번째 지방순회 낭독 공연.

1867년(55세) 11월 보스턴 도착. 미국에서의 순회낭독 공연 시작.

1868년(56세) 4월 영국으로 돌아옴. 건강이 나빠졌음에도 10월 6일부터 잉글랜드와 스코틀랜드, 아일랜드를 순회하는 이별 낭독 공연 시작.

1869년(57세) 4월 22일, 랭커셔 프레스턴에서의 낭독 공연 도중에 현기증과 뇌졸중 발작으로 쓰러지면서 남은 공연일정을 모두 취소하고 돌아와 유작인《에드윈 드루드의 비밀》집필작업을 시작.

1870년(58세) 의사의 동의를 얻어 1월 11일부터 3월 15일까지 모두 열두 차례 낭독 공연. 4월《에드윈 드루드의 비밀》제1분책 간행(전12권 예정이 6호까지의 미완으로 끝남). 5월 2일 영국 왕세자 부부가 참석한 모임에서의 마지막 낭독 공연. 6월 9일 뇌졸중으로 세상을 떠남. 웨스트민스터 사원에 묻힘.

정태륭(鄭泰隆)

인천에서 태어나다. 제물포고를 나와 고려대학교 철학과를 졸업했다. 고대신문 농민신문
편집인을 지냈다. 영문학 번역생활을 하며 '찰스 디킨스 소설연구' 발표. 옮긴책으로 찰스
디킨스《크리스마스 캐럴》《황폐한 집》등이 있다. 현대문학 추천으로 문단에 나온 뒤 창
작소설《인간면허》《사냥시대》민속학《조선상말전》을 편찬해냈다.

세계문학전집068
Charles John Huffam Dickens
A TALE OF TWO CITIES
두 도시 이야기
찰스 디킨스/정태륭 옮김
동서문화창업60주년특별출판
1판 1쇄 발행/2016. 11. 30
발행인 고정일
발행처 동서문화사
창업 1956. 12. 12. 등록 16-3799
서울 중구 다산로 12길 6(신당동 4층)
☎ 546-0331~6 Fax. 545-0331
www.dongsuhbook.com
＊

사업자등록번호 211-87-75330
ISBN 978-89-497-1533-9 04800
ISBN 978-89-497-1515-5 (세트)